I0768547

LOS MEJORES RELATOS DE ANTÓN CHÉJOV TOMO II

LOS MEJORES RELATOS DE ANTÓN CHÉJOV TOMO II

©Astria Ediciones
Diseño de portada: Andrea Rodríguez
Ilustración de portada: J.R. Sosa
Supervisión Editorial: Óscar Flores López
Administración: Tesla Rodas y Jessica Cordero
Levantamiento de texto: Zona Creativa
Director Ejecutivo: José Azcona Bocock

Primera edición
Tegucigalpa, Honduras—Agosto de 2024

UN HOMBRE CONOCIDO

La encantadora Vanda (o según su pasaporte, la honorable ciudadana Nastasia Kanavkina) al salir del hospital se encontró en una situación como jamás se había encontrado antes. Sin casa y sin un céntimo, ¿qué hacer?

Lo primero que se le ocurrió fue dirigirse a la casa de préstamos y empeñar su sortija de turquesas, su única alhaja. Le dieron por ella un rublo, pero ¿qué se puede comprar con un rublo? Por ese dinero no se puede comprar una chaquetita corta a la moda, ni un sombrero, ni unos zapatos de color bronce y sin esas cosas ella se sentía como desnuda. Le parecía que no sólo la gente, sino hasta los caballos y los perros, la miraban y se reían de la sencillez de su vestido. Lo único que le preocupaba era el vestido. La cuestión de cómo iba a comer o de dónde iba a pasar la noche no la inquietaba lo más mínimo.

—¡Si al menos me encontrara con algún conocido!, le pediría dinero Ninguno me lo rehusaría.

Pero los hombres conocidos no aparecían por ninguna parte. No sería difícil encontrarlos por la noche en el Renaissance, pero en el Renaissance no se dejaba entrar a nadie vestido tan sencillamente y sin sombrero. ¿Qué hacer entonces? Después de una larga indecisión y cuando ya se sentía harta de andar, de estar sentada y de pensar, Vanda resolvió emplear un último recurso Iría a casa de uno de sus conocidos y le pediría dinero.

"¿A quién podré dirigirme? —meditaba—. A casa de Mischa no es posible. Tiene familia. En cuanto al viejo del pelo rojo, ¿estará a estas horas ocupado en su despacho?".

Vanda se acordó de pronto del dentista Finkel, un judío converso que hacía unos tres meses le había regalado una pulsera y al que una vez, cenando en el Círculo alemán, había echado un vaso de cerveza por la cabeza.

El recuerdo de este Finkel la alegró muchísimo.

"Estoy segura de que me dará dinero. Lo importante es encontrarlo — pensaba camino de su casa—. Si no me da nada, le romperé todas las lámparas".

Al acercarse a la casa del dentista llevaba ya su plan preparado. Riendo subiría la escalera a toda prisa, entraría volando en su consulta y con tono exigente le pediría veinticinco rublos. Este plan, sin embargo, cuando puso la mano sobre la campanilla pareció salírsele solo de la cabeza. Empezó de repente a sentir miedo, a ponerse nerviosa y a acobardarse; cosa que antes nunca le ocurría. Únicamente entre gente borracha era valiente y descarada; pero así con un vestido sencillo y en un papel de vulgar solicitante al que se puede no recibir, se sentía tímida e insignificante.

"Puede que ya no se acuerde de mí —pensaba, sin decidirse a tirar del cordón de la campanilla—. Y ¿cómo voy a entrar en su casa con este vestido? ¿Cómo una mendiga o una pequeña burguesa?".

Y llamó muy indecisa. Al otro lado de la puerta sonaron pasos. Era el portero.

—¿Está en casa el doctor? —preguntó.

Ahora le hubiera gustado mucho más que el portero la dijera que no; pero éste, en lugar de darle tal contestación, la hizo pasar al recibimiento y le ayudó a quitarse el abrigo. La escalera le pareció lujosa y magnífica; pero de todo aquel lujo lo que más la llamó la atención fue el gran espejo, en el que vio reflejada a una figura deslucida, sin sombrero alto, sin chaquetón a la moda y sin zapatos color bronce. Encontraba extraño que ahora, por estar vestida pobremente y parecer una costurerita o una lavandera, se despertara dentro de ella aquel sentimiento de vergüenza; se sintiera sin ánimo y sin valentía y ya no se llamara a sí misma con el pensamiento Vanda, sino como antes, Nastía Kanavkina.

—Tenga la bondad de entrar —dijo la doncella acompañándola hasta la consulta—. El doctor viene en seguida.

Vanda tomó asiento en la mullida butaca.

"Esto es lo que le diré Haga el favor de prestarme La cosa es correcta, puesto que me conoce ¡Si siquiera se marchara la doncella! ¡Delante de ella es molesto! ¿Para qué estará aquí?".

Al cabo de cinco minutos la puerta se abrió, y entró Finkel, un judío converso de alta estatura, moreno, con grasientas mejillas y ojos saltones. Las mejillas, los ojos, el vientre, las gruesas caderas, todo en él respiraba satisfacción y era asqueroso y severo. En el Rcnaissance y en el Círculo alemán solía ser algo bebedor, gastaba mucho con las mujeres y soportaba con paciencia sus bromas. (Por ejemplo cuando Vanda le echó aquella cerveza por la cabeza, lo único que hizo fue sonreír y amenazarla con el dedo). En cambio ahora, tenía un aspecto taciturno y soñoliento, y su mirada, mientras masticaba algo, era importante y fría, como la de un jefe.

—¿Qué desea? —preguntó sin mirar a Vanda.

Vanda vio el rostro serio de la doncella, el aire satisfecho de Finkel, que al parecer no la había reconocido, y enrojeció.

—¿Qué desea usted? —repitió él, comenzando a impacientarse.

—Me duelen las muelas —murmuró Vanda.

—¡Hum! ¿Qué muelas? ¿Dónde?

Vanda se acordó de que tenía una carie en una de ellas.

—Abajo, a la derecha.

—¡Hum! ¡Abra la boca!

Finkel frunció el entrecejo, retuvo la respiración y se puso a examinar con detenimiento la muela enferma.

—¿Duele? —preguntó hurgando en ella con un hierrecito.

—Duele —mintió Vanda.

"Si le digo algo, con toda seguridad me reconocerá de inmediato —pensó—; pero y la doncella, ¿para qué estará ahí?".

Finkel, de pronto, soplé como una locomotora directamente sobre su boca y dijo:

—No le aconsejo que se la empaste ¡Ya no le va a servir de nada!

Después de hurgar un poco más en ella y de manchar los labios y las encías de Vanda con sus dedos sucios de tabaco, volvió a retener la respiración y le metió en la boca algún objeto frío. Vanda sintió de repente un terrible dolor, lanzó un grito y agarró la mano de Finkel.

—No es nada, no es nada No se asuste —masculló éste—. ¡Esa muela ya no le iba a servir para nada! ¡Hay que ser valiente!

Y los dedos sucios de tabaco, ensangrentados, presentaron la muela ante sus ojos, mientras la doncella le acercaba a la boca una taza.

—Enjuáguese con agua fría para que deje de sangrar.

Su actitud era la del hombre que esperaba que se marchara pronto y le dejara tranquilo.

—Adiós —dijo Vanda dirigiéndose a la puerta.

—¡Hum! Y ¿quién va a pagarme el trabajo? —dijo Finkel en tono risueño.

—Ah, sí! —recordó Vanda, enrojeciendo.

Y dio al dentista el rublo recibido por la sortija de turquesa.

Cuando salió a la calle se sentía aún más avergonzada que antes; pero ya no era su pobreza lo que le avergonzaba, ya no pensaba en que no llevaba un sombrero alto ni una chaquetita a la moda. Iba por la calle escupiendo sangre, y cada uno de aquellos esputos rojos le hablaba de su vida, de su mala y penosa vida, de las ofensas que había soportado y de las que soportaría mañana, dentro de una semana, dentro de un año, toda su vida y hasta la misma muerte.

"¡Oh, qué miedo de todo esto! ¡Qué horrible, Dios mío!".

Al día siguiente, sin embargo, estaba ya bailando en el Renaissance. Llevaba un nuevo, bonito y enorme sombrero, una nueva chaquetita a la moda y unos zapatos de color bronce. La obsequiaba con aquella cena un joven comerciante recién llegado de Kasañ.

UN HOMBRE ENFUNDADO

I

En un extremo de la aldea Mironositsky, en la porchada del alcalde Prokofy, se habían instalado para pasar la noche dos cazadores llegados al pueblo mucho después de anochecer: el veterinario Iván Ivanovich y el maestro de escuela Burkin.

Iván Ivanovich tenía un donoso apellido: Chimcha-Guimalaysky, cuya pomposidad estaba en contradicción con la modestia de su persona. En toda la comarca se le llamaba, sencillamente, Iván Ivanovich. Vivía no lejos de la ciudad, en una hermosa finca, donde se dedicaba a la cura de las enfermedades equinas. Aquel día había salido de casa para airearse un poco.

Burkin vivía en la ciudad; pero pasaba todas las vacaciones de verano en la finca del conde P…, y era también muy conocido en la comarca.

Ni uno ni otro podían dormirse.

Iván Ivanovich, alto, enjuto, entrado en años, canoso, bigotudo, fumaba su pipa sentado junto a la puerta abierta de la porchada. La luz de la Luna le daba de lleno en el rostro. Burkin yacía sobre un montón de heno, en el fondo del aposento, sumergido en la oscuridad.

Hablaban de la alcaldesa, Mavra, una mujer fuerte y despejada, que no había salido en toda su vida de la aldea y no había visto nunca la ciudad ni el ferrocarril. Hacía algunos años que sólo salía a la calle por la noche.

—No tiene nada de extraño —dijo Burkin—. Hay entre nosotros mucha gente que ama la soledad y que se complace en permanecer siempre en su concha, como los caracoles. Acaso se trate de un atavismo, de un retorno a la época en que nuestros ascendientes aún no eran animales sociables y vivían aislados en sus cavernas. Quizás sea ésa una de tantas variedades de la naturaleza humana. ¡Quién sabe! Yo no me dedico al estudio de las Ciencias Naturales, y no tengo la pretensión de resolver tales problemas. Quiero decir tan sólo que hay mucha gente como esa pobre Mavra. Hará unos dos meses murió en la ciudad un tal Belikov, compañero mío de profesorado en el Liceo, donde explicaba griego. Habrá usted oído hablar de él. Llegó a adquirir, por sus costumbres, cierta celebridad. Siempre, aunque hiciera un tiempo espléndido, llevaba chanclos, paraguas y un abrigo con forro de algodón. Se diría que todas sus cosas estaban enfundadas: cubría su paraguas una funda gris, llevaba el cortaplumas en un estuchito, hasta su rostro, que ocultaba casi por entero el cuello de su abrigo, parecía enfundado también. Llevaba siempre gafas ahumadas, chaleco de franela y unos tapones de algodón en los oídos. Cuando tomaba un coche hacía al cochero levantar la capota. En fin, procuraba siempre envolverse en algo que le ocultase, meterse, por decirlo así, en una funda, para aislarse, separarse del mundo entero, defenderse de las influencias exteriores. Era esto en él una tendencia apasionada, irresistible. La vida real lo irritaba, lo asustaba, le inspiraba una angustia constante. Quizás para justificar este odio, este miedo a cuanto lo rodeaba, siempre estaba haciéndose lenguas de las excelencias del pasado, encomiando las cosas que no existían en realidad. El griego que explicaba era para él también como unos chanclos o un paraguas con que se defendía de la vida real. "¡Qué sonora, qué melodiosa es la lengua griega!" —decía con voz suave.

Y en apoyo de su afirmación guiñaba un ojo, levantaba el dedo y pronunciaba: "¡Antropos!".

Belikov procuraba enfundar asimismo su pensamiento. Lo único comprensible y claro para él eran las circulares gubernativas en que se prohibía algo y los artículos periodísticos en que se aplaudían las prohibiciones. Cuando una circular prohibía a los colegiales salir a la calle después de las nueve de la noche o cuando un artículo periodístico tronaba contra la ligereza de las costumbres, la cosa para él era clara, indiscutible:

¡Está prohibido, y se acabó! Pero cuando leía que se autorizaba esto o lo otro, veía en ello algo sospecho y extraño. Si las autoridades de la ciudad concedían autorización para abrir un círculo de artistas-aficionados, una biblioteca, un "club", sacudía tristemente la cabeza y decía:

—Claro, todo eso está muy bien; pero... temo las consecuencias.

Toda infracción de las reglas establecidas; toda desviación del camino trazado por las circulares, lo ponían triste y perplejo, aunque se tratase de asuntos en los que él no tuviese para qué inmiscuirse. Si alguno de sus colegas llegaba con retraso a misa o no se conducía en absoluta conformidad con las reglas establecidas; si alguna profesora se paseaba de noche en compañía de un joven, Belikov parecía presa de profunda angustia y le decía a todo el mundo, con trágico acento, que aquello acabaría mal. En los consejos pedagógicos aburría a sus colegas con sus interminables temores y aprensiones, con su prudencia exagerada, con sus lamentaciones acerca de la juventud escolar, que, según él, se conducía muy mal, hacía demasiado ruido.

—Eso puede tener consecuencias enojosas —decía lleno de espanto—. Si las autoridades se enteran de la mala conducta de los colegiales..., ¿comprenden ustedes?... Acaso conviniera expulsar del colegio a Petrov y a Egorov, para que no contaminasen con su mal ejemplo a los demás...

Parecerá inverosímil; pero sus suspiros constantes, sus lamentaciones, sus gafas oscuras sobre el rostro menudo y pálido de animalejo espantado ejercían una influencia deprimente en sus colegas, que acababan por dejarse convencer: se castigaba a Petrov y a Egorov, y, a la postre, se los expulsaba. Belikov visitaba con frecuencia a sus colegas.

Llegaba, se sentaba y, sin decir palabra, miraba alrededor como buscando algo sospechoso. Permanecía así una o dos horas, y se iba. A aquello lo llamaba "mantener buenas relaciones con sus compañeros". Se advertía que tales visitas le desagradaban; pero las consideraba un deber. Sus colegas le tenían miedo. Hasta el director del colegio se lo tenía. La mayoría de los profesores eran personas inteligentes, honorables, de ideas progresivas, de espíritu cultivado por la lectura de los mejores escritores, y, sin embargo, aunque parezca absurdo, aquel hombrecillo, que siempre llevaba chanclos y paraguas, ejercía un gran influjo sobre ellos, y durante quince años fue el amo absoluto del colegio. ¡Y no solo del colegio, de toda la ciudad! Las señoras no se atrevían a celebrar en su casa funciones teatrales las vísperas de fiesta, por temor a Belikov; los curas no se atrevían a jugar a la baraja delante de él. Bajo su influjo, los habitantes de la ciudad no se atrevían a nada. Todo les daba miedo. Les daba miedo hablar en voz alta, escribir cartas, trabar nuevas relaciones, leer libros, socorrer a los pobres, enseñarles las primeras letras a los analfabetos.

II

Burkin tosió, hizo una corta pausa, encendió su pipa apagada, miró a la Luna y continuó:

—Sí, todos éramos personas instruidas, inteligentes, que habíamos leído a Turguenev, a Tolstoi, a Bucles, etc., y, sin embargo, nos inclinábamos ante Belikov. Hay cosas extrañas... Vivía en la misma casa que yo y en el mismo piso. Nos veíamos con frecuencia, y yo conocía su vida íntima. En su casa se mantenía igualmente fiel a sus costumbres. Vestía siempre una bata y se tocaba con un gorro. No abría nunca los postigos de las ventanas, y tenía las puertas cerradas con innumerables cerrojos. Y él mismo sometíase a restricciones, a prohibiciones, temeroso de consecuencias enojosas. Los días de ayuno no comía nada de lo prohibido por la Iglesia y se contentaba con pescado; no tenía criada, por temor a que le achacasen relaciones íntimas con ella; un viejo sesentón, borracho y tímido, le guisaba y le hacía todos los servicios domésticos. Se llamaba Afanasy. Solía permanecer horas y horas a la puerta de la habitación de Belikov cruzadas las manos sobre el pecho y murmurando cosas como la siguiente:

—¡Dios mío, cuánta gente sospechosa hay! Y al decir esto lanzaba un gran suspiro.

La alcoba de Belikov era pequeñísima, y el profesor parecía en ella guardado en una caja. Cuando se acostaba tapábase hasta la cabeza con la sábana. Hacía calor; silbaba fuera el viento; se oía en la cocina gruñir y suspirar a Afanasy. Y Belikov, bajo la sábana, tenía miedo. Tenía miedo de Afanasy, a quien se le podía ocurrir la idea de matarle; tenía miedo de los ladrones. Toda la noche lo atormentaban pesadillas. Por la mañana llegaba al colegio, sombrío y pálido. El colegio, con sus centenares de alumnos y sus numerosos profesores, le daba miedo: hubiera preferido continuar solo, encerrado en su concha.

—¡Dios mío, qué ruido! —decía para justificar su mal humor—. ¡Esto es abominable!

Cosa asombrosa, inverosímil: ¡aquel hombre enfundado estuvo una vez a punto de casarse!

Burkin hizo una nueva pausa, se envolvió en una nube de humo y prosiguió:

—¡Sí, como lo oye usted, a punto de casarse!

—¡No, usted bromea! —contestó Iván Ivanovich.

—¡Palabra de honor! Mire usted cómo fue. Un día llegó a la ciudad un nuevo profesor de Geografía e Historia, un tal Mijail Savich Kovalenko. Lo acompañaba su hermana, llamada Vasia. Eran de origen ucranio; el hermano era un mocetón, joven aún, muy moreno, con unas manos enormes; sólo con mirarle se adivinaba que tenía voz de bajo, y, en efecto, cuando hablaba, su voz parecía salir de un tonel vacío: "bu-bu-bu…". La hermana era mayor, de unos treinta años, también muy alta, morena, de ojos negros, de mejillas sonrosadas; en fin, una muchacha muy apetitosa. Hablaba por los codos, era muy risueña, cantaba canciones ucranias. Daba gusto oír su risa franca y alegre: ¡ja, ja, ja!

Conocimos a los Kovalenko en un baile que dio el director del colegio con motivo de su cumpleaños. Entre los profesores de aspecto severo, que se conducían incluso en los bailes como si cumpliesen un penoso deber, aquella señorita parecía una Afrodita, surgida de las espumas del mar. Reía, bailaba, animaba el salón con la música de su voz sonora. Nos cantó algunas canciones ucranias. En fin, nos encantó a todos, sin exceptuar a Belikov. El profesor se sentó junto a ella y le dijo, con una sonrisa suave: "La lengua ucraniana, por su sonoridad y su melodía, se parece a la lengua griega".

Aquello halagó a Varenka, que empezó a hablarle con énfasis y entusiasmo, de su casa en Ucrania; de su madre, que vivía allí; de las sandías, de los pepinos y de otras exquisiteces que se criaban en su huerto. No se criaban por aquí cosas tan exquisitas.

—¡Y si viera usted qué magnífica sopa de legumbres comemos en nuestra bella Ucrania!

Oyendo su conversación se nos ocurrió a todos, de pronto, la misma idea:

—¡Y si los casáramos! —me dijo, por lo bajo, la mujer del director.

Diríase que hasta aquella noche no habíamos parado mientes en el celibato de Belikov. Estábamos asombrados de no haber pensado hasta entonces en aquel aspecto de su vida íntima. ¿Qué opinión tendría de la mujer? ¿Cómo resolvería tan grave problema? Hasta aquel momento no nos habíamos hecho tales preguntas, acaso creyendo imposible que un hombre que llevaba en todo tiempo chanclas y se ocultaba temeroso en su concha pudiera enamorarse.

—Hace mucho tiempo que él ha pasado de los cuarenta; ella tiene treinta años —añadió la directora—. Creo que se casaría con él muy gustosa.

¡Dios mío, cuántas tonterías, cuántas estupideces se hacen en provincias sólo para pasar el rato; cuántas cosas inútiles, y a veces absurdas, se inventan sin otra razón que no tener qué hacer! ¿Cómo demonios se nos ocurrió la idea de casar a Belikov, a quien ni siquiera se podía uno imaginar en el papel de marido, de padre de familia? Y no obstante, todo el mundo se aplicó con ardor a la realización del proyecto. La directora, la inspectora y las mujeres de los profesores se animaron de pronto, y hasta se embellecieron, como si hubieran encontrado súbitamente un ideal que llenase su vida.

Algunos días después la directora tomó un palco en el teatro e invitó a Belikov y a Varenka. Varenka, haciéndose aire con el abanico, parecía feliz, alegre; él estaba tan abatido y asustado, que diríase que acababa de ser sacado de su casa a tirones.

Transcurridas algunos días más las señoras se empeñaron en que yo diese un baile en mi casa e invitase a Belikov y a Varia.

Habíamos adquirido la certidumbre de que Varenka se casaría gustosísima con Belikov, con tanto más motivo cuanto que no era muy feliz en casa de su hermano, que era un buen muchacho, pero tenía la manía de discutir acerca de todo. Hermano y hermana se pasaban la vida entregados a acaloradas discusiones, que ni en la calle interrumpían. He aquí, por ejemplo, una escena: Kovalenko, el mocetón robusto, engalanado con una camisa ucraniana bordada, desbordante bajo el

sombrero la espesa cabellera, marchaba junto a su hermana, en una mano
un paquete de libros, en la otra un grueso bastón, espanto de los perros.
Ella también llevaba en la mano unos libros.

—Pero, Miguelito, estoy segura de que no has leído ese libro. ¡Te
juro que no lo has leído! —decía ella en voz tan alta, que se le oía desde
la otra acera.

—¡Y yo te digo que lo he leído! —gritaba el hermano, golpeando el
suelo con el bastón.

—¡Dios mío, no comprendo por qué te enfadas, Miguel! No es una
discusión de principios, y debías oírme con calma.

—¡Pero si estoy diciéndote que no he leído ese libro y tú te emperras
en lo contrario!…

En casa ocurría lo mismo: disputaban, gritaban, se enfadaban, sin
que la presencia de personas extrañas los contuviese.

Era muy natural que a Varia la aburriese una vida así. Soñaba con
fundar un hogar propio. Además, como ya no era joven, casi había
perdido la esperanza de casarse, y aceptaría el matrimonio con
cualquiera, aunque fuera con Belikov.

Lo cierto es que se mostraba propicia a nuestro proyecto, y dejaba
hacer…

Belikov no cambiaba. Visitaba de cuando en cuando a Kovalenko,
como a todos sus demás colegas. Se pasaba horas enteras sin decir esta
boca es mía. Varenka le cantaba canciones ucranias, lo miraba
soñadoramente con sus grandes ojos negros, y a veces prorrumpía en
alegres carcajadas:

—¡Ja, ja, ja!

En empeños de amor, sobre todo cuando hay en ellos miras
matrimoniales, la sugestión juega un gran papel. Todos los profesores y
las señoras dieron en la flor de asegurarle a Belikov que debía casarse,
que no le quedaba otro refugio que el matrimonio; lo felicitábamos, le
hablábamos de la necesidad de crear un hogar. Además, Varenka era
bastante guapa, inteligente, de buena familia; poseía en Ucrania una
finquita. Luego, era la primera mujer que le había manifestado algún
cariño, lo que lo conmovió, le hizo perder la cabeza y lo decidió a
casarse.

—Aquél era el momento indicado para despojarle de los chanclos y
el paraguas —dijo Iván Ivanovich.

—Eso era imposible, como va usted a ver. Pero déjeme contárselo
todo… Pues bien: Belikov colocó sobre su mesa el retrato de Varenka.
Solía visitarme para hablar de ella, de la vida de familia, de la extrema
importancia del matrimonio. Casi diariamente iba a casa de los hermanos

Kovalenko; pero no cambió en nada sus costumbres. Por el contrario, su decisión de casarse ejerció sobre él una influencia funesta. Se puso más delgado y más pálido y parecía aún más metido en su funda.

—Bárbara Savichna me gusta —me decía con su leve sonrisa enfermiza

—. Harto se me alcanza que todo hombre debe casarse; pero…, mire usted, todo esto es para mí una gran sorpresa; todo ha sucedido de un modo tan inesperado… Hay que pensarlo mucho antes de dar ese paso decisivo…

—¿Para qué pensarlo? —le respondía yo—. ¡Cásese usted, y asunto concluido!

—No; el matrimonio es un acto demasiado grave. Ante todo, hay que pesar bien todos los deberes que lleva consigo, todas las responsabilidades… De lo contrario, son de temer consecuencias enojosas… Esto me inquieta de tal modo, que casi no duermo… Además, se lo confieso a usted, tengo un poco de miedo. Ella y su hermano son de una manera de pensar especial… Basta oír sus discusiones… Son demasiado vivas, demasiado violentas… Si me caso con ella, tal vez tenga disgustos. ¡Quién sabe!

Y no se declaraba a Varenka, demorando la declaración todos los días, lo que enojaba mucho a la directora y a nuestras señoras. Seguía siempre reflexionando, sobre los deberes y las responsabilidades que lleva consigo el matrimonio. Sin embargo, se paseaba todos los días con Varenka, acaso considerándolo un deber en su situación. Y todos los días venía a mi casa para hablar más y más de la importancia del paso que se disponía a dar. Probablemente hubiese acabado por decidirse y se hubiera declarado a Varenka, contrayendo uno de esos matrimonios estúpidos, insensatos, ¡que son tan frecuentes!, si no hubiera sobrevenido un escándalo colosal, como dicen los alemanes.

Conviene advertir que el hermano, Kovalenko, aborrecía a Belikov desde que le fue presentado. "No concibo —decíanos, encogiéndose de hombros— cómo pueden ustedes soportar a este espía, a este tipo repugnante. Es más: no comprendo cómo pueden ustedes vivir en esta madriguera, respirando esta atmósfera densa, maloliente. Este colegio no es una institución de instrucción pública; más bien parece un puesto de policía… No; yo no puedo continuar aquí. Tendré paciencia una temporada y luego me marcharé a mi Ucrania, donde pescaré con caña y les enseñaré a leer y a escribir a los hijos de los campesinos, dejándolos a ustedes aquí en compañía de Judas Belikov". ¡Dios mío, qué tipo!

Algunas veces me preguntaba con tono de enojo: "¿Quiere usted decirme a qué viene a mi casa? ¿Qué se le ha perdido allí? Llega, se sienta y permanece horas enteras mirando en torno suyo y sin decir palabra. ¡Es una cosa insoportable!".

Naturalmente, evitábamos hablarle del matrimonio que su hermana se disponía a contraer con Belikov. Y cuando la directora le insinuó que convendría casar a su hermana con un hombre tan serio y respetable como Belikov, frunció las cejas y gruñó: "Eso no me incumbe. Que se case, si quiere, con una serpiente. No me gusta meterme en lo que no me importa".

Y mire usted lo que pasó. Un caricaturista misterioso hizo la siguiente caricatura: Belikov, con chanclos, los pantalones remangados y el paraguas en la mano, se pasaba del brazo de la señorita Kovalenko; debajo había una leyenda que decía: "Antropos, enamorado". Era un dibujo muy bien hecho, y el retrato de Belikov había salido admirablemente. El caricaturista envió a todos los profesores del colegio y del Liceo de señoritas y a no pocos empleados del Estado sendos ejemplares de su obra, para la que debió de trabajar muchas noches.

Naturalmente, Belikov recibió también un ejemplar. La caricatura le produjo malísima impresión.

Era el día 1º de mayo, y domingo. Habíamos organizado una excursión de todo el colegio al bosque vecino. Estábamos todos citados a la puerta del centro docente. Salí de casa en compañía de Belikov, que estaba lívido, abatido, sombrío, como una nube de otoño.

—¡Qué gente más mala hay! —me dijo.

Sus labios temblaban de cólera. Lo miré y me dio lástima.

Seguimos nuestro camino y vimos de pronto aparecer, montados en bicicleta, a Kovalenko y a su hermana. Varenka avanzaba risueña, la faz enrojecida.

—¡Nos dirigimos directamente al bosque! —nos gritó. ¡Qué hermoso día!, ¿eh? ¡Qué delicia!

Momentos después se habían perdido de vista.

Belikov se había puesto como un tomate y parecía petrificado de asombro. Se había detenido y me miraba fijamente.

—¿Qué significa esto? —me preguntó—. ¿Acaso los ojos me han engañado? ¿Es propio de un profesor y de una mujer pasearse en bicicleta?

—¿Por qué no? —le dije—. Si les gusta...

—¡Cómo! —gritó asombrado de mi tranquilidad—. ¿Qué dice usted?

Estaba tan dolorosamente sorprendido, que no quiso tomar parte en la excursión y se volvió a su casa.

Al día siguiente no hacía más que frotarse las manos nerviosamente y temblar. Se advertía que no estaba bueno. Se fue del colegio sin acabar de dar sus lecciones, cosa que no había hecho en su vida.

Ni siquiera comió aquel día. Al atardecer se vistió muy de invierno, aunque hacía buen tiempo, y se fue a casa de Kovalenko.

Varenka no estaba en casa, y lo recibió el hermano.

—Siéntese usted —lo invitó Kovalenko, frunciendo las cejas.

Acababa de levantarse de dormir la siesta, y estaba de mal humor. Belikov se sentó. Durante diez minutos uno y otro guardaron silencio.

Al cabo, Belikov se decidió a hablar:

—Vengo a verlos a ustedes —dijo—, para desahogar un poco mi corazón. Sufro mucho. Un señor sin decoro acaba de hacer una caricatura contra mí y contra una persona que nos interesa a ambos. Le aseguro a usted que yo no he hecho nada que justifique esa abominable caricatura. Me he conducido siempre, por el contrario, como debe conducirse un hombre bien educado...

Kovalenko no respondía. Seguía malhumorado, y no manifestaba el menor deseo de sostener la conversación.

Tras una corta pausa continuó Belikov, con voz débil y triste:

—Quiero, además, decirle a usted otra cosa... Yo hace tiempo que estoy al servicio del Estado como pedagogo, mientras que usted acaba de empezar su servicio. Y creo de mi deber, en calidad de colega más viejo, hacerle a usted una advertencia: usted se pasea en bicicleta, y eso no es nada propio de un educador de la juventud...

—¿Por qué razón?

—¿Acaso hacen falta razones? Me parece que es una cosa harto comprensible. Si un profesor se pasea en bicicleta, ¿qué no podrán hacer los discípulos? ¡Podrán andar cabeza abajo! Además, puesto que no está permitido por las circulares, no se debe hacer... Ayer me horroricé al verle a usted en bicicleta..., y, sobre todo, al ver a su hermana de usted. Una mujer o una muchacha, en bicicleta, es un horror, un verdadero horror...

—Bueno, ¿y qué quiere usted?

—Sólo quiero advertirle. Es usted joven todavía y debe pensar en su porvenir. Debe usted conducirse con suma prudencia, y, sin embargo, hace usted cosas... Lleva usted camisa bordada en vez de plastrón, se le ve siempre por la calle cargado de libros... Ahora esa bicicleta... El señor director se enterará de que usted y su señora hermana se pasean en bicicleta, y después se sabrá, de seguro, en el ministerio... Son de temer consecuencias muy enojosas...

—¡El que yo y mi hermana nos paseemos en bicicleta no le importa a nadie más que a nosotros! —dijo Kovalenko, rojo de cólera—. ¡Y si alguien se permite intervenir en nuestros asuntos, lo enviaré a todos los diablos! ¿Ha comprendido usted?

Belikov palideció y se levantó.

—Si me habla usted en ese tono, no puedo continuar la conversación —dijo—. Además, le suplico que no hable así nunca, en mi presencia, de las autoridades. ¡Debe usted respetar a las autoridades!

—¡Pero si no he dicho una palabra de ellas! —exclamó Kovalenko—. ¡Déjeme usted en paz! Soy un hombre honrado y me molesta hablar con un señor como usted. Detesto a los espías.

Belikov empezó, con mano nerviosa, a abotonarse. En su faz se pintaba el horror. Era la primera vez que se le decían cosas semejantes.

—Puede usted decir lo que le dé la gana —contestó, saliendo—. Pero debo prevenirle: alguien puede haber oído nuestra conversación, y para que no la interprete mal y no haya consecuencias enojosas que lamentar, creo mi deber contárselo todo al señor director.

—¿Quieres denunciarme, canalla? ¡Muy bien, largo!

Hablando así, Kovalenko asió a Belikov por la nuca, y lo empujó con tanta fuerza, que lo hizo caer y rodar por las escaleras. Como eran altas y muy pinas, el pobre profesor de Griego llegó abajo molido. Lo primero que hizo al levantarse fue echarse mano a las narices para convencerse de que no se le habían roto las gafas. Luego, de pronto, vio al pie de la escalera a Varenka con otras dos damas; lo habían visto rodar, lo cual era para él lo más terrible: hubiera preferido descalabrarse o romperse ambas piernas a la perspectiva de ser objeto de las zumbas de toda la ciudad. ¡Todo el mundo se enteraría de que Kovalenko lo había tirado por las escaleras! Todos lo sabrían: el director, las autoridades. Se le haría otra caricatura, la gente se burlaría de él. Aquello acabaría muy mal: se vería obligado a dimitir. ¡Qué desgracia, Señor!

Varenka, viéndolo mohíno, la ropa en desorden, lo miraba sin comprender lo que había sucedido. Creyendo que su caída había obedecido a un traspiés, prorrumpió en carcajadas alegres y sonoras:

—¡Ja, ja, ja!

Aquella hilaridad ruidosa fue el remate de todo: de los proyectos matrimoniales de Belikov y de la propia existencia del profesor.

Belikov ya no oyó ni vio nada.

Llegó a su casa, quitó de encima de la mesa el retrato de Varenka, se acostó y no volvió a levantarse. Tres días después vino a mi casa su criado Afanasy y me dijo que era necesario ir a buscar un médico pues su amo parecía gravemente enfermo.

Fui a ver a Belikov. Estaba acostado bajo el baldaquino, tapado con la colcha, y guardaba silencio. Todos mis intentos de hacerle hablar fueron vanos: sólo contestaba con síes o noes. Afanasy, junto a la cama, suspiraba sin cesar y exhalaba un fuerte olor a vodka.

Un mes después Belikov falleció.

Le hicimos un entierro solemne. Formaban el cortejo fúnebre escolares de todas las escuelas de la ciudad. En el ataúd, la expresión de su faz era suave, casi alegre: diríase que le complacía verse, al cabo, metido en un estuche del que ya no saldría nunca. ¡Había realizado su ideal!

Como para halagarle, el tiempo, el día del entierro, fue sombrío, lluvioso, y llevábamos todos chanclos y paraguas.

Varenka asistió al entierro; cuando se colocó el ataúd en la tumba vertió algunas lágrimas. Mirándola, me percaté de que las mujeres ucranias, o ríen como locas, o lloran: su humor nunca es tranquilo, sereno.

Confieso que enterrar a gente como Belikov constituye un gran placer. Aunque al volver del cementerio se pintaba en nuestros semblantes la tristeza, como es de rigor en ocasiones semejantes, aquello era una máscara que ocultaba nuestro contento; todos nos sentíamos muy felices, como en nuestra infancia, cuando las personas mayores se ausentaban y nos dejaban por algunas horas o por algunos días en plena libertad. ¡Ah, la libertad!

¡Qué tesoro! Sólo una ligera alusión a la libertad, la vaga esperanza de ser libres, da alas a nuestra alma.

Sí; volvimos del cementerio de muy buen humor, esforzándonos en ocultarlo.

Los días se deslizaron. La vida siguió su curso habitual: aquella vida severa, fatigosa, estúpida, entorpecida por toda suerte de prohibiciones, privada de libertad. La muerte de Belikov no la hizo más fácil; Belikov había muerto; pero ¡cuántos hombres enfundados existían aún sobre la Tierra y habían de existir durante mucho tiempo!

—Es verdad —dijo Iván Ivanovich—. Sobre todo, entre nosotros no faltan.

—¡Y no será fácil desembarazarse de ellos!

Burkin salió de la porchada. Era un hombrecillo grueso, completamente calvo, con una gran barba negra que le llegaba hasta cerca de la cintura. Dos perros de caza salieron tras él.

—¡Qué Luna! —dijo mirando al cielo.

Era ya media noche. A la derecha, bajo la blancura lunar, se extendía la aldea; la calle, de cerca de cinco kilómetros, se perdía en la distancia.

Todo estaba sumido en un sueño dulce y profundo. Nada se movía, no se oía el menor ruido. Parecía increíble que un silencio tal pudiera existir en la Naturaleza.

Cuando en una noche de luna se contempla la ancha calle aldeana con sus casas y sus montones de trigo, una gran serenidad envuelve el alma. En su reposo, hundida en la noche, la aldea, olvidadas sus penas, cuidados y dolores, se reviste de un suave encanto melancólico; las estrellas la miran con cariño; diríase, en tales momentos, que no existe el mal sobre la tierra, que todo es en ella bienandanza.

A la izquierda, al extremo de la aldea, comenzaba el campo, cuya amplitud se dilataba hasta el horizonte. Y todo aquel enorme espacio, inundado de luna, yacía también en silencio, tranquilo, sumido en un sueño profundo.

—Sí, el pobre Belikov —dijo Iván Ivanovich— era un hombre enfundado… Pero nosotros, que vivimos en esa abominable ciudad, en sucias y estrechas casas, entre papeles inútiles y, con frecuencia, estúpidos, que jugamos a las cartas, ¿no estamos también enfundados? Nosotros, que pasamos la vida entre gandules y parásitos, entre gentes ruines y mujeres ociosas y necias, ¿estamos más al aire libre?… Si quiere usted, le contaré una historia muy interesante a este respecto…

—No, es hora de dormir —contestó Burkin—. ¡Hasta mañana! Entraron en el porche y se acostaron sobre el heno.

—¡No es nada feliz nuestra vida! —suspiró Iván Ivanovich, volviéndole la espalda a Burkin—. Sólo vemos en torno nuestro embusteros e hipócritas, y hay que soportar todo eso; no hay bastante valor para decirle a un idiota que lo es ni para decirle que miente a un embustero; no nos atrevemos a declarar abiertamente que toda nuestra simpatía la merecen los hombres honrados y libres, que, a pesar de todo, en alguna parte han de existir. Mentimos, nos humillamos, sonreímos, cuando de buena gana maldeciríamos, y todo por tener un pedazo de pan, una vivienda, lo que se llama, en fin, una posición. ¡Verdaderamente esta vida es una porquería!

—Eso es ya alta filosofía —repuso, Burkin—. Más vale dormir… Momentos después roncaba.

Iván Ivanovich no podía dormir. Habiendo intentado en vano conciliar el sueño, se levantó, salió de la porchada y, sentándose en el umbral de la puerta, encendió la pipa.

UN HOMBRE IRASCIBLE

Yo soy un hombre formal y mi cerebro tiene inclinación a la filosofía. Mi profesión es la de financiero. Estoy estudiando la ciencia económica, y escribo una disertación bajo el título de "El pasado y el porvenir del impuesto sobre los perros". Usted comprenderá que las mujeres, las novelas, la luna y otras tonterías por el estilo me tienen completamente sin cuidado.

Son las diez de la mañana. Mi mamá me sirve una taza de café con leche. Lo bebo, y salgo al balconcito para ponerme inmediatamente a mi trabajo. Tomo un pliego de papel blanco, mojo la pluma en tinta y caligrafío

"El pasado y el porvenir del impuesto sobre los perros".

Reflexiono un poco y escribo: "Antecedentes históricos: A juzgar por indicios que nos revelan Herodoto y Jenofonte, el impuesto sobre los perros data de…"; en este momento oigo unos pasos muy sospechosos. Miro hacia abajo y veo a una señorita con cara larga y talle largo; se llama, según creo, Narinka o Varinka; pero esto no hace al caso; busca algo y aparenta no haberse fijado en mí. Canta:

"Te acuerdas de este cantar apasionado".

Leo lo que escribí y pretendo seguir adelante. Pero la muchacha parece haberme visto, y me dice en tono triste:

—Buenos días, Nicolás Andreievitch. Imagínese mi desgracia. Ayer salí de paseo, y se me perdió el dije de mi pulsera…

Leo de nuevo el principio de mi disertación, rectifico el rabo de la letra b y quiero continuar; mas la muchacha no me deja.

—Nicolás Andreievitch —añade—, sea usted lo bastante amable para acompañarme hasta mi casa. En la de Karenin hay un perro enorme, y yo no me atrevo a ir sola. ¿Qué hacer? Dejo a un lado mi pluma y desciendo. Narinka o Varinka me toma del brazo y ambos nos encaminamos a su morada. Cuando me veo precisado a acompañar a una señora o a una señorita siéntome como un gancho, del cual pende un gran abrigo de pieles. Narinka o Varinka tiene un temperamento apasionado —entre paréntesis, su abuelo era un armenio—. Ella sabe a maravilla colgarse del brazo y pegarse a las costillas de su acompañante como una sanguijuela. De esta suerte, proseguimos nuestra marcha. Al pasar por delante de la casa de los Karenin veo al perro y me acuerdo del tema de mi disertación. Recordándolo, suspiro.

—¿Por qué suspira usted? —me pregunta Narinka o Varinka. Y ella a su vez suspira.

Aquí debo dar una explicación: Narinka o Varinka —de repente me doy cuenta de que se llama Masdinka— figúrase que yo estoy enamorado de ella, y se le antoja un deber de humanidad compadecerme y curar la herida de mi corazón.

—Escuche —me dice—, yo sé por qué suspira usted. Usted ama, ¿no es verdad? Le prevengo que la joven por usted amada tiene por usted un profundo respeto. Ella no puede corresponderle con su amor; mas no es suya la culpa, porque su corazón pertenece a otro, tiempo ha.

La nariz de Masdinka se enrojece y se hincha; las lágrimas afluyen a sus ojos. Ella espera que yo le conteste; pero, felizmente, hemos llegado. En la terraza se encuentra la mamá de Masdinka, una persona excelente, aunque llena de supersticiones. La dama contempla el rostro de su hija; y luego se fija en mí, detenidamente, suspirando, como si quisiera exclamar:

"¡Oh, juventud, que no sabe disimular sus sentimientos!".

Además de la mamá están sentadas en la terraza señoritas de matices diversos y un oficial retirado, herido en la última guerra en la sien derecha y en el muslo izquierdo. Este infeliz quería, como yo, consagrar el verano a la redacción de una obra intitulada "Memorias de un militar".

Al igual que yo, aplicase todas las mañanas a la redacción de su libro; pero apenas escribe la frase "Nací en tal año…", aparece bajo su balcón alguna Varinka o Masdinka, que está allí como de centinela. Cuantos se hallan en la terraza ocúpanse en limpiar frutas, para hacer dulce con ellas. Saludo y me dispongo a marchar; pero las señoritas de diversos matices esconden mi sombrero y me incitan a que no me vaya. Tomo asiento.

Me dan un plato con fruta y una horquilla, a fin de que proceda, como los demás, a la operación de extraer el hueso. Las señoritas hablan de sus cortejadores; fulano es guapo; mengano lo es también, pero no es simpático; zutano es feo, aunque simpático; perengano no está mal del todo, pero su nariz semeja un dedal, etc.

—Y usted, Nicolás —me dice la mamá de Masdinka—, no tiene nada de guapo; pero le sobra simpatía; en usted hay un no sé qué… La verdad es —añade suspirando— que para un hombre lo que vale no es la hermosura, sino el talento.

Las jóvenes me miran y en seguida bajan los ojos. Ellas están, sin duda, de acuerdo en que para un hombre lo más importante no es la hermosura, sino el talento. Obsérvome, a hurtadillas, en el espejo para ver si, realmente, soy simpático. Veo a un hombre de tupida melena, barba y bigote poblados, cejas densas, vello en la mejilla, vello debajo de los ojos, todo un conjunto velludo, en medio del cual descuella, como una torre sólida, su nariz.

—No me parezco mal del todo…

—Pero en usted, Nicolás, son las cualidades morales las que llevan ventaja —replica la mamá de Masdinka. Narinka sufre por mí; pero al propio tiempo, la idea de que un hombre está enamorado de ella la colma de gozo. Ahora charlan del amor. Una de las señoritas levántase y se va; todas las demás empiezan a hablar mal de ella. Todas, todas la hallan tonta, insoportable, fea, con un hombro más bajo que otro. Por fin aparece mi sirvienta, que mi madre envió para llamarme a comer. Puedo, gracias a Dios, abandonar esta sociedad estrambótica y entregarme nuevamente a mi trabajo. Me levanto y saludo.

Pero la mamá de Narinka y las señoritas de diversos matices rodéanme y me declaran que no me asiste el derecho de marcharme porque ayer les prometí comer con ellas y después de la comida ir a buscar setas en el bosque.

Saludo y vuelvo a tomar asiento… En mi alma hierve la irritación. Presiento que voy a estallar; pero la delicadeza y el temor de faltar a las conveniencias sociales oblíganme a obedecer a las señoras, y obedezco.

Nos sentamos a comer. El oficial retirado, que por efecto de su herida en la sien tiene calambres en las mandíbulas, come a la manera de un caballo provisto de su bocado. Hago bolitas de pan, pienso en la contribución sobre los perros, y, consciente de mi irascibilidad, me callo. Narinka me observa con lástima. Okroschka, lengua con guisantes, gallina cocida, compota. Me falta apetito; pero engullo por delicadeza. Después de comer voy a la terraza para fumar; en esto acércase a mí la mamá de Masdinka y me dice con voz entrecortada:

—No desespere usted, Nicolás… Su corazón es de… Vamos al bosque.

Varinka se cuelga de repente de mi brazo y establece el contacto. Sufro inmensamente; pero me aguanto.

—Dígame, señor Nicolás —murmura Narinka—, ¿por qué está usted tan triste, tan taciturno? ¡Extraña muchacha! ¿Qué se le debe responder? ¡Nada tengo que decirle!

—Hábleme algo —añade la joven.

En vano busco algo vulgar, accesible a su intelecto. A fuerza de buscar, lo encuentro, y me decido a romper el silencio.

—La destrucción de los bosques es una cosa perjudicial a Rusia.

—Nicolás —suspira Varinka, mientras su nariz se colorea—, usted rehuye una conversación franca… Usted quiere asesinarme con su reserva… Usted se empeña en sufrir solo…

Me toma de la mano, y advierto que su nariz se hincha; ella añade:

—¿Qué diría usted si la joven que usted quiere le ofreciera una amistad eterna?

Yo balbuceo algo incomprensible, porque, en verdad, no sé qué contestarle; en primer lugar, no quiero a ninguna muchacha; en segundo lugar, ¿qué falta me hace una amistad eterna? En tercer lugar, soy muy irritable. Masdinka o Varinka cúbrese el rostro con las manos y dice a media voz, como hablando consigo misma: "Se calla…; veo que desea mi sacrificio. ¿Pero cómo lo he de querer, si todavía quiero al otro?… Lo pensaré, sí, lo pensaré; reuniré todas las fuerzas de mi alma, y, a costa de mi felicidad, libraré a este hombre de sus angustias".

No comprendo nada. Es un asunto cabalístico. Seguimos el paseo silencioso. La fisonomía de Narinka denota una lucha interior. Óyese el ladrido de los perros. Esto me hace pensar en mi disertación, y suspiro de nuevo. A lo rejos, a través de los árboles, descubro al oficial inválido, que cojea atrozmente, tambaleándose de derecha a izquierda, porque del lado derecho tiene el muslo herido, y del lado izquierdo tiene colgada de su brazo a una señorita. Su cara refleja resignación. Regresamos del bosque a casa, tomamos el té, jugamos al *croquet* y escuchamos cómo una de las jóvenes canta:

"Tú no me amas, no…".

Al pronunciar la palabra "no", tuerce la boca hasta la oreja.

Charmant, charmant, gimen en francés las otras jóvenes. Ya llega la noche. Por detrás de los matorrales asoma una luna lamentable. Todo está en silencio. Percíbese un olor repugnante de heno cortado. Tomo mi sombrero y me voy a marchar.

—Tengo que comunicarle algo interesante —murmura Masdinka a mi oído.

Abrigo el presentimiento de que algo malo me va a suceder, y, por delicadeza, me quedo. Masdinka me coge del brazo y me arrastra hacia una avenida. Toda su fisonomía expresa una lucha. Está pálida, respira con dificultad; diríase que piensa arrancarme el brazo derecho. "¿Qué tendrá?", pienso yo.

—Escuche usted; no puedo…

Quiere decir algo; pero no se atreve. Veo por su cara que, al fin, se decide. Lánzame una ojeada, y con la nariz, que va hinchándose gradualmente, me dice a quema ropa:

—Nicolás, yo soy suya. No le puedo amar; pero le prometo fidelidad. Apriétase contra mi pecho y retrocede poco después.

—Alguien viene, adiós; mañana a las once me hallaré en la glorieta.

Desaparece. Yo no comprendo nada. El corazón me late. Regreso a mi casa. El pasado y el porvenir del impuesto sobre los perros me aguarda; pero trabajar me es imposible. Estoy rabioso. Me siento terriblemente irritado. Yo no permito que se me trate como a un chiquillo.

Soy irascible, y es peligroso bromear conmigo. Cuando la sirvienta me anuncia que la cena está lista, la despido brutalmente:

—¡Váyase en mal hora!

Una irritabilidad semejante nada bueno promete. Al otro día, por la mañana, el tiempo es el habitual en el campo. La temperatura fría, bajo cero. El viento frío; lluvia, fango y suciedad. Todo huele a naftalina, porque mi mamá saca a relucir su traje de invierno. Es el día 7 de agosto de 1887, día del eclipse de sol. Hay que advertir que cada uno de nosotros, aun sin ser astrónomo, puede ser de utilidad en esta circunstancia. Por ejemplo: cada uno puede, primero, marcar el diámetro del sol con respecto al de la luna; segundo, dibujar la corona del sol; tercero, marcar la temperatura; cuarto, fijar en el momento del eclipse la situación de los animales y de las plantas; quinto, determinar sus propias impresiones, etcétera. Todo esto es tan importante, que por el momento resuelvo dejar aislado el impuesto sobre los perros. Propóngome observar el eclipse. Todos nos hemos levantado muy temprano. Reparto el trabajo en la forma siguiente: yo calcularé el diámetro del sol y de la luna; el oficial herido dibujará la corona. Lo demás correrá a cargo de Masdinka y de las señoritas de diversos matices.

—¿De qué proceden los eclipses? —pregunta Masdinka. Yo contesto:

—Los eclipses proceden de que la luna, recorriendo la elíptica, se coloca en la línea sobre la cual coinciden el sol y la tierra.

—¿Y qué es la elíptica?

Yo se lo explico. Masdinka me escucha con atención, y me pregunta:

—¿No es posible ver, mediante un vidrio ahumado, la línea que junta los centros del sol y de la tierra?

—Es una línea imaginaria —le contesto.

—Pero si es imaginaria —replica Masdinka—, ¿cómo es posible que la luna se sitúe en ella?

No le contesto. Siento, sin embargo, que, a consecuencia de esta pregunta ingenua, mi hígado se agranda.

—Esas son tonterías —añade la mamá de Masdinka—; nadie es capaz de predecir lo que ocurrirá. Y, además, usted no estuvo jamás en el cielo. ¿Cómo puede saber lo que acontece a la luna y al sol? Todo ello son puras fantasías.

Es cierto; la mancha negra empieza a extenderse sobre el sol. Todos parecen asustados; las vacas, los caballos, los carneros con los rabos levantados, corren por el campo mugiendo. Los perros aúllan. Las chinches creen que es de noche y salen de sus agujeros, con el objeto de picar a los que hallen a su alcance. El vicario llega en este momento con su carro de pepinos, se asusta, abandona el vehículo y ocúltase debajo del puente; el caballo penetra en su patio, donde los cerdos se comen los pepinos. El empleado de las contribuciones, que había pernoctado en la casa vecina, sale en paños menores y grita con voz de trueno: "¡Sálvese el que pueda!". Muchos veraneantes, incluso algunas bonitas jóvenes, lánzanse a la calle descalzos. Otra cosa ocurre que no me atrevo a referir.

—¡Qué miedo! ¡Esto es horrible! —chillan las señoritas de diversos matices.

—Señora, observad bien, el tiempo es precioso. Yo mismo calculo el diámetro.

Acuérdome de la corona, y busco al oficial herido, quien está parado, inmóvil.

—¿Qué diablos hace usted? ¿Y la corona?

El oficial se encoge de hombros, y con la mirada me indica sus dos brazos. En cada uno de ellos permanece colgada una señorita, las cuales, asidas fuertemente a él, le impiden el trabajo. Tomo el lápiz y anoto los minutos y los segundos: esto es muy importante. Marco la situación geográfica del punto de observación: esto es también muy importante. Quiero calcular el diámetro, pero Masdinka me agarra de la mano y díceme:

—No se olvide usted: hoy, a las once.

Despréndome de ella, porque los momentos son preciosos y yo tengo empeño en continuar mis observaciones. Varinka se apodera de mi otro brazo y no me suelta. El lápiz, el vidrio ahumado, los dibujos, todo se cae al suelo. ¡Diantre! Hora es de que esta joven sepa que yo soy irascible, y cuando yo me irrito, no respondo de mí. En vano pretendo seguir. El eclipse se acabó.

—¿Por qué no me mira usted? —me susurra tiernamente al oído.

Esto es ya más que una burla. Convenid en que no es posible jugar con la paciencia humana. Si algo terrible sobreviene, no será por culpa mía. ¡Yo no permito que nadie se mofe de mí! ¡Qué diablo! En mis instantes de irritación no aconsejo a nadie que se acerque a mí. Yo soy capaz de todo.

Una de las señoritas nota en mi semblante que estoy irritado y trata de calmarme.

—Nicolás Andreievitch, yo he seguido fielmente sus indicaciones, observé a los mamíferos y apunté cómo, ante el eclipse, el perro gris persiguió al gato, después de lo cual quedó por algún tiempo meneando la cola.

Nada resulta, pues, de mis observaciones. Me voy a casa. Llueve, y no me asomo al balconcito. El oficial herido arriésgase a salir a su balcón, y hasta escribió: "He nacido en…". Pero desde mi ventana veo cómo una de las señoritas de marras le llama, con el fin de que vaya a su casa.

Trabajar me es imposible. El corazón me late con violencia. No, iré a la cita de la glorieta. Es evidente que cuando llueve yo no puedo salir a la calle. A las doce recibo una esquelita de Masdinka, la cual me reprende, y exige que me persone en la glorieta, tuteándome. A la una recibo una segunda misiva, y a las dos una tercera. Hay que ir, no cabe duda. Empero, antes de ir, debo pensar qué es lo que habré de decirle. Me comportaré como un caballero. En primer lugar, le declararé que es inútil que cuente con mi amor; no, semejante cosa no se dice a las mujeres; decir a una mujer "yo no la amo", es como decir a un escritor: "usted escribe mal". Le expondrá sencillamente mi opinión acerca del matrimonio. Me pongo, pues, el abrigo de invierno, empuño el paraguas y diríjome a la glorieta. Conocedor como soy de mi carácter irritable, temo cometer alguna barbaridad. Me las arreglaré para refrenarme. En la glorieta, Masdinka me espera. Narinka está pálida y solloza. Al verme prorrumpe en una exclamación de alegría y agárrese a mi cuello.

—Por fin; ya abusas de mi paciencia. No he podido cerrar los ojos en toda la noche. He pensado durante la noche, y a fuerza de pensar, saqué en consecuencia que cuando te conozca mejor te podré amar.

Siéntome a su lado; le expongo mi opinión acerca del matrimonio. Por no alejarme del tema y abreviarlo hago sencillamente un resumen histórico. Hablo del casamiento entre los egipcios; paso a los tiempos modernos; intercalo algunas ideas de Schopenhauer. Masdinka me presta atención, pero luego, sin transición, me dice:

—Nicolás, dame un beso.

Estoy molesto. No sé qué hacer. Ella insiste. ¿Qué hacer? Me levanto y le beso su larga cara. Ello me produce la misma sensación que experimenté cuando, siendo niño, me obligaron a besar el cadáver de mi abuela. Varinka no parece satisfecha. Salta y me abraza. En el mismo momento, la mamá de Masdinka aparece en el umbral de la puerta. Hace un gesto de espanto; dice a alguien: "¡spch!", y desaparece como Mefistófeles, por escotillón. Incomodado, me encamino nuevamente a mi casa. En ella me encuentro a la mamá de Varinka, que abraza, con lágrimas en los ojos, a mi mamá. Ésta llora y exclama: "Yo misma lo deseaba". A renglón seguido: "¿Qué les parece a ustedes?". La mamá de Varinka se acerca a mí, me abraza y me dice: "¡Que Dios os bendiga! Tú has de amarla. No olvides jamás que ella se sacrifica por ti".

He aquí que me casan. Mientras esto escribo, los testigos del matrimonio se encuentran cerca de mi y me dan prisa. Decididamente esta gente no conoce mi irascibilidad. Soy terrible. No respondo de mi. ¡Por vida de!... Ustedes adivinarán lo que puede ocurrir. Casar a un hombre irritado, rabioso, es igual que meter la mano en la jaula de un tigre. Veremos cuál será el desenlace final...

Estoy casado... Todos me felicitan. Varinka se apoya contra mí y me dice:

—Ahora si que eres mío. Sé que me amas, ¡dilo!

Su nariz se hincha. Me entero por los testigos de que el oficial retirado fue bastante hábil para esquivar el casamiento. A una de las señoritas le exhibió un certificado médico según el cual, a causa de su herida en la sien, no tiene sano juicio, y, por tanto, le está prohibido contraer matrimonio.

¡Qué idea! Yo también pude presentar un certificado. Uno de mis tíos fue borracho. Otro era distraído. En cierta ocasión, en lugar de una gorra, se cubrió la cabeza con un manguito de señora. Una tía mía era muy aficionada al piano, y sacaba la lengua al tropezar con un hombre. Además, mi carácter extremadamente irritable induce a sospechas. ¿Por qué las buenas ideas acuden a la mente siempre demasiado tarde?...

LONICH

I

Cuando los recién llegados a la ciudad de provincias S. se quejaban de lo aburrida y monótona que era la vida en ella, los habitantes de esa ciudad, como justificándose decían que, al contrario, en S. se estaba muy bien, que en S. había una biblioteca, un teatro, un club, se celebraban bailes y —añadían finalmente— había algunas familias interesantes, agradables e inteligentes con las que podían relacionarse. Y mencionaban a los Turkin como los más instruidos y de mayores talentos.

Esta familia vivía en casa propia en la calle principal, junto a la del gobernador. El propio Turkin, Iván Petróvich, un hombre moreno, grueso y guapo, con patillas, organizaba espectáculos de aficionados con fines benéficos en los que interpretaba a viejos generales. Al hacer su papel, tosía de una manera muy cómica. Sabía muchos chistes, charadas, dichos, le gustaba bromear, lanzar frases picantes y siempre tenía una expresión que hacía dudar si hablaba en broma o en serio. Su mujer, Vera Iósifovna, una señora más bien delgada, de aspecto agradable y con lentes, escribía relatos y novelas que leía solícita a sus invitados. La hija, Ekaterina Ivánovna, una muchacha joven, tocaba el piano. En una palabra, cada miembro de la familia tenía algún talento. Los Turkin se alegraban de recibir invitados y se sentían felices de mostrarles sus talentos, cosa que hacían con cordial sencillez. Su casa de piedra era espaciosa y fresca en verano, la mitad de sus ventanas daban a un viejo jardín sombreado, donde en primavera cantaban los ruiseñores. Cuando en la casa había invitados, de la cocina venía el trajinar de los cuchillos y al patio llegaba un olor de cebolla frita; todo ello era siempre la premonición de una cena abundante y suculenta.

El doctor Stártsev, Dmitri Iónich, a poco de habérselo destinado como médico rural e instalarse en Diálizh —a unos diez kilómetros de S.— también oyó hablar de esa familia. Le decían que un hombre culto como él, sin falta debía conocer a los Turkin. Un día de invierno, en la calle, le presentaron a Iván Petróvich; hablaron del tiempo, de teatro, de la epidemia de cólera, y a ello siguió una invitación. En primavera, un día de fiesta — era Ascensión—, después de pasar consulta, Stártsev se dirigió a la ciudad para distraerse un poco y aprovechar para hacer algunas compras. Marchaba a pie, sin prisa —todavía no tenía caballos propios y canturreaba:

Aún no había apurado yo el cáliz de la amargura…

Cuando llegó a la ciudad almorzó, paseó por el parque y luego recordó la invitación de Iván Petróvich. Decidió visitar a los Turkin, ver qué clase de personas eran.

—Muy buenas, por favor —le saludó Iván Petróvich al recibirlo en la entrada—. Me alegra mucho ver a un invitado tan agradable. Venga, le presentaré a mi querida media naranja. Le estaba diciendo, Vérochka —prosiguió al presentar al doctor a su mujer—, le estaba diciendo que no tiene ningún derecho a estarse metido en su clínica, porque su ocio se lo debe a la sociedad. ¿No es cierto, cariño?

—Siéntese aquí —le decía Vera Iósifovna, señalando un asiento a su lado—. Puede usted hacerme la corte. Mi marido es celoso, es un Otelo, pero haremos lo posible por comportarnos de tal modo que no se dé cuenta de nada.

—Oh, cariñito, eres muy juguetona... —la miró dulcemente Iván Petróvich y le besó la frente—. Ha venido usted muy a propósito —se dirigió de nuevo al invitado—, mi querida esposa ha escrito una enorme novela que hoy leerá en público.

—*Jean, dites que l'on nous donne du thé*[1] —dijo Vera Iósifovna a su marido.

Le presentaron a Ekaterina Ivánovna, una muchacha de dieciocho años, muy parecida a su madre, tan delgada y agraciada como ella. Todavía tenía una expresión infantil y un talle fino, delicado. Y el pecho, virginal, ya desarrollado, era de una belleza que hablaba de salud y primavera, de una auténtica primavera. Después tomaron té con mermelada, miel, dulces y unas galletas muy sabrosas que se deshacían en la boca. Con la llegada de la tarde, poco a poco fueron llegando nuevos invitados; Iván Petróvich, cuando con sus ojos risueños se dirigía a cada uno de ellos le decía:

—Muy buenas, ¿cómo está usted?

Luego, todos se sentaron con rostros muy serios y Vera Iósifovna leyó su novela. Empezaba así: "El frío era cada vez más intenso...: Las ventanas estaban abiertas de par en par y de la cocina llegaba el sonar de los cuchillos y el olor a cebolla frita... Atardecía. Se estaba muy cómodo en los blandos y profundos sillones, las luces titilaban acariciadoras en el salón. En esos momentos, en ese atardecer veraniego, cuando de la calle llegaban voces y risas y del patio fluía el aroma de las lilas, era difícil imaginarse un frío intenso y cómo el sol poniente iluminaba con sus rayos fríos la llanura y a un caminante que marchaba solitario por el camino". Vera Iósifovna leía una historia en la que una condesa joven y

---

[1] Jean, diles que nos dé un poco de té.

bella construía en su aldea escuelas, hospitales, bibliotecas y se enamoraba de un pintor errante. Leía una historia de las que nunca ocurren y sin embargo era agradable, ameno oírla, la mente se llenaba de pensamientos buenos, apacibles. No daban ganas de reírse.

—No está nada mal… —dijo en voz baja Iván Petróvich.

Y uno de los invitados, llevado lejos, muy lejos, por la historia, pronunció con voz casi inaudible:

—Sí… cierto… no está nada mal…

Pasó una hora y otra. En el vecino parque de la ciudad tocaba una orquesta, cantaba un coro. Cuando Vera Iósifovna cerró su libreta, durante cinco minutos quedaron en silencio. Escuchaban El candil —que cantaba el coro— y la canción les decía lo que no se daba en la novela, pero sí sucedía en la vida.

—¿Publica usted sus obras? —preguntó Stártsev a Vera Iósifovna.

—No —contestó la señora—, no publico en ninguna parte, lo escribo y lo guardo en un cajón. ¿Para qué publicarlo? —aclaró—. Medios no nos faltan.

Por alguna razón, todos suspiraron.

—Y ahora, querida, tócanos algo —dijo Iván Petróvich a su hija.

Levantaron la tapa del piano de cola, abrieron el libro de notas que ya estaba preparado para el caso. Ekaterina Ivánovna se sentó y con ambas manos golpeó las teclas y seguidamente dio otro golpe con todas sus fuerzas. Los golpes se sucedieron uno tras otro, los hombros y los pechos de la muchacha se estremecían, golpeaba con obstinación siempre en las mismas teclas y parecía que no iba a parar hasta que estas no se hundieran en el piano. El salón se llenó de estruendo; todo rugía: el suelo, el techo, los muebles… Ekaterina Ivánovna tocaba un pasaje difícil, interesante justamente por su dificultad, era extenso y reiterado. Stártsev, al escucharlo, se imaginaba cómo de una alta montaña iban cayendo rocas y más rocas y deseó que terminaran de caer cuanto antes. Pero al mismo tiempo Ekaterina Ivánovna, sonrosada y en tensión, fuerte, enérgica, con un mechón de pelo cayéndole sobre la frente, le agradaba mucho. Después de un invierno pasado en Diálizh entre enfermos y mujiks, era tan agradable, tan nuevo encontrarse en ese salón, mirar a este ser joven exquisito y lleno de gracia, y escuchar estos sonidos ruidosos, cansinos, pero de todos modos cultos…

—¡Bueno, querida, hoy has interpretado como nunca! —exclamó Iván Petróvich con lágrimas en los ojos cuando su hija acabó de tocar y se levantó—. ¡Apuesto a que mejor imposible!

Todos la rodearon, felicitándola, aseguraban asombrados que hacía tiempo no habían oído cosa igual. Ella escuchaba en silencio, con leve sonrisa y aire triunfal.

—¡Maravilloso! ¡Espléndido!

—¡Maravilloso! —dijo Stártsev, entregándose al regocijo general—. ¿Dónde ha estudiado música? —preguntó a Ekaterina lvánovna—. ¿En el conservatorio?

—No, ahora tengo intención de ir. He estudiado aquí, con madame Zavlóvskaia.

—¿Ha terminado sus estudios en el liceo de la ciudad?

—¡Oh, no! —respondió por su hija Vera lósifovna—. Los profesores han venido a casa. Porque estará usted de acuerdo conmigo en que en el liceo o en el instituto podía tener malas compañías; mientras la chica crece, sólo debe hallarse bajo la tutela de su madre.

—Pero iré al conservatorio de todos modos —dijo Ekaterina lvánovna.

—No, Katia es buena y no hará enfadar ni a papá ni a mamá.

—¡No, iré! ¡Iré sin falta! —exclamó Ekaterina lvánovna medio en broma haciendo pucheros, y sacudió su pie contra el suelo.

Durante la cena fue Iván Petróvich quien lució su talento. Riéndose sólo con los ojos, contaba chistes, lanzaba frases ingeniosas, proponía divertidos acertijos que él mismo resolvía. Todo el tiempo usaba un lenguaje especial, fruto de largos ejercicios de ingenio. Empleaba expresiones que, al parecer, ya eran habituales en él: "enormísimo", "no está pero que nada mal", "se lo agradezco deformemente".

Pero esto no era todo. Cuando los invitados, satisfechos después de la cena se agolpaban en la entrada buscando sus abrigos y bastones, entre ellos se afanaba el lacayo Pavlusha o, como se le llamaba en casa, Pava, un muchacho de catorce años, con el pelo corto y mejillas rellenas.

—¡A ver, Pava, cómo lo haces! —le dijo Iván Petróvich.

Pava se colocó en postura teatral, alzó un brazo y exclamó en tono trágico:

—¡Muere, desdichada! Y todos se echaron a reír.

"Divertido" —pensó Stártsev al salir a la calle.

Entró en un restaurante, se tomó una cerveza y después se fue caminando hacia su casa en Diálizh. Mientras entonaba:

"Oigo tu voz, cual caricia dolorosa…".

A pesar de los nueve kilómetros recorridos, al acostarse no se sintió nada fatigado. Al contrario, le parecía que muy bien hubiera podido recorrer veinte kilómetros más.

"No está nada mal" —recordó al dormirse, y sonrió.

II

Stártsev tenía intención de volver a visitar a los Turkin, pero en el hospital había mucho trabajo y no conseguía encontrar tiempo libre. De este modo, ocupado y solitario pasó más de un año; pero un día le llegó una carta en un sobre azul.

Vera Iósifovna hacía tiempo que sufría de dolores de cabeza, y como últimamente su querida hija la amenazaba con marcharse a estudiar al conservatorio, los dolores arreciaron. Visitaron a los Turkin todos los médicos de la ciudad, hasta que por fin le tocó hacerlo al médico rural. Vera Iósifovna le envió una carta muy emotiva en la que le rogaba que viniera a visitarla, para aligerar así sus sufrimientos. Stártsev fue a verla y a partir de entonces visitó a los Turkin muy a menudo… En efecto, en algo había ayudado a Vera Iósifovna, y esta empezó a contarles a todos sus conocidos que se trataba de un doctor asombroso, nunca visto. Pero los dolores de cabeza ya no eran el motivo de la presencia del doctor en casa de los Turkin…

Sucedió en un día de fiesta. Ekaterina Ivánovna había acabado sus largos y agotadores ejercicios de piano, después de lo cual pasaron largo tiempo en el comedor, tomando té; Iván Petróvich contaba algo divertido. De pronto sonó el timbre; había que ir a la entrada y recibir a algún invitado. Stártsev, aprovechando la confusión del momento, susurró a Ekaterina Ivánovna lleno de zozobra:

—¡Por el amor de Dios, se lo imploro, no me torture, salgamos al jardín!

Ella se encogió de hombros con aire de asombro y de no comprender qué era lo que quería Stártsev, pero se levantó, dirigiéndose hacia el jardín.

—Se pasa usted tres y cuatro horas tocando el piano —decía el médico caminando detrás de ella—, después se queda con su mamá y así no hay manera de hablarle. Dedíqueme al menos un cuarto de hora, se lo ruego.

Se acercaba el otoño y el viejo jardín estaba silencioso, triste; los senderos se cubrían de hojas mustias. Ya empezaba a anochecer temprano.

—No la he visto en toda una semana —prosiguió Stártsev—. ¡Y si usted supiera cuánto sufro por ello! Sentémonos. Quiero que me escuche.

En el jardín, ambos tenían un lugar preferido: el banco bajo el viejo arce. Allí se sentaron.

—¿Qué es lo que quiere de mí? —preguntó Ekaterina Ivánovna en tono seco, casi oficial.

—No la he visto en toda una semana, no la he oído tanto tiempo. Quiero oír su voz, lo deseo con pasión. Dígame algo.

El médico estaba encantado con su frescura, absorto en la expresión inocente de sus ojos. Hasta en el modo como le caía el vestido veía algo inusitadamente hermoso, conmovedor por su sencillez y gracia ingenuas. Y al mismo tiempo, a pesar de esta ingenuidad, la muchacha se veía muy inteligente y desarrollada para sus años. Podía hablar con ella de literatura, de arte, de cualquier cosa, podía quejarse de la vida, de los hombres, aunque a veces sucedía que al tocar un tema serio, la muchacha se echaba a reír sin motivo alguno o se marchaba corriendo a casa. Como la mayoría de las chicas de la ciudad, leía mucho (pero en S. se leía poco, y en la biblioteca así lo comentaban: si no fuera por las chicas y los jóvenes hebreos, muy bien se podría cerrar la biblioteca); esto era algo que le gustaba infinitamente a Stártsev, por lo que en cada ocasión le preguntaba emocionado sobre lo que había leído en los últimos días y escuchaba encantado sus comentarios (...).

—Pero ¿adónde va? —exclamó horrorizado Stártsev, al ver que ella se levantaba y se dirigía hacia la casa—. Tengo que hablar con usted... ¡Quédese al menos cinco minutos! ¡Se lo suplico!

La muchacha se detuvo como si quisiera decir algo, luego, con gesto torpe puso en la mano de él una nota y echó a correr hacia la casa; al rato, sonó de nuevo el piano.

"Hoy, a las once de la noche —leyó Stártsev— venga al cementerio junto al monumento a Demetti".

"Esto ya es una locura —pensó Stártsev, recobrando la calma—. ¿Al cementerio? ¿Para qué?".

La cosa estaba clara: la chica le había hecho una broma. Porque ¿a quién le cabe en la cabeza concertar una cita por la noche, lejos de la ciudad y en el cementerio, cuando puede uno quedar sencillamente en la calle, en el parque de la ciudad? ¿Y está bien que un médico, una persona inteligente y respetable como él se dedique a lanzar suspiros de amor, recibir notitas, pasearse por los cementerios, en fin, hacer estupideces de las que ahora se ríen hasta los escolares? ¿Hasta dónde puede llevar este romance? ¿Qué dirán sus colegas cuando se enteren? Así pensaba Stártsev, deambulando en el club por entre las mesas. Pero al llegar las diez y media se marchó al cementerio.

Ya tenía su carruaje y su cochero, Panteleimón, con chaquetilla de terciopelo. Brillaba la luna. La noche estaba silenciosa, templada, pero de un tibio otoñal. En las afueras, junto al matadero, aullaban los perros. Stártsev dejó el coche en los límites de la ciudad, en un callejón, y siguió el camino hacia el cementerio a pie. "Cada uno tiene sus rarezas

—pensaba—, Katia también tiene las suyas y, ¿quién sabe?, a lo mejor no es una broma y viene de verdad".

Anduvo casi un kilómetro a campo traviesa. El cementerio se dibujaba a lo lejos en una franja oscura, como un bosque o un jardín. Apareció el muro de piedra blanca, la entrada… Con la claridad de la luna en las puertas se podía leer: "Y llegará la hora". Stártsev atravesó la entrada y lo primero que vio fueron las cruces blancas y los monumentos funerarios a ambos lados de un ancho paseo, las sombras negras de aquellos y de los álamos. A su alrededor se extendían hasta perderse a lo lejos, manchas claras y oscuras. Los árboles somnolientos inclinaban sus ramas sobre las superficies blancas. Parecía que aquí había más luz que en el campo; las hojas de los arces, como huellas de las manos, destacaban sobre la amarilla arena de los paseos y las lápidas. Las inscripciones se leían con claridad. En un primer momento, Stártsev quedó asombrado ante el espectáculo que se le presentaba por primera vez y que, probablemente, nunca más volvería a ver: un mundo que no se parecía a nada, un mundo en el que la luz lunar era suave y agradable, donde en cada oscuro álamo, en cada tumba se percibe la presencia de un misterio que promete una vida calma, maravillosa, eterna. De las lápidas y las flores secas, junto al aroma otoñal de las hojas llegaba un hálito de perdón, tristeza y paz.

Reinaba un mundo de silencio; desde el cielo miraban resignadas las estrellas, y los pasos de Stártsev sonaban rudos y desatinados. Sólo cuando en la iglesia sonaron las horas y él se imaginó muerto, enterrado aquí por los siglos de los siglos, sólo entonces le pareció que alguien lo observaba, pensó por un instante que esto no era paz, ni silencio, sino la muda angustia del no existir…

El monumento a Demetti era una capilla con un ángel en la cúspide. Cierta vez, en S. actuó de paso una compañía italiana de ópera; una de sus cantantes murió, aquí la enterraron y levantaron este monumento funerario. En la ciudad ya nadie se acordaba de ella, aunque la lamparilla sobre la entrada reflejaba la luz lunar y parecía arder.

…Esperó sentado junto al monumento una media hora, luego se paseó por los caminos colaterales, con el sombrero en la mano. Esperaba y pensaba en las mujeres y muchachas que yacían en estas tumbas. ¡Cuántos seres hermosos, encantadores, que amaron, ardieron con loca pasión en sus noches entregándose a las caricias! ¡Y realmente, qué malas pasadas gasta la madre naturaleza a los hombres, cuánto dolía reconocerlo! Así pensaba Stártsev. Al mismo tiempo, quería ponerse a gritar que él quiere, que él anhela desesperado el amor; ante él aparecían no ya pedazos de mármol, sino cuerpos maravillosos, veía formas que desaparecían vergonzosas entre las sombras de los árboles, percibía su calor y el tormento se hacía insoportable...

Como si bajara el telón, la luna se ocultó tras una nube y de pronto, todo oscureció a su alrededor. Casi no podía encontrar la entrada —todo estaba a oscuras como en las noches de otoño—, luego anduvo cosa de una hora y media buscando el callejón donde había dejado el coche.

—Estoy cansado, casi no me tengo en pie —le dijo a Panteleimón.

Y sentándose con placer en el carruaje pensó: "¡Oh, no hay que engordar!".

<h3 style="text-align:center">III</h3>

Al día siguiente por la tarde, se dirigió a casa de los Turkin con el fin de decla rarse. Pero le resultó incómodo hacerlo, porque Ekaterina Ivánovna estaba con el peluquero. Se estaba arreglando para ir al club, a una fiesta.

De nuevo se quedó largo rato esperando en el comedor, tomando té. Iván Petróvich, al ver que el invitado estaba pensativo y se aburría, sacó de un bolsillo de su chaleco unos papelitos y le leyó una carta divertida de su administrador alemán que le informaba de la marcha de sus propiedades, en un lenguaje pretendidamente culto y estrafalario.

"Seguro que la dote no será pequeña", pensaba Stártsev escuchando distraído.

Después de una noche en blanco se encontraba embotado, como si lo hubieran llenado de un somnífero; tenía el ánimo nebuloso pero alegre, cálido, aunque al mismo tiempo, un fragmento frío y pesado, en su mente repetía y volvía a repetir.

"¡Frénate antes de que sea tarde! ¿Qué pareja es para ti? Es una niña mimada, caprichosa, duerme hasta las dos; en cambio tú eres un hijo de diácono, un médico rural...".

"Bueno ¿y qué? —se contestaba—. ¿Qué más da?".

"Además, si te casas con ella —proseguía la parte fría de su ser—, su familia te obligará a dejar el trabajo en el campo y a vivir en la ciudad".

"Bueno ¿y qué? —pensaba—. Si hay que vivir en la ciudad que así sea. Con la dote nos instalamos como debe ser...".

Por fin entró Ekaterina Ivánovna. Llevaba un traje de gala, escotado; graciosa, pulcra. Stártsev quedó prendado; tal fue su entusiasmo que no pudo pronunciar ni una sola palabra: tenía sus ojos clavados en ella y sonreía.

La muchacha se despidió y él —ya nada lo retenía allí— se levantó diciendo que era hora de irse pues le esperaban los enfermos.

—Qué le vamos a hacer —dijo Iván Petróvich—, vaya usted, de paso acerca a Katia hasta el club.

Afuera caían algunas gotas, estaba muy oscuro, y sólo por la tos ronca de Panteleimón podía adivinarse dónde estaban los caballos. Levantaron la capota del coche.

Se pusieron en marcha.

—Ayer estuve en el cementerio —empezó diciendo Stártsev—. Qué cruel y despiadado de su parte…

—¿Estuvo usted en el cementerio?

—Sí, estuve allí y la esperé casi hasta las dos. No sabe usted lo que sufrí…

—Pues sufra usted, si no entiende las bromas.

Ekaterina Ivánovna, satisfecha de la astuta broma que le había gastado a su enamorado y de lo mucho que se la quería, se puso a reír. Pero, de pronto gritó del susto, pues en este mismo instante los caballos hicieron un movimiento brusco hacia las puertas del club y el coche se ladeó. Stártsev abrazó a Ekaterina Ivánovna por el talle, ella asustada, se apretó contra él, y Stártsev, que no pudo contenerse, la besó con pasión en los labios, en la barbilla y la abrazó con más fuerza.

—Basta —dijo la muchacha en tono cortante.

Y casi de inmediato ya no estaba en el coche. El guardia que se encontraba junto a la entrada iluminada del club gritó con voz repugnante al cochero Panteleimón:

—¿Qué haces ahí pasmado? ¡Sigue para adelante!

Stártsev se dirigió a casa, pero pronto volvió. Vestido con un frac que le habían prestado y una corbata blanca que quería escaparse del cuello, a medianoche se encontraba sentado en el salón del club y decía con pasión a Ekaterina Ivánovna:

—¡Oh, qué poco saben aquellos que nunca han amado! Creo que nadie todavía ha podido descubrir con fidelidad el amor, y difícilmente será posible describir este sentimiento sutil, feliz y atormentado. El que lo ha experimentado aunque sea sólo una vez no podrá expresarlo con palabras. ¿Para qué los prólogos, las explicaciones? ¿Para qué la inútil elocuencia? Mi amor no tiene límites… Le ruego, se lo imploro —logró por fin decir Stártsev—, ¡sea mi esposa!

—Dmitri Iónich —dijo después de pensar un momento Ekaterina Ivánovna en tono serio—, Dmitri Iónich, me siento profundamente agradecida por el honor que usted me concede, yo le respeto, pero… —se levantó y prosiguió de pie—, pero, ruego que me disculpe, no puedo ser su mujer. Hablemos en serio. Dmitri Iónich, usted sabe que lo que más quiero en la vida es el arte; amo con locura, adoro la música, y a ella he consagrado mi vida. Quiero ser una artista, quiero alcanzar la gloria, grandes éxitos, la libertad. Y lo que usted pretende es que siga viviendo en esta ciudad, que continúe llevando esta vida vacía e inútil que ya no soporto más. Convertirme en esposa, ¡oh, no, discúlpeme! La persona debe aspirar a algo superior, esplendoroso; en cambio, la vida familiar me encadenaría para el resto de mi vida. Dmitri Iónich, es usted un hombre bueno, respetable, inteligente, es usted el mejor... —se le llenaron de lágrimas los ojos—, comprendo con toda mi alma sus sentimientos, pero entiéndame usted también a mí...

Y para no echarse a llorar, se dio vuelta y salió apresuradamente del salón.

El corazón de Stártsev latía violentamente. Al salir del club a la calle se arrancó el duro corbatín y respiró a pleno pulmón. Estaba avergonzado y se sentía ofendido en su orgullo; no esperaba la negativa y no podía hacerse a la idea de que todos sus sueños, sufrimientos y aspiraciones le hubieran llevado a un final tan estúpido, igual que en una breve obra de aficionados. Y sentía pena de sus sentimientos, de su amor; tanta era la lástima, que tuvo ganas de ponerse a llorar o de dar un paraguazo con todas sus fuerzas en las espaldas de Panteleimón.

Durante tres días las cosas se le caían de las manos, no comía, no dormía. Pero cuando le llegó la noticia de que Ekaterina Ivánovna se había marchado a Moscú para ingresar en el conservatorio, se tranquilizó y su vida volvió a la normalidad.

Tiempo después, cuando a veces se acordaba de cómo se pasó media noche en el cementerio o de cómo se recorrió toda la ciudad en busca de un frac, se estiraba perezoso y se decía:

—¡Cuánta guerra me dio la muchacha!

IV

Pasaron cuatro años. Stártsev tenía ya una gran clientela. Cada mañana hacía rápido sus visitas en Diálizh y luego marchaba a ver sus pacientes de la ciudad. Viajaba ya no en un par de caballos, sino en una troika con cascabeles; volvía a casa tarde por la noche. Estaba más grueso, había echado carnes, andaba lo menos que podía, pues padecía de asma. También Panteleimón estaba más gordo, y cuanto más crecía a lo ancho, con más tristeza suspiraba quejándose de su mala suerte: ¡estaba harto de pasar tanto tiempo en el pescante!

Stártsev visitaba muchas casas y personas, pero no intimaba con nadie. Los habitantes de la ciudad, con sus conversaciones, opiniones sobre la vida y hasta por sus caras lo irritaban. Poco a poco, la experiencia le enseñó que las personas, mientras uno juegue a las cartas o tome un trago con ellas, parecen gente pacífica, bondadosa y hasta inteligente, pero basta con tocar algún tema que no sea de comida, por ejemplo, de política o de ciencia, para que se metan en disquisiciones inútiles y desplieguen una filosofía tan torpe y malvada que a uno lo único que le queda es o echarse a llorar o irse por donde ha venido. Cuando Stártsev intentaba hablar incluso con personas de talante liberal, por ejemplo, de que, gracias a Dios, la humanidad avanza y que con el tiempo esta prescindirá de los pasaportes y de la pena de muerte, el hombre se le quedaba mirando y preguntaba con desconfianza: "O sea que, entonces, ¿todo el mundo podrá romperle la cabeza a quien le parezca?". Y cuando Stártsev decía en un grupo —durante alguna cena o un té— que hacía falta trabajar, que no se podía vivir sin trabajar, entonces todos se lo tomaban como una alusión personal, se enfadaban y se ponían a discutir agresivos. Por lo demás, la gente no hacía nada, decididamente nada, no se interesaba por nada y por mucho que se esforzara uno, no podía ingeniarse un tema de conversación con ella.

Así que Stártsev evitaba conversar, sólo tomaba sus tragos y jugaba a las cartas. Y cuando lo invitaban a alguna fiesta de cumpleaños, el hombre se sentaba a la mesa y comía en silencio, mirando el plato; todo lo que se decía en ese rato no tenía interés alguno, era injusto, estúpido. El se sentía irritado, perdía la calma, pero callaba. Por su hosco silencio y su mirada clavada en el plato, en la ciudad se le empezó a llamar "el polaco enfurruñado", aunque nunca había sido polaco.

Se abstenía de diversiones tales como el teatro o los conciertos, pero, en cambio, jugaba a las cartas cada día, unas tres horas, y lo hacía con placer. Tenía otra distracción a la que se acostumbró poco a poco, que era cada tarde sacar de sus bolsillos los papelitos de cuánto había ganado con sus clientes y sucedía que en un día estos papeles metidos en sus bolsillos —de colores amarillo y verde, que olían a perfume, vinagre, incienso o aceite de pescado— alcanzaban los setenta, rublos; y cuando reunía varios cientos los llevaba a la Sociedad de Crédito y Préstamo y los ingresaba allí en una cuenta corriente.

En los cuatro años que pasaron desde la partida de Ekaterina Ivánovna sólo había estado dos veces en casa de los Turkin y fue por invitación de Vera Iósifovna, quien seguía curándose de los dolores de cabeza. Ekaterina Ivánovna venía cada verano a descansar con sus padres, pero no la vio ni una sola vez.

Pasaron cuatro años. En una mañana tranquila y tibia, le trajeron una carta. Vera Iósifovna le escribía a Dmitri Iónich, que lo añoraba mucho;

le rogaba que viviera sin falta a su casa y aligerara sus penas y que, por cierto, hoy era su cumpleaños. Abajo seguía la frase siguiente: "Yo también me sumo al ruego de mamá. E.".

Stártsev se lo pensó y por la tarde se dirigió a casa de los Turkin.

—¡Oh, se le saluda! ¿Cómo está usted? —lo recibió Iván Petróvich sonriendo sólo con los ojos—. Que tenga un *bonjour*.

Vera Iósifovna, ya muy envejecida, con cabellos blancos, le estrechó la mano a Stártsev, suspiró con afectación y dijo:

—Querido doctor, no quiere usted hacerme la corte, nunca viene a vernos, ya soy vieja para usted. Pero, mire, ha vuelto la joven, a lo mejor ella tiene más suerte.

¿Y Katia? Estaba más delgada, más pálida, más hermosa y esbelta; pero ya era Ekaterina Ivánovna y no Katia; ya no se veía la frescura y la expresión de inocencia infantil de antes. En su mirada, en sus gestos había algo nuevo, cierto aire culpable, como si en casa de los Turkin ya no se sintiera en la suya propia.

—¡Cuántos siglos sin verlo! —exclamó al tender la mano hacia Stártsev, se notaba que su corazón latía emocionado. Mirando fijamente y con curiosidad su rostro, prosiguió—: ¡Cómo ha engordado! Está más moreno, parece más hombre, pero en general ha cambiado poco.

También entonces le gustaba la muchacha, le gustaba mucho, aunque le faltaba algo, o le sobraba, no sabría decirlo, pero había algo que le impedía sentirse como antes. No le agradaba su palidez, la nueva expresión de su rostro, la débil sonrisa, la voz y, algo más tarde, no le gustó el vestido, el sillón en el que ella se sentaba; le disgustaba algo del pasado, de cuando estuvo a punto de casarse con ella. Recordó su amor, las ilusiones y esperanzas que lo dominaron hacía cuatro años y se sintió molesto.

Tomaron té con un pastel dulce. Luego Vera Iósifovna leyó en voz alta una novela, narró algo que nunca ocurría en la vida. Stártsev escuchaba y miraba su cabeza canosa y bella, esperando que acabara.

"El inepto no es quien no sabe escribir novelas, sino el que las escribe y no sabe disimularlo" —pensaba Stártsev.

—No está mal, pero nada mal… —comentó Iván Petróvich.

Después, Ekaterina Ivánovna tocó el piano, durante un buen rato y en forma ruidosa. Cuando acabó, los invitados la felicitaron por su ejecución.

"Hice bien en no casarme con ella" —pensó con alivio Stártsev.

Ella lo miraba y, al parecer, esperaba que él la invitara a salir al jardín, pero Stártsev permanecía en silencio.

—Charlemos un rato —dijo ella acercándose a él—. Cuénteme algo de su vida. ¿Cómo va todo? ¿Bien? Todos estos días he pensado en usted —prosiguió nerviosa—. Quería enviarle una carta, quería ir yo misma a Diálizh. Había decidido ir, aunque luego cambié de idea. Dios sabe qué pensará usted de mí ahora. ¡Le esperaba hoy con tanta emoción! Se lo ruego, por favor, salgamos al jardín.

Salieron al jardín y se sentaron en el banco bajo el viejo arce, como cuatro años atrás. Estaba oscuro.

—¿Qué tal le va? —preguntó de pronto Ekaterina lvánovna.

—Pues así, aquí estamos, vamos tirando —contestó Stártsev. No se le ocurrió nada más. Callaron.

—Estoy muy emocionada —dijo Ekaterina Ivánovna, y se tapó el rostro con las manos—, pero usted no haga caso. Estoy tan bien en casa y tan contenta de verlos a todos que no puedo hacerme a la idea. ¡Cuántos recuerdos! Me parecía que íbamos a hablar sin parar hasta la madrugada.

Ahora veía de cerca su cara, sus ojos brillantes, aquí en la oscuridad parecía más joven que en la habitación y hasta daba la impresión de haber recobrado su expresión infantil de antes. En efecto, miraba con ingenua curiosidad el rostro del hombre, como si quisiera ver más de cerca y comprender al hombre que en otro tiempo la había amado con tanto ardor, tanta ternura y tan poca suerte. Sus ojos le agradecían aquel amor. Y él recordó todo lo sucedido, los más pequeños detalles, cómo anduvo por el cementerio, cómo después, al amanecer, regresó a casa, agotado; y de pronto sintió tristeza y lástima del pasado. En el alma se encendió una pequeña llama.

—¿Se acuerda usted cuando la acompañé a la velada en el club? —dijo él—. Entonces llovía, estaba oscuro…

El fuego crecía en su alma, y ya tenía ganas de hablar, de quejarse de la vida…

—¡Hum! —exclamó en un suspiro—. Me pregunta usted por mi vida. ¿Cómo vivimos aquí? Pues de ninguna manera. Envejecemos, engordamos, vamos cayendo… Día tras día, noche tras noche, la vida pasa monótona, sin impresiones, sin ideas… Durante el día a ganarse el pan, por la tarde al club, una sociedad de jugadores de cartas, alcohólicos y groseros a los que no puedo aguantar. ¿Qué hay de bueno en eso?

—Pero tiene usted el trabajo, un fin honrado en la vida. Antes le gustaba tanto hablar de su hospital. Yo entonces era una chica rara, me imaginaba una gran pianista. Ahora todas las señoritas tocan el piano; y yo también tocaba, como todas, no había en mí nada de particular; soy tan pianista, como mi madre escritora. Y claro está, entonces yo no lo comprendía, pero en Moscú a menudo pensé en usted. Sólo pensaba en usted. ¡Qué felicidad ser médico rural, ayudar a los que sufren, servir al pueblo! ¡Qué felicidad! —volvió a decir Ekaterina Ivánovna con entusiasmo—. Cuando pensaba en usted en Moscú me lo imaginaba tan ideal, tan elevado...

Stártsev se acordó de los papelitos que por las tardes sacaba de los bolsillos con gran placer, y el fuego que ardía en su pecho se apagó.

Se levantó para marcharse a su casa. Ella lo sujetó del brazo y prosiguió:

—Usted es el mejor de los hombres que he conocido en mi vida. Nos veremos, charlaremos, ¿no es cierto? Prométamelo. Yo no soy una pianista, en lo que a mí respecta no me engaño y en su presencia no tocaré ni hablaré de música.

Cuando entraron en la casa, Stártsev vio a la luz su rostro y sus ojos tristes, agradecidos e inquisitivos dirigidos hacia él, se sintió intranquilo y pensó de nuevo: "Qué bien que no me casé con ella".

Comenzó a despedirse.

—No tiene usted ningún derecho de marcharse sin cenar —le decía Iván Petróvich al acompañarlo—. ¡A ver, tu representación! —dijo dirigiéndose en el recibidor a Pava.

Pava, que ya no era un chiquillo sino un joven con bigote, se estiró, alzó un brazo y exclamó con voz trágica:

—"¡Muere, desdichada!".

Estas cosas irritaban a Stártsev. Al sentarse en el coche y mirar hacia la oscura casa y el jardín que en un tiempo le resultaron tan agradables y queridos, se acordó de todo junto: las novelas de Vera Iósifovna, las ruidosas interpretaciones de Katia, las frases supuestamente ingeniosas de Iván Petróvich, la pose trágica de Pava, y pensó que si la gente más inteligente de toda la ciudad era tan mediocre, cómo tendría que ser el resto.

Al cabo de tres días, Pava le llevó una carta de Ekaterina Ivánovna.

No viene usted a vernos. ¿Por qué? —escribía—. Me temo que haya cambiado de actitud hacia nosotros y me asusta tan sólo la idea de pensarlo. Deshaga mis temores, venga a vernos y diga que todo sigue bien.

Necesito hablar con usted. "Su E.I.".

Leyó la nota, pensó un momento y dijo a Pava:

—Dile, querido Pava, que hoy no puedo ir, estoy muy ocupado. Di que iré dentro de unos tres días.

Pero transcurrieron tres días, luego una semana y seguía sin ir. En cierta ocasión, al pasar en coche junto a la casa de los Turkin, se acordó de que tenía que visitarlos aunque fuera sólo por un minuto, mas lo pensó… y no entró.

Y nunca más visitó a los Turkin.

V

Han pasado varios años más. Stártsev ha engordado más aún, está hecho una bola de grasa, respira con fuerza y al andar echa ya la cabeza atrás. Cuando con su aspecto rechoncho y rojo marcha en su troika con cascabeles y Panteleimón, también rechoncho y rojo, con un cuello carnoso, sentado en el pescante lanza las manos hacia adelante, como si fueran de madera y grita a los que vienen a su encuentro: "¡A la dereeecha!", el cuadro resulta imponente; parece que el que va allí no es un hombre sino algún dios mitológico. En la ciudad tiene una gran clientela, no le queda tiempo ni para respirar, y ya posee una hacienda y dos casas en la ciudad. Le tiene puesto el ojo a una tercera más rentable. Y cuando en la Sociedad de Crédito y Préstamo le hablan de alguna casa en venta, va a visitarla y sin ninguna clase de ceremonias, pasando por todas las habitaciones sin prestar atención a las mujeres desvestidas y los niños que lo miran con asombro y miedo, señala con un bastón en todas las puertas y suele decir:

—¿Esto es el despacho? ¿El dormitorio? ¿Y aquí qué hay? Tiene una respiración forzada y se seca el sudor de la frente.

A pesar de su mucho trabajo no deja el cargo de médico rural: la avaricia es más fuerte que él, quiere poder con todo. En Diálizh y en la ciudad, lo llaman simplemente Iónich. "¿Adónde irá Iónich?" o "¿por qué no consultamos a Iónich?".

Seguramente por tener la garganta aprisionada por la grasa, se le ha cambiado la voz, la tiene ahora fina y aguda. También le ha cambiado el carácter… es más pesado e irritable. Al recibir a los enfermos, por lo común se enfada, golpea impaciente con el bastón contra el suelo y grita con su voz desagradable:

—¡Limítese sólo a contestar a las preguntas! ¡Silencio!

Está solo. Su vida es aburrida, nada ni nadie le llega a interesar.

En todos esos años vividos en Diálizh, el amor por Katia ha sido su única alegría y seguramente la última. Por las tardes juega a las cartas en el club, después se sienta sólo a una gran mesa y cena. Le sirve Iván, el sirviente más viejo y respetado, y ya todos —los encargados del club, el cocinero y el sirviente— saben lo que le gusta y lo que no y se esfuerzan por satisfacer todos sus menores deseos. Porque no vaya a ser que se enfade y empiece a dar bastonazos contra el suelo.

Mientras cena, en ocasiones se da la vuelta e interviene en alguna conversación.

—¿De qué hablan? ¿Eh? ¿De quién?

Y cuando por casualidad en alguna mesa vecina se toca el tema de los Turkin, siempre pregunta:

—¿De qué Turkin hablan ustedes? ¿Esa gente que tiene una hija que toca el piano? Esto es todo lo que se puede decir de él. ¿Y de los Turkin? Iván Petróvich no ha envejecido, no ha cambiado nada y como siempre dice frases ingeniosas y cuenta chistes; Vera Iósifovna lee sus novelas a los invitados con la misma solicitud y cordial sencillez. Katia toca el piano sus cuatro horas. Ha envejecido sensiblemente, tiene algún achaque y cada otoño se marcha con su madre a Crimea. Al despedirlas en la estación, Iván Petróvich, cuando el tren se pone en marcha, se seca las lágrimas y grita:

—¡Hasta la vista, por favor! Y agita un pañuelo.

LAS ISLAS VOLADORAS

I
LA CONFERENCIA

—¡He terminado, caballeros! —dijo Mr. John Lund, joven miembro de la Real Sociedad Geográfica, mientras se desplomaba exhausto sobre un sillón. La sala de asambleas resonó con grandes aplausos y gritos de ¡bravo! Uno tras otro, los caballeros asistentes se dirigieron hacia John Lund y le estrecharon la mano. Como prueba de su asombro, diecisiete caballeros rompieron diecisiete sillas y torcieron ocho cuellos, pertenecientes a otros ocho caballeros, uno de los cuales era el capitán de La Catástrofe, un yate de 100,000 toneladas.

—¡Caballeros! —dijo Mr. Lund, profundamente emocionado—. Considero mi más sagrada obligación el darles a ustedes las gracias por la asombrosa paciencia con la que han escuchado mi conferencia de una duración de 40 horas, 32 minutos y 14 segundos… ¡Tom Grouse! —exclamó, volviéndose hacia su viejo criado—. Despiértame dentro de cinco minutos. Dormiré, mientras los caballeros me disculpan por la descortesía de hacerlo.

—¡Sí, señor! —dijo el viejo Tom Grouse.

John Lund echó hacia atrás la cabeza, y estuvo dormido en un segundo.

John Lund era escocés de nacimiento. No había tenido una educación formal ni estudiado para obtener ningún grado, pero lo sabía todo. La suya era una de esas naturalezas maravillosas en las que el intelecto natural lleva a un innato conocimiento de todo lo que es bueno y bello. El entusiasmo con el que había sido recibido su parlamento estaba totalmente justificado. En el curso de cuarenta horas había presentado un vasto proyecto a la consideración de los honorables caballeros, cuya realización llevaría a la consecución de gran fama para Inglaterra y probaría hasta qué alturas puede llegar en ocasiones la mente humana.

"La perforación de la Luna, de uno a otro lado, mediante una colosal barrena". ¡Éste era el tema de la brillantemente pronunciada conferencia de Mr. Lund!

II
EL MISTERIOSO EXTRAÑO

Sir Lund no durmió siquiera durante tres minutos. Una pesada mano descendió sobre su hombro y tuvo que despertarse. Ante él se alzaba un caballero de un metro, ocho decímetros, dos centímetros y siete milímetros de altura, flexible como un sauce y delgado como una serpiente disecada. Era completamente calvo. Enteramente vestido de negro, llevaba cuatro pares de anteojos sobre la nariz, un termómetro en el pecho y otro en la espalda.

—¡Sígame! —exclamó el calvo caballero con tono sepulcral.

—¿Dónde?

—¡Sígame, John Lund!

—¿Y qué pasará si no lo hago?

—¡Entonces me veré obligado a perforar a través de la Luna antes de que lo haga usted!

—En ese caso, caballero, estoy a su servicio.

—Su criado caminará detrás de nosotros.

Mr. Lund, el caballero calvo y Tom Grouse abandonaron la sala de asambleas, saliendo a las bien iluminadas calles de Londres. Caminaron durante largo tiempo.

—Señor —dijo Grouse a Mr. Lund—, si nuestro camino es tan largo como este caballero, de acuerdo con la ley de la fricción, ¡gastaremos nuestras suelas!

Los caballeros meditaron un momento. Diez minutos después, tras decidir que el comentario de Grouse tenía mucha gracia, rieron ruidosamente.

—¿Con quién tengo el honor de compartir mis risas, caballero? —preguntó Lund a su calvo acompañante.

—Tiene el honor de caminar, hablar y reír con un miembro de todas las sociedades geográficas, arqueológicas y etnográficas del mundo, con alguien que posee un grado *magna cum laude* en cada ciencia que ha existido y que existe en la actualidad, es miembro del Club de las Artes de Moscú, fideicomisario honorífico de la Escuela de Obstetricia Bovina de Southampton, suscriptor del *The lllustrated lmp*, profesor de magia amarillo-verdosa y gastronomía elemental en la futura Universidad de Nueva Zelanda, director del Observatorio sin Nombre, William Bolvanius. Lo estoy llevando, caballero, a...

(John Lund y Tom Grouse cayeron de rodillas ante el gran hombre, del que tanto habían oído, e inclinaron sus cabezas en señal de respeto).

—... lo estoy llevando, caballero, a mi observatorio, a treinta y dos kilómetros de aquí. ¡Caballero! El silencio es una bella cualidad en un hombre. Necesito un compañero en mi empresa, la significación de la cual será capaz de comprender con tan sólo los dos hemisferios de su cerebro. Mi elección ha recaído en usted. Tras su conferencia de cuarenta horas, es muy improbable que desee entablar conversación conmigo, y yo, caballero, no amo a nada tanto como a mi telescopio y a un silencio prolongado. La lengua de su servidor, empero, será detenida a una orden suya. ¡Caballero, viva la pausa! Lo estoy llevando… Supongo que no tendrá nada en contra, ¿no es así?

—¡En absoluto, caballero! Tan sólo lamento que no seamos corredores y, por otra parte, el que estos zapatos que estamos usando valgan tanto dinero.

—Le compraré zapatos nuevos.

—Gracias, caballero.

Aquellos de mis lectores que estén sobre ascuas por el deseo de tener un mejor conocimiento del carácter de Mr. William Bolvanius pueden leer su asombrosa obra: ¿Existió la Luna antes del Diluvio?; y, si así fue, ¿por qué no se ahogó? A esta obra se le acostumbra a unir un opúsculo, posteriormente prohibido, publicado un año antes de su muerte y titulado: Cómo convertir el Universo en polvo y salir con vida al mismo tiempo. Estas dos obras reflejan la personalidad de este hombre, notable entre los notables, mejor que pudiera hacerlo cualquier otra cosa.

Incidentalmente, estas dos obras describen también cómo pasó dos años en los pantanos de Australia, subsistiendo enteramente a base de cangrejos, limo y huevos de cocodrilo, y sin hacer durante todo este tiempo ni un solo fuego. Mientras estaba en los pantanos, inventó un microscopio igual en todo a uno ordinario, y descubrió la espina dorsal en los peces de la especie

"Riba". Al volver de su largo viaje, se estableció a unos kilómetros de Londres y se dedicó enteramente a la astronomía. Siendo como era un auténtico misógino (se casó tres veces y tuvo, como consecuencia, tres espléndidos y bien desarrollados pares de cuernos), y no sintiendo deseos ocasionales de aparecer en público, llevaba la vida de un esteta. Con su sutil y diplomática mente, consiguió que su observatorio y su trabajo astronómico tan sólo fuesen conocidos por él mismo. Para pesar y desgracia de todos los verdaderos ingleses, debemos hacer saber que este gran hombre ya no vive en nuestros días; murió hace algunos años, oscuramente, devorado por tres cocodrilos mientras nadaba en el Nilo.

III
LOS PUNTOS MISTERIOSOS

El observatorio al que llevó a Lund y al viejo Tom Grouse… (sigue aquí una larga y tremendamente aburrida descripción del observatorio, que el traductor del francés al ruso ha creído mejor no traducir para ganar tiempo y espacio). Allí se alzaba el telescopio perfeccionado por

Bolvanius. Mr. Lund se dirigió hacia el instrumento y comenzó a observar la Luna.

—¿Qué es lo que ve, caballero?

—La Luna, caballero.

—Pero ¿qué es lo que ve cerca de la Luna, caballero?

—Tan sólo tengo el honor de ver la Luna, caballero.

—Pero ¿no ve unos puntos pálidos moviéndose cerca de la Luna, caballero?

—¡Pardiez, caballero! ¡Veo los puntos! ¡Sería un asno si no los viera! ¿De qué clase de puntos se trata?

—Esos puntos tan sólo son visibles a través de mi telescopio. ¡Pero ya basta! ¡Deje de mirar a través del aparato! Mr. Lund y Tom Grouse, yo deseo saber, tengo que saber, qué son esos puntos. ¡Estaré allí pronto! ¡Voy a hacer un viaje para verlos! Y ustedes vendrán conmigo.

—¡Hurra! —gritaron a un tiempo John Lund y Tom Grouse—. ¡Vivan los puntos!

IV

CATÁSTROFE EN EL FIRMAMENTO

Media hora más tarde, Mr. William Bolvanius, John Lund y Tom Grouse estaban volando hacia los misteriosos puntos en el interior de un cubo que era elevado por dieciocho globos. Estaba sellado herméticamente y provisto de aire comprimido y de aparatos para la fabricación de oxígeno. El inicio de este estupendo vuelo sin precedentes tuvo lugar la noche del 13 de marzo de 1870. El viento provenía del sudoeste. La aguja de la brújula señalaba oeste-noroeste. (Sigue una descripción, extremadamente aburrida, del cubo y de los dieciocho globos). Un profundo silencio reinaba dentro del cubo. Los caballeros se arrebujaban en sus capas y fumaban cigarros. Tom Grouse, tendido en el suelo, dormía como si estuviera en su propia casa. El termómetro registraba bajo cero. En el curso de las primeras veinte horas, no se cruzó entre ellos ni una sola palabra ni ocurrió nada de particular. Los globos habían penetrado en la región de las nubes.

Algunos rayos comenzaron a perseguirles, pero no consiguieron darles alcance, como era natural esperar tratándose de ingleses. Al tercer día John Lund cayó enfermo de difteria y Tom Grouse tuvo un grave ataque en el bazo. El cubo colisionó con un aerolito y recibió un golpe terrible. El termómetro marcaba -76°.

—¿Cómo se siente, caballero? —preguntó Bolvanius a Mr. Lund el quinto día, rompiendo finalmente el silencio.

—Gracias, caballero —replicó Lund, emocionado—; su interés me conmueve. Estoy en la agonía. Pero ¿dónde está mi fiel Tom?

—Está sentado en un rincón, mascando tabaco y tratando de poner la misma cara que un hombre que se hubiera casado con diez mujeres al mismo tiempo.

—¡Ja, ja, ja, Mr. Bolvanius!

—Gracias, caballero.

Mr. Bolvanius no tuvo tiempo de estrechar su mano con la del joven Lund antes de que algo terrible ocurriese. Se oyó un terrorífico golpe. Algo explotó, se escucharon un millar de disparos de cañón, y un profundo y furioso silbido llenó el aire. El cubo de cobre, habiendo alcanzado la atmósfera rarificada y siendo incapaz de soportar la presión interna, había estallado, y sus fragmentos habían sido despedidos hacia el espacio sin fin.

¡Éste era un terrible momento, único en la historia del Universo!

Mr. Bolvanius agarró a Tom Grouse por las piernas, este último agarró a Mr. Lund por las suyas, y los tres fueron llevados como rayos hacia un misterioso abismo. Los globos se soltaron. Al no estar ya contrapesados, comenzaron a girar sobre sí mismos, explotando luego con gran ruido.

—¿Dónde estamos, caballero?

—En el éter.

—Hummm. Si estamos en el éter, ¿qué es lo que respiramos?

—¿Dónde está su fuerza de voluntad, Mr. Lund?

—¡Caballeros! —gritó Tom Grouse—. ¡Tengo el honor de informarles que, por alguna razón, estamos volando hacia abajo y no hacia arriba!

—¡Bendita sea mi alma, es cierto! Esto significa que ya no nos encontramos en la esfera de influencia de la gravedad. Nuestro camino nos lleva hacia la meta que nos habíamos propuesto. ¡Hurra! Mr. Lund, ¿qué tal se encuentra?

—Bien, gracias, caballero. ¡Puedo ver la Tierra encima, caballero!

—Eso no es la Tierra. Es uno de nuestros puntos. ¡Vamos a chocar con él en este mismo momento!

¡¡¡BOOOM!!!

V

LA ISLA DE JOHANN GOTH

Tom Grouse fue el primero en recuperar el conocimiento. Se restregó los ojos y comenzó a examinar el territorio en el que Bolvanius, Lund y él yacían. Se despojó de uno de sus calcetines y comenzó a dar friegas con él a los dos caballeros. Éstos recobraron de inmediato el conocimiento.

—¿Dónde estamos? —preguntó Lund.

—¡En una de las islas que forman el archipiélago de las Islas Voladoras! ¡Hurra!

—¡Hurra! ¡Mire allí, caballero! ¡Hemos superado a Colón!

Otras varias islas volaban por encima de la que les albergaba (sigue la descripción de un cuadro comprensible tan sólo para un inglés). Comenzaron a explorar la isla. Tenía… de largo y… de ancho (números, números, ¡una epidemia de números!). Tom Grouse consiguió un éxito al hallar un árbol cuya savia tenía exactamente el sabor del vodka ruso. Cosa extraña, los árboles eran más bajos que la hierba (?). La isla estaba desierta. Ninguna criatura viva había puesto el pie en ella.

—Vea, caballero, ¿qué es esto? —preguntó Mr. Lund a Bolvanius, recogiendo un manojo de papeles.

—Extraño… sorprendente… maravilloso… —murmuró Bolvanius.

Los papeles resultaron ser las notas tomadas por un hombre llamado Johann Goth, escritos en algún lenguaje bárbaro, creo que ruso.

—¡Maldición! —exclamó Mr. Bolvanius—. ¡Alguien ha estado aquí antes que nosotros! ¿Quién pudo haber sido? ¡Maldición! ¡Oh, rayos del cielo, machaquen mi potente cerebro! ¡Dejen que le eche las manos encima, tan sólo dejen que se las eche! ¡Me lo tragaré de un bocado!

El caballero Bolvanius, alzando los brazos, rió salvajemente. Una extraña luz brillaba en sus ojos.

Se había vuelto loco.

VI
EL REGRESO

—¡Hurra! —gritaron los habitantes de El Havre, abarrotando cada centímetro del muelle.

El aire vibraba con gritos jubilosos, campanas y música. La masa oscura que los había estado amenazando durante todo el día con una posible muerte estaba descendiendo sobre el puerto y no sobre la ciudad. Los barcos se hacían rápidamente a mar abierto. La masa negra que había ocultado el sol durante tantos días chapuzó pesadamente (*pesamment*), entre los gritos exultántes de la multitud y el tronar de la música, en las aguas del puerto, salpicando la totalidad de los muelles. Inmediatamente se hundió. Un minuto después había desaparecido toda traza de ella, exceptuando las olas que cruzaban la superficie en todas direcciones. Tres hombres flotaban en medio de las aguas: el enloquecido Bolvanius, John Lund y Tom Grouse. Fueron subidos rápidamente a bordo de unas barquichuelas.

—¡No hemos comido en cincuenta y siete días! —murmuró Mr. Lund, delgado como un artista hambriento. Y relató lo sucedido.

La isla de Johann Goth ya no existía. El peso de los tres bravos hombres la había hecho repentinamente más pesada.

Dejó la zona neutral de gravitación, fue atraída hacia la Tierra, y se hundió en el puerto de El Havre.

VII
CONCLUSIÓN

John Lund está ahora trabajando en el problema de perforar la Luna de lado a lado. Se acerca el momento en que la Luna se verá embellecida con un hermoso agujero. El agujero será propiedad de los ingleses.

Tom Grouse vive ahora en Irlanda y se dedica a la agricultura. Cría gallinas y da palizas a su única hija, a la que está educando al estilo espartano. Los problemas científicos todavía le preocupan: está furioso consigo mismo por no haber pensado en recoger ninguna semilla del árbol de la Isla Voladora cuya savia tenía el mismo, el mismísimo sabor que el vodka ruso.

LVÁN MATVEICH

Son las cinco. Un renombrado sabio ruso (le diremos sencillamente sabio) está frente a su escritorio y se muerde las uñas.

—¡Esto es indignante! —dice a cada momento, consultando su reloj—. ¡Es una falta de respeto para con el tiempo y el trabajo ajenos!… ¡En Inglaterra, un sujeto semejante no ganaría ni un centavo y moriría de hambre!… ¡Ya verás la que te espera cuando vengas!

En su necesidad de descargar sobre alguien su enojo e impaciencia, el sabio se acerca a la habitación de su mujer y golpea en la puerta con los nudillos.

—¡Escucha, Katia! —dice indignado—. Cuando veas a Piotr Dnilich, comunícale que las personas decentes no actúan de esa manera. ¡Es un asco!… ¡Me recomienda a un escribiente, y no sabe lo que me recomienda!… ¡Ese jovenzuelo, con toda puntualidad, se retrasa todos los días dos o tres horas!… ¿Qué manera de portarse un escribiente es esa?… ¡Para mí, esas dos o tres horas son más preciosas que para cualquier otro dos o tres años!… ¡Cuando llegue pienso tratarlo como a un perro!… ¡No le pagaré y lo echaré de aquí! ¡Con semejantes personas no pueden gastarse ceremonias!

—Eso lo dices todos los días, pero él sigue viniendo y viniendo…

—¡Pues hoy lo he decidido! ¡Ya he perdido bastante por su culpa!… ¡Tendrás que perdonarme, pero pienso reñirle como se riñe a un cochero!…

He aquí que suena un timbre. El sabio pone cara seria, yergue su figura y, alzando la cabeza, se encamina al vestíbulo. En este, junto al perchero, se encuentra ya su escribiente. Iván Matveich, joven de unos dieciocho años, rostro ovalado, imberbe, cubierto con un abrigo raído y sin chanclos. Tiene el aliento entrecortado y, mientras se limpia con gran esmero los grandes y torpes zapatos en el felpudo, se esfuerza en ocultar a la doncella el agujero en uno de ellos, por el que asoma una media blanca. Al ver al sabio sonríe con esa larga, prolongada y un tanto bobalicona sonrisa con que solamente sonríen los niños o las personas muy ingenuas.

—¡Ah… buenas tardes! —dice, ofreciendo una mano grande y mojada—. Qué… ¿se le pasó lo de la garganta?

—¡Iván Matveich! —dice el sabio con voz temblorosa, retrocediendo, y enlazando los dedos—. ¡Iván Matveich! —luego, dando un salto hacia el escribiente lo agarra por un hombro y comienza a sacudirlo débilmente—. ¿Qué es lo que está usted haciendo conmigo…
—prosigue con desesperación—, terrible y mala persona?… ¿Qué

está usted haciendo? ¿Reírse?... ¿Se mofa usted, acaso de mí?... ¿Sí?...

El semblante ovalado de Iván Matveich (que, a juzgar por la sonrisa que todavía no ha acabado de deslizarse de su rostro, esperaba un recibimiento completamente distinto) se alarga aún más al ver al sabio respirando indignación y, lleno de asombro, abre la boca.

—¿Qué?... ¿Qué dice?... —pregunta.

—¡Con que además pregunta usted que qué digo! —exclama alzando las manos—. ¡Sabiendo como sabe usted lo precioso que me es el tiempo me viene con dos horas de retraso! ¡No tiene usted temor de Dios!

—Es que no vengo ahora de casa —balbucea Iván Matveich, desanudándose indeciso la bufanda—. Era el santo de mi tía, y fui a verla... Vive a unas seis verstas de aquí... ¡Si hubiera ido directamente desde mi casa... sería distinto!

—¡Reflexione usted, Iván Matveich!... ¿Existe lógica en su proceder?... ¡Aquí hay trabajo, asuntos urgentes..., y usted se va a felicitar a sus tías por sus santos!... ¡Oh!... ¡Desátese más de prisa esa absurda bufanda!... ¡En fin, que todo esto es intolerable!

Y el sabio se acerca de otro salto al escribiente y le ayuda a destrabar la bufanda.

—¡Es usted peor que una baba!... ¡Bueno! ¡Venga ya! ¡Más rápido, por favor!

Sonándose con un arrugado y sucio pañuelo y estirándose el saco gris, Iván Matveich, tras atravesar la sala y el salón, penetra en el despacho. En este hace tiempo que le ha sido preparado sitio, papel y hasta cigarrillos.

—¡Siéntese! ¡Siéntese! —le mete prisa el sabio, frotándose las manos impacientemente—. ¡Hombre insoportable! ¡Sabe usted lo apremiante que es el trabajo y se retrasa de esta manera! ¡Sin querer, tiene uno que regañar! Bueno, ¡escriba!... ¿Dónde quedamos?

Iván Matveich se atusa los cabellos, duros como crines, desigualmente cortados, y toma la lapicera. El sabio, paseándose de un lado a otro y reconcentrándose, comienza a dictar:

"Es el hecho (coma) que algunas de las que podríamos llamar formas fundamentales... (¿Ha escrito usted formas?...) sólo se condicionan según el sentido de aquellos principios (coma) que en sí mismos encuentran su expresión y sólo en ellos pueden encarnarse. (Aparte. Ahí punto, como es natural). Las más independientes son..., son aquellas formas que presentan un carácter no tanto político (coma) como social".

—Ahora los colegiales llevan otro uniforme. El de ahora es gris —dice Iván Matveich—. Cuando yo estudiaba era diferente.

—¡Ah!... ¡Escriba, por favor! —se enoja el sabio—. ¿Ha escrito usted social?... "En cuanto no se refiere a regularización, sino a perfeccionamiento de las funciones de estado (coma), no puede decirse que estas se distinguen sólo por las características de sus formas... ¡Eso!... Sí...". Las tres últimas palabras van entrecomilladas... ¿Qué me decía usted antes del colegio?

—Que en mis tiempos llevábamos otro uniforme.

—¡Ah... sí! Y usted... ¿hace mucho que ha dejado el colegio?

—Sí, se lo decía ayer. Hace tres años que no estudio... Lo dejé en cuarto año.

—¿Y por qué dejó usted el colegio? —pregunta el sabio, echando una mirada sobre lo escrito por Iván Matveich.

—Pues porque sí... Por cuestiones absolutamente particulares.

—¡Otra vez tengo que volvérselo a decir: Iván Matveich!... ¿Cuándo dejará usted de alargar tanto los renglones?... ¡No debe haber más de cuarenta letras en cada renglón!

—¿Cree usted, acaso, que lo hago a propósito? —se ofende Iván Matveich—. ¡Otros, en cambio, llevan menos de cuarenta! ¡Cuéntelas! ¡Si le parece que lo hago adrede, puede quitármelo de la paga!

—¡Ah!... ¡No se trata de eso!... ¡Qué poca delicadeza tiene usted! ¡Enseguida se pone a hablar de dinero!... ¡El esmero es lo que importa, Iván Matveich!... ¡Lo que importa es el esmero!... ¡Tiene usted que acostumbrarse al esmero!

La doncella entra en el despacho, trayendo una bandeja que contiene dos vasos de té y una cestita con tostadas secas... Iván Matveich toma torpemente su vaso con ambas manos y empieza de inmediato a bebérselo. El té está demasiado caliente y, para no quemarse los labios, Iván Matveich lo bebe a sorbitos. Se come primero una tostada; luego otra; después una tercera, y, turbado y mirando de reojo al sabio, tiende la mano hacia la cuarta. Sus ruidosos sorbos, su glotona manera de mascar y la expresión de codicia hambrienta de sus cejas alzadas irritan al sabio.

—¡Dese prisa! ¡El tiempo es precioso!

—Siga dictándome. Puedo beber y escribir al mismo tiempo... Le confieso que tenía hambre.

—¿Vendrá usted a pie seguramente?

—Sí... ¡Y qué mal tiempo hace!... Por este tiempo, en mi tierra, huele ya a primavera... En todas partes hay charcos de la nieve que se derrite...

—¿Es usted del Sur?

—Soy de la región del Don... En el mes de marzo ya es enteramente primavera. Aquí, en cambio, no hay más que hielo y nieve; todo el mundo va con un abrigo… Allí, hierbita fresca… Como por todas partes está seco, hasta se pueden agarrar tarántulas.

—¿Y por qué agarrar tarántulas?

—¡Porque sí!… ¡Por hacer algo! —responde suspirando Iván Matveich—. Es divertido agarrarlas. Se pone en una hebra de hilo un pedacito de resina, se mete en el nido y se la golpea en el caparazón. La muy maldita, entonces, se enoja y toma la resina con las patitas; pero se queda pegada… ¡Qué no habremos hecho con ellas! A veces llenábamos una palangana hasta arriba y soltábamos dentro una bijorka.

—¿Qué es una bijorka?

—¡Una araña que se llama así!… Pertenece a una especie parecida a la de las tarántulas. ¡Ella sola, peleando, puede con muchas tarántulas!

—¿Sí?… Pero, bueno… tenemos que escribir… ¿Dónde nos detuvimos?

El sabio dicta otros cuarenta renglones, luego se sienta y se sumerge en la meditación.

Desde su asiento, Iván espera lo que van a decirle, estira el cuello y se esfuerza en poner orden en el cuello de su camisa. La corbata no cae mal, pero como se le ha soltado el pasador, el cuello se le abre a cada momento.

—¡Sí!… —dice el sabio—. ¡Así es!… ¿qué todavía no ha encontrado usted un trabajo, Iván Matveich?

—No… ¿Dónde va uno a encontrarlo?… ¿Sabe… yo?… Pienso sentar plaza en un regimiento… Mi padre me aconseja que me haga dependiente de botica.

—Sí… Pero ¿no sería mejor que ingresara usted en la Universidad?… El examen es difícil, pero con paciencia y un trabajo perseverante se puede llegar a aprobar. ¡Estudie usted!… ¡Lea usted más! ¡Lea mucho!

—La verdad es que… tengo que confesar que leo poco —dice Iván Matveich, encendiendo un cigarrillo.

—¿Ha leído a Turgueniev?

—No.

—¿Y a Gogol?

—¿A Gogol?… ¡Jum!… ¿A Gogol?… No; no lo he leído.

—¡Iván Matveich! ¿No le da vergüenza?… ¡Ay, ay, ay, ay!… ¡Cómo un muchacho tan bueno!… ¡Con tanta originalidad como hay en usted, y que resulte que ni siquiera ha leído a Gogol!… ¡Tiene que leerlo! ¡Yo se lo daré! ¡Léalo sin falta! ¡Si no lo lee, pelearemos!

De nuevo se produce un silencio. Medio tumbado en un cómodo diván, medita el sabio, mientras Iván Matveich, dejando al fin tranquilo su cuello, pone toda su atención en sus zapatos. No se había dado cuenta de que bajo sus pies, a causa de la nieve derretida, se habían formado dos grandes charcos. Se siente avergonzado.

—¡Me parece, Iván Matveich, que también es usted aficionado a cazar jilgueros!

—¡Eso en otoño!… ¡Aquí no cazo, pero allí, en mi casa, solía cazar!

—¿Sí?… Bien… Pero, bueno, de todos modos, tenemos que escribir.

El sabio se levanta decidido y empieza a dictar, pero después de escritos los diez primeros renglones, se vuelve a sentar en el diván.

—No… Tendremos que dejarlo ya hasta mañana por la mañana —dice

—. Venga usted mañana por la mañana. Pero ¡eso sí…, temprano! Sobre las nueve… ¡Dios lo libre de retrasarse!

Iván Matveich deja la pluma, se levanta de la mesa y va a sentarse en otra silla. Cuando han pasado unos cinco minutos en silencio, empieza a sentir que ya le ha llegado la hora de marcharse, que ya está allí de más…; pero ¡el despacho del sabio es tan agradable…, tan luminoso y templado!…

¡El efecto de las tostadas secas y del té dulce está todavía tan reciente…, que su corazón se estremece sólo al pensar en su casa!… En su casa hay pobreza, hambre, frío, un padre gruñón… ¡Echan en cara lo que dan…, mientras que aquí hay tanta tranquilidad!… ¡Y hasta quien se interesa por las tarántulas y los jilgueros!…

El sabio consulta la hora y toma el libro.

—¿Me dará usted a Gogol, entonces? —pregunta, levantándose, Iván Matveich.

—Sí, sí…; se lo daré. Pero ¿por qué tiene usted tanta prisa, amigo mío?

¡Quédese! ¡Cuénteme algo!

Iván Matveich se sienta y sonríe con franqueza. Casi todas las tardes se la pasa sentado en este despacho, percibiendo cada vez en la voz y en la mirada del sabio algo verdaderamente afable, conmovido…, algo que le parece suyo. Hasta hay veces, segundos, en los que le parece que el sabio está ligado a él; se ha habituado tanto a su persona, que si le riñe por sus retrasos es sólo porque se aburre sin su charla, sin sus tarántulas y sin todo aquello relacionado con el modo de cazar jilgueros en la región del Don.

"KASHTANKA"

I
MALA CONDUCTA

Un perro joven y canelo —un chucho de raza indefinida—, de morro muy parecido al de una raposa, corría adelante y atrás por la acera y miraba inquieto a los lados. De tarde en tarde se detenía y, con lastimero aullido, levantaba ya una, ya otra de sus heladas patas, tratando de comprender cómo había podido perderse.

Recordaba muy bien lo que había hecho durante el día y cómo, a la postre, había ido a parar a aquella desconocida acera.

Por la mañana, su amo, el ebanista Luká Alexándrich, se había puesto el gorro, había tomado bajo el brazo cierta pieza de madera envuelta en un trapo rojo y había gritado:

—¡Vamos, *Kashtanka*!

Al oír su nombre, el chucho de raza indefinida había salido de debajo del banco de carpintero, donde de ordinario dormía entre las virutas, se había estirado agradablemente y había seguido a su amo. Los clientes de Luká Alexándrich vivían muy lejos, así que antes de llegar hasta cada uno de ellos el ebanista debía hacer algunas paradas en las tabernas para reponer sus fuerzas. *Kashtanka* recordaba que por el camino su conducta había sido muy inconveniente. La alegría de que le hubiesen sacado a pasear le hacía dar brincos, ladrar al tranvía de caballos, meterse por los patios y perseguir a todos los perros que se encontraba. A cada instante el ebanista lo perdía de vista, lo llamaba y le reñía enfadado. En una ocasión, con expresión de cólera pintada en el semblante, había llegado a agarrarle de su oreja de raposa, dándole unos tirones, y había dicho, alargando las palabras:

—¡O-ja-lá re-vien-tes, canalla!

Después de despachar con los clientes, Luká Alexándrich se acercó un momento a casa de su hermana, donde bebió una copa y tomó un bocado, De allí se dirigió a visitar a un encuadernador conocido, del encuadernador a la taberna, de la taberna a ver un compadre, etc. En unas palabras, cuando *Kashtanka* se vio en aquella acera extraña, ya anochecía y el ebanista estaba borracho como una cuba. Agitaba los brazos y, suspirando profundamente, balbuceaba:

—Todos hemos nacido en el pecado. ¡Oh, pecadores, pecadores! Ahora vamos por la calle y miramos las farolas, pero cuando nos llegue la muerte nos consumiremos en el fuego del infierno…

O bien le daba por un tono bonachón, llamaba a *Kashtanka* y le decía:

—Tú, *Kashtanka*, no eres más que un insecto. Si se te compara con el hombre, eres como un mal carpintero frente a un buen ebanista...

Estaba hablando así con él cuando resonaron los acordes de una banda militar. *Kashtanka*, volvió la cabeza y vio que por la calle, hacia él, venía un regimiento. No podía soportar la música, que le descomponía los nervios, y empezó a aullar, yendo y viniendo. Con gran asombro suyo, el ebanista, en vez de asustarse, de chillar y ladrar, sonrió ampliamente y, poniéndose en posición de firmes, se llevó la mano a la visera. Viendo que su amo no protestaba, *Kashtanka* aulló con más fuerza y, sin comprender lo que hacía, cruzó la calzada hasta la acera opuesta.

Al darse cuenta de las cosas, la música ya no se oía y el regimiento había desaparecido, corrió al lugar donde había dejado a su amo, pero ¡ay!, el ebanista ya no estaba allí, parecía que se le hubiera tragado la tierra... *Kashtanka* olisqueó la acera con la esperanza de encontrar al amo por el olor de sus huellas, pero un miserable acababa de pasar con sus chanclos nuevos y todos los olores delicados se confundían con aquella peste de la goma, hasta tal punto, que era imposible distinguir nada.

Kashtanka corrió adelante y atrás sin encontrar a su dueño. A todo esto había oscurecido. A ambos lados de la calle encendieron las farolas, las ventanas de las casas se fueron iluminando. Caían unos copos grandes y esponjosos, cubriendo de blanco la calzada, los lomos de los caballos y los gorros de los cocheros, y cuanto más oscuro era el aire, más claros se hacían los objetos junto a *Kashtanka*, cubriendo su campo visual y empujándole con sus pies y piernas, no cesaban de ir y venir clientes desconocidos. (*Kashtanka* dividía a toda la humanidad en dos partes muy desiguales: amos y clientes, con la diferencia esencial, entre unos y otros, de que los primeros podían pegarle y a los segundos él mismo estaba autorizado para morderles las pantorrillas). Los clientes tenían prisa y no le prestaban atención alguna.

Cuando se hizo completamente de noche, *Kashtanka* se vio dominado por la desesperación y el miedo. Se arrimó a un portal y empezó a llorar amargamente. Las andanzas de todo el día con Luká Alexándrich le habían fatigado, sentía frío en las orejas y las patas y, para colmo de males, estaba hambriento. Desde por la mañana sólo había tenido ocasión de llevarse algo al estómago dos veces: un poco de cola en casa del encuadernador y una tripa de salchichón que había encontrado junto al mostrador de una de las tabernas. Y eso era todo. Si hubiese sido persona, a buen seguro habría pensado: "No, esta vida es imposible. ¡Hay que pegarse un tiro!".

EL MISTERIOSO DESCONOCIDO

Pero no pensaba en nada y se limitaba a llorar. Cuando la nieve suave y esponjosa hubo cubierto su lomo y su cabeza, y, exhausto, se había sumido en una pesada modorra, la puerta en que se hallaba apoyado hizo un ruido, chirrió y le golpeó en un costado. Dio un salto. Por la puerta salió un hombre que pertenecía a la categoría de los clientes. Como *Kashtanka* había lanzado un chillido, enredándosele entre las piernas, aquel hombre no pudo por menos que advertir su presencia. Se inclinó y preguntó:

—¿De dónde vienes, perrito? ¿Te he hecho daño? Bueno, no te enfades, no te enfades… Perdóname.

Kashtanka miró al desconocido a través de los copos que colgaban de sus pestañas y vio ante sí a un hombrecillo bajo y regordete, de cara redonda y afeitada, con sombrero de copa y el abrigo desabrochado.

—¿De qué te quejas? —prosiguió él, mientras con un dedo le quitaba la nieve del lomo—. ¿Dónde está tu amo? Te has perdido, ¿verdad? ¡Pobre perrito! ¿Qué vamos a hacer ahora?

Percibiendo en la voz del desconocido un matiz cordial y cariñoso,

Kashtanka le lamió la mano y aulló más lastimeramente todavía.

—¡Resulta muy divertido! —dijo el hombre—. ¡Eres totalmente un zorro! En fin, no hay otro remedio: vente conmigo. Tal vez sirvas para algo… ¡Ea, vamos!

Chasqueó la lengua e hizo a *Kashtanka* una señal que únicamente podía significar una cosa: "Ven". Y *Kashtanka* le siguió.

Media hora más tarde estaba ya sentado sobre sus cuartos traseros en el suelo de una habitación espaciosa y bien iluminada, con la cabeza inclinada a un costado y contemplando con ternura y curiosidad al desconocido, que daba buena cuenta de su cena. A la vez que comía le echaba algún trozo… En un principio le dio pan y una corteza verde de queso, luego un pedazo de carne, medio pastelillo y unos huesos de pollo; el perro, hambriento, lo devoraba todo con tal rapidez, que ni siquiera llegaba a advertir el sabor de lo que engullía. Cuanto más comía, mayor era su hambre.

—¡Parece que no te alimentan muy bien tus amos! —dijo el desconocido, viendo con qué ansia feroz tragaba sin masticar—. ¡Y qué flaco estás! No tienes más que piel y huesos…

Kashtanka comió mucho, aunque sin llegar a hartarse; sentíase como borracho. Después de la cena se tumbó en el suelo, estiró las patas y meneó el rabo, sintiendo en todo su cuerpo una agradable languidez. Mientras su nuevo amo, retrepado en el sillón, fumaba un cigarro, él meneaba el rabo y trataba de dilucidar un problema: ¿Dónde se estaba mejor, con el desconocido o con el ebanista? La vivienda del desconocido era pobre y fea; quitando los sillones, el diván, el quinqué y las alfombras, no había nada, y la habitación parecía vacía. En casa del ebanista, en cambio, todo se encontraba repleto de cosas; estaban la mesa, el banco de carpintero, montones de virutas, cepillos, garlopas, sierras, la jaula del jilguero, el barreño… La habitación del desconocido no olía a nada, mientras que en la casa del ebanista siempre había un espléndido olor a cola, barniz y virutas. Pero la vivienda del desconocido ofrecía una gran ventaja. Le daban abundante comida y, había que hacerle justicia, cuando *Kashtanka* estaba ante la mesa y le miraba enternecido, no le golpeó ni una sola vez, no pataleó ni llegó a gritar siquiera: "¡Vete de ahí, maldito!".

Terminado su cigarro, el nuevo amo salió por unos instantes para volver con una pequeña colchoneta en las manos.

—¡Eh, perro, acércate! —dijo, poniendo la colchoneta en un rincón, al pie del diván—. Echate aquí, duérmete.

Luego apagó el quinqué y se marchó. *Kashtanka* se tendió en la colchoneta y cerró los ojos; de la calle llegó un ladrido que sintió deseos de contestar, pero de pronto, cuando menos lo esperaba, le invadió una oleada de tristeza. Recordó a Luká Alexándrich, a su hijo Fiédiushka, el confortable rinconcito de debajo del banco… Recordó las largas tardes de invierno, cuando el ebanista cepillaba sus maderas o leía en voz alta el periódico y Fiédiushka solía jugar con él… Le agarraba las patas traseras, lo sacaba de debajo del banco y hacía con él tales diabluras, que se le nublaba la vista y llegaba a sentir dolor en todas las articulaciones. Le hacía andar a dos patas, lo convertía en campana, es decir, le tiraba fuertemente del rabo hasta que el animal empezaba a chillar y a ladrar, le daba a oler tabaco… Resultaba verdaderamente horrorosa una de las travesuras de Fiédiushka: ataba a una cuerda un trozo de carne, se lo daba a *Kashtanka* y, cuando éste lo había tragado, entre grandes risas, se lo sacaba del estómago. Y cuanto más vivos eran los recuerdos, tanto más fuertes y lastimeros eran los aullidos de *Kashtanka*.

Pero la fatiga y el calorcillo no tardaron en vencer la tristeza… Quedóse amodorrado. Creyó ver perros que pasaban corriendo; entre otros, vio el lulú con el cual se había encontrado aquel día en la calle, muy lanudo, con una catarata en un ojo y un mechón que le caía junto a la nariz. Fiédiushka, con una barra de hierro en la mano, perseguía al lulú; luego se cubrió de pronto de lanas, ladró alegremente y se fue a reunir con *Kashtanka*. Uno y otro se olisquearon las narices y corrieron a la calle…

III
UNA NUEVA AMISTAD, QUE RESULTA MUY AGRADABLE

Cuando *Kashtanka* se despertó había ya luz y desde la calle llegaban ruidos que únicamente se oyen de día. En la habitación no había ni un alma. *Kashtanka* se estiró, bostezó y, enfadado y sombrío, dio unas vueltas por la pieza. Olisqueó los rincones y los muebles, se asomó a la entrada y no encontró nada interesante. Además de la puerta que daba al recibidor, había otra. Después de pensarlo, *Kashtanka* arañó con ambas patas, la abrió y entró en el cuarto siguiente. Allí, en una cama y cubierto con su manta, dormía un cliente que él identificó con el desconocido de la víspera.

—Rrrr… —gruñó, pero, recordando el festín de la víspera, meneó el rabo y se dedicó a olisquear.

Pasó revista a la ropa y a las botas del desconocido y encontró que olían intensamente a caballo. En el dormitorio había una nueva puerta, que también estaba cerrada. *Kashtanka* arañó en ella, empujó con el pecho, la abrió e instantáneamente advirtió un olor extraño, muy sospechoso. Previendo un desagradable encuentro, sin cesar de gruñir y mirando a un lado y a otro, penetró en un pequeño cuarto, cuyas paredes estaban cubiertas por un papel muy sucio, y se hizo atrás, dominado por el miedo. Había visto algo inesperado y espantoso. Con el cuello y la cabeza casi pegados al suelo, las alas desplegadas y palpando, avanzaba sobre él un ganso de plumaje gris. A un lado, sobre una colchoneta, había un gato blanco; al ver a *Kashtanka* se puso en pie de un salto, encorvó el espinazo y, con la cola tiesa y el pelo erizado, emitió un bufido. El perro se asustó de veras, pero, para disimular el miedo que le dominaba, lanzó un sonoro ladrido y se arrojó sobre el gato. Este encorvó todavía más el espinazo, repitió el bufido y dio a *Kashtanka* un zarpazo en la cabeza. El perro se hizo atrás de un salto, agachóse, alargó hacia el gato el hocico y ladró con voz lastimera; en este tiempo el ganso se le acercó por detrás y le dio un tremendo picotazo en el lomo. *Kashtanka* se arrojó de un salto sobre el gato…

—¿Qué pasa ahí? —se oyó una voz sonora y enfadada, y en el cuarto entró el desconocido de batín y con un cigarro entre los dientes—. ¿Qué significa esto? ¡Cada uno a su sitio!

Se acercó al gato, le dio unas palmadas en el encorvado lomo y dijo:

—¿Qué significa esto, *Fiódor Timoféich*? ¿Os peleabais? ¡Ah, viejo canalla! ¡Échate!

Y, volviéndose hacia el ganso, gritó:

—¡*Iván Ivánich*, a tu sitio!

El gato se acostó dócilmente en su colchoneta y cerró los ojos. A juzgar por la expresión de su cara y sus bigotes, él mismo estaba descontento de haberse acalorado y de enzarzarse en la riña. *Kashtanka* refunfuñó ofendido y el ganso estiró el cuello y empezó a hablar rápidamente, con pasión y vocalizando muy bien, pero sin que se le entendiese nada.

—Bueno, bueno —dijo el amo, bostezando Hay que vivir en paz y buena amistad.

Hizo una caricia a *Kashtanka* y prosiguió:

—Y tú, canelo, no tengas miedo… son buena gente, no te harán nada malo. Pero, espera, ¿cómo te vamos a llamar? Porque no puedes estar sin nombre, amigo.

El desconocido lo pensó y dijo:

—Verás… Te vas a llamar *Tío*… ¿Comprendes? ¡*Tío*!

Y, después de repetir varias veces la palabra "Tío", salió del cuarto. *Kashtanka* se sentó y se dedicó a observar. El gato permanecía inmóvil en la colchoneta, haciendo como que dormía. El ganso, con el cuello estirado, se removía en su sitio sin cesar de hablar, con el calor y la rapidez de antes, en su lenguaje. Parecía un ganso muy inteligente; después de cada parrafada se hacía atrás con un gesto de asombro, como admirado de su propio discurso… *Kashtanka* lo estuvo escuchando un rato, contestó con un "rrrr…" y se dedicó a oler los rincones. En uno de ellos había un pequeño comedero en el que vio guisantes reblandecidos y unas cortezas de pan de centeno mojado en agua. Probó los guisantes, pero no le agradaron; probó las cortezas y le parecieron buenas. El ganso no se enfadó lo más mínimo al ver que un perro desconocido se comía sus alimentos; al contrario, se puso a hablar con más calor todavía, y para demostrar su confianza, se acercó él mismo al comedero y engulló unos cuantos guisantes.

IV
MARAVILLAS Y PORTENTOS

Poco después volvió el desconocido trayendo un extraño objeto en forma de trapecio. Del travesaño de aquel tosco trapecio de madera colgaba una campana y en él había sujeta una pistola. Del badajo de la campana y del gatillo de la pistola pendían unas cuerdas. El desconocido colocó el trapecio en el centro del cuarto, pasó bastante tiempo desatando y atando, y luego miró al ganso y dijo:

—Tenga la bondad, *Iván Ivánich.*

El ganso se acercó a él y quedó a la expectativa.

—¡Ea! —siguió el desconocido—, empezaremos por el principio. Ante todo, saluda y haz la reverencia. ¡Vivo!

Iván Ivánich alargó el cuello, lo inclinó a derecha y a izquierda y golpeó el suelo con la pata.

—Muy bien… ¡Ahora muérete!

El ganso se tendió sobre su espalda con las patas en alto. Después de realizar algunos números por el estilo, nada difíciles, el desconocido se llevó las manos a la cabeza, puso una cara de espanto y gritó:

—¡Socorro! ¡Que se quema la casa! ¡Que ardemos!

Iván Ivánich corrió hacia el trapecio, tomó la cuerda con el pico e hizo sonar la campana.

El desconocido quedó muy satisfecho, pasó la mano por el cuello del ganso y dijo:

—Muy bien, *Iván Ivánich*, Ahora eres un joyero que vende oro y brillantes. Llegas a la tienda y te encuentras con unos ladrones. ¿Qué harías en tal caso?

El ganso agarró con el pico la otra cuerda y dio un tirón, con lo que se produjo un ensordecedor disparo. A *Kashtanka* le había agradado mucho el repicar de la campana, pero el disparo le entusiasmó tanto, que empezó a ladrar y a dar vueltas alrededor del trapecio.

—¡A tu sitio, *Tío*! —gritó el desconocido—. ¡Silencio!

El trabajo de *Iván Ivánich* no había terminado ahí. Durante toda una hora el desconocido le hizo correr alrededor de él, mientras hacía restallar el látigo; el ganso debía saltar barreras y atravesar aros, encabritarse, es decir, sentarse sobre la cola y mover las patas. *Kashtanka*, sin apartar los ojos de *Iván Ivánich*, chillaba de entusiasmo, y en varias ocasiones lo siguió corriendo, con un sonoro ladrido. Cuando el hombre y el ganso se hubieron cansado, el desconocido se limpió el sudor de la frente y gritó:

—¡María, trae a *Javronía Ivánovna*!

Al cabo de un minuto se oía un gruñido… *Kashtanka* dio un respingo, adoptó un aire muy bravo y, por si acaso, se arrimó al desconocido. Se abrió la puerta, se asomó una vieja y, después de decir unas palabras, dejó pasar a un cerdo muy feo. Sin prestar atención alguna a las protestas de *Kashtanka*, el cerdo levantó el hocico y gruñó alegremente. Parecía muy contento de ver a su amo, al gato y a *Iván Ivánich*. Se acercó al minino, le empujó ligeramente con el hocico por debajo de la tripa y luego se puso a hablar con el ganso; en sus movimientos, en su voz y en el temblor del rabo se advertía una gran dosis de bondad. *Kashtanka* comprendió al instante que no merecía la pena gruñir y ladrar a tales sujetos.

El amo retiró el trapecio y gritó:

—¡*Fiódor Timoféich*, venga aquí!

El gato se levantó, se estiró perezosamente y con desgana, como quien hace un favor, se acercó al cerdo.

—¡Ea!, empezaremos por la pirámide egipcia dijo el amo. Se entretuvo largo rato en dar explicaciones y luego ordenó: "Uno… dos… ¡tres! " *lván lvánich*, al oír la palabra "tres", batió las alas y saltó al lomo del cerdo…

Cuando con ayuda de las alas y del cuello logró afirmarse sobre el áspero lomo, *Fiódor Tímoféich*, indolente y perezoso, con franco desprecio y como si todo su arte le importase un bledo, subió al lomo del cerdo y luego, con desgana, saltó sobre el ganso y se colocó en posición vertical sobre las patas traseras. Resultó lo que el desconocido denominaba pirámide egipcia. *Kashtanka* aulló de entusiasmo, pero en este tiempo el viejo gato bostezó y, perdido el equilibrio, se cayó del ganso. *lván lvánich* se tambaleó y también se vino abajo. El desconocido gritó, agitando mucho los brazos, y repitió las explicaciones.

Después de una hora de ejercicios perfeccionando la pirámide, el infatigable amo se dedicó a enseñar a *lván lvánich* a cabalgar sobre el gato, hizo fumar a éste, etc.

Terminada la lección, el desconocido se limpió el sudor de la frente y salió del cuarto. *Fiódor Timoféich* soltó un desdeñoso bufido, se tumbó en la colchoneta y cerró los ojos. *lván lvánich* se dirigió al comedero y el cerdo fue retirado por la vieja.

Las muchas novedades de la jornada hicieron que el tiempo transcurriera para *Kashtanka* insensiblemente; al hacerse la noche fue llevado con su colchoneta al cuarto del sucio empapelado y allí durmió en compañía de *Fiódor Timoféich* y del ganso.

V

¡TALENTO! ¡TALENTO!

Transcurrió un mes.

Kashtanka se había habituado a las sabrosas comidas diarias y a que le llamasen *Tío*. Se habituó también al desconocido y a sus nuevos compañeros de vivienda. La vida se deslizaba como sobre ruedas.

Los días empezaban siempre lo mismo. De ordinario, el primero en despertarse era *lván lvánich*, que inmediatamente se acercaba al *Tío* o al gato, estiraba el cuello y comenzaba a hablar con calor, como el que trata de convencer de algo, aunque sus frases seguían siendo tan incomprensibles como antes. En ocasiones levantaba la cabeza y pronunciaba largos monólogos. En un principio *Kashtanka* pensó que el ganso hablaba mucho porque era muy inteligente, pero no tardó en perderle todo el respeto; cuando se le acercaba con sus interminables discursos, no movía ya el rabo, sino que trataba de sacudírselo como se hace con un charlatán importuno que no deja dormir a nadie, y sin la menor ceremonia le respondía:

"Rrrr…".

Fiódor Timoféich era un señor de otro linaje; al despertarse, no emitía ruido alguno, no se movía y ni siquiera abría los ojos. De buena gana no se habría despertado, porque, según todos los síntomas, no tenía apego a la vida. Nada le interesaba, todo lo miraba con indiferencia y desdén, lo despreciaba todo e incluso, a la hora de la comida, hacía ascos a los sabrosos manjares.

Kashtanka, al despertarse, empezaba a recorrer las habitaciones, oliendo en cada rincón. Sólo el gato y él tenían permiso para andar por todo el piso; el ganso no debía traspasar el umbral del cuarto del empapelado sucio, y *Javronia Ivánovna* vivía fuera, en un cobertizo del patio, y sólo aparecía a la hora de la lección. El amo se despertaba tarde, tomaba el té e inmediatamente se entregaba a sus ejercicios con los animales. Cada día aparecían en la habitación el trapecio, el látigo y los aros, y cada día se repetía lo mismo casi sin variación alguna. La lección duraba de tres a cuatro horas, de modo que a veces *Fiódor Timoféich* llegaba a tambalearse como un borracho, *Iván Ivánich* abría el pico, respirando fatigosamente, y el amo, rojo como un tomate, no cesaba de limpiarse el sudor de la frente.

Las lecciones y la comida hacían los días muy interesantes, pero al llegar la noche venía el aburrimiento. El amo solía salir llevando consigo al ganso y al gato. El *Tío* se quedaba solo, se acostaba en su colchoneta y se entregaba a sus tristes pensamientos… La tristeza le invadía sin que él mismo se diese cuenta, haciéndose cada vez más intensa, lo mismo que la oscuridad de la habitación. Los primeros síntomas eran que el perro perdía por completo los deseos de ladrar, de comer, de recorrer las habitaciones y hasta de mirar a nada; luego en su imaginación aparecían dos figuras confusas, que no sabría decir si eran perros o personas, de fisonomía agradable y simpática, aunque no acababa de identificarlas. Cuando se le presentaban, el *Tío* meneaba el rabo; le parecía haber visto y querido a aquellos seres en otro lugar… Y al dormirse, siempre sentía que de esas figuras emanaba un olor a cola, a virutas y a barniz.

Cierta vez, antes de comenzar la lección, cuando ya se había hecho por completo a la nueva vida y de un chucho flaco que era se había convertido en un perro gordo y bien criado, el amo le acarició y le dijo:

—Ya es hora, *Tío*, de que hagamos algo práctico. Se acabó el holgazanear. Quiero hacer de ti un artista… ¿Quieres ser artista?

Y empezó a enseñarle diversas habilidades. En la primera lección aprendió a mantenerse de pie y a marchar sobre las patas traseras, cosa que fue muy de su agrado. En la segunda hubo de saltar, siempre sobre las patas traseras, hasta alcanzar un terrón de azúcar que el maestro mantenía en alto sobre su cabeza. Luego vino bailar, correr sujeto a la cuerda, describiendo círculos, aullar a los sones de la música, tocar la campana y disparar; al cabo de un mes ya podía reemplazar perfectamente a *Fiódor Timoféich* en la "pirámide egipcia". Era muy aplicado y se sentía satisfecho de sus éxitos; correr con la lengua fuera, saltar por arco y cabalgar sobre el viejo *Fiódor Timoféich* le proporcionaba el mayor de los placeres. Cada ejercicio bien hecho lo acompañaba de sonoros y entusiásticos ladridos; el maestro, pasmado, se entusiasmaba también y se frotaba las manos.

—Eres un talento, un talento —decía—. ¡Un talento indudable! Seguro que tendrás éxito.

VI
UNA NOCHE INTRNQUILA

El *Tío* soñó que le perseguía un portero con su escoba y se despertó sobresaltado.

La habitación estaba silenciosa y oscura, el calor era sofocante. Las pulgas le picaban. El *Tío* no había sentido nunca miedo a la oscuridad, pero ahora le invadía el terror y le entraron ganas de ladrar. En la pieza vecina el amo suspiro profundamente; luego, al cabo de un rato, el cerdo gruñó en su cobertizo, y todo quedó de nuevo en silencio. Cuando uno piensa en la comida el alma parece aliviada, y el *Tío* empezó a pensar que aquel día había robado a *Fiódor Timoféich* una pata de pollo, que dejó escondida en la sala, entre el armario y la pared, en un lugar donde abundaban las telarañas y el polvo. Le habría agradado acercarse ahora y mirar si la pata seguía en su sitio. Era muy posible que el amo la hubiese encontrado y se la hubiera comido. Pero hasta la mañana no se podía salir de la habitación: tal era la norma establecida. El *Tío* cerró los ojos para dormirse pronto, pues por experiencia sabía que cuanto antes se duerme uno más de prisa viene la mañana. Pero en esto, no lejos de él resonó un grito terrible, que le hizo estremecerse y ponerse de pie. Era

Iván Ivánich, y su grito no era el de un charlatán que quiere convencer, como hacía a diario, sino algo salvaje y estridente, antinatural, parecido al chirrido de una puerta al abrirse. Sin ver nada en las tinieblas que le rodeaban, sin comprender lo que ocurría, el *Tío* sintió más miedo aún y gruñó:

—Rrrr...

Transcurrió algún tiempo, el que se necesitaría para roer un buen hueso; el grito no se repitió. El *Tío* se fue tranquilizando y se durmió de nuevo. Soñó con dos grandes perros negros; de los flancos y de las patas traseras les colgaban sucios mechones de pelo; comían ávidamente desperdicios en un barreño, del que se desprendía un vapor blanco y un olor muy apetitoso. En ocasiones miraban al *Tío*, enseñaban los colmillos y gruñían: "A ti no te daremos nada". Pero de la casa salió un hombre vestido con un largo capotón y los echó con un látigo. Entonces, el *Tío* se acercó al barreño y se puso a comer, pero en cuanto el hombre se hubo retirado, los perros negros de antes se arrojaron sobre él, y en este momento resonó otro penetrante grito.

—¡Cua! ¡Cua-cua-cua! —gritaba *Iván Ivánich*.

El *Tío* se despertó, se puso en pie de un salto y, sin salir de la colchoneta, emitió un largo aullido. Imaginábase que el autor del grito no era *Iván Ivánich*, sino un desconocido. En el cobertizo volvió a gruñir el cerdo.

Se oyó el arrastrar de unas zapatillas y en el cuartito entró el amo envuelto en su batín y con una vela en la mano. Los destellos de la luz saltaron por el sucio papel de las paredes y por el techo, expulsando la oscuridad. El *Tío* vio que en la habitación no había nadie extraño. *Iván Ivánich* no dormía. Estaba tendido en el suelo, con las alas caídas y el pico entreabierto, como si se sintiese muy fatigado y quisiera beber. Tampoco dormía el viejo *Fiódor Timoféich*, despertado, sin duda, por el grito.

—¿Qué te ocurre, *Iván Ivánich*? —preguntó el amo al ganso—. ¿Por qué gritas? ¿Estás enfermo?

El ganso guardó silencio. El amo le pasó la mano por el cuello y el espinazo y dijo:

—Eres un impertinente: ni duermes ni dejas dormir.

El amo salió, llevándose la luz, y de nuevo quedó todo sumido en las tinieblas. El *Tío* sintió miedo. El ganso no gritaba, pero de nuevo creyó que en la oscuridad había alguien extraño. Y lo peor de todo era que a ese alguien no se le podía morder, porque era invisible y carecía de forma.

Pensó que esta noche había de ocurrir forzosamente algo muy malo. *Fiódor Timoféich* se mostraba también inquieto. El *Tío* oía cómo se removía en su colchoneta, bostezaba y sacudía la cabeza.

En la calle llamaron a una puerta y en el cobertizo gruñó el cerdo. El *Tío* aulló, extendió las patas delanteras y colocó la cabeza entre ellas. En los golpes dados a la puerta, en el gruñido del cerdo —desvelado también—, en la oscuridad y en el silencio, advertía algo que le producía angustia y miedo, lo mismo que el grito de *Iván Ivánich*. Todo le causaba alarma e inquietud, pero ¿por qué? ¿Quién era ese ser extraño que no se dejaba ver? junto al *Tío*, por un instante, brillaron dos turbias lucecitas verdes. Por primera vez desde que se conocían *Fiódor Timoféich* se acercaba a él. ¿Qué querría? El *Tío* le lamió una pata y, sin preguntare la causa de su venida, aulló suavemente y en distintos tonos.

—¡Cua! —gritó *Iván Ivánich*—. ¡Cua-a-a!

La puerta se abrió de nuevo y entró el amo con la vela. El ganso seguía lo mismo que antes, con el pico abierto y las alas caídas. Sus ojos estaban cerrados.

—*Iván Ivánich* —le llamó el amo.

El ganso no se movió. El amo se sentó ante él en el suelo, lo miró un rato en silencio y dijo:

—¿Qué es eso, *Iván Ivánich*? ¿Te vas a morir? ¡Ah, ahora lo recuerdo! —exclamó, llevándose las manos a la cabeza—. Ya sé lo que te ocurre! ¡Es el pisotón que hoy te dio el caballo! ¡Dios mío, Dios mío!

El *Tío* no alcanzaba a comprender lo que decía el dueño, pero por su cara vio que éste esperaba algo terrible. Alargó el morro hacia la oscura ventana por la que, creyó él, miraba un desconocido y aulló.

—¡Se muere, *Tío*! —dijo el amo, y juntó ambas manos—. Sí, sí, se muere. La muerte ha venido a visitarnos. ¿Qué podríamos hacer?

Pálido e inquieto, suspirando y meneando la cabeza, el amo volvió a su dormitorio. El *Tío* sintió miedo de quedarse en la oscuridad y lo siguió. El se sentó en la cama y repitió varias veces:

—Dios mío, ¿qué se podría hacer?

El *Tío* iba y venía junto a sus pies, sin comprender las razones de su angustia e inquietud; en sus deseos de alcanzar la causa de todo esto, no se perdía ni uno solo de sus movimientos. *Fiódor Timoféich*, que raras veces abandonaba su colchoneta, salió también al dormitorio del amo y comenzó a frotarse en las piernas de éste. Sacudió la cabeza, como si quisiera desprenderse de graves pensamientos, y miró sospechosamente debajo de la cama.

El amo tomó un platillo, lo llenó de agua en el grifo y volvió al cuarto del ganso.

—Bebe, *Iván Ivánich* —dijo cariñosamente, poniendo ante él el platillo—. Bebe, querido.

Pero *Iván Ivánich* no se movió ni abrió los ojos. El dueño le acercó la cabeza al platillo y le metió el pico en el agua, pero el ganso no quiso beber, dejó caer aún más las alas y su cabeza quedó inmóvil en el platillo.

—¡No, ya es imposible hacer nada! —suspiró el amo—. Se acabó todo. ¡Adiós, *Iván Ivánich*!

Y por sus mejillas se deslizaron unas gotitas brillantes, parecidas a las que bajan por las ventanas cuando llueve. Sin comprender nada de esto, el *Tío* y *Fiódor Timoféich* se apretaron contra él y miraron horrorizados al ganso.

—¡Pobre *Iván Ivánich*! —decía el amo, suspirando tristemente—. Y yo que pensaba llevarte esta primavera al campo, a que corrieses por la hierba verde... ¡Te has muerto, mi bueno y querido compañero de fatigas! ¿Cómo me las voy a arreglar sin ti?

Al *Tío* le pareció que también a él le iba a suceder algo parecido, es decir, que, sin saber por qué, iba a cerrar los ojos, a estirar las patas y a abrir la boca, y que todos le mirarían horrorizados. Esas mismas ideas debían de rondar por la cabeza de *Fiódor Timoféich*. Jamás se había mostrado el viejo gato tan triste y taciturno como ahora.

Comenzaba a amanecer y en la habitación no se encontraba ya aquel ser extraño e invisible que había asustado al *Tío*. Cuando se hizo de día, vino el portero, agarró al ganso por las patas y se lo llevó quién sabe a dónde. Poco después se presentaba la vieja y retiraba el comedero.

El *Tío* se acercó a la sala y miró detrás del armario: el amo no se había comido la pata de pollo, que seguía en el mismo sitio, entre el polvo y las telarañas. Pero se sentía dominado por el tedio y la tristeza; quería llorar. Ni siquiera olió la pata. Se sentó al pie del diván y empezó a aullar con una delgada vocecita.

—Au-au-au...

VII
UN DEBUT DESAFORTUNADO

Era una hermosa tarde cuando el amo entró en el cuartito del papel sucio y, frotándose las manos, dijo:

—Bueno...

Quería añadir algo más, pero salió sin terminar la frase. El *Tío*, que durante las lecciones había estudiado muy bien su cara y la entonación de su voz, adivinó que estaba preocupado e inquieto, y acaso enfadado. Poco después volvió y dijo:

—*Tío*, hoy te voy a llevar con *Fiódor Timoféich*. En la "pirámide egipcia" sustituirás al difunto Iván Ivánich. ¡El diablo sabe qué saldrá de todo esto! No hay nada preparado, no lo habéis aprendido, no hemos tenido tiempo de ensayar. ¡Fracasaremos, fracasaremos!

Volvió a salir y al cabo de un momento regresaba enfundado en su abrigo de piel y con sombrero de copa. Acercóse al gato, lo cogió de las patas delanteras, lo levantó y lo ocultó en su pecho, dentro del abrigo; *Fiódor Timoféich* se mostró indiferente a todo esto, sin molestarse siquiera en abrir los ojos. Veíase que no le importaba nada; que le era lo mismo estar acostado o ser levantado de las patas, descansar en la colchoneta o reposar en el pecho del amo, dentro del abrigo…

—Vamos, *Tío* —dijo el amo.

El *Tío* le siguió sin comprender nada y meneando el rabo. Al cabo de un minuto se encontraba en un trinco, a los pies del amo, y oía cómo éste, estremeciéndose a causa del frío y la inquietud, gruñía:

—¡Vamos a fracasar! ¡Va a ser un fracaso!

El trineo se detuvo ante un edificio grande y de extraña forma, parecido a una sopera puesta del revés. La larga entrada de esta casa, con tres puertas de cristales, estaba iluminada por una docena de faroles de viva luz. Las puertas se abrían con estrépito y, cual si fuesen fauces, se tragaban a la gente situada delante de ellas. Abundaban las personas, a veces se acercaban caballos, pero, en cuanto a perros, no se veía ninguno.

El amo agarró al *Tío* y se lo metió en el pecho, dentro del abrigo, donde ya se encontraba *Fiódor Timoféich*. Allí no había luz, faltaba aire, pero el calorcillo era muy agradable. Por un instante brillaron dos turbias chispas verdes: era el gato, que había abierto los ojos al sentir el contacto de las frías y duras patas del vecino. El *Tío* le lamió la oreja y, deseoso de acomodarse lo mejor posible, se removió inquieto, haciéndose sitio, recogiendo las frías patas, y, sin querer, sacó la cabeza al exterior; pero inmediatamente la volvió a meter, con un gruñido de enfado. Creyó verse en una habitación enorme, mal iluminada y llena de monstruos; por detrás de vallas y rejas, que se extendían a ambos lados, asomaban unas cabezas terribles: de caballo, con cuernos, de largas orejas; una de ellas, gorda y grandísima, tenía cola en vez de nariz, con dos largos huesos bien roídos que le salían de la boca.

El gato maulló con voz sorda, molesto por las patas del *Tío*, mas en esto el abrigo se abrió, el dueño dijo "¡Hop!" y *Fiódor Timoféich* y el *Tío* saltaron al suelo. Se encontraban ya en una pequeña pieza con paredes grises de tabla; los únicos muebles eran una mesita con un espejo y un taburete. Descontando esto y los trapos colgados de los rincones, allí no había nada más; en vez de quinqué o de vela ardía una viva lucecita en forma de abanico, pegada a cierto tubo que salía de la pared. *Fiódor Timoféich* se alisó el pelo, revuelto por el *Tío*, y se echó debajo del taburete. El dueño, siempre inquieto y sin cesar de frotarse las manos, comenzó a desnudarse… Se desnudó corno de ordinario lo hacía en casa para acostarse, es decir, se quitó todo menos la ropa interior; luego se sentó en el taburete y, mirando al espejo, empezó a realizar sobre su persona operaciones maravillosas. Lo primero de todo se colocó en la cabeza una peluca con raya en medio y dos mechones parecidos a cuernos; seguidamente se embadurnó la cara con algo blanco y por encima de lo blanco se pintó las cejas, los bigotes y las mejillas. Pero no terminó ahí la cosa, sino que después de embadurnarse la cara y el cuello se vistió con un traje como el *Tío* no había visto nunca ni en las casas ni en la calle. Imaginaos unos pantalones anchísimos de satén floreado, por el estilo del que se emplea en las casas de la clase media para cortinas y fundas de muebles, unos pantalones que le llegaban hasta las mismas axilas, una pernera era de color castaño y la otra amarillo claro. Una vez sumergido en estos pantalones, el amo se puso cierta chaquetilla de cuello grande y con picos y una estrella de oro en la espalda, medias de distintos colores y zapatos verdes…

Al *Tío* se le iban y venían los ojos con tal variedad de colores. Aquella figura pesadota olía a amo, su voz era también la de él, pero había momentos en que el *Tío* se sentía atormentado por la duda, dispuesto a huir de aquel pintarrajeado hombre y a ladrar. El nuevo sitio, la luz en forma de abanico, los olores, la metamorfosis experimentada por el amo: todo ello le sumía en un estado de miedo indefinido. Tenía el presentimiento de que iba a tropezarse con algo horroroso, al estilo de la enorme cabeza con cola en lugar de nariz. Y para colmo de males, fuera tocaba la odiosa música y en ocasiones se oía un rugido incomprensible. Lo único que le tranquilizaba era la serenidad imperturbable de *Fiódor Timoféich*. Este dormía como si tal cosa debajo del taburete y ni siquiera llegaba a abrir los ojos cuando el taburete se movía.

Un hombre de frac y chaleco blanco asomó la cabeza por la puerta del cuartito y dijo:

—Ahora empieza miss Arabela. Luego le tocará a usted.

El amo no respondió nada. Sacó de debajo de la mesa una maleta de reducidas proporciones y se sentó a esperar. Los labios y las manos delataban su inquietud; el *Tío* oía cómo temblaba su respiración.

—Monsieur George, a escena —gritó alguien al otro lado de la puerta.

El amo se levantó, se persignó tres veces, sacó al gato de debajo del taburete y lo metió en la maleta.

—Ven aquí, *Tío* —dijo en voz baja.

El *Tío*, sin comprender nada, se acercó a sus manos; él le dio un beso en la cabeza y lo colocó junto a *Fiódor Timoféich*. Luego todo se hizo oscuro... El *Tío* pisaba al gato, arañaba las paredes de la maleta y, presa de terror, era incapaz de emitir el menor sonido; temblaba mientras la maleta oscilaba como arrastrada por las olas...

—¡Aquí estoy yo! —gritó con voz sonora el amo—. ¡Aquí estoy yo!

El *Tío* sintió que después de este grito la maleta chocaba con algo duro y dejaba de balancearse. Se oyó un rugido fuerte y largo: golpeaban a alguien, y ese alguien, probablemente la cabeza de la cola en vez de nariz, rugía y reía tan estrepitosamente, que vibraban los cierres de la maleta. En respuesta al rugido se oyó la risa del amo, una risa estridente y chillona como jamás la había escuchado en casa.

—¡Hola! —gritó, tratando de hacerse oír por encima del rugido—. Respetable público, acabo de llegar de la estación. Se ha muerto mi abuela y me ha dejado heredero. En la maleta hay algo muy pesado; debe de ser oro... ¡A-ah! ¡Puede que haya un millón! Voy a abrirla y veremos...

Sonó el cierre de la maleta. Una luz cegadora le hizo cerrar los ojos al *Tío*. Saltó fuera y, ensordecido por el rugido, corrió cuanto pudo alrededor de su amo, ladrando alegremente.

—¡Hola! —gritó el amo—. ¡Mi *Tío Fiódor Timoféich*! ¡Mi otro *Tío*! ¡Que el diablo os lleve, queridos parientes!

Cayó con el vientre sobre la arena, agarró al gato y al *Tío* y los abrazó una vez y otra. El *Tío*, mientras él le apretaba entre sus brazos, pudo lanzar una ojeada al mundo a que le había llevado el destino y, asombrado de verse en un lugar tan grandioso, quedó por un momento inmóvil, dominado por el asombro y el entusiasmo. Luego se evadió de los abrazos del amo y, aturdido por tanta emoción, comenzó a dar vueltas como un lobezno. Ese mundo nuevo era grande y resplandeciente; a donde quiera que mirase, desde el suelo al techo, todo eran caras, caras y caras, y nada más.

—*Tío*, tenga la bondad de sentarse —dijo el amo.

Recordando lo que esto significaba, el *Tío* saltó a una silla y se sentó. Miró al amo. Los ojos de éste, como siempre, eran serios y cariñosos, pero la cara, en particular la boca y los dientes, se hallaban desfigurados por una sonrisa ancha y petrificada. El reía a carcajadas, saltaba, movía los hombros y en presencia de aquellos miles de persona hacía ver como si se sintiera muy alegre. El *Tío* creyó en esa alegría y de pronto sintió con todo su ser que aquellos miles de hombres y mujeres tenían los ojos puestos en él; levantó su hocico de raposa y aulló alegremente.

—Usted, *Tío*, quédese ahí —le dijo el amo—, mientras *Fiódor Timoféich* y yo bailamos la kamarinka.

Fiódor Timoféich, en espera de que le obligasen a hacer estupideces, permanecía indiferente, mirando a los lados. Bailó con desgana, de mal humor, y por sus movimientos, por su cola y sus bigotes percibía-se el profundo desprecio que le inspiraban la gente, la viva luz, el amo, él mismo… Bailó cuanto le correspondía, bostezó y se sentó.

—Venga, *Tío* —dijo el amo—. Primero cantaremos y luego bailaremos. ¿Qué le parece?

Sacó del bolsillo una flauta y empezó a tocar. El *Tío*, que no podía soportar la música, se removió inquieto en la silla y aulló una vez y otra. Esto produjo una tempestad de gritos y aplausos. El amo saludó y cuando todo se hubo acallado volvió a tocar… Estaba ejecutando una nota muy alta cuando alguien que se encontraba en las últimas filas del público lanzó una sonora exclamación de asombro.

—¡Padre! —gritó una voz infantil—. ¡Pero si es *Kashtanka*!

—¡Sí que es *Kashtanka*! —confirmó otra voz, ésta de borracho—.

¡*Kashtanka*! Fiédiushka, que Dios me castigue si no es *Kashtanka*.

Alguien silbó en las alturas y dos voces, una de niño y otra de adulto, llamaron a pleno pulmón:

—¡*Kashtanka*! ¡*Kashtanka*!

El *Tío* se estremeció y miró al lugar de donde procedían los gritos. Dos caras, una peluda, alcohólica y sonriente, la otra redonda de rojas mejillas y asustada, se le metieron por los ojoso antes se le había metido la viva luz… Recordó, cayó de la silla y empezó a aullar en la arena. Luego pegó un brinco y con alegres chillidos corrió hacia aquellas caras. Estalló un ensordecedor rugido, del que sobresalían los silbidos y un estridente grito infantil:

—¡*Kashtanka*! ¡*Kashtanka*!

El *Tío* saltó la barrera. Luego, por encima de los hombros de alguien, fue a parar a un palco. Para subir al piso siguiente era necesario saltar una alta pared. El *Tío* trató de hacerlo, pero no pudo y cayó abajo. Luego fue pasando de unos a otros, lamiendo manos y caras, cada vez más arriba, hasta que, por fin, se vio en el gallinero…

Media hora más tarde *Kashtanka* iba ya por la calle detrás de personas que olían a cola y barniz. Luká Alexándrich se tambaleaba e instintivamente, aleccionado por la experiencia, procuraba mantenerse lejos de las zanjas.

—En el abismo de mis entrañas anida el pecado… —balbuceaba—. Y a ti, *Kashtanka*, no hay quien te entienda. Comparado con el hombre, eres como un mal carpintero frente a un buen ebanista.

A su lado caminaba Fiédiushka, tocado con la gorra del padre. *Kashtanka* miraba las espaldas de ambos, le parecía que hacía ya mucho que iba detrás de ellos y se alegraba de que su vida no se hubiese interrumpido ni por un instante.

Recordaba el cuartito del empapelado sucio, el ganso y *Fiódor Timoféich*, las sabrosas comidas, las lecciones, el circo… pero todo eso no era ahora para él sino una pesadilla larga y confusa.

LADRONES

El practicante Ergunov, hombre de muy poco seso, que en todo el distrito gozaba fama de presumido y borracho, regresaba un atardecer de fiesta de la aldea de Repino, a donde había ido al objeto de hacer algunas compras para el hospital. Para que no se le hiciese tarde y pudiese volver a buena hora, el doctor le había dado su mejor caballo.

En un principio el tiempo era pasadero, el día estaba tranquilo, pero hacia las ocho se levantó una fuerte nevasca y, cuando para llegar a casa le quedaban unas ocho verstas, el practicante acabó por perderse definitivamente…

Era muy mal jinete, no conocía el camino y marchaba a la buena de Dios, confiando en que el propio caballo le sacase del apuro. Pasaron tres horas, el animal daba ya muestras de fatiga, él se había quedado helado y le pareció que no iba hacia casa, sino que seguía la dirección contraria, hacia Repino. Pero entre los silbidos de la ventisca se oyó un sordo ladrido y por delante apareció una confusa mancha rojiza; poco a poco se fueron precisando los perfiles de un portón y una larga valla, sobre la que asomaban las puntas de los clavos; luego, tras la valla, divisó el curvo cigoñal de un pozo. El viento acabó por dispersar los finos copos de nieve y lo que antes era una mancha roja se convirtió en una pequeña casa achaparrada con alta techumbre de juncos. Una de sus tres ventanas, cubierta por dentro con algo rojo, estaba iluminada.

¿Qué casa era aquélla? El practicante recordó que a la derecha del camino, a seis o siete verstas del hospital, debía encontrarse la posada de Andrei Chiríkov. Recordó también que a la muerte de este último, asesinado poco antes por unos cocheros, habían quedado la vieja y su hija Liubka, quien dos años antes había estado en el hospital. La posada gozaba de mala fama y detenerse en ella ya tarde, y además con un caballo que no era suyo, ofrecía cierto peligro. Pero no había opción. El practicante acercó la mano a la bolsa, donde guardaba el revólver, y, carraspeando severamente, llamó a la ventana con la fusta.

—¡Eh! ¿Quién hay aquí? —gritó—. ¡Vieja de Dios, déjame pasar a ver si entro en calor!

Un perro negro se lanzó con ronco ladrido hacia el caballo, luego fue otro blanco, y otro negro, y así hasta llegar a cerca de una docena. El practicante escogió el más grande de todos ellos y, con todas sus fuerzas, descargó sobre él un latigazo. Un pequeño chucho de largas patas levantó el fino morro y aulló con estridente vocecita.

Durante largo rato el practicante estuvo llamando a la ventana. Por fin, dentro de la valla, junto a la casa, la escarcha de los árboles se tiñó de rojo, la puerta crujió y se dejó ver una silueta femenina arrebozada, con un farol en la mano.

—Déjame entrar, abuela, estoy helado —dijo el practicante—. Iba al hospital y me he perdido. Hace un tiempo infernal. No temas abuela, somos gente de confianza.

—Los de confianza están todos en casa, y no hemos llamado a ningún extraño —replicó con enfado la mujer—. ¿A qué vienen tantos golpes? La puerta no estaba cerrada.

El practicante entró en el patio y se detuvo ante el portal.

—Di a un criado que se ocupe de mi caballo, abuela —dijo.

—Yo no soy la abuela.

En efecto, no era la abuela. Al apagar el farol su cara se iluminó y el practicante vio unas cejas negras. Reconoció a Liubka.

—Ahora no podemos contar con los criados —dijo ésta, dirigiéndose a la casa—. Unos están durmiendo la borrachera y otros se fueron por la mañana a Repino. Como es fiesta…

Cuando Ergunov estaba atando su montura en el cobertizo oyó un relincho y entre la oscuridad distinguió otro caballo; se dio cuenta de que estaba ensillado a la cosaca. En la casa, además de las dueñas, había alguien. Por si acaso, el practicante desensilló su caballo y, al ir hacia la casa, tomó consigo las compras y la silla.

Se vio en una habitación espaciosa, caliente y que olía a suelo recién fregado. Sentada a la mesa, bajo las imágenes, había un hombre más bien bajo, flaco, de unos cuarenta años, de pequeña barba rubia y vestido con una camisa azul. Era Kaláshnikov, un pillo redomado y cuatrero; su padre y su tío tenían una posada en Bogaliovka, y cuando se le presentaba la ocasión, se dedicaban a la compraventa de caballos robados. En el hospital había estado varias veces, pero no en calidad de enfermo, sino para hablar con el médico sobre caballos: si su señoría el doctor tenía alguno en venta o deseaba cambiar la yegua torda por un potro pío. Ahora ofrecía un aspecto festivo, con la cabeza brillante de pomada y con un aro de plata que le colgaba del lóbulo de la oreja. Ceñudo y con el labio inferior colgando, se dedicada a mirar con gran atención las ilustraciones de un libro muy manoseado. Tumbado en el suelo, junto al horno, había otro hombre; su cara, sus hombros y su pecho estaban cubiertos por una pelliza, debía de estar durmiendo. La nieve derretida de sus botas nuevas con las suelas protegidas por brillantes piezas de hierro había formado dos oscuros charcos.

Al ver al practicante, Kaláshnikov lo saludó.

—Vaya tiempo… —dijo Ergunov frotándose las entumecidas rodillas—. Se me ha metido la nieve por el cuello, estoy empapado.

Parece que el revólver también…

Sacó el arma, le pasó revista y la volvió a meter en la bolsa. Pero el revólver no produjo la menor impresión: el otro siguió mirando el libro.

—Sí, vaya tiempo… Me había perdido y, a no ser por los perros, creo que me habría helado. Habría sido una verdadera historia. ¿Dónde están las dueñas?

—La vieja ha ido a Repino y la moza en este momento hace la cena… —contestó Kaláshnikov.

Se hizo una pausa. El practicante, tiritando, se sopló las manos y se encogió todo él, haciendo ver que había pasado mucho frío. Los perros, sin acabar de calmarse, seguían aullando en el patio. Aquello resultaba aburrido.

—¿Eres de Bogaliovka, verdad? —preguntó el practicante con cara seria.

—Sí, de Bogaliovka.

Sin otra cosa que hacer, el practicante se puso a pensar en esta aldea. Era grande, estaba en un profundo barranco, de modo que cuando uno iba en noche de luna por el camino real y miraba abajo, a la oscura hondonada, y luego arriba, al cielo, le parecía que la luna se asomaba a un abismo que no acababa nunca y que aquello era el fin del mundo. El camino bajaba hasta el pueblo con cerradas curvas y era tan estrecho, que cuando tenía que ir a Bogaliovka por haberse declarado una epidemia o para vacunar de la viruela, a cada momento tenía que advertir su presencia a voz en grito o silbar, porque de lo contrario, si se encontraba con un carro, quedaba cerrado el paso. Los mujiks de Bogaliovka tenían fama de horticultores y de ladrones de caballos. Sus huertos les proporcionaban buenos recursos: al llegar la primavera toda la aldea se cubría con las blancas flores de los cerezos, y durante el verano vendían las cerezas a tres kopeks el cubo. Uno pagaba y las recogía él mismo. Mujeres y hombres eran de buen ver, estaban bien alimentados y les agradaba engalanarse; ni siquiera en los días laborables hacían nada: se quedaban sentados al sol buscándose unos a otros los piojos.

Por fin se oyeron unos pasos. En la habitación entró Liubka, moza de unos veinte años, con un vestido tojo y descalza… Miró de soslayo al practicante y se paseó un par de veces de un rincón a otro de la pieza. No caminaba como la generalidad de la gente, sino con pasos menudos y sacando el pecho. Le agradaba pisar el suelo recién fregado y se había descalzado a propósito.

Kaláshnikov sonrió y la llamó con el dedo. Ella se acercó a la mesa y el hombre le mostró en el libro al profeta Elías, que subía al cielo montado en un coche del que tiraban tres caballos. Liubka se apoyó con el codo en la mesa. Su trenza —larga, rojiza, con un lazo al extremo— casi llegaba al suelo. También ella sonrió.

—¡Es una estampa magnífica, excelente! —exclamó Kaláshnikov—. ¡Excelente! —repitió, e hizo como si quisiera tomar en sus manos las riendas que manejaba Elías.

Dentro del horno zumbaba el viento; algo chilló, y era como si un perro hubiese atrapado una rata.

—¡Las fuerzas del mal andan sueltas! —articuló Liubka.

—Es el viento —explicó Kaláshnikov; luego hizo una pausa, levantó los ojos hacia el practicante y preguntó—: Usted, que es hombre de estudios, Osip Vasílich, qué cree, ¿hay diablos en este mundo?

—¿Qué quieres que te diga? —contestó el practicante, encogiéndose de hombros—. Si nos atenemos a la ciencia, claro, no hay diablos, porque se trata de un prejuicio; pero si pensamos simplemente, como tú y yo ahora, los hay… En mi vida he visto muchas cosas… Cuando terminé los estudios, pasé de practicante a un regimiento de dragones y estuve en la guerra, naturalmente; poseo una medalla y el distintivo de la Cruz Roja. Después del tratado de San Stéfano, volví a Rusia e ingresé en el zemstvo. He estado en tantos sitios en mi vida, que puedo decir que he visto muchas cosas que otro no podría ni imaginarse siquiera. También llamaban Shamil, mientras que ahora no pasa de ser Filia el tuerto. ¡Qué hombre era! Una noche se metió con el difunto Andrei Grigórich, A padre de Liubka, en Rozhnovo, donde entonces había varios regimientos de Caballería, y se llevaron nueve caballos, los mejores que encontraron. No se asustaron de los centinelas y aquella misma mañana los vendieron todos por veinte rublos al gitano Afonka. ¡Sí! Los de ahora, lo que hacen es robar el caballo a un borracho o a alguien que está dormido; se atreven hasta a sacarle las botas al borracho, van con ese mismo caballo a doscientas verstas de distancia y se ponen a regatear en la feria como si fuesen judíos, hasta que viene el comisario y se los lleva. ¡Una vergüenza! Gentecilla de poca monta, no hay que decirlo.

—¿Y Mérik? —objetó Liubka.

—Mérik no es nuestro —replicó Kaláshnikov—. Es de la región de Jarkov, de Mizhírich. El sí que es un buen tipo, cierto, sería pecado quejarse, es una buena persona.

Liubka miró a Mérik con un gesto malicioso y alegre, y dijo:

—Sí, por algo unas buenas gentes le dieron un baño en el río.

—¿Cómo es eso? —preguntó el practicante.

—Verás… —empezó Mérik con una sonrisa irónica—. Filia había robado a los arrendatarios de Samóilovka tres caballos, y ellos pensaron que había sido yo. En total, son alrededor de una docena, y con sus criados llegarán a treinta. Y todos son molokanos… Pues bien, uno de ellos me dijo en el mercado: "Ven, Mérik, a ver unos caballos que hemos traído de la feria". Sentí curiosidad, ya se sabe, fui y ellos, que serían una treintena, me ataron los brazos a la espalda y me condujeron al río. "Ahora —dijeron— te mostraremos los caballos". En el hielo del río había ya un agujero abierto y, como a cosa de una braza, abrieron otro. Tomaron una cuerda, me la pasaron con un lazo bajo los brazos y el otro extremo lo ataron a un palo en forma de bastón, de tal modo que el palo pudiese pasar por debajo del hielo de un agujero a otro. Bueno, metieron el palo y empezaron a tirar. Yo, tal como estaba, con la pelliza y las botas, caí al agua, mientras que ellos no cesaban de empujarme, unos con el pie, otros con el mango del hacha. Luego me arrastraron por debajo del hielo y me sacaron por el otro agujero.

Liubka se estremeció.

—En un principio pareció que el frío me abrasaba —prosiguió Mérik—, y cuando me sacaron me era imposible hacer nada. Me tumbé en la nieve y los molokanos empezaron a golpearme con palos en las rodillas y los codos.

¡Era un dolor terrible! Después se marcharon… La ropa se me había quedado tiesa. Traté de levantarme, pero no podía. Gracias a que pasó una mujer y me llevó en su trineo.

Mientras tanto, el practicante se había echado al coleto cinco o seis copas. Se sentía animado y quiso contar también algo extraordinario, maravilloso, demostrar que también era un valiente y no tenía miedo a nada.

—En una ocasión, en la provincia de Penza… —empezó.

Sea porque había bebido mucho y se le enturbiaba la vista, sea porque un par de veces lo sorprendieron en flagrante mentira, los otros dejaron de prestarle la menor atención y hasta dejaron de contestar a sus preguntas. Más todavía, en su presencia llegaron a mostrarse tan francos, que sintió miedo y frío, pues esto significaba que ni siquiera se daban cuenta de él.

Kaláshnikov era un hombre grave y razonador, hablaba pausadamente y, al bostezar, siempre se hacía la señal de la cruz en la boca. Nadie hubiera dicho que era un ladrón, un ladrón sin entrañas que despojaba a los pobres y había estado dos veces ya en presidio; lo iban a mandar a Siberia, pero su padre y su tío, otros malhechores, dieron una fuerte suma para evitarlo. Mérik, en cambio, no cesaba de presumir. Veía que Liubka y Kaláshnikov le contemplaban admirados. Se consideraba a sí mismo un valiente y no cesaba de ponerse en jarras, sacar el pecho y estirarse de tal modo, que hacía crujir el banco.

Después de la cena Kaláshnikov, sin levantarse siquiera, se volvió hacia la imagen para rezar y apretó la mano a Mérik. Este musitó también una oración y apretó la mano a Kaláshnikov. Liubka recogió los restos de la comida, echó sobre la mesa unos puñados de rosquillas, avellanas tostadas y pepitas de calabaza, y trajo dos botellas de vino dulce.

—Que Dios haya acogido en su seno a Andrei Grigórich —dijo Kaláshnikov, brindando con Mérik—. En vida de él solíamos reunimos aquí o en casa de mi hermano Martín y... ¡Dios mío, Dios mío!, ¡qué gente, qué conversaciones! ¡Notables conversaciones! Nos juntábamos Martín, Filia, Fiódor Stukotei... Gente como no había otra... ¡Y cómo nos divertíamos! ¡Nos divertíamos de veras!

Liubka salió y volvió al poco rato engalanada con un pañuelo verde y un collar.

—Mira, Mérik, lo que Kaláshnikov me ha traído hoy —dijo.

Se contempló al espejo y sacudió varias veces la cabeza para que las cuentas del collar resonasen. Luego abrió un baúl y empezó a sacar ya un vestido de lunares rojos y azules, ya otro rojo, con volantes, que crujía como el papel, ya un nuevo pañuelo azul oscuro que despedía vivas irisaciones; mostraba todo esto y, riendo, juntaba las manos como asombrada de verse propietaria de tales tesoros.

Kaláshnikov templó la balalaica y se puso a tocar. El practicante era incapaz de comprender qué canción tocaba, alegre o triste, porque tan pronto era muy triste, hasta el punto de que entraban ganas de llorar, como se hacía muy alegre. Mérik se puso en pie de pronto y empezó a taconear. Luego, con los brazos abiertos, recorrió sobre los tacones todo el cuarto, de la mesa al horno y del horno al baúl, a continuación dio un salto, como si le hubiera picado una avispa, haciendo brillar en el aire los hierros de las suelas, y empezó la danza. Liubka agitó ambos brazos, lanzó un penetrante chillido y salió a hacerle compañía. En un principio se deslizó de costado, solapadamente, como si quisiera acercarse a alguien y darle un golpe por detrás, taconeó como antes Mérik lo había hecho; luego empezó a girar como una peonza y su rojo vestido se ahuecó como una campana. Mérik, mirándola rabiosamente y enseñando los dientes, se acercó a ella, cual si desease aplastarla con sus terribles pies, pero Liubka, irguiéndose, echó la cabeza atrás y, agitando los brazos como las alas de una gran ave, casi sin tocar el suelo, se deslizó por el cuarto…

"¡Esta moza tiene fuego en las venas! —pensó el practicante, que, sentado en el baúl, seguía la danza—. ¡Qué fuego! Se merece todo lo que uno tiene; aún sería poco…".

Lamentó ser practicante y no un simple mujik. ¿Por qué usaba chaqueta y no camisa azul ceñida con una cuerda? Entonces podría atreverse sin miedo a cantar, a bailar, a beber, a abrazar a Liubka como Mérik lo hacía…

El taconeo y los gritos hacían retemblar la vajilla del armario. La llama de la vela no cesaba de oscilar.

Se rompió el hilo del collar y las cuentas se desparramaron por el suelo; el pañuelo verde se deslizó de la cabeza de Liubka y en vez de ésta quedó una mancha roja y unos ojos oscuros y brillantes. A Mérik parecía como si se le fueran a desprender los brazos y las piernas.

Pero Mérik, después de un último taconazo, quedó inmóvil… Fatigada, respirando trabajosamente, Liubka se inclinó sobre su pecho y se apretó a él como si fuese un tronco. Mérik la abrazó y, mirándola a los ojos, dijo con voz suave y cariñosa, como bromeando:

—Si llego a descubrir dónde guarda tu vieja el dinero, la mataré y a ti te cortaré el cuello con una navaja. Luego prenderé fuego a la posada… La gente pensará que fuisteis víctimas del incendio y yo, con vuestro dinero, me iré al Kubán, tendré caballadas y rebaños de ovejas…

Liubka no replicó nada, se limitó a mirarle tímidamente y a preguntar:

—¿Se está bien en el Kubán, Mérik?

El no le contestó, se dirigió al baúl, se sentó en él y quedó absorto.

Probablemente pensaba en el Kubán.

—Se me va haciendo tarde —dijo Kaláshnikov, poniéndose en pie—.

Filia estará esperando. Adiós, Liubka.

El practicante salió al patio a echar un vistazo: Kaláshnikov podía llevarse su caballo. La nevasca no se había calmado. Unas nubes blancas, aferrándose con sus largas colas a hierbas y arbustos, cruzaban el patio, y al otro lado de la valla, en el campo, gigantes ensabanados giraban y caían para levantarse de nuevo y proseguir su pelea sin cesar de agitar los brazos.

¡Y el viento, el viento! Los desnudos abedules y cerezos, que no podían soportar sus groseras caricias, se inclinaban casi hasta el suelo y lloraban:

"¿Qué pecado hemos cometido, Señor, para que nos mantengas sujetos al suelo, sin permitirnos disfrutar de la libertad?".

—¡Quieto! —gritó Kaláshnikov, enfadado, y montó en su caballo. Una hoja del portón estaba abierta y junto a ella se había formado un gran montón de nieve—. En marcha.

El caballo de Kaláshnikov, de escasa alzada y corto de patas, se hundió en la nieve hasta el vientre. El jinete, todo blanco, no tardó en desaparecer con su montura al otro lado del portón.

Cuando el practicante volvió al cuarto, Liubka estaba arrastrándose por el suelo, recogiendo las cuentas del collar. Mérik no se encontraba con ella.

"¡Buena moza! —pensó el practicante, tumbándose en el banco después de poner su pelliza como almohada—. ¡Si Mérik no estuviera aquí!".

Liubka le excitaba con su presencia. Seguía arrastrándose por el suelo junto al banco, y él pensó que, si Mérik no estuviera, él se levantaría, la abrazaría y ya se vería después lo que pasaba. Cierto que era soltera, pero se le hacía cuesta arriba pensar que fuese honrada. Y, aunque lo fuera, ¿iba a andarse con ceremonias en aquella guarida de bandidos? Liubka acabó de recoger las cuentas y salió del cuarto. La vela se estaba consumiendo y el fuego tocaba ya el papel que la sujetaba a la palmatoria. El practicante puso el revólver y las cerillas junto a él y la apagó. La lamparilla de la imagen temblaba tanto, que le obligó a cerrar los ojos. Las sombras saltaban por el techo, por el suelo, por el armario, y entre ellas creía ver a Liubka, su robusta figura y sus elevados senos: ya giraba como una peonza, ya se detenía, fatigada por la danza, y respiraba jadeante… "¡Si el diablo se llevase a Mérik!", pensó.

La lamparilla hizo un último guiño, chispeó y acabó por apagarse. Alguien, Mérik sin duda, entró en el cuarto y se sentó en el banco. Dio una chupada a la pipa y por un instante se iluminó su morena mejilla con la mancha negra. El humo del tabaco apestaba y le produjo al practicante un vivo picor en la garganta.

—¡Es un tabaco inmundo, maldita sea! —dijo—. Da náuseas.

—Lo mezclo con flor de avena —explicó Mérik, tras una pausa—. Es mejor para el pecho.

Acabó de fumar, lanzó un escupitajo y salió de nuevo. Pasó como cosa de media hora y en el zaguán brilló una luz. Apareció Mérik con la pelliza y el gorro puestos, y luego Liubka con una vela en la mano.

—No te vayas, Mérik —dijo ella con voz suplicante.

—No, Liubka, no me retengas.

—Escúchame, Mérik —añadió ella, y su voz se hizo cariñosa y suave—. Sé que andas buscando el dinero de mi madre: la matarás y me matarás a mí, y te irás al Kubán a amar a otras mozas, pero Dios sea contigo. Lo único que te pido, corazón mío, es que te quedes.

—No, quiero divertirme... —dijo Mérik, apretándose el cinturón.

—Tampoco puedes divertirte... Viniste a pie, ¿cómo vas a ir?

Mérik se inclinó hacia Liubka y le dijo algo al oído. Ella miró a la puerta y rompió a reír a través de las lágrimas.

—Está durmiendo... —dijo.

Mérik la abrazó, le dio un fuerte beso y salió al patio. El practicante se metió el revólver en el bolsillo, se puso en pie y corrió tras él.

—Déjame pasar —dijo a Liubka, quien se había apresurado a echar el cerrojo y se había quedado ante la puerta—. ¡Déjame salir! ¿Qué haces aquí?

—¿Para qué quieres salir?

—Para echarle un vistazo al caballo.

Liubka lo miró de arriba abajo con picardía, cariñosamente.

—¿Para qué? Tú mírame a mí... —dijo.

Luego se inclinó y tocó con la punta del dedo la leontina que pendía de la cadena de su reloj.

—Déjame salir, se va a llevar mi caballo —insistió el practicante—. ¡Déjame pasar, diablo, déjame pasar! —gritó, descargándole un rabioso puñetazo en el hombro y empujando para apartarla de la puerta; pero ella se había agarrado al cerrojo y no lo soltaba; parecía que fuese de hierro—. ¡Déjame salir! —insistió jadeante—. ¡Te digo que se va a llevar mi caballo!

—¿Adonde va a ir? No se irá.

Respirando fatigosamente y pasándose la mano por el hombro, que le dolía después del golpe, lo miró de nuevo de arriba abajo, enrojeció y se echó a reír.

—No te vayas, corazón... —dijo—. Yo sola me aburro.

El practicante la miró a los ojos, se quedó pensando y la abrazó sin encontrar resistencia.

—Bueno, basta de bromas, déjame pasar —le pidió. Ella no desplegó los labios.

—Antes he oído lo que decías a Mérik, que le quieres.

—Eso no importa... Sólo mi alma sabe a quién quiero.

Volvió a tocar la leontina con la punta del dedo y dijo a media voz:

—Dame esto...

El practicante desprendió la leontina de la cadena y se la entregó. Liubka alargó de pronto el cuello, se quedó escuchando y su cara se puso seria; su mirada le pareció al practicante fría y maliciosa. Se acordó del caballo, la apartó fácilmente y salió al patio. En el cobertizo se oían los acompasados gruñidos del cerdo y el ruido que hacían los cuernos de la vaca contra el pesebre... El practicante encendió una cerilla y vio el cerdo, la vaca y los perros, que se arrojaron sobre él en cuanto vieron la luz, pero del caballo no quedaba ni rastro. Gritando y agitando los brazos para sacudirse los perros, tropezando y hundiéndose en los montones de nieve, corrió hacia el portón y trató de divisar algo en aquella oscuridad. Lo único que veía eran los copos de nieve, que parecían formar diversas figuras: ya se asomaba de la oscuridad la cara blanca y sonriente de un muerto, ya pasaba galopando un caballo blanco que montaba una amazona con un vestido de muselina, ya cruzaba sobre su cabeza una bandada de blancos cisnes... Temblando de cólera y frío, sin saber qué hacer, el practicante descargó su revólver contra los perros, sin acertar, y luego corrió hacia la casa.

Al entrar en el zaguán oyó claramente cómo alguien salía de la habitación y cerraba. Estaba todo oscuro. El practicante dio un empujón a la puerta, pero no pudo abrirla. Entonces, encendiendo una cerilla tras otra, retrocedió al zaguán, de éste pasó a la cocina y de la cocina a una pequeña pieza. Aquí todas las paredes desaparecían tras las faldas y los vestidos colgados, olía a aciano y a hinojo, y en un rincón, junto a la estufa, había una cama con una montaña de almohadas; debía de ser el dormitorio de la vieja, de la madre de Liubka. El practicante pasó a otra habitación, también pequeña, y allí vio a la moza. Esta se encontraba sobre un arca, tapada con una manta de vivos colores, hecha de retazos, y fingía dormir. A su cabecera ardía una lamparilla.

—¿Dónde está mi caballo? —preguntó severamente el practicante. Liubka no se movió.

—Te pregunto dónde está mi caballo —repitió el practicante con voz más severa todavía, y dio un tirón de la manta—. ¡A ti te lo pregunto, demonio! —gritó.

Ella se echó al suelo, se puso de rodillas y, sujetándose la camisa con una mano y tratando de coger la manta con la otra, se arrimó a la pared... Miraba al practicante con repugnancia y miedo, y sus ojos, como los de una bestezuela atrapada, seguían malignos el menor de sus movimientos.

—¡Di dónde está el caballo o te saco el alma del cuerpo! —gritó el practicante.

—Vete de aquí, maldito —dijo ella con voz ronca.

El practicante la agarró de la camisa junto al cuello y dio un tirón hacia sí; sin poderse contener, la abrazó con todas sus fuerzas. Ella, jadeante de rabia, se revolvió entre sus brazos, consiguió sacar una mano —la otra se le había enredado en la camisa rota— y le descargó un puñetazo en la nuca.

La vista se le nubló, los oídos le zumbaron y se hizo atrás, pero en este momento recibió otro golpe, ya en la sien. Tambaleándose y apoyándose en las paredes para no caer, pudo llegar al cuarto donde estaban sus cosas y se tumbó en el banco. Luego, al cabo de un rato, sacó del bolsillo la caja de las cerillas y empezó a encender una tras otra sin necesidad alguna: las encendía, las apagaba y las tiraba al suelo, y así hasta que se hubieron acabado.

Mientras tanto, el aire había empezado a adquirir un tinte azulino, y se oyó el canto de los gallos. La cabeza le seguía doliendo y los oídos le zumbaban como si estuviese bajo un puente de ferrocarril y pasase un tren sobre él. Mal que bien, se puso la pelliza y el gorro. La silla y el paquete de las compras no los encontró, y la bolsa estaba vacía: alguien había andado por la habitación mientras él estaba fuera.

Tomó en la cocina un atizador para defenderse de los perros y salió al patio, dejando las puertas abiertas de par en par. La nevasca se había calmado y el aire estaba tranquilo... Al salir del portón, el blanco campo le pareció muerto; no había ni un solo pájaro en el cielo. En la lejanía, a ambos lados del camino, se veía la línea azul del bosque.

El practicante pensó en cómo lo recibirían en el hospital y qué diría el doctor. Tenía que preparar las respuestas, pero sus ideas se dispersaban y perdían. En lo único que podía pensar era en Liubka y en los hombres con quienes había pasado la noche. Recordó la manera como Liubka, después de golpearle por segunda vez, se había inclinado para recoger la manta y cómo su trenza deshecha había caído sobre el suelo. En su cabeza reinaba una confusión terrible, y se le ocurrió una idea: ¿Qué falta hacían en el mundo los doctores, los practicantes, los mercaderes, los escribientes, los mujiks, gentes que no eran libres? Porque las aves son libres, las fieras son libres, lo mismo que Mérik; no temen a nadie y a nadie necesitan. ¿Y quién había dicho que había que levantarse por la mañana, comer al mediodía y acostarse al hacerse de noche, que el doctor era superior al practicante, que había que vivir en una casa y sólo se podía amar a la mujer propia? ¿Por qué no, al contrario, comer de noche y dormir de día? Saltar sobre un caballo sin preguntar quién es el dueño, galopar como un diablo por los campos, bosques y barrancos, en persecución del viento, amar a las mozas, reírse de todo el mundo...

El practicante tiró el atizador, acercó la frente al tronco blanco y frío de un abedul y se quedó pensativo. Su vida gris y monótona, el sueldo, la sumisión, la farmacia, los eternos tarros y cantáridas, le parecieron algo despreciable que le producía náuseas.

—¿Quién dice que divertirse es pecado? —se preguntó con despecho—. Los que lo dicen no vivieron nunca libres como Mérik o Kaláshnikov, y no amaron a Liubka. Toda su vida trataron de abrirse camino, no conocieron el menor placer y amaron sólo a sus mujeres, parecidas a ranas.

Pensó para sus adentros que, si hasta ahora no se había convertido en un ladrón, un pillo o un bandido, sólo era porque no había sabido o no se le había presentado la ocasión.

Había transcurrido un año y medio. En la primavera, después de la Pascua, el practicante, que había sido despedido del hospital y no lograba encontrar empleo, ya de noche, salió de una taberna de Repino y se puso a caminar sin propósito alguno.

Llegó al campo. Allí olía a primavera y soplaba una brisa templada y agradable. La noche, serena y estrellada, miraba a la tierra desde el cielo.

¡Dios mío, qué profundo es el cielo y cómo se extiende infinitamente sobre el mundo! "El mundo está bien creado, aunque, ¿a santo de qué —pensaba el practicante— los hombres se dividen en no bebedores y borrachos, en gente que trabaja y gente que ha sido despedida? ¿Por qué quien no bebe y tiene el estómago lleno duerme tranquilamente en su casa, mientras que el borracho y el hambriento deben vagar por el campo, sin hogar en que acogerse? ¿Por qué quien no ejerce un cargo y no recibe un sueldo debe estar obligatoriamente hambriento, desnudo y descalzo? ¿Quién lo imaginó? ¿Por qué los pájaros y los animales del bosque viven a plena satisfacción sin necesidad de prestar un servicio y percibir un sueldo?".

A lo lejos, sobre la línea del horizonte, se estremecía un cárdeno resplandor. El practicante se detuvo largo rato mirando, sin cesar de pensar:

"¿Por qué, si ayer robé un samovar y ahora me he bebido en la taberna el importe de la venta, esto es pecado? ¿Por qué?".

Por el camino pasaron dos carros; en uno dormía una mujer y en el otro iba un viejo descubierto...

—Abuelo, ¿dónde es el incendio? —preguntó el practicante.

—Está ardiendo la casa de Andrei Chiríkov... —contestó el viejo.

El practicante recordó lo que le había sucedido dieciocho meses antes en aquella casa y las palabras de Mérik. Se imaginó que la vieja y Liubka habían sido degolladas y se consumían entre las llamas, y sintió envidia del autor de la fechoría. Al volver a la taberna, mirando las casas de los acomodados posaderos, comerciantes y herreros, se dijo: "¡Cómo me agradaría entrar una noche en la casa de uno de ésos, de los más ricos!".

EN EL LANDÓ

Las hijas del consejero civil activo Brindin, Kitty y Zina, paseaban por la Nievskii en un landó. Con ellas paseaba su prima Marfusha, una pequeña provinciana-hacendada de dieciséis años, que había venido en esos días a Peter, a visitar a la parentela ilustre y echar un vistazo a las "curiosidades". Junto a ella estaba sentado el barón Drunkel, un hombrecito recién aseado y visiblemente cepillado, con un paletó azul y un sombrero azul.

Las hermanas paseaban y miraban de soslayo a su prima. La prima las divertía y las comprometía. La inocente muchachita, que desde su nacimiento nunca había ido en landó, ni oído el ruido capitalino, examinaba con curiosidad la tapicería del carruaje, el sombrero con galones del lacayo, gritaba a cada encuentro con el vagón ferroviario de caballos... Y sus preguntas eran aún más inocentes y ridículas...

—¿Cuánto recibe de salario vuestro Porfirii? —preguntó ella entre tanto, señalando con la cabeza al lacayo.

—Al parecer, cuarenta al mes...

—¡¿Es po-si-ble?! ¡Mi hermano Seriozha, el maestro, recibe sólo treinta! ¿Es posible que aquí en Petersburgo se valora tanto el trabajo?

—No haga, Marfusha, esas preguntas —dijo Zina—, y no mire a los lados. Eso es indecente. Y mire allá, mire de soslayo, si no es indecente, ¡qué oficial tan ridículo! ¡Ja-ja! ¡Como si hubiera tomado vinagre! Usted, barón, se pone así cuando corteja a Amfiladova.

—A ustedes, mesdames, le es ridículo y divertido, pero a mí me remuerde la conciencia —dijo el barón—. Hoy, nuestros empleados tienen una misa de réquiem a Turguéniev, y yo por vuestra gracia no fui. Es incómodo, saben... Una comedia, pero de todas formas convenía haber ido, mostrar mi simpatía... por las ideas... Mesdames, díganme con franqueza, con la mano puesta en el corazón, ¿a ustedes les gusta Turguéniev?

—¡Oh sí... se entiende! Turguéniev pues...

—Y vaya pues... A todo el que le pregunto le gusta, y a mí... ¡no entiendo! ¡O yo no tengo cerebro o soy un escéptico incorregible, pero todo ese galimatías que levantan por Turguéniev me parece no sólo exagerado, sino ridículo! Es un escritor, no me pondré a negarlo, bueno... Escribe llano, el estilo por momentos es incluso ágil, tiene humor, pero... nada particular... Escribe como todos los escritorzuelos rusos... Como Grigorevich, como Kraevskii... Ayer saqué a propósito de la biblioteca Las notas de un cazador, las leí de cabo a rabo, y no encontré resueltamente nada particular… Ni autoconciencia, ni de la libertad de prensa… ¡ninguna idea! Y de la caza así, y no hay nada del todo. ¡Está escrito, por lo demás, no mal!

—¡En nada mal! ¡Él es muy buen escritor! ¡Y cómo escribía del amor! —suspiró Kitty—. ¡Mejor que todos!

—Escribía bien del amor, pero los hay mejores. Jean Richepin, por ejemplo. ¡Qué clase de encanto! ¿Usted leyó su Pegajoso? ¡Otro asunto! ¡Usted lee, y siente cómo todo eso existe en la realidad! ¿Y Turguéniev… qué escribió? Todo ideas… ¿pero qué ideas hay en Rusia? ¡Todo de tierras extranjeras! ¡Nada original, nada autóctono!

—¡Y la naturaleza cómo la describía él!

—A mí no me gusta leer las descripciones de la naturaleza. Se extienden, se extienden… "El sol se puso… los pájaros cantaron… el bosque susurra…". Yo siempre me paso esos encantos. Turguéniev es un buen escritor, no lo niego, pero yo no le reconozco esa capacidad de crear maravillas, como dicen de él. Le dio, al parecer, un empujón a la autoconciencia, y cierta vergüenza política ahí en el pueblo ruso, la pellizcó por lo vivo… No veo todo eso… No entiendo…

—¿Y usted leyó su Oblomov? —preguntó Zina—. ¡Ahí él está en contra del régimen de servidumbre!

—Cierto… ¡Pero es que yo estoy en contra del régimen de servidumbre! ¿Y gritan así por mí?

—¡Ruéguenle que se calle! ¡Por Dios! —le susurró Marfusha a Zina.

Zina, con asombro, miró a la inocente, tímida muchachita. Los ojos de la provinciana recorrían inquietos el landó, de un rostro al otro, brillaban con un sentimiento no bueno y, al parecer, buscaban sobre quién derramar su odio y desprecio. Sus labios temblaban de ira.

—¡Es indecente, Marfusha! —susurró Zina—. ¡Usted tiene lágrimas!

—Dicen asimismo que él tuvo una gran influencia en el desarrollo de nuestra sociedad —continuó el barón—. ¿Dónde se ve eso? Yo no veo esa influencia, hombre pecador. En mí, por lo menos, él no tuvo ni la mínima influencia.

El landó se detuvo junto a la entrada de los Brindin.

MALA SUERTE

Ilia Sergeich Peplov y su mujer, Cleopatra Petrovna, escuchaban junto a la puerta con gran ansiedad. Al otro lado, en la pequeña sala, se desarrollaba, al parecer, una escena de declaración amorosa. Su hija Nataschenka se prometía en aquel momento con el profesor de la Escuela Provincial, Schupkin.

—Parece que pica —murmuraba Peplov, temblando de impaciencia y frotándose las manos—. Mira, Petrovna… Tan pronto como empiecen a hablar de sentimientos, descuelgas la imagen de la pared y entramos a bendecirlos… Quedarán cogidos. La bendición con la imagen es sagrada e irrevocable… Ni aunque acuda al juzgado podrá ya volverse atrás.

Al otro lado de la puerta estaba entablado el siguiente diálogo:

—¡Nada de su carácter!… —decía Schupkin, frotando una cerilla en sus pantalones a cuadros para encenderla—. Le aseguro que yo no fui quien escribió las cartas.

—¡Vamos no diga!… ¡Como si no conociera yo su letra! —reía la damisela lanzando grititos amanerados y mirándose al espejo a cada momento—. La reconocí en seguida. ¡Y qué cosa tan rara!… ¡Usted, profesor de caligrafía y haciendo esos garrapatos!… ¿Cómo va usted a enseñar a escribir a otros si escribe usted tan mal?…

—¡Hum!… Eso no significa nada, señorita. En el estudio de la caligrafía lo principal no es la clase de letra…, lo principal es mantener sujetos a los alumnos. A uno se le pega con la regla en la cabeza…, a otro se le pone de rodillas… ¡Pero la escritura! ¡Pchs!… ¡Eso es lo de menos!… Nekrasov era un escritor y daba vergüenza ver cómo escribía. En sus obras completas viene una muestra, ¡qué muestra!, de su caligrafía.

—Sí…, pero aquel era Nekrasov, y usted es usted… —dejó escapar un suspiro—. ¡A mí me hubiera encantado casarme con un escritor! ¡Se hubiera pasado el tiempo haciéndome versos!

—También yo puedo hacerle versos si lo desea.

—¿Y sobre qué sabe usted escribir?

—Sobre el amor…, sobre los sentimientos… ¡Sobre sus ojos!… Cuando los lea usted se quedará asombrada. ¡Le harán verter lágrimas! Dígame: ¿si yo le escribiera unos versos llenos de poesía me daría a besar su manecita?

—¡Vaya una tontería!… ¡Ahora mismo si quiere! Bésela.

Schupkin se levantó de un brinco y con ojos que parecían prontos a saltársele apretó sus labios sobre la mano gordezuela que olía a jabón de huevo.

—¡Descuelga la imagen! —dijo apresuradamente Peplov, dando un codazo a su mujer, palideciendo de emoción y abrochándose los botones de la chaqueta—. ¡Anda, vamos! —y sin perder un segundo abrió la puerta de par en par—. ¡Hijos! —balbució, alzando las manos y con lágrimas en los ojos—. ¡Que el Señor los bendiga! ¡Hijos míos!... ¡Vivan! ¡Sean fructíferos y multiplíquense!...

—¡Yo!... ¡También yo los bendigo! —dijo la madre, llorando de felicidad—. ¡Sean dichosos, queridos míos! ¡Oh!... —prosiguió, dirigiéndose a Schupkin—. ¡Me arrebata usted mi único tesoro!... ¡Quiera a mi hija! ¡Mímela!...

La boca de Schupkin se abrió de asombro y de susto. El asalto de los padres había sido tan inesperado y tan atrevido que no podía pronunciar una sola palabra.

"Me han cogido... Me han cogido... —pensó, preso de espanto—. Te ha llegado el fin, hermano... Ya no te escaparás...". Y sumisamente presentó su cabeza, como diciendo: "¡Tómenla..., estoy vencido!".

—¡Los... ben..., bendigo...! —prosiguió el padre; y empezó a llorar también—. ¡Natascheñka!... ¡Hija mía!... ¡Ponte a su lado!... ¡Petrovna, trae la imagen!

Pero en aquel momento el llanto del padre cesó y su rostro se alteró con furia.

—¡Zoquete!... ¡Cabeza huera! —dijo, dirigiéndose con enfado a su mujer—. ¿Es ésta acaso la imagen?...

—¡Ay, Dios mío!... ¡Virgen Santísima!...

¿Qué había ocurrido?... El profesor de caligrafía levantó temerosamente los ojos y se vio salvado. En su precipitación, la madre había descolgado equivocadamente de la pared el retrato del literato Lajechnikov. El viejo Peplov y su esposa Cleopatra, con él entre las manos, no sabían en su azoramiento qué hacer ni qué decir. El profesor de caligrafía aprovechó el momento de confusión y huyó.

LOS MÁRTIRES

Lisa Kudrinsky, una señora joven y muy cortejada, se ha puesto de pronto tan enferma, que su marido se ha quedado en casa en vez de irse a la oficina, y le ha telegrafiado a su madre.

He aquí cómo cuenta la señora Lisa la historia de su enfermedad:

—Después de pasar una semana en la quinta de mi tía me fui a casa de mi prima Varia. Aunque su marido es un déspota —¡yo lo mataría!— hemos pasado unos días deliciosos. La otra noche dimos una función de aficionados, en la que tomé yo parte. Representamos Un escándalo en el gran mundo. Frustalev estuvo muy bien. En un entreacto bebí un poco de limón helado con coñac. Es una mezcla que sabe a champagne. Al parecer no me sentó mal. Al día siguiente hicimos una excursión a caballo. La mañana era un poco húmeda y me resfrié. Hoy he venido a ver a mi pobre maridito y a llevarme el traje de seda. No había hecho más que llegar, cuando he sentido unos espasmos en el estómago y unos dolores… Creí que me moría. Varia, ¡claro!, se ha asustado mucho; ha empezado a tirarse de los pelos, ha mandado por el médico. ¡Han sido unos momentos terribles!

Tal es el relato que la pobre enferma les hace a todos sus visitantes.

Después de la visita del médico se duerme con el sosegado sueño de los justos, y no se despierta en seis horas.

En el reloj acaban de dar las dos de la mañana. La luz de una lámpara con pantalla azul alumbra débilmente la estancia. Lisa, envuelta en un blanco peinador de seda y tocada con un coquetón gorro de encaje, entreabre los ojos y suspira. A los pies de la cama está sentado su marido, Visili Stepanovich. Al pobre le colma de felicidad la presencia de su mujer, casi siempre ausente de casa; pero, al mismo tiempo, su enfermedad le desasosiega en extremo.

—¿Qué tal, querida? ¿Estás mejor? —le pregunta muy quedo.

—¡Un poco mejor! —gime ella—. ¡Ya no tengo espasmos; pero no puedo dormir!…

—¿Quieres que te cambie la compresa, ángel mío?

Lisa se incorpora con lentitud, pintado un intenso sufrimiento en la faz, e inclina la cabeza hacia su marido, que, sin tocar apenas su cuerpo, como si fuese algo sagrado, le cambia la compresa. El agua fría la estremece ligeramente y le arranca risitas nerviosas.

—¿Y tú, pobrecito, no has dormido? —gime, tendiéndose de nuevo.

—¿Acaso podría yo dormir estando enferma mi mujercita?

—Esto no es nada, Vasia. Son los nervios. ¡Soy una mujer tan nerviosa…! El doctor lo achaca al estómago; pero estoy segura de que se engaña. No ha comprendido mi enfermedad. Son los nervios y no el estómago, ¡te lo juro! Lo único que temo es que sobrevenga alguna complicación...

—¡No, mujer! Mañana se te habrá pasado ya todo.

—No lo espero... No me importa morirme; pero cuando pienso que tú te quedarías solo... ¡Dios mío!... ¡Ya te veo viudo!...

Aunque el amante esposo está solo casi siempre y ve muy poco a su mujer, se amilana y se aflige al oírla hablar así.

—¡Vamos, mujer! ¿Cómo se te ocurren pensamientos tan tristes? Te aseguro que mañana estarás completamente bien...

—No lo espero... Además, aunque yo me muera, la pena no te matará.

Llorarás un poco y te casarás luego con otra...

El marido no encuentra palabras para protestar contra semejantes suposiciones, y se defiende con gestos y ademanes de desesperación.

—¡Bueno, bueno, me callo! —le dice su mujer—. Pero debes estar preparado...

Y piensa, cerrando los ojos: "Si efectivamente me muriera...".

El cuadro de su propia muerte se le representa con todo lujo de detalles. En torno del lecho mortuorio lloran Vasia, su madre, su prima Varia y su marido, sus amigos, su adoradores. Está pálida y bella. La amortajan con un vestido color de rosa, que le sienta a las mil maravillas, y la colocan sobre un verdadero tapiz de flores, en un ataúd magnífico, con aplicaciones doradas. Huele a incienso; arden las velas funerarias. Su marido la mira a través de las lágrimas. Sus adoradores la contemplan con admiración. "Se diría —murmuran— que está viva. ¡Hasta en el ataúd está bella!". Toda la ciudad se conduele de su fin prematuro... El ataúd es transportado a la iglesia por sus adoradores, entre los que va el estudiante de ojos negros que le aconsejó que bebiese la limonada con coñac... Es lástima que no acompañe a la procesión fúnebre una banda de música... Después de la misa, todos rodean el ataúd y se oyen los adioses supremos. Llantos, sollozos, escenas dramáticas... Luego, el cementerio. Cierran el ataúd...

Lisa se estremece y abre los ojos.

—¿Estás ahí, Vasia? —pregunta—. ¡No hago más que pensar cosas tristes, no puedo dormir!... ¡Ten piedad de mí, Vasia, y cuéntame algo interesante!

—¿Qué quieres que te cuente, querida?

—Una historia de amor —es la respuesta con voz moribunda la enferma—, una anécdota...

Vasili Stepanovich hasta bailaría de coronilla con tal de ahuyentar los pensamientos tristes de su mujer.

—Bueno; voy a imitar a un relojero judío.

El amante esposo pone una cara muy graciosa de judío viejo, y se acerca a la enferma.

—¿Necesita usted, por casualidad, componer su reloj, hermosa señora? —pregunta con una pronunciación cómicamente hebrea.

—¡Sí, sí! —contesta Lisa, riendo y alargándole a su marido su relojito de oro, que ha dejado, como de costumbre, en la mesa de noche—. ¡Compóngalo, compóngalo!

Vasili Stepanovich coge el reloj, lo abre, lo examina detenidamente, encorvado y haciendo muecas, y dice:

—No tiene compostura; la máquina está hecha una lástima. Lisa se ríe a carcajadas y aplaude.

—¡Muy bien! ¡Magnífico! —exclama—. ¡Eres un excelente artista! Haces mal en no tomar parte en nuestras funciones de aficionados. Tienes talento. Más que Sisunov. Sisunov es un joven con una vis cónica admirable. Sólo el verle la cara es morirse de risa. Figúrate una nariz apatatada, roja como una zanahoria, unos ojillos verdes… Pues ¿y el modo de andar?… Anda de un modo graciosísimo, igual que una cigüeña. Así, mira…

La enferma salta de la cama y empieza a andar descalza a través de la habitación.

—¡Salud, señoras y señores! —dice con voz de bajo, remedando al señor Sisunov—. ¿Qué hay de bueno por el mundo?

Su propia toninada la hace reír.

—¡Ja, ja, ja!

—¡Ja, ja, ja! —ríe su marido.

Y ambos, olvidada la enfermedad de ella, se ponen a jugar, a hacer niñerías, a perseguirse. El marido logra sujetar a la mujer por los encajes de la camisa y la cubre de ardientes besos.

De pronto ella se acuerda de que está gravemente enferma. Se vuelve a acostar, la sonrisa huye de su rostro…

—¡Es imperdonable! —se lamenta—. ¡No consideras que estoy enferma!

—¿Me perdonas?

—Si me pongo peor, tú tendrás la culpa. ¡Qué malo eres!

Lisa cierra los ojos y enmudece. Se pinta de nuevo en su faz el sufrimiento. Se escapan de su pecho dolorosos gemidos. Vasia se cambia la compresa y se sienta a su cabecera, de donde no se mueve en toda la noche.

A las diez de la mañana vuelve el doctor.

—Bueno; ¿cómo van esas fuerzas? —le pregunta a la enferma, tomándole el pulso—. ¿Ha dormido usted?

—¡Se siente mal, muy mal! —susurra el marido. Ella abre los ojos y dice con voz débil:

—Doctor, ¿podría tomar un poco de café?

—No hay inconveniente.

—¿Y me permite usted levantarme?

—Sí; pero sería mejor que guardase usted cama hoy.

—Los malditos nervios… —susurra el marido en un aparte con el médico—. La atormentan pensamientos tristes… Estoy con el alma en un hilo.

El doctor se sienta ante una mesa, se frota la frente y le receta a Lisa bromuro. Luego se despide hasta la noche.

Al mediodía se presentan los adoradores de la enferma, con cara de angustia todos ellos. Le traen flores y novelas francesas. Lisa, interesantísima con su peinador blanco y su gorro de encaje, les dirige una mirada lánguida en que se lee su escepticismo respecto a una curación próxima. La mayoría de sus adoradores no han visto nunca a su marido, a quien tratan con cierta indulgencia. Soportan su presencia armados de cristiana resignación: su común desventura les ha reunido con él junto a la cabecera de la enferma adorable.

A las seis de la tarde, Lisa torna a dormirse para no despertar hasta las dos de la mañana. Vasia, como la noche anterior, vela junto a su cabecera, le cambia la compresa, le cuenta anécdotas regocijadas.

—Pero ¿adónde vas, querida? —le pregunta Vasia, a la mañana siguiente, a su mujer, que está poniéndose el sombrero ante el espejo—. ¿Adónde vas?

Y le dirige miradas suplicantes.

—¿Cómo que adónde voy? —contesta ella, asombrada—. ¿No te he dicho que hoy se repite la función de teatro en casa de María Lvovna?

Un cuarto de hora después toma el tole.

El marido suspira, coge la cartera y se va a la oficina. Las dos noches de vigilia le han producido un fuerte dolor de cabeza y un gran desmadejamiento.

—¿Qué le pasa a usted? —le pregunta su jefe.

Vasia hace un gesto de desesperación y ocupa su sitio habitual.

—¡Si supiera vuestra excelencia —contesta— lo que he sufrido estos dos días!… ¡Mi Lisa está enferma!

—¡Dios mío! —exclama el jefe—. ¿Lisaveta Pavlovna? ¿Y qué tiene? El otro alza los ojos y las manos al cielo, como diciendo:

—¡Dios lo quiere!

—¿Es grave, pues, la cosa?

—¡Creo que sí!

—¡Amigo mío, yo sé lo que es eso! —suspira el alto funcionario, cerrando los ojos—. He perdido a mi esposa... ¡Es una pérdida terrible!... Pero estará mejor la señora, ¿verdad? ¿Qué médico la asiste?

—Von Sterk.

—¿Von Sterk? Yo que usted, amigo mío, llamaría a Magnus o a Semandritsky... Está usted muy pálido. Se diría que está usted enfermo también...

—Sí, excelencia... Llevo dos noches sin dormir, y he sufrido tanto...

—Pero ¿para qué ha venido usted? ¡Váyase a casa y cuídese! No hay que olvidar el proverbio latino: *Mens sana in corpore sano...*

Vasia se deja convencer, coge la cartera, se despide del jefe y se va a su casa a dormir.

LA MÁSCARA

En el club social de la ciudad de X se celebraba, con fines benéficos, un baile de máscaras o, como le llamaban las señoritas de la localidad, "un baile de parejas".

Era ya medianoche. Unos cuantos intelectuales sin antifaz, que no bailaban —en total eran cinco—, estaban sentados en la sala de lectura, alrededor de una gran mesa, y ocultas sus narices y barbas detrás del periódico, leían, dormitaban o, según la expresión del cronista local de los periódicos de la capital, meditaban.

Desde el salón del baile llegaban los sones de una contradanza. Por delante de la puerta corrían en un ir y venir incesante los camareros, pisando con fuerza; mas en la sala de lectura reinaba un profundo silencio.

—Creo que aquí estaremos más cómodos —se oyó de pronto una voz de bajo, que parecía salir de una caverna—. ¡Por acá, muchachas, vengan acá!

La puerta se abrió y al salón de lectura penetró un hombre ancho y robusto, disfrazado de cochero, con el sombrero adornado de plumas de pavo real y con antifaz puesto. Le seguían dos damas, también con antifaz, y un camarero, que llevaba una bandeja con unas botellas de vino tinto, otra de licor y varios vasos.

—¡Aquí estaremos muy frescos! —dijo el individuo robusto—. Pon la bandeja sobre la mesa… Siéntense, damiselas. *¡Ye vu pri a la trimontran!* Y ustedes, señores, hagan sitio. No tienen por qué ocupar la mesa.

El individuo se tambaleó y con una mano tiró al suelo varias revistas.

—¡Pon la bandeja acá! Vamos, señores lectores, apártense. Basta de periódicos y de política.

—Le agradecería a usted que no armase tanto alboroto —dijo uno de los intelectuales, mirando al disfrazado por encima de sus gafas—. Estamos en la sala de lectura y no en un buffet… No es un lugar para beber.

—¿Por qué no es un lugar para beber? ¿Acaso la mesa se tambalea, o el techo amenaza derrumbarse? Es extraño. Pero no tengo tiempo para charlas… Dejen los periódicos. Ya han leído bastante, demasiado inteligentes se han puesto; además, es perjudicial para la vista y lo principal es que yo no lo quiero y con esto basta.

El camarero colocó la bandeja sobre la mesa y, con la servilleta encima del brazo, se quedó de pie junto a la puerta. Las damas la emprendieron inmediatamente con el vino tinto.

—¿Cómo es posible que haya gente tan inteligente que prefiera los periódicos a estas bebidas? —comenzó a decir el individuo de las plumas de pavo real, sirviéndose licor—. Según mi opinión, respetables señores, prefieren ustedes la lectura porque no tienen dinero para beber. ¿Tengo razón? ¡Ja, ja…! Pasan ustedes todo el tiempo leyendo. Y ¿qué es lo que está ahí escrito? Señor de las gafas, ¿qué acontecimientos ha leído usted? Bueno, deja de darte importancia. Mejor bebe.

El individuo de las plumas de pavo real se levantó y arrancó el periódico de las manos del señor de las gafas. Éste palideció primero, se sonrojó después y miró con asombro a los demás intelectuales, que a su vez le miraron.

—¡Usted se extralimita, señor! —estalló el ofendido—. Usted convierte un salón de lectura en una taberna; se permite toda clase de excesos, me arranca el periódico de las manos. ¡No puedo tolerarlo! ¡Usted no sabe con quién trata, señor mío! Soy el director del Banco, Yestiakov.

—Me importa un comino que seas Yestiakov. Y en lo que se refiere a tu periódico mira… El individuo levantó el periódico y lo hizo pedazos.

—Señores, pero ¿qué es esto? —balbuceó Yestiakov estupefacto—.

Esto es extraño, esto sobrepasa ya lo normal…

—¡Se ha enfadado! —echóse a reír el disfrazado—. ¡Uf! ¡Qué susto me dio! ¡Hasta tiemblo de miedo! Escúchenme, respetables señores. Bromas aparte, no tengo deseos de entrar en conversación con ustedes… Y como quiero quedarme aquí a solas con las damiselas y deseo pasar un buen rato, les ruego que no me contradigan y se vayan… ¡Vamos! Señor Belebujin, ¡márchate a todos los diablos! ¿Por qué están frunciendo el ceño? Si te lo digo, debes irte. Y de prisita, no vaya a ser que en hora mala te largue algún pescozón.

—Pero ¿cómo es eso? —dijo Belebujin, el tesorero de la Junta de los Huérfanos, encogiéndose de hombros—. Ni siquiera puedo comprenderlo… ¡Un insolente irrumpe aquí y… de pronto ocurren semejantes cosas!

—¿Qué palabra es ésa de insolente? —gritó enfadado el individuo de las plumas de pavo real, y golpeó con el puño la mesa con tanta fuerza que los vasos saltaron en la bandeja—. ¿A quién hablas? ¿Te crees que como estoy disfrazado puedes decirme toda clase de impertinencias? ¡Atrevido! ¡Lárgate de aquí, mientras estés sano y salvo! ¡Que se vayan todos, que ningún bribón se quede aquí! ¡Al diablo!

—¡Bueno, ahora veremos! —señaló Yestiakov por su parte, y hasta sus gafas se le habían humedecido de emoción—. ¡Ya le enseñaré! ¡A ver, llamen al encargado!

Un minuto más tarde entraba el encargado, un hombrecito pelirrojo, con una cintita azul en el ojal. Estaba sofocado a consecuencia del baile.

—Le ruego que salga —comenzó—. Aquí no se puede beber. ¡Haga el favor de ir al buffet!

—Y tú ¿de dónde sales? —preguntó el disfrazado—. ¿Acaso te he llamado? —Le ruego que no me tutee y que salga inmediatamente.

—Óyeme, amigo, te doy un minuto de plazo… Como eres la persona responsable, haz el favor de sacar de aquí a estos artistas. A mis damiselas no les gusta que haya nadie aquí… Se azoran y yo, pagando mi dinero, voy a tener el gusto de que estén al natural.

—Por lo visto, este imbécil no comprende que no está en una cuadra — gritó Yestiakov—. Llamen a Evstrat Spiridónovich.

Evstrat Spiridónovich, un anciano con uniforme de policía, no tardó en presentarse.

—¡Le ruego que salga de aquí! —dijo con voz ronca, con ojos desorbitados y moviendo sus bigotes teñidos.

—¡Ay, qué susto! —pronunció el individuo, y se echó a reír a su gusto—. ¡Me he asustado, palabra de honor! ¡Qué espanto! Bigotes como los de un gato, los ojos desorbitados… ¡Je, je, je!

—¡Le ruego que no discuta! —gritó con todas sus fuerzas Evstrat Spiridónovich, temblando de ira—. ¡Sal de aquí! ¡Mandaré que te echen de aquí!

En la sala de lectura se armó un alboroto indescriptible.

Evstrat Spiridónovich, rojo como un cangrejo, gritaba, pataleaba.

Yestiakov chillaba, Belebujin vociferaba. Todos los intelectuales gritaban, pero sus voces eran sofocadas por la voz de bajo, ahogada y espesa, del disfrazado. A causa del tumulto general se interrumpió el baile y el público se abalanzó hacia la sala de lectura.

Evstrat Spiridónovich, a fin de inspirar más respeto, hizo venir a todos los policías que se encontraban en el club y se sentó a levantar acta.

—Escribe, escribe —decía la máscara, metiendo un dedo bajo la pluma—. ¿Qué es lo que me ocurrirá ahora? ¡Pobre de mí! ¿Por qué quieren perder al pobre huerfanito que soy? ¡Ja, ja! Bueno. ¿Ya está el acta? ¿Han firmado todos? ¡Pues ahora, miren!

Uno… dos… ¡tres!

El individuo se irguió cuan alto era y se arrancó el antifaz.

Después de haber descubierto su cara de borracho y de admirar el efecto producido, se dejó caer en el sillón, riéndose alegremente. En realidad, la impresión que produjo fue extraordinaria. Los intelectuales palidecieron y se miraron perplejos, algunos se rascaron la nuca. Evstrat

Spiridónovich carraspeo como alguien que sin querer ha cometido una tontería imperdonable.

Todos reconocieron en el camorrista al industrial millonario de la ciudad, ciudadano benemérito, el mismo Piatigórov, famoso por sus escándalos, por sus donaciones y, como más de una vez se dijo en el periódico de la localidad, por su amor a la cultura.

—Y bien, ¿se marcharán ustedes o no? —preguntó después de un minuto de silencio.

Los intelectuales, sin decir una palabra, salieron andando de puntillas y Piatigórov cerró tras ellos la puerta.

—Pero ¡si tú sabías que ése era Piatigórov! —decía un minuto más tarde Evstrat Spiridónovich con voz ronca, sacudiendo al camarero, que llevaba más vino a la biblioteca—. ¿Por qué no dijiste nada?

—Me lo había prohibido.

—Te lo había prohibido... Si te encierro, maldito, por un mes, entonces sabrás lo que es prohibido. ¡Fuera!... Y ustedes, señores, también son buenos —dirigióse a los intelectuales—. ¡Armar un motín! ¿No podían acaso salir del salón de lectura por diez minutos? Ahora, sufran las consecuencias. ¡Eh, señores, señores...! No me gusta nada, palabra de honor.

Los intelectuales, abatidos, cabizbajos y perplejos, con aire culpable, andaban por el club como si presintiesen algo malo.

Sus esposas e hijas, al saber que Piatigórov había sido ofendido y que estaba enfadado, perdieron la animación y comenzaron a dispersarse hacia sus casas.

A las dos de la madrugada salió Piatigórov de la sala de lectura. Estaba borracho y se tambaleaba. Entró en el salón de baile, se sentó al lado de la orquesta y se quedó dormido a los sones de la música; después inclinó tristemente la cabeza y se puso a roncar.

—¡No toquen! —ordenaron los organizadores del baile a los músicos, haciendo grandes aspavientos—. ¡Silencio!... Egor Nílich duerme...

—¿Desea usted que lo acompañe a casa, Egor Nílich? —preguntó Belebujin, inclinándose al oído del millonario.

Piatigórov movió los labios, como si quisiera alejar una mosca de su mejilla.

—¿Me permite acompañarle a su casa? —repitió Belebujin— o ¿aviso que le envíen el coche?

—¿Eh? ¿Qué? ¿Qué quieres?

—Acompañarle a su casa… Es hora de dormir.

—Bueno. Acompaña…

Belebujin resplandeció de placer y comenzó a levantar a Platigórov. Los otros intelectuales se acercaron corriendo y, sonriendo agradablemente, levantaron al benemérito ciudadano y lo condujeron con todo cuidado al coche.

—Sólo un artista, un genio, puede tomar así el pelo a todo un grupo de gente —decía Yestiakov en tono alegre, ayudándolo a sentarse—. Estoy sorprendido de verdad. Hasta ahora no puedo dejar de reír. ¡Ja, ja! Créame que ni en los teatros nunca he reído tanto. ¡Toda la vida recordaré esta noche inolvidable!

Después de haber acompañado a Platigórov, los intelectuales recobraron la alegría y se tranquilizaron.

—A mí me dio la mano al despedirse —dijo Yestiakov muy contento—.

Luego ya no está enfadado.

—¡Dios te oiga! —suspiró Evstrat Spiridónovich—. Es un canalla, un hombre vil, pero es un benefactor. No se le puede contrariar.

EL MISTERIO

La noche del primer día de Pascua, el consejero de Estado Navaguin, después de haber hecho sus visitas, tornó a su casa y tomó en la antesala el pliego de papel en donde los visitantes de aquel día habían puesto sus firmas. Mudóse de traje, bebió un vaso de agua de Seltz, sentóse cómodamente en una butaca y comenzó la lectura de aquellas firmas. Al llegar a la mitad del primer pliego se estremeció y dio muestras de asombro.

¡Otra vez! —exclamó golpeándose la rodilla—. ¡Es pasmoso! ¡Otra vez ha firmado ese diablo de Fedinkof, que nadie conoce!

Entre las numerosas firmas había, en efecto, la de un Fedinkof. ¿Qué clase de pájaro era ese Fedinkof? Navaguin, decididamente, lo ignoraba.

Pasó mentalmente revista a los nombres de sus parientes, de sus subordinados; exploró en el fondo de su memoria su pasado más lejano, y nada descubrió parecido, ni remotamente, al nombre de Fedinkof. Lo más extraordinario era que, en los últimos trece años, ese incógnito Fedinkof aparecía fatalmente en ocasión de cada Pascua de Navidad y de cada Pascua florida. ¿Quién es? ¿De dónde viene? ¿Qué representa? Nadie lo sabía, ni Navaguin, ni su mujer, ni el portero.

—¡Esto es increíble! —decíase Navaguin paseándose por el gabinete—; ¡es extraordinario e incomprensible!... ¡Llamad al conserje! —gritó asomándose a la puerta—. ¡Esto es diabólico! No importa; yo he de averiguar quién es... ¡Oye, Gregorio! —añadió dirigiéndose al conserje—; otra vez ha firmado ese Fedinkof. ¿Le has visto?

—No, señor contestó el conserje.

—Sin embargo, él ha firmado, lo cual prueba que estuvo en la portería.

—No, señor, no estuvo.

—Pero ¿cómo pudo firmar sin venir a la portería?

—Eso yo no lo sé.

—Entonces, ¿quién lo ha de saber? Acaso te duermes y no ves quién entra. Procura acordarte. Piénsalo bien.

—No, señor; ninguna persona desconocida ha franqueado la entrada.

Vinieron nuestros empleados; también vino la baronesa, con objeto de visitar a la señora; asimismo vino el clero de la iglesia vecina con el crucifijo; y nadie más.

—Así, pues, Fedinkof, para firmar, se hizo invisible.

—No lo puedo saber; lo que sí sé es que no había entre los visitantes ningún Fedinkof; esto lo juraría delante de Cristo.

—¡Increíble! ¡Incomprensible! ¡Ex-tra-or-di-na-rio! —reflexionó

Navaguin—. ¡Hasta tiene algo de cómico! Por espacio de trece años viene un hombre, firma, y no hay modo de averiguar quién es. ¿Será una broma? ¿Será que alguno de mis empleados, por chancearse, escribe el nombre de Fedinkof?

Navaguin emprendió el estudio de la firma de Fedinkof; la rúbrica, floreada, llena de rasgos y de curvas, al modo antiguo, no se parecía a ninguna de las otras rúbricas. Figuraba junto a la del secretario Stutchkin, hombre modesto y de pocos ánimos, quien antes moriría de susto que permitirse broma tan osada.

—Otra vez ha firmado ese misterioso Fedinkof —dijo Navaguin, penetrando en el aposento de su esposa—, y tampoco ahora me ha sido posible averiguar quién es.

La señora de Navaguin era espiritista y explicaba cosas más inexplicables con la mayor sencillez del mundo.

—No veo en ello nada de extraordinario —repuso—; tú te empeñas en no creerlo; sin embargo, cuántas veces te he advertido que en la vida hay muchas cosas sobrenaturales, inaccesibles a nuestra comprensión. Estoy certísima de que el tal Fedinkof es un espíritu que siente simpatías por ti... En tu lugar, yo le llamaría y le preguntaría qué es lo que desea.

—¡Vaya una sandez!

Navaguin no tenía preocupaciones; pero el acontecimiento en cuestión se le antojaba tan misterioso que su cabeza llenóse de ideas del otro mundo. Transcurrió la velada, y entretanto, meditó sobre si ese Fedinkof sería alguno de sus subordinados, arrojado del servicio por algún predecesor suyo, y que se vengaba en la persona de uno de los sucesores de aquél. O quién sabe si no es el deudo de algún escribiente despedido por el propio Navaguin. O acaso también el espíritu de alguna doncella por él seducida... Durante toda la noche, Navaguin vio en sueños a un empleado viejo, flaco, con uniforme ajado, la tez amarilla como un limón, pelos de punta y ojos de plato. El empleado, con voz de ultratumba, pronunciaba frases y enviaba gestos amenazadores.

Navaguin estuvo a punto de sufrir un ataque cerebral. Por espacios de dos semanas anduvo de un lado para otro en su habitación. Fruncía el entrecejo y callaba. Vencido su escepticismo, entró en la habitación de su mujer y le dijo con voz ronca:

—Zina, llama a Fedinkof.

La espiritista, regocijada, ordenó que le trajeran un trozo de cartón y un platillo, y procedió inmediatamente a sus manipulaciones. Fedinkof no se hizo esperar.

—¿Qué quieres? —le preguntó Navaguin.

—Arrepiéntete —contestó el platillo.

—¿Qué fuiste tú en la tierra?

—Yo erré mi camino.

—¿Ves? —le murmuró su mujer al oído—, ¡y tú no creías!

Navaguin conversó largamente con Fedinkof, luego con Napoleón, con Aníbal, con Ascotchensky, con su tía Claudia Zajarrovna; todos daban respuestas cortas, pero justas y de un sentido profundo. Cuatro horas duró este ejercicio. Navaguin acabó por dormirse, traspuesto y feliz, por haber entrado en contacto con un mundo nuevo y misterioso.

Diariamente se ocupó en el espiritismo, explicando a sus subalternos que existen muchas cosas sobrenaturales y milagrosas, dignas, desde mucho tiempo, de fijar la atención de los sabios. El hipnotismo, el medionismo, el bischopismo, el espiritismo, la cuarta dimensión y otros temas nebulosos acapararon completamente su atención. Consagraba días enteros, con el mayor júbilo por parte de su esposa, a la lectura de libros espiritistas; se entretenía con el platillo, con la mesa, y trataba de hallar explicación a los problemas sobrenaturales. Influidos por su verbosidad convincente, y deseosos de serle agradables, todos sus empleados dieron en dedicarse al espiritismo, y con tanto afán que uno de ellos se volvió loco, y hubo de expedir un telegrama concebido en estos términos:

"Al Infierno, en la Tesorería, siento que me transformo en espíritu malo; ¿qué debo hacer? Respuesta pagada. Vasilio Krinolinski".

Luego de haber leído algunos centenares de librejos espiritistas, Navaguin viose poseído de la ambición de componer él mismo una obra. Al cabo de cinco meses de estudios y compilaciones, produjo un enorme manuscrito, con el nombre de "Lo que yo opino a mi vez", resolviendo mandarlo a una revista espiritista. El día en que tomó esta resolución fue para él un día memorable. Navaguin, en aquella hora trascendental, tenía a su lado a su secretario y al sacristán de la parroquia vecina, llamado para un menester urgente. El autor contempló con cariño su obra; la palpó, sonrió satisfecho, y dijo a su secretario:

—Supongo, Felipe Serguievitch, que habrá que expedir esto certificado; será más seguro —volvióse luego hacia el sacristán—. Amigo, te hice llamar porque, teniendo que mandar a mi hijo al colegio, necesito su partida de bautismo. Es preciso que me la procures cuanto antes.

—Perfectamente, excelencia —replicó el sacristán inclinándose—; perfectamente; comprendo lo que vuecencia desea.

—¿Puedes hacerlo para mañana?

—Perfectamente; puede vuecencia contar conmigo; mañana estará todo listo. Sírvase mandar alguien a la iglesia antes del Ángelus. Yo me encontraré allí, como de costumbre; que pregunten por Fedinkof.

—¿Cómo? —exclamó Navaguin pálido y estupefacto.

—Fedinkof.

—¿Tú eres Fedinkof? —preguntó entonces Navaguin abriendo desmesuradamente los ojos.

—Así como suena: Fedinkof.

—¿Eres tú quien firmaba en los pliegos de mi antesala?

—Era yo, en efecto —confesó el sacristán, confundido y avergonzado—. Excelencia, cuando visitamos con el crucifijo a personajes de calidad, yo acostumbro a firmar… Esto me complace en extremo… Vuecencia me censurará; pero viendo en la antesala un pliego de papel destinado a recibir firmas, es indispensable que yo estampe allí mi nombre. Una fuerza oculta me impulsa a ello.

Mudo y entristecido, Navaguin se puso a caminar a grandes pasos.

Extendió la mano con ademán trágico; una sonrisa extraña asomó a sus labios, y con el dedo señaló algo en el espacio.

—Excelencia —dijo el secretario—, voy al correo para expedir el paquete.

Estas palabras llamaron de nuevo a Navaguin a la realidad. Miró alternativamente al secretario y al sacristán; acordóse de todo; pataleó y gritó en tono agudo:

—¡Déjame en paz! ¡Les repito que me dejen en paz! ¿Qué me quieren?

El secretario y el sacristán salieron rápidamente del gabinete, mientras el consejero de Estado seguía gritando con voz estentórea:

—¡Dejadme en paz! ¡Les repito que me dejen en paz! ¿Qué me quieren?…

EL MONJE NEGRO

I

Andrei Vasilievich Kovrin, *Magister*, estaba agotado tenía los nervios deshechos. No hacía nada por seguir el tratamiento médico. Algunas veces, mientras tomaba una copa con su amigo el doctor, éste le aconsejaba pasar una temporada en el campo, mejor dicho, toda la primavera y el verano, pero Andrei nunca le hacía caso. Pocos días después, recibió una extensa carta de Tania Pesotski, que le invitaba a pasar unos días en la casa de su padre en Borisovka. Kovrin decidió ir.

Pero antes de hacerlo —era el mes de abril— se marchó a su tierra nativa, Kovrinka, y pasó allí tres semanas en absoluta soledad. Cuando llegó el buen tiempo, se dirigió a la casa de campo de su antiguo tutor y pariente, Pesotski, el famoso horticultor ruso. Desde Kovrinka a Borisovka había una distancia de unos setenta *verst*s, y el viaje en la magnífica y cómoda calesa a lo largo de aquellos caminos, tan excelentes durante la primavera, prometía ser muy placentero.

La casa de Pesotski, en Borisovka, era muy grande, con una fachada repleta de columnas y adornada con esculturas de leones, a las que se les estaba cayendo el estuco. En la entrada principal había un sirviente de librea. El viejo parque, lúgubre y obscuro, era de estilo inglés, y se extendía desde la mansión hasta el río en una distancia de un *verst*, donde terminaba en un talud arcilloso cubierto de pinos, cuyas raíces desnudas parecían garras peludas. Más abajo se deslizaba un arroyuelo solitario, y el murmullo de sus aguas rivalizaba con el trinar de los pájaros. En una palabra, todo invitaba al visitante a sentarse y escribir una balada. Pero los jardines y los huertos, que junto con los viveros ocupaban una extensión de unos ochenta acres, inspiraban sensaciones muy distintas. Incluso durante el mal tiempo eran esplendorosos y alegres.

Aquellas hermosas rosas, los lirios, camelias, tulipanes y tantas plantas floridas de toda clase y colores nunca habían sido contempladas por los ojos de Kovrin. La primavera acababa de comenzar, y las variedades de flores exóticas aún estaban protegidas por campanas de cristal, pero a simple vista se veía que pronto brotarían por todas partes, formando un imperio de delicadas sombras. Pero lo más encantador de todo este esplendoroso cuadro era contemplar, en las primeras horas de la mañana, las gotas cristalinas de rocío sobre los pétalos y hojas de aquella exuberante vegetación.

Durante su infancia la parte decorativa del jardín, llamada despectivamente por Pesotski "el estercolero", había producido en

Kovrin una impresión fabulosa. ¡Cuántos milagros de arte, cuántas estudiadas monstruosidades, cuántas burlas de la Naturaleza! Los espaldares de árboles frutales, ese peral que parecía un álamo de forma piramidal, aquellas encinas y tilos de abundante follaje, las bóvedas formadas por los manzanos, todo tenía el sello característico del dominio de la floricultura de que hacía gala su amigo Pesotski; incluso en los ciruelos estaba grabada la fecha 1862, para conmemorar el año en que su amigo se consagró al arte del cultivo de plantas y flores. Había también unas hileras de árboles erectos, simétricos, cuyos troncos se alzaban verticales como palmeras, pero que, vistos de cerca, resultaban ser árboles vulgares. Pero lo que más alegría y vida daba a los jardines y huertos era el constante quehacer de los jardineros de Pesotski. Desde el alba hasta la puerta del sol, aquellos hombres parecían infatigables y activas hormigas, trabajando entre los árboles, arbustos y planteles, unos regando, otros excavando la tierra, otros sembrando.

Kovrin llegó a Borisovka a las nueve. Encontró a Tania y a su padre muy alarmados. Aquella noche clara y estrellada predecía que habría una helada, y el jefe de los jardineros, Iván Karlich, se había ido al pueblo, por lo que no tenían a ningún responsable en quien confiar. Durante la cena sólo se habló de la inminente helada; y se decidió que Tania no se acostaría, sino que permanecería despierta hasta la una de la madrugada. Iría a inspeccionar los jardines para ver si todo estaba en orden, mientras que Igor Semionovich, por su parte, se levantaría a las tres de la madrugada o quizá aún más temprano.

Kovrin estuvo con Tania toda la noche, y al llegar las doce, la acompañó al jardín. El aire tenía un olor muy fuerte, como si estuviera ardiendo. En el huerto más grande, llamado "huerta comercial", ya que cada año producía millares de rublos de beneficios a Igor Semionovich, había una fina y negra capa de estiércol que cubría todas las hojas jóvenes, con el fin de salvar las plantas. Los árboles estaban alineados como jugadores de ajedrez en rectas hileras, como filas de soldados; y esta pedante regularidad, junto con el peso de la uniformidad, hacía parecer monótono y fastidioso al jardín. Kovrin y Tania se movían de un lado para otro, arriba y abajo, por los senderos y por todos los vericuetos del jardín, comprobando el buen estado del estiércol, las pajas y las coberturas de parihuelas. En raras ocasiones se encontraron con los trabajadores, que se movían como sombras entre aquella humareda. Sólo los cerezos, los ciruelos y algunos manzanos estaban floreciendo, pero el jardín entero se hallaba envuelto en aquella densa humareda producida por el estiércol fermentado, causa por la cual Kovrin sólo se halló en condiciones de poder respirar aire puro al llegar a los viveros.

—Me acuerdo de que, cuando era niño —dijo Kovrin—, siempre me hacía estornudar el humo, pero no comprendo cómo puede salvar a las plantas de la helada.

—El humo es un buen sustituto cuando no hay nubes —respondió Tania.

—¿Para qué quiere las nubes?

—Cuando el tiempo es nuboso y suave no se producen las heladas mañaneras.

—¿Es cierto eso?

Kovrin se echó a reír y cogió de la mano a Tania. Su rostro serio, frío; sus finas y negras cejas; el rígido cuello de su chaqueta, que le dificultaba girar la cabeza; su vestido bien arropado para defenderse del helado rocío; y toda su figura, esbelta y ligera le agradaban mucho.

—¡Santo cielo, cuánto ha crecido esta criatura! —dijo Kovrin—. La última vez que estuve aquí, hace unos cinco años, era usted aún una niña. Era delgada, de piernas largas y desaliñada, y yo siempre me estaba metiendo con usted. ¡Cuánto cambió en cinco años!

—Sí, cinco años —repitió Tania—. ¡Muchas cosas han pasado desde entonces! Dígame con sinceridad, Andrei —continuó ella, mirándole burlonamente—, ¿cree que durante todos estos cinco años se ha olvidado de nosotros? No sé cómo me he atrevido a hacerle esta pregunta. Además, después de todo, usted es un hombre libre de hacer lo que quiera, de llevar la vida que desee. Sí, tiene que ser de este modo; es natural. Pero, de todas formas, quiero que sepa una cosa: hayan cambiado o no sus relaciones con mi familia con el paso de los años, en esta casa se le considera como un miembro más. Tenemos derecho a ello.

—Estoy completamente convencido de que así me consideran, Tania —respondió Kovrin.

—¿Palabra de honor?

—Palabra de honor.

—Antes me di cuenta de que se sorprendió al ver tantas fotografías suyas en nuestro hogar —prosiguió Tania—. Sin embargo, bien sabe cuánto le adora mi padre, cuánto le estima. Usted es un erudito, no un hombre vulgar y corriente. Sí, se ha labrado una brillante carrera. Pues bien, mi padre cree que a él le debe usted su triunfo. ¡Deje que siga creyéndolo!

Empezaba a amanecer. Cambió la tonalidad del cielo, y el follaje y las nubes comenzaron a mostrarse cada vez más claros. Los ruiseñores empezaron a cantar y procedente de los campos llegó el grito de las codornices.

—Ya es hora de irnos a la cama —dijo Tania—. Además, también hace mucho frío.

Luego se acercó a Kovrin, le cogió la mano y dijo:

—Gracias, Andrei, por haber venido. En este lugar no estamos acostumbrados a los grandes sucesos. Aquí la vida transcurre apacible y monótonamente, sin ningún acontecimiento descollante. Siempre los jardines, sólo los jardines y nada más que jardines. Sí, una existencia muy monótona. Bosques, madera, camuesas, cardos lecheros, esquejes, podar, hacer injertos, trasplantar… Toda nuestra vida se limita a esto, ni siquiera soñamos con otra cosa que no sea manzanas y peras. Desde luego, todo esto es muy útil y muy bueno, pero algunas veces no puedo resistir la tentación de desear un cambio en mi vida. Recuerdo aquella época en que usted solía visitarnos, cuando venía a pasar aquí las vacaciones, cómo cambiaba toda la casa; parecía más fresca, más alegre, como si alguien hubiese quitado las telas que cubrían los muebles. Yo era entonces una niña, pero comprendía…

Tania siguió hablando durante cierto tiempo, expresando sus sentimientos y recuerdos. De repente a la mente de Kovrin vino la idea de que era muy posible que durante aquel verano se sentiría tan atraído hacia aquella criatura vivaraz y parlanchina, que podía llegar a enamorarse de ella. Dadas las circunstancias, nada más natural y posible. Aquel pensamiento le agradó y divirtió, y mientras dirigía su mirada hacia Tania, a su mente acudieron aquellos versos de Pushkin:

Oniegin, no ocultaré
que amo a Tatiana locamente

Cuando llegaron a la mansión, Igor Semionovich ya se había levantado. Kovrin no sentía ningún deseo de dormir; se puso a hablar con el anciano, y volvió con él al jardín. Igor Semionovich era alto, ancho de hombros y grueso. Padecía de dificultad respiratoria, y sin embargo, caminaba a un paso tan rápido, que era difícil seguirle de cerca. La expresión de su rostro era siempre la de un hombre preocupado, como si pensase que de retrasarse un minuto en hacer las cosas, todo el mundo se vendría abajo.

—Y ahora, hermano, le voy a revelar un misterio —dijo Igor, deteniéndose para recuperar el aliento—. En la superficie de la tierra, como puede ver, hay escarcha, está helada, pero eleve el termómetro unas yardas y verá que hay calor… ¿A qué se debe este misterio?

—Confieso que no lo sé —dijo Kovrin, riendo.

—¡No! Usted no puede saberlo todo. El cerebro más privilegiado de todo el mundo no puede comprender todo. ¿Todavía sigue estudiando filosofía?

—Sí —respondió Kovrin—; siempre estoy estudiando filosofía y psicología.

—¿Y no se aburre?

—Al contrario, no puedo vivir sin ello.

—Alabado sea Dios —respondió Semionovich, mientras se retorcía las puntas de su poblado bigote—. Alabado sea Dios; sí, todo eso le será útil en la vida… Me alegro mucho, hermano, muchísimo…

De repente se calló y se puso a escuchar. Sus facciones se endurecieron, echó a correr por el sendero y pronto desapareció entre los árboles, en medio de una nube de polvo y arena.

—¿Quién ha sido el que ha trabado este caballo al árbol? —gritó con voz desesperada—. ¿Quién de ustedes, ladrones y asesinos, se atrevió a atar este caballo al manzano? ¡Dios mío! ¡Dios mío! ¡Arruinado, destruido, estropeado! ¡El jardín está arruinado, el jardín está destruido! ¡Oh, Dios mío!

Cuando regresó junto a Kovrin, su rostro reflejaba una expresión de lástima e impotencia.

—¿Qué se puede hacer con esta clase de gente? —le preguntó a Kovrin con voz quejumbrosa, mientras se retorcía las manos—. Anoche Stepka trajo una carga de abono y dejó atado al pobre animal al árbol. Y lo ató con tanta fuerza que ha producido unos daños irreparables en la corteza del manzano. ¿Qué se puede hacer con hombres de esta calaña? Acabo de hablarle y se ha limitado a bajar los ojos a tierra, igual que un estúpido. ¡Este miserable debería ser ahorcado!

Cuando al fin se calmó, abrazó a Kovrin y le besó en la mejilla.

—Bueno, ¡bendito sea Dios…! ¡Bendito sea Dios! —murmuró—. Me alegro de que haya llegado, hermano Kovrin. No tengo palabras para expresarle lo contento que estoy porque vino a vernos, gracias.

Luego, con la misma expresión ansiosa, y caminando con paso rápido, se puso a dar vueltas por todo el jardín, enseñando a Kovrin los naranjos, los viveros de temperatura constante, los cobertizos y dos colmenas a las que describió como el milagro del siglo.

A medida que caminaban, el sol empezó a despuntar, iluminando el jardín y calentando la tierra y el aire. Cuando Kovrin pensó que si aquel hermoso sol se mostraba ya a principios de la primavera, dedujo los numerosos días soleados y felices que le esperaban durante todo un largo verano. Y de repente experimentó la misma alegría y felicidad que sintiera durante su infancia en aquel jardín. Entonces se sintió dominado por una profunda emoción y abrazó al anciano, besándole con ternura.

Ambos se dirigieron a la casa y tomaron té en antiguas tazas de porcelana de China, además de galletas y crema; y esto también le recordó a Kovrin sus días de infancia y juventud. Durante aquel pequeño ágape, las reminiscencias brotaron en la mente de ambos hombres, y un sentimiento de intensa felicidad inundó sus corazones.

Esperó a que Tania se despertase, y después de tomar café con ella, se fue a pasear al jardín. Luego se dirigió a su habitación y se puso a trabajar. Leyó con atención, tomando notas de todo lo que creía importante. Sólo levantaba la vista cuando creía sentir la necesidad de mirar a través de la ventana o contemplar las rosas, frescas aún por el rocío, colocadas en un florero sobre su mesa. Kovrin creyó sentir por un instante que todas las venas de su cuerpo temblaban de alegría.

II

Pero en el campo, Kovrin siguió con aquella nerviosa e intranquila vida que había llevado en la ciudad. Leía y escribía mucho, estudió lengua italiana, y cuando salía a dar un paseo, al rato ya pensaba en regresar y ponerse a trabajar. Dormía tan poco que todo el mundo en la casa estaba desconcertado; si alguna vez, por pura casualidad, descansaba media hora durante el día, por la noche no podía hacerlo. Sin embargo, al día siguiente de estas involuntarias vigilias, se sentía alegre y dinámico.

Hablaba mucho, bebía vino y fumaba caros puros. A menudo, casi todos los días, algunas muchachas de las casas de los alrededores venían a la mansión de Vasilievich, tocaban el piano con Tania y cantaban. Algunas veces también venía un vecino, un hombre joven, quien tocaba muy bien el violín. Kovrin oía con agrado su música y canciones, pero había llegado a un extremo en que todo aquello le abrumaba; tanto, que algunas veces sus ojos se cerraban involuntariamente, adormilándose.

Una tarde, después de la hora del té, se sentó en la terraza para dedicarse a la lectura. Mientras, en el salón, Tania, una amiga soprano, otra contralto y el ya citado violinista, ensayaban la conocida serenata de Braga. Kovrin atendió a la letra, y aunque ésta era en ruso, no logró entender su significado. Al final dejó el libro, se puso a escuchar con atención y logró comprenderla. Una chica de imaginación febril oyó durante la noche unos sonidos misteriosos en su jardín; un sonido tan maravilloso y extraño que se vio forzada a admitir su armonía y "santidad", que para nosotros los mortales son incomprensibles; luego aquellos sones se elevaron al cielo, desapareciendo. Kovrin despertó. Se dirigió al salón y luego al vestíbulo, donde comenzó a pasearse.

Cuando cesó la música, cogió de la mano a Tania y la llevó a la terraza.

—Durante todo el día —le dijo Kovrin— he tenido metida en la cabeza una extraña leyenda. No sé si la he leído o se la he escuchado contar a alguien; no lo recuerdo. Se trata de una leyenda muy curiosa, aunque no muy coherente. Antes de contársela, quiero advertirle de que no está muy clara. Hace mil años, un monje, vestido de negro, erraba por unos parajes solitarios, no sé si en Siria o en Arabia. A unas millas de distancia de aquel lugar unos pescadores vieron a otro monje negro caminando lentamente sobre la superficie del agua de un lago. El segundo monje era un espejismo. Tenga usted en cuenta que las leyendas prescinden de las leyes de la óptica, como es lógico, y escuche lo que viene a continuación. Del primer espejismo se produjo otro espejismo; del segundo espejismo se produjo un tercero, de forma que la imagen del Monje Negro se refleja eternamente desde un estrato de la atmósfera a otro. En cierta ocasión fue visto en África, luego en la India, en otra ocasión en España, luego en el extremo norte. Al fin, se eclipsó de la atmósfera de la Tierra, pero nunca se presentaron las condiciones necesarias como para que desapareciera del todo. Quizá hoy sea visto en Marte o en la constelación de la Cruz del Sur. Ahora bien, la esencia de todo esto, su verdadero meollo, por emplear esta palabra vulgar, radica en una profecía que sostiene que exactamente mil años después de que el monje se retirara a aquellos parajes desiertos, el espejismo volverá a ser captado en la atmósfera de la Tierra y se mostrará a todos los hombres del mundo. Este plazo de mil años, según mis cálculos, está a punto de expirar. Según la leyenda, debemos ver al Monje Negro hoy o mañana.

—Es una historia muy extraña —dijo Tania, a quien no le había agradado.

—Pero lo más sorprendente de todo —dijo Kovrin riéndose— es que no recuerdo cómo esta leyenda se me ha metido en la cabeza. ¿La he leído? ¿Me la han contado? ¿Se trata simplemente de un sueño? No lo sé. Pero me interesa. Durante todo el día no he podido pensar en otra cosa; la tengo clavada en la mente.

Kovrin se despidió de Tania, quien regresó al salón, y salió de la casa para pasear por entre los planteles de flores del jardín, meditando sobre aquella extraña leyenda. El sol acababa de ponerse. Las flores recién regadas emanaban un fuerte y delicado aroma. En la mansión, la música había comenzado a sonar de nuevo, y a la distancia, el violín parecía producir el efecto de una voz humana. Mientras forzaba su memoria para recordar cómo había llegado a conocer aquella leyenda, Kovrin, ensimismado, paseaba por el parque, sin darse cuenta de que caminaba en dirección a la orilla del riachuelo.

Descendió por un sendero repleto de raíces al descubierto, espantando las agachadizas y poniendo en fuga a dos patos. En las ramas obscuras de los pinos se reflejaban los últimos rayos del sol. Kovrin pasó al otro lado del riachuelo. Ahora, delante de él, se extendía un hermoso y extenso campo cubierto de centeno. En todo lo que alcanzaba su vista no se veía un alma viviente; y le pareció que aquel sendero debía conducirle a una región enigmática e inexplorada donde aún quedaba el resplandor del sol.

"¡Qué lugar más tranquilo y bucólico! —pensó para sí—. Tengo la impresión de que en este instante todo el mundo me contempla desde arriba, esperando que yo descubra algo importante".

Una ráfaga de aire dobló los tallos verdes de los centenos. De nuevo sopló el viento, pero esta vez con más fuerza, rivalizando con el suave murmullo de las hojas de los pinos. Kovrin se detuvo asombrado. En el horizonte, como un ciclón o una tromba de agua, algo negro, alto, se elevó del suelo. Sus formas eran indefinidas; pero, después de fijarse con atención en aquella cosa tan extraña, Kovrin se dio cuenta de que no estaba fija al suelo, sino que se movía a una velocidad increíble, en dirección a él. Y a medida que se acercaba, se hacía cada vez más y más pequeña. Involuntariamente, Kovrin se echó a un lado del sendero para dejarla pasar. Pasó ante él un monje vestido de negro, de cabellos grises y cejas negras, con las manos cruzadas sobre el pecho. Caminaba sobre el duro suelo con los pies descalzos. Una vez que se hubo alejado unos veinte metros, el monje volvió el rostro hacia Kovrin, le hizo una señal con la cabeza, y le sonrió con bondad. Su rostro delgado estaba pálido como la cera. Luego, a medida que se alejaba, empezó a aumentar de tamaño, cruzó el río caminando sin hundirse sobre su superficie, y atravesó sin ruido alguno el muro de piedra caliza, desapareciendo como el humo.

—Ahora comprendo —dijo Kovrin para sí— que la leyenda tenía su fundamento.

Regresó a la casa sin intentar siquiera explicarse este extraño fenómeno, pero vanagloriándose de haber visto no sólo sus ropas negras, sino su fino y pálido rostro, y la fija mirada de sus ojos.

En el parque y en los jardines de la mansión, los visitantes se paseaban tranquilamente; en el interior la música seguía sonando. De modo que sólo él había visto al Monje Negro. Sintió un inmenso deseo de contar a Tania y a Igor Semionovich lo que había visto con sus propios ojos, pero desistió al pensar que lo interpretarían como una alucinación. Se unió a aquella alegre compañía, rió, bebió y bailó una mazurca dominado por una inmensa alegría interna. Pero lo más curioso de todo fue que tanto Tania como los demás invitados creyeron ver en su rostro una expresión de éxtasis, lo que encontraron muy divertido.

III

Cuando terminó la cena y todos se hubieron marchado, subió a su habitación y se echó en el diván. Había decidido reflexionar sobre el monje, aclarar aquel extraño misterio; mas en aquel instante, Tania entró en su habitación, interrumpiendo sus proyectos.

—Aquí te traigo, Andrei —le dijo Tania—, los artículos de mi padre… Son muy interesantes. Mi padre escribe muy bien.

—¡Espléndida idea! —exclamó Igor Semionovich, que entró tras ella en la habitación de Kovrin—. Ahora bien, no le haga caso a esta bella muchacha. Aunque puede leerlos, si desea dormirse: constituyen un espléndido soporífero.

—Pues según mi opinión —respondió Tania—, estos artículos son magníficos. Le agradeceré, querido Andrei, que los lea, y luego convenza a mi padre para que escriba con más frecuencia. Es capaz de escribir un tratado entero de jardinería.

Igor Semionovich se echó a reír, pero luego se disculpó amablemente, alabó las cualidades de su viejo amigo y dando la razón a su hija:

—Si desea leer esos artículos, querido Andrei —dijo Igor—, le aconsejo que comience con los documentos sobre Gauche y los artículos rusos, pues de otro modo no podrá entenderlos. Antes de precipitarse en valorar mis palabras, le aconsejo que las sopese detenidamente. Aunque no creo que le interesen. Bueno, ya es hora de irse a la cama, querida Tania, pues anoche dormiste muy poco.

Tania salió de la habitación. Igor Semionovich se sentó en un extremo del sofá y exclamó:

—Ah, hermano mío… Ve que escribo artículos, y exhibo en exposiciones e incluso a veces gano medallas… Pesotski, dicen ellos, tiene unas manzanas tan gordas como su cabeza; Pesotski ha hecho una gran fortuna con sus jardines y huertas… En una palabra:

"Kochubei es rico y glorioso".

Pero mucho me agradaría preguntarle cuál será el final de todo esto. No se trata de mis jardines y viveros; ya sé que son espléndidos, auténticos modelos entre todos los de la región. Aunque también debo confesar que me siento orgulloso de que sean en realidad una institución completa de gran importancia política, y otro paso hacia una nueva era en la agricultura rusa, como asimismo en su industria. Pero todo esto, ¿para qué? ¿Con qué fin? ¿Cuál es la meta final de una vida consagrada a mejorar la agricultura, las flores, las plantas, todo lo relacionado con la tierra?

—Esa pregunta tiene una respuesta muy fácil.

—No me refiero a ese sentido. Lo que quiero saber es qué ocurrirá con mis jardines el día en que muera. Tal como están las cosas, puedo asegurarle que todo se vendría abajo si algún día yo faltara. El secreto no radica en que los jardines son grandes y en que tengo muchos trabajadores bajo mis órdenes, sino en el hecho de que adoro el trabajo, ¿me comprende? Lo quiero quizá más que a mí mismo. ¡Míreme! Trabajo desde que sale el sol hasta que se pone. Todo lo hago con mis propias manos. Siembro, trasplanto, riego, hago injertos, todo está hecho por mí. Cuando alguien trata de ayudarme me siento celoso, y me vuelvo irritable hasta el extremo de parecerle rudo a muchas personas. El verdadero secreto radica en el amor, en el ojo del amo que engorda al caballo, y en estar pendiente de todo y de todos. Por eso, cuando voy a visitar a un amigo y charlamos media hora ante un buen vaso de vino, mi imaginación está en los jardines, y temo que algo pueda sucederles durante mi ausencia. Suponga que me muero mañana, ¿quién se ocupará de todo esto?, ¿quién hará el trabajo? ¿Los jefes jardineros? ¿Los trabajadores? Puede usted creerme si le digo, mi querido amigo, que todas mis preocupaciones no se centran en estas personas, sino en la idea de que esto vaya a manos extrañas el día en que yo muera.

—Pero, mi querido amigo —respondió Kovrin—, está Tania; supongo que no desconfiará de ella. Ella ama y sabe llevar esta clase de trabajo.

—Sí, Tania ama y comprende este trabajo; sabe llevarlo mejor que un ingeniero agrónomo del Ministerio de Agricultura. Si después de mi muerte yo estuviera seguro de que todo iría a parar a sus manos, de que ella sola sería la dueña y directora de todo esto, no me importaría nada, moriría a gusto. Pero suponga por un momento —Dios no lo quiera— que se casa. He aquí lo que me atormenta y mortifica, lo que me hace pasar las noches sin pegar los ojos. Porque al casarse, lo lógico es que tenga hijos y que se preocupe más de ellos que de los jardines y viveros. Eso es lo malo. Pero hay algo que temo más aún: que se case con uno de esos individuos que van en busca de una buena dote, que no tienen escrúpulos y gastan el dinero a manos llenas, y que al cabo de un año se haya ido al diablo lo que tanto me ha costado ganar durante años de sacrificio y trabajo. En un negocio como éste, una mujer es el azote de Dios.

Igor Semionovich permaneció callado durante unos instantes, moviendo la cabeza de arriba abajo repetidas veces. Luego continuó:

—Quizá me considere usted un egoísta, pero no quiero que Tania se case. Me da miedo. ¿Se ha fijado en esos jóvenes que acuden constantemente a esta casa a visitarla, bajo la excusa de organizar veladas musicales? Todos vienen a lo mismo: a pescar una buena dote. Sobre todo está ese joven del violín, que no le quita la vista de encima. Pero tampoco yo se la quito a él. Me consta que Tania nunca se casaría con él, pero no puedo remediarlo, desconfío mucho… En resumen, hermano, soy un hombre de carácter, y sé lo que debo hacer.

Igor Semionovich se levantó y paseó por la habitación. Se veía que tenía algo muy importante que decir, algo muy serio, pero, por lo visto, no encontraba las palabras exactas para expresarlo.

—Le quiero y le aprecio mucho —prosiguió Igor— y por ello creo que debo hablarle francamente y sin rodeos. En cualquier asunto de suma gravedad o importancia, siempre acostumbro decir lo que pienso, huyendo de toda mistificación. Por consiguiente, debo decirle que es usted el único hombre con el que no me importaría que Tania se casara. Es inteligente, tiene buen corazón, y me consta que no consentirá que todo esto que he labrado con mis propias manos se malogre estérilmente. Más aún, le quiero como si fuera mi propio hijo, y estoy orgulloso de usted. De modo que si usted y Tania… empezaran un romance amoroso que acabara en matrimonio, créame que merecería todas mis bendiciones. Sí, me consideraría el hombre más feliz del mundo. Se lo digo en la cara, sin rodeos, como corresponde a un hombre honrado.

Kovrin sonrió. Igor Semionovich abrió la puerta y se dispuso a abandonar la habitación, pero se detuvo en el umbral:

—Y si usted y Tania llegasen a tener un hijo, haría de él el mejor horticultor. Pero esto, de momento, es una mera hipótesis. Buenas noches.

Cuando Kovrin quedó solo, se instaló cómodamente en un sillón y se puso a leer los artículos de su huésped. El primero de ellos se titulaba *Cultivo intermedio*, el segundo, *Unas cuantas palabras en respuesta a las observaciones del señor Z… sobre el tratamiento de las tierras de jardín*, y el tercero, *Más sobre los injertos*. Los demás artículos venían a ser lo mismo. Pero todos reflejaban desazón e irritabilidad. Incluso una simple hoja con el mero título pacífico *Los manzanos rusos* exhalaba irritabilidad. Igor Semionovich comenzaba este trabajo con las palabras "Audi alteram partem", y lo finalizaba con estas otras: "Sapienti sat"; pero entre las dos pacíficas frases latinas se desgranaba un torrente de palabras agrias, dirigidas contra "la aprendida ignorancia de nuestros modernos horticultores que observan a la madre Naturaleza desde sus sillones en la Academia de Ciencias Naturales", y contra el señor Gauche "cuya fama está basada en la admiración de los profanos en la materia de agricultura y *dilettanti*". También había un párrafo en el que Igor censuraba a aquella gente por castigar a un pobre muerto de hambre a causa de robar unas cuantas frutas en un huerto, destrozando sus espaldas a latigazos.

—Admito que estos artículos son muy buenos —dijo Kovrin para sí—, incluso excelentes, pero también veo que revelan a su autor como un hombre de temperamento duro y de lanza en ristre. Supongo que será igual en todas partes; en todas las carreras, los hombres de ideas geniales son siempre personas muy nerviosas, y víctimas de esta especie de exaltada sensibilidad. Supongo que tiene que ser así.

Pensó en Tania, tan orgullosa de los artículos de su padre, y luego en Igor Semionovich. Tania, pequeña, pálida, ligera, con sus clavículas visibles, con aquellos ojazos tan grandes que parecían estar siempre escudriñando algo. Igor Semionovich, con sus apresurados y pequeños pasos. Volvió a pensar en Tania, tan inclinada a hablar constantemente, tan amante de dialogar y discutir, con todos, siempre acompañando la más insignificante frase con gestos y gesticulaciones. En cuanto a si era nerviosa, pues sí, estaba seguro de que lo era en grado sumo.

Kovrin se puso a leer otra vez, pero como no se enteraba de nada de lo que se exponía en aquellos artículos de Semionovich, los tiró al suelo. Aún perduraba en todo su ser la agradable emoción con que había bailado la mazurca y oído aquella música. Todo ello hizo acudir a su mente numerosos pensamientos. Meditó sobre lo que le había ocurrido en el campo de centeno. Si él había visto a solas aquel extraño y misterioso monje, debería estar enloquecido o enfermo, al punto de llegar a padecer alucinaciones. Aquel pensamiento le espantó, pero no por mucho tiempo.

Se sentó en el diván y apoyó la cabeza en sus manos, y se dispuso a gozar pensando en el extraño suceso del que había sido testigo durante la tarde. No podía comprenderlo, pero todo su ser se llenó de gozo. Se levantó y dio algunos pasos por su habitación, disponiéndose a iniciar su trabajo. Pero lo que leía en los libros ya no le satisfacía. Ahora sólo deseaba pensar en algo inmenso, vasto, infinito. Después, Kovrin se desnudó y se acostó, pensando que haría bien en descansar después de las emociones sentidas durante el día. Cuando al final oyó a Igor Semionovich dirigirse a trabajar al jardín, llamó a un criado y le ordenó que trajera una botella de vino. Bebió varios vasos; el vino le atontó y se quedó dormido.

IV

Igor Semionovich y Tania discutían con frecuencia y se decían uno al otro duras palabras. Aquella mañana habían tenido un altercado, y Tania, después de haber estado llorando se refugió en su habitación, y se negó a bajar a desayunar y a almorzar. Pero Igor era testarudo. Al principio no hizo ningún caso de la conducta de su hija, y se marchó con aire digno y solemne, como queriendo dar a entender a todo el mundo que era un hombre de ideas fijas, y que para él la justicia y el orden eran lo primero en la vida, lo más importante de todo. Pero Igor era incapaz de mantener aquella actitud durante mucho tiempo, pues idolatraba a Tania.

No comió nada a la hora de cenar y durante todo el día, su mente había estado torturada por aquel suceso. Al final no pudo aguantar más, y, después de un profundo "¡Dios mío!" que le brotó de lo más hondo de su corazón, se dirigió a la habitación de Tania y golpeó con suavidad la puerta, mientras gritaba con toda dulzura, casi tímidamente:

—¡Tania! ¡Tania!

A través de la puerta llegó una voz llorosa, pero firme y decidida:

—¡Déjame en paz…!, te lo ruego.

Los incidentes sentimentales entre padre e hija repercutían no sólo entre los habitantes de la casa, sino incluso entre todos los trabajadores de las plantaciones. Kovrin, como era usual en él, permaneció enfrascado en su trabajo, pero al final no pudo soportar más la situación y decidió intervenir como mediador entre padre e hija, y dispersar aquella nube negra que se había interpuesto entre ambos seres, tan queridos para él. Sin dudarlo un instante más, se dirigió a la puerta de Tania, la golpeó y fue recibido.

—Vamos, vamos, querida Tania, esto no está bien —empezó a decir en broma, pero dulcemente, mientras contemplaba aquel rostro femenino cubierto de lágrimas—. No es para tanto. Después de todo, son discusiones que se presentan todos los días, en todas las casas. Vamos, querida Tania, hay que saber perdonar. ¿De acuerdo?

—Es que usted no sabe cuánto me tortura —y al decir esto, una lluvia de lágrimas brotaron de sus hermosos y grandes ojazos—. Siempre me está atormentando —continuó, mientras se retorcía las manos—. Nunca he dicho nada que pudiera ofenderle. En este caso, sólo me limité a decir que era innecesario mantener tantos trabajadores, pues resultaba un gasto que se podía evitar con facilidad. Me limité simplemente a decir que lo que había que hacer era contratar trabajadores por horas. Usted sabe que esos hombres no han hecho nada durante toda la semana. Yo… lo único que le dije fue esto. Y entonces se puso a gritarme como un energúmeno, diciéndome un montón de cosas, todas ofensivas, profundamente insultantes. Y todo por nada.

—Bueno, no hay que preocuparse por eso —trató de calmarla Kovrin—. Ha estado gritando, chillando, llorando, pataleando: ya es suficiente, ¿no le parece? No puede seguir así todo el día, no sería justo. Sabe que su padre, más que quererla, la adora, la idolatra.

—Mi padre ha arruinado toda mi vida —señaló Tania entre sollozos—. Durante toda mi existencia sólo he oído insultos de sus labios, y sufrido afrenta tras afrenta. Mi padre me considera como algo superfluo en su propia casa. ¡Pues que se quede con su casa! Mañana me marcho de ella. El es el único responsable de mi marcha. Sí, mañana me iré de este lugar y me pondré a estudiar para luego conseguir un empleo. ¡Que se quede con su dichosa casa!

—Vamos, Tania, vamos, no se ponga así —dijo Kovrin—. Vamos, deje de llorar. Le diré lo que pienso: tanto el uno como el otro son irritables, impulsivos y, si quiere que le diga toda la verdad, los dos están equivocados; sí, los dos, pues exageran las cosas más nimias. Vamos, ya me encargaré yo de que hagan las paces.

Durante todo este tiempo, Kovrin estuvo hablando con un tono persuasivo y suave, pero Tania seguía llorando, encogiéndose de hombros ante todo lo que él le decía, y retorciéndose las manos como si hubiera sufrido un verdadero infortunio. Kovrin trató de hacerle comprender que exageraba la cosa más de lo que debía. Le parecía mentira que por una cosa tan banal aquella criatura quisiera amargarse todo el día y quizá toda su existencia.

Mientras la consolaba, pensó que excepto Tania y su padre, no había nadie en el mundo que le quisiera tanto; y que de no haber sido por ellos, él, que había quedado huérfano durante su tierna infancia, habría pasado el resto de su existencia sin una caricia, sin palabras de consuelo, y sin ese cariño que sólo pueden dar las personas que son de nuestra misma sangre. Pero también percibió que sus desequilibrados e irritados nervios estaban reaccionando como magnetos a los gritos y sollozos de aquella testaruda muchacha. Se dio cuenta de que nunca podría amar a una mujer robusta y saludable, fresca y sonrosada; pero le conmovía aquella Tania pálida, débil y desgraciada.

Kovrin sentía un gran placer al contemplar sus cabellos sedosos y sus redondeados hombros. Se acercó más a ella y le apretó la mano, mientras con su pañuelo enjugaba las lágrimas que se deslizaban por las sonrosadas mejillas. Por fin, Tania dejó de llorar. Pero siguió quejándose de su padre, censurando su conducta hacia ella, lamentándose de la vida que llevaba en aquella casa, tratando de que Kovrin comprendiese la situación en que se hallaba. Luego, poco a poco, empezó a sonreír, mientras afirmaba solemnemente que Dios la había castigado dándole aquel carácter tan impulsivo. Y al fin se echó a reír como una loca, se calificó a sí misma de atolondrada e inconsecuente y salió corriendo de la habitación.

Instantes después, Kovrin se dirigió al jardín. Igor Semionovich y Tania, como si nada hubiese pasado, paseaban abrazados por el césped, comiendo pan de centeno y sal. Ambos tenían mucha hambre.

Satisfecho por su papel de intermediario pacificador, Kovrin se dirigió al parque. Mientras se hallaba sentado en un banco, oyó el ruido de un carricoche y la risa de una mujer. De inmediato pensó que aquello significaba que llegaban nuevos visitantes. Las sombras cubrieron el jardín, y a lo lejos se podía oír algo confusamente la música de un violín, las risas de las mujeres y el alborozado jolgorio de los jóvenes participantes en aquella fiesta. Estos detalles le hicieron recordar al Monje Negro, pues fue en idénticas circunstancias cuando lo vio por primera vez. ¿A qué país, a qué planeta, habría ido aquel absurdo efecto óptico?

Trató de acordarse de aquella vez en que lo vio en el campo de centeno, detrás de los pinos situados en ese instante frente a él. De repente, y precisamente de los mismos pinos, emergió un hombre de mediana estatura, que caminaba lentamente sin hacer el más mínimo ruido. Sus cabellos grises estaban descubiertos, iba vestido de negro y tenía los pies descalzos como un mendigo. Su pálido y cadavérico rostro estaba cubierto de manchas negras. Después de saludarle con una gentil inclinación de cabeza, el extranjero o mendigo se dirigió al banco y se sentó en él. Kovrin se dio cuenta de inmediato de que era el Monje Negro. Durante un instante ambos se miraron; Kovrin, asombrado, pero el monje bondadosamente, aunque con una expresión taimada y astuta en su rostro.

—Pero si es un espejismo —dijo Kovrin—, ¿cómo es que está aquí, y cómo se sienta en este banco? Esto no está de acuerdo con la leyenda.

—Es lo mismo —respondió el monje con tono suave, volviendo su rostro hacia Kovrin—. La leyenda, el espejismo, yo mismo, todo no es más que el fruto de su imaginación exaltada. Yo soy un fantasma.

—¿Es decir —respondió Kovrin— que no existe?

—Piense lo que quiera —respondió el monje, sonriendo burlonamente—. Yo existo en su imaginación, y dado que su imaginación forma parte de la Naturaleza, es evidente que yo debo existir en la Naturaleza.

—Veo que su rostro demuestra inteligencia y distinción —dijo Kovrin—. Sin embargo, tengo la extraña impresión de que usted ha vivido más de mil años. No creía que mi imaginación fuera capaz de crear tal fenómeno. ¿Por qué me mira con tanto arrobamiento? ¿Acaso está satisfecho de haberme encontrado? ¿Le agrada mi persona?

—Sí; ya que es uno de los pocos a los que se puede llamar con toda justicia "un elegido de Dios". Usted siempre sirve y obedece a la verdad eterna. Sus pensamientos, sus intenciones, su elevada formación científica, su vida entera están marcados con el sello de la divinidad, una impronta celestial. Estas características están reservadas a lo racional y hermoso, es decir, al Eterno.

—Se refiere usted a la verdad eterna. Por consiguiente, ¿puede ser accesible y necesaria la verdad eterna para los hombres si no existe la vida eterna?

—Existe una vida eterna —respondió el monje.

—Por la forma en que me habla veo que cree en la inmortalidad de los hombres.

—Desde luego. A vosotros, los hombres, os espera un maravilloso y grandioso futuro. Y cuantos más hombres como usted tenga el mundo, más pronto llegará. Sin ustedes, ministros de los más altos principios, que viven libre y honradamente, la humanidad no sería nada; desarrollándose en su orden natural, debería esperar el fin de su vida terrena. Pero usted, ha acelerado en miles de años la llegada de este maravilloso futuro existente dentro del reino de la eterna verdad: y éste es el grandioso servicio que ha sabido llevar a cabo. Usted lleva dentro de su ser aquella bendición de Dios que descansa sobre la gente buena, sobre los hombres de corazón limpio y puro.

—¿Y cuál es el objetivo de la vida eterna? —preguntó cada vez más intrigado Kovrin.

—El mismo que el de toda vida. La verdadera felicidad radica en el conocimiento, y la vida eterna presenta innumerables e inextinguibles fuentes de conocimientos. Fue en este sentido que Jesucristo dijo: "En la casa de Mi Padre existen muchas moradas…".

—No puede hacerse una idea —respondió Kovrin— de la alegría tan grande que siento al oírle decir esas hermosas palabras.

—Me congratulo de ello.

—Sin embargo —respondió Kovrin— tengo la plena certeza de que apenas se marche, me veré atormentado por la incertidumbre en cuanto a su realidad. Usted es un fantasma, una alucinación. ¿Quiere decir que estoy físicamente enfermo, que mi estado no es normal?

—¿Y qué si lo está? Eso no debe preocuparle. Usted está enfermo porque ha sometido a una tensión excesiva sus poderes, porque ha ofrendado su salud en sacrificio a una idea, y está cerca el día en que sacrificará no solamente esto, sino también su vida. ¿Qué más puede desear? Es a lo que aspira todo ser noble y puro.

—Pero si estoy físicamente enfermo, ¿cómo puedo confiar en mí mismo?—. ¿Y cómo sabe que todos los hombres geniales en quienes ha creído todo el mundo no han visto también visiones? Ser un genio es análogo a la demencia. Créame, las personas saludables y normales no son más que hombres ordinarios, vulgares, corrientes; un rebaño de ganado. Los temores a las enfermedades nerviosas, agotamiento y decrepitud sólo pueden tenerlos aquellos cuyos ideales en esta vida se basan en el presente; ése es el rebaño.

—Sin embargo —dijo Kovrin—, los romanos tenían por ideal aquello de *mens sana in corpore sano*.

—Todo lo que dijeron los romanos y los griegos no era verdad. Exaltaciones, aspiraciones, excitaciones, éxtasis, todas esas cosas que distinguen a los profetas, poetas y mártires de los hombres ordinarios, son incompatibles con la vida animal, es decir, con la salud física. Se lo repito, si quiere ser un hombre saludable y normal únase al rebaño.

—¡Qué extraño es que usted repita ahora cosas que yo pensé en tantas ocasiones! —dijo Kovrin—. Parece como si me hubiera estado espiando y hubiera llegado a enterarse de mis pensamientos secretos. Pero no hablemos de mí. ¿Qué me quiso decir con las palabras "verdad eterna"?

El monje no respondió. Kovrin le miró, pero no pudo ver su rostro. Sus formas se nublaron y desaparecieron; su cabeza y sus brazos se esfumaron; su cuerpo empezó a hacerse difuso, y llegó finalmente a confundirse con las sombras del crepúsculo.

—La alucinación se ha marchado —dijo riéndose Kovrin—. Es una verdadera lástima.

Volvió a la mansión, feliz y satisfecho. Lo que le había dicho el Monje Negro no sólo había halagado su amor propio, sino su espíritu, y todo su ser. ¡Qué ideal más glorioso era ser el elegido, ser ministro de la verdad eterna, poder formar en las filas de aquellos que se apresuraron durante cientos de años en entrar en el reino de Cristo, de aquellos que se sacrificaron para que la Humanidad fuese mejor, y se viera libre de pecado y de sufrimientos, el consagrarlo todo a un ideal, juventud, fuerza, salud, morir por el bienestar de todos! Y cuando le vino a la mente su pasado, una vida casta y pura, consagrada completamente al trabajo, recordó todo lo que había aprendido y lo que había enseñado y, al final tuvo que admitir que lo que le había dicho el Monje Negro no era más que la pura verdad. No, el monje aquél no había exagerado nada.

Atravesando el parque, corriendo a su encuentro, se acercaba Tania.

Llevaba un vestido distinto al que le había visto la última vez.

—¿Ya regresó? —le gritó entusiasmada, pero con cierto asombro en su cristalina voz—. Estuvimos buscándole por todas partes… ¿Pero qué le ha ocurrido? —preguntó sorprendida, mirándole fijamente a los ojos, unos ojos en los que había un extraño y misterioso reflejo—. Le encuentro muy extraño.

—Estoy muy satisfecho, querida Tania —repuso Kovrin, mientras le ponía una mano sobre los hombros—. Bueno, en realidad, estoy más que satisfecho: ¡soy feliz! Tania, no encuentro las palabras exactas para decirte lo muy querida que eres para mí. Sí, Tania, estoy muy satisfecho; no puedes hacerte una idea de ello.

Besó ardorosamente sus manos, y continuó:

—Acabo de vivir los momentos más maravillosos, más felices, más encantadores de toda mi vida; algo que es imposible que pueda sucederle a un hombre sobre esta superficie terráquea… Pero no te lo puedo contar todo, ya que me tomarías por un loco, o te negarías a creerme. Deja que te hable de tu persona. Tania, te quiero. No sabes durante cuánto tiempo te he querido. El estar cerca de ti, el verte diez veces al día, ha llegado a convertirse en una necesidad para mí. No sé cómo voy a poder vivir sin ti cuando regrese a casa.

—No te creo —respondió Tania—. Estoy segura de que te olvidarás de nosotros a los dos días. Somos gente modesta, y tú eres un gran hombre.

—Estoy hablando en serio, Tania —le contestó Kovrin—. ¡Te llevaré conmigo! ¿Qué me contestas? ¿Vendrás conmigo? ¿Serás mía?

—¿Pero qué tonterías estás diciendo, Andrei? —dijo Tania, tratando de reír. Pero la risa no brotó de sus labios; en su lugar, se ruborizó. Empezó a respirar aceleradamente, y luego se puso a caminar con paso rápido por el parque—. No pienso, nunca he pensado en esto, nunca pensé que podría ocurrir esto —continuó Tania, juntando las manos como en un acto de desesperación.

Kovrin se acercó más a ella, y con aquella misma expresión extraña en su rostro, trató de convencerla, diciéndole apasionadamente:

—Yo anhelo un amor que tome posesión de todo mi ser, de toda mi alma; y ese amor sólo tú puedes dármelo. ¡Soy feliz! ¡Cuan feliz soy!

Tania estaba asombrada y confusa, y no sabía qué decir. Fue tanta la emoción que le produjeron las palabras de Kovrin que parecía haber envejecido diez años. Pero Kovrin la vio más hermosa que nunca, y, arrastrado por la pasión que le dominaba, gritó como en éxtasis:

—¡Qué hermosa eres, querida Tania!

V

Cuando Igor Semionovich se enteró no sólo del noviazgo repentino de Tania, sino también de su próximo matrimonio, se puso a dar pasos agigantados por la estancia, tratando de coordinar sus ideas y dominar su agitación. Se retorcía las manos y las venas de su cuello parecían tan amoratadas como las violetas que cultivaba en sus viveros. Ordenó que engancharan los caballos en su carricoche y se ausentó de la casa. Tania, al ver cómo fustigaba los caballos y se cubría las orejas con su gorra de cuero, comprendió lo que le pasaba a su padre, se encerró en su habitación, cerró la puerta, y lloró todo el día.

En los huertos, los melocotones y las ciruelas estaban a punto de madurar. El empaquetado y envío de tan delicada mercancía a Moscú requería la máxima atención, como asimismo jaleo y bullicio. Teniendo en cuenta el intenso calor del verano, cada árbol tenía que ser regado; el procedimiento era muy costoso en aquella época, tanto por el tiempo empleado como por la energía que se debía gastar. Aparecieron los sempiternos gusanos, que los trabajadores, y hasta Igor Semionovich y Tania mataban apretándolos con los dedos, a disgusto de Kovrin, a quien asqueaba ese acto repugnante. También había que tener en cuenta los cuidados prodigados a las frutas que madurarían en otoño, y de la que habría gran demanda desde las ciudades, como lo demostraba la gran correspondencia que recibían. En el momento en que todos estaban más atareados, cuando parecía que nadie disponía ni de un segundo libre, empezaron las labores en los campos, privando a los viveros de flores de la mitad de sus floricultores. Igor Semionovich, tostado por el sol, nervioso e irritado, galopaba de un lado para otro; ahora a los jardines, luego a los campos, mientras gritaba con todas las fuerzas de sus pulmones que aquel trabajo le estaba haciendo pedazos y que terminaría pegándose un tiro en la sien para acabar de una vez por todas.

Por encima de todo estaba el ajuar de Tania, al que la familia Pesotski atribuía suma importancia. Toda la casa parecía un hormiguero: ruido de máquinas de coser y de tijeras, vapor de agua producido por las planchas de hierro, aparte de los caprichos de la nerviosa y escrupulosa modista. Y para colmo de males, cada día llegaban más visitas, y todas debían ser atendidas, alimentadas y alojadas. Sin embargo, el trabajo y las preocupaciones pasaban desapercibidos en medio de la inmensa alegría que inundaba toda la extensa mansión. Tania tenía la impresión de que el amor y la felicidad habían caído sobre ella como una de esas inesperadas lluvias de verano; aunque desde los catorce años estuvo segura de que Kovrin no se casaría más que con ella. Se hallaba en un estado de eterno asombro, duda y, desconfiaba de sí misma. En un momento se hallaba tan contenta que pensaba que volaría al cielo, y se sentaría sobre las nubes para rezarle a Dios; pero instantes después pensaba que pronto llegaría el otoño y debería abandonar la casa de su infancia y a su padre. Pero lo más curioso de todo es que tenía la idea fija de que era una mujer muy insignificante, trivial y sin importancia para casarse con alguien tan famoso como Kovrin, un gran hombre de la capital.

Cuando estos pensamientos le venían a la mente, Tania subía corriendo a su habitación cerraba la puerta y se echaba a llorar desesperadamente. Pero cuando estaban presentes los visitantes, decía que Kovrin era muy guapo, que todas las mujeres iban detrás de él y que por ello la envidiaban; y en ese instante su corazón se hallaba tan repleto de orgullo y de gozo que daba la impresión de haber conquistado el mundo entero. Cuando Kovrin le sonreía a alguna mujer, los celos la devoraban, se echaba a temblar, y subía a su habitación, cerraba la puerta y volvía a echarse a llorar. Pero este estado de nervios se extendía a todo lo que hacía durante el día: ayudaba a su padre mecánicamente, sin fijarse en los papeles, los gusanos ni en si los trabajadores cumplían con sus faenas, sin siquiera darse cuenta del paso del tiempo.

Igor Semionovich se encontraba casi en el mismo estado de espíritu. Aún seguía trabajando de la mañana a la noche, yendo de los jardines a los campos y de éstos a los jardines, e incluso su mal carácter había desaparecido; pero durante todo este tiempo parecía hallarse envuelto en un mágico sueño. Dentro de su robusto cuerpo parecían luchar dos hombres: uno, el verdadero Igor Semionovich, el cual, cuando oía decir a un jardinero que se había producido algún error en las plantaciones, se volvía loco por la excitación y se tiraba de los pelos; y el otro, el irreal Igor Semionovich, era un hombre que en medio de una conversación, ponía su mano sobre el hombro del jardinero y balbuceaba emocionado:

—Puedes decir lo que te plazca, amigo mío, pero la sangre es más espesa que el agua. Su madre era una mujer deslumbrante, noble, buena, una verdadera santa. Era un placer contemplar su rostro bondadoso, puro, igual que el de un ángel. Pintaba maravillosamente, escribía poesías, hablaba cinco idiomas y cantaba… Pobrecita mía. Su alma reposa en el cielo. Murió tuberculosa.

El irreal Igor Semionovich hacía un gesto afirmativo con la cabeza al pronunciar estas palabras, y, después de unos momentos de silencio, proseguía:

—Cuando él era aún un muchacho, camino de ser un hombre hecho y derecho, daba gusto verlo por la casa con aquel rostro de ángel, de mirada bondadosa y expresión noble. Su mirada, sus movimientos, su forma de hablar, todo era tan gentil y gracioso como su madre. ¡Y cuan inteligente era! No es por nada que tiene el título de *Magister*, no señor. Se lo ganó, no se lo regalaron. Pero espere un poco más, querido Iván Karlich, y ya verá lo que será dentro de diez años.

Pero al llegar a este extremo, el real Igor Semionovich se acordaba de sí mismo, se cogía la cabeza entre las manos y rugía como un toro:

—¡Malditos demonios! ¡Condenada escarcha! ¡Me han arruinado, me han destruido! ¡El jardín está arruinado; el jardín está destruido!

Kovrin seguía trabajando con su habitual tenacidad sin apenas darse cuenta del bullicio que reinaba en la casa. El amor sólo vertía aceite en las llamas. Después de cada encuentro con Tania, regresaba a sus aposentos rebosante de dicha y felicidad, y se sentaba a trabajar entre sus libros y manuscritos con la misma pasión con la que la había besado y jurado su amor. Lo que el Monje Negro le había dicho sobre la elección divina, la verdad eterna y el glorioso futuro de la Humanidad proporcionó a todo su trabajo un significado peculiar, fuera de lo corriente. Una o dos veces por semana se encontraba con el monje, tanto en el parque como en la casa y hablaba con él durante horas y horas; pero esto no le asustaba; por el contrario, hallaba sumo placer en ello, ya que ahora estaba seguro de que el monje sólo efectuaba tales visitas a las personas elegidas y excepcionales que se habían dedicado a los ideales más puros.

Pasó el día de la Asunción. Luego vino el día de la boda, que fue celebrada con lo que Igor Semionovich llamaba *grand éclat*, es decir, con grandes fiestas y banquetes que duraron dos días. Tres mil rublos se gastaron en comidas y bebidas; pero debido a la vil música, los ruidosos brindis y discursos, el ajetreo de los criados, las aclamaciones a los novios y a aquella atmósfera densa y asfixiante, nadie pudo apreciar ni los costosísimos vinos ni los maravillosos *hors d'oeuvres* traídos especialmente de Moscú.

VI

Era una de aquellas largas noches de invierno. Kovrin se hallaba acostado en la cama, leyendo una novela francesa. La pobre Tania, a quien cada noche le dolía la cabeza debido a que no estaba acostumbrada a vivir en una ciudad, hacía ya tiempo que estaba durmiendo, y murmuraba frases incoherentes en sus sueños.

El reloj dio las tres campanadas de la madrugada. Kovrin apagó la luz y se dispuso a dormir, pero aunque permaneció con los ojos cerrados durante mucho tiempo, no logró conciliar el sueño, debido al calor dé la habitación y a que Tania no cesaba de murmurar. A las cuatro y media, Kovrin volvió a encender la luz. El Monje Negro estaba sentado en una silla junto a su cama.

—¡Buenas noches! —le dijo el monje, y, después de unos segundos de silencio, preguntó—: ¿En qué pensaba en este instante?

—En la gloria —respondió Kovrin—. En una novela francesa que acabo de leer, el héroe es un hombre joven que no hace más que locuras, y muere víctima de su pasión por alcanzar la gloria. Para mí esto es inconcebible.

—Porque usted es demasiado inteligente. Considera indiferentemente la gloria como un juguete que no puede interesarle.

—Eso es cierto.

—No le interesa ser célebre. ¿De qué le sirve a un hombre que en su tumba se grabe que fue famoso y célebre, si al cabo de los años el tiempo borrará, tarde o temprano, aquella inscripción? Por suerte, para las pocas personas que son como usted, sus nombres serán olvidados con prontitud por el resto de los mortales.

—Desde luego —respondió Kovrin—. ¿Para qué recordar sus nombres? ¿Para qué acordarse de ellos? En fin, dejemos esto y hablemos de otra cosa. De la felicidad, por ejemplo. ¿Qué es la felicidad?

Cuando el reloj dio las cinco, Kovrin se hallaba sentado en el borde de la cama, con los pies apoyados en la alfombra, mirando hacia el monje y diciéndole:

—En tiempos remotos, los hombres se asustaban de su felicidad, por muy grande que ésta fuese y, para aplacar a los dioses, depositaban delante de sus altares su querido anillo de boda. ¿Me ha comprendido? Pues bien, actualmente, yo, igual que Polícrates, estoy un poco asustado de mi propia felicidad. Desde la mañana a la noche sólo experimento dichas y alegrías; ambas cosas me absorben y ahogan cualquier otro sentimiento. Ignoro lo que es la aflicción, la desgracia, el tedio. Todo mi ser desborda felicidad por sus cuatro costados. Le hablo en serio; estoy empezando a dudar.

—¿Por qué? —preguntó asombrado el monje—. ¿Acaso piensa que la felicidad es un sentimiento supernatural? ¡No! ¿Cree que no es la condición normal de las cosas? ¡No! Cuanto más alto ha subido un hombre en su desarrollo mental y moral, más libre es; su mayor satisfacción emana de su propia vida. Sócrates, Diógenes, Marco Aurelio conocieron la dicha, pero no la aflicción. Y el apóstol dice: "Regocíjate todo lo que puedas". Regocíjese y sea feliz.

—Y los dioses se encolerizarán inmediatamente —dijo bromeando Kovrin—. Aunque también admito que me dolería mucho que ellos me robaran la felicidad, me obligaran a ser un desgraciado y a morirme de hambre.

En aquel momento se despertó Tania. Miró extrañada y aterrorizada a su marido. Vio que hablaba, que gesticulaba y reía dirigiéndose hacia la silla, sus ojos brillaban misteriosamente y su risa tenía un tono muy extraño.

—Pero Andrei, ¿con quién estás hablando? —dijo Tania, cogiendo la mano que Kovrin extendía en dirección al monje—. ¿Con quién estás hablando?

—¿Con quién? —respondió Kovrin—. ¡Pues con el monje! Está sentado ahí —añadió, señalando hacia el Monje Negro.

—No hay nadie ahí… nadie, Andrei; tengo la impresión de que estás enfermo.

Tania abrazó a su marido, apretándolo contra ella como si quisiera defenderlo de la aparición fantasmagórica, y le tapó los ojos con su mano.

—Sí, estás enfermo —dijo sollozando estremecida—. No te enfades por lo que voy a decirte, pero desde hace mucho tiempo estaba segura de que padecías de los nervios o de algo parecido. Estás enfermo… psíquicamente, Andrei.

El temor de su esposa se le contagió. Una vez más miró en dirección al butacón, ahora vacío, y sintió una gran flojedad en sus brazos y piernas. Empezó a vestirse, mientras le decía a su esposa:

—No es nada, querida Tania, nada… Pero admito que no estoy bien del todo. Ya es hora de que lo reconozca yo mismo.

—Ya me di cuenta hace mucho tiempo, y mi padre también —respondió ella, tratando de contener sus sollozos—. Hacía tiempo que había observado que hablabas contigo mismo y que te reías de una forma muy extraña. Además, no dormías, no podías dormir por las noches. ¡Oh, Dios mío, sálvanos! —gritó, presa de terror—. Pero no te preocupes, Andrei, no te asustes. Por el amor de Dios, no te asustes.

Tania también se vistió. Hasta que no se fijó en la expresión de su esposa, Kovrin no comprendió el peligro en que se hallaba. Se dio cuenta de lo que significaban el Monje Negro y sus conversaciones. Entonces se vio obligado a admitir con toda certeza de que se había vuelto loco.

Ambos, sin saber cómo, se dirigieron al salón; primero él, detrás ella. Allí encontraron a Igor Semionovich envuelto en su batín. Se había despertado al oír los sollozos de su hija.

—No te asustes, Andrei —dijo Tania, temblando como si tuviera fiebre—. No te asustes. Padre, ya se le pasará esto…, ya se le pasará.

Kovrin estaba tan nervioso que apenas podía hablar. Para despistar, procuró tratar aquel asunto en broma. En efecto, dirigiéndose a su suegro, intentó decirle:

—Felicíteme, mi querido suegro, pues ya ve que me he vuelto loco.

Pero sus labios sólo se movieron, sin poder emitir sonido alguno, y sonrió amargamente.

A las nueve de la mañana, Igor y su hija lo envolvieron en un abrigo, le cubrieron con una capa de pieles, y lo condujeron al médico. Este le puso en tratamiento.

VII

De nuevo llegó el verano. Siguiendo las órdenes del doctor, Kovrin regresó al campo. Recuperó la salud y no volvió a ver al Monje Negro. En el campo recuperó su fuerza física. Vivía con su suegro, bebía mucha leche, trabajaba sólo dos horas al día, y dejó de beber y fumar.

La tarde del 19 de junio, víspera de la fiesta más importante de la comarca, se celebró un servicio religioso en la casa. Cuando el sacerdote esparció el incienso, todo el vasto salón empezó a oler como una iglesia. Aquella atmósfera irritaba los pulmones de Kovrin, por lo que salió de la casa y se dirigió al jardín. Una vez allí, se puso a pasear arriba y abajo hasta que, cansado, se sentó en un banco. Al cabo de unos minutos, sintiéndose ya con fuerzas, se levantó y echó a caminar por el parque. Se dirigió a la orilla del riachuelo y estuvo contemplando el agua cristalina hasta que el piar melodioso de un ruiseñor le sacó de su abstracción. Se puso a caminar de nuevo, y llegó al pinar donde viera por primera vez al Monje Negro, pero ni los pinos ni las flores le reconocieron. Y es que, realmente, con aquellos cabellos al rape, su caminar cansino, su alterado rostro, tan pálido y arrugado, y aquel cuerpo pesado, era imposible que alguien lo hiciera.

Cruzó el arroyuelo y atravesó los campos que en ese entonces estaban cubiertos de centeno y ahora habían sido plantados de avena. El sol acababa de ponerse, y en el amplio horizonte brillaba como un horno al rojo vivo su inmensa aureola de oro.

Cuando regresó a la casa, cansado y aburrido, Tania e Igor Semionovich se hallaban sentados en los escalones de la entrada principal, tomando una taza de té. Estaban conversando, pero cuando divisaron a Kovrin se callaron, por lo que éste dedujo que habían estado hablando de él.

—Es la hora en que tomes tu leche —díjole Tania.

—No, aún no. Tómala tú, yo no tengo ganas. Tania miró de reojo a su padre e insistió:

—Sabes perfectamente que la leche te hace bien.

—Sí, sobre todo si es en grandes cantidades —repuso Kovrin—. Te felicito, he ganado una libra de peso desde el último viernes. —Se apretó la cabeza entre las manos y continuó—: ¿Por qué, por qué me has curado? Bromuros, mezclas de hierbas sedativas, baños calientes, observándome constantemente: todo esto acabará por convertirme en un idiota. Has acabado por sacarme de mis casillas. Antes tenía delirios de grandeza, pero al menos era activo, trabajador, dinámico e incluso feliz… siempre estaba contento con mi felicidad. Pero ahora me he convertido en un ser racional, materializado, como el resto del mundo. ¡Me he convertido en una mediocridad, y estoy aburrido y cansado de esta vida! ¡Oh, cuan cruelmente…, cuan cruelmente me has tratado! Admito que antes tenía alucinaciones, ¿pero qué daño le hacía a nadie el que las tuviera? Te lo repito, ¿qué daño hacía?

—¡Sólo Dios sabe lo que quieres dar a entender! —intervino Igor Semionovich—. No vale la pena oírte hablar.

—Pues no necesita hacerlo.

La presencia de Igor Semionovich, sobre todo, irritaba ahora a Kovrin. Siempre le contestaba seca y agriamente a su padre político, incluso con rudeza, y no podía contener la rabia que le producía el mero hecho de que le mirase. Igor Semionovich estaba confuso, se consideraba culpable, pero sin saber qué daño le había podido causar a su yerno. Le parecía mentira que hubieran cambiado de tal forma aquellas excelentes relaciones que los unían. Tania también se había dado cuenta de ello. Cada día era más claro para ella que las relaciones entre su padre y su esposo iban de mal en peor; que su padre se había hecho más viejo y que Kovrin cada vez era más intratable y nervioso. Ya no cantaba ni reía como antes, apenas comía nada y no podía dormir por las noches.

—¡Cuan felices eran Buda, Mahoma y Shakespeare al tener la dicha de que sus médicos no tratasen de curar sus éxtasis, alucinaciones e inspiraciones! —se decía a sí mismo Kovrin—. Si Mahoma hubiese tomado bromuro de potasio para sus nervios, trabajado dos horas al día y sólo hubiese bebido leche, estoy seguro de que no habría dejado tras de su muerte absolutamente nada. Los médicos hacen todo lo que está en sus manos para convertir en idiotas a todos los hombres, y a este paso llegará el momento en que la mediocridad será considerada genialidad, y la Humanidad perecerá. ¡Si ahora pudiese tener sólo una idea, cuan feliz me consideraría!

Sintió una tremenda irritación al pensar en todo esto, y para evitar decir más cosas duras e hirientes, se levantó y entró en la casa. Era una noche de fuerte ventolera, y el aroma a tabaco procedente de las plantaciones penetraba por las ventanas de su habitación. Encendió un puro y ordenó a un criado que le trajera vino: quería recordar "los viejos tiempos"… Pero ahora el tabaco era agrio y detestable, y el vino ya no tenía aquel aroma de antaño. ¡Cuántas repercusiones tiene el salirse de la práctica cotidiana, el dejar de hacer lo que se ha hecho durante años y años! Bastaron unas chupadas al puro y dos sorbos de vino para que se sintiera mareado, y se vio obligado a tomar el bromuro de potasio.

Antes de acostarse, Tania le dijo:

—Escúchame con un poco de paciencia, querido Andrei: mi padre te quiere mucho, pero tú no haces más que enfadarte con él por la mínima tontería, y esto lo está matando. Contempla su rostro; se está haciendo viejo, pero no cada día, sino en cada hora que pasa. Te lo imploro, Andrei, por el amor de Cristo, en nombre de tu difunto padre, en nombre de la paz de mi espíritu: sé bondadoso con él.

—No puedo, y tampoco lo deseo.

—¿Pero por qué? —repuso Tania, temblando—. Explícame por qué.

—Porque no me cae en gracia; eso es todo —respondió Kovrin con indiferencia, encogiéndose de hombros—. Prefiero no hablar más de esto: es tu padre.

—No puedo comprenderlo, no puedo comprenderlo —repitió Tania, llevándose las manos a la cabeza y fijaba su mirada en el vacío—. Algo terrible, espantoso, ha tenido que ocurrir en esta casa. Tú mismo, Andrei, has cambiado; ya no eres el mismo de antes. Te molestas por cosas insignificantes de las que en otro tiempo no hubieras hecho caso. No, no te enfades…, no te enfades —díjole cariñosamente Tania, mientras le acariciaba los cabellos, asustada por las palabras que acababa de pronunciar—. Eres inteligente, bueno y noble. Estoy segura de que serás justo con mi padre. ¡El es tan bueno!

—No, no es bueno, sino que tiene buen humor —respondió Krovin—. Estos tíos de vaudeville —del tipo de tu padre—, de rostros bien alimentados y sonrientes, tienen su carácter especial, y en otra época acostumbraba a divertirme con ellos, ya fuese en las novelas, en el teatro o en la misma calle. Son egoístas hasta el tuétano de sus huesos. Lo más desagradable de ellos es su saciedad y ese optimismo estomacal, puro bovino, o porcino.

Tania se echó a llorar y recostó su cabeza en la almohada.

—¡Esto es una tortura! —Por el tono en que pronunció estas palabras se adivinaba que estaba desesperada y que le costaba trabajo hablar sin rodeos ni tapujos—. Desde el invierno pasado no he tenido un momento de tranquilidad. ¡Es terrible, Dios mío! No hago más que sufrir y padecer…

—¡Oh, sí, desde luego! Por lo visto yo soy Herodes y tú y tu papá, unos niños inocentes.

En aquel momento la cara de Kovrin le resultó repugnante y desagradable. La expresión de odio y furor era ajena a ella. Incluso observó que algo faltaba en su rostro: aunque a su esposo le habían cortado el cabello, no era aquello lo que le hacía parecer extraño. Tania sintió un deseo intenso de decir algo insultante, pero se contuvo, y, dominada por el terror, abandonó el dormitorio.

VIII

Kovrin consiguió una cátedra libre en la Universidad. El día de su primera lección como profesor fue fijado para el 2 de diciembre, y una nota a tal efecto fue colocada en el tablón de anuncios de los pasillos de la Universidad. Pero cuando llegó esta fecha, las autoridades académicas recibieron un telegrama en el que Kovrin les comunicaba que no podía cumplir con aquel compromiso debido a su enfermedad.

Empezó a escupir sangre de la garganta. Al principio fue eventual, de tarde en tarde, pero más adelante los escupitajos sanguinolentos se convirtieron en torrentes de sangre. Se sintió horriblemente débil, y cayó en un estado de somnolencia. Pero esta enfermedad no le asustó, pues sabía que su difunta madre había vivido con ella durante diez años. Los médicos, también, aseguraron que no había ningún peligro, y le aconsejaron que no se preocupara, que llevara una vida normal y que hablara poco.

Al llegar el mes de enero, tampoco pudo ocupar la cátedra por el mismo motivo, y en febrero ya era muy tarde, pues el curso estaba avanzado. Por consiguiente, todo fue pospuesto para el año próximo.

Ya no vivía con Tania, sino con otra mujer, mucho más vieja que él y que lo cuidaba como si fuera su hijo. Tenía un carácter pacífico y obediente, y por ello, cuando Bárbara Nicolayevna hizo los trámites necesarios para llevarlo a Crimea, Kovrin consintió en ir, a pesar de que sabía que el cambio de clima y lugar le haría daño.

Llegaron a Sevastopol un atardecer, y se quedaron allí para descansar, pensando marchar al día siguiente a Yalta. Ambos estaban agotados por el viaje. Bárbara tomó un poco de té y se fue a la cama. Pero Kovrin no se acostó. Una hora antes de tomar el tren había recibido una carta de Tania que no había leído, y pensar en ella le producía agitación. En el fondo de su corazón, él sabía que su matrimonio con Tania había sido un error. También aceptaba que había hecho bien en alejarse de ella, pero no podía dejar de admitir que el haberse ido a vivir con esta nueva mujer lo había convertido en un pelele entre sus manos, y se sintió vejado. Al contemplar la letra de Tania en el sobre, recordó lo injusto que había sido con ella y con su padre. Evocó aquella tarde en que, presa de un ataque de nervios, cogió todos los artículos de su suegro, los hizo añicos, los arrojó por la ventana, y contempló cómo el viento los arrastraba depositándolos en las hojas de los árboles y las flores del jardín; en cada página había creído ver unas pretensiones desmedidas, una manía de grandeza y un carácter frívolo. Esto le había producido tal impresión que se apresuró en escribirle una carta en la que confesaba su culpa. En cuanto a Tania, debía admitir que había arruinado su vida. Recordó que en cierta ocasión había sido terriblemente cruel con ella, al decirle que su padre había desempeñado el papel de casamentero, y le había insinuado que se casara con ella. Y que cuando Igor Semionovich se enteró de esto, penetró en su habitación, enfurecido como un toro salvaje, y tan enloquecido que después de echarle en cara que había pisoteado su honor, ya no pudo murmurar una sola palabra, como si le hubieran cortado la lengua. Tania, viendo a su padre en aquel estado, se puso a gritar como una loca, y cayó desvanecida al suelo. Sí, admitía que se había comportado como un ser monstruoso y repugnante.

Se dirigió al balcón, abrió la puerta y se sentó en la terraza. Desde el piso inferior de aquella posada llegaban gritos y algarabías; seguramente estaban festejando algo importante. Kovrin hizo un esfuerzo, abrió la carta de Tania y, tras regresar a la habitación, se dispuso a leerla.

"Mi padre acaba de morir. Por esto estoy en deuda contigo, ya que has sido tú quien le ha matado. Nuestras plantaciones están arruinadas; están administradas por extraños; lo que mi padre siempre temió ha sucedido. Esto también te lo debo a ti, ya que eres el culpable de todo. ¡Te odio con toda mi alma, y deseo que pronto te mueras! ¡Sólo Dios sabe cuánto estoy sufriendo! ¡Sólo El sabe el dolor que me destroza el corazón! ¡Te maldigo con todas las fuerzas de mi alma! Creí que eras un hombre excepcional, un genio; por ello te amé, pero me demostraste que sólo eras un loco... ".

Kovrin no pudo seguir leyendo; rompió la carta y tiró al suelo los pedazos. Se hallaba dominado por el agotamiento y la desesperación. Al otro lado del biombo dormía Bárbara Nikolayevna; podía oír su respiración. Aquella carta le había aterrorizado. Tania le maldecía, le deseaba que se muriese. Miró hacia la puerta, como temiendo que por ella entrara aquel poder desconocido que durante dos años había arruinado su vida y las de quienes le habían rodeado.

Por experiencia sabía que, cuando los nervios se desataban, lo mejor era refugiarse en un trabajo. De modo que cogió su cartera de mano y sacó una compilación que había pensado acabar durante su estancia en Crimea si se aburría con la inactividad. Se acomodó frente a la mesa y se puso a trabajar en aquella compilación, creyendo que sus nervios se calmaban, poco a poco. Luego pensó que para conseguir aquella cátedra de filosofía había debido estudiar durante quince años, llegado a los cuarenta, trabajado día y noche, padecido una grave enfermedad, sobrevivido a un matrimonio frustrado; había sido culpable de mil injurias y crueldades que le torturaba recordar. Sí, tenía que admitir todo esto. Había sufrido y había hecho sufrir sólo para ser una mediocridad. Sí, se dio cuenta de que era una mediocridad, y lo aceptó así, pensando que cada hombre debe estar satisfecho con lo que realmente es.

Pero había muchas cosas que no podía olvidar. Los trozos de la carta de Tania, esparcidos por el suelo, avivaron más aún su tortura psíquica. Se agachó y los recogió; lanzó aquellos fragmentos por la ventana. Se sintió dominado por el terror, y tuvo la extraña sensación de que en aquella posada no había ningún ser viviente excepto él... Se dirigió al balcón. Desde allí se divisaba la bahía, con sus aguas tranquilas y las luces de los barcos. Hacía calor y bochorno, y por un instante pensó lo agradable que sería bañarse en aquellas aguas.

De repente, debajo de su balcón, oyó la música de un violín y el canto de dos mujeres. Eso le hizo recordar una escena lejana, allá en las plantaciones de Igor Semionovich. La letra de aquella canción se refería a una muchacha, enferma imaginativa, que oía por la noche en su jardín unos sones misteriosos, y hallaba en ellos una armonía y un tono de santidad incomprensibles para nosotros los mortales... Kovrin se cogió la cabeza entre las manos, su corazón dejó de latir, y el mágico y misterioso éxtasis, olvidado hacía ya mucho tiempo, volvió a temblar en su corazón.

Una columna alta y negra, como un ciclón o una tromba marina, apareció en la costa opuesta. Se deslizaba con increíble velocidad en dirección a la posada; luego se hizo más y más pequeña, y Kovrin se apartó para dejarle paso... El monje, aquel monje de cabellos grises, cejas negras y pies desnudos, con las manos cruzadas sobre su pecho, pasó junto a él y se detuvo en el centro de la habitación.

—¿Por qué no me creyó? —preguntó en un tono de reproche, mirándole a los ojos—. Si hubiese creído en mí cuando le dije que era un genio, estos dos últimos años no habrían pasado tan triste y estérilmente.

Kovrin volvió a creer que era un elegido de Dios y un genio; recordó todas las conversaciones que sostuvo con el Monje Negro, y quiso responderle. Pero la sangre fluyó de su garganta; no supo qué hacer y se llevó las manos al pecho, empapando de sangre los puños de su camisa. Quiso llamar a Barbara Nikolayevna, que dormía tras el biombo, y haciendo un esfuerzo, gritó:

—¡Tania!

Cayó al suelo, y, levantando las manos, volvió a gritar:

—¡Tania!

Gritó llamando a Tania, al gran jardín con sus maravillosas flores, al parque, a los pinos con sus raíces al descubierto, al campo de centeno, a su ciencia, su juventud, su osadía y su felicidad, gritó llamando a la vida que había sido tan hermosa. Vio en el suelo, delante suyo, un gran charco de sangre, y era tanta su debilidad que no pudo articular ni una sola palabra.

Pero, cosa extraña, una infinita e inexplicable alegría llenó todo su ser. Debajo del balcón seguía oyéndose la música de la serenata. El Monje Negro se acercó a él y le susurró al oído que era un genio, y que moría porque su débil cuerpo había perdido el equilibrio y no podía servir más de cobertura de un genio.

Cuando Barbara Nicolayevna se despertó y salió de atrás del biombo, Kovrin estaba muerto. Pero su rostro estaba helado en una impasible sonrisa de felicidad.

MUERTE DE UN FUNCIONARIO

En una tarde maravillosa, el no menos maravilloso alguacil Iván Dmítrich Cherviakov se hallaba sentado en la segunda fila de butacas y miraba con los gemelos Las campanas de Corneville. Miraba y se sentía lleno de felicidad. Pero de pronto… En los relatos aparecen con frecuencia estos "pero, de pronto". Los autores tienen razón: la vida está llena de imprevistos. Pero, de pronto su rostro se arrugó, sus ojos se pusieron en blanco, su respiración cesó… apartó los gemelos de los ojos, se inclinó y… ¡achís! Como ven, estornudó. En ninguna parte se prohíbe a nadie estornudar. Estornudan los mujiks, los jefes de policía y a veces hasta los Consejeros secretos. Todos estornudan. Cherviakov no se azoró en absoluto, se limpió con el pañuelo y, como persona bien educada, miró a su alrededor para ver si había molestado a alguien con su estornudo. Entonces le llegó la hora de azorarse. Vio que un viejo, sentado delante de él, en la primera fila de butacas, se frotaba cuidadosamente la calva y el cogote con un guante, refunfuñando algo. En el viejo Cherviakov reconoció al general del Estado Brizhálov, del Ministerio de Caminos.

"¡Le he salpicado! —pensó Cherviakov—. No es mi jefe, pero de todos modos es una situación incómoda. Tengo que disculparme".

Cherviakov tosió, se inclinó hacia delante y susurró al oído del general:

—Disculpe, Vuecencia, le he salpicado… no era mi intención…

—No es nada, no es nada…

—Por el amor de Dios, discúlpeme. Es que… ha sido sin querer.

—¡Por favor, siéntese! ¡Déjeme escuchar!

Cherviakov se azoró, sonrió estúpidamente y comenzó a mirar al escenario. Miraba, pero ya no sentía felicidad alguna. Comenzó a sentirse molesto. En el descanso se acercó a Brizhálov, pasó a su lado y, venciendo su timidez, balbuceó:

—Le he salpicado, Vuecencia… Discúlpeme… Es que… no era para…

—¡Déjelo ya! Ya lo había olvidado y usted sigue con lo mismo —dijo el general moviendo con impaciencia el labio inferior.

"Lo ha olvidado, pero me mira de mal ojo —pensó Cherviakov mirando recelosamente al general—. Ni siquiera quiere hablarme. Tendría que explicarle que yo en absoluto quería… que sea ley de la naturaleza. Si no, pensará que quería escupirle. Si no lo piensa ahora, lo pensará después…".

Al llegar a casa, Cherviakov contó su grosería a su mujer. Le pareció que ésta se tomaba el suceso muy a la ligera; sólo se inquietó al principio, pero luego, cuando supo que Brizhákov no era su jefe, se tranquilizó.

—De todos modos, ve y pídele disculpas —dijo ella—. Si no, creerá que no sabes comportarte en público.

—¡Eso es! Yo me he disculpado, pero él estaba tan raro… No dijo ni una palabra sensata. Además, no hubo tiempo para hablar.

Al día siguiente Cherviakov se puso el uniforme nuevo, se cortó el pelo y fue a ver a Brizhánov para explicarse… Al entrar en la sala de espera del general vio a muchos demandantes, y entre ellos, al propio general que ya había empezado a atender las solicitudes. Tras despachar con algunos demandantes, el general alzó la vista hacia Cherviakov.

—Ayer, en el "Arcadia", quizás lo recuerde Vuecencia —comenzó a exponer el alguacil—, yo estornudé y, sin querer, le salpiqué… Le ruego…

—¡Por Dios! ¡Qué tontería! ¿Qué se le ofrece? —preguntó el general al siguiente demandante.

"No quiere hablar —pensó Cherviakov, poniéndose pálido—. O sea, que está enfadado… No, esto no hay que dejarlo así… Se lo explicaré…".

Cuando el general terminó de hablar con el último demandante y se dirigía a las salas de dentro, Cherviakov dio un paso hacia él y balbuceó:

—¡Vuecencia! Si me atrevo a importunar a Vuecencia es precisamente por sentir, puedo decir, arrepentimiento… No fue a propósito… permítame asegurárselo.

El general puso cara de llanto y agitó la mano.

—Usted se burla de mí, Señor mío —dijo, desapareciendo tras la puerta.

"¿De qué burlas se trata? —pensó Cherviakov—. No hay en absoluto ninguna burla. Es general, y no puede entenderlo. Pues bien, no pienso pedir más disculpas a ese fanfarrón. ¡Que se vaya al diablo! Le escribiré una carta, pero no vuelvo. ¡Por Dios, que no vuelvo!".

Así pensaba Cherviakov de camino a casa. No escribió la carta al general. Pensó una y otra vez en ella, pero no consiguió redactarla. Tuvo que volver al día siguiente a explicarse en persona.

—Ayer vine a importunar a Vuecencia —empezó a decir, cuando el general levantó hacia él unos ojos inquisidores— no para reírme de usted, como usted tuvo a bien decirme. Le pedía disculpas porque al estornudar, le salpiqué…, pero para nada pensé en reírme de usted. ¿Cómo me iba a atrever a burlarme? Si nos burláramos, entonces no tendríamos respeto alguno… a las personas…

—¡Fuera! —bramó de pronto el general, lívido y trémulo.

—¿Cómo? —susurró Cherviakov, pasmado de terror.

—¡Fuera! —repitió el general, pataleando.

Algo se quebró en el vientre de Cherviakov. Sin ver ni oír nada, retrocedió hacia la puerta, salió a la calle y echó a andar despacio… Al llegar maquinalmente a su casa, sin quitarse el uniforme, se tumbó en el diván y… murió.

UNA MUJER SIN PREJUICIOS

Maxim Kuzmich Salutov es alto, fornido, corpulento. Sin temor a exagerar, puede decirse que es de complexión atlética. Posee una fuerza descomunal: dobla con los dedos una moneda de veinte kopecs, arranca de cuajo árboles pequeños, levanta pesas con los dientes; y jura que no hay en la tierra hombre capaz de medirse con él. Es valiente y audaz. Causa pavor y hace palidecer cuando se enfada. Hombres y mujeres chillan y enrojecen al darle la mano. ¡Duele tanto! No hay modo de oír su bella voz de barítono, porque hace ensordecer. ¡El vigor en persona! No conozco a nadie que le iguale.

¡Pues esa fuerza misteriosa, sobrehumana, propia de un buey, se redujo a la nada, a la de una rata muerta, cuando Maxim Kuzmich se declaró a Elena Gavrilovna! Maxim Kuzmich palideció, enrojeció, tembló; y no hubiera sido capaz de levantar una silla en el momento en que hubo de extraer de su enorme boca el consabido "¡La amo!". Disipóse su energía, y su corpachón se convirtió en un gran recipiente vacío.

Se le declaró en la pista de patinaje. Ella se deslizaba por el hielo con la grácil ligereza de una pluma, y él, persiguiéndola temblaba, se derretía, susurraba palabras incomprensibles. Llevaba en el semblante escrito el sufrimiento… Sus piernas, ágiles y diestras, se torcían y se enredaban cada vez que debía describir en el hielo alguna curva difícil… ¿Creen ustedes que temía unas calabazas? No. Elena Gavrilovna le correspondía y ansiaba oír de sus labios la declaración de amor. Morena, menudita, guapa, ardía de impaciencia. El elegido de su corazón había cumplido ya los treinta; su rango no era nada elevado, y su fortuna tampoco tenía mucho que envidiar; pero, en cambio, ¡era tan bello, tan ingenioso, tan hábil! Bailaba admirablemente, tiraba al blanco como un as, y nadie le aventajaba montando a caballo. Una vez, paseando con ella, se saltó una zanja que no la hubiera salvado el mejor corcel de Inglaterra.

¿Cómo no amar a un hombre como aquel?

Y él sabía que era amado. Estaba seguro de ello. Pero un pensamiento le hacía sufrir. Un pensamiento que le oprimía el cerebro, que le hacía desvariar, llorar, no comer, no beber, no dormir. Un pensamiento que le amargaba la vida. Mientras él hablaba de su amor, la maldita obsesión bullía en su cerebro y le martilleaba las sienes.

—¡Sea usted mi mujer! —suplicaba a Elena Gavrilovna—. ¡La amo locamente con pasión torturante!

Pero al mismo tiempo pensaba:

"¿Tengo derecho a ser su marido? ¡No, no tengo derecho! ¡Si ella conociese mi origen, si alguien le contase mi pasado, sería capaz de abofetearme! ¡Un pasado infeliz y vergonzoso! ¡Ella, de buena familia, rica e instruida, me escupiría si supiese qué clase de pájaro soy!".

Cuando Elena Gavrilovna se le lanzó al cuello, jurándole amor eterno, él no se sintió feliz.

Le atormentaba el dichoso pensamiento... Mientras volvía de la pista a su casa, iba mordiéndose los labios y cavilando:

"¡Soy un canalla! De ser un hombre, se lo contaría todo, ¡todo! Antes de hacerle la declaración debí revelarle mi secreto. ¡Pero como no lo hice, soy un granuja y un infame!".

Los padres de Elena Gavrilovna dieron su consentimiento para el matrimonio. El atleta les gustaba: era respetuoso, y como funcionario hacía concebir grandes esperanzas. Elena Gavrilovna se sentía en el séptimo cielo. Era feliz. En cambio, ¡cuan desdichado era el pobre atleta! Hasta el día de la boda sufrió la misma tortura que en el momento de declararse.

También le atormentaba un amigo que conocía el pasado de Maxim Kuzmich como la palma de su mano..., y que le sacaba casi todo el sueldo.

—Convídame a comer en el Ermitage —le intimaba—. Convídame, o lo cuento todo... Y, además, préstame veinticinco rublos.

El infeliz Maxim Kuzmich adelgazó a ojos vistas. Hundiéronsele las mejillas, y los puños se le volvieron huesudos. Su idea fija le hizo enfermar. A no ser por la mujer amada, se hubiera pegado un tiro...

"¡Soy un bribón, un canalla! —se decía a sí mismo—. ¡Tengo que contárselo todo antes de la boda! ¡Aunque me escupa en la cara!".

Mas le faltó valor para contárselo. La idea de que después de la explicación tendría que separarse de la mujer amada, era para él la más aterradora.

Llegó el día de la boda. Bendijo el cura a los novios y todo eran felicitaciones y augurios de felicidad. El pobre Maxim Kuzmich recibía los parabienes, bebía, bailaba, reía; pero era horriblemente desdichado:

"¡Confiesa, pedazo de animal! Nos han casado pero todavía estamos a tiempo. ¡Aún podemos separarnos!".

Y confesó.

Cuando llegó la hora ansiada y condujeron a los desposados al dormitorio, la conciencia y la honradez se sobrepusieron a todo... Maxim Kuzmich, pálido, tembloroso, aturdido, respirando a duras penas, se aproximó tímidamente a Elena Gavrilovna, y musitó:

—Antes de que nos pertenezcamos... el uno al otro, debo..., debo explicar… debo explicar…

—¿Qué te pasa, Max? ¡Estás demacrado! Te encuentro todos estos días pálido y taciturno. ¿Te sientes mal?

—Yo… debo contártelo todo, Liolia… Sentémonos… Me veo obligado a anonadarte, a malograr tu felicidad…, pero ¿qué otra cosa cabe hacer? El deber ante todo… Voy a contarte mi pasado…

Liolia abrió desmesuradamente los ojos y sonrió:

—Bueno, pues cuéntamelo… Pero acaba pronto, por favor. Y no tiembles de ese modo.

—Yo nací en Tam…, en Tam… bov. Mis padres eran humildes y muy pobres… Y ahora te diré qué clase de elemento soy. Vas a horrorizarte. Espera un poco… Ahora lo verás… Fui un mendigo. Cuando niño vendí manzanas…, peras…

—¿Tú?

—¿Te horrorizas? Pues aún te queda por oír lo peor, querida. ¡Oh, qué desgraciado soy! ¡Cuando se entere usted, me maldecirá!

—Pero ¿de qué se trata?

—A los veinte años fui…, fui… ¡Perdóneme! ¡No me arroje de su lado! ¡Fui… payaso de circo!

—¿Tú? ¿Tú fuiste payaso?

Salutov, en espera de una bofetada, se cubrió la cara con ambas manos.

Le faltaba poco para desmayarse.

—¿Tú, payaso?

Liolia se cayó del sofá en que se había tendido. Incorporóse. Corrió de una parte a otra de la habitación…

¿Qué le sucedía? Se llevó las manos al vientre… Por el dormitorio se expandió una risa semejante a una carcajada histérica…

—¡Ja, ja, ja! ¿De manera que fuiste payaso? ¿Tú? Maximka, palomo mío, ejecuta para mí algún número. ¡Demuéstrame ahora que fuiste payaso! ¡Ja, ja, ja! ¡Palomito de mi alma!

Así diciendo se arrojó al cuello de Salutov y le abrazó.

—¡Haz alguna payasada, querido, rico!

—¿Te burlas, desdichada? ¿Me desprecias?

—¡Haz algo para que yo lo vea! ¿Sabes también andar por una cuerda? ¡No te creo!

Mientras hablaba cubría de besos la cara del marido, se apretaba contra él, le hacía mil zalamerías, sin la menor señal de enojo. Y él, desconcertado, sin comprender una palabra de lo que sucedía, accedió de buena gana a los ruegos de su mujer.

Aproximóse a la cama, contó hasta tres e hizo la vela, con los pies para arriba, apoyando la frente en el borde de la cama.

—¡Bravo, Max! ¡Bis, bis! ¡Ja, ja, ja! ¡Eres un tesoro! ¡Hazlo otra vez!

Max se balanceó y, en la posición anterior, saltó al suelo y se puso a andar con las manos…

Por la mañana, los padres de Liolia estaban asombradísimos.

—¿Quién dará esos golpes ahí arriba? —se preguntaban—. Los recién casados deben de estar dormidos. ¿No serán los criados bromeando? ¡Hay que ver el alboroto que arman, los muy tunos!

El padre subió al piso de arriba, pero no encontró allí a nadie de la servidumbre.

Para asombro suyo, comprobó que el ruido provenía del dormitorio de los desposados. Después de permanecer un instante junto a la puerta, la empujó ligeramente con el hombro y la entreabrió. Al mirar al interior por poco se muere del susto: Maxim Kuzmich, en medio de la habitación, estaba ejecutando un arriesgadísimo salto mortal. Y Liolia, a su lado, le aplaudía. Las caras de los dos resplandecían de felicidad.

LA MUJER DEL BOTICARIO

La pequeña ciudad de B***, compuesta de dos o tres calles torcidas, duerme con sueño profundo. El aire, quieto, está lleno de silencio. Sólo a lo lejos, en algún lugar seguramente fuera de la ciudad, suena el débil y ronco tenor del ladrido de un perro. El amanecer está próximo.

Hace tiempo que todo duerme. Tan sólo la joven esposa del boticario Chernomordik, propietario de la botica del lugar, está despierta. Tres veces se ha echado sobre la cama; pero, sin saber por qué, el sueño huye tercamente de ella. Sentada, en camisón, junto a la ventana abierta, mira a la calle. Tiene una sensación de ahogo, está aburrida y siente tal desazón que hasta quisiera llorar. ¿Por qué…? No sabría decirlo, pero un nudo en la garganta la oprime constantemente… Detrás de ella, unos pasos más allá y vuelto contra la pared, ronca plácidamente el propio Chernomordik. Una pulga glotona se ha adherido a la ventanilla de su nariz, pero no la siente y hasta sonríe, porque está soñando con que toda la ciudad tose y no cesa de comprarle Gotas del rey de Dinamarca. ¡Ni con pinchazos, ni con cañonazos, ni con caricias, podría despertárselo!

La botica está situada al extremo de la ciudad, por lo que la boticaria alcanza a ver el límite del campo. Así, pues, ve palidecer la parte este del cielo, luego la ve ponerse roja, como por causa de un gran incendio. Inesperadamente, por detrás de los lejanos arbustos, asoma tímidamente una luna grande, de ancha y rojiza faz. En general, la luna, cuando sale de detrás de los arbustos, no se sabe por qué, está muy azarada. De repente, en medio del silencio nocturno, resuenan unos pasos y un tintineo de espuelas. Se oyen voces.

"Son oficiales que vuelven de casa del policía y van a su campamento", piensa la mujer del boticario.

Poco después, en efecto, surgen dos figuras vestidas de uniforme militar blanco. Una es grande y gruesa; otra, más pequeña y delgada. Con un andar perezoso y acompasado, pasan despacio junto a la verja, conversando en voz alta sobre algo. Al acercarse a la botica, ambas figuras retrasan aún más el paso y miran a las ventanas.

—Huele a botica —dice el oficial delgado—. ¡Claro…, como que es una botica…! ¡Ah…! ¡Ahora que me acuerdo… la semana pasada estuve aquí a comprar aceite de ricino! Aquí es donde hay un boticario con una cara agria y una quijada de asno. ¡Vaya quijada…! Con una como ésa, exactamente, venció Sansón a los filisteos.

—Sí… —dice con voz de bajo el gordo—. Ahora la botica está dormida… La boticaria estará también dormida… Aquí, Obtesov, hay una boticaria muy guapa.

—La he visto. Me gusta mucho. Diga, doctor: ¿podrá querer a ese de la quijada? ¿Será posible?

—No. Seguramente no lo quiere —suspira el doctor con expresión de lástima hacia el boticario—. ¡Ahora, guapita..., estarás dormida detrás de esa ventana...! ¿No crees, Obtesov? Estará con la boquita entreabierta, tendrá calor y sacará un piececito. Seguro que el tonto boticario no entiende de belleza. Para él, probablemente, una mujer y una botella de lejía es lo mismo.

—Oiga, doctor... —dice el oficial, parándose—. ¿Y si entráramos en la botica a comprar algo? Puede que viéramos a la boticaria.

—¡Qué ocurrencia! ¿Por la noche?

—¿Y qué...? También por la noche tienen obligación de despachar.

Anda, amigo... Vamos.

—Como quieras.

La boticaria, escondida tras los visillos, oye un fuerte campanillazo y, con una mirada a su marido, que continúa roncando y sonriendo dulcemente, se echa encima un vestido, mete los pies desnudos en los zapatos y corre a la botica.

A través de la puerta de cristal, se distinguen dos sombras. La boticaria aviva la luz de la lámpara y corre hacia la puerta para abrirla. Ya no se siente aburrida ni desazonada, ya no tiene ganas de llorar, y sólo el corazón le late con fuerza. El médico, gordiflón, y el delgado Obtesov entran en la botica. Ahora ya puede verlos bien. El gordo y tripudo médico tiene la tez tostada y es barbudo y torpe de movimientos. Al más pequeño de éstos le cruje su uniforme y le brota el sudor en el rostro. El oficial es de tez rosada y sin bigote, afeminado y flexible como una fusta inglesa.

—¿Qué desean ustedes? —pregunta la boticaria, ajustándose el vestido.

—Denos... quince kopecs de pastillas de menta.

La boticaria, sin apresurarse, coge del estante un frasco de cristal y empieza a pesar las pastillas. Los compradores, sin pestañear, miran su espalda. El médico entorna los ojos como un gato satisfecho, mientras el teniente permanece muy serio.

—Es la primera vez que veo a una señora despachando en una botica —dice el médico.

—¡Qué tiene de particular! —contesta la boticaria mirando de soslayo el rosado rostro de Obtesov—. Mi marido no tiene ayudantes, por lo que siempre lo ayudo yo.

—¡Claro...! Tiene usted una botiquita muy bonita... ¡Y qué cantidad de frascos distinto...! ¿No le da miedo moverse entre venenos...? ¡Brrr...!

La boticaria pega el paquetito y se lo entrega al médico. Obtesov saca los quince kopecs. Trascurre medio minuto en silencio... Los dos hombres se miran, dan un paso hacia la puerta y se miran otra vez.

—Deme diez kopecs de sosa —dice el médico.

La boticaria, otra vez con gesto perezoso y sin vida, extiende la mano hacia el estante.

—¿No tendría usted aquí, en la botica, algo...? —masculla Obtesov haciendo un movimiento con los dedos—. Algo... que resultara como un símbolo de algún líquido vivificante... Por ejemplo, agua de seltz. ¿Tiene usted agua de seltz?

—Si, tengo —contesta la boticaria.

—¡Bravo...! ¡No es usted una mujer! ¡Es usted un hada...! ¿Podría darnos tres botellas...?

—La boticaria pega apresurada el paquete de sosa y desaparece en la oscuridad, tras de la puerta.

—¡Un fruto como éste no se encontraría ni en la isla de Madeira! ¿No le parece? Pero escuche... ¿no oye usted un ronquido? Es el propio señor boticario, que duerme.

Pasa un minuto, la boticaria vuelve y deposita cinco botellas sobre el mostrador. Como acaba de bajar a la cueva, está encendida y algo agitada.

—¡Chis! —dice Obtesov cuando al abrir las botellas deja caer el sacacorchos—. No haga tanto ruido, que se va a despertar su marido.

—¿Y qué importa que se despierte?

—Es que estará dormido tan tranquilamente... soñando con usted... ¡A su salud! ¡Bah...! —dice con su voz de bajo el médico, después de eructar y de beber agua de seltz—. ¡Eso de los maridos es una historia tan aburrida...! Lo mejor que podrían hacer es estar siempre dormidos. ¡Oh, si a esta agua se le hubiera podido añadir un poco de vino tinto!

—¡Qué cosas tiene! —ríe la boticaria.

—Sería magnífico. ¡Qué lástima que en las boticas no se venda nada basado en alcohol! Deberían, sin embargo, vender el vino como medicamento. Y *vinum gallicum rubrum...*, ¿tiene usted?

—Sí, lo tenemos.

—Muy bien; pues tráiganoslo, ¡qué diablo...! ¡Tráigalo!

—¿Cuánto quieren?

—¡*Cuantum satis*! Empecemos por echar una onza de él en el agua, y luego veremos. ¿No es verdad? Primero con agua, y después, *per se*.

—El médico y Obtesov se sientan al lado del mostrador, se quitan los gorros y se ponen a beber vino tinto.

—¡Hay que confesar que es malísimo! ¡Que es un *vinum malissimum*!

—Pero con una presencia así… parece un néctar.

—¡Es usted maravillosa, señora! Le beso la mano con el pensamiento.

—Yo hubiera dado mucho por poder hacerlo no con el pensamiento —dice Obtesov—. ¡Palabra de honor que hubiera dado la vida!

—¡Déjese de tonterías! —dice la señora Chernomordik, sofocándose y poniendo cara seria.

—Pero ¡qué coqueta es usted…! —ríe despacio el médico, mirándola con picardía—. Sus ojitos disparan ¡pif!, ¡paf!, y tenemos que felicitarla por su victoria, porque nosotros somos los conquistados.

La boticaria mira los rostros sonrosados, escucha su charla y no tarda en animarse a su vez. ¡Oh…! Ya está alegre, ya toma parte en la conversación, ríe y coquetea, y por fin después de hacerse rogar mucho de los compradores, bebe dos onzas de vino tinto.

—Ustedes, señores oficiales, deberían venir más a menudo a la ciudad desde el campamento —dice—, porque esto, si no, es de un aburrimiento atroz. ¡Yo me muero de aburrimiento!

—Lo creo —se espanta el médico—. ¡Una niña tan bonita! ¡Una maravilla así de la naturaleza, y en un rincón tan recóndito! ¡Qué maravillosamente bien lo dijo Griboedov! "¡Al rincón recóndito! ¡Al Saratov…!". Ya es hora, sin embargo, de que nos marchemos. Encantados de haberla conocido…, encantadísimos… ¿Qué le debemos?

La boticaria alza los ojos al techo y mueve los labios durante largo rato.

—Doce rublos y cuarenta y ocho kopecs —dice.

Obtesov saca del bolsillo una gruesa cartera, revuelve durante largo tiempo un fajo de billetes y paga.

—Su marido estará durmiendo tranquilamente… estará soñando… —balbucea al despedirse, mientras estrecha la mano de la boticaria.

—No me gusta oír tonterías.

—¿Tonterías? Al contrario… Éstas no son tonterías… Hasta el mismo Shakespeare decía: "Bienaventurado aquel que de joven fue joven…".

—¡Suelte mi mano!

Por fin, los compradores, tras larga charla, besan la mano de la boticaria e indecisos, como si se dejaran algo olvidado, salen de la botica. Ella corre a su dormitorio y se sienta junto a la ventana. Ve cómo el teniente y el doctor, al salir de la botica, recorren perezosamente unos veinte pasos. Los ve pararse y ponerse a hablar de algo en voz baja. ¿De qué? Su corazón late, le laten las sienes también… ¿Por qué…? Ella misma no lo sabe. Su corazón palpita fuertemente, como si lo que hablaran aquellos dos en voz baja fuera a decidir su suerte. Al cabo de unos minutos el médico se separa de Obtesov y se aleja, mientras que Obtesov vuelve. Una y otra vez pasa por delante de la botica… Tan pronto se detiene junto a la puerta como echa a andar otra vez. Por fin, suena el discreto tintineo de la campanilla.

La boticaria oye de pronto la voz de su marido, que dice:

—¿Qué…? ¿Quién está ahí? Están llamando. ¿Es que no oyes…? ¡Qué desorden!

Se levanta, se pone la bata y, tambaleándose todavía de sueño y con las zapatillas en chancletas, se dirige a la botica.

—¿Qué es? ¿Qué quiere usted? pregunta a Obtesov.

—Deme…, deme quince kopecs de pastillas de menta.

Respirando ruidosamente, bostezando, quedándose dormido al andar y dándose con las rodillas en el mostrador, el boticario se empina hacia el estante y coge el frasco…

Unos minutos después la boticaria ve salir a Obtesov de la botica, le ve dar algunos pasos y arrojar al camino lleno de polvo las pastillas de menta. Desde una esquina, el doctor le sale al encuentro. Al encontrarse, ambos gesticulan y desaparecen en la bruma matinal.

—¡Oh, qué desgraciada soy! —alza la voz la boticaria, mirando con enojo a su marido, que se desviste rápidamente para volver a echar a dormir—. ¡Que desgraciada soy! —repite.

Y de repente rompe a llorar con amargas lágrimas Y nadie… nadie sabe…

—Me he dejado olvidados quince kopecs en el mostrador —masculla el boticario, arropándose en la manta—. Haz el favor de guardarlos en la mesa.

Y al punto se queda dormido.

LOS MUCHACHOS

—¡Volodia ha llegado! —gritó alguien en el patio.

—¡El niño Volodia ha llegado! —repitió la criada Natalia irrumpiendo ruidosamente en el comedor—. ¡Ya está ahí!

Toda la familia de Korolev, que esperaba de un momento a otro la llegada de Volodia, corrió a las ventanas. En el patio, junto a la puerta, se veían unos amplios trineos, arrastrados por tres caballos blancos, a la sazón envueltos en vapor.

Los trineos estaban vacíos; Volodia se hallaba ya en el vestíbulo, y hacía esfuerzos para despojarse de su bufanda de viaje. Sus manos rojas, con los dedos casi helados, no lo obedecían. Su abrigo de colegial, su gorra, sus chanclos y sus cabellos estaban blancos de nieve.

Su madre y su tía lo estrecharon, hasta casi ahogarlo, entre sus brazos.

—¡Por fin! ¡Queridito mío! ¿Qué tal?

La criada Natalia había caído a sus pies y trataba de quitarle los chanclos. Sus hermanitas lanzaban gritos de alegría. Las puertas se abrían y se cerraban con estrépito en toda la casa. El padre de Volodia, en mangas de camisa y las tijeras en la mano, acudió al vestíbulo y quiso abrazar a su hijo; pero éste se hallaba tan rodeado de gente, que no era empresa fácil.

—¡Volodia, hijito! Te esperábamos ayer… ¿Qué tal?… ¡Pero, por Dios, déjenme abrazarlo! ¡Creo que también tengo derecho! Milord, un enorme perro negro, estaba también muy agitado. Sacudía la cola contra los muebles y las paredes y ladraba con su voz potente de bajo: ¡Guau! ¡Guau!

Durante algunos minutos aquello fue un griterío indescriptible.

Luego, cuando se hubieron fatigado de gritar y de abrazarse, los Korolev se dieron cuenta de que además de Volodia se encontraba allí otro hombrecito, envuelto en bufandas y tapabocas e igualmente blanco de nieve. Permanecía inmóvil en un rincón, oculto en la sombra de una gran pelliza colgada en la percha.

—Volodia, ¿quién es ése? —preguntó muy quedo la madre.

—¡Ah, sí! —recordó Volodia—. Tengo el honor de presentarles a mi camarada Chechevitzin, alumno de segundo año. Lo he invitado a pasar con nosotros las Navidades.

—¡Muy bien, muy bien! ¡Sea usted bienvenido! —dijo con tono alegre el padre—. Perdóneme; estoy en mangas de camisa. Natalia, ayuda al señor Chechevitzin a desnudarse. ¡Largo, Milord! ¡Me aburres con tus ladridos!

Un cuarto de hora más tarde Volodia y Chechevitzin, aturdidos por la acogida ruidosa y rojos aún de frío, estaban sentados en el comedor y tomaban té. El sol de invierno, atravesando los cristales medio helados, brillaba sobre el samovar y sobre la vajilla. Hacía calor en el comedor, y los dos muchachos parecían por completo felices.

—¡Bueno, ya llegan las Navidades! —dijo el señor Korolev, encendiendo un grueso cigarrillo—. ¡Cómo pasa el tiempo! No hace mucho que tu madre lloraba al irte tú al colegio, y ahora hete ya de vuelta. Señor Chechevitzin, ¿un poco más de té? Tome usted pasteles. No esté usted cohibido, se lo ruego. Está usted en su casa.

Las tres hermanas de Volodia —Katia, Sonia y Macha—, de las que la mayor no tenía más que once años, se hallaban asimismo sentadas a la mesa, y no quitaban ojo del amigo de su hermano. Chechevitzin era de la misma estatura y la misma edad que Volodia, pero más moreno y más delgado. Tenía la cara cubierta de pecas, el cabello crespo, los ojos pequeños, los labios gruesos. Era, en fin, muy feo, y sin el uniforme de colegial se le hubiera podido confundir por un pillete.

Su actitud era triste; guardaba un constante silencio y no había sonreído ni una sola vez. Las niñas, mirándolo, comprendieron al punto que debía de ser un hombre en extremo inteligente y sabio. Hallábase siempre tan sumido en sus reflexiones, que si le preguntaban algo sufría un ligero sobresalto y rogaba que le repitiesen la pregunta.

Las niñas habían observado también que el mismo Volodia, siempre tan alegre y parlanchín, casi no hablaba y se mantenía muy grave. Hasta se diría que no experimentaba contento alguno al encontrarse entre los suyos. En la mesa, sólo una vez se dirigió a sus hermanas, y lo hizo con palabras por demás extrañas; señaló al samovar y dijo:

—En California se bebe ginebra en vez de té.

También él se hallaba absorto en no sabían qué pensamientos. A juzgar por las miradas que cambiaba de vez en cuando con su amigo, los de uno y otro eran los mismos.

Luego del té se dirigieron todos al cuarto de los niños. El padre y las muchachas se sentaron en torno de la mesa y reanudaron el trabajo que había interrumpido la llegada de los dos jóvenes. Hacían, con papel de diferentes colores, flores artificiales para el árbol de Navidad. Era un trabajo divertido y muy interesante. Cada nueva flor era acogida con gritos de entusiasmo, y aun a veces con gritos de horror, como si la flor cayese del cielo. El padre parecía también entusiasmado A menudo, cuando las tijeras no cortaban bastante bien, las tiraba al suelo con cólera. De vez en cuando entraba la madre, grave y atareada, y preguntaba:

—¿Quién ha agarrado mis tijeras? ¿Has sido tú, Iván Nicolayevich?

—¡Dios mío! —se indignaba Iván Nicolayevich con voz llorosa—. ¡Hasta de tijeras me privan!

Su actitud era la de un hombre atrozmente ultrajado pero, un instante después, volvía de nuevo a entusiasmarse.

El año anterior, cuando Volodia había venido del colegio a pasar en casa las vacaciones de invierno, había manifestado mucho interés por estos preparativos; había fabricado también flores; se había entusiasmado ante el árbol de Navidad; se había preocupado de su ornamentación. A la sazón no ocurría lo mismo. Los dos muchachos manifestaban una indiferencia absoluta hacía las flores artificiales. Ni siquiera mostraban el menor interés por los dos caballos que había en la cuadra. Se sentaron junto a la ventana, separados de los demás, y se pusieron a hablar por lo bajo. Luego abrieron un atlas geográfico, y empezaron a examinar una de las cartas.

—Por de pronto, a Perm —decía muy quedo Chechevitzin— de allí, a Tumen… Después, a Tomsk…

—Espera… Eso es de Tomsk a Kamchatka…

—En Kamchatka nos meteremos en una canoa y atravesaremos el estrecho de Bering, henos ya en América. Allí hay muchas fieras…

—¿Y California? —preguntó Volodia.

—California está más al sur. Una vez en América, está muy cerca… Para vivir es necesario cazar y robar.

Durante todo el día Chechevitzin se mantuvo a distancia de las muchachas y las miró con desconfianza. Por la tarde, después de merendar, se encontró durante algunos minutos completamente solo con ellas. La cortesía más elemental exigía que les dijese algo. Se frotó con aire solemne las manos, tosió, miró severamente a Katia y preguntó:

—¿Ha leído usted a Mine-Rid?

—No… Dígame: ¿sabe usted patinar?

Chechevitzin no contestó nada. Infló los carrillos y resopló como un hombre que tiene mucho calor. Luego, tras una corta pausa, dijo:

—Cuando una manada de antílopes corre por las pampas, la tierra tiembla bajo sus pies. Las bestezuelas lanzan gritos de espanto.

Tras un nuevo silencio, añadió:

—Los indios atacan con frecuencia los trenes. Pero lo peor son los termítidos y los mosquitos.

—¿Y qué es eso?

—Una especie de hormigas, pero con alas. Muerden de firme… ¿Sabe usted quién soy yo?

—Volodia nos dijo que usted es el señor Chechevitzin.

—No; me llamo Montigomo, Garra de Buitre, jefe de los Invencibles.

Las niñas, que no habían comprendido nada, lo miraron con respeto y un poco de miedo.

Chechevitzin pronunciaba palabras extrañas. Él y Volodia conspiraban siempre y hablaban en voz baja; no tomaban parte en los juegos y se mantenían muy graves; todo esto era misterioso, enigmático. Las dos niñas mayores, Katia y Sonia, comenzaron a espiar a ambos muchachos. Por la noche, cuando los muchachos se fueron a acostar, se acercaron de puntillas a la puerta de su cuarto y se pusieron a escuchar. ¡Santo Dios lo que supieron!

Supieron que ambos muchachos se aprestaban a huir a algún punto de América para amontonar oro. Todo estaba ya preparado para su viaje: tenían un revólver, dos cuchillos, galletas, una lente para encender fuego, una brújula y una suma de cuatro rublos. Supieron asimismo que los muchachos debían andar muchos millares de kilómetros, luchar contra los tigres y los salvajes, luego buscar oro y marfil, matar enemigos, hacerse piratas, beber ginebra, y, como remate, casarse con lindas muchachas y explotar ricas plantaciones. Mientras las dos niñas espiaban a la puerta los muchachos hablaban con gran animación y se interrumpían. Chechevitzin llamaba a Volodia "mi hermano rostro pálido" en tanto que Volodia llamaba a su amigo "Montigomo, Garra de Buitre".

—No hay que decirle nada a mamá —dijo Katia al oído de Sonia mientras se acostaban. Volodia nos traerá de América mucho oro y marfil; pero si se lo dices a mamá no le dejarán ir a América.

Todo el día de Nochebuena estuvo Chechevitzin examinando el mapa de Asia y tomando notas. Volodia, por su parte, andaba cabizbajo y, con sus gruesos mofletes, parecía un hombre picado por una abeja. Iba y venía sin cesar por las habitaciones, y no quería comer. En el cuarto de los niños, se detuvo una vez delante del icono, se persignó y dijo:

—¡Perdóname! Dios mío, soy un gran pecador. ¡Ten piedad de mí, pobre y desgraciada mamá!

Por la tarde se echó a llorar. Al ir a acostarse abrazó largamente y con efusión a su madre, a su padre y a sus hermanas. Katia y Sonia comprendían el motivo do su emoción; pero la pequeñita, Macha, no comprendía nada, absolutamente nada, y lo miraba con sus grandes ojos asombrados.

A la mañana siguiente, temprano, Katia y Sonia se levantaron, y una vez abandonado el lecho se dirigieron quedamente a la habitación de los muchachos, para ver cómo huían a América. Se detuvieron junto a la puerta y oyeron lo siguiente:

—Vamos, ¿quieres ir? —preguntó con cólera Chechevitzin—. Di,

¿no quieres?

—¡Dios mío! —respondió llorando Volodia—. No puedo, no quiero separarme de mamá.

—¡Hermano rostro pálido, partamos! Te lo ruego. Me habías prometido partir conmigo, y ahora te da miedo. ¡Eso está muy mal, hermano rostro pálido!

—No me da miedo; pero… ¿qué va a ser de mi pobre mamá?

—Dímelo de una vez: ¿quieres seguirme o no?

—Yo me iría, pero… esperemos un poco; quiero quedarme aún algunos días con mamá.

—Bueno; en ese caso me voy solo —declaró resueltamente Chechevitzin—. Me pasaré sin ti. ¡Y pensar que has querido cazar tigres y luchar contra los salvajes! ¡Qué le vamos a hacer! Me voy solo. Dame el revólver, los cuchillos y todo lo demás.

Volodia se echó a llorar con tanta desesperación, que Katia y Sonia, compadecidas, empezaron a llorar también. Hubo algunos instantes de silencio.

—Vamos, ¿no me acompañas? —preguntó una vez más Chechevitzin.

—Sí, me voy… contigo.

—Bueno; vístete.

Y para dar ánimos a Volodia, Chechevitzin empezó a contar maravillas de América, a rugir como un tigre, a imitar el ruido de un buque, y prometió en fin a Volodia darle todo el marfil y también todas las pieles de los leones y los tigres que matase.

Aquel muchachito delgado, de cabellos crespos y feo semblante, les parecía a Katia y a Sonia un hombre extraordinario, admirable. Héroe valerosísimo arrostraba todo el peligro y rugía como un león o como un tigre auténticos.

Cuando las dos niñas volvieron a su cuarto, Katia con los ojos arrasados en lágrimas dijo:

—¡Qué miedo tengo!

Hasta las dos, hora en que se sentaron a la mesa para almorzar, todo estuvo tranquilo. Pero entonces se advirtió la desaparición de los muchachos. Los buscaron en la cuadra, en el jardín; se los hizo buscar después en la aldea vecina; todo fue en vano. A las cinco se merendó, sin los muchachos. Cuando la familia se sentó a la mesa para comer, mamá manifestaba una gran inquietud y lloraba.

Buscaron a Volodia y a su amigo durante toda la noche. Se escudriñaron, con linternas, las orillas del río. En toda la casa, lo mismo que en la aldea, reinaba gran agitación. A la mañana siguiente llegó un oficial de policía. Mamá no cesaba de llorar. Pero hacia el mediodía unos trineos, arrastrados por tres caballos blancos, jadeantes, se detuvieron junto a la puerta.

—¡Es Volodia! —exclamó alguien en el patio.

—¡Volodia está ahí! —gritó la criada Natalia, irrumpiendo como una tromba en el comedor.

El enorme perro Mirara, igualmente agitado, hizo resonar sus ladridos en toda la casa: ¡Guau! ¡Guau!

Los dos muchachos habían sido detenidos en la ciudad próxima cuando preguntaban dónde podrían comprar pólvora.

Volodia se lanzó al cuello de su madre. Las niñas esperaban, aterrorizadas, lo que iba a suceder. El señor Korolev se encerró con ambos muchachos en el gabinete.

—¿Es posible? —decía con tono enojado—. Si se sabe esto en el colegio los pondrán de patitas en la calle. Y a usted, señor Chechevitzin, ¿no le da vergüenza? Está muy mal lo que ha hecho. Espero que será usted castigado por sus padres… ¿Dónde han pasado la noche?

—¡En la estación! —respondió altivamente Chechevitzin.

Volodia se acostó, y hubo que ponerle compresas en la cabeza. A la mañana siguiente llegó la madre de Chechevitzin, avisada por telégrafo. Aquella misma tarde partió con su hijo.

Chechevitzin, hasta su partida, se mantuvo en una actitud severa y orgullosa. Al despedirse de las niñas no les dijo palabra; pero tomó el cuaderno de Katia y dejó en él, a modo de recuerdo, su autógrafo:

"Montigomo, Garra de Buitre, jefe de los Invencibles".

UN NIÑO MALIGNO

Iván Ivanich Liapkin, joven de exterior agradable, y Anna Semionovna Samblitzkaia, muchacha de nariz respingada, bajaron por la pendiente orilla y se sentaron en un banquito. El banquito se encontraba al lado mismo del agua, entre los espesos arbustos de jóvenes sauces. ¡Qué maravilloso lugar era aquel! Allí sentado se estaba resguardado de todo el mundo. Sólo los peces y las arañas flotantes, al pasar cual relámpago sobre el agua, podían ver a uno. Los jóvenes iban provistos de cañas, frascos de gusanos y demás atributos de pesca. Una vez sentados se pusieron en seguida a pescar.

—Estoy contento de que por fin estemos solos —dijo Liapkin mirando a su alrededor—. Tengo mucho que decirle, Anna Semionovna…, ¡mucho!… Cuando la vi por primera vez… ¡están mordiendo el anzuelo!…, comprendí entonces la razón de mi existencia… Comprendí quién era el ídolo al que había de dedicar mi honrada y laboriosa vida… ¡Debe de ser un pez grande! ¡Está mordiendo!… Al verla…, la amé. Amé por primera vez y apasionadamente… ¡Espere! ¡No tire todavía! ¡Deje que muerda bien!… Dígame, amada mía… se lo suplico…, ¿puedo esperar que me corresponda?… ¡No! ¡Ya sé que no valgo nada! ¡No sé ni cómo me atrevo siquiera a pensar en ello!… ¿Puedo esperar que?… ¡Tire ahora!

Anna Semionovna alzó la mano que sostenía la caña y lanzó un grito.

En el aire brilló un pececillo de color verdoso plateado.

—¡Dios mío! ¡Es una pértiga!… ¡Ay!… ¡Ay!… ¡Pronto!… ¡Se soltó!

La pértiga se desprendió del anzuelo, dio unos saltos en dirección a su elemento familiar y se hundió en el agua. Persiguiendo al pez, Liapkin, en lugar de éste, cogió sin querer la mano de Anna Semionovna, y sin querer se la llevó a los labios. Ella la retiró, pero ya era tarde. Sus bocas se unieron sin querer en un beso. Todo fue sin querer. A este beso siguió otro, luego vinieron los juramentos, las promesas de amor… ¡Felices instantes!… Dicho sea de paso, en esta terrible vida no hay nada absolutamente feliz. Por lo general, o bien la felicidad lleva dentro de sí un veneno o se envenena con algo que le viene de afuera. Así ocurrió esta vez. Al besarse los jóvenes se oyó una risa. Miraron al río y quedaron petrificados. Dentro del agua, y metido en ella hasta la cintura, había un chiquillo desnudo. Era Kolia, el colegial hermano de Anna Semionovna. Desde el agua miraba a los jóvenes y se sonreía con picardía.

—¡Ah!… ¿Conque se besaron?… ¡Muy bien! ¡Ya se lo diré a mamá!

—Espero que usted…, como caballero… —balbució Liapkin,

poniéndose colorado—. Acechar es una villanía, y acusar a otros es bajo, feo y asqueroso… Creo que usted…, como persona honorable…

—Si me da un rublo no diré nada, pero si no me lo da, lo contaré todo.

Liapkin sacó un rublo del bolsillo y se lo dio a Kolia. Éste lo encerró en su puño mojado, silbó y se alejó nadando. Los jóvenes ya no se volvieron a besar. Al día siguiente, Liapkin trajo a Kolia de la ciudad pinturas y un balón, mientras la hermana le regalaba todas las cajitas de píldoras que tenía guardadas. Luego hubo que regalarle unos gemelos que representaban unos morritos de perro. Por lo visto, al niño le gustaba todo mucho. Para conseguir aún más, se puso al acecho. Allá donde iban Liapkin y Anna Semionovna, iba él también. ¡Ni un minuto los dejaba solos!

—¡Canalla! —decía entre dientes Liapkin—. ¡Tan pequeño todavía y ya un canalla tan grande! ¿Cómo será el día de mañana?

En todo el mes de junio, Kolia no dejó en paz a los jóvenes enamorados. Los amenazaba con delatarlos, vigilaba, exigía regalos… Pareciéndole todo poco, habló, por último, de un reloj de bolsillo… ¿Qué hacer? No hubo más remedio que prometerle el reloj.

Un día, durante la hora de la comida y mientras se servía de postre un pastel, de pronto se echó a reír, y guiñando un ojo a Liapkin, le preguntó:

"¿Se lo digo?… ¿Eh…?".

Liapkin enrojeció terriblemente, y en lugar del pastel masticó la servilleta. Anna Semionovna se levantó de un salto de la mesa y se fue corriendo a otra habitación.

En tal situación se encontraron los jóvenes hasta el final del mes de agosto…, hasta el preciso día en que, por fin, Liapkin pudo pedir la mano de Anna Semionovna. ¡Oh, qué día tan dichoso aquel!… Después de hablar con los padres de la novia y de recibir su consentimiento, lo primero que hizo Liapkin fue salir a todo correr al jardín en busca de Kolia. Casi sollozó de gozo cuando encontró al maligno chiquillo y pudo agarrarlo por una oreja. Anna Semionovna, que llegaba también corriendo, lo cogió por la otra, y era de ver el deleite que expresaban los rostros de los enamorados oyendo a Kolia llorar y suplicar…

—¡Queriditos!… ¡Preciositos míos!… ¡No lo volveré a hacer! ¡Ay, ay, ay!… ¡Perdónenme…!

Más tarde ambos se confesaban que jamás, durante todo el tiempo de enamoramiento, habían experimentado una felicidad…, una beatitud tan grande… como en aquellos minutos, mientras tiraban de las orejas al niño maligno.

UNA NOCHE DE ESPANTO

Palideciendo, Iván Ivanovitch Panihidin empezó la historia con emoción:

—Densa niebla cubría el pueblo, cuando, en la Noche Vieja de 1883, regresaba a casa. Pasando la velada con un amigo, nos entretuvimos en una sesión espiritualista. Las callejuelas que tenía que atravesar estaban negras y había que andar casi a tientas. Entonces vivía en Moscú, en un barrio muy apartado. El camino era largo; los pensamientos confusos; tenía el corazón oprimido…

"¡Declina tu existencia!… ¡Arrepiéntete!", había dicho el espíritu de Spinoza, que habíamos consultado.

Al pedirle que me dijera algo más, no sólo repitió la misma sentencia, sino que agregó: "Esta noche".

No creo en el espiritismo, pero las ideas y hasta las alusiones a la muerte me impresionan profundamente.

No se puede prescindir ni retrasar la muerte; pero, a pesar de todo, es una idea que nuestra naturaleza repele.

Entonces, al encontrarme en medio de las tinieblas, mientras la lluvia caía sin cesar y el viento aullaba lastimeramente, cuando en el contorno no se veía un ser vivo, no se oía una voz humana, mi alma estaba dominada por un terror incomprensible. Yo, hombre sin supersticiones, corría a toda prisa temiendo mirar hacia atrás. Tenía miedo de que al volver la cara, la muerte se me apareciera bajo la forma de un fantasma.

Panihidin suspiró y, bebiendo un trago de agua, continuó:

—Aquel miedo infundado, pero irreprimible, no me abandonaba. Subí los cuatro pisos de mi casa y abrí la puerta de mi cuarto. Mi modesta habitación estaba oscura. El viento gemía en la chimenea; como si se quejara por quedarse fuera. Si he de creer en las palabras de Spinoza, la muerte vendrá esta noche acompañada de este gemido… ¡brr!… ¡Qué horror!… Encendí un fósforo. El viento aumentó, convirtiéndose el gemido en aullido furioso; los postigos retemblaban como si alguien los golpease. "Desgraciados los que carecen de un hogar en una noche como ésta", pensé. No pude proseguir mis pensamientos. A la llama amarilla del fósforo que alumbraba el cuarto, un espectáculo inverosímil y horroroso se presentó ante mí… Fue lástima que una ráfaga de viento no alcanzara a mi fósforo; así me hubiera evitado ver lo que me erizó los cabellos… Grité, di un paso hacia la puerta y, loco de terror, de espanto y de desesperación, cerré los ojos. En medio del cuarto había un ataúd. Aunque el fósforo ardió poco tiempo, el aspecto del ataúd quedó grabado en mí. Era de brocado rosa, con cruz de galón dorado sobre la tapa. El brocado, las asas y los pies de bronce indicaban que el difunto había sido rico; a juzgar por el tamaño y el color del ataúd, el muerto debía ser una joven de alta estatura.

Sin razonar ni detenerme, salí como loco y me eché escaleras abajo. En el pasillo y en la escalera todo era oscuridad; los pies se me enredaban en el abrigo. No comprendo cómo no me caí y me rompí los huesos. En la calle, me apoyé en un farol e intenté tranquilizarme. Mi corazón latía; la garganta estaba seca. No me hubiera asombrado encontrar en mi cuarto un ladrón, un perro rabioso, un incendio... No me hubiera asombrado que el techo se hubiese hundido, que el piso se hubiese desplomado... Todo esto es natural y concebible. Pero ¿cómo fue a parar a mi cuarto un ataúd? Un ataúd caro, destinado evidentemente a una joven rica. ¿Cómo había ido a parar a la pobre morada de un empleado insignificante? ¿Estará vacío o habrá dentro un cadáver? ¿Y quién será la desgraciada que me hizo tan terrible visita?

¡Misterio!

O es un milagro, o un crimen.

Perdía la cabeza en conjeturas. En mi ausencia, la puerta estaba siempre cerrada, y el lugar donde escondía la llave sólo lo sabían mis mejores amigos; pero ellos no iban a meter un ataúd en mi cuarto. Se podía presumir que el fabricante lo llevase allí por equivocación; pero, en tal caso, no se hubiera ido sin cobrar el importe, o por lo menos un anticipo.

Los espíritus me han profetizado la muerte. ¿Me habrán proporcionado acaso el ataúd?

No creía, y sigo no creyendo, en el espiritismo; pero semejante coincidencia era capaz de desconcertar a cualquiera.

Es imposible. Soy un miedoso, un chiquillo. Habrá sido una alucinación. Al volver a casa, estaba tan sugestionado que creí ver lo que no existía. ¡Claro! ¿Qué otra cosa puede ser?

La lluvia me empapaba; el viento me sacudía el gorro y me arremolinaba el abrigo. Estaba chorreando... Sentía frío... No podía quedarme allí. Pero ¿adónde ir? ¿Volver a casa y encontrarme otra vez frente al ataúd? No podía ni pensarlo; me hubiera vuelto loco al ver otra vez aquel ataúd, que probablemente contenía un cadáver. Decidí ir a pasar la noche a casa de un amigo.

Panihidin, secándose la frente bañada de sudor frío, suspiró y siguió el relato:

—Mi amigo no estaba en casa. Después de llamar varias veces, me convencí de que estaba ausente. Busqué la llave detrás de la viga, abrí la puerta y entré. Me apresuré a quitarme el abrigo mojado, lo arrojé al suelo y me dejé caer desplomado en el sofá. Las tinieblas eran completas; el viento rugía más fuertemente; en la torre del Kremlin sonó el toque de las dos. Saqué los fósforos y encendí uno. Pero la luz no me tranquilizó. Al contrario: lo que vi me llenó de horror. Vacilé un momento y huí como loco de aquel lugar… En la habitación de mi amigo vi un ataúd… ¡De doble tamaño que el otro!

El color marrón le proporcionaba un aspecto más lúgubre… ¿Por qué se encontraba allí? No cabía duda: era una alucinación… Era imposible que en todas las habitaciones hubiese ataúdes. Evidentemente, adonde quiera que fuese, por todas partes llevaría conmigo la terrible visión de la última morada.

Por lo visto, sufría una enfermedad nerviosa, a causa de la sesión espiritista y de las palabras de Spinoza.

"Me vuelvo loco", pensaba, aturdido, sujetándome la cabeza. "¡Dios mío! ¿Cómo remediarlo?".

Sentía vértigos… Las piernas se me doblaban; llovía a cántaros; estaba calado hasta los huesos, sin gorra y sin abrigo. Imposible volver a buscarlos; estaba seguro de que todo aquello era una alucinación. Y, sin embargo, el terror me aprisionaba, tenía la cara inundada de sudor frío, los pelos de punta…

Me volvía loco y me arriesgaba a pillar una pulmonía. Por suerte, recordé que, en la misma calle, vivía un médico conocido mío, que precisamente había asistido también a la sesión espiritista. Me dirigí a su casa; entonces aún era soltero y habitaba en el quinto piso de una casa grande.

Mis nervios hubieron de soportar todavía otra sacudida… Al subir la escalera oí un ruido atroz; alguien bajaba corriendo, cerrando violentamente las puertas y gritando con todas sus fuerzas: "¡Socorro, socorro! ¡Portero!".

Momentos después veía aparecer una figura oscura que bajaba casi rodando las escaleras.

—¡Pagostof! —exclamé, al reconocer a mi amigo el médico—. ¿Es usted? ¿Qué le ocurre?

Pagostof, parándose, me agarró la mano convulsivamente; estaba lívido, respiraba con dificultad, le temblaba el cuerpo, los ojos se le extraviaban, desmesuradamente abiertos…

—¿Es usted, Panihidin? —me preguntó con voz ronca—. ¿Es verdaderamente usted? Está usted pálido como un muerto… ¡Dios mío! ¿No es una alucinación? ¡Me da usted miedo!…

—Pero ¿qué le pasa? ¿Qué ocurre? —pregunté lívido.

—¡Amigo mío! ¡Gracias a Dios que es usted realmente! ¡Qué contento estoy de verle! La maldita sesión espiritista me ha trastornado los nervios. Imagínese usted qué se me ha aparecido en mi cuarto al volver. ¡Un ataúd!

No lo pude creer, y le pedí que lo repitiera.

—¡Un ataúd, un ataúd de veras! —dijo el médico cayendo extenuado en la escalera—. No soy cobarde; pero el diablo mismo se asustaría encontrándose un ataúd en su cuarto, después de una sesión espiritista...

Entonces, balbuceando y tartamudeando, conté al médico los ataúdes que había visto yo también. Por unos momentos nos quedamos mudos, mirándonos fijamente. Después para convencernos de que todo aquello no era un sueño, empezamos a pellizcarnos.

—Nos duelen los pellizcos a los dos —dijo finalmente el médico—; lo cual quiere decir que no soñamos y que los ataúdes, el mío y los de usted, no son fenómenos ópticos, sino que existen realmente. ¿Qué vamos a hacer?

Pasamos una hora entre conjeturas y suposiciones; estábamos helados, y, por fin, resolvimos dominar el terror y entrar en el cuarto del médico. Prevenimos al portero, que subió con nosotros. Al entrar, encendimos una vela y vimos un ataúd de brocado blanco con flores y borlas doradas. El portero se persignó devotamente.

—Vamos ahora a averiguar —dijo el médico temblando— si el ataúd está vacío u ocupado.

Después de mucho vacilar, el médico se acercó y, rechinando los dientes de miedo, levantó la tapa. Echamos una mirada y vimos que... el ataúd estaba vacío. No había cadáver; pero sí una carta que decía:

"Querido amigo: sabrás que el negocio de mi suegro va de capa caída; tiene muchas deudas. Uno de estos días vendrán a embargarlo, y esto nos arruinará y deshonrará. Hemos decidido esconder lo de más valor, y como la fortuna de mi suegro consiste en ataúdes (es el de más fama en nuestro pueblo), procuramos poner a salvo los mejores. Confío en que tú, como buen amigo, me ayudarás a defender la honra y fortuna, y por ello te envío un ataúd, rogándote que lo guardes hasta que pase el peligro. Necesitamos

la ayuda de amigos y conocidos. No me niegues este favor. El ataúd sólo quedará en tu casa una semana. A todos los que se consideran amigos míos les he mandado muebles como éste, contando con su nobleza y generosidad. Tu amigo, Tchelustin".

Después de aquella noche, tuve que ponerme a tratamiento de mis nervios durante tres semanas. Nuestro amigo, el yerno del fabricante de ataúdes, salvó fortuna y honra. Ahora tiene una funeraria y vende panteones; pero su negocio no prospera, y por las noches, al volver a casa, temo encontrarme junto a mi cama un catafalco o un panteón.

LA NOVIA

I

Eran ya las diez de la noche y la luna llena iluminaba el jardín. En la casa de los Shumin acababan de cantar la misa encargada por la abuela, Marfa Mijailovna. Desde el jardín, adonde había ido por un rato, Nadia vio poner la mesa en la sala, y a su abuela, con un pomposo vestido de seda, afanarse en las habitaciones; el padre Andrey, arcipreste de la catedral, hablaba con la madre de Nadia, Nina Ivanovna, que en este momento, con la iluminación nocturna y a través de la ventana, parecía extrañamente joven; cerca de ellos se hallaba de pie Andrey Andreich, hijo del padre Andrey, escuchando con atención.

El jardín estaba quieto y fresco, y sobre la tierra se extendían oscuras e inmóviles sombras. Lejos, muy lejos, quizás fuera de la ciudad, resonaba el croar de las ranas. Se sentía el mes de mayo, ¡amable mayo! Se respiraba a todo pulmón y daban ganas de pensar que en algún lugar bajo el cielo, por encima de los árboles, fuera de la ciudad, en los campos y en los bosques se desarrollaba la vida primaveral, misteriosa, bella, rica y santa, inaccesible a la comprensión del hombre, débil y pecaminoso. Y daban ganas de llorar.

Nadia tenía ya veintitrés años; desde los dieciséis había soñado apasionadamente con el matrimonio y ahora, por fin, era novia de Andrey Andreich, el mismo que estaba tras la ventana; el joven le gustaba, la boda había sido ya fijada para el siete de julio y, sin embargo, no se sentía contenta, dormía mal por las noches y hasta perdió su alegría… Desde el sótano, donde se hallaba la cocina, a través de la ventana abierta se oían el apresurado golpear de los cuchillos y los portazos; olía a pavo asado y cerezas en escabeche. Y se le antojaba a Nadia que así iba a ser toda su vida, sin cambios y sin fin.

Alguien salió de la casa y se detuvo en el pórtico; era Alejandro Timofeich o, simplemente, Sasha, huésped que hacía unos diez días había llegado de Moscú. Otrora solía visitar a la abuela una lejana parienta suya, María Petrovna, una noble empobrecida y viuda, menuda, delgadita y enferma. Tenía un hijo, Sasha. Se decía que era un buen pintor y, al morir su madre, la abuela, para la salvación de su propia alma, le costeó los estudios en el colegio Komissarov, de Moscú; al cabo de dos años el muchacho pasó a la Escuela de Bellas Artes, en la cual permaneció casi quince años; acabó los cursos, a duras penas, de la Sección de Arquitectura, pese a lo cual, no se dedicó a ésta, sino que se puso a trabajar en una litografía moscovita. Casi todos los veranos venía a la casa de la abuela para descansar y mejorar de su mala salud.

Llevaba puestos una chaqueta abrochada, un pantalón de lona, muy gastado en la parte inferior, y una camisa sin planchar. Toda su figura tenía un aspecto demacrado; era muy flaco, de ojos grandes, de tez morena, barbudo, con dedos largos y delgados; no obstante todo ello, sus facciones eran bellas. Consideraba a los Shumin como a sus familiares y se sentía con ellos como en su propia casa. Y la habitación en la cual se alojaba, desde hacía tiempo que se llamaba "el cuarto de Sasha".

Desde el pórtico vio a Nadia y se dirigió hacia ella.

—¡Qué bien se está aquí! —le dijo.

—Claro que se está bien. Debiera usted vivir aquí hasta el otoño.

—Tendré que hacerlo, según parece. Es posible que me quede hasta septiembre.

Rió sin ninguna razón y se sentó a su lado.

—Estoy mirando desde aquí a mamá —dijo Nadia—. ¡Parece tan joven ahora! Mi mamá tiene, naturalmente, sus debilidades —añadió, después de un breve silencio— pero, a pesar de ello, es una mujer poco común.

—Sí, es buena… —consintió Sasha—. Su mamá es, a su modo, por supuesto, una mujer muy bondadosa y simpática, pero… ¿cómo le diría?… Esta mañana temprano entré en la cocina… Allí cuatro criadas duermen directamente en el suelo; camas no hay, colchones tampoco; hay andrajos, chinches, cucarachas, hedor… lo mismo que hace veinte años, no hay ningún cambio. No hablemos de su abuela, pues la abuela es abuela y Dios sea con ella; pero su mamá habla francés y toma parte en los espectáculos teatrales. Ella sí debiera de comprender…

Al hablar, Sasha solía levantar ante su interlocutor dos largos y delgados dedos.

—Todo me parece raro aquí, por falta de costumbre —prosiguió—. ¡Nadie hace nada, caramba! Su madre no hace más que pasear durante el día entero, como si fuera una duquesa; la abuela tampoco hace nada ni usted tampoco. Y su novio. Y su novio, Andrey Andreich, lo mismo.

Nadia había oído ya estas cosas el año pasado y quizás también el anterior y sabía que Sasha no era capaz de razonar de una manera distinta; antes, eso la hacía reír, pero ahora sintió un inexplicable fastidio.

—Todo eso es viejo y me aburre —dijo ella, levantándose—. Debiera usted inventar algo nuevo.

Sasha rió y se levantó también y ambos se encaminaron hacia la casa. Alta, hermosa y esbelta, ella parecía ahora, a su lado, muy sana y elegante; no dejó de sentirlo y ello le produjo cierta confusión y lástima por él.

—Además, no debiera usted decir ciertas cosas —dijo—. Acaba usted de mencionar a mi Andrey, pero el caso es que usted no lo conoce.

—"A mi Andrey"… ¡Dios sea con su Andrey! Lo que me da lástima es la juventud de usted.

Cuando entraron en la sala, la gente ya se sentaba a la mesa. La abuela, o como la llamaban en casa, "abuelita", obesa, fea, con espesas cejas y con bigotito, hablaba en voz alta y por su manera de hablar notábase que era la persona que mandaba en la casa. Le pertenecían varios puestos de venta en el mercado y una antigua mansión con columnas y con jardín, pero todas las mañanas ella rogaba a Dios para que la salvara de la ruina y lo hacía llorando. Su nuera, Nina Ivanovna, madre de Nadia, rubia, con la silueta muy ceñida, con lentes y con brillantes en cada dedo; el padre Andrey, anciano delgado, sin dientes y con una expresión como si se dispusiera a contar algo muy divertido, y su hijo Andrey Andreich, novio de Nadia, regordete y bien parecido, de cabello ondulado que hacía recordar a un actor o a un pintor, hablaban sobre el hipnotismo.

—En mi casa te pondrás bien en una semana —dijo la abuelita dirigiéndose a Sasha—. Pero tienes que comer más. Porque pareces no sé qué cosa —suspiró—. ¡Tienes un aspecto que da miedo! No hay nada que hacer: eres el hijo pródigo.

—Después de dilapidar los bienes paternales —observó el padre Andrey lentamente con mirada burlona— el condenado fue a pacer con las bestias irracionales…

—Quiero a mi tata —dio Andrey Andreich y tocó el hombro de su padre—. Es un viejo simpático. Un viejo bueno.

Todos callaron. Sasha rió de repente y se cubrió la boca con la servilleta.

—¿De modo que usted cree en el hipnotismo? —inquirió el padre Andrey a Nina Ivanovna.

—Naturalmente, no puedo afirmar que creo —respondió ella, dando a su cara una expresión muy seria y hasta severa— pero debo reconocer que en la naturaleza hay muchas cosas misteriosas e inexplicables.

—Estoy completamente de acuerdo con usted, aunque debo añadir por mi cuenta que la fe reduce en forma considerable la región del misterio.

Sirvieron un pavo grande y muy gordo. El padre Andrey y Nina Ivanovna continuaron su conversación. Los brillantes relucían en los dedos de ella; luego brillaron las lágrimas en sus ojos: se sintió embargada por la emoción.

—No me atrevo a discutir con usted —dijo ella— pero admita que hay en la vida muchos interrogantes insolubles.

—Ni uno solo, le puedo asegurar.

Después de la cena Andrey Andreich tocaba el violín y Nina Ivanovna lo acompañaba al piano. Hacía diez años él había acabado los cursos en la facultad de Filología, pero no tuvo ningún empleo ni ocupación y sólo de vez en cuando tomaba parte en los conciertos con fines benéficos, por lo cual lo consideraban en la ciudad como artista.

Andrey Andreich tocaba; los demás escuchaban en silencio. Sobre la mesa, en el *samovar*, hervía con leve murmullo el agua, pero Sasha era el único que tomaba el té. Más tarde, al dar las doce en el reloj, se rompió de pronto una cuerda del violín; todos se echaron a reír, se levantaron y comenzaron a despedirse.

Después de acompañar a su novio, Nadia subió al piso alto, donde vivía con la madre (la abuela ocupaba el piso bajo). Abajo, en la sala, empezaron a apagar las luces, pero Sasha seguía tomando té. Lo hacía siempre largamente, a la manera moscovita, bebiendo unos siete vasos. Después de desvestirse y acostarse, Nadia oyó todavía durante un tiempo a las criadas, que, abajo, recogían la mesa y a la abuelita, que las reprendía. Por fin, todo quedó en silencio y sólo de vez en cuando resonaba abajo la sorda tos de Sasha en su habitación.

II

Cuando Nadia se despertó, debían de ser cerca de las dos: despuntaba el día. A lo lejos resonaba la matraca del sereno. Nadia no tenía ganas de dormir ni tampoco de quedarse acostada, pues el colchón era demasiado blando, incómodo. Se sentó, pues, en la cama, como lo había hecho en todas las noches de mayo, y se puso a meditar. Y sus pensamientos eran los mismos de la noche anterior: los monótonos, innecesarios e inoportunos recuerdos de cómo Andrey Andreich empezó a cotejarla y le propuso matrimonio; cómo ella aceptó y cómo, más tarde, poco a poco, llegó a apreciar a este hombre bueno e inteligente. Y, sin embargo, sin saber por qué, ahora que hasta la boda no le quedaba más de un mes, empezó a sentir un miedo y una inquietud como si la esperara algo indefinido y deprimente.

"Tic-toc, tic-toc… —perezosamente sacudía el sereno su matraca—. Tic-toc…".

A través de la antigua y amplia ventana se ve el jardín; más lejos, tupidos arbustos de lilas en flor, adormecidos y lánguidos por el frío; y la niebla, espesa y blanca, que se acerca flotando sigilosamente para cubrir las lilas.

Sobre los lejanos árboles gritan los grajos, semidespiertos:

—Dios mío, ¿por qué estoy tan deprimida? Puede ser que todas las novias sientan lo mismo antes de la boda. ¡Quién sabe! ¿O será la influencia de Sasha? Pero ya van varios años seguidos que Sasha dice siempre la misma cosa, como si leyera un libro, y cuando habla parece ingenuo y extraño. ¿Por qué entonces la imagen de Sasha siempre está en la mente?

¿Por qué?

El sereno hace mucho que dejó de agitar la matraca. Bajo la ventana y en el jardín los pájaros comenzaron el alboroto, la niebla se ha ido y todo alrededor quedó iluminado por la luz primaveral y sonriente. Un poco más, y todo el jardín se despertó, acariciado por el sol, y las gotas de rocío, cual diamantes, brillaron sobre las hojas; el viejo y abandonado jardín pareció joven y vistoso aquella mañana.

Ya se despertó la abuelita. Se oyó la gruesa tos de Sasha. Abajo ya estaban preparando el *samovar*, alguien movía las sillas.

Las horas pasaban lentamente. Hacía mucho tiempo ya que Nadia estaba levantada y paseaba por el jardín, pero la mañana se prolongaba, interminable.

Apareció Nina Ivanovna, con los ojos llorosos y un vaso de agua mineral en la mano. Era aficionada al espiritismo y la homeopatía, leía mucho, le gustaba dilucidar las dudas que la asaltaban, y Nadia veía en todo ello un sentido hondo y misterioso. Ahora Nadia dio un beso a su madre y se puso a caminar a su lado.

—¿Por qué has llorado, mamá? —le preguntó.

—Anoche empecé a leer una novela que trata de un viejo y de su hija. El viejo tiene un empleo y, claro, el jefe se enamora de su hija. No terminé de leer el libro todavía, pero hay un pasaje tan emotivo que una no puede contener las lágrimas —dijo Nina Ivanovna y sorbió del vaso—. Esta mañana lo recordé y lloré otra vez.

—Los últimos días me siento muy triste —dijo Nadia, después de un silencio—. ¿Por qué será que no duermo?

—No sé, querida. Cuando yo no tengo sueño de noche, cierro los ojos con fuerza, así, y me imagino a Ana Karenina, su modo de caminar y de hablar, o si no me imagino algo histórico, del mundo antiguo…

Nadia se percató de que su madre no la comprendía, no podía entenderla. Lo sintió por primera vez en su vida y hasta se asustó y tuvo ganas de esconderse; se retiró a su habitación.

A las dos se sentaron a la mesa para almorzar. Era miércoles, día de vigilia, y a la abuelita le sirvieron, por eso, sopa sin carne y sargo con *kasha*.

Para burlarse de la abuela, Sasha comió sopa de carne y también el *borsch* de vigilia. Bromeaba durante todo el almuerzo, pero sus bromas resultaban aparatosas, con infalible moraleja, y cuando, antes de soltar su ocurrencia levantaba los dedos, que parecían muertos, nadie tenía ganas de reír; todos sentían profunda piedad por él.

Después de almorzar, la abuela se retiró a su cuarto a descansar. Nina Ivanovna tocó el piano durante unos minutos y luego se retiró también.

—¡Ah, querida Nadia! —comenzó Sasha su acostumbrada plática de sobremesa—. ¡Si usted me hiciera caso! Si me hiciera caso…

Ella estaba sentada, con los ojos cerrados, en el hondo y antiguo sillón, mientras él paseaba, sin hacer ruido, de un rincón a otro.

—¡Si usted partiera a estudiar! —decía—. Sólo las personas instruidas y santas son interesantes y necesarias. Cuanto mayor sea la cantidad de estas personas, más pronto vendrá el reino de Dios sobre la tierra. Y poco a poco, de vuestra ciudad no va a quedar entonces ni una sola piedra; todo se hará añicos, todo cambiará, como por arte de magia. Y habrá entonces aquí enormes y magníficos edificios, jardines maravillosos, personas extraordinarias, notables… Pero no es esto lo fundamental. Lo principal es que la multitud, en el sentido nuestro y tal como ella existe ahora, no existirá en aquel entonces, porque cada persona tendrá fe y cada uno sabrá para qué vive; ninguno buscará apoyo en la multitud. ¡Palomita querida, márchese! Muestre a todo el mundo que esta pecaminosa vida, gris e inmóvil, la tiene harta. ¡Muéstreselo aunque sea a sí misma!

—No puedo, Sasha. Me caso.

—Bah… ¿Qué necesidad tiene de ello? Salieron al jardín y caminaron un rato.

—De todos modos, querida mía, hay que meditar, hay que comprender cuán impura, cuán inmoral es vuestra ociosa vida —prosiguió Sasha—. Trate de comprenderme… si, por ejemplo, usted, su madre y su abuelita no hacen nada, esto significa que alguien trabaja por vosotras, sacrificando su vida. ¿Acaso es éste un proceder limpio?

Nadia quería decir: "sí, es verdad"; quería decir que lo comprendía; pero las lágrimas se asomaron a sus ojos, se volvió silenciosa y tímida y se retiró a su habitación.

Al anochecer vino Andrey Andreich y, como de costumbre, estuvo tocando el violín durante mucho tiempo. En general, era parco en hablar y quizás amaba el violín porque mientras tocaba podía permanecer callado. Después de las diez, al despedirse, ya con el sobretodo puesto, abrazó a Nadia y empezó a besar con avidez su cara, sus hombros, sus brazos.

—¡Mi querida, mi amada… divina mía!… —murmuró—. ¡Cuán dichoso soy! ¡Estoy loco de júbilo!

A ella le pareció haber oído ya estas palabras hacía tiempo, hacía mucho tiempo, o haberlas leído en alguna parte… en una vieja novela, rota y abandonada tiempo atrás.

En la sala, Sasha estaba sentado a la mesa y tomaba té, sosteniendo el platillo sobre sus cinco largos dedos; la abuelita hacía solitarios; Nina Ivanovna leía un libro; chisporroteaba la llamita de la mariposa y, al parecer, todo era quietud y bienestar. Nadia se despidió, subió a su cuarto, se acostó y se durmió enseguida. Pero, igual que la noche anterior, se despertó con el alba. El sueño se había ido y el corazón estaba oprimido, inquieto. Sentada en la cama, la cabeza reclinada sobre las rodillas, pensaba en el novio, en la boda… Sin saber por qué motivo, recordó que en realidad su madre no amaba a su difunto marido, no poseía nada y vivía en plena dependencia de la abuelita, su suegra. Y por más que reflexionara en ello, Nadia no pudo comprender por qué hasta entonces veía en su madre algo especial, fuera de lo común, y por qué no se daba cuenta de que, simplemente, era una mujer de lo más ordinaria y desdichada.

Tampoco Sasha dormía: se lo oía toser allí abajo. Era un hombre ingenuo y extraño, pensó Nadia; en sus sueños, en todos sus maravillosos jardines y mágicas fuentes había algo de absurdo; y, sin embargo, aun en esta ingenuidad y en este absurdo había tanta belleza que apenas ella se ponía a pensar en marcharse a estudiar, su corazón, todo su pecho, ya se sentía invadido por una fresca sensación de alegría y de júbilo.

—Mejor no pensar en ello, mejor no pensar… —susurraba—. Más vale no pensar.

"Tic-toc… —sacudía el sereno su matraca, a lo lejos—. Tic-toc… tic- toc…".

<h3 style="text-align:center">III</h3>

A mediados de junio Sasha de repente sintió tedio y empezó a preparar su regreso a Moscú.

—No puedo vivir en esta ciudad —declaraba, sombrío—. No hay agua corriente ni alcantarillado. Me da asco comer; es terrible la mugre en la cocina…

—Espera un poco, hijo pródigo —trataba de convencerlo la abuela y añadía en un susurro, como si fuera un secreto—: el siete será la boda.

—No tengo ganas.

—¡Pero si tú querías quedarte aquí hasta septiembre!

—Sí, pero ahora no quiero. Tengo que trabajar.

El verano resultó húmedo y frío, los árboles estaban mojados, el jardín tenía un aspecto poco acogedor y, en efecto, daban ganas de trabajar. En las habitaciones, abajo y arriba, se oían voces femeninas desconocidas; en el cuarto de la abuela zumbaba la máquina de coser: había apuro con el ajuar. Seis abrigos de piel entraban en la dote de Nadia, y el más barato de ellos, según la abuela, costaba trescientos rublos. El alboroto irritaba a Sasha y él se encerraba en su habitación, enojado; a pesar de ello, lo convencieron para que se quedara y obtuvieron su palabra de que no se marcharía antes del primero de julio.

El tiempo transcurría rápido. El día de San Pedro, por la tarde, Andrey Andreich y Nadia fueron a la calle Moscú para mirar una vez más la casa que hacía tiempo estaba alquilada y preparada para la joven pareja. La casa tenía dos pisos, pero por el momento sólo estaba amueblado el piso superior.

En la sala había sillas de Viena, un piano y un pupitre para el violín; el brillante piso estaba pintado al estilo parquet. Olía a pintura. En la pared colgaba un gran cuadro pintado al óleo, con un marco dorado: una dama desnuda y junto a ella un jarrón de color lila con el asa rota.

—Magnífico cuadro —dijo Andrey Andreich y suspiró en señal de respeto—. Es del pintor Shishmachevsky.

Más adelante se encontraba un pequeño salón de estar, con una mesa redonda, un diván y sillones tapizados de azul claro. Sobre el diván pendía una gran fotografía del padre Andrey, con capirote y condecoraciones. Luego entraron en el comedor y luego en el dormitorio; allí, en la penumbra, había dos camas, una al lado de la otra, y parecía que quienes colocaron los muebles en el dormitorio daban por sentado que todo estaría bien, por siempre, y que no podía ser de otra manera. Andrey Andreich conducía a Nadia a través de las habitaciones, sosteniéndola por el talle, mientras que ella se sentía débil y culpable; odiaba todas las habitaciones, camas y sillones; la desnuda dama le producía asco. Le resultaba claro ya que había dejado de amar a Andrey Andreich o, quizás, que no lo había amado nunca; pero cómo decírselo, a quién decírselo y para qué, esto no lo comprendía y no lo podía comprender, aunque pensaba en ello todos los días y todas las noches… Él la sostenía por el talle, le hablaba con cariño y con modestia y se mostraba tan feliz paseándose por este apartamento suyo; pero ella no veía más que vulgaridad; estúpida, ingenua, intolerable vulgaridad, y el brazo de él que envolvía su cintura le parecía duro y frío como un aro. Y a cada instante ella sentíase dispuesta a huir, a prorrumpir en llanto, a arrojarse por la ventana. Andrey Andreich la llevó al cuarto de baño, tocó un grifo empotrado en la pared y de golpe corrió el agua.

—¿Qué te parece? —dijo, echándose a reír—. He mandado construir en la buhardilla un depósito para cien baldes, y ahora, como ves, siempre vamos a tener agua.

Recorrieron el patio exterior, luego salieron a la calle y llamaron a un coche. Espesas nubes de polvo volaban en el aire y parecía que iba a llover enseguida.

—¿No tienes frío? —preguntó Andrey Andreich, entrecerrando los ojos a causa del polvo.

Ella no respondió.

—Ayer, Sasha me reprochó que no hacía nada ¿recuerdas? —dijo él al cabo de un minuto—. Pues bien, él tiene razón. ¡Muchísima razón! Yo no hago nada ni puedo hacerlo. ¿Por qué será, querida? ¿Por qué me repugna la mera idea de que algún día me ponga una gorra con escarapela y vaya a ocupar un puesto? ¿Por qué me siento tan incómodo cuando veo a un abogado, a un profesor de latín o a un miembro del Ayuntamiento? ¡Oh, madrecita Rusia! ¡Oh, madrecita Rusia, a cuántos ociosos e inútiles sobrellevas, todavía! ¡A cuántos como yo soportas sobre tu lomo, sufrida Rusia!

Y así, generalizaba su ocio; veía en él un signo de la época.

—Cuando nos casemos, querida —continuó— iremos al campo para trabajar. Compraremos un pequeño terreno con jardín y con río, y vamos a trabajar y observar la vida… ¡Oh, qué bien estaremos allí!

Él se quitó el sombrero y el viento despeinó sus cabellos, mientras ella lo escuchaba, pensando: "Dios mío, ¿cuándo llegaremos a casa?". Casi ya cerca de la casa alcanzaron al padre de Andrey.

—¡Ahí va mi padre! —alegróse Andrey Andreich y agitó su sombrero—. Quiero a mi padre, no lo puedo negar —dijo, pagando al cochero—. Es un viejo simpático. Un viejo bueno.

Nadia entró en la casa indispuesta y malhumorada, pensando que toda la tarde debería atender a sus invitados, sonreír, escuchar el violín, oír majaderías y no hablar de otra cosa que no fuese la boda. Entró el padre de Andrey con su astuta sonrisa.

—Tengo el placer y el bendito consuelo de verla gozando de buena salud —dijo a la abuela y resultaba difícil comprender si hablaba en broma o en serio.

IV

El viento golpeaba en las ventanas y en el techo; se oían silbidos y en la chimenea el duende casero, con voz quejumbrosa y melancólica, canturreaba una tonadilla. Eran las doce de la noche pasadas. Todos se habían acostado en la casa, pero nadie dormía y a Nadia le parecía que abajo alguien tocaba el violín. Se oyó un golpe fuerte, debía ser un postigo, arrancado por el viento. Un minuto después entró Nina Ivanovna, en camisón, con una vela.

—¿Oíste el golpe, Nadia? ¿Qué habrá sido? —preguntó.

La madre, con los cabellos atados en una trenza y con una tímida sonrisa, en esta noche tormentosa parecía mayor, más fea y más baja. Nadia recordó que no hacía mucho consideraba a su madre como a una mujer extraordinaria y escuchaba orgullosa las palabras que ella decía; pero ahora no podía recordar esas palabras y lo que acudía a su memoria era flojo, innecesario.

En la chimenea resonó el canto de varias voces bajas y hasta oyóse un "¡Aah, Dio-o-os mío!". Nadia se sentó en la cama y, de repente, asiendo con fuerza sus cabellos, rompió a llorar.

—¡Mamá, mamá querida —balbució—, si supieras todo lo que me pasa! ¡Te ruego que me dejes partir! ¡Te lo suplico!

—¿A dónde? —preguntó Nina Ivanovna, sin entender, y se sentó sobre la cama—. ¿Partir a dónde?

Nadia siguió llorando durante un rato sin poder pronunciar una sola palabra.

—¡Deja que me vaya! —dijo, por fin—. No debe haber boda ni la habrá, ¡compréndeme! No quiero a este hombre... Ni siquiera puedo hablar de él.

—No, querida, no —se puso a hablar rápidamente Nina Ivanovna, muy asustada—. Tranquilízate, esto te ocurre porque estás de mal humor. Pero va a pasar. Esto le ocurre a cualquiera. Seguramente has reñido con Andrey, pero ya se sabe: los que se aman, pelean.

—Bueno, mamá, vete. ¡Vete! —lloró Nadia con más fuerza aún.

—Sí —dijo Nina Ivanovna al cabo de un minuto—. No hace mucho eras una criatura, una niña, y ahora ya eres una novia. En la naturaleza se realiza una continua transformación. Ni te darás cuenta cuando tú misma te conviertas en madre y en una vieja y tengas una hija tan rebelde como la que tengo yo.

—Mi querida mamá, mi buena mamá: eres inteligente y también eres desgraciada —dijo Nadia—. Eres muy desgraciada... ¿Para qué, entonces, dices trivialidades? Dime, por Dios, ¿para qué?

Nina Ivanovna iba a decir algo, pero no pudo pronunciar ni una sola palabra y se retiró a su cuarto, sollozando. Las voces bajas volvieron a cantar en la chimenea. Nadia empezó a sentir miedo, saltó de la cama y se dirigió de prisa a la habitación de su madre. Ésta se hallaba tendida en la cama, con la cara llorosa; cubierta con una colcha celeste, sostenía en la mano un libro.

—¡Mamá, escúchame! —dijo Nadia—. Te ruego, piénsalo bien y compréndeme. Entiende hasta qué grado es vacía y humillante nuestra vida. Se me han abierto los ojos, ahora lo veo todo. ¿Qué es este Andrey Andreich? Ni siquiera es inteligente, mamá… ¡Dios mío! ¡Comprende, mamá, es un estúpido!

Nina Ivanovna se sentó con brusquedad.

—¡Tú y tu abuela me torturáis! —dijo, volviendo a llorar—. ¡Yo quiero vivir! ¡Vivir! —repitió, golpeando dos veces el pecho con su pequeño puño—. ¡Dadme libertad, pues! soy joven aún y tengo ganas de vivir, pero vosotras habéis hecho de mí una anciana…

Lloró con amargura, se recostó y se encogió bajo la colcha, pareciendo pequeña, lastimera y tontita. Nadia fue a su cuarto, se vistió y, sentada junto a la ventana, se puso a esperar el amanecer. Estuvo pensando toda la noche, mientras alguien golpeaba siempre en los postigos, silbando.

Por la mañana, la abuela se quejó de que durante la noche el viento había abatido todas las manzanas en el jardín y quebrado un viejo ciruelo. Comenzaba un día gris, opaco y desagradable, que hasta incitaba a encender la luz; todo el mundo se quejaba del frío, y la lluvia golpeaba en las ventanas. Después del té, Nadia entró en el cuarto de Sasha y, sin decir una palabra, se puso de rodillas en el rincón, junto a la butaca, cubriéndose la cara con las manos.

—¿Qué pasa? —preguntó Sasha.

—No puedo… —murmuró ella—. ¡No comprendo, no concibo cómo he podido vivir aquí antes! Desprecio a mi novio, me desprecio a mí misma, desprecio toda esta vida ociosa y sin sentido.

—Bueno, bueno… —observó Sasha, sin saber todavía de qué se trataba—. No es nada… Eso está bien.

—Estoy harta de esta vida —prosiguió Nadia—. No la soportaré ni un día más. Mañana mismo me iré de aquí. ¡Lléveme consigo, por amor de Dios!

Durante un minuto Sasha se quedó mirándola con sorpresa; al fin, comprendió y se alegró como un niño. Agitó los brazos y se puso a taconear como si bailara de alegría.

—¡Magnífico! —exclamaba, frotándose las manos—. ¡Dios, esto sí que es bueno!

Ella, en tanto, lo miraba sin pestañear, con sus grandes ojos enamorados, esperando, como hechizada, que Sasha no tardaría en decirle algo significativo, ilimitado en su importancia; él no le dijo nada todavía, pero ella veía ya abrirse ante sí algo nuevo y amplio, algo que ella no conocía antes y por eso lo miraba, llena de esperanza, dispuesta a todo, inclusive a morir.

—Mañana me voy —dijo Sasha, después de pensar— y usted dirá que quiere acompañarme hasta la estación… Sus cosas las meteré en mi baúl y le compraré el billete; después de la tercera campanada usted subirá al vagón y listo. Viajaremos juntos hasta Moscú y luego usted seguirá sola hasta Petersburgo. ¿Tiene usted el pasaporte?

—Tengo.

—Le juro que no se va usted a lamentar ni arrepentir —dijo Sasha, entusiasmado—. Irá usted a la capital, se dedicará al estudio y luego que la lleve el destino adonde quiera. Cuando le dé vuelta a su vida, todo cambiará. Lo principal es dar vuelta a la vida, el resto no tiene importancia. Así que ¿mañana en camino?

—¡Oh, sí! ¡Por amor de Dios!

A Nadia le parecía que estaba muy emocionada, que un peso le oprimía el alma y que hasta el momento de partir habría que sufrir y debatirse en dolorosas meditaciones; empero, apenas, de vuelta en su cuarto, se recostó en la cama, se durmió enseguida y siguió durmiendo, con cara llorosa y con una sonrisa, hasta la noche.

V

Mandaron por un coche. Nadia, ya con el sombrero y el abrigo puestos, fue arriba para echar la última mirada a su madre y a todo lo suyo; en su cuarto se quedó un rato parada junto a la cama, todavía tibia, miró en derredor y luego pasó con sigilo a la habitación de su madre. Ésta dormía y el cuarto estaba silencioso. Nadia besó a su madre, le arregló los cabellos y permaneció cerca de ella unos dos minutos… Luego, sin prisa, volvió abajo.

Afuera caía una lluvia fuerte. El coche, todo mojado y con la capota levantada, esperaba junto al portón.

—No vas a caber, Nadia —dijo la abuela cuando el criado se puso a cargar las maletas—. ¡Y cómo se te ocurre ir a la estación con este tiempo! ¡Mejor te hubieras quedado en casa! ¡Mira cómo llueve!

Nadia quiso decir algo y no pudo. Ya Sasha le ayudó a subir al coche; ya le cubrió las piernas con una manta. Ya él mismo se sentó a su lado.

—¡Buen viaje! ¡Que Dios te bendiga! —gritaba la abuela desde el pórtico—. ¡Escríbenos, Sasha!

—Bueno. ¡Adiós, abuelita!

—¡Que te guarde la reina de los cielos!

—¡Qué tiempo! —dijo Sasha.

Sólo ahora Nadia empezó a llorar. Ahora vio con claridad que iba a partir sin falta, cosa que no creía del todo al despedirse de la abuela y al mirar a su madre. ¡Adiós, ciudad! Y de golpe recordó todo: a Andrey y a su padre, el nuevo apartamento y la desnuda dama con el jarrón; y todo ello ya no la atemorizaba ni la oprimía, sino que resultaba ingenuo y pequeño y se alejaba, retrocediendo más y más. Y cuando se instalaron en el vagón y el tren se puso en marcha, todo el pasado, tan grande y serio, se encogió, convirtiéndose en una bolita, en tanto se desplegaba un enorme y ancho futuro, que hasta ahora se hallaba apenas visible. La lluvia golpeaba en las ventanillas del vagón, por las cuales no se veía más que el verde campo y el raudo pasar de los postes telegráficos y de los pájaros posados sobre los alambres; de repente, la alegría le cortó la respiración: recordó que avanzaba hacia la libertad, que iba a estudiar y esto era igual a lo que antaño se llamaba "irse con los cosacos". Ella reía, lloraba y rezaba.

—¡No es na-ada! —decía Sasha, sonriendo—. ¡No es na-ada!

VI

Transcurrió el otoño y tras él el invierno. Nadia sentía ya una fuerte nostalgia y todos los días pensaba en su madre y en su abuela; también pensaba en Sasha. Las cartas que llegaban de la casa eran apacibles, bondadosas, y parecía que todo había sido ya perdonado y olvidado. En mayo, después de los exámenes, Nadia, sana y alegre, partió para su casa y por el camino se detuvo en Moscú para encontrarse con Sasha. Éste estaba igual que el verano pasado: barbudo, con los cabellos revueltos, llevaba la misma chaqueta y los pantalones de lona, y tenía los mismos ojos, grandes y bellos; pero su semblante era macilento, fatigado; parecía más viejo y más flaco y tosía a menudo. Sin saber por qué, Nadia pensó que él tenía también un aire gris, provinciano.

—¡Dios mío, Nadia está aquí! —dijo Sasha y se echó a reír con alegría—. ¡Mi palomita querida!

Quedaron sentados un rato en el taller de litografía, impregnado de humo de cigarrillos y de un fuerte, sofocante olor a tinta china y pinturas; luego fueron al cuarto de Sasha, sucio y con el mismo humo; en la mesa, junto al apagado *samovar*, había un plato roto con un papel oscuro, y sobre toda la mesa y en el suelo había gran cantidad de moscas muertas. Todo indicaba aquí que Sasha había edificado su vida personal en forma negligente, vivía de cualquier manera, con un absoluto desprecio hacia las comodidades, y si alguien le hablara de su dicha personal, de su vida o le confesara su amor, no comprendería nada y sólo se echaría a reír.

—Bueno, al final, todo ha resultado muy bien —contaba Nadia de prisa—. Mamá vino a verme a Petersburgo, en otoño; decía que la abuela no estaba enojada, pero que iba a menudo a mi cuarto y hacía la señal de la cruz.

Sasha la miraba con alegría, pero tosía a menudo y hablaba con voz quebrada; Nadia se fijaba en él, sin comprender si en efecto estaba seriamente enfermo o sólo le parecía así.

—Sasha, querido —le dijo—, está usted enfermo.

—No, no es nada. Estoy algo enfermo, pero poca cosa…

—¡Oh, Dios mío! —se agitó Nadia—. ¿Por qué no trata de curarse, por qué no cuida usted su salud? Mi querido Sasha —prosiguió y las lágrimas brotaron de sus ojos; en su imaginación surgieron, de repente, Andrey Andreich, la desnuda dama con el jarrón y todo su pasado, que le parecía ahora tan lejano como su infancia; y lloraba porque Sasha ya no le parecía tan original, inteligente, interesante como lo era el año pasado—. Querido Sasha, usted está muy enfermo. No sé qué haría yo para que usted no estuviera tan pálido y delgado. ¡Le debo tanto! ¡Usted ni puede imaginarse cuánto ha hecho por mí, mi buen Sasha! En realidad, es usted ahora para mí la persona más íntima, la más familiar.

Se quedaron sentados durante un rato, conversando; y ahora, después de haber pasado el invierno en Petersburgo, Nadia percibió en las palabras de Sasha, en su sonrisa y en toda su figura el soplo de algo terminado, anticuado, pasado de moda y quizá ya sepultado.

—Pasado mañana pienso marcharme hacia el Volga —dijo Sasha— y luego haré un tratamiento de *kumis*. Quiero probarlo. Iré en compañía de un matrimonio amigo. La esposa es una persona sorprendente; trato de inculcarle deseos de estudiar. Quiero que cambie su vida.

Después de conversar, partieron a la estación. Sasha la invitó con té y manzanas; y cuando el tren se puso en marcha y él, sonriendo, agitaba el pañuelo, hasta por sus piernas se notaba que estaba muy enfermo y que probablemente no viviría mucho tiempo.

Nadia llegó a su ciudad a mediodía. En el trayecto desde la estación hasta la casa las calles le parecían muy anchas y las casas muy pequeñas, aplastadas; no había gente en las calles y sólo se encontró con el alemán, afinador de pianos, que llevaba puesto un sobretodo rojizo. Todas las casas parecía que estaban cubiertas de polvo. La abuela, aun más vieja, igual que antes gruesa y fea, abrazó a Nadia y lloró largamente ocultando la cara en su hombro y sin poder apartarse de ella. También Nina Ivanovna parecía mucho más vieja, fea y demacrada, pero, igual que antes, mantenía ceñida su silueta y los brillantes relucían en sus dedos.

—¡Querida mía! —decía, temblando con todo el cuerpo—. ¡Querida mía!

Luego permanecieron sentadas, llorando en silencio. Era evidente que tanto la abuela como la madre se percataban de que el pasado estaba perdido para siempre y de manera irrecuperable; no existían ya ni la posición social, ni el honor de antaño, ni el derecho de invitar a la gente; así sucede cuando en medio de una vida fácil y despreocupada, de golpe llega por la noche la policía, realiza un allanamiento y descubre que el dueño de la casa ha cometido un desfalco o una falsificación; ¡adiós, entonces, para siempre, vida fácil y despreocupada!

Nadia fue arriba y vio la cama, la misma de siempre, las mismas ventanas con las blancas e ingenuas cortinas, y, a través de las ventanas, el mismo jardín, inundado de sol, alegre, ruidoso. Tocó su mesa, se sentó y se quedó pensando un rato. Durante el almuerzo comió bien y luego tomó té con sabrosa crema, pero algo le faltaba ya, sentía un vacío en las habitaciones y los techos le parecían bajos. Por la noche se acostó y se cubrió y le causaba gracia estar tendida en esta cama, caliente y muy blanda.

Nina Ivanovna entró un minuto y se sentó como lo hacen los culpables: con timidez y mirando de reojo.

—Y bien, Nadia —preguntó después de un corto silencio—, ¿estás contenta? ¿Muy contenta? —Sí, mamá, estoy contenta.

Nina Ivanovna se levantó y persiguió a Nadia y a las ventanas.

—Como ves, me volví religiosa —dijo—. Ahora estudio filosofía, ¿sabes? y siempre pienso y pienso… Y muchas cosas se tornaron ahora para mí claras como el día. Antes que nada es necesario, según me parece, que toda la vida pase a través de un prisma.

—Dime, mamá, ¿cómo está la salud de la abuela?

—Por ahora parece que está bastante bien. Cuando te fuiste entonces con Sasha y llegó tu telegrama, la abuela, apenas lo hubo leído, se cayó desmayada; tres días permaneció sin moverse. Luego siempre rezaba y lloraba. Pero ahora está bien.

Ella dio algunos pasos por la habitación.

"Tic-toc… —sacudía su matraca el sereno—. Tic-toc, tic-toc…".

—Antes que nada, es necesario que toda la vida pase por un prisma —dijo Nina Ivanovna—, es decir que es preciso que la vida, en nuestra conciencia, se divida en elementos simples, a modo de los siete colores principales, y cada elemento hay que estudiarlo por separado.

Nadia no oyó lo que había dicho luego su madre ni cuándo se había retirado, ya que pronto se quedó dormida.

Pasó mayo, llegó junio. Nadia se había acostumbrado ya a la casa. La abuela se afanaba con el *samovar* y suspiraba profundamente; por las noches, Nina Ivanovna hablaba de su filosofía; igual que antes, ella vivía en la casa como la pariente pobre y por cada moneda de veinte kopecks debía dirigirse a la abuela. Había muchas moscas en la casa y los cielos rasos en las habitaciones parecían tornarse cada vez más bajos. La abuelita y Nina Ivanovna no salían a la calle por temor a encontrarse con el padre de Andrey o con Andrey Andreich. Nadia paseaba por el jardín, por la calle; miraba las oscuras cercas y pensaba que en la ciudad hacía tiempo ya que todo estaba envejecido, pasado de moda y que todo no hacía más que esperar su fin o el principio de algo joven, fresco. ¡Oh, si llegara pronto esta nueva y luminosa vida, en la cual uno podría enfrentar con coraje a su destino, tener conciencia de sus derechos, ser alegre y libre! ¡Tarde o temprano, esta vida ha de llegar! Llegará el tiempo en que de la casa de la abuela, donde cuatro criadas deben vivir en un sucio cuarto del sótano, no quedará ni rastro y nadie se va a acordar de ella. Tan sólo los chicos vecinos divertían a Nadia; cuando paseaban por el jardín, aquéllos golpeaban en la cerca y se mofaban de ella, riendo:

—¡La novia! ¡La novia!

Desde Saratov llegó una carta de Sasha. Con su alegre y danzante letra le escribía que el viaje por el Volga fue un éxito completo, pero que en Saratov se sintió algo enfermo, perdió la voz y desde hacía dos semanas se hallaba en el hospital. Nadia comprendió lo que ello significaba y la invadió un presentimiento cercano a la certeza. Le desagradaba que ese presentimiento y el pensar en Sasha no le causaran tanta emoción como antes. Tenía un apasionado deseo de vivir, de volver a Petersburgo, y su amistad con Sasha se le aparecía como un simpático pero lejano pasado. Durante la noche no durmió y por la mañana se sentó cerca de la ventana, aguzando el oído. En efecto, se oyeron voces abajo; la abuela, alarmada, preguntaba algo, deprisa. Luego alguien prorrumpió en llanto… Cuando Nadia descendió, la abuela se encontraba en un rincón, rezando, y tenía la cara llorosa. Sobre la mesa había un telegrama.

Durante un buen rato Nadia estuvo caminando por la habitación, oyendo llorar a su abuela, luego tomó el telegrama y lo leyó. Se comunicaba que ayer por la mañana, en Saratov, había fallecido, por causa de la tisis, Alejandro Timofeich o simplemente Sasha.

La abuela y Nina Ivanovna fueron a la iglesia para encargar un funeral, mientras que Nadia anduvo durante un tiempo por las habitaciones, pensando. Tenía clara conciencia de que su vida estaba alterada, como lo quería Sasha; que ella se sentía allí extraña, sola e inútil, que también a ella todo allí le resultaba inútil; el pasado había sido arrancado de ella y desapareció como si se hubiese incendiado y el viento desparramara las cenizas. Entró en la habitación de Sasha y se detuvo.

"¡Adiós, querido Sasha!" —pensó, y en su imaginación surgió una nueva vida, ancha y luminosa; esta vida, de contornos no muy nítidos aún y llena de misterios, la atraía y la fascinaba.

Subió a su cuarto para preparar las maletas y a la mañana siguiente se despidió de los suyos y, animada y alegre, abandonó la ciudad para siempre.

LA OBRA DE ARTE

Sacha Smirnov, hijo único, entró con mustio semblante en la consulta del doctor Kochelkov. Debajo del brazo llevaba un paquete envuelto en el número 223 de Las noticias de la Bolsa.

—¡Hola, jovencito! ¿Qué tal nos encontramos? ¿Qué se cuenta de bueno? —le preguntó, afectuosamente, el médico.

Sacha empezó a parpadear y, llevándose la mano al corazón, dijo con voz temblorosa y agitada:

—Mi madre, Iván Nikolaevich, me rogó que lo saludara en su nombre y le diera las gracias... Yo soy su único hijo, y usted me salvó la vida..., me curó de una enfermedad peligrosa..., y ninguno de los dos sabemos cómo agradecérselo.

—Está bien, está bien, joven —lo interrumpió el médico, derritiéndose de satisfacción—. Sólo hice lo que cualquiera hubiese hecho en mi lugar.

—Soy el único hijo de mi madre... Somos gente pobre y, naturalmente, no podemos pagarle el trabajo que se ha tomado, pero... por eso mismo estamos muy avergonzados... y le rogamos encarecidamente se digne aceptar, en señal de nuestro agradecimiento, esto que... Es un objeto muy valioso, de bronce antiguo..., una verdadera obra de arte, muy rara...

—¡Para qué se ha molestado! No hacía falta —dijo el médico frunciendo el ceño.

—No, por favor, no lo rechace —prosiguió murmurando Sacha, mientras desenvolvía el paquete—. Si lo hace, nos ofenderá a mi madre y a mí. Es un objeto muy hermoso..., de bronce antiguo... Pertenecía a mi difunto padre y lo guardábamos como un recuerdo, casi como una reliquia... Mi padre se dedicaba a comprar objetos de bronce antiguos para venderlos a los aficionados. Ahora mi madre y yo seguiremos ocupándonos en lo mismo.

Sacha acabó de desenvolver el paquete y colocó triunfalmente sobre la mesa el objeto en cuestión. Era un candelabro, no muy grande, pero efectivamente de bronce antiguo y de admirable labor artística. Un pedestal sostenía un grupo de figuras femeninas ataviadas como Eva, y en tales posturas que me encuentro incapaz de describirlas, tanto por falta de valor como del necesario temperamento. Las figuritas sonreían con coquetería, y todo en ellas atestiguaba claramente que, a no ser por la obligación que tenían de sostener una palmatoria, de buena gana habrían saltado del pedestal y organizado una juerga de tal categoría que sólo pensar en ella avergonzaría al lector.

El médico contemplaba el regalo con aire preocupado, rascándose la oreja, y por fin emitió un sonido inarticulado, sonándose con gesto inseguro.

—Sí; es un objeto realmente hermoso —consiguió murmurar—, pero verá usted, no es del todo correcto… Eso no es precisamente un escote… Bueno, Dios sabe lo que es.

—Pero ¿por qué lo considera usted de ese modo?

—Porque ni el mismo diablo podía haber inventado nada peor… Colocar encima de mi mesa este objeto sería echar a perder la respetabilidad de la casa.

—Qué manera tan rara tiene usted de considerar el arte, doctor —exclamó Sacha, ofendido—. Pero mírelo usted bien. Se trata de una verdadera obra de arte. Hay en ella tal belleza y gracia que eleva nuestra alma y hace acudir lágrimas a nuestros ojos. ¡Fíjese qué movimiento, qué ligereza, cuánta expresión!

—Lo comprendo muy bien, querido —lo interrumpió el médico—. Pero debe darse cuenta de que yo soy padre de familia, mis hijitos andan de un lado para otro y vienen señoras a verme.

—Claro, mirándolo desde el punto de vista del vulgo —opinó Sacha—, este objeto de tanto valor artístico resulta completamente distinto… Pero usted, doctor, se halla tan por encima de la masa. Además, si lo rehúsa, nos apenará profundamente. Usted me salvó la vida…, y lo único que siento es no tener la pareja de este candelabro.

—Gracias, buen muchacho; le estoy muy agradecido. Salude a su madre, pero hágase cargo, palabra de honor, que por aquí andan mis niños y vienen señoras… ¡Bueno, qué se le va a hacer! ¡Déjelo! De todos modos no lograré hacerle comprender mi situación.

—No hay más que hablar —dijo Sacha muy alegre—: el candelabro se pondrá aquí, al lado de este jarrón. ¡La lástima es que no tenga la pareja! ¡Sí, es una verdadera pena! Bueno… ¡Adiós, doctor!

Cuando se fue Sacha, el médico permaneció un buen rato rascándose la nuca con aire pensativo.

"Es indiscutible que se trata de un objeto de arte —decía para sí—, y sería una pena tirarlo. Sin embargo, es imposible tenerlo en casa… ¡Vaya problema! ¿A quién podría regalarlo o qué favor podría pagar con él?".

Después de muchas cavilaciones recordó a su buen amigo el abogado Ujov, con quien se sentía en deuda por un asunto que le arregló.

"Perfectamente —decidió el médico—; como es un gran amigo no me aceptará dinero y será necesario hacerle un regalo. Voy a llevarle este condenado candelabro. Precisamente es soltero y algo calavera".

Y, sin esperar más, se vistió rápidamente, cogió el candelabro y se fue a ver a Ujov, a quien encontró casualmente en casa.

—¡Hola, amigo! —exclamó al entrar—. Vine para darte las gracias por las molestias que te tomaste conmigo, y como no quieres aceptar mi dinero, al menos acepta este objeto. Sí, querido amigo, se trata de un objeto valiosísimo…

Al ver el candelabro, el abogado prorrumpió en exclamaciones de entusiasmo.

—¡Vaya un objeto! —exclamó el abogado, echándose a reír—. ¡Ni el mismo demonio sería capaz de inventar algo mejor! ¡Es estupendo! ¡Magnífico! ¿Dónde encontraste esta preciosidad?

Después de exteriorizar así su entusiasmo, echó una mirada temerosa a la puerta, y dijo:

—Sólo que, hermano, por favor guarda tu regalo. No lo quiero.

—¿Por qué? —inquirió el médico, asustado.

—Pues porque… a mi casa suele venir mi madre y también los clientes… Incluso delante de la criada resultará algo molesto…

—¡Ni hablar! ¡No te atreverás a hacerme este desaire! —exclamó, gesticulando, el galeno—. Esto sería un feo por tu parte. Además, tratándose de una obra de arte…, y fíjate qué movimiento…, cuánta expresión. ¡No digas nada más o me enfado!

—Si al menos llevasen unas hojitas…

Pero el médico no lo dejó continuar y empezó a hablar con gran vehemencia, gesticulando. Finalmente pudo irse contento a su casa por haberse deshecho del regalo.

En cuanto se marchó el doctor, el abogado se quedó contemplando el candelabro, le dio vueltas y más vueltas, palpándolo por todos lados, e, igual que su anterior dueño, estuvo cavilando sobre la misma cuestión.

¿Qué iba a hacer con aquel regalo?

"Es una obra magnífica —pensaba—. Sería lástima tirarla, pero tampoco es posible guardarla. Lo mejor será regalarlo a alguien… ¿Y si lo llevara esta noche al cómico Schaschkin? A este sinvergüenza le gustan objetos de esta clase y, además, hoy tiene un festival benéfico…".

Y dicho y hecho, por la noche envolvió el candelabro en un papel y lo envió al cómico Schaschkin.

El camerino del artista estuvo lleno toda la tarde; a cada momento entraban hombres a contemplar el regalo: allí sólo se oía un rumor mezcla de exclamaciones y de risas, algo así como un relinchar. Cuando alguna de las artistas se acercaba a la puerta y preguntaba si podía entrar, en seguida se oía la voz ronca del cómico que gritaba:

—No chica, no. Estoy sin vestir.

Después de aquel espectáculo, el cómico, alzando sus brazos y gesticulando, decía todo preocupado:

—Bueno, ¿y dónde meteré yo esta porquería de candelabro? Tengo un piso particular, pero es imposible llevarlo allí. Vienen a verme artistas, y esto no es una fotografía que se pueda esconder en el cajón de la mesa.

—Puede venderlo, señor —le aconsejó el peluquero, mientras lo consolaba—. No muy lejos de aquí vive una vieja que compra antigüedades… Pregunte por la Smirnova. Todo el mundo la conoce.

El cómico siguió este consejo…

Dos días más tarde, cuando el médico Kochelkov estaba sentado en su gabinete con la cabeza entre las manos y pensando en los ácidos biliares, se abrió la puerta de repente y entró en la habitación Sacha Smirnov. Sonreía resplandeciente de felicidad. Llevaba en las manos algo envuelto en un papel de periódico.

—¡Doctor! —exclamó todo sofocado—. ¡Figúrese qué alegría! Ha sido una suerte enorme para usted. Hemos encontrado la pareja de su candelabro… Mi madre está tan contenta… Usted me salvó la vida.

Y Sacha, cuya voz temblaba de emoción, colocó delante del médico el candelabro. El médico abrió la boca, intentó decir algo, pero no pudo: su lengua estaba paralizada.

EL ORADOR

En una hermosa mañana celebrábase el entierro del asesor colegiado Kirill Ivanovich Vavilonov, muerto de dos enfermedades sumamente frecuentes en nuestra patria: una esposa maligna y el vicio del alcohol. Mientras el cortejo fúnebre se dirigía de la iglesia al cementerio, uno de los compañeros de trabajo del difunto, un tal Poplavski, tomó un coche y se dirigió a toda prisa a casa de su amigo Grigorii Petrovich Zapoikin, hombre, aunque joven, ya bastante popular. Tenía Zapoikin (como saben los lectores) un talento extraordinario para pronunciar discursos en bodas, jubilaciones y entierros. Estaba capacitado para hablar en cualquier momento: lo mismo recién despierto, que en ayunas, que borracho o que preso de fiebre. Su discurso fluía llanamente, sin interrupción…, tan abundantemente como fluye por una canaleta el agua de la lluvia. Para expresar aflicción, encerraba el vocabulario del orador muchas más palabras que cucarachas tiene cualquier taberna. Sus discursos eran tan elocuentes y largos, que a veces, sobre todo en las bodas de los comerciantes, había que recurrir a la ayuda de la Policía para hacerle callar.

—Vengo a buscarte, hermanito —empezó a decir Poplavski al encontrarlo en casa—. Vístete en seguida y vámonos. Ha muerto uno de los nuestros, al que estamos ahora mismo en trance de enviar al otro mundo, conque hace falta, hermanito, que haya quien diga alguna cosita para su despedida. Nuestra única esperanza eres tú. Si el muerto fuera uno de los subalternos… no te molestaríamos; pero éste era un secretario…, en cierto modo un jefe… Es desagradable enterrar a un personaje de su categoría sin que se diga algún discurso…

—¡Ah!…, ¡el secretario!… —bostezó Zapoikin—. ¿Aquel borracho?

—Sí, aquel borracho… Habrá comida…, *blini*…, entremeses… Además nos pagan el coche. ¡Vamos, alma mía! ¡Allí, junto a la tumba, pronunciarás un discurso ciceroniano y ya verás lo que te lo agradecen!

Zapoikin accedió de buen grado. Desmelenó su cabello, obligó a adoptar a su rostro una expresión de melancolía y salió a la calle en compañía de Poplavski.

—Conocía a vuestro secretario —dijo cuando se sentaba en el coche—.

Que en paz descanse…, pero era un pillo y una bestia como hay pocos.

—No está bien, Grischa, eso de ofender a los difuntos…

—Cierto que *aut mortiu nihil bene*… No obstante, era un bribón.

Los dos amigos dieron alcance al cortejo y se unieron a él. Como el féretro iba conducido a un paso muy lento, antes de llegar al cementerio, los amigos tuvieron tiempo de entrar cerca de tres veces en la taberna y de beber unas copitas al eterno descanso del difunto.

En el cementerio se celebró un oficio religioso. La suegra, la mujer y la cuñada, como es costumbre, lloraron copiosamente y la mujer hasta gritó cuando bajaban el ataúd a la fosa. "¡Dejadme ir con él!…". A pesar de lo cual, y recordando sin duda la pensión por viudez que había de recibir… no se fue con él. Después de esperar un poco a que todo se tranquilizara, Zapoikin avanzó unos pasos, paseó su mirada sobre los presentes y empezó a decir:

—¿Puede uno creer lo que ven los ojos y oyen los oídos?… ¿Este ataúd… estas caras llorosas…, estos lamentos y estos sollozos…, no serán una pesadilla?… ¡Ay de mí! ¡No es un sueño, no! ¡No nos engaña la vista! ¡Aquel que hasta hace tan poco vimos lleno de vigor, de juventud, de frescura y lozanía!…, ¡aquel que aún hace tan poco tiempo, ante nuestros mismos ojos, llevaba su miel, cual abeja incansable, a la colmena común del bien del Estado!… ¡es el mismo que vemos ahora convertido en nada…, en un *mirage*! ¡La muerte irreductible puso su mano sobre él cuando, a pesar de su avanzada edad, se encontraba aún lleno de fuerza y de esperanzas ultraterrenales!… ¡Su pérdida es irremplazable! ¿Quién nos lo puede reemplazar?… Tenemos muchos buenos funcionarios, pero puede decirse que Procofii Osipich era único en su género… Devoto hasta lo más profundo de su alma del honrado cumplimiento de sus obligaciones, lejos de regatear sus fuerzas, pasaba las noches en vela y era desinteresado e insobornable. ¡Cuánto despreciaba a aquellos que con perjuicio del interés general pretendían comprarlo!…, ¡que ofreciéndole tentadores bienes terrenales, se esforzaban en atraerlo hacia la traición a su deber! ¡Sí!… ¡Ante nuestros ojos hemos visto a Procofii Osipich repartir su modesto sueldo entre los más pobres de sus compañeros, y ustedes mismos acaban de oír hace un instante los sollozos de las viudas y de los huérfanos que vivían gracias a sus limosnas. Esclavo del servicio, de su deber y de la bondad, no conoció la alegría, y hasta se rehusó a sí mismo la felicidad de la vida matrimonial! ¡Ya saben ustedes que hasta el final de su vida permaneció soltero! ¿Y como compañero?… ¿Quién podría reemplazarlo? ¡Lo mismo que si fuera ayer me parece ver su rostro conmovido y afeitado, dirigido hacia nosotros!… ¡Su bondadosa sonrisa!… ¡Como si todavía fuera ayer, oigo su suave, cariñosa y afable voz!… ¡Descansa en paz: Procofii Osipich!… ¡Descansa…, honrado y noble trabajador!

Zapoikin continuaba perorando, pero los oyentes empezaron a hablar entre sí en voz baja. El discurso gustaba a todos y hacía verter algunas lágrimas. Mucho de él, sin embargo, resultaba extraño… En primer lugar era incomprensible por qué el orador llamaba al difunto Procofii Osipich cuando su nombre era Kirill Ivanovich. En segundo, todos sabían que éste había pasado la vida entera en perpetua lucha con su legítima esposa y que, por tanto, no podía calificarle de soltero…, y en tercero, era inexplicable que habiendo tenido una espesa barba de color rojizo, que en su vida había hecho afeitar ni una sola vez, hubiera llamado el orador a su rostro *afeitado*. Los oyentes se miraban con extrañeza.

—¡Procofii Osipich! —proseguía el orador mirando inspirado a la tumba—. ¡Tu rostro era feo!… ¡hasta deforme!… ¡Eras taciturno y severo, pero todos sabíamos que bajo aquella corteza latía un corazón honrado y afectuoso!…

Pronto, sin embargo, empezaron a observar los oyentes que algo extraño ocurría al orador, que sin apartar la vista de un mismo punto, se agitaba nervioso. De repente quedó callado y con la boca abierta para el asombro, se volvió hacia Poplavski.

—¡Pero, oye!… ¡Si está vivo!… —dijo con ojos espantados.

—¿Quién está vivo?

—¡Pues… Procofii Osipich!… ¡Está junto al mausoleo!

—¡Si el muerto no es él! ¡Es Kirill Ivanovich!

—¡Si has sido tú mismo el que me ha dicho que había muerto el secretario!

—¡No!… ¡El secretario era Kirill Ivanovich! ¡Te has confundido, tonto!… ¡Claro que también Procofii Osipich fue secretario…, pero hace ya dos años que le destituyeron!

—¡Diablo!

—¿Por qué te paras?… ¡Sigue!

Zapoikin volvió la cabeza hacia la fosa y con la misma elocuencia que antes prosiguió su interrumpido discurso.

Al lado del mausoleo se encontraba, en efecto, Procofii Osipich, el viejo funcionario de la cara afeitada. Miraba éste con enojo al orador y fruncía las cejas.

—¿Qué ocurrencia te ha dado —reían los funcionarios, volviendo del entierro en compañía de Zapoikin— de enterrar a un vivo?

—¡Esto no está bien, joven! —gruñía Procofii Osipich—. ¡Su discurso puede ser apropiado para un difunto, pero aplicado a un vivo es una burla! ¿Qué no me ha llamado usted?… Desinteresado…, incapaz de sobornar…

¡Tales cosas, refiriéndose a un vivo, sólo pueden decirse en son de burla! ¡Nadie le ha pedido tampoco, caballero, que hablara sobre mi cara!... Si soy feo y deforme..., ¡qué le vamos a hacer! ¿Para qué decir mi apellido delante de todo el mundo? ¡Esto es una ofensa!

EL PABELLÓN Nº 6

I

En el patio del hospital hay un pequeño pabellón circundado de cardos, ortigas y cáñamo silvestre. Tiene el tejado mohoso, la chimenea semiderrengada, los escalones del porche carcomidos y cubiertos de abrojos; y del revoque no quedan sino huellas. Su fachada principal da al hospital, y la posterior, al campo, del que la separa una valla gris, llena de clavos. Los clavos en cuestión están colocados punta arriba; y la valla y el propio pabellón presentan ese aspecto tan peculiar, triste y abandonado que sólo se encuentra en Rusia en los edificios de hospitales y cárceles.

Si no temen ustedes que les piquen las ortigas, vengan conmigo por el estrecho sendero que conduce al pabellón, y veremos lo que sucede dentro de éste. Al abrir la primera puerta, pasamos al zaguán. Junto a la pared y cerca de la estufa hay montones de objetos: colchones, viejas batas desgarradas, pantalones, camisas a rayas azules, zapatos viejísimos. Todo ello amontonado, arrugado, revuelto, medio podrido y maloliente.

Tumbado sobre tanto trasto y con la pipa siempre entre los dientes, está el loquero Nikita, viejo soldado de galones descoloridos, rostro severo y alcohólico, grandes cejas arqueadas, que le dan aspecto de mastín estepario, y nariz roja. Es de baja estatura, enjuto y huesudo; pero tiene un porte impresionante y unos puños grandísimos. Pertenece a esa categoría de gente adusta, cumplidora y obtusa que prefiere el orden sobre todas las cosas y que, por ello, cree en las virtudes del palo. Él pega en la cara, en el pecho, en la espalda, en donde se tercia; y está convencido de que sin esto no habría orden aquí.

Después entrarán ustedes en una habitación espaciosa, que ocupa el pabellón entero, menos el zaguán. Las paredes están embadurnadas con pintura de color azul borroso. El techo, ahumado como el de un fogón, denota que en el invierno se enciende la estufa, despidiendo un humo sofocante. Por su parte interior, las ventanas están provistas de rejas de hierro. El piso es gris y astilloso. Huele a col agria, a tufo de candil, a chinches y amoniaco; y esta pestilencia, en el momento de entrar, produce la impresión de que se entra en una casa de fieras.

Hay en la habitación camas atornilladas al suelo. Sentados o tendidos sobre ellas, se nos presentan hombres con batas azules y gorros de dormir a la antigua usanza. Son locos.

Cinco locos. Sólo uno es de ascendencia noble; los demás proceden de la pequeña burguesía. El primero conforme se entra, un *meschanin* alto, delgado, de bigote rojo y brillante y ojos llorosos, está sentado con la cabeza apoyada en la mano y la mirada fija en un punto. Se pasa el día y la noche con el semblante triste, moviendo la cabeza, suspirando y sonriendo amargamente. Rara vez interviene en las conversaciones; y no suele responder a las preguntas. Come y bebe maquinalmente, cuando se lo dan. A juzgar por su tos convulsiva y torturante, por su delgadez y por la ligera coloración de su rostro, está en la primera fase de la tuberculosis.

El siguiente es un viejecillo pequeño, ágil y vivaz, de aguda perilla y pelo azabachado y rizoso, como el de un negro. Durante el día se pasea de ventana en ventana o se sienta en su cama a la manera turca; y silba sin cesar, como un jilguero, o canta y ríe quedamente. Su alegría infantil y su viveza de carácter se manifiestan también de noche, cuando se levanta para rezar, es decir, para darse golpes de pecho y hurgar en las cerraduras. Es el judío Moiseika, un tontuelo que perdió el juicio hace veinte años, al quemársele un taller de sombrerería.

De todos los habitantes del pabellón número seis, es Moiseika el único al que se permite salir del pabellón e incluso del patio a la calle. Disfruta de este privilegio desde hace tiempo, acaso por su veteranía en el hospital y por ser un tonto tranquilo e inocente, un payaso de la ciudad, acostumbrada ya a verle en las calles rodeado de chiquillos y de perros. Con su raído batín, su ridículo gorro, sus zapatillas, y a veces descalzo y hasta sin pantalón, recorre las calles deteniéndose ante las tiendas y pidiendo una limosna. Aquí le dan kvas, allí pan, más allá un kopec. De tal modo, suele regresar al pabellón, harto y rico. Pero todo lo que trae se lo arrebata Nikita y se queda con ello. Lo registra brutalmente, con celo y enojo, dándoles la vuelta a los bolsillos y poniendo a Dios por testigo de que jamás volverá a dejar salir al judío y de que el desorden es lo peor del mundo para él.

Moiseika es servicial; lleva agua a sus compañeros, los tapa cuando están dormidos, promete a todos traerles un kopec de la calle y hacerles un gorro; y da de comer a su vecino de la izquierda, un paralítico. Y no obra así por compasión o por consideraciones humanitarias, sino imitando y obedeciendo involuntariamente a su vecino de la derecha, apellidado Grómov.

Iván Dimítrich Grómov, hombre de unos treinta y tres años, de familia noble, antiguo empleado de la Audiencia y secretario provincial, sufre manía persecutoria. Suele estar enroscado en la cama; o recorre el pabellón de un rincón a otro, con el solo objeto de moverse; y rara vez se sienta. Siempre parece excitado, nervioso, como esperando no se sabe qué. Al menor ruido en el zaguán o al menor grito en el patio levanta la cabeza y aguza el oído, temeroso de que vengan por él. Y en su cara refleja una intranquilidad y un miedo extremos.

Me gusta su rostro ancho, pomuloso, siempre pálido y demacrado, espejo de un alma atormentada por la lucha interna y por el miedo permanente. Sus muecas son enfermizas y extrañas; pero los delicados rasgos que han dejado impresos en su semblante unos sufrimientos profundos y sinceros, son discretos e inteligentes; y sus ojos tienen un brillo cálido y sano. Me agrada esta persona cortés, servicial y delicada con todos, menos con Nikita. Si a alguien se le cae un botón o una cuchara, Grómov salta rápidamente de la cama para recoger el objeto caído. Todas las mañanas da los buenos días a sus compañeros; y al acostarse, les desea que pasen buena noche.

Aparte del nerviosismo y las muecas, hay otra expresión de su locura; algunas noches se envuelve en su batín; y, tiritando con todo el cuerpo y castañeteando los dientes, se pone a andar, presuroso, de un rincón a otro y entre las camas. Diríase que es presa de una fiebre voraz. Por su manera de detenerse repentinamente y de mirar a los compañeros, se le nota el deseo de decir algo importante; pero, tal vez creyendo que no van a escucharle o a comprenderle, agita la cabeza y sigue andando. Sin embargo, el ansia de hablar se impone pronto a las demás consideraciones; y Grómov, dando rienda suelta a la lengua, habla con cálido apasionamiento. Su discurso es desordenado, febril, semejante al delirio, entrecortado y no siempre comprensible; pero en sus palabras y en su voz se percibe un matiz extraordinariamente bondadoso. Cuando habla, se nota en él al loco y al hombre. Es difícil trasplantar al papel sus demenciales discursos. Habla de la vileza humana, de la violencia que pisotea a la razón, de lo hermosa que será la vida en la tierra con el tiempo, de los barrotes, que a cada instante le recuerdan la cerrazón y la crueldad de los esbirros. Un caótico y desordenado popurrí de tópicos que, aunque viejos, no han caducado todavía.

II

Hace doce o quince años, en una casa de su propiedad, situada en la calle principal de una ciudad de Rusia, vivía con su familia el funcionario Grómov, persona seria y acomodada. Tenía dos hijos: Serguei e Iván. El primero, siendo ya estudiante de cuarto curso, enfermó de tisis galopante y murió muy pronto. Su muerte marcó el comienzo de una serie de desgracias que cayeron súbitamente sobre la familia. A la semana de enterrado Serguei, el padre fue procesado por fraude y malversación, falleciendo poco después en la enfermería de la cárcel, donde contrajo el tifus. La casa y todos los bienes fueron vendidos en almoneda, quedando Iván y su madre privados de recursos.

En vida de su padre, Iván vivía en Petersburgo, estudiando en la universidad; recibía de casa 60 o 70 rublos mensuales, e ignoraba lo que pudiera ser la necesidad; luego, en cambio, hubo de modificar radicalmente su vida: de la mañana a la noche tenía que dedicarse a dar clases —muy mal pagadas— o a hacer de copista, pasando hambre a pesar de todo, pues enviaba la casi totalidad de las ganancias a su madre. Iván Dimítrich no resistió; desanimado, se quedó como un pajarito y, abandonando los estudios, se marchó a su casa. De regreso en su ciudad natal, y valiéndose de recomendaciones, obtuvo una plaza de maestro en una escuela; pero como no congenió con sus colegas, ni tampoco gustó a los alumnos, pronto renunció a su puesto. Murió la madre, Iván Dimítrich anduvo cosa de medio año cesante, alimentándose tan sólo de pan y agua; y luego encontró un empleo en la Audiencia que ocupó hasta que fue licenciado por enfermedad.

Nunca, ni aun en sus jóvenes años estudiantiles, dio sensación de salud. Siempre fue pálido, flaco, resfriadizo; comía poco y dormía mal. Una copa de vino bastaba para darle mareos y enervarle hasta el histerismo. Aunque buscaba la compañía de la gente, su carácter colérico y sugestionable le impedía intimar con quienquiera que fuese y tener amigos. Hablaba con desprecio de sus conciudadanos, diciendo que su grosera ignorancia y su existencia soñolienta y animal le parecían repulsivas. Se expresaba con voz de tenor, fuerte, apasionadamente, tan pronto indignándose airado como admirándose jubiloso; pero siempre con sinceridad. Fuese cual fuere la materia de que se hablara con él, todo lo resumía en una conclusión: la vida en aquella ciudad ahogaba y aburría; la sociedad carecía de intereses vitales y arrastraba una existencia oscura y absurda, amenizándola con la violencia, la perversión más burda y la hipocresía; los granujas estaban hartos y vestidos, mientras que los honestos se alimentaban de migajas; hacían falta escuelas, un periódico local honrado, un teatro, conferencias públicas, cohesión de las fuerzas intelectuales; urgía que la sociedad se reconociera a sí misma y se horrorizara. En su apreciación de las personas, no utilizaba sino tintas cargadas, pero sólo blancas y negras, sin matices de otro género. Para él, la humanidad se dividía en honrados y canallas; no había cualidades intermedias. De las mujeres y del amor hablaba siempre con apasionado entusiasmo, aunque nunca estuvo enamorado.

Pese a la rigidez de sus juicios y a su nerviosismo, en la ciudad le querían; y a espaldas suyas le llamaban con el diminutivo de Vania. Su delicadeza innata, su naturaleza servicial, su honradez, su pureza moral y su levita usada, su aspecto enfermizo y los infortunios de su familia, engendraban un sentimiento bueno, cálido y triste. Como, por otra parte, era instruido y leído, la gente lo creía enterado de todo; y por eso hacía las veces de un manual viviente de consulta.

Leía muchísimo. Sentado en el club, tocándose, nervioso, la barba, hojeaba revistas y libros. Y por la cara se le notaba que no leía, sino que engullía lo que pasaba ante sus ojos, sin que le diese tiempo a masticarlo.

Cabe suponer que la lectura fuese una de sus costumbres enfermizas, pues se lanzaba con la misma ansiedad sobre todo lo que se le ponía a mano, aunque fuesen periódicos o calendarios del año anterior. Cuando estaba en su casa, siempre leía acostado.

III

Una mañana de otoño, Iván Dimítrich, subido el cuello del abrigo y chapoteando con los pies en el barro, iba por callejuelas y patios a casa de un individuo al que debía cobrarle cierta contribución. Llevaba, como todas las mañanas, un humor lúgubre. En una calleja se encontró a dos detenidos que, arrastrando cadenas, marchaban escoltados por una patrulla de cuatro soldados con fusiles. En más de una ocasión, Iván Dimítrich había visto detenidos, los cuales suscitaban siempre en su alma un sentimiento de piedad y de desazón. Ahora, en cambio, el encuentro le produjo una impresión muy particular y extraña. Por no se sabe que razón, pensó que también a él podían encadenarlo y conducirlo por el barro a la cárcel. Cumplido el servicio, y camino ya de su casa, halló cerca de la oficina de correos a un inspector de policía que le saludó y le acompañó unos pasos, circunstancia que se le antojó sospechosa. Una vez en su domicilio, se pasó el día sin que se le fueran de la imaginación los presos y los soldados con fusiles. Una incomprensible inquietud espiritual le impedía concentrarse y leer. Aquella tarde no encendió la luz; ni durmió por la noche, siempre atosigado por la idea de que podían detenerlo, encadenarlo y meterlo en prisión. Se sabía inocente de toda culpa y podía garantizar que jamás mataría, robaría o quemaría nada; pero ¿acaso era tan difícil delinquir casual e involuntariamente o estaba fuera de lo posible una falsa denuncia o un error judicial? No en vano, un adagio popular, basado en una experiencia de siglos, decía que nadie asegurase que no iría a la cárcel o a mendigar.

Con el sistema judicial imperante era muy posible un error de los tribunales. Las personas que, en razón de su cargo, ven a diario sufrimientos ajenos, terminan por insensibilizarse hasta tal extremo, que aun queriendo, no pueden tratar a sus clientes sino de una manera formalista. En este sentido no se diferencian en nada del *mujik* que en un corral mata borregos y becerros sin reparar en la sangre. Bajo el imperio de esta actitud formalista, de este trato insensible, el juez no necesitaba más que tiempo para privar a un inocente de sus derechos y de su hacienda y para mandarlo a trabajos forzados. Sólo necesitaba tiempo para observar unas formalidades por las que le pagaban un sueldo; y luego, adiós: ¡cualquiera iba a buscar justicia y protección en aquel villorrio sucio, a más de 200 kilómetros del ferrocarril! Por otra parte, ¿no era ridículo pensar en la justicia cuando toda violencia era acogida por la sociedad como una necesidad razonable y conveniente, mientras que todo acto de misericordia, por ejemplo, una sentencia absolutoria, suscitaba un estallido de desaprobación y de sentimientos vengativos?

A la mañana siguiente, Iván Dimítrich se levantó horrorizado, con la frente cubierta de un sudor frío, seguro ya de que podían arrestarle en cualquier momento. Si los azarosos pensamientos de la víspera no le abandonaban, era porque algo tenían de ciertos —pensaba él—, pues no se le iban a venir a la cabeza sin ningún fundamento.

Un guardia municipal pasó muy despacio por delante de la ventana. Por algo sería. Dos desconocidos se detuvieron frente a la casa y permanecieron callados. ¿Por qué callaban?

Iván Dimítrich atravesó días y noches horribles. Todos los que pasaban junto a la ventana o entraban en el patio se le antojaban espías y policías. A eso de las doce pasaba en un carruaje el capitán de policía, que iba desde su hacienda campestre al cuartelillo; pero a Iván Dimítrich le parecía que iba demasiado aprisa y con una expresión enigmática; de fijo que iba a anunciar que en la ciudad había un criminal muy importante. Nuestro hombre temblaba cuando sonaba el timbre o llamaban a la puerta; se acongojaba al ver en la casa a una persona nueva; y al tropezarse con policías o guardias sonreía o se ponía a silbar para parecer indiferente. No dormía noches enteras esperando que viniesen a detenerle, pero roncaba y jadeaba como en sueños para que la dueña de la casa creyese que dormía, pues de saberse que estaba en vela, ¡qué prueba contra él! Demostraríase que no tenía la conciencia tranquila. Los hechos y la lógica le convencían de que tales temores eran pura alucinación psicopatológica y de que, bien vistas las cosas, nada tenían de horrible la detención o la cárcel si la conciencia estaba tranquila. Pero cuanto más razonaba discreta y lógicamente, tanto mayor y más torturante era la desazón espiritual. Aquello hacía recordar la historia del hombre que deseaba hacer un claro en la selva virgen para vivir y cuanto más trabajaba con el hacha, tanto más crecía el bosque. Por último, Iván Dimítrich viendo la inutilidad de los razonamientos, los abandonó totalmente, entregándose por entero a la desesperación y al miedo.

Comenzó a eludir la compañía de sus semejantes. La oficina, que antes le desagradaba ya, se le hizo ahora insoportable. Temía que le tendiesen una trampa; que le pusieran dinero en el bolsillo y después le acusasen de haber tomado una propina; cometer casualmente en documentos oficiales un error equivalente a una falsificación, o perder dineros ajenos. Cosa extraña: nunca había sido su pensamiento tan ágil ni su inventiva tan grande como ahora, en que imaginaba a diario mil motivos distintos para temer seriamente por su libertad y su honor. En cambio, disminuyó mucho su interés por el mundo exterior, en particular por los libros; y la memoria comenzó a fallarle.

En primavera, al derretirse la nieve, hallaron en un barranco cercano al cementerio dos cadáveres semiputrefactos, de una vieja y de un niño, con síntomas de muerte violenta. No se hablaba en la ciudad de otra cosa que del asesinato y de los asesinos desconocidos. Iván Dimítrich, para que nadie pensase que había sido él, andaba por las calles sonriendo; y al encontrarse con algún conocido, palidecía, enrojecía y comenzaba a afirmar que no había crimen más bajo que el asesinato de gente débil e indefensa. Mas esto acabó por cansarle; y, al cabo de mucho reflexionar, creyó que, en su situación, lo mejor era esconderse en la cueva de la casa. Permaneció allí un día y una noche. Al segundo día se le hizo irresistible el frío y, esperando a que oscureciera, volvió a su cuarto ocultándose como un ladrón. Estuvo de pie en medio de la habitación hasta el amanecer, atento el oído y sin hacer el menor movimiento. Muy temprano, antes de que saliera el sol, vinieron unos fumistas llamados por la dueña. Iván Dimítrich sabía perfectamente que habían venido para rehacer el horno de la cocina; pero el miedo le sugirió que eran policías disfrazados de fumistas. Saliendo secretamente, huyó a la calle horrorizado, sin gorro ni levita. Los perros le perseguían; un *mujik* gritaba detrás; el viento le ululaba en los oídos; y el pobre Iván Dimítrich creía que las violencias de todo el mundo se habían unido con ánimo de darle alcance.

Por fin le detuvieron, le llevaron a su casa y mandaron a la dueña en busca del doctor. El doctor, Andrei Efímich, de quien hablaremos a su debido tiempo, le recetó compresas frías en la cabeza y unas gotas de laurel y cerezas, movió tristemente la cabeza y se despidió diciendo a la dueña que no regresaría, pues no se debe impedir que la gente se vuelva loca. Por carecer de medios para vivir y tratarse, Iván Dimítrich fue enviado al hospital donde le acomodaron en el pabellón de venéreo. Como no dormía de noche, discutía con el personal y molestaba a los enfermos, Andrei Efímich dispuso que le trasladaran al pabellón número seis.

Al cabo de un año, todo el mundo se olvidó de Iván Dimítrich; y sus libros, arrumbados por la dueña en un trineo, bajo un cobertizo, no tardaron en ser pasto de los chiquillos.

IV

Según dijimos, el vecino de la izquierda de Iván Dimítrich es el judío Moiseika; y el de la derecha es un *mujik* adiposo, casi redondo, de cara grosera y estúpida; un animal inmóvil, tragón y sucio, que ha perdido hace tiempo hasta la facultad de pensar y sentir. Exhala siempre un hedor ácido y asfixiante.

Nikita, encargado de la limpieza, le pega horriblemente, volteando el brazo y sin piedad para sus propios puños. Y lo terrible no es que le pegue, pues uno puede acostumbrarse a verlo, sino que el insensible animal no conteste siquiera con un sonido, con un ademán, con una expresión de los ojos; se limita a un ligero movimiento de su cuerpo, semejante a un barril.

El quinto y último habitante del pabellón número seis es un meschanín que prestó servicio en correos como seleccionador de cartas; un sujeto rubio y enjuto, de rostro bondadoso aunque un tanto maligno. A juzgar por sus ojos inteligentes y tranquilos, de mirada serena y jovial, le gusta darse tono y tiene un secreto muy importante y agradable. Guarda bajo la almohada y el colchón algo que no enseña a nadie; pero no lo hace por miedo a que se lo roben, sino por decoro. A veces se acerca a la ventana, y de espaldas a sus compañeros, se pone algo en el pecho y lo mira agachando la cabeza. Si uno se llega en ese momento hasta él, se azora y se arranca del pecho el objeto en cuestión. Pero no es nada difícil adivinar su secreto.

—Felicíteme —suele dirigirse a Iván Dimítrich—. He sido propuesto para la Orden de San Estanislao de segunda clase, con estrella. La segunda clase con estrella se otorga solamente a extranjeros; pero conmigo quieren hacer esta excepción —sonríe y se encoge de hombros como con perplejidad—. Le confieso que no lo esperaba…

—No entiendo una palabra de esas cosas —replica, sombrío, Iván Dimítrich.

—Pero ¿sabe usted lo que conseguiré tarde o temprano? —continúa el exempleado de correos entornando picarescamente los ojos—. Obtendré, sin falta, la Estrella Polar sueca. Una condecoración que vale la pena de gestionarla. Cruz blanca y cinta negra. Resulta muy bonita.

Acaso en ningún sitio será la vida tan monótona como en el pabellón. Por la mañana, los enfermos, a excepción del paralítico y del *mujik* gordo, salen al zaguán, se lavan en una tina y se secan con los faldones de las batas. Después toman en jarros de lata el té que les trae Nikita del pabellón principal. A cada uno le corresponde un jarro. Al medio día comen sopa de col agria y gachas. Y por la noche cenan gachas de las que les quedaron al medio día. Entre comida y comida están tendidos, durmiendo, mirando por la ventana o andando de un rincón a otro. Así todos los días. Para que la monotonía sea mayor, el antiguo empleado de correos habla siempre de las mismas condecoraciones.

Los habitantes del pabellón número seis ven a muy poca gente. El doctor no admite ya más alienados; y hay en este mundo muy pocos aficionados a visitar manicomios. Una vez cada dos meses viene Semión Lazarich, el barbero. No hablaremos de cómo pela a los locos, de cómo le ayuda Nikita en su labor y de cómo se alborotan los pacientes al ver aparecer al barbero, borracho y sonriente.

Nadie más visita el pabellón. Los locos están condenados a ver tan sólo a Nikita.

Sin embargo, últimamente ha corrido por el pabellón principal un rumor harto extraño.

¡Han puesto en circulación el rumor de que el médico ha comenzado a visitar el pabellón número seis!

V

¡Extraño rumor!

El doctor Andrei Efímich Raguin es un hombre notable en su género. Se dice que allá en su juventud era muy devoto, se preparaba para la carrera eclesiástica; y en 1863, al terminar el bachillerato, tuvo intención de ingresar en la Academia de Teología; pero su padre, doctor en medicina y cirujano, lo tomó a risa y declaró, categóricamente, que dejaría de considerarle hijo suyo si se metía a pope. Ignoro hasta qué punto será verdad todo esto; pero el propio Andrei Efímich reconoció más de una vez que jamás tuvo ninguna vocación por la medicina o por las ciencias especiales en general.

Fuese como fuese, lo cierto es que terminó sus estudios de medicina y que no se hizo pope. No se mostraba muy beato, y al principio de su carrera como médico se parecía a un sacerdote tan poco o menos que ahora.

Tiene un aspecto pesado, torpe, de *mujik*. Por su cara, su barba, su pelo liso y su cuerpo fornido y basto, recuerda a un ventero de carretera, harto, inmoderado y brusco. Su cara es rígida, surcada de venillas azules; sus ojos, pequeños; y su nariz roja. Alto de estatura y ancho de hombros, tiene unos brazos y unas piernas enormes. Diríase que al que coja con su puño le sacaría el alma del cuerpo. Pero su pisada es suave y sus andares pausados, cautos. Al encontrarse con alguien en un pasillo estrecho, siempre es el primero en detenerse para dejar paso, y se excusa con blanda voz de tenor, y no de bajo, como uno espera. Una pequeña hinchazón le impide usar cuello almidonado, razón por la cual lleva camisa de percal o de lienzo suave. Su indumentaria no es la de un médico. El mismo traje le dura alrededor de diez años; y la ropa nueva, que compra en la tienda de algún judío, parece tan vieja y arrugada como la anterior. Vestido con la misma levita recibe a los enfermos, almuerza y va de visita. Pero no lo hace por tacañería, sino por descuido hacia su persona.

Cuando Andrei Efímich llegó a la ciudad para tomar posesión de su cargo, el "establecimiento filantrópico" se hallaba en condiciones horribles. El hedor en los pabellones, en los pasillos y hasta en el patio, hacían difícil la respiración. Los guardas, las enfermeras y sus hijos, dormían en los mismos pabellones que los enfermos. Todos se quejaban de que las cucarachas, las chinches y los ratones les hacían la vida imposible. En la sección de cirugía, la erisipela era cosa permanente. Para todo el hospital había únicamente dos escalpelos y ningún termómetro. El cuarto de baño servía de almacén de patatas. El inspector, la encargada de la ropa y el practicante robaban a los enfermos; y se murmuraba que el antiguo médico, el predecesor de Andrei Efímich, vendía secretamente el alcohol del hospital y había formado un auténtico harén de enfermeras y enfermas.

En la ciudad se conocían estas anormalidades e incluso se las exageraba; pero la actitud de todos era de tolerancia. Unos las justificaban afirmando que en el hospital ingresaban sólo gente baja y *mujik*s, los cuales no podían estar insatisfechos, ya que en sus casas vivían mucho peor. ¡No los iban a alimentar con faisanes! Otros buscaban el argumento de que a una ciudad, sin la ayuda de la Diputación provincial, le era imposible costear un buen hospital; y por consiguiente, había que dar gracias a Dios por tener uno, aunque fuera malo. Y la Diputación no abría ningún establecimiento sanitario en la ciudad ni en sus inmediaciones, alegando que ya había un hospital.

Después de inspeccionarlo, Andrei Efímich dedujo que aquel establecimiento era inmoral y nocivo en alto grado para la salud del vecindario. A su entender, lo más inteligente hubiera sido dar libertad a los enfermos y cerrar el hospital. Mas consideró que para ello no bastaba con su voluntad y que, por otra parte, sería inútil, pues al desterrar de un lugar la inmundicia física y moral, ésta se trasladaría a otro. En consecuencia, procedía esperar a que ella, por sí sola, se liquidase. Además, el hecho mismo de que la gente hubiera abierto un hospital y lo tolerase, significaba que le era necesario; los prejuicios y tantas otras porquerías e inmundicias de la vida diaria, eran precisos, porque con el correr del tiempo, se convertían en algo útil, como el estiércol o la tierra negra. No hay en el mundo cosa buena que no provenga de una inmundicia, pensaba él.

Al tomar posesión del cargo, Andrei Efímich pareció ser indiferente a las anomalías del hospital. Limitóse a ordenar a los guardas y a las enfermeras que no pernoctasen en los pabellones; y a colocar dos armarios con instrumental. El inspector, la encargada de la ropa, el practicante y la erisipela de la sección quirúrgica permanecieron en sus puestos.

Andrei Efímich ama extraordinariamente la inteligencia y la honradez, pero para organizar a su alrededor una vida inteligente y honrada le faltan carácter y confianza en sí mismo. No sabe ordenar, prohibir e insistir. Diríase que ha hecho voto de no levantar nunca la voz ni emplear el modo imperativo. Se le hace difícil decir "dame" o "tráeme". Cuando tiene gana de comer, deja oír una tosecilla de indecisión y dice a la cocinera: "Estaría bien tomar un poco de té" o "Me gustaría almorzar". En cambio, se siente sin fuerzas para decir al inspector que deje de robar, o para despedirlo, o para abolir ese cargo, inútil y parasitario.

Cuando le engañan, o le adulan, o le traen a la firma una cuenta, falsa a todas luces, Andrei Efímich se pone más colorado que un cangrejo y se siente culpable; pero firma la cuenta. Y si los enfermos se quejan de que pasan hambre o de malos tratos por parte de las enfermeras, él se desconcierta y masculla con aire de culpabilidad:

—Está bien, está bien, ya me informaré… De seguro que se trata de una mala interpretación.

En los primeros tiempos, Andrei Efímich trabajó con enorme celo. Recibía enfermos desde por la mañana hasta la hora del almuerzo; practicaba operaciones y hasta asistía a parturientas. Las señoras decían que adivinaba admirablemente las enfermedades, sobre todo las de mujeres y niños. Pero poco a poco, se fue aburriendo de todo aquello, con su monotonía y su evidente inutilidad. Hoy recibía treinta enfermos, y al día siguiente se le presentaban treinta y cinco, a los dos días, cuarenta; y así, sucesivamente, día tras día y año tras año, sin que en la población descendiese la mortalidad. No había modo humano de atender seriamente a cuarenta enfermos en el curso de una mañana; por consiguiente, aquello era un engaño. Si en un año había recibido a doce mil enfermos, quería decirse, hablando lisa y llanamente, que había engañado a doce mil personas. Tampoco era posible internar a los pacientes graves y tratarlos según las reglas de la ciencia, porque había reglas y no ciencias; y si, dejando a un lado la filosofía, se atenía a las reglas de un modo formalista, como los demás médicos, para ello necesitaba, en primer término, limpieza y ventilación, en lugar de suciedad: alimentación sana y no *schi* de apestosa col agria; y buenos auxiliares, en vez de ladrones.

Por otra parte, ¿para qué impedir que la gente muriese si la muerte es el fin normal y legítimo de todos y cada uno? ¿Qué se ganaría con que un mercachifle o un chupatintas viviese cinco o diez años más? Considerando que el objeto de la medicina consistía en aliviar los sufrimientos, surgía la pregunta: ¿Y para qué aliviarlos? En primer lugar, se decía que los sufrimientos llevaban al hombre a la perfección; y en segundo, si la humanidad aprendiese a mitigar sus males con píldoras y gotas abandonaría totalmente la religión y la filosofía, en las que hasta entonces encontraba, no sólo un escudo contra las calamidades, sino incluso la felicidad. Pushkin padeció horribles tormentos antes de morir; y el pobre Heine estuvo paralítico varios años. ¿Qué razón había, pues, para que no aguantasen enfermedades un Andrei Efímich o una Matriona Savishna, cuyas vidas carecían de contenido y resultarían completamente hueras y semejantes a la de la amiba, a no ser por los sufrimientos?

Abrumado por tales reflexiones, Andrei Efímich se desalentó y dejó de ir al hospital diariamente.

VI

Su existencia transcurre del siguiente modo: se levanta alrededor de las ocho, se viste y se desayuna. Luego se sienta a leer en su gabinete o se marcha al hospital. Allí encuentra, en el pasillo, a numerosos enfermos que esperan para la visita. Por su lado pasan, golpeando el suelo de ladrillo con sus botas, guardas y enfermeras. Deambulan escuálidos enfermos cubiertos con batas. Llevan y traen cadáveres y recipientes de basura. Lloran niños. Sopla viento en corriente. Andrei Efímich sabe que este ambiente es horrible para los enfermos con fiebre, los tuberculosos y los impresionables; pero ¿qué se le va a hacer? En el gabinete de visita le espera el practicante Serguei Sergueich, rechoncho, rasurado, carirredondo, de ademanes suaves y finos, con traje nuevo y holgado. Antes parece un senador que un practicante. Tiene en la ciudad una enorme clientela, usa corbata blanca y se cree más competente que el doctor, el cual carece de clientes. En un rincón del gabinete, dentro de un fanal, hay una imagen iluminada por una gran lámpara; junto a ella, un reclinatorio con funda blanca; pendientes de las paredes, retratos de obispos, una vista del monasterio de Sviatogorsk y coronas de florecillas de aciano, ya secas. Serguei Sergueich es muy religioso y amante de la beatitud. La imagen la ha costeado él. Los domingos, cualquier enfermo a quien él se lo ordene, lee en el gabinete una oración; y acto seguido el propio Serguei Sergueich recorre los pabellones con el incensario, sahumándolas una por una.

Como los enfermos son muchos y el tiempo escaso, Andrei Efímich se limita a hacerles unas preguntas y a recetarles cualquier ungüento o aceite de castor. El médico, sentado y con la mejilla apoyada en la mano, como pensativo, pregunta maquinalmente. Serguei Sergueich, también sentado, se frota las manos; y, de tarde en tarde, pronuncia unas palabras.

—Padecemos enfermedades y miserias porque no rezamos como es debido a Dios misericordioso —dice.

En las horas de visita, Andrei Efímich no practica ninguna operación: hace tiempo que se ha desacostumbrado; y la sangre le produce una desazón desagradable. Cuando tiene que abrirle a un niño la boca para verle la garganta y el niño llora y se defiende con las manos, el ruido da vértigo al doctor, y las lágrimas asoman a sus ojos. En tales casos, se apresura a escribir la receta y apremia a la madre para que se lleve pronto a la criatura. Durante la recepción, le fastidian la timidez y la torpeza de los pacientes, la proximidad del santurrón Serguei Sergueich, los retratos de la pared y hasta sus propias preguntas, que son las mismas desde hace veinte años largos. Y se marcha, después de recibir a cinco o seis enfermos, dejándole los demás al practicante.

Alegre y satisfecho de pensar que, gracias a Dios, no tiene clientes particulares y nadie va a molestarle, Andrei Efímich llega a su casa, toma asiento en el gabinete y se pone a leer. Lee mucho, y siempre con sumo placer. Gasta la mitad del sueldo en literatura: y tres de las seis habitaciones del piso están llenas de revistas y de libros viejos. Prefiere las obras de historia y de filosofía. En cambio, de su especialidad recibe solamente la revista *Vrach*, que siempre comienza a leer por la última página. La lectura se prolonga varias horas, sin hacérsele aburrida. Andrei Efímich no lee tan rápida y vorazmente como en tiempos lo hiciera Iván Dimítrich, sino con lentitud e inspiración, deteniéndose en los pasajes que le agradan o que no comprende. Siempre tiene junto al libro una garrafita de vodka más un pepino en salmuera o una manzana en remojo que, sin plato ni nada, están sobre el tapete de la mesa. Cada media hora, el médico, sin apartar los ojos del libro, se llena una copa de vodka, se la bebe y, también sin mirar, coge el pepino y le da un bocado.

A eso de las tres, se llega cuidadosamente hasta la puerta de la cocina, tose y dice:

—Dariushka: me gustaría almorzar…

Después del almuerzo, bastante malo y desaseado, Andrei Efímich recorre, pensativo, sus habitaciones, con los brazos cruzados. Dan las cuatro, dan las cinco, y él continúa su recorrido y sus meditaciones. Alguna vez rechina la puerta de la cocina y asoma la cara de Dariushka, roja y soñolienta.

—Andrei Efímich, ¿no es la hora de la cerveza? —pregunta, preocupada, la cocinera.

—No, no es todavía la hora. Esperaré… Esperaré…

Ya anochecido, suele acudir el jefe de correos, Mijaíjl Averiánich, la única persona de la ciudad cuya compañía no le resulta fastidiosa al médico. Mijaíl Averiánich fue en tiempos un hacendado muy rico, y sirvió en caballería; pero se arruinó, y la necesidad le obligó, a la vejez, a buscar un trabajo en correos. De aspecto jovial y lozano, exuberantes patillas grises, finos modales y agradable voz recia, es bondadoso y sensible, aunque vehemente. Si en la oficina de correos protesta alguien, o no accede a alguna cosa, o simplemente presenta alguna objeción, Mijaíl Averiánich se pone de color purpúreo, tiembla como un azogado y grita con voz de trueno: "¡Cállese!", de modo que la oficina impone temor a la gente. Mijaíl Averiánich estima y respeta a Andrei Efímich, por su educación y su nobleza. A todos los restantes convecinos los trata y considera como a subordinados.

—¡Aquí me tiene! —exclama al entrar en casa del médico—. Buenas tardes, mi querido amigo. ¿Le molesto, eh?

—Al contrario, encantado —responde el doctor—. Siempre me alegro de verle.

Los dos amigos se sientan en el diván del gabinete y pasan un momento fumando en silencio.

—Dariushka: no estaría mal un poco de cerveza —dice Andrei Efímich. Mientras se toman la primera botella, callan también: el médico pensativo; y Mijaíl Averiánich con cara de alegre animación, como quien tiene algo muy interesante que referir. El doctor es siempre quien inicia la conversación.

—¡Qué lástima! —pronuncia, lenta y quedamente, moviendo la cabeza y sin mirar a los ojos de su interlocutor, cosa que nunca hace—. ¡Qué lástima estimado Mijaíl Averiánich, que no haya en toda la ciudad personas capaces y amantes de sostener una plática interesante e inteligente! Es una gran privación para nosotros. Ni siquiera los intelectuales están por encima de lo vulgar. Le aseguro que su nivel de desarrollo no va más allá del de la clase baja.

—Tiene usted plena razón. Completamente cierto.

—Bien sabe usted —prosigue Andrei Efímich, reposadamente—, que en este mundo todo es minúsculo e intrascendente, salvo las supremas manifestaciones espirituales del entendimiento humano. La razón establece un límite acusadísimo entre el animal y el hombre; sugiere el origen divino de este último; y, en cierto modo, hasta le concede una inmortalidad de que carece. De ahí que la razón sea la única fuente posible de placer. No vemos ni oímos junto a nosotros la razón; quiere decirse que estamos privados de placeres. Cierto que disponemos de libros, pero éstos son muy distintos que la conversación y el trato. Si me permite usted una comparación no del todo feliz, yo diría que los libros son la partitura, y la conversación el canto.

—Completamente cierto.

Se produce una pausa. De la cocina sale Dariushka; y con cara de bobo embelesamiento, la barbilla apoyada en el puño, se detiene a la puerta para escuchar.

—¡Ay! —suspira Mijaíl Averiánich—. ¡Vaya usted a pedirle razón a la gente de hoy en día!

Y refiere cuan interesante, sana y alegre era anteriormente la vida en Rusia; que intelectualidad tan capaz había, y a que altura colocaba las nociones de honor y amistad. Se prestaba dinero sin pagarés y se consideraba oprobioso no tender una mano a un compañero necesitado. ¡Y que campañas militares las de entonces, que aventuras, que escaramuzas, que camaradas, que mujeres! ¡Y que paraje tan maravilloso el Cáucaso! La mujer del comandante de un batallón, una señora la mar de extraña, se vestía de oficial y se iba por la noche a las montañas, sin acompañante alguno. Aseguraban por allí que tenía amores con un reyezuelo montañés.

—¡Reina de los cielos! —suspiraba Dariushka.

—¡Como comíamos! ¡Como bebíamos! ¡Y que liberales éramos! Andrei Efímich le oye sin enterarse de lo que dice:

—¡Reina de los cielos! —suspiraba Dariushka.

—A menudo, sueño que estoy charlando con personas inteligentes —interrumpe a Mijaíl Averiánich—. Mi padre me dio una educación esmerada; pero, bajo el influjo de las ideas de los años del sesenta, me obligo a hacerme médico. Creo que si entonces no le hubiera obedecido, me encontraría ahora en el mismo centro del movimiento intelectual. De fijo que sería miembro de alguna facultad. Por supuesto, la inteligencia no es perpetua; por el contrario, es cosa pasajera; pero usted sabe por que le tengo afición. La vida es una trampa fastidiosa. Cuando un hombre pensante adquiere edad y conciencia, parece sentirse dentro de una trampa sin salida. Al margen de su voluntad y en virtud de una serie de casualidades, se le ha sacado de la nada a la vida... ¿Para que? Si pretende conocer el sentido y el fin de su existencia, no se lo dicen o le sueltan cuatro absurdos; llama a su puerta, y no le abren; la muerte le llega también contra su voluntad; y así como en la cárcel los hombres ligados por el infortunio común experimentan un alivio cuando se juntan, así también en la vida no se advierte la trampa cuando las personas inclinadas al análisis y a las sintetizaciones se reúnen y pasan el tiempo intercambiando ideas libres. En este sentido, la razón es un placer insustituible.

—Completamente cierto.

Sin mirar a los ojos de su interlocutor, pausada y serenamente, Andrei Efímich sigue hablando de hombres inteligentes, y de las conversaciones con ellos, mientras Mijaíl Averiánich le escucha atentamente muestra su Mijaíl Averiánich le escucha atentamente muestra su conformidad:

"Completamente cierto".

—¿Y usted no cree en la inmortalidad del alma? —pregunta, de pronto, el jefe de correos.

—No, estimado Mijaíl Averiánich. No creo ni tengo motivos para creer.

A decir verdad, yo también tengo mis dudas. Y eso que, por otra parte, se me antoja que no he de morirme nunca. A veces pienso: "¡Eh, viejo zorro; ya es hora de ir al hoyo!" pero una vocecita me dice desde las profundidades del alma: "No lo creas, no te morirás".

Poco después de las nueve, se marcha Mijaíl Averiánich. Mientras se pone el abrigo en el recibidor, se lamenta, con un suspiro:

—¡A que parajes tan remotos nos ha empujado el destino! Y lo que más rabia da es que tendremos que morirnos aquí ¡Oh!

Una vez que ha despedido al amigo, Andrei Efímich se sienta a la mesa y reanuda su lectura. Ningún sonido altera el silencio de la noche. El tiempo parece detenerse e inmovilizarse, como el doctor, sobre el libro; y dijérase que nada existe fuera del libro y de la lámpara con su pantalla verde. El rostro del doctor, tosco y digno de un *mujik*, resplandece, poco a poco, en una sonrisa de enternecimiento y de júbilo ante las realizaciones del cerebro humano. ¡Oh!, ¿por qué no será inmortal el hombre? —piensa—. ¿Para qué existen los centros y las circunvoluciones cerebrales, para qué la vista, la palabra, el sentimiento y el genio, si todo ello está condenado a convertirse en polvo y, en fin de cuentas, a enfriarse con la corteza terrestre y a volar millones de años, sin sentido ni objeto, junto con la tierra, alrededor del sol? Para que se enfríe y luego gire, no hacía falta sacar de la nada al hombre con su razón excelsa, casi divina, y luego, como por burla, convertirlo en barro.

¡La transformación de la materia! ¡Qué cobardía consolarse con este sucedáneo de la inmortalidad! Los procesos inconscientes que se verifican en la naturaleza están, incluso, por debajo de la estulticia humana, ya que en la estulticia se encierra un algo de conciencia y de voluntad; mientras que en tales procesos no hay absolutamente nada. Sólo un pusilánime, con más miedo a la muerte que dignidad humana, puede consolarse pensando que su cuerpo vivirá algún día en una hierba, en una piedra o en un sapo… Ver la inmortalidad en la transformación de las substancias es tan paradójico como augurar un porvenir magnífico a la funda después que el rico violín se ha roto y ha quedado inútil.

Cuando el reloj da las horas, Andrei Efímich se recuesta en el respaldo del sillón y cierra los ojos para meditar un instante. Y, como por casualidad, incitado por los buenos pensamientos que acaba de leer en el libro, lanza una ojeada a su pasado y a su presente. El pasado es repelente; vale más no pensar en él. Y el presente, lo mismo. Andrei Efímich sabe que mientras sus pensamientos giran en torno al sol en compañía de la Tierra enfriada, a poca distancia de su casa, en el pabellón principal, muchas personas sufren enfermedades y suciedad física. Acaso haya algún enfermo desvelado, luchando contra los parásitos, contagiándose de erisipela o quejándose por tener la venda demasiado apretada; acaso otros estén jugando a las cartas con las enfermeras y bebiendo vodka. Durante el último año fueron engañadas doce mil personas. Igual que hace veinte años, en los servicios sanitarios imperan el robo, el chismorreo, la murmuración, el compadrazgo, la charlatanería más grosera; y el hospital sigue constituyendo un establecimiento inmoral y nocivo, en grado sumo, para la salud pública. Andrei Efímich sabe que en el pabellón número seis, Nikita vapulea a los enfermos; y que Moiseika recorre diariamente la ciudad pidiendo limosna.

De otro lado, el doctor sabe perfectamente que durante los últimos veinticinco años se han producido cambios fabulosos en la medicina. Cuando él estudiaba en la universidad, creía que la medicina iba a correr pronto la suerte de la alquimia y de la metafísica. Ahora, cuando lee de noche, la medicina le tienta, suscitando en él sorpresa y entusiasmo. ¡Qué florecimiento tan inesperado, que revolución! Gracias a los antisépticos se realizan operaciones que el gran Pigorov consideraba imposibles incluso *in spe*. Simples médicos provincianos se atreven a efectuar resecciones de la articulación de la rodilla; por cada cien operaciones de vientre sólo hay un desenlace mortal; y el mal de piedra se considera tal insignificancia, que ni siquiera se escribe acerca de él. Se cura radicalmente la sífilis. ¿Y la teoría de la herencia, el hipnotismo, los descubrimientos de Pasteur y de Koch, la estadística de la higiene y la medicina rural rusa? La psiquiatría, con su actual clasificación de las enfermedades, los métodos de diagnóstico y tratamiento, todo ello, en comparación con lo anterior, es un mundo nuevo. A los alienados no se les echa ahora agua en la cabeza ni se les ponen camisas de fuerza; se les da un trato humano, y según escriben los periódicos, hasta se organizan para ellos espectáculos y bailes.

Andrei Efímich no ignora que, con el criterio y la moral actuales, una infamia como la del pabellón número seis sólo es posible a 200 kilómetros largos del ferrocarril, en un villorrio donde el alcalde y todos los concejales son pequeños burgueses semianalfabetos, que tienen al médico por un sacerdote en el que hay que confiar a pie juntillas, aunque ordene echarle a uno estaño ardiente en la boca; en cualquier otro lugar, el público y los periódicos hubieran derruido y deshecho esta pequeña Bastilla.

"Bueno, ¿y qué? —se pregunta Andrei Efímich abriendo los ojos—. ¿Qué se gana con todo eso? Antisépticos, Koch, Pasteur; pero la realidad de las cosas ha cambiado bien poco. Las enfermedades y la mortalidad siguen siendo las mismas. Se organizan bailes y espectáculos para los locos; pero, a pesar de todo, no los sueltan. Quiere decirse que todo es tontería y vanidad, y que la diferencia entre la mejor clínica de Viena y mi hospital es nula, en esencia".

Pero la amargura y un sentimiento parecido a la envidia le impiden permanecer indiferente. Quizá todo ello sea producto de la fatiga. La cabeza, pesada, se le cae sobre el libro. El médico se pone las manos bajo la cara y piensa:

"Estoy dedicado a una labor perjudicial y me dan mi sueldo personas a quienes engaño. No soy honrado. Pero, por mí mismo, no represento nada: soy únicamente una partícula de un mal social inevitable: todos los funcionarios comarcales son dañinos y cobran sin hacer nada… de donde se deduce que no soy yo sino el tiempo, el culpable de mi deshonestidad… si hubiera nacido doscientos años después sería otra cosa distinta…".

Al sonar las tres de la madrugada, apaga la lámpara y se dirige al dormitorio. Va sin ganas de dormir.

VIII

Hará cosa de dos años, la Diputación tuvo un rasgo de generosidad y acordó asignar 300 rublos mensuales como subsidio para reforzar el personal sanitario del hospital de la ciudad, hasta el momento en que se inaugurase el hospital comarcal; y para ayudar a Andrei Efímich requirió los servicios del médico Evgueni Fiodorich Jobotov. Se trata de un joven que aún no ha cumplido los treinta, moreno, alto, de anchos pómulos y pequeños ojillos. Sus padres, con toda seguridad, no eran rusos. Llegó a la ciudad sin un ochavo, con un maletín y con una mujer joven y fea, a la que da el nombre de cocinera y que tiene un niño de pecho. Evgueni Fiodorich usa gorra de visera y botas altas; y en invierno lleva pelliza. Se ha hecho íntimo del practicante Serguei Sergueich y del cajero.

Sin que se conozca la razón, tilda de aristócratas a los demás funcionarios, cuya compañía rehúye. Tiene en su domicilio un solo libro: *Novísimas recetas de la clínica de Viena para 1881*, libro que lleva consigo siempre que va a visitar a un enfermo. Por las noches juega al billar en el club. No le gustan las cartas. Y es gran amigo de emplear en la conversación palabras y giros como *galimatías, átame esa mosca por el rabo, no oscurezcas las cosas* y otras por el estilo.

Va al hospital dos veces por semana, recorre los pabellones y recibe a los enfermos. La falta absoluta de antisépticos y la aplicación de ventosas le indignan; pero no se atreve a introducir nuevos procedimientos, para no ofender a Andrei Efímich. Considera a éste un viejo farsante, le cree poseedor de una gran riqueza y le envidia en secreto. De buena gana ocuparía su puesto.

IX

Una noche de fines de marzo, cuando ya no había nieve en el suelo y cantaban los estorninos en el jardín del hospital, el doctor salió a la puerta a despedir a su amigo, el jefe de correos. Precisamente en aquel momento entró en el patio el judío Moiseika, que regresaba con su botín. Destocado y con los pies desnudos metidos en unos chanclos, llevaba una alforja con las limosnas recogidas.

—Dame un kopec —se dirigió al doctor, tiritando de frío y sonriendo. Andrei Efímich, incapaz de negar nada, le dio un *grivennik*. "¡Qué horror! —pensó mirando aquellos pies desnudos y aquellos tobillos escuálidos y rojos—. ¡Con tanto barro!".

Y llevado de un sentimiento mezcla de compasión y de repugnancia, le siguió hasta el pabellón, mirando tan pronto los tobillos como la calva de Moiseika. Al entrar el doctor, Nikita saltó del montón de cachivaches y se colocó en posición de firmes.

—Hola, Nikita —le dijo el médico en tono dulce no estaría mal darle a este judío unas botas, porque si no, puede resfriarse.

—A sus órdenes, señor. Se lo comunicaré al inspector.

—Sí, haz el favor. Pídeselo de mi parte. Dile que yo se lo pido.

La puerta de zaguán al pabellón estaba abierta. Iván Dimítrich, acostado en su cama, se incorporó sobre un codo, puso oído a aquella voz extraña y de pronto notó que era la del doctor. Temblando de cólera, saltó de la cama y, con el rostro encendido, desorbitados los ojos, corrió al centro del pabellón.

—¡Ha venido el doctor! —gritó; y se echó a reír inesperadamente—. ¡Por fin! ¡Les felicito, señores! ¡El médico nos honra con su visita! ¡Maldito bicho! —rugió, y con frenesí nunca visto en el pabellón, se puso a patear el piso—. ¡Hay que matar a esa culebra! ¡No; matarlo sería poco! ¡Habría que ahogarlo en el retrete!

Andrei Efímich, que oyó tales palabras, asomó la cabeza desde el zaguán al pabellón y preguntó con voz suave:

—¿Por qué?

—¿Que por qué? —vociferó Iván Dimítrich, acercándosele con aire amenazador y tiritando febrilmente dentro del batín—. ¿Quieres saber por qué? ¡Ladrón! —masculló con repugnancia, poniendo los labios como para escupirle—. ¡Charlatán! ¡Verdugo!

—Cálmese —respondió Andrei Efímich, sonriendo como quien se disculpa—. Le aseguro que nunca he robado nada. Y en lo demás, exagera usted, probablemente. Veo que está enfadado conmigo. Haga el favor de serenarse, si puede, y dígame con tranquilidad: ¿por qué está usted enojado?

—¿Y por qué me tiene usted aquí?

—Pues porque está usted enfermo.

—Sí, lo estoy. Pero decenas de locos, cientos de locos se pasean tranquilamente por la calle porque la ignorancia de ustedes es incapaz de distinguirlos de los sanos. ¿Por qué razón, estos desdichados y yo debemos estar aquí encerrados por todos, como conejillos de indias? Usted, el practicante, el inspector y toda su canalla son infinitamente más bajos, desde el punto de vista moral, que cualquiera de nosotros. ¿Por qué, pues, debemos permanecer encerrados nosotros y no ustedes? ¿Dónde está la lógica?

—La moral y la lógica no tienen nada que ver con esto. Todo depende de la casualidad. Está encerrado el que han encerrado; y el que no han encerrado se pasea tan ufano por la calle. Y nada más. En el hecho de que yo sea médico y usted alienado, no hay ni moral ni lógica, sino una simple casualidad.

—No entiendo ese embrollo —gruñó sordamente Iván Dimítrich y se sentó en su cama.

Moiseika, a quien Nikita no se había atrevido a registrar en presencia del doctor, colocó sobre su lecho los trozos de pan, los papeles y los huesos recogidos como limosnas; y, todavía temblando de frío, pronunció, como cantando, unas frases en hebreo. Probablemente, se imaginaba haber abierto una tienda.

—Déjeme marcharme —exigió Iván Dimítrich con voz trémula.

—No puedo.

—¿Por qué? ¿Por qué?

—Porque no depende de mí. Juzgue usted mismo: ¿qué provecho sacará con que yo le suelte? Váyase. Le detendría la gente o la policía; y volverán a traerle aquí.

—Sí, sí, es verdad —murmuró Iván Dimítrich y se secó la frente—. ¡Es espantoso! Pero ¿qué puedo hacer? ¿Qué voy a hacer?

La voz de Iván Dimítrich y su joven e inteligente rostro, gesticulante siempre, agradaron a Andrei Efímich, que se sintió impelido a consolar al loco y a aplacarlo. Sentándose junto a él en la cama, pensó un instante y dijo:

—¿Qué hacer? ¿Eso pregunta usted? En su situación, lo mejor sería escaparse de aquí. Pero, por desgracia, resultaría inútil, porque le atraparían. La sociedad es invencible cuando se preserva de delincuentes, alienados y gente molesta en general. Le queda a usted solamente una solución: tranquilizarse pensando que su estancia aquí es necesaria.

—Nadie la necesita.

—Si existen las cárceles y los manicomios, alguien debe haber en ellos. Si no es usted, seré yo o un tercero. En un futuro muy lejano, cuando dejen de existir las cárceles y los manicomios, no habrá rejas ni batines. Pero esa época tardará.

Iván Dimítrich sonrió burlón.

—Está usted de broma —dijo, entornando los ojos—. Señores como usted o como su ayudante Nikita se preocupan muy poco del futuro; pero puede tener la seguridad, caballero, de que vendrán mejores tiempos. Yo me expresaré mal, y usted se reirá de mí; pero brillará la aurora de una nueva vida, triunfará la razón, y habrá fiesta en nuestra calle. Yo no lo veré, me moriré antes; pero lo verán nuestros descendientes. ¡Les saludo de todo corazón y me alegro por ellos! ¡Adelante! ¡Que Dios os ayude, amigos!

Iván Dimítrich, fulgurantes los ojos, se levantó; y, extendiendo un brazo hacia la ventana, continuó con voz trémula:

—¡Desde detrás de estas rejas, yo os bendigo! ¡Viva la razón! ¡Me alegro por vosotros!

—No veo tanto motivo para alegrarse —dijo Andrei Efímich a quien el movimiento de Iván Dimítrich le había parecido teatral, aunque no dejó de gustarle—. No habrá cárceles ni manicomios, y la razón triunfará, según ha manifestado usted; pero la esencia de las cosas no cambiará, y las leyes de la naturaleza seguirán siendo las mismas. La gente enfermará, envejecerá y morirá como hasta ahora. Por muy majestuosa que sea la aurora que ilumine su vida, en fin de cuentas le meterán en un ataúd y le enterrarán en un hoyo.

—¿Y la inmortalidad?

—¡Bah!

—¿No cree usted en ella? Pues yo creo. No sé si ha sido Dostoievski o Voltaire quien ha dicho que si no hubiera Dios, lo inventarían los hombres. Y yo estoy profundamente convencido de que si no existe la inmortalidad la inventará, tarde o temprano, el gran entendimiento humano.

—Bien dicho —replicó Andrei Efímich, sonriendo satisfecho—. Me parece muy bien que crea usted. Con esa fe puede vivir en el mejor de los mundos hasta un hombre emparedado. ¿Ha hecho usted estudios?

—Sí. Estudié en la universidad; pero no terminé la carrera.

—Es usted persona inteligente y reflexiva; y en cualquier situación puede hallar consuelo en sí mismo. Un entendimiento libre y profundo que tiende a la interpretación de la vida, y un total desprecio a la estúpida vanidad del mundo: he aquí dos bienes que mejores no los conoce el hombre. Usted puede poseerlos, aunque se halle detrás de tres rejas. Diógenes vivía en un barril y era más feliz que todos los reyes de la tierra.

—Ese Diógenes era un animal —masculló, sombrío, Iván Dimítrich—. ¿A qué me viene usted con Diógenes ni con interpretaciones? —levantóse, indignado—. ¡Yo amo la vida, la amo con pasión! Tengo manía persecutoria, un temor permanente y torturador; pero hay momentos en que se apodera de mí la sed de vivir, y entonces temo volverme loco. ¡Tengo un ansia enorme de vivir!

Alterado y nervioso, recorrió el pabellón; y agregó, bajando la voz:

—Cuando sueño me visitan espectros. Se me presentan unos hombres extraños; oigo voces, música; me parece que estoy paseando por un bosque, por la orilla del mar; y me entra tal ansia de tener preocupaciones y quehaceres… Dígame, ¿qué hay de nuevo por ahí? ¿Qué hay de nuevo?

—¿Se refiere usted a la ciudad o habla en general?

—Cuénteme primero lo que haya en la ciudad; y luego, en general.

—Pues, ¿qué quiere que le diga? La ciudad sigue siendo fastidiosamente aburrida… No hay a quién decir una palabra ni de quién oírla. Tampoco hay gente nueva. Aunque, para ser preciso, debo decirle que hace poco ha venido el joven doctor Jobotov.

—Vino cuando yo estaba todavía en libertad. Será un cínico, ¿no?

—Pues sí. Es hombre de poca cultura. Resulta cosa extraña, ¿sabe? A juzgar por todos los síntomas, en nuestras capitales no se observa un estancamiento intelectual, antes bien se nota un progreso. Por consiguiente, debe haber allí personas auténticas; pero, por no se qué razón, siempre nos mandan gente que no vale la pena de mirarla. ¡Qué ciudad tan desdichada!

—Desdichadísima —suspiró Iván Dimítrich; y sonrió—. ¿Y cómo van las cosas en general? ¿Qué escriben los periódicos y las revistas?

El pabellón estaba ya oscuro. El doctor se levantó; y se puso a contar lo que se escribía en el extranjero y en Rusia, y a describir las tendencias ideológicas que se observaban. Iván Dimítrich le oía con atención, haciendo preguntas de cuando en cuando; pero de pronto, como si recordase algo horroroso, se agarró la cabeza con las dos manos y se tendió en la cama, de espaldas al doctor.

—¿Qué le pasa? —inquirió éste.

—No volverá usted a oír una sola palabra mía —respondió, rudamente, el loco—. ¡Déjeme en paz!

—Pero ¿por qué?

—Le digo que me deje en paz, ¡qué diablo!

Andrei Efímich se encogió de hombros, suspiró y abandonó el pabellón.

Al pasar por el zaguán dijo al guarda:

—Nikita, estaría bien limpiar un poco esto… ¡Hay un olor terrible!

—A sus órdenes, señor.

"¡Qué joven tan agradable! —iba pensando el médico camino de su domicilio—. Desde que vivo aquí creo que es la primera persona con quien se puede hablar. Sabe razonar y se interesa precisamente por las cosas de peso".

Mientras leía y, luego, al acostarse, no dejó de pensar en Iván Dimítrich. Y al despertarse a la mañana siguiente, recordó que la víspera había conocido a un joven inteligente e interesante, decidiendo ir a visitarle en la primera ocasión.

X

Iván Dimítrich estaba tendido en la misma posición que el día anterior, con la cabeza entre las manos y las piernas encogidas. La cara no se le veía.

—Buenas tardes, amigo —le saludó Andrei Efímich entrando—. ¿No duerme usted?

—En primer lugar, yo no soy su amigo —replicó Iván Dimítrich, con la cara hundida en la almohada—. Y en segundo, es inútil que se empeñe: no me sacará usted una sola palabra.

—Es extraño —murmuró el doctor confundido—. Ayer estábamos charlando tan tranquilamente; y de pronto se enfadó usted e interrumpió la conversación… Quizá le disgustaría alguna de mis expresiones, o acaso yo dijera algo contrario a sus ideas…

—¡Como que se cree usted que va a engañarme! —dijo Iván Dimítrich, incorporándose un poco y mirando al doctor con sorna e inquietud, a un tiempo y con los ojos inyectados en sangre—. Puede marcharse a espiar a otro lado, pues aquí no tiene nada qué hacer. Ayer mismo me di cuenta de por qué viene.

—Extraña fantasía —sonrió Andrei Efímich—. ¿De modo que usted me cree un espía?

—Si, lo creo… Un espía o un médico encargado de examinarme. Para el caso es lo mismo.

—¡Oh, qué… qué raro es usted! Y dispense la expresión…

El doctor sentóse en un taburete, junto a la cama; y movió la cabeza en son de reproche.

—Bueno —prosiguió—. Admitamos que lleva usted razón; que yo vengo a cazar arteramente sus palabras para delatarle a la policía; que le detienen y le condenan. ¿Es que, acaso, en el tribunal o en la cárcel va usted a estar peor que aquí? E incluso si le deportan o le mandan a trabajos forzados, ¿será peor su situación que en este pabellón? Creo que no será peor. ¿Qué motivo hay, pues, para temer?

A lo que se ve, estas palabras influyeron en el ánimo de Iván

Dimítrich, que se sentó, calmado.

Eran más de las cuatro de la tarde, la hora en que Andrei Efímich solía recorrer sus habitaciones y Dariushka le preguntaba si no había llegado el momento de tomarse la cerveza. El tiempo era claro y apacible.

—Después de almorzar, salí a dar un paseo; y de camino he venido por aquí, como usted ve —continuó—. Hace un tiempo verdaderamente primaveral.

—¿En qué mes estamos? ¿En marzo? —interesóse Iván Dimítrich.

—Sí, a fines de marzo.

—¿Hay mucho barro en la calle?

—No, no mucho. Ya se puede andar por los senderillos del jardín.

—Buena época para darse un paseo en coche por las afueras de la ciudad —dijo Iván Dimítrich, restregándose los ojos enrojecidos, como si acabara de despertarse—. Darse un paseo por las afueras y después volver a casa, meterse en el gabinete, cómodo y abrigado, y que un buen médico le cure a uno el dolor de cabeza… Hace mucho tiempo que no vivo como las personas. ¡Esto da asco! ¡Es insoportable!

Después de la excitación de la víspera, se mostraba fatigado y débil y hablaba como con desgana. Le temblaban los dedos; y, por su semblante, se notaba que le dolía fuertemente la cabeza.

—Entre un gabinete abrigado y cómodo y este pabellón no hay diferencia alguna —sentenció Andrei Efímich—. La quietud y la satisfacción del hombre no están fuera de él, sino en él mismo.

—¿Qué quiere decir eso?

—Que el hombre corriente busca lo bueno y lo malo fuera de sí mismo, o sea, en un coche o en un gabinete; mientras que el hombre meditativo lo busca en sí mismo.

—Váyase a predicar esa filosofía a Grecia, donde hace calor y huele a naranjas, que aquí no va con el clima. ¿No fue con usted con quien hablé de Diógenes?

—Sí, hablamos ayer.

—Diógenes no necesitaba un gabinete ni un local abrigado; ya sin eso hace bastante calor allí. Con un tonel para meterse y unas cuantas naranjas y aceitunas que comer, basta y sobra. Pero si Diógenes hubiera vivido en Rusia, no digo yo en diciembre, sino hasta en mayo, habría pedido habitación. Vamos, si no quería helarse.

—No. El frío, como todos los dolores, puede no sentirse. Marco Aurelio dijo: "El frío es una noción viva del dolor; haz un esfuerzo de voluntad para modificar esta noción, recházala, deja de quejarte, y el dolor desaparecerá". Es una gran verdad. Un sabio o, sencillamente, un pensador, un meditador, se distingue de los demás en que desprecia el sufrimiento, siempre está satisfecho y de nada se asombra.

—Quiere decirse que yo soy idiota porque sufro, estoy descontento y me asombro de la bajeza humana.

—Hace mal. Reflexione más a menudo; y comprenderá cuán insignificante es todo lo exterior que nos emociona. Hay que tender a la interpretación de la vida. Ahí reside la verdadera bienaventuranza.

—Interpretación… —Iván Dimítrich frunció el ceño—. Interior… exterior… Perdone usted, pero no comprendo nada de eso. Sé tan sólo —y se levantó mirando hoscamente al doctor—, sé tan sólo que Dios me ha hecho de sangre caliente y de nervios… ¡Sí, señor! Y el tejido orgánico, cuando tiene vida, debe reaccionar a toda excitación. ¡Por eso reacciono yo! Contesto al dolor con gritos y lágrimas: a las infamias, con indignación; a las inmundicias, con asco. Eso es lo que, a mi juicio, se llama vida. Cuanto más inferior es el organismo, tanto menos sensible es y tanto menos reacciona a las excitaciones; y, por el contrario, cuanto mayor es su perfección, tanto mayor es su sensibilidad y tanto más enérgica su reacción ante la realidad. ¿Cómo puede ignorarse esto? ¡Médico, y no sabe cosas tan elementales! Para despreciar el sufrimiento, estar siempre satisfecho y no asombrarse de nada, hay que llegar a la situación de éste —Iván Dimítrich señaló al *mujik* gordo y adiposo— o haberse templado en el sufrimiento, hasta el punto de perder toda sensibilidad o, dicho de otro modo, dejar de vivir. Perdóneme; no soy ni un sabio ni un filósofo —prosiguió Iván Dimítrich indignado—, y no comprendo nada de esto. No estoy en condiciones de razonar.

—Al contrario. Razona usted admirablemente.

—Los estoicos, de los cuales hace usted una parodia, fueron hombres magníficos; pero su doctrina se petrificó hace ya dos mil años, y no ha avanzado un solo paso ni lo avanzará, porque no es práctica ni viable. Ha gozado de algún predicamento entre una minoría, que se pasa la vida estudiando y probando diversas doctrinas; pero la mayoría no la ha comprendido. Una doctrina que predica la indiferencia hacia la riqueza, las comodidades de la vida, los sufrimientos y la muerte, resulta absolutamente incomprensible para la inmensa mayoría; porque esa mayoría jamás ha conocido ni la riqueza ni las comodidades de la vida; y despreciar los sufrimientos equivaldría, para los más, a despreciar la propia vida, ya que todo el ser del hombre consiste en sensaciones de hambre, de frío, de ofensas, de pérdidas y de un miedo a la muerte, digno de Hamlet. En esas sensaciones reside la vida: puede uno cansarse de ella y hasta odiarla; pero nunca despreciarla. Repito que la doctrina de los estoicos no puede tener ningún porvenir; mientras que, por el contrario, como usted ve, desde el comienzo del siglo hasta ahora progresan la lucha, la sensibilidad ante el dolor, la facultad de reaccionar a las excitaciones…

Iván Dimítrich perdió repentinamente el hilo de sus pensamientos, se detuvo y se secó la frente.

—Quería decir algo importante, pero se me ha ido de la cabeza —lamentóse enfadado—. ¿A qué me estaba refiriendo? ¡Ah, sí! Un estoico se vendió en esclavitud para redimir a un semejante. ¿Ve usted? Hasta un estoico reaccionó a la excitación; pues para realizar un acto tan magnánimo como es el del autosacrificio en favor del prójimo, hace falta un alma compasiva y emocionada. En esta cárcel se me ha olvidado todo lo que aprendí: de no ser así, recordaría algunas cosas más. ¿Y si hablamos de Cristo? Cristo respondía a la realidad llorando, sonriendo, apenándose, enfureciéndose. Hasta nostalgia sentía. No afrontaba los sufrimientos con una sonrisa, ni despreciaba la muerte; por el contrario, oró en el huerto de Getsemaní para no tener que apurar el cáliz de la amargura…

Iván Dimítrich se rió y volvió a tomar asiento.

—Admitamos que la tranquilidad y la satisfacción del hombre no están fuera de él, sino en su interior —continuó—. Admitamos que hay que despreciar los sufrimientos y no asombrarse de nada. ¿Con qué fundamento predica usted todo eso? ¿Es usted un sabio? ¿Un filósofo?

—No; no soy un filósofo: pero eso debe predicarlo cada cual, porque es razonable.

—Lo que quiero saber es por qué se considera usted competente en lo que respecta a la interpretación de la vida, al desprecio de los sufrimientos, etcétera. ¿Es que usted ha sufrido alguna vez? ¿Tiene alguna noción del sufrimiento? Permítame una pregunta: ¿le pegaban a usted cuando niño?

—No. Mis padres sentían horror por los castigos corporales.

—Pues mi padre me pegaba sin compasión. Era un funcionario rudo, hemorroidal, de nariz larga y cuello amarillo. Pero hablemos de usted. En toda su vida, nadie le ha tocado al pelo de la ropa, ni le ha asustado. Tiene usted la salud de un toro. Creció bajo las alas de su padre; estudió por cuenta de él; e inmediatamente le cayó en suerte un puesto bueno. Ha vivido más de veinte años sin pagar casa, con calefacción, con luz, con sirvienta, con derecho a trabajar lo que quisiera e incluso a no hacer nada. Por naturaleza, es usted perezoso, vago; y ha procurado organizar su existencia de modo que nadie le moleste ni le haga moverse. Ha puesto todos los asuntos en manos del practicante y de otros canallas; y usted, mientras tanto, sentado en una habitación cálida y silenciosa, juntando dinero, leyendo libros, deleitándose en meditaciones sobre estupideces muy elevadas y (aquí Iván Dimítrich miró la roja nariz del doctor) empinando el codo. Dicho en otras palabras, no ha visto usted la vida, ni la conoce en absoluto; y de la realidad no tiene sino una noción teórica. Si desprecia los sufrimientos y de nada se asombra, es por un motivo muy simple: la vanidad de vanidades, lo externo y lo interno, el desprecio a la vida, a los sufrimientos y a la muerte, la interpretación y la verdadera bienaventuranza, son mera filosofía más grata para el zángano ruso. Usted ve, por ejemplo, a un *mujik* pegándole a su mujer. ¿Para qué inmiscuirse? Que le pegue: al fin y al cabo, los dos se morirán, tarde o temprano; y, además, el que pega no ofende a su víctima, sino a sí mismo. Emborracharse es estúpido e indecente; pero igual se muere el que se emborracha que el que no. Llega una mujer con dolor de muelas… Como el dolor es la idea de que duele y como, por añadidura, no hay modo de evitar las enfermedades en este mundo, y todos hemos de morir, que se vaya la mujeruca con sus dolores y le deje a usted meditar y beber vodka. Un joven pide consejo y pregunta qué hacer y cómo vivir. Antes de responder, otro reflexionaría un poco; pero usted tiene lista la respuesta: "Aspira a lograr la interpretación de la vida y la auténtica bienaventuranza". ¿Y qué es esa fantástica "bienaventuranza"? Naturalmente, no hay contestación. Aquí nos tienen recluidos tras unos barrotes; nos obligan a pudrirnos y nos martirizan; pero todo ello es magnífico y razonable, porque entre este pabellón y un gabinete cómodo y abrigado no existe ninguna diferencia. Estupenda filosofía: no hay nada que hacer, y la conciencia está tranquila, y uno se siente sabio… Pues no, señor: eso no es filosofía, ni pensamiento, ni amplitud de miras, sino pereza, artimaña, soñolencia… ¡Sí, señor! —tornó a enfadarse Iván Dimítrich—. Dice usted que desprecia los sufrimientos; pero ya veríamos los gritos que daría si le cogieran un dedo con una puerta.

—O quizá no gritara —objetó Andrei Efímich con sonrisa tímida.

—¡Vaya que sí! O supongamos que se queda usted paralítico o que algún idiota desvergonzado, aprovechándose de su rango y situación, le insulta públicamente y usted sabe que la ofensa quedará impune. Entonces comprenderá usted lo que significa pedir a los demás que se contenten con la interpretación de la vida o con la auténtica bienaventuranza.

—Es original —dijo Andrei Efímich, riendo y frotándose las manos—. Me causa agradable sorpresa su tendencia a las sintetizaciones; y creo que la característica que acaba de hacer de mí es francamente brillante. He de reconocer que la conversación con usted me proporciona un placer enorme. Bueno, yo le he escuchado ya. Ahora hágame el favor de escucharme a mí…

XI

La conversación duró todavía cosa de una hora; y, al parecer, produjo gran impresión al doctor. A partir de entonces, comenzó a visitar el pabellón todos los días. Iba por la mañana y después de almorzar; y a menudo, oscurecía, charlando con Iván Dimítrich. Al principio, éste se mostraba huidizo, sospechando mala intención; y expresaba su hostilidad francamente: pero pronto se acostumbró al trato con el médico, y cambió su rudeza por una actitud mezcla de condescendencia y de ironía.

Pronto se propagó en el hospital el rumor de que Andrei Efímich visitaba el pabellón número seis. Ni el practicante, ni Nikita, ni las enfermeras acertaban a explicarse para qué iba, por qué se pasaba allí horas enteras, de qué hablaba y por qué no daba recetas. Sus actos parecían extraños. Mijaíl Averiánich no le encontraba a menudo en su domicilio, cosa que jamás había ocurrido antes; y Dariushka estaba muy desconcertada, pues el doctor no tomaba ya la cerveza a una hora fija; y hasta llegaba tarde a almorzar algunas veces.

Un día de fines de junio, el doctor Jobotov vino a ver a Andrei Efímich para un asunto. Como no le hallara en casa, se fue a buscarlo por el patio, donde alguien le dijo que el viejo médico había entrado en el pabellón de los locos. Penetrando en él y deteniéndose en el zaguán, Jobotov oyó la siguiente conversación:

—Nunca llegaremos a un acuerdo, y desde luego, no conseguirá usted convertirme a sus creencias —decía Iván Dimítrich hoscamente—. Usted ignora por completo la realidad: jamás ha sufrido, y como una sanguijuela, se ha nutrido de los sufrimientos ajenos. Yo, en cambio, he sufrido desde el día de mi nacimiento hasta el de hoy. Por eso le digo, sin rodeos, que me considero por encima de usted y más competente que usted en todos los órdenes. Nada tiene que enseñarme.

—No tengo la pretensión de convertirle a mis creencias —pronunció en voz baja Andrei Efímich, lamentando que no quisieran comprenderlo—. Y no se trata de eso, amigo mío. El quid no está en que usted haya sufrido y yo no. Los sufrimientos y las alegrías son cosa efímera. Dejémoslos a un lado, y que se vayan con Dios. El quid está en que usted y yo pensamos. Vemos, el uno en el otro, personas capaces de pensar y de razonar; y esto nos hace solidarios, por diversos que sean nuestros criterios. ¡Si supiera usted, amigo mío, cómo me fastidian la insensatez, la torpeza, la cerrazón generales, y con cuánta alegría charlo con usted todas las veces! Es usted inteligente, y me deleita su conversación.

Jobotov entreabrió la puerta y miró al pabellón: Iván Dimítrich, con el gorro de dormir, y el doctor Andrei Efímich estaban sentados juntos en la cama. El loco gesticulaba, temblaba y se arrebujaba febrilmente en la bata; y el doctor, inmóvil, gacha la cabeza, tenía la cara roja y la expresión abatida y triste. Jobotov se encogió de hombros, sonrió y miró a Nikita. Nikita se encogió también de hombros.

Al día siguiente, el joven médico acudió al pabellón acompañado del practicante, y los dos se pusieron a escuchar en el zaguán.

—Parece que nuestro abuelo se ha ido de la cabeza —comentó Jobotov al salir.

—¡Señor, ten piedad de nosotros, pecadores! —suspiró el beato Serguei Sergueich, rodeando cuidadosamente los charcos, para no ensuciarse las lustrosas botas—. A decir verdad, estimado Evgueni Fiodorich, hace tiempo que yo lo esperaba.

XII

A partir de entonces, Andrei Efímich comenzó a notar una atmósfera extraña a su alrededor. Los guardas, las enfermeras y los enfermos, al encontrarse con él, le miraban con aire interrogativo y luego cuchicheaban entre sí. Masha, la hijita del inspector, con la que siempre le gustaba encontrarse en el jardín del hospital, escapaba cuando él, sonriente, quería acercársele para acariciarle la cabecita. El jefe de correos, Mijaíl Averiánich, al oírle, ya no decía "Completamente cierto", sino mascullaba con incomprensible azoramiento: "Pues sí, sí, sí…" y le miraba triste y compasivamente. Por razones ignoradas, había comenzado a aconsejar a su amigo que dejase el vodka y la cerveza; pero como era persona delicada, no se lo decía claramente, sino con rodeos, refiriéndole la historia de un comandante de batallón, excelente sujeto, o del capellán de un regimiento, magnífica persona, que bebían y enfermaron; pero recobraron totalmente la salud apenas se quitaron de la bebida. Su colega Jobotov también estuvo a verle dos o tres veces, recomendándole que dejase de beber, y aconsejándole que tomase bromuro de potasio, sin que Andrei Efímich viese el menor motivo para ello.

En agosto, Andrei Efímich recibió una carta del alcalde rogándole que fuese a verle, para tratar un asunto importantísimo. Cuando se presentó en el Ayuntamiento, Andrei Efímich encontró allí al jefe de la guarnición, al inspector del instituto comarcal, que era concejal, a Jobotov y a un señor grueso y rubio, que le fue presentado como médico. Este médico de apellido polaco, muy difícil de pronunciar, vivía a cosa de 30 kilómetros de la ciudad, en una granja caballar, y estaba allí de paso, según le dijeron.

—Hay aquí una propuesta que le concierne —dirigióse el concejal a Andrei Efímich, una vez intercambiados los saludos de rigor y sentados ya todos—. Evgueni Fiodorich dice que la farmacia del hospital tiene poco sitio en el pabellón principal y que habría que trasladarla a uno de los pequeños. Naturalmente, se puede trasladar; pero habrá que arreglar el pabellón adonde se la traslade.

—En efecto, la reparación será imprescindible —asintió Andrei Efímich, al cabo de un momento de reflexión—. Si acondicionamos el pabellón del extremo para farmacia, creo que se necesitarán, como *minimum*, 500 rublos. Un gasto improductivo.

Se produjo una pausa.

—Ya tuve el honor de informar hace diez años —agregó Andrei Efímich en voz más queda— que este hospital, en su estado presente, constituye un lujo exagerado para la ciudad. Lo construyeron en la década del cuarenta, cuando los recursos eran distintos. La ciudad gasta mucho dinero en construcciones innecesarias y en cargos superfluos. Creo que con igual dinero, y en otras condiciones, podrían sostenerse dos hospitales ejemplares.

—Bueno; pues vamos a crear otras condiciones —se apresuró a responder el concejal.

—Ya tuve el honor de hacer una propuesta: transfieran ustedes los servicios médicos a la Diputación.

—Sí, sí: transfieran el dinero a la Diputación, y lo robarán todo —rió el doctor rubio.

—Es lo que siempre ocurre —asintió el concejal, sonriéndose a su vez. Andrei Efímich echó al doctor rubio una mirada desvaída y replicó:

—Hay que ser justos.

Nueva pausa. Sirvieron té. El militar, inexplicablemente confuso, tocó a través de la mesa la mano de Andrei Efímich y le dijo:

—Nos tiene usted totalmente olvidados, doctor. Claro, que usted es un monje: ni juega a las cartas ni le gustan las mujeres. Con nosotros se aburriría...

Todos se pusieron a comentar lo tediosa que era la vida en aquella ciudad, para un hombre instruido, ni teatro, ni música; y en el último baile celebrado en el club, había cerca de veinte damas y solamente dos caballeros, porque los jóvenes no bailaban, sino que se agolpaban junto al ambigú o jugaban a las cartas. Andrei Efímich, reposadamente, sin mirar a nadie, dijo que era una lástima, una verdadera lástima, que la gente dedicara sus energías, su inteligencia y su corazón a las cartas y al cotilleo; y que no supiera o no quisiera pasar el tiempo ocupada en una conversación interesante, o en la lectura, o disfrutando de los placeres del entendimiento. Sólo el entendimiento era interesante y magnífico: lo demás no pasaba de ruin y minúsculo. Jobotov escuchó atentamente a su colega; y, de pronto, le interrumpió:

—Andrei Efímich, ¿a cómo estamos hoy?

Obtenida la respuesta, Jobotov y el doctor rubio, en tono de examinadores que notan su falta de habilidad, preguntaron a Andrei Efímich qué día era, cuántos días tenía el año y si era cierto que en el pabellón número seis habitaba un notable profeta.

Al oír la última pregunta, Andrei Efímich enrojeció y dijo:

—Es un joven alienado; pero muy interesante. Ya no le preguntaron nada más.

A la salida, cuando Andrei Efímich estaba poniéndose el abrigo en el recibidor, se le acercó el militar, le puso la mano en el hombro y suspiró:

—Ya es hora de que los viejos descansemos.

Una vez en la calle, nuestro hombre comprendió que había sido examinado por una comisión encargada de dictaminar acerca de sus facultades mentales. Recordó las preguntas que le habían hecho, enrojeció; y, por primera vez en su vida, le dio lástima la medicina.

"Dios mío —pensó al recordar a los médicos que acababan de observarle—. ¡Pero si no hace ni tres días que se examinaron de psiquiatría! ¿Cómo son tan ignorantes? ¡Si no tienen ni idea de la materia!".

Y, por primera vez en su vida, se sintió ofendido y enojado.

Aquella misma tarde acudió a visitarle Mijaíl Averiánich. Sin saludar siquiera, el jefe de correos se le acercó y, cogiéndole las dos manos, le dijo con voz emocionada:

—Querido amigo mío, demuéstreme que cree en mi sincera estima y que me considera amigo suyo… ¡Andrei Efímich! —y, sin dejar hablar al médico, prosiguió cariñoso—: Le tengo verdadero afecto, por su instrucción y por su nobleza. Escúcheme, querido: las reglas de la ciencia obligan a los doctores a ocultarle la verdad; pero yo, como militar, tiro por la calle de en medio: ¡Está usted enfermo! Dispense mi franqueza, querido, pero es la pura verdad de la que se han percatado hace tiempo todos los que le rodean. El doctor Evgueni Fiodorich acaba de comunicarme que debiera usted descansar y distraerse, en bien de su salud. ¡Es completamente cierto!

¡Estupendo! Estos días pediré mis vacaciones y me voy a respirar otros aires. ¡Demuéstreme que es amigo mío! ¡Vámonos juntos!

¡Vámonos! ¡Nos sacudiremos los años!

—Yo me siento perfectamente sano —repuso Andrei Efímich después de pensar un breve instante—. No puedo ir a ninguna parte. Permítame que le demuestre mi amistad de algún otro modo.

Irse no se sabe dónde ni para qué, sin los libros, sin Dariushka, sin cerveza; alterar bruscamente un régimen de vida establecido hacía más de veinte años… Tal idea se le antojó absurda y fantástica en el primer momento. Pero luego recordó la reunión del Ayuntamiento y el mal estado de ánimo que se apoderó de él al volver a su casa. Y la idea de abandonar un poco de tiempo una ciudad donde la gente estúpida le consideraba loco, le sonrió.

—¿Y a dónde piensa usted ir? —inquirió.

—A Moscú, a San Petersburgo, a Varsovia… En Varsovia pasé los cinco años más felices de mi vida. ¡Qué ciudad más admirable! ¡Venga conmigo, querido!

XIII

Una semana después propusieron a Andrei Efímich que descansase, es decir, que presentara la dimisión, propuesta que él acogió con entera indiferencia. Y al cabo de otra semana, Mijaíl Averiánich y él iban ya en la diligencia, camino de la estación del ferrocarril. Los días eran frescos, claros, de cielo azul y horizonte transparente. Hasta llegar a la estación, recorriendo los 200 kilómetros de distancia, hubieron de pasar dos noches en el camino. Cuando en las estaciones de postas servían el té en vasos mal lavados o tardaban en enganchar los caballos, Mijaíl Averiánich se ponía de color púrpura; y, temblando con todo su cuerpo, vociferaba contra el servicio y gritaba: "¡A callar! ¡No quiero excusas!".

Y mientras viajaban en la diligencia no cesaba un minuto de relatar sus viajes al Cáucaso y al reino de Polonia. ¡Qué aventuras! ¡Qué encuentros! Hablaba a gritos, poniendo tales ojos de admiración, que pudiera creerse que mentía. Además, lo hacía con la boca pegada a la cara de Andrei Efímich, respirando junto a su mejilla y riéndosele en el mismo oído, todo lo cual molestaba al médico y le impedía concentrarse.

Para economizar en el billete de ferrocarril, sacaron tercera clase. Iban en un coche para viajeros no fumadores. La mitad de los compañeros de departamento era gente aseada. Mijaíl Averiánich no tardó en trabar conocimiento con todos; y, pasando de un asiento a otro, decía en voz alta que nadie debiera utilizar aquellos ferrocarriles indignos. ¡Engaño por todas partes! ¡Qué distinto ir a caballo! Después de recorrer 100 verstas en un día, se sentía uno más fresco y más lozano que nunca. Y la mala cosecha se debía a que habían secado los pantanos de Pinsk. Se observaba un cuadro general de anormalidades horribles. Hablaba casi a gritos, sin dejar que los demás intercalasen una palabra. La interminable charla, mezclada con grandes risas y con ademanes y gestos expresivos, terminó por fatigar a Andrei Efímich. "¿Cuál de nosotros dos será el loco? —pensaba con fastidio—. ¿Soy, acaso yo, que procuro no molestar para nada a los pasajeros, o este egoísta, que se cree el más listo y el más interesante de cuantos vamos aquí, y por eso no deja tranquilo a nadie?".

Al llegar a Moscú, Mijaíl Averiánich se puso una guerrera militar sin hombreras y unos pantalones con franja roja. Para andar por la calle usaba gorra oficial y capote, y los soldados le saludaban al pasar. Al médico le parecía que aquel hombre se había desprendido de todo lo bueno que tuvieran sus costumbres señoriales de antaño, quedándose con lo malo. Le gustaba que le sirvieran incluso cuando no era necesario; teniendo los fósforos sobre la mesa, al alcance de la mano, y viéndolos él, gritaba al camarero que se los diera; en la habitación del hotel, no se cohibía de andar en ropas menores delante de la camarera; tuteaba a todos los sirvientes, sin distinción, incluso a los viejos; y si se enfadaba, los llamaba torpes e idiotas. A juicio de Andrei Efímich, todo esto era señoritil y repugnante.

Ante todo, Mijaíl Averiánich llevó a su amigo a ver la virgen de Iverskaia. Oró fervorosamente, con genuflexiones hasta el suelo e incluso derramando lágrimas. Al terminar suspiró profundamente y dijo:

—Aunque uno no crea, siempre se queda más tranquilo rezando. Bésela, amigo.

El médico, un tanto confuso, besó la imagen. Mijaíl Averiánich, alargando los labios y moviendo la cabeza, musitaba una oración mientras las lágrimas acudían de nuevo a sus ojos.

Después estuvieron en el Kremlin, vieron allí el Rey de los Cañones y la Reina de las Campanas, llegando incluso a tocarlos; admiraron el paisaje que ofrecía el barrio de Zamoskvorechie; y visitaron el templo del Salvador y el Museo Rumiantsev.

Almorzaron en el restaurante Testov. Mijaíl Averiánich estuvo un buen rato contemplando la carta y acariciándose al mismo tiempo las patillas; y por último dijo en el tono de un gourmet acostumbrado a sentirse en tales restaurantes como en su propia casa:

—Vamos a ver qué nos da usted hoy, ángel.

XIV

El doctor iba de acá para allá, miraba, comía, bebía. Pero su única sensación era de fastidio contra Mijaíl Averiánich. Ansiaba descansar de su amigo, huir de su compañía, ocultarse. Y el amigo se consideraba obligado a no dejarle solo un instante y a procurarle el mayor número de distracciones. Cuando no tenían nada que ver, le distraía con su conversación. Andrei Efímich aguantó dos días, pero al tercero declaró al amigo que se sentía indispuesto y deseaba quedarse en la habitación; a lo que respondió aquél diciendo que, en tal caso, también él se quedaría: era necesario descansar, pues de otro modo iban a perder hasta el aliento. Andrei Efímich se tendió en el diván, de cara a la pared; y, apretando los dientes, estuvo oyendo al militar, quien aseguraba que Francia, más tarde o más temprano, destruiría a Alemania; que en Moscú había muchos granujas; y que por la figura de un caballo no podían apreciarse sus cualidades. Al doctor comenzaron a zumbarle los oídos y se le aceleraron las palpitaciones del corazón; pero no se atrevió, por delicadeza, a pedir al otro que se fuese o se callase. Afortunadamente, Mijaíl Averiánich terminó aburriéndose de estar en la habitación y se marchó, después de comer, a dar un paseo.

Cuando se vio solo, Andrei Efímich se entregó al descanso. ¡Qué agrado estar inmóvil en el diván y saberse solo en la habitación! No era posible la dicha completa sin la soledad. El ángel caído debió traicionar a Dios porque deseaba la soledad, que los ángeles desconocen. El doctor hubiera querido pensar en lo visto y oído en los últimos días, pero Mijaíl Averiánich no se le iba de la imaginación.

"La cosa es que ha tomado sus vacaciones y se ha venido conmigo por amistad, por generosidad —pensaba el doctor con enfado—. No hay nada peor que esta especie de tutela amistosa. Parece bueno, magnánimo y alegre; pero es aburridísimo. Insoportablemente aburrido. Así son los que siempre pronuncian bellas frases; pero uno se da cuenta de que son unos brutos".

Al día siguiente, Andrei Efímich pretextó hallarse enfermo y no salió de la habitación. Tendido en el diván, de cara a la pared, sufría cuando el amigo trataba de distraerle, charlando o descansaba en su ausencia. Tan pronto se enojaba consigo mismo por haber emprendido el viaje con su amigo, cada día más charlatán y desenvuelto. Y no lograba pensar en nada serio o elevado.

"Me está castigando la realidad de que hablaba Iván Dimítrich —pensaba, disgustado por su quisquillosería—. Aunque, por otra parte, todo es pura bobada... Cuando vuelva a casa, las cosas volverán a su cauce".

Y en San Petersburgo, igual: días enteros sin salir de la habitación, echado en el diván, del que sólo se levantaba para beber cerveza.

Mijaíl Averiánich se daba prisa para irse a Varsovia.

—Pero, querido, ¿qué tengo yo que hacer allí? —protestaba Andrei Efímich con voz suplicante—. ¡Váyase solo y permítame que yo me vuelva a casa! ¡Por favor!

—¡De ninguna manera! —exclamaba Mijaíl Averiánich—. ¡Es una ciudad maravillosa! Yo pasé en ella los cinco años más felices de mi vida.

Como al doctor le faltaba carácter para mantenerse en lo suyo, se fue a Varsovia, aunque a regañadientes. Tampoco allí salió de la habitación del hotel; también permaneció tendido en el diván; y también se enojó consigo mismo y con su amigo, a más de con los mozos, que se resistían a comprender el ruso. Y Mijaíl Averiánich, sano, optimista y alegre como de ordinario, andaba siempre por la ciudad buscando a sus viejos amigos. Pasó varias noches fuera del hotel. Después de una de estas noches, regresó por la mañana temprano, en estado de fuerte alteración, rojo y despeinado.

Recorrió largo tiempo la pieza yendo de un rincón a otro, gruñendo para sí; y por último se detuvo y dijo:

—¡El honor ante todo!

Después volvió a andar un poco; y, agarrándose la cabeza con las dos manos, pronunció, trágico:

—¡Sí, el honor ante todo! ¡Maldita sea la hora en que se me ocurrió venir a esta Babilonia! Querido amigo —dirigiéndose al doctor—, desprécieme usted: he perdido a las cartas. Présteme 500 rublos.

Andrei Efímich contó la suma pedida; y, sin decir palabra, se la dio a su amigo. Éste, rojo todavía de vergüenza y de cólera, barbotó un juramento tan incoherente como innecesario, encasquetóse la gorra y salió. Volvió cosa de dos horas más tarde, aquí se desplomó en un sillón; y, suspirando profundamente, dijo:

—¡El honor está a salvo! Vámonos de aquí, amigo mío. No quiero estar ni un minuto más en esta maldita tierra. ¡Granujas! ¡Espías austriacos!

XV

Cuando los dos regresaron a la ciudad de su residencia, era ya noviembre; y las calles aparecían cubiertas de nieve. El puesto de Andrei Efímich estaba ya ocupado por Jobotov, que vivía en su viejo domicilio, esperando a que llegase Andrei Efímich y desalojara el piso cedido por el hospital. La fea mujer a la que él llamaba "cocinera" habitaba ya en uno de los pabellones.

Corrían por la ciudad nuevos chismes acerca del hospital. Murmurábase que la fea había reñido con el inspector; y que éste se arrastraba ante ella, pidiéndole perdón.

Andrei Efímich tuvo que buscar nuevo alojamiento el primer día de su regreso.

—Querido amigo —le preguntó tímidamente el jefe de correos—. Perdone si la pregunta es indiscreta: ¿de qué medios dispone usted?

El médico contó en silencio su dinero y respondió:

—Ochenta y seis rublos.

—No le pregunto lo que lleva encima —murmuró, confuso, Mijaíl Averiánich—. Le pregunto qué recursos tiene usted, en general.

—Pues eso es lo que le digo: 86 rublos… No dispongo de nada más.

Mijaíl Averiánich consideraba al doctor persona honesta y noble; pero le atribuía un capital de 20.000 rublos como mínimo. Ahora, al enterarse de que era casi un mendigo, sin ningún medio de vida, se echó a llorar y abrazó a su amigo.

Andrei Efímich se mudó a una casita de tres ventanas, propiedad de una tal Bielova, en la que había tres habitaciones sin contar la cocina. Dos de ellas las ocupaba el doctor; y en la tercera y en la cocina vivían Dariushka y la dueña, con sus tres niños. De cuando en cuando, el amante de Bielova venía a pasar la noche con ella. Era un *mujik* borracho, que escandalizaba e infundía pánico a Dariushka y a los niños. Cuando llegaba y, sentado en la cocina, exigía vodka, todos se asustaban; y el doctor, movido a compasión, recogía a los niños, atemorizados y llorosos, acostándolos en el suelo de una de sus habitaciones, lo que le causaba honda satisfacción.

Seguía levantándose a las ocho; y, después de desayunar, se sentaba a leer sus viejos libros y revistas, puesto que carecía de dinero para comprar nuevos. Ya fuese porque los libros eran viejos o por el cambio de situación, lo cierto es que la lectura, lejos de cautivarle como antes, hasta le fatigaba. Para no caer en la ociosidad completa, compuso un catálogo detallado de sus libros y pegó a todos unos papelitos en las pastas. Y esta labor, mecánica y minuciosa, le parecía más amena que la lectura: con su monotonía y minuciosidad, abstraía su pensamiento de un modo incomprensible, impidiéndole la reflexión y haciendo más corto el tiempo. Hasta pelar patatas con Dariushka en la cocina o limpiar el alforfón se le hacía más entretenido que leer. Iba a la iglesia los sábados y los domingos. De pie junto a la pared y con los ojos entornados, oía cantar y pensaba en su padre, en su madre, en la universidad, en las religiones. Sentíase tranquilo, triste; y al salir de la iglesia, lamentaba que la misa hubiera terminado tan pronto.

Fue dos veces al hospital para visitar a Iván Dimítrich y charlar con él. Pero en ambas ocasiones, Iván Dimítrich, muy excitado y furioso, gritó que le dejara en paz, que ya estaba harto de tanto charlar en balde y que por todos los sufrimientos que atravesaba, sólo pedía a la maldita gente una recompensa: que le encerrasen solo. ¿Es que le iban a negar incluso aquello? Las dos noches, cuando Andrei Efímich se despidió, deseándole buenas noches, el loco se enfureció y gritó:

—¡Al diablo!

Andrei Efímich no sabía ya si ir a verle por tercera vez. Y la cosa era que sentía deseo de ir.

En otros tiempos, Andrei Efímich, al terminar el almuerzo paseaba por las habitaciones pensando en cosas elevadas. Ahora, en cambio, se pasaba desde el almuerzo hasta la cena acostado en el diván, de cara al respaldo, y entregado a pensamientos mezquinos, que no podía apartar de su imaginación. Le dolía que, habiendo prestado servicio durante más de veinte años, no le hubiesen concedido pensión alguna, ni le hubieran dado aunque sólo fuese una gratificación. Cierto que no había servido honradamente; mas también era cierto que las pensiones se otorgaban a todos los empleados, honestos o no. La justicia moderna consistía en que los rangos, las condecoraciones y los subsidios no se concedían a las prendas o cualidades morales, sino al servicio en general, cualquiera que fuese. ¿Por qué razón debían hacer una excepción con él? Ya no le quedaba dinero. Le daba vergüenza pasar junto a la tienda y mirar a la dueña: debía ya 32 rublos de cerveza. También estaba en deuda con el ama de la casa. Dariushka vendía a hurtadillas los viejos libros y la ropa; y engañaba a la dueña diciéndole que el doctor iba a recibir pronto mucho dinero.

Andrei Efímich no podía perdonarse haber gastado en el viaje 1.000 rublos, producto de sus ahorros. ¡Qué buen servicio le harían ahora! Le molestaba que la gente no le dejase en paz. Jobotov se creía obligado a visitar de vez en cuando al colega enfermo. Todo él le resultaba antipático a Andrei Efímich: su cara de hartazgo, su tono de condescendencia, su trato de "colega" y hasta sus botas altas. Y lo más desagradable era que se considerase en el deber de cuidar a Andrei Efímich y que pensase que, verdaderamente, lo estaba curando. A cada visita le traía un frasco de bromuro de potasio y píldoras de ruibarbo.

También Mijaíl Averiánich se creía en la obligación de visitar y distraer al amigo. Siempre entraba en casa de éste, con afectada desenvoltura, riendo forzadamente y tratando de hacerle creer que tenía un aspecto magnífico y que, a Dios gracias, su estado iba mejorando; de donde podía deducirse que consideraba desesperada la situación de su amigo. Como no le había pagado la deuda de Varsovia, y se sentía confuso y abochornado por ello, trataba de reír con más fuerza y contar las cosas más cómicas. Sus anécdotas y chistes parecían ahora interminables; y eran un tormento para Andrei Efímich y para él mismo.

En su presencia, Andrei Efímich solía tenderse en el diván, de cara a la pared, y escucharle apretando los dientes. Iban sedimentándose en su alma capas de hastío; y a cada visita del amigo, el médico notaba que los sedimentos iban subiendo y llegándole casi a la garganta.

Para ahogar los sentimientos mezquinos, Andrei Efímich se apresuraba a considerar que él mismo y Jobotov y Mijaíl Averiánich, perecerían tarde o temprano, sin dejar en la naturaleza rastro de su paso. Suponiendo que dentro de un millón de años pasase junto a la tierra algún espíritu, no vería en ella sino arcilla y peñas desnudas. Todo, incluso la cultura y las leyes morales, desaparecería; y no crecería ni siquiera la hierba. ¿Qué importaba la vergüenza ante el tendero, o el miserable Jobotov, o la fatigosa amistad de Mijaíl Averiánich? Todo era tontería, nimiedad.

Pero tales razonamientos no servían ya de nada. Apenas se ponía a pensar en lo que sería el globo terráqueo dentro de un millón de años, detrás de una peña desnuda aparecía Jobotov con sus botas altas o salía Mijaíl Averiánich con su risa forzada; incluso se oía su voz queda y cohibida: "La deuda de Varsovia se la pagaré uno de estos días, amigo… Se la pagaré sin falta".

XVI

Una vez, Mijaíl Averiánich llegó después del almuerzo, estando Andrei Efímich tendido en el diván. Y su llegada coincidió con la de Jobotov, que se presentó a la misma hora, con un frasco de bromuro de potasio. Andrei Efímich se incorporó pesadamente, sentóse; y quedó con ambas manos apoyadas en el diván.

—Hoy, querido amigo —comenzó el jefe de correos—, tiene usted un color mucho más lozano que el de ayer. ¡Está usted hecho un valiente! ¡De veras que es usted un valiente!

—Ya es hora de ponerse bien, colega, ya es hora —intervino Jobotov bostezando—. De fijo que usted mismo estará ya harto de este galimatías…

—¡Y se pondrá bueno! —exclamó alegremente Mijaíl Averiánich—. Vivirá cien años todavía. ¡Ni uno menos!

—Cien, quizá no; pero para veinte le sobra cuerda —habló, consolador Jobotov—. Esto no es nada, colega, no se amilane… No oscurezca usted las cosas.

—Todavía daremos de que hablar —rió Mijaíl Averiánich a carcajadas; y dio a su amigo unas palmadas en la rodilla—. ¡Daremos de que hablar! El verano que viene, Dios mediante, nos vamos al Cáucaso y lo recorremos todo a caballo: ¡hop, hop, hop! Y apenas volvamos del Cáucaso, celebraremos la boda —Mijaíl Averiánich hizo un guiño malicioso—. ¡Le casaremos a usted, querido amigo! Le casaremos…

Andrei Efímich notó, repentinamente, que el sedimento le llegaba a la garganta. El corazón comenzó a palpitarle con latido acelerado.

—¡Qué bajeza! —exclamó levantándose rápidamente y retirándose a la ventana—. ¿No comprenden ustedes que es una bajeza lo que dicen?

Quiso luego dulcificar el tono; pero sin poderse contener, en un arranque superior a su voluntad, cerró los puños y los levantó por encima de su cabeza.

—¡Déjenme tranquilo! —gritó con voz extraña, rojo y tembloroso—. ¡Fuera! ¡Fuera los dos!

Mijaíl Averiánich y Jobotov se levantaron; y le miraron, con perplejidad al principio y con miedo después.

—¡Fuera los dos! —continuó gritando Andrei Efímich—. ¡Torpes! ¡Estúpidos! ¡No necesito ni tu amistad ni tus mejunjes, so idiota! ¡Qué bajeza! ¡Qué asco!

Jobotov y el jefe de correos se miraron, aturdidos; retrocedieron hacia la puerta y salieron al zaguán. Andrei Efímich agarró el frasco de la medicina y se lo tiró. El cristal sonó al romperse en el umbral.

—¡Váyanse al diablo! —les gritó Andrei Efímich, con voz llorosa, saliendo al zaguán—. ¡Al diablo!

Cuando los visitantes se hubieron marchado, el viejo médico, temblando como un palúdico, se tendió en el diván; y continuó repitiendo largo tiempo:

—¡Torpes! ¡Estúpidos!

Una vez que se calmó, lo primero que le vino a la mente fue que el pobre Mijaíl Averiánich debía estar horriblemente avergonzado y entristecido; y que todo aquello era espantoso. Jamás le había sucedido nada semejante. ¿Dónde estaban la discreción y el tacto? ¿Dónde la interpretación de las cosas y la ecuanimidad filosófica?

Lleno de vergüenza y de enojo contra sí mismo, no pudo dormir en toda la noche. Y por la mañana, a eso de las diez, encaminóse a la oficina de correos y pidió perdón a Mijaíl Averiánich.

—Olvidemos lo ocurrido —dijo éste, suspirando conmovido, y apretándole la mano—. Al que recuerde lo viejo se le saltará un ojo. ¡Lubavkin! —gritó de repente con tanta fuerza, que todos los empleados y visitantes se estremecieron—. ¡A ver, trae una silla! ¡Y tú, espera! —gritó a una mujeruca que a través de la reja le tendía una carta certificada—. ¿Es que no ves que estoy ocupado? No vamos a recordar lo pasado —prosiguió afectuoso, dirigiéndose a Andrei Efímich—. Siéntese, por favor, querido.

Durante unos segundos de silencio, se pasó las manos por ambas rodillas y luego dijo:

—Ni por asomo se me ha ocurrido enfadarme con usted. Una enfermedad no es un dulce. Lo comprendo de sobra. El ataque de ayer nos asustó al doctor y a mí. Estuvimos hablando de usted largo rato. Querido amigo: ¿qué razón hay para que se resista usted a tomar en serio su enfermedad? ¿Cómo es posible ese abandono? Perdone la franqueza de un amigo —susurró Mijaíl Averiánich—. Vive usted en las condiciones más desfavorables: estrechez, suciedad, descuido, falta de medios para tratarse… Querido: el doctor y yo le pedimos de todo corazón que acepte nuestro consejo. Ingrese en el hospital. Allí tendrá buena alimentación, cuidados, un tratamiento. Evgueni Fiodorich, aunque hombre de *mauvais ton*, dicho sea entre nosotros, es entendido en medicina y podemos confiar en él. Me ha dado palabra de ocuparse de usted.

Andrei Efímich se enterneció, al ver la sincera preocupación y las lágrimas que brillaron en las mejillas del jefe de correos.

—Respetable Mijaíl Averiánich —murmuró, poniendo la mano en el corazón—. ¡No les crea! ¡Es un engaño! Mi única enfermedad consiste en que durante veinte años no he encontrado en la ciudad más que una persona inteligente, y la única que he hallado está loca. No hay dolencia alguna; pero he caído en un círculo vicioso, del que no se puede salir. Ahora bien: como me da igual, estoy dispuesto a todo.

—Ingrese en el hospital, querido.

—Me es indiferente. En el hospital o en el hoyo.

—Deme su palabra de que va a obedecer en todo a Evgueni Fiodorich.

—Bueno, pues le doy mi palabra. Sin embargo, le repito que he caído en un círculo cerrado. Todo, incluso la sincera compasión de mis amigos, conduce ahora a mi perdición. Voy a perderme y tengo el valor de reconocerlo.

—Allí sanará, amigo mío.

—¿Para qué hablar? —se excitó Andrei Efímich—. Rara es la persona que al final de su vida no experimenta lo que yo ahora. Cuando le digan que está usted enfermo de los riñones o que tiene dilatado el corazón, y que se ponga en tratamiento, o cuando le declaren loco o delincuente, o sea, cuando la gente pare su atención en usted, sepa que ha caído en un laberinto del que jamás saldrá. Y si lo intenta, se extraviará más aún. Claudique, porque ya no habrá fuerza humana que le salve. Así me parece a mí.

Entre tanto, ante la ventanilla iba reuniéndose público. Para no molestar, Andrei Efímich se levantó y se dispuso a despedirse. Mijaíl Averiánich volvió a pedirle su palabra de honor, y le acompañó hasta la puerta de la calle.

Aquel mismo día, antes de que anocheciera, se presentó Jobotov en casa de Andrei Efímich. Llevaba pelliza y botas altas. Como si el día anterior no hubiese ocurrido nada, dijo, desenvuelto:

—Traigo un asunto para usted, colega: ¿aceptaría venir conmigo a una consulta de médicos?

Pensando que Jobotov quería distraerle con un paseo, o acaso proporcionarle algún dinero con la anunciada consulta, Andrei Efímich se puso el abrigo y salió con el colega a la calle. Se alegraba de poder lavar su culpa de la víspera; y en el fondo de su alma, daba gracias a Jobotov, quien ni siquiera aludió al incidente y, que, por lo visto, le había perdonado. De una persona tan mal educada era difícil esperar tanta delicadeza.

—¿Dónde está el enfermo? —inquirió Andrei Efímich.

—En el hospital. Hace tiempo que deseaba mostrárselo. Es un caso interesantísimo.

Entraron en el patio y, dando la vuelta al pabellón principal, se dirigieron al de los alienados. Todo ello, sin decir palabra, por algún oculto motivo. Cuando pasaron al zaguán, Nikita, siguiendo su costumbre, se levantó de un salto y se puso firme.

—Hay aquí uno al que se le han apreciado ciertas anormalidades en los pulmones —declaró Jobotov a media voz, entrando en el pabellón con Andrei Efímich—. Espere un momento, que en seguida vuelvo. Voy por el estetoscopio.

Y salió.

XVII

Ya oscurecía. Iván Dimítrich estaba tendido en su cama con la cara hundida en la almohada. El paralítico, sentado e inmóvil, lloriqueaba moviendo los labios. El *mujik* gordo y el antiguo empleado de correos dormían. Reinaba el silencio.

Andrei Efímich se puso a esperar, sentado en la cama de Iván Dimítrich. Pero transcurrió media hora, y en lugar de Jobotov entró Nikita llevando una bata, ropa interior y unos zapatos.

—Ya puede vestirse su señoría —dijo sin alzar la voz—. Esta es su cama —agregó indicando una cama vacía que, probablemente, llevaba poco tiempo allí—. No se apure. Con ayuda de Dios se pondrá bueno.

Andrei Efímich lo comprendió todo. Sin despegar los labios se dirigió a la cama que le indicara Nikita y se sentó en ella. Viendo que el loquero esperaba, se desnudó por completo y sintió vergüenza. Después se puso la ropa del hospital: los calzoncillos eran cortos; el camisón, largo; y la bata apestaba a pescado ahumado.

—Si Dios quiere, sanará usted —repitió Nikita. Y dicho esto, recogió la ropa de Andrei Efímich y salió, cerrando la puerta.

"Da lo mismo… —pensó Andrei Efímich arrebujándose, cohibido, en el batín y notando que, con su nueva indumentaria, tenía el aspecto de un presidiario—. Da lo mismo… Igual es un frac que un uniforme o que esta bata".

Pero ¿y el reloj?, ¿y el cuaderno de notas que llevaba en el bolsillo de la chaqueta?, ¿y los cigarrillos?, ¿y a dónde se había llevado Nikita la ropa? De fijo que hasta la muerte no se pondría más un pantalón, un chaleco ni unas botas. Todo ello se le antojaba extraño y hasta incomprensible. Andrei Efímich seguía convencido de que entre la casa de Bielova y el pabellón número seis no existía diferencia alguna; y de que, en el mundo, todo era tontería vanidad de vanidades; pero las manos le temblaban, sentía frío en las piernas y se horrorizaba al pensar que Iván Dimitrich se levantaría pronto y le vería vestido con aquel batín. Poniéndose en pie, dio un paseo por el pabellón y tornó a sentarse.

Así permaneció media hora, una hora, terriblemente aburrido. ¿Sería posible vivir allí un día entero, una semana e incluso años, como aquellos seres? Él había estado sentado; luego se había levantado, dando una vuelta y sentándose de nuevo; aún podía ir a mirar por la ventana y pasearse una vez más de rincón a rincón; pero ¿y después?, ¿iba a estarse eternamente allí, como una estatua y cavilando? No, imposible.

Andrei Efímich se acostó; pero se levantó al instante, enjugóse el sudor frío de la frente con la manga; y notó que toda la cara había comenzado a olerle a pescado ahumado. Confuso, dio otro paseo.

—Aquí hay una confusión —dijo abriendo los brazos con perplejidad—. Hay que aclarar las cosas. Esto es una equivocación…

En este momento despertó Iván Dimítrich. Sentóse y apoyó la cara en los dos puños. Escupió después, miro perezosamente al doctor; y, por lo visto, no se percató de pronto de lo que veía; pero luego su rostro soñoliento se tomó burlón y malévolo.

—¡Ah, de manera que también a usted le han metido aquí, palomo! —exclamó con voz ronca de sueño, entornando un ojo—. Pues me alegro mucho. Antes le chupaba usted la sangre a los demás, y ahora se han cambiado las tornas. ¡Estupendo!

—Es una confusión —respondió Andrei Efímich asustado de las palabras de Iván Dimítrich—. Alguna confusión... —repitió, encogiendo los hombros, como extrañado.

Iván Dimítrich escupió de nuevo y se acostó.

—¡Maldita vida! —refunfuñó—. Y lo más amargo y enojoso es que esta vida no terminará con una recompensa por los sufrimientos soportados, ni con una apoteosis, como las óperas, sino con la muerte. Vendrán unos *mujik*s y, agarrando el cadáver de los brazos y las piernas, se lo llevarán al sótano. ¡Brrr! Bueno, qué le vamos a hacer... En el otro mundo será la nuestra... Desde allí vendré en forma de espectro para asustar a estos bichos... Haré que les salgan canas.

En esto regresó Moiseika y, al ver al doctor, le tendió la mano:

—Dame un kopec.

XVIII

Andrei Efímich se acercó a la ventana y miró al campo. El crepúsculo había proyectado ya sus sombras, y en el horizonte, por la derecha, asomaba la luna, fría y purpúrea. A cosa de 200 metros de la valla del hospital se alzaba un alto edificio blanco circundado por una muralla de piedra. Era la cárcel.

—¡Ésa es la realidad! —dijo para sí Andrei Efímich, atemorizado.

Infundían temor la luna y la cárcel, los clavos de la valla y la llama lejana de una fábrica. Andrei Efímich volvió la cara y vio a un hombre con resplandecientes estrellas y condecoraciones en el pecho, que sonreía y guiñaba un ojo maliciosamente. Y también esto le pareció horrible.

Trató de convencerse a sí mismo de que ni la luna ni la cárcel tenían nada de particular y consideró que incluso personas en su cabal juicio llevaban condecoraciones y que, con el tiempo, todo perecería y se convertiría en polvo; pero de pronto se apoderó de él la desesperación; asiéndose a los barrotes con ambas manos, zarandeó fuertemente la reja. Ésta, sin embargo, era resistente y no cedió.

Después, para disipar un poco sus temores, Andrei Efímich se fue a la cama de Iván Dimítrich y se sentó en ella.

—Mi ánimo ha decaído, amigo —masculló, temblando y secándose el sudor frío—. Ha decaído.

—Pues consuélese filosofando —respondió, sarcástico, Iván Dimítrich.

—¡Dios mío, Dios mío!... Sí, Sí... Usted dijo en cierta ocasión que en Rusia no hay filosofía, pero que filosofa todo el mundo, incluso la morralla. Ahora bien: a nadie perjudica la morralla cuando filosofa —dijo Andrei Efímich, como con ganas de llorar y de mover a compasión—. ¿A qué viene, querido, esa risa maligna? ¿Y cómo no va a filosofar la morralla si no está satisfecha? Un hombre inteligente, instruido, altivo, libre, semejanza de Dios, no tiene otro remedio que irse de médico a un villorrio sucio y estúpido, pasándose la vida entre ventosas, sanguijuelas y sinapismos. ¡Charlatanería, cerrazón, ruindad! ¡Oh Dios mío!

—No dice usted más que sandeces. Si no le gustaba ser médico, podía haberse metido a ministro.

—A nada, a nada. Somos débiles, querido... Yo era impasible; razonaba de la manera más optimista y cuerda; y ha bastado que la vida me tratase rudamente para hacerme perder el ánimo... para postrarme... Somos débiles. Somos despreciables... Y usted también lo es, querido. Es usted inteligente, noble; con la leche de su madre mamó afanes bondadosos, pero apenas penetró en la vida, se fatigó y se enfermó... ¡Somos débiles, somos débiles!...

—Algo más, aparte del miedo y el enojo, inquietaba a Andrei Efímich desde que oscureció. Era algo inconcreto. Y por fin se dio cuenta de lo que era: quería beber cerveza y fumar.

—Yo me voy de aquí, querido —dijo al cabo de un instante—. Pediré que den la luz... No puedo seguir así... Me es imposible...

Andrei Efímich se dirigió a la puerta y la abrió, pero instantáneamente Nikita le cerró el paso:

—¿A dónde va usted? No se puede salir, no se puede. Es hora de dormir.

—Sólo un momento; deseo dar una vuelta por el patio —explicó Andrei Efímich.

—Imposible, imposible. Hay una orden de no dejar salir a nadie. Usted mismo lo sabe.

Nikita cerró la puerta y apretó la espalda contra ella.

—Pero si yo salgo, ¿a quién dañaré con ello? —preguntó Andrei Efímich encogiendo los hombros—. No lo comprendo. ¡Nikita, debo salir! ¡Lo necesito! —añadió, con voz temblona.

—¡No provoque desórdenes, mire que no está bien! —le aleccionó Nikita.

—¡Valiente diablo! —gruñó Iván Dimítrich, levantándose repentinamente—. ¿Qué derecho tiene éste a no dejarle salir? ¿Por qué nos tienen encerrados aquí? Me parece que la ley lo dice bien claro: nadie puede ser privado de su libertad como no sea por los tribunales. ¡Esto es una arbitrariedad! ¡Esto es violencia!

—¡Arbitrariedad, arbitrariedad! —le secundó Andrei Efímich alentado por los gritos de Iván Dimítrich—. ¡Tengo necesidad de salir, y debo salir! ¡Nadie tiene derecho a impedírmelo! ¡Te he dicho que me dejes salir!

—¿Lo oyes, bruto inmundo? —gritó Iván Dimítrich, y se puso a golpear la puerta—. ¡Abre, o echo abajo la puerta! ¡Asesino!

—¡Abre! ¡Yo lo exijo! —gritó también Andrei Efímich, temblando de arriba abajo.

—Sigue hablando y verás —respondió Nikita desde el otro lado de la puerta—. Sigue hablando.

—Por lo menos, llama a Evgueni Fiodorich. Dile que le ruego que venga… un minuto.

—Mañana vendrá.

—No nos soltarán nunca —dijo Iván Dimítrich—. Nos pudriremos aquí. ¡Dios de los cielos! ¿Será posible que no haya en el otro mundo un infierno y que estos canallas se queden sin ir a él? ¿Dónde está la justicia? ¡Abre, granuja, que me asfixio! —gritó, ronco, y se arrojó contra la puerta—. ¡Me romperé la cabeza! ¡Asesinos!

Nikita abrió inopinadamente la puerta, dio un rudo empujón a Andrei Efímich con ambas manos y con la rodilla, y luego, volteando el brazo, le descargó un puñetazo en plena cara. Andrei Efímich creyó que una enorme ola salada le había envuelto arrastrándole hasta la cama. Notó en la boca un gusto salobre: probablemente era sangre de los dientes. Como si tratase de salir de la ola, agitó los brazos y se asió a la cama, pero en aquel momento sintió que Nikita le asestaba otros dos golpes en la espalda.

Oyó al instante gritos de Iván Dimítrich. También debían estar pegándole.

Después todo quedó en silencio. La difusa luz de la luna penetraba por la reja, proyectando en el suelo la sombra de una red. Daba miedo. Andrei Efímich, tendido en la cama y contenida la respiración, esperaba horrorizado nuevos golpes. Diríase que alguien le hubiera clavado una hoz, retorciéndosela varias veces en el pecho y en el vientre. El dolor le hizo morder la almohada y apretar los dientes. Y de pronto, entre el caos reinante en su cabeza, se abrió paso una idea horrible, sobrecogedora: aquellos hombres, que ahora semejaban sombras negras a la luz de la luna, habían padecido el mismo dolor años enteros, día tras día. ¿Cómo había sido posible que él no lo supiera, ni quisiera saberlo, durante más de veinte años? Él lo ignoraba, desconocía la existencia de aquel sufrimiento. Por consiguiente, no era culpable. Pero la conciencia, tan incomprensiva y tan ruda como Nikita, le hizo helarse de la cabeza a los pies. Saltó de la cama, quiso gritar con toda la fuerza de sus pulmones y correr a matar a Nikita, a Jobotov, al inspector y al practicante, suicidándose luego; mas su pecho no emitió sonido alguno, y las piernas no le obedecieron. Jadeante y furioso, Andrei Efímich desgarró sobre su pecho la bata y el camisón, y después de hacerlos jirones, perdió el conocimiento y se desplomó en la cama.

XIX

A la mañana siguiente le dolía la cabeza, le zumbaban los oídos y se sentía muy decaído. No se avergonzaba al recordar su debilidad de la víspera. Había sido un pusilánime, tuvo miedo hasta de la luna y puso de manifiesto sentimientos e ideas que jamás había imaginado tener: por ejemplo, la idea de la insatisfacción de la morralla filosofante. Pero ahora todo le importaba poco.

No comía, no bebía, yacía inmóvil y callaba.

"Nada me importaba —pensaba cuando le preguntaban algo—. No voy a contestar… Me da igual".

Después de almorzar llegó Mijaíl Averiánich y le trajo un paquete de té y una libra de mermelada. También fue a visitarle Dariushka, que permaneció una hora entera de pie junto a la cama, con una expresión de amargura en el semblante. Acudió, asimismo, el doctor Jobotov, quien trajo el consabido frasco de bromuro de potasio y ordenó a Nikita que sahumara el pabellón con algo.

Antes de que anocheciera, Andrei Efímich murió de una apoplejía. Al principio notó escalofríos penetrantes y fuertes náuseas. Parecióle que algo repugnante se le expandía por el cuerpo, hasta los dedos, y partiendo del estómago en dirección a la cabeza, le inundaba los ojos y los oídos. Una capa verde le veló los ojos. Andrei Efímich comprendió que había llegado su fin y recordó que Iván Dimítrich, Mijaíl Averiánich y millones de seres creían en la inmortalidad. ¿Y si, verdaderamente, existía?

Pero él no deseaba la inmortalidad; y pensó en ella un instante tan sólo. Un rebaño de renos, de gracia y belleza excepcionales, cuya descripción había leído en un libro el día anterior, pasó junto a él; después, una mujeruca le tendió la mano con una carta certificada… Mijaíl Averiánich pronunció unas palabras. Luego desapareció todo; y Andrei Efímich se durmió para siempre.

Llegaron unos *mujiks*, lo asieron de los brazos y de las piernas y se lo llevaron en volandas a la capilla. Allí estuvo tendido en una mesa, con los ojos abiertos, iluminado por la luna. A la mañana siguiente, Serguei Sergueich oró muy devotamente ante el crucifijo y cerró los ojos a su antiguo jefe.

El entierro fue un día después. Asistieron solamente Mijaíl Averiánich y Dariushka.

UN PADRE DE FAMILIA

Lo que contaré sucede, generalmente, después de perder al juego o después de una borrachera o un ataque estomacal. Stefan Stefanovich Gilin se despierta de pésimo humor. Refunfuña, levanta las cejas, se le eriza el pelo; su rostro es cetrino; se diría que le han ofendido o que algo le produce repugnancia. Se viste despacio, bebe su agua de *Vichy* y va de una habitación a otra.

—Quisiera yo saber quién es el animal que cierra las puertas. ¡Que quiten de ahí ese papel! Tenemos veinte criados, y hay menos orden que en una taberna. ¿Quién llama? ¡Que el diablo se lleve a quien viene!

Su mujer le advierte:

—¡Pero si es la institutriz que cuidaba a nuestro Fedia!…

—¿A qué ha venido? ¿A comer de arriba?

—No hay modo de comprenderte, Stefan Stefanovich; tú mismo la invitaste, y ahora te enojas.

—Yo no me enojo; me limito a dejar una constancia. Y tú, ¿por qué no te ocupas en algo? Es imposible estar sentado, con las manos cruzadas y peleando. Estas mujeres son incomprensibles. ¿Cómo pueden pasar días enteros en la ociosidad? El marido trabaja como un buey, como una bestia de carga, y la mujer, la compañera de la vida, se queda sentada como una muñequita; no hace nada; sólo busca la ocasión de pelearse con su marido. Es ya tiempo de que dejes esos hábitos de señorita; tú no eres una señorita; tú eres una esposa, una madre. ¡Ah! ¿Vuelves la cabeza? ¿Te duele oír las verdades amargas?

—Es extraordinario. Esas verdades amargas las dices sólo cuando estás mal del hígado.

—¿Quieres buscarme las cosquillas?

—¿Dónde estuviste anoche? ¿Fuiste a jugar a casa de algún amigo?

—Aunque así fuera, nadie tiene nada que ver con ello. Yo no debo rendir cuentas a nadie. Si pierdo, no pierdo más que mi dinero. Lo que se gasta en esta casa y lo que yo gasto a mí me pertenece. ¿Lo entiende usted?, me pertenece.

En el mismo tono continúa incesantemente. Pero nunca Stefan Stefanovich aparece tan severo, tan justo y tan virtuoso como durante la comida, cuando toda la familia está junto a él. Cierta actitud empieza desde la sopa. Traga la primera cucharada, hace una mueca y deja de comer.

—¡Es horroroso! —murmura—; tendré que comer en el restaurante.

—¿Qué hay? —pregunta su mujercita—. La sopa, ¿no está buena?

—No. Hace falta tener paladar de perro para tragar esta sopa. Está salada. Huele a trapo. Las cebollas flotan deshechas en trozos chiquitos y parecen bichos... Es increíble. Amfisa Ivanova —exclamó dirigiéndose a la institutriz—. Diariamente doy una buena cantidad de dinero para los víveres; me privo de todo, y vea cómo se me alimenta. Seguramente existe el propósito de que deje mi empleo y que yo mismo me meta a cocinar.

—La sopa está hoy muy sabrosa —hace notar la institutriz.

—¿Sí? ¿Le parece a usted? —replica Gilin, mirándola fijamente—. Después de todo, cada uno tiene su gusto particular; y debo advertir que nuestros gustos son completamente diferentes. A usted, por ejemplo, ¿le gustan los modales de este niño?

Gilin, con un gesto dramático, señala a su hijo, y añade:

—Usted está encantada con él, y yo, simplemente, me indigno.

Fedia, niño de siete años, ojeroso, enfermizo, deja de comer y baja los ojos. Su cara se pone pálida.

—Usted —agrega Stefan Stefanovich— está encantada; pero yo me indigno de veras. Quién lleva la casa, lo ignoro; me atrevo a pensar que yo, como padre que soy, conozco mejor a mi hijo que usted. Observe usted, observe cómo se sienta. ¿Son esos los modales de un niño bien criado? ¡Siéntate bien!

Fedia levanta la cabeza, estira el cuello y se figura estar más derecho.

Sus ojos se llenan de lágrimas.

—¡Come! Toma la cuchara como te han enseñado. ¡Espera! Yo te enseñaré lo que has de hacer, mal muchacho. No te atreves a mirar. ¡Mírame de frente!

Fedia trata de mirarlo de frente; pero sus facciones tiemblan y las lágrimas llenan sus ojos.

—¡Vas a llorar! ¿Eres culpable, y aún lloras? Vete a un rincón, ¡bruto!

—¡Déjale, al menos, que acabe de comer! —interrumpe la esposa.

Fedia, convulso y tembloroso, abandona su asiento y se ubica en el ángulo de la habitación.

—Más te castigaré todavía. Si nadie quiere ocuparse de tu educación, soy yo quien se encargará de educarte. Conmigo no te permitirás travesuras, llorar durante la comida, ¡bestia! Hay que trabajar; tu padre trabaja; tú no has de ser más que tu padre. Nadie tiene derecho a comer de arriba. Hay que ser un hombre.

—¡Acaba, por Dios! —implora su mujer, hablando en francés—. No nos avergüences ante los extraños. La vieja lo escucha todo y va a contarlo a toda la vecindad.

—Poco me importa lo que digan los extraños —replica Gilin en ruso—. Amfisa Ivanova comprende bien que mis palabras son justas. ¿Te parece a ti que ese grosero me dé muchos motivos de alegría? Oye, pillete, ¿sabes tú cuánto me cuestas? ¿Te imaginas que yo fabrico el dinero, o que me lo dan de balde? ¡No llores! ¡Cállate ya! ¿Me escuchas, o no? ¿Quieres que te dé de palos? ¡Granuja!…

Fedia lanza un quejido y solloza.

—Esto es ya imposible —exclama la madre, levantándose de la mesa y arrojando la servilleta—. Es imposible comer tranquilos. Los manjares se me atragantan.

Se cubre los ojos con un pañuelo y sale del comedor.

—¡Ah!, la señora se ofendió —dice Gilin sonriendo malévolamente—. Es delicada, en verdad, lo es demasiado. ¡Ya lo creo, Amfisa Ivanova! No le gusta a la gente oír las verdades. ¡Seré yo quien acabe por tener la culpa de todo!

Transcurren unos minutos en completo silencio. Gilin se da cuenta de que nadie ha tocado aún la sopa; suspira, se fija en la cara descompuesta y colorada de la institutriz, y le pregunta:

—¿Por qué no come usted, Bárbara Vasiliena? ¡Usted también se habrá ofendido, seguramente! ¿La verdad no es de su agrado? Le pido mil perdones. Yo soy así. No puedo mentir. Yo no soy hipócrita. Siempre digo la verdad lisa y llana. Pero me doy cuenta de que aquí mi presencia es desagradable. Cuando yo me hallo presente, nadie se atreve a comer ni a hablar. ¿Por qué no me lo hacen saber? Me marcharé…; me voy…

Gilin se pone en pie, y con aire importante se dirige a la puerta. Al pasar frente a Fedia, que sigue llorando, se detiene, echando atrás la cabeza con arrogancia, y pronuncia estas frases:

—Después de lo ocurrido, puede usted recobrar su libertad. No me interesaré más por su educación. Me lavo las manos. Le pido perdón si, deseando con toda mi alma su bien, lo he molestado, así como a sus educadores. Al mismo tiempo declino para siempre mi responsabilidad por su futuro.

Fedia solloza con más fuerza. Gilin, cada vez más importante, vuelve la espalda y se retira a una habitación. Una vez que durmió la siesta, los remordimientos le asaltan. Se avergüenza de haberse comportado así ante su mujer, ante su hijo, ante Bárbara Vasiliena, y hasta teme acordarse de la escena ocurrida poco antes. Pero tiene demasiado amor propio y le falta valor para mostrarse sincero, limitándose a refunfuñar.

Al despertar, al día siguiente, se siente muy bien y de buen humor; se lava silbando alegremente. Al entrar en el comedor para desayunarse ve a Fedia, que se levanta y mira a su padre con recelo.

—¿Qué tal, joven? —pregunta Gilin, sentándose—. ¿Qué novedades hay, joven? ¿Todo anda bien?… Ven, chiquitín, besa a tu padre.

Fedia, pálido, serio, se acerca lentamente y pone sus labios en la mejilla de su padre. Luego retrocede y se vuelve silencioso a su sitio.

LA PENA

El tornero Gregorio Petrov, desde hace tiempo conocido como un excelente artesano y al mismo tiempo como el mujik más desordenado del distrito de Galchinsk, conduce a su vieja, enferma, al hospital rural. Debe viajar unas treinta verstas y el camino es tan malo que ni siquiera el correo oficial podría pasar, sin hablar ya de semejante haragán como el tornero Gregorio. El viento, cortante y frío, pega directamente en la cara. En el aire, por donde uno mire, se arremolinan enjambres de copos de nieve, de modo que es difícil distinguir si la nieve cae del cielo o sube de la tierra. A través de la niebla nevada no se ven ni los postes de telégrafo, ni el campo, ni el bosque, y cuando se abalanza sobre Gregorio una ráfaga muy fuerte, entonces ni siquiera se ve el arco de los arneses. La vieja y extenuada yegua apenas avanza. Todas sus energías se fueron gastando para sacar las patas de la nieve y sacudir la cabeza. El tornero está apurado. Salta inquieto sobre el pescante y a cada rato fustiga el lomo del caballo.

—No llores, Matrena… —barbota—. Ten un poco de paciencia. Si Dios quiere, pronto llegaremos al hospital y una vez allí… enseguida te van a… Pavel Ivanich te va a dar unas gotas o te hará una sangría, o, quizás, a su señoría se le ocurrirá hacerte friegas con alcohol y… entonces… se te quitará el dolor en el costado. Pavel Ivanich tratará de hacerlo. Gritará, pataleará, pero tratará de hacerlo todo bien… Es un señor bueno, tratable, que Dios le dé mucha salud… En cuanto lleguemos, saldrá corriendo de su casa y antes que nada recordará a todos los diablos. "¿Cómo es eso?", gritará. "¿Por qué vienes a estas horas? ¿Acaso soy un perro para afanarme con vosotros todo el santo día? ¿Por qué no viniste por la mañana? ¡Andando! ¡Qué no te vea más! Vuelve mañana…". Y entonces yo le diré:

"Señor doctor… Pavel Ivanich… Señoría…". ¡Arre, a ver si corres un poco, que el diablo te lleve!

El tornero fustiga al jamelgo y, sin mirar a la vieja, continua farfullando:

—"¡Señoría! Le juro por Dios… salí al amanecer. Pero cómo va uno a llegar a tiempo si el Señor… la madre de Dios… están enojados y nos mandaron una borrasca. Usted mismo lo está viendo… Ni siquiera un caballo más noble pasaría aquí, y el mío, usted mismo lo está viendo, no es un caballo sino una vergüenza". Y Pavel Ivanich, siempre enojado, volverá a gritar: "¡Os conozco! Siempre encontraréis una justificación. ¡Y en especial tú, Grishka! Te conozco muy bien. Seguramente entraste en unas cinco tabernas". Y yo le diré: "¡Señoría! ¿Acaso soy un malandrín o un hereje? Mi vieja está a punto de entregar su alma a Dios, se está muriendo, ¡y yo voy a andar por las tabernas!". Entonces Pavel Ivanich dará órdenes para que te lleven al hospital. Y yo caeré a sus pies... "Pavel Ivanich. Muy agradecidos... somos mujiks tontos, ¡perdónenos! En vez de echarnos a palos, usted se digna molestarse, mojar sus pies en la nieve". Y Pavel Ivanich me mirará como si quisiera pegarme y me dirá: "En lugar de caer de rodillas, tonto, hubieras hecho mejor en no tragar la vodka y tener lástima de tu vieja. ¡Mereces que te den azotes!". "En verdad, Pavel Ivanich, que Dios me castigue, merezco azotes. ¿Y cómo no voy a cae a sus pies si usted es nuestro bienhechor, nuestro padre? Señoría... Palabra... como ante el mismo Dios... Podrá escupirme en los ojos si le engaño: no bien ni Matrena se ponga, como se dice, buena y vuelva a su punto normal, haré todo lo que vuestra merced se digne ordenar. Si desea una cigarrera de abedul de Carelia... unas bolas de croquet... o puede tornear un juego de bolos a la mejor usanza extranjera... ¡Haré todo por usted! Y no le cobraré ni una kopeika. En Moscú le cobrarían cuatro rublos por una cigarrera como esta, pero yo ni una sola kopeika". El doctor entonces se echará a reír y me dirá: "Bueno, bueno... comprendo... Lástima que seas tan sólo un borrachín...". Yo sé, vieja, cómo hay que tratar a los señores. No existe un señor con quien yo no supiera hablar. Con tal de que Dios no permita que perdamos el camino. ¡Mira qué borrasca! Tengo los ojos tapados por la nieve.

Y el tornero sigue murmurando sin parar. Lo hace maquinalmente, para ahogar, siquiera en parte, el penoso sentimiento que lo embarga. Tiene muchas palabras en la lengua, pero más numerosas son las ideas y las preguntas que anidan en su cabeza. La desgracia lo sorprendió de golpe, inesperadamente, y el tornero se siente incapaz de volver en sí y comprenderlo todo bien. Hasta el momento vivía sin preocupaciones, en un continuo y parejo estado de ebriedad semiinconsciente, sin sentir penas ni alegrías, y ahora, de repente, su alma está oprimida por un dolor intenso. El despreocupado haragán y borrachín vino a parar, de buenas a primeras, a la situación de un hombre atareado, preocupado, apresurado y, para colmo, en plena lucha contra la naturaleza.

El tornero recuerda que su pena comenzó en la víspera. Cuando en la noche anterior regresó a su casa borracho como siempre y según la antigua costumbre comenzó a maldecir y a agitar los puños, la vieja miró al pendenciero como no lo había mirado nunca. Comúnmente, la expresión de sus ojos avejentados era resignada y sufriente, como la de los perros que reciben muchos palos y poca comida, pero ahora su mirada estaba inmóvil y severa, como la de los santos en los iconos o la de los moribundos. Fue en esos ojos, malos y extraños, donde dio comienzo la pena. El aturdido tornero pidió prestado al vecino un jamelgo y ahora lleva a su vieja al hospital con la esperanza de que Pavel Ivanich, mediante polvos y ungüentos, le devuelva a la mujer su antigua mirada.

—Este… Matrena… —murmura—. Si Pavel Ivanich te pregunta sobre… si yo te pegaba o no, dile que de ninguna manera. Porque no te voy a pegar más. Te lo juro. ¿Acaso te pegaba por maldad? Pegaba porque sí. Te tengo lástima. Cualquier otro ni lo pensaría, pero yo te cuido… me preocupo. ¡Pero mira qué borrasca! ¡Dios mío! Que el Señor no nos haga perder el camino. ¿Te duele siempre el costado? Matrena ¿por qué estás callada? Te pregunto si te duele el costado.

Le parece extraño que la nieve no se derrita sobre el rostro de la anciana, y que este rostro, extrañamente alargado, haya adquirido un color de cirio, de tono pálido grisáceo, y se haya tornado serio, severo.

—¡Qué tonta! —murmura el tornero—. Te hablo de todo corazón, como ante el mismo Dios… pero tú… esto… ¡Eres una tonta! ¡Mira que no te voy a llevar al hospital!

El tornero baja las riendas y se pone a meditar. No se decide a volverse y observar a la vieja: le da miedo. También tiene miedo de preguntarle algo y no recibir ninguna respuesta. Por fin, para terminar con la incertidumbre y sin mirar a la mujer, palpa su mano fría. El brazo levantado cae como un látigo.

—De modo que ha muerto. ¡Qué embrollo!…

Y el tornero llora. Lo que siente es más bien fastidio que lástima. ¡Qué rápido se hacen las cosas en este mundo! —piensa—. Todavía no había comenzado su pena y ya sobrevino el desenlace. Apenas había sentido deseos de expresar a la vieja sus sentimientos, de consolarla y ya ella estaba muerta. Ha vivido con ella cuarenta años, pero esos cuarenta años pasaron como envueltos en una neblina. La vida no se sentía detrás de las borracheras, las peleas y la miseria. Y para colmo, la vieja murió justo en el momento en que él tuvo lástima de ella, cuando sintió que no podía vivir sin ella, que era terriblemente culpable ante ella.

—¡Pedía limosna! —recuerda—. Yo mismo la mandaba a pedir pan a la gente, ¡córcholis! Ella, tonta, hubiera podido vivir unos diez años más, porque ahora quizá piensa que yo soy así de verdad. Virgen Santísima; ¿a dónde, diablos, la estoy llevando? Ahora no se trata de curarla, sino de enterrarla. ¡Date vuelta!

El tornero hace volver al jamelgo y lo fustiga con todas sus fuerzas. Conforme avanza el camino se hace peor. El arco de los arneses ya no se ve del todo. De vez en cuando el trineo choca contra un joven pino, el oscuro objeto rasguña las manos del tornero, apareciendo fugazmente delante de sus ojos, y el campo de visión vuelve a ser blanco, giratorio. "Vivir de nuevo...", piensa el tornero.

Recuerda que hace cuarenta años Matrena era una joven hermosa y alegre. Provenía de una familia campesina pudiente y la casaron con él por sus buenas cualidades de artesano. Había condiciones para una buena vida, pero, por desgracia, después de emborracharse en la boda, él se acostó a dormir y parece no haberse despertado aún. Recuerda bien la ceremonia del casamiento, pero lo que ocurrió después de la boda no lo recuerda, excepto la bebida, las peleas y el sueño. Así se han perdido cuarenta años.

Las blancas nubes de nieve poco a poco se vuelven grises. Cae el crepúsculo.

—¿A dónde vamos? —se despierta de golpe el tornero—. Hay que llevarla al cementerio y yo la llevo al hospital... ¡Ni que estuviera trastornado!

Nuevamente el tornero da vuelta a la yegua y la fustiga. Ésta junta todas sus fuerzas y corre al trote cilio, resoplando. El tornero le pega en el lomo una y otra vez... A su espalda se oyen unos golpes y él, sin mirar, sabe que es la cabeza de la difunta que golpea contra el trineo. El aire se oscurece cada vez más; el viento se torna más fuerte y más frío... "Si pudiera vivir de nuevo... —piensa el tornero—. Comprar herramientas nuevas, atender los pedidos... entregar el dinero a la vieja... ¡sí!".

Deja caer las riendas. Las busca, quiere levantarlas y no puede, sus manos no se mueven... "De todas maneras... —piensa— el caballo irá solo, conoce el camino. Con qué gana dormiría ahora un poco... antes del entierro o la misa podría acostarme un poco".

El tornero cierra los ojos y dormita. Poco tiempo después siente que el caballo se ha detenido. Abre los ojos y ve por delante algo oscuro, parecido a una izba o una gavilla... Debería bajar del trineo y averiguar de qué se trata, pero todo su cuerpo está dominado por una pereza tal, que mejor es quedarse congelado que moverse del lugar... Y se duerme despreocupado.

Se despierta en un cuarto grande, con las paredes pintadas. Una intensa luz solar entra por las ventanas a raudales. El tornero ve a la gente por delante y lo primero que quiere es mostrarse serio, juicioso.

—Habría que encargar una misa, hermanos, por mi vieja —dice—. Hay que avisar al sacerdote...

—¡Bueno, bueno! ¡Quédate tranquilo! —le interrumpe una voz.

—¡Padrecito! ¡Pavel Ivanich! —se sorprende el tornero al ver al médico—. ¡Señoría! ¡Bienhechor nuestro!

Quiere levantarse de un salto para caer de hinojos ante la medicina, pero siente que ni las manos ni los pies le obedecen.

—¡Señoría! ¿Dónde están mis pies? ¿Mis manos?

—Despídete de tus pies y tus manos… ¡Congelados! Bueno, bueno, ¿por qué lloras ahora? Has vivido bastante, gracias a Dios. Unas seis décadas habrás vivido, ¿qué más quieres?

—¡Qué pena! ¡Señoría, es una pena! Perdóneme… Unos cinco o seis añitos todavía…

—¿Para qué?

—El caballo no es mío, tengo que devolverlo… Hay que enterrar a la vieja… ¡Qué pronto se hacen las cosas en este mundo! ¡Señoría! ¡Pavel Ivanich! La mejor cigarrera de abedul de Carelia… Le haré un croquet…

El médico menea la cabeza y sale del cuarto.

UNA PEQUEÑEZ

Nicolás Ilich Beliayev, rico propietario de Petersburgo, aficionado a las carreras de caballos, joven aún —treinta y dos años—, grueso, de mejillas sonrosadas, contento de sí mismo, se encaminó, ya anochecido, a casa de Olga Ivanovna Irnina, con la que vivía, o, como decía él, arrastraba una larga y tediosa novela. En efecto: las primeras páginas, llenas de vida e interés, habían sido saboreadas, hacía mucho tiempo, y las que las seguían sucedíanse sin interrupción, monótonas y grises.

Olga Ivanovna no estaba en casa, y Beliayev pasó al salón y se tendió en el canapé.

—¡Buenas noches, Nicolás Ilich! —le dijo una voz infantil—. Mamá vendrá en seguida. Ha ido con Sonia a casa de la modista.

Al oír aquella voz, advirtió Beliayev que en un ángulo de la estancia estaba tendido en un sofá el hijo de su querida, Alecha, un chiquillo de ocho años, esbelto, muy elegantito con su traje de terciopelo y sus medias negras. Boca arriba, sobre un almohadón de tafetán, levantaba alternativamente las piernas, sin duda imitando al acróbata que acababa de ver en el circo. Cuando se le cansaban las piernas realizaba ejercicios análogos con los brazos. De cuando en cuando se incorporaba de un modo brusco y se ponía en cuatro patas. Todo esto lo hacía con una cara muy seria, casi dramática, jadeando, como si considerase una desgracia el que le hubiera dado Dios un cuerpo tan inquieto.

—¡Buenas noches, amigo! —contestó Beliayev—. No te había visto. ¿Mamá está bien?

Alecha, que ejecutaba en aquel momento un ejercicio sumamente difícil, se volvió hacia él.

—Le diré a usted… Mamá no está bien nunca. Es mujer, y las mujeres siempre se quejan de algo…

Beliayev, para matar el tiempo, se puso a observar la faz del niño. Hasta entonces, en todo el tiempo que llevaba en relaciones íntimas con Olga Ivanovna, casi no se había fijado en él, no dándole más importancia que a cualquier mueble insignificante.

Ahora, en las tinieblas del anochecer, la frente pálida de Alecha y sus ojos negros recordábanle a la Olga Ivanovna del principio de la novela. Y quiso mostrarle un poco de afecto al chiquillo.

—¡Ven aquí, bicho! —le dijo—. Déjame verte más de cerca. El chiquillo saltó del sofá y corrió al canapé.

—Bueno —comenzó Beliayev, poniéndole una mano en el hombro—. ¿Cómo te va?

—Le diré a usted… Antes me iba mejor.

—¿Y eso?

—Es muy sencillo. Antes, mi hermana y yo leíamos y tocábamos el piano, y ahora nos obligan a aprendernos de memoria poesías francesas… ¿Se ha cortado usted el pelo hace poco?

—Sí, hace unos días.

—¡Ya lo veo! Tiene usted la perilla más corta. ¿Me deja usted tocársela?… ¿No le hago daño?…

—¿Por qué cuando se tira de un solo pelo duele y cuando se tira de todos a la vez casi no se siente?

El chiquillo empezó a jugar con la cadena del reloj de su interlocutor y prosiguió:

—Cuando yo sea colegial, mamá me comprará un reloj. Y le diré que también me compre una cadena como esta. ¡Qué dije más bonito! Como el de papá… Papá lleva en el dije un retratito de mamá… La cadena es mucho más larga que la de usted…

—¿Y tú cómo lo sabes? ¿Ves a tu papá?

—¿Yo?… No… Yo…

Alecha se puso colorado y se turbó mucho, como un hombre cogido en una mentira.

Beliayev lo miró fijamente, y le preguntó:

—Ves a papá…, ¿verdad?

—No, no… Yo…

—Dímelo francamente, con la mano sobre el corazón. Se te conoce en la cara que ocultas la verdad. No seas taimado. Lo ves, no lo niegues… Háblame como a un amigo.

Alecha reflexiona un poco.

—¿Y usted no se lo dirá a mamá?

—¡Claro que no! No tengas cuidado.

—¿Palabra de honor?

—¡Palabra de honor!

—¡Júramelo!

—¡Dios mío, qué pesado eres! ¿Por quién me tomas? Alecha miró a su alrededor, abrió mucho los ojos y susurró:

—Pero ¡por Dios, no le diga usted nada a mamá! Ni a nadie, porque es un secreto. Si mamá se entera, yo, Sonia y Pelagueya, la criada, nos la ganaremos. Pues bien, oiga usted: yo y Sonia nos vemos con papá los martes y los viernes. Cuando Pelagueya nos lleva de paseo vamos a la confitería Aspel, donde nos espera papá en un cuartito aparte. En el cuartito que hay una mesa de mármol y encima un cenicero que representa una oca.

—¿Y qué hacen allí?

—Nada. Primero nos saludamos, luego nos sentamos todos a la mesa y papá nos convida a café y a pasteles. A Sonia le gustan los pastelillos de carne, pero yo los detesto. Prefiero los de col y los de huevo. Como comemos mucho, cuando volvemos a casa no tenemos gana. Sin embargo, cenamos, para que mamá no sospeche nada.

—¿De qué hablan con papá?

—De todo. Nos acaricia, nos besa, nos cuenta cuentos. ¿Sabe usted? Y dice que cuando seamos mayores nos llevará a vivir con él. Sonia no quiere; pero yo sí. Claro que me aburriré sin mamá; pero podré escribirle cartas. Y hasta podré venir a verla los días de fiesta, ¿verdad? Papá me ha prometido comprarme un caballo. ¡Es más bueno! No comprendo cómo mamá no le dice que se venga a casa y no quiere ni que lo veamos. Siempre nos pregunta cómo está y qué hace. Cuando estuvo enferma y se lo dijimos, se cogió la cabeza con las dos manos…, así…, y empezó a ir y venir por la habitación como un loco… Siempre nos aconseja que obedezcamos y respetemos a mamá… Diga usted: ¿es verdad que somos desgraciados?

—¿Por qué?

—No sé; papá lo dice: "Son unos desgraciadas —nos dice—, y mamá, la pobre, también, y yo; todos nosotros". Y nos suplica que recemos para que Dios nos ampare.

Alecha calló y se quedó meditabundo. Reinó un corto silencio.

—¿Conque sí? —dijo, al cabo, Beliayev—. ¿Conque celebran mítines en las confiterías? ¡Tiene gracia! ¿Y mamá no sabe nada?

—¿Cómo lo va a saber? Pelagueya no dirá nada… ¡Ayer nos dio papá unas peras!… Estaban dulces como la miel. Yo me comí dos…

—Y dime… ¿Papá no habla de mí?

—¿De usted? Le aseguro…

El chiquillo miró fijamente a Beliayev, y concluyó:

—Le aseguro que no habla nada de particular.

—Pero ¿por qué no me lo cuentas?

—¿No se ofenderá usted?

—¡No, tonto! ¿Habla mal?

—No; pero… está enfadado con usted. Dice que mamá es desgraciada por culpa de usted; que usted ha sido su perdición. ¡Qué cosas tiene papá! Yo le aseguro que usted es bueno y muy amable con mamá; pero no me cree, y, al oírme, balancea la cabeza.

—¿Conque afirma que yo he sido la perdición…?

—Sí. ¡Pero no se enfade usted, Nicolás Ilich! Beliayev se levantó y empezó a pasearse por el salón.

—¡Es absurdo y ridículo! —balbuceaba, encogiéndose de hombros y con una sonrisa amarga—. Él es el principal culpable y afirma que yo he sido la perdición de Olga. ¡Es irritante!

Y, dirigiéndose al chiquillo, volvió a preguntar:

—¿Conque te ha dicho que yo he sido la perdición de tu madre?

—Sí; pero… usted me ha prometido no enfadarse.

—¡Déjame en paz!… ¡Vaya una situación lucida!

Se oyó la campanilla. El chiquillo corrió a la puerta. Momentos después entró en el salón con su madre y su hermanita.

Beliayev saludó con la cabeza y siguió paseándose.

—¡Claro! —murmuraba—. ¡El culpable soy yo! ¡Él es el marido y le asisten todos los derechos!

—¿Qué hablas? —preguntó Olga Ivanovna.

—¿No sabes lo que predica tu marido a tus hijos? Según él, soy un infame, un criminal; he sido la perdición tuya y de los niños. ¡Todos ustedes son unos desgraciados y el único feliz soy yo! ¡Ah, qué feliz soy!

—No te entiendo, Nicolás. ¿Qué sucede?

—Pregúntale a este caballerito —dijo Beliayev, señalando a Alecha.

El chiquillo se puso colorado como un tomate; luego palideció. Se pintó en su faz un gran espanto.

—¡Nicolás Ilich! —balbuceó—, le suplico…

Olga Ivanovna miraba alternativamente, con ojos de asombro, a su hijo y a Beliayev.

—¡Pregúntale! —prosiguió este—. La imbécil de Pelagueya lleva a tus hijos a las confiterías, donde les arregla entrevistas con su padre. ¡Pero eso es lo de menos! Lo gracioso es que su padre, según les dice él, es un mártir y yo soy un canalla, un criminal, que ha deshecho la felicidad de ustedes…

—¡Nicolás Ilich! —gimió Alecha—, usted me había dado su palabra de honor…

—¡Déjame en paz! ¡Se trata de cosas más importantes que todas las palabras de honor! ¡Me indignan, me sacan de quicio tanta doblez, tanta mentira!

—Pero dime —preguntó Olga, con lágrimas en los ojos, dirigiéndose a su hijo—: ¿te vas con papá? No comprendo…

Alecha parecía no haber oído la pregunta, y miraba con horror a Beliayev.

—¡No es posible! —exclama su madre—. Voy a preguntarle a Pelagueya.

Y salió.

—¡Usted me había dado su palabra de honor! —dijo el chiquillo, trémulo, clavando en Beliayev los ojos, llenos de horror y de reproches.

Pero Beliayev no le hizo caso y siguió paseándose por el salón, excitadísimo, sin más preocupación que la de su amor propio herido.

Alecha se llevó a su hermana a un rincón y le contó, con voz que hacía temblar la cólera, cómo lo habían engañado. Lloraba a lágrima viva y fuertes estremecimientos sacudían todo su cuerpo. Era la primera vez, en su vida, que chocaba con la mentira de un modo tan brutal.

UNA PERRA CARA

El maduro oficial de infantería Dubov y el voluntario Knaps, sentados uno junto a otro, bebían unas copas.

—¡Magnífico perro!… —decía Dubov mostrando a Knaps a su perro Milka—. ¡Un perro extraordinario!… ¡Fíjese, fíjese bien en el morro que tiene!… ¡Lo que valdrá sólo el morro!… Si lo viera un aficionado, tan sólo por el morro pagaría doscientos rublos. ¿No lo cree usted?… Si no es así, es que no entiende nada de esto.

—Sí que entiendo, pero…

—Es setter. ¡Setter inglés de pura raza! Para el acecho es asombroso, y como olfato… ¡Dios mío!… ¡Qué olfato el suyo! ¿Sabe cuánto pagué por mi Milka cuando no era más que un cachorro?… ¡Cien rublos! ¡Soberbio perro! ¡Ven acá…, Milka bribón, Milka bonito!… ¡Ven acá, perrito…, chuchito mío…!

Dubov atrajo a Milka hacia sí y lo besó entre las orejas. A sus ojos asomaban lágrimas.

—¡No te entregaré a nadie…, hermoso mío…, tunante! ¿Verdad que me quieres, Milka? Me quieres…, ¿no? Bueno, ¡márchate ya! —exclamó de pronto el teniente—. ¡Me has puesto las patas sucias en el uniforme! ¡Pues sí, Knaps!… ¡Ciento cincuenta rublos pagué por el cachorro! ¡Desde luego ya se ve que los vale! ¡Lo único que siento es no tener tiempo para ir de caza! ¡Y un perro sin hacer nada se muere!… ¡Le falta… sobre qué utilizar la inteligencia!… ¡Cómpremelo, Knaps! ¡Me lo agradecerá usted toda la vida! Si no dispone de mucho dinero, se lo dejaré por la mitad de su precio… ¡Lléveselo por cincuenta rublos!… ¡Róbeme…!

—No, querido —suspiró Knaps—. Si su Milka hubiera sido macho, quizá lo comprara, pero…

—¿Que Milka no es macho? —se asombró el teniente—. Pero ¿qué está usted diciendo, Knaps?… ¿Que Milka no es macho? ¡Ja, ja!… Entonces, ¿qué es según usted? ¿Perra? ¡Ja, ja!… ¡Qué chiquillo! Todavía no sabe distinguir un perro de una perra!

—Me está usted hablando como si yo fuera ciego o una criatura —se ofendió Knaps—. ¡Claro que es perra!

—¡A lo mejor también le parece a usted que yo soy una señora!… ¡Vaya, vaya… Knaps! ¡Y decir que ha cursado usted estudios técnicos!… No, alma mía. Este es un auténtico perro de pura casta. ¡Es capaz de dar ciento y raya a cualquier otro perro, y usted me sale con que no es perro! ¡Ja, ja…!

—Perdóneme, Mijail Ivanovich, pero me toma usted sencillamente por tonto. ¡Hasta me ofende!

—Bueno, bueno… Pues nada, entonces… No lo compre si no quiere… ¡A usted es imposible hacerle comprender nada! ¡Pronto empezará usted a decir que en vez de rabo tiene una pata!… Pero nada… ¡A usted es a quien quería yo hacer el favor! ¡Vajrameev!… ¡Trae coñac!

El ordenanza trajo más coñac. Los dos amigos llenaron sus vasos y quedaron pensativos. Transcurrió media hora en silencio.

—¡Y después de todo…, vamos a suponer que fuera perra!… —interrumpió el silencio el teniente mirando sombrío la botella—. ¿Qué importancia tendría eso?… ¡Mejor para usted!… Le daría cachorros, cada cachorro no valdría menos de veinticinco rublos. ¡Se los compraría cualquiera, encantado! ¡No sé por qué le gustan tanto los perros! ¡Son mil veces mejor las perras! El género femenino es más adicto y más agradecido… Pero bueno, en fin…, si tanto miedo tiene usted al género femenino, ¡quédese con ella por veinticinco rublos!

—No, querido. No le pienso dar ni un kopec. En primer lugar, no necesito perro, y, en segundo, no tengo dinero.

—Eso podía usted haberlo dicho antes… ¡Milka! ¡Largo de aquí!

El ordenanza sirvió una tortilla. Los amigos se pusieron a comerla y la terminaron en silencio.

—¡Es usted un buen muchacho, Knaps! ¡Un muchacho cabal! —dijo el teniente, limpiándose los labios—. ¡Qué diablos! ¡Me da lástima dejarle así! ¿Sabe usted una cosa?… ¡Llévese la perra gratis!

—Pero ¿para qué la quiero yo, querido? —dijo Knaps con un suspiro—.

Y además, ¿quién me la iba a cuidar?

—¡Bueno, pues nada, entonces!…, ¡nada!… ¡qué diablos! ¿Que no la quiere usted?… ¡Pues no se la lleva! Pero ¿adónde va usted?… ¡Quédese un ratito más!

Knaps se levantó desperezándose y cogió su gorro.

—Ya es hora de marchar. Adiós —dijo, bostezando.

—Espere, entonces. Le acompañaré.

Dubov y Knaps se pusieron los abrigos y salieron a la calle. Anduvieron en silencio los cien primeros pasos.

—¿No se le ocurre a quién podría yo dar la perra? ¿No tiene usted a nadie entre sus conocidos…? La perra, como ha visto usted, es bonísima…, y de raza…, pero yo no la necesito para nada.

—No se me ocurre, querido. En realidad, ¿qué conocimientos tengo yo aquí?…

Hasta llegar a la misma casa de Knaps, caminaron los amigos sin pronunciar palabra. Sólo cuando al abrir la puerta de la verja Knaps estrechó la mano a Dubov, éste tosió y con alguna vacilación dijo:

—¿Sabe usted si los perreros de la localidad aceptan perros?

—Es posible que los acepten, pero con seguridad no se lo puedo decir.

—Mañana la mandaré allá con Vajrameev. ¡Al diablo con la perra! Por mí, que la desuellen…, ¡maldita, asquerosa perra! ¡Por si fuera poco que ensucie las habitaciones, ayer en la cocina se zampó toda la carne!…

¡Canalla! ¡Y si siquiera fuera de buena raza!… ¡Pero no es más que una mezcla de perro callejero y de cerdo! ¡Buenas noches!

—Adiós —dijo Knaps.

La puerta de la verja se cerró y el teniente quedó solo.

POLINKA

Las dos de la tarde. Por la gran mercería "Novedades de París", situada en una de las galerías, bulle una muchedumbre de compradores y se escucha el runruneo de las voces de los dependientes, semejante al que suele producirse en el colegio cuando el profesor obliga a todos los niños a estudiarse algo de memoria y en voz alta. Pero ese monótono rumor no interrumpía la risa de las señoras, ni el chirrido de la puerta cristalera de entrada, ni el correr de los chicos para los recados.

Acababa de llegar Polinka. Era una rubia menudilla y vivaz —hija de María Andreyevna, dueña de una casa de modas— y buscaba a alguien con los ojos. Un muchacho se le acercó de prisa y le preguntó, mirándola muy serio:

—¿Desea algo, señorita?

—Ver a Nicolás Timofeich, que es quien me despacha siempre —respondió Polinka.

El dependiente Timofeich, joven, moreno, cuidadosamente peinado, vestido a la última moda y luciendo un gran alfiler de corbata, se había abierto ya sitio en el mostrador y, alargando el cuello, miraba sonriente a Polinka.

—¡Hola, muy buenas! —la saludó con una fuerte y agradable voz de barítono—. Tenga la bondad.

—¡Ah, buenas tardes! —le contestó Polinka acercándosele—. Aquí estoy otra vez… A ver algún agremán…

—¿Para qué lo quería?

—Para un sujetador en la espalda, o sea, para adornar.

—Ahora mismo.

Nicolás Timofeich puso ante Polinka unas cuantas clases de agremán y la muchacha empezó a revolverlas despaciosamente, regateando en el precio.

—Por favor, a rublo no es nada caro —exclamó el dependiente, sonriendo para convencerla—. Es un agremán francés de ocho centímetros… Si quiere, puedo enseñarle otros más baratos: hay uno de a cuarenta y cinco kopecs pero, claro, es peor. Se lo voy a traer.

—Necesito también azabache con botones de agremán —dijo Polinka, inclinándose sobre los géneros y suspirando—. Y ¿no tendría borlas de azabache de este color?

—Sí que tenemos.

Polinka, entonces, se inclinó aún más sobre el mostrador.

—¿Por qué te fuiste el jueves tan temprano de casa, Nicolás? —preguntó en voz baja.

—Me extraña hasta que te dieras cuenta —dijo con sorna amarga el dependiente—. Estabas tan entusiasmada con ese estudiante, que… bueno, no sé cómo te fijaste.

Polinka se ruborizó y no contestó. Timofeich, a su vez, cerró las cajas con manos temblorosas y, sin necesidad de hacerlo, las apiló unas sobre otras. Hubo un instante de silencio.

—También quiero encajes de azabache —habló Polinka, levantando hacia el dependiente unos ojos culpables.

—¿De qué clase los quiere? Los encajes de azabache para el tul hacen muy bonito. Se llevan mucho negros o de color.

—¿A cuánto están?

—Los hay negros desde ochenta kopecs, y los de color, a dos rublos cincuenta. No iré a tu casa nunca más —añadió Nicolás, bajando la voz.

—¿Por qué?

—¿Que por qué? Pues muy sencillo. Tienes que comprenderlo: ¿para qué me voy a atormentar? ¿Crees que puede gustarme ver cómo ese estudiante hace su teatro?… Entiendo muy bien todo lo que pasa. Desde el otoño anda detrás de ti, casi todos los días se pasea contigo, y, cuando está en tu casa, lo miras como si fuera un ángel. Claro: como estás enamorada de él, te crees que es único. ¡Pues muy bien! No hablemos más del asunto.

Silenciosa y como aturdida, Polinka trazaba invisibles dibujos con el dedo sobre las cajas.

—Lo veo todo perfectamente —insistió el dependiente—: ¿qué necesidad tengo de ir por tu casa? Uno tiene su amor propio; a nadie le gusta ser plato de segunda mesa. ¿Qué me decías antes?

—Mamá me ha encargado que compre varias cosas, pero se me están olvidando… ¡Ah!, me hacen falta plumas.

Alguien se acercaba demasiado y desapareció el tuteo.

—¿Cómo las quiere?

—De las mejores que tenga. Y que estén de moda.

—Las que más se llevan son las de pájaros, y en colores, el morado y el amarillo. Tenemos un gran surtido… No entiendo todo este lío, Polinka. Ahora estás enamorada de ese hombre, pero ¿cómo va a terminar la cosa?

A Nicolás Timofeich se le marcaron unas manchas rosadas junto a los ojos y, mientras seguía hablando, estrujaba con las manos una cinta sedosa.

—¿Te figuras que se va a casar contigo? ¡Qué equivocada estás! Los estudiantes no pueden casarse y, además, no creo que vaya por tu casa con buenas intenciones. Todos ésos nos consideran a los del comercio como si no fuéramos personas… Visitan a los comerciantes y a las modistas para distraerse, para burlarse de nosotros, que no sabemos tanto como ellos, y para emborracharse. En sus casas y en las de la gente de categoría les da vergüenza, pero en las de la gente sencilla, en las de las personas que no son tan cultas, como nosotros, no tienen ningún reparo; entran hasta sin zapatos… Bueno, ¿qué plumas vas a llevarte por fin?… Y si ése anda rondándote, ya sabes las intenciones que lleva: cuando llegue a médico o abogado, dirá: "¿Qué habrá sido de aquella rubia que fue novia mía?". De ahí no va a pasar. Ten la seguridad de que también en este momento estará presumiendo entre sus compañeros de tener a su disposición una modistilla guapísima…

Polinka se sentó, mirando distraídamente el montón de cajas blancas.

—No, no me llevo las plumas —dijo con un suspiro—. Que venga mamá y compre las que quiera, porque yo puedo equivocarme. Dame seis varas de galón, del de cuarenta kopecs la vara, y botones blancos de los fuertes.

Nicolás le preparó un paquete con los géneros que ella había pedido y Polinka le miraba, esperando oírle decir algo más. Pero el dependiente guardó silencio y, pensativamente, se dedicó a poner las plumas en orden.

—¡Ah, que no se me olviden los botones para la capa! —dijo Polinka al cabo de un momento, pasándose el pañuelo por los labios pálidos.

—¿Cómo los quieres?

—Estamos haciéndole una capa a la mujer de un nuevo rico. Dámelos llamativos.

—Sí: si son para la mujer de un nuevo rico, tienen que ser un poco chillones. Los hay de varios colores: azules, rojos, dorados… Los clientes de otros gustos nos los compran negro mate con un cerco brillante… Sólo que no comprendo cómo no te das cuenta: ¿en qué van a acabar esos… paseos?

—Ni yo misma lo sé —murmuró Polinka, inclinándose sobre los botones—. Ni yo misma sé lo que me está pasando, Nicolás.

Por detrás de Timofeich, y obligándole a estrecharse contra el mostrador, se deslizó otro dependiente, robusto y con patillas, que estaba diciendo con gran cortesía:

—Señora, tenga usted la bondad de pasar a esta otra sección. Tenemos tres clases de jerséis: lisos, con dibujos y con adornos de azabache. ¿Cuál de ellos prefiere?

Al mismo tiempo cruzó junto a Polinka una señora gruesa, que hablaba con voz hombruna, casi de bajo.

—Pero hágame usted el favor de darme uno que no tenga costuras, puro tejido —decía.

—Disimula como si estuvieras escogiendo algo —se inclinó Nicolás hacia Polinka, procurando reprimir la voz y con una sonrisa forzada—. Estás desencajada, pálida, ¡pareces una enferma! Ese va a dejarte. Y si llega a casarse contigo, no va a ser por amor, sino por hambre: atraído por tu dinero. Viviría estupendamente de tu dote y, además, se avergonzaría de ti. Nunca te llevaría con sus amigos, porque no eres culta, porque no puedes alternar con médicos y abogados. Para todos ésos eres una modistilla, una ignorante…

—¡Nicolás! —gritó alguien desde más allá del mostrador—. Aquí una señorita quiere tres varas de nicó. ¿Tenemos?

Nicolás Timofeich se volvió sonriente y gritó:

—¡Sí! Hay cintas de nicó, de otomán con satén y de satén con moaré.

—¡Ay!, y me dijo Olia que no se me olvidara llevarle un corsé —habló Polinka.

—Tienes los ojos llenos de lágrimas —advirtió, asustado, Nicolás—. ¿Qué te pasa? Vamos a ver los corsés y así te esconderé a las miradas de la gente; no está bien que te vean en ese plan.

Sonriendo forzadamente y con exagerada soltura, el dependiente condujo a Polinka a la sección de corsés y la escondió del público tras una alta pirámide de cajas.

—¿Qué corsé prefiere? —preguntó subiendo el tono, y en seguida añadió en voz baja—: ¡Sécate esas lágrimas!

—Deme…, deme usted uno de cuarenta y ocho centímetros. Pero me lo pidió doble, con forro y con ballenas resistentes. Necesito hablar contigo, Nicolás. Vete luego por casa.

—¿Hablar de qué? No tenemos más que hablar.

—Eres el único… que me quiere y, aparte de ti, no tengo con quien hablar.

—Y esto no es caña ni hueso, sino ballena auténtica… ¿De qué, de qué vamos a hablar? No tenemos nada que decirnos. ¿No vas a salir de paseo hoy con él?

—S… sí.

—Bueno, y entonces ¿de qué quieres que hablemos? Las conversaciones no conducirían a nada. ¿Estás o no estás enamorada de él?

—Sí —susurró Polinka indecisa, mientras le caían lagrimones de los ojos.

—Entonces ¿de qué vamos a hablar? —repitió Timofeich, encogiendo los hombros nerviosamente—. No tenemos nada que decirnos. Sécate esas lágrimas, y se acabó Yo… yo no quiero nada.

En ese momento se acercó a la pirámide de cajas un dependiente flacucho, que le decía a su clienta:

—¿Y no le hace falta un buen elástico para ligas? Es una goma que deja circular la sangre bien. Los médicos la recomiendan mucho…

Nicolás Timofeich hacía todo lo posible por ocultar a Polinka y, procurando disimular sus aprietos, contrajo el rostro en otra penosa sonrisa y decía en voz alta:

—Hay dos clases de encaje, señorita. En algodón y en seda. Tenemos los orientales y también ingleses, de Valenciennes, crochet y torchon; de algodón todos éstos. Pero los rococós, sutás y cambras son de seda, y de la buena… ¡por lo que más quieras, sécate esas lágrimas, que viene gente!

Y al ver que la muchacha seguía llorando, continuaba anunciando cada vez más fuerte:

—Españoles, rococós, sutás, cambrés… ¡Medias de hilo de Escocia, de algodón, de seda!…

POQUITA COSA

Hace unos días invité a Yulia Vasilievna, la institutriz de mis hijos, a que pasara a mi despacho. Teníamos que ajustar cuentas.

—Siéntese, Yulia Vasilievna —le dije—. Arreglemos nuestras cuentas. A usted seguramente le hará falta dinero, pero es usted tan ceremoniosa que no lo pedirá por sí misma... Veamos... Nos habíamos puesto de acuerdo en treinta rublos por mes...

—En cuarenta...

—No. En treinta... Lo tengo apuntado. Siempre le he pagado a las institutrices treinta rublos... Veamos... Ha estado usted con nosotros dos meses...

—Dos meses y cinco días...

—Dos meses redondos. Lo tengo apuntado. Le corresponden por lo tanto sesenta rublos... Pero hay que descontarle nueve domingos... pues los domingos usted no le ha dado clase a Kolia, sólo ha paseado... más tres días de fiesta...

A Yulia Vasilievna se le encendió el rostro y se puso a tironear el volante de su vestido, pero... ¡ni palabra!

—Tres días de fiesta... Por consiguiente descontamos doce rublos... Durante cuatro días Kolia estuvo enfermo y no tuvo clases... usted se las dio sólo a Varia... Hubo tres días que usted anduvo con dolor de muela y mi esposa le permitió descansar después de la comida... Doce y siete suman diecinueve. Al descontarlos queda un saldo de... hum... de cuarenta y un rublos... ¿no es cierto?

El ojo izquierdo de Yulia Vasilievna enrojeció y lo vi empañado de humedad. Su mentón se estremeció. Rompió a toser nerviosamente, se sonó la nariz, pero... ¡ni palabra!

—En víspera de Año Nuevo usted rompió una taza de té con platito. Descontamos dos rublos... Claro que la taza vale más... es una reliquia de la familia... pero ¡que Dios la perdone! ¡Hemos perdido tanto ya! Además, debido a su falta de atención, Kolia se subió a un árbol y se desgarró la chaquetita... Le descontamos diez... También por su descuido, la camarera le robó a Varia los botines... Usted es quien debe vigilarlo todo. Usted recibe sueldo... Así que le descontamos cinco más... El diez de enero usted tomó prestados diez rublos.

—No los tomé —musitó Yulia Vasilievna.

—¡Pero si lo tengo apuntado!

—Bueno, sea así, está bien.

—A cuarenta y uno le restamos veintisiete, nos queda un saldo de catorce...

Sus dos ojos se le llenaron de lágrimas...

Sobre la naricita larga, bonita, aparecieron gotas de sudor. ¡Pobre muchacha!

—Sólo una vez tomé —dijo con voz trémula—... le pedí prestados a su esposa tres rublos... Nunca más lo hice...

—¿Qué me dice? ¡Y yo que no los tenía apuntados! A catorce le restamos tres y nos queda un saldo de once... ¡He aquí su dinero, muchacha! Tres... tres... uno y uno... ¡sírvase!

Y le tendí once rublos... Ella los cogió con dedos temblorosos y se los metió en el bolsillo.

—*Merci* —murmuró.

Yo pegué un salto y me eché a caminar por el cuarto. No podía contener mi indignación.

—¿Por qué me da las gracias? —le pregunté.

—Por el dinero.

—¡Pero si la he desplumado! ¡Demonios! ¡La he asaltado! ¡La he robado! ¿Por qué *merci*?

—En otros sitios ni siquiera me daban...

—¿No le daban? ¡Pues no es extraño! Yo he bromeado con usted... le he dado una cruel lección... ¡Le daré sus ochenta rublos enteritos! ¡Ahí están preparados en un sobre para usted! ¿Pero es que se puede ser tan tímida? ¿Por qué no protesta usted? ¿Por qué calla? ¿Es que se puede vivir en este mundo sin mostrar los dientes? ¿Es que se puede ser tan poquita cosa?

Ella sonrió débilmente y en su rostro leí: "¡Se puede!".

Le pedí disculpas por la cruel lección y le entregué, para su gran asombro, los ochenta rublos. Tímidamente balbuceó su *merci* y salió... La seguí con la mirada y pensé: ¡Qué fácil es en este mundo ser fuerte!

¡QUÉ PÚBLICO!

—¡Basta! ¡Ya no vuelvo a beber!… Por nada del mundo. Tiempo es de ponerme al trabajo… ¿Te gusta recibir tu sueldo? Pues trabaja honradamente, con celo, sin tregua ni reposo. Acaba de una vez con las granujerías… Te has acostumbrado a cobrar tu paga en balde, y esto es malo…; esto no es honrado…

Luego de haberse hecho tales razonamientos, el jefe del tren, Podtiaguin, siente un deseo invencible de trabajar. Son casi las dos de la madrugada, mas, a pesar de lo temprano de la hora, despierta a los conductores y va con ellos por los vagones para revisar los billetes. —¡Los billetes! —exclama alegremente, haciendo sonar el taladro. Los viajeros, dormidos en la penumbra de la luz atenuada, se sobresaltan y le pasan los billetes.

—¡El billete! —dice Podtiaguin dirigiéndose a un pasajero de segunda clase, hombre flaco, venoso, envuelto en una manta y pelliza y rodeado de almohadas.

—¡El billete!

El hombre flaco no contesta; duerme profundamente. El jefe del tren le golpea en el hombro y repite con impaciencia:

—¡El billete!

El pasajero, asustado, abre los ojos y se fija con pavor en Podtiaguin.

—¿Qué? ¿Quién?

—¿No me ha oído usted? ¡El billete! ¡Tenga la bondad de dármelo!

—¡Dios mío! —gime el hombre flaco, mostrando una faz lamentable—. ¡Dios mío! ¡Padezco de reuma! Tres noches ha que no he podido conciliar el sueño… He tomado morfina para dormirme y me sale usted… con los billetes. ¡Es inhumano! ¡Es cruel! Si supiera usted lo que me cuesta conciliar el sueño, no vendría usted a molestarme con esas majaderías… ¡Esto es tonto y cruel! ¿Para qué le hace a usted falta mi billete? Esto es inepto.

Podtiaguin reflexiona si tiene que ofenderse o no; decide ofenderse.

—¡No grite usted aquí! ¿Estamos acaso en una taberna?

—En una taberna la gente es más humana —contesta el pasajero tosiendo—. ¿Cuándo podré dormirme otra vez? Viajé por todos los países extranjeros sin que nadie me pidiera el billete, y aquí es como si el diablo les persiga a cada momento: "El billete. El billete".

—En tal caso lárguese usted al extranjero, que le agrada tanto.

—¡Lo que me dice usted es una estupidez! ¡No basta con que uno tenga que soportar el calor y las corrientes de aire, hay que soportar también ese formulismo!… ¿Para qué diablos necesita usted los billetes?

¡Qué celo! Lo cual no impide que la mitad de los pasajeros vayan de balde.

—Oiga usted, caballero —exclama Podtiaguin—; si no acaba de gritar y molestar a los demás pasajeros, me veré obligado a hacerle bajar en la primera estación y a levantar acta.

—¡Es abominable! —murmuran los demás pasajeros—. Eso de no dejar en paz a un hombre enfermo... ¡Acabe de una vez, en fin!

—Pero si es el caballero, que me insulta —replica Podtiaguin—. ¡Está bien; que se guarde el billete! Pero yo cumplía con mi deber, ya lo sabe usted...; si no fuera mi deber... Pueden ustedes informarse..., preguntar al jefe de estación...

Podtiaguin encoge los hombros y se aleja del enfermo. Al principio sentíase ofendido y maltratado; pero después de haber recorrido dos o tres vagones, su alma de jefe de tren experimenta cierta intranquilidad y algo como un remordimiento.

—Tienen razón; yo no tenía para qué despertar al enfermo. Pero no es culpa mía. Ellos creen que lo hago por mi gusto; no saben que tal es mi obligación. Si no me creen, pueden informarse cerca del jefe de estación. La estación. Parada de cinco minutos. En el coche de segunda clase entra Podtiaguin, y detrás de él, con su gorra encarnada, aparece el jefe de estación.

—Este caballero pretende que no tengo derecho a pedirle el billete, y hasta se ha enfadado. Le ruego, señor jefe, que le aclare si procedo por obligación o por pasar el rato. ¡Caballero! —prosigue Podtiaguin dirigiéndose al hombre flaco—. ¡Caballero!, si usted no me cree puede interrogar al jefe de estación...

El enfermo salta como picado por una avispa, abre los ojos y muestra una cara compungida y se apoya en los cojines.

—¡Dios mío! ¡He tomado el segundo polvo de morfina, que me calmó; iba a coger el sueño, y otra vez!... ¡Otra vez el billete!... ¡Le suplico tenga compasión de mí!

—Interrogue al señor jefe, y verá usted entonces si tengo derecho, o no, a pedir los billetes.

—¡Esto es insoportable! ¡Tome usted su billete! ¡Le compraré, si quiere todavía, otros cinco; pero déjeme que me muera en paz! ¿Es posible que no haya sufrido usted alguna vez? ¡Qué gente tan insensible!

—¡Es una mofa! —dice indignado un señor que viste uniforme militar—. ¡No puedo explicarme de otro modo tamaña insistencia!

—Déjelo —le dice el jefe de estación, frunciendo el ceño y tirándole a Podtiaguin de la manga.

Podtiaguin encoge los hombros y camina lentamente detrás del jefe.

—¿De qué sirve el ser complaciente? —añade con perplejidad—. Sólo para que el viajero se tranquilice le he llamado al jefe, y en lugar de agradecérmelo me regaña.

Otra estación. Parada de diez minutos.

Podtiaguin se va a la cantina a tomar un vaso de agua de Seltz. Se le acercan dos caballeros de uniforme y le dicen:

—¡Oiga usted, jefe del tren! Su proceder con el pasajero enfermo indigna a todos los que lo hemos presenciado. Yo soy ingeniero y este señor es coronel; le declaro que si no presenta usted sus excusas, formularemos una queja contra usted a su jefe de línea, que es conocido nuestro.

—¡Pero, caballeros, es que yo…, es que él!…

—No queremos explicaciones; le advertimos que si no presenta usted sus excusas, tomaremos al enfermo bajo nuestra protección.

—¡Está bien!… Perfectamente… le daré mis excusas…, si ustedes lo desean.

Media hora más tarde, Podtiaguin prepara su frase de excusas para contentar al pasajero y no rebajar demasiado su dignidad. Hele aquí de nuevo en el coche de segunda.

—¡Caballero! —le dice—. ¡Caballero, escúcheme! El enfermo se estremece y salta.

—¿Qué?

—Es que yo quiero…, ¿cómo decirlo?…, ¿cómo explicarle?… No se ofenda usted…

—¡Ah!… ¡Agua!… —grita el enfermo, llevándose la mano al corazón—. He tomado el tercer polvo de morfina…, me dormía, y otra vez… Dios mío, ¿cuándo se acabará esta tortura?

—Pero es que yo…; dispénseme… Basta…; hágame bajar en la primera estación… No puedo soportarlo más… Me… muero…

—¡Esto es abominable —exclaman voces desde el público—; váyase de aquí! ¡Tendrá usted que responder de sus insolencias! ¡Váyase usted!

Podtiaguin suspira hondamente y se marcha del vagón. En el coche de los empleados siéntase rendido al lado de la mesa y prorrumpe en quejas.

—¡Qué público! ¡Sea usted complaciente, conténtelos! ¿Cómo podrá uno trabajar? Así sucede que uno lo abandona todo y se entrega a la bebida… Cuando uno no hace nada, enójanse con él; si trabaja, igualmente se enfadan con él… Beberé una copita…

Podtiaguin absorbe de un golpe media botella de vodka, y no reflexiona ya más ni en el trabajo, ni en su obligación, ni en la honradez.

RÉQUIEM

En la iglesia de la Virgen de Odigitrievskaia, situada en el pueblo de Verknie-Saprudi, acaba de terminar la misa. La gente se pone en movimiento y sale de la iglesia. El único que no se mueve es el comerciante de coloniales Andrei Andreich, el inteligente de Verknie-Saprudi, antiguo vecino de la localidad. Permanece apoyado contra la balaustrada del lugar destinado al coro y espera. Su rostro, afeitado, grasiento, de piel que los granos volvieron desigual, expresa ahora dos sentimientos contradictorios: sumisión a los misterios religiosos y un desdén embotado y sin límites hacia los campesinos y campesinas que con sus pañuelos de abigarrados colores pasan ante él. Por ser domingo, va vestido como un petimetre: abrigo de paño con botones de hueso, amarillos, pantalones azul marino y sólidos chanclos; esos chanclos que sólo calzan las gentes reposadas, razonables y de profundas convicciones religiosas. Sus ojos perezosos se dirigen a las imágenes. Contempla la faz, ha largo tiempo conocida, de los santos; ve al guardián Matvei inflando las mejillas para apagar las velas, a los sombríos portacirios, a la rosada alfombra, al sacristán Lopujov, que pasa apresurado junto al altar llevando pan bendito… Hace mucho tiempo que todo esto ha sido tan visto y requetevisto por él como sus propios cinco dedos… En realidad, lo único que resulta extraño y desacostumbrado es la presencia del padre Grigorii junto a la puerta norte del altar, todavía revestido y dirigiendo a alguien gestos enojados con las espesas cejas.

"¿Para quién serán esos gestos?…, ¡y que Dios le conserve la salud! —piensa el tendero—. ¡Ahora llama con el dedo!… ¡Y golpea con el pie!… ¡Vaya!… ¿Qué pasa, Virgen Santísima?… ¿A quién hará eso?".

Andrei Andreich vuelve la cabeza y ve una iglesia completamente vacía. Junto a la puerta se agrupan todavía unas diez personas, pero ya de espaldas al altar.

—¡Ven cuando te llamen!… ¿Qué haces ahí parado como una estatua? —oye decir a la voz enfadada del padre Grigorii—. ¡Es a ti a quien estoy llamando!

El tendero mira el rostro rojo e irritado del padre Grigorii, y sólo entonces se le ocurre pensar que el fruncimiento de cejas y la señal del dedo pudieran haberle sido dirigidos. Estremeciéndose abandona la balaustrada, e indeciso, metiendo ruido con los macizos chanclos, se dirige al altar.

—¡Andrei Andreich!, ¿eres tú el que ha enviado una nota con este nombre, María, para que sea encomendada en la invocación por los difuntos? —pregunta el sacerdote mirando con ojos enfadados su grasiento y sudoroso rostro.

—Sí, señor.

—Entonces, ¿fuiste tú quien escribió esto? ¿Lo escribiste tú?...

Y el padre Grigorii, muy enfadado, acerca un papelito a sus ojos. En este, que Andrei Andreich entregara y que contiene el nombre de la difunta a quien desea encomendar, aparece escrito: "Por el eterno descanso de la sierva de Dios y fornicadora María".

—En efecto, señor; yo fui el que lo escribió —contesta el tendero.

—¿Y cómo te atreviste a escribir una cosa así? —pronuncia en un murmullo el padre Grigorii alargando las sílabas; murmullo que revela a la vez enfado y miedo.

El tendero lo contempla con expresión de embotado asombro, queda perplejo y se asusta a su vez. ¡Jamás en su vida el padre Grigorii empleó este tono con los inteligentes de Verknie-Saprudj!... Ambos guardan silencio y, por espacio de un minuto, se miran el uno al otro a los ojos. La perplejidad del tendero es tal que su grasiento rostro parece desparramarse en todas direcciones, como una masa que se derrite.

—¿Cómo te atreviste? —repite el cura.

—Yo..., ¿a qué?... —se asombra Andrei Andreich.

—Pero ¿no lo comprendes? —murmura con un gesto sorprendido el padre Grigorii retrocediendo un paso—. ¿Se puede saber qué es lo que llevas sobre los hombros? ¿Es una cabeza lo que llevas o un objeto cualquiera?... ¡Entregas una nota para el altar y escribes en ella unas palabras que ni siquiera en la calle sería conveniente pronunciar!... ¿Qué haces ahí mirándome con esos ojos tan espantados?... ¿Ignoras acaso el significado de esas palabras?...

—¿Se refiere usted a lo de fornicadora?... —balbucea el tendero, poniéndose encarnado y parpadeando—. ¡Sin embargo, Nuestro Señor..., en su bondad..., perdonó a la pecadora!... ¡La llevó a su lado!... ¡Y en el libro de Santa María Egipciaca se ve el sentido en que se emplean esas palabras..., con perdón de usted!

El tendero intenta aportar en su defensa un nuevo argumento, pero se embarulla y se seca los labios con la manga.

—¡Ah!... ¿Es esa la manera que tienes entonces de comprenderlo?... —exclama el padre Grigorii—. ¡Nuestro Señor lo que hizo fue perdonar!..., ¿comprendes? Mientras que tú acusas..., ¿comprendes?... ¡Designas con una fea palabra!..., ¿y a quién, además?... ¡A tu propia hija, que en paz descanse!... ¡No ya en los libros religiosos..., ni en los libros profanos podría encontrarse un pecado semejante!... ¡Te lo repito, Andrei!... ¡No te las eches de sabio!... ¡Sí, hermano!... ¡No tienes que dártelas de sabio!... ¡Aunque Dios te haya dado una inteligencia despejada..., si no la sabes conducir..., mejor será que no intentes profundizar en nada!... ¡No profundices y cállate!

—Pero es que ella..., con perdón de usted..., ¡fue actriz! —pronunció confuso Andrei.

—¡Una actriz!... ¡Fuera lo que fuera, después de su muerte debes olvidarlo todo y no escribir en una nota una cosa así!...

—Cierto... —concede el tendero.

—¡Lo que habría que haber hecho contigo era imponerte alguna penitencia! —señala desde el fondo, junto al altar, la voz de bajo del diácono, que suelta una mirada de desprecio hacia el rostro turbado de Andrei Andreich—. ¡Así es como hubieras dejado de echártelas de inteligente!... ¡Tu hija fue una actriz célebre!... ¡En ocasión de su fallecimiento, todos los periódicos hablaron de ella!... ¡Vaya filósofo que estás hecho!

—¡Claro que sí!... ¡Cierto!... —balbucea el tendero—. ¡Esas palabras no serán adecuadas..., pero yo no lo hice como censura, padre Grigorii!... Lo hice con fines espirituales..., ¡para que viera usted más claramente a quién tenía que encomendar!... En esas notas se designa a los difuntos de muchas maneras..., como, por ejemplo: "El tierno infante Iona..." "Pelagueia la ahogada...". "Egor el guerrero...". "El interfecto Pavel...". ¡También yo quise!...

—¡No es juicioso, Andrei!... ¡Que Dios te perdone, pero otra vez ten cuidado! Y, sobre todo, ¡no te las eches de sabio!... ¡Para pensar, toma ejemplo de los demás!... ¡Bueno!... ¡Haz diez genuflexiones y vete!

—Lo que usted diga —responde el tendero, alegrándose de que hubieran terminado de amonestarlo e imprimiendo de nuevo a su semblante un aire de importancia y gravedad—. ¿Diez genuflexiones?... Muy bien. Comprendo perfectamente... ¡Ahora, señor cura, permítame un ruego!... ¡Como de todas maneras soy su padre, como usted sabe, y ella..., fuera lo que fuera, de todas maneras es mi hija...; yo..., y usted perdone..., quisiera que se dijera un Réquiem por su alma!... ¡También me permito pedírselo a usted, padre diácono!...

—Eso está bien —dice el padre Grigorii, despojándose de sus vestiduras—. ¡Eso te lo alabo!... Se dirá... Retírate ahora, que saldremos en seguida.

El guardián Matvei hace los preparativos para el Réquiem, que no tarda en empezar.

Con paso mesurado se aleja Andrei Andreich del altar, y rojo y con cara de Réquiem, se coloca en el centro de la iglesia.

Reina el silencio. Sólo se escucha el sonido metálico que hace el incensario al moverse y las notas largas del canto... Junto a Andrei

Andreich está el guardián Matvei, la portera Makarievna y su hijito Mitka, el del brazo seco. Nadie más. El sacristán canta mal, con desagradable voz de bajo, y el tema y las palabras del canto son tan tristes que el tendero va perdiendo poco a poco su continente grave y sumergiéndose en la tristeza...

¡Recuerda a su Maschutka!... ¡Recuerda que nació mientras él prestaba servicio de lacayo en la casa de los señores de Verknie-Saprudi! En medio del trajín de su trabajo de lacayo no reparaba en cómo crecía su niña. El largo período de la transformación de ésta en una graciosa criatura de cabellos rubios, ojos pensativos y grandes, como kopecs..., le pasó inadvertido... Se educaba ella como suelen educarse los hijos de los lacayos preferidos, en blancos pañales al lado de las señoritas. Los señores, por no tener otra cosa que hacer, le enseñaron a leer, a escribir, a bailar..., no teniendo él, por tanto, que intervenir en su educación. Si acaso, a veces..., cuando se encontraba con ella casualmente en las proximidades del portalón o en el descansillo de la escalera, recordando que era su hija, aprovechaba los ratos libres para enseñarle oraciones e Historia Sagrada. ¡Oh!... ¡Él ya era entonces famoso por sus conocimientos de Doctrina e Historia Sagrada!...

La niña, aunque el semblante de su padre era grave y sombrío, lo escuchaba con gusto. Repetía perezosamente las oraciones; pero cuando él, tartamudeando en su esfuerzo por expresarse con más rebuscamiento, se ponía a contarle la Historia Sagrada, se hacía toda oídos. El plato de lentejas de Esaú, la destrucción de Sodoma, las penalidades sufridas por el pequeño José, eran causa de que palideciera y se abrieran muy grandes sus ojos azules. Más tarde, cuando dejó de ser lacayo y pudo adquirir con el dinero ahorrado una tiendecita en el pueblo, Maschutka se fue con los señores a Moscú. Tres años antes de su muerte vino a visitar a su padre. Éste apenas la reconoció. Era una mujer esbelta y joven, con los ademanes de una dama y vestida como se visten las damas. Hablaba de una manera inteligente, como si estuviera leyendo en un libro, y dormía hasta el mediodía. Cuando Andrei Andreich le preguntó en qué se ocupaba, mirándolo valientemente a los ojos, anunció: "Soy actriz". Aquella sinceridad se le antojó al ex lacayo el colmo del cinismo. Maschutka se dispuso a hacer valer sus éxitos ya referir la vida de los actores; pero al ver que su padre se limitaba a ponerse encarnado y a hacer gestos de desconcierto, guardó silencio. Y así, callados, sin mirarse el uno al otro, vivieron las dos semanas que transcurrieron hasta su partida. La víspera de la marcha suplicó a su padre que diera con ella un paseo por la orilla del río. A pesar de su temor a presentarse en pleno día ante las gentes con su hija actriz, cedió a sus ruegos.

—¡Qué sitios tan maravillosos tienen aquí! —se admiraba ella durante el paseo—. ¡Qué despeñaderos y qué pantanos!… ¡Dios mío!… ¡Qué hermosa es mi tierra!…

Y se echó a llorar.

"¡Son cosas que no hacen más que ocupar sitio! —pensaba Andrei Andreich fijando una mirada obtusa en los despeñaderos, y sin comprender el entusiasmo de su hija—. ¡Se sacaría de ellos tanto provecho como leche de un cordero!…".

Ella lloraba, lloraba. Su pecho aspiraba el aire con ansia…, ¡como si presintiera que no le quedaría mucho tiempo de aspirarlo!…

Igual que el caballo que recibe un picotazo, Andrei Andreich sacude la cabeza y, para amortiguar la pesadez del recuerdo, empieza apresuradamente a santiguarse…

"¡Perdona, Señor, a tu sierva María, que en paz descanse! ¡A esa fornicadora!… ¡Perdónale sus pecados voluntarios e involuntarios!…".

Las impropias palabras vuelven a salir de su lengua, pero él no repara en ello… ¡Lo que tan arraigado está en la conciencia no pueden arrancarlo ni las amonestaciones del padre Grigorii ni el martillo!

Makarievna suspira, murmura alguna cosa y respira hondamente. Mitka, el del brazo seco, queda pensativo…

—¡… Y dale, Señor, el descanso eterno!… —retumba la voz del diácono, apoyando la mejilla en su mano derecha.

Del incensario fluye un humito azulado que flota en el ancho rayo de sol que atraviesa oblicuamente el vacío sombrío y quieto de la iglesia. Y diríase que con el humo vuela también, por el rayo de sol, el alma de la propia difunta. Los pequeños ramalazos de humo, semejantes a los rizos de un niño, revolotean, ascienden volando hacia la ventana, como si se alejaran del dolor de esta pobre alma…

LA SEÑORA DEL PERRITO

I

Un nuevo personaje había aparecido en la localidad: una señora con un perrito. Dmitri Dmitrich Gurov, que por entonces pasaba una temporada en Yalta, empezó a tomar algún interés en los acontecimientos que ocurrían. Sentado en el pabellón de Verney, vio pasearse junto al mar a una señora joven, de pelo rubio y mediana estatura, que llevaba una boina; un perrito blanco de Pomerania corría delante de ella.

Después la volvió a encontrar en los jardines públicos y en la plaza varias veces. Caminaba sola, llevando siempre la misma boina, y siempre con el mismo perrito; nadie sabía quién era y todos la llamaban sencillamente "la señora del perrito".

"Si está aquí sola, sin su marido o amigos, no estaría mal trabar amistad con ella", pensó Gurov.

Aún no había cumplido cuarenta años, pero tenía ya una hija de doce y dos hijos en la escuela. Se había casado joven, cuando era estudiante de segundo año, y por entonces su mujer parecía tener la mitad de edad que él. Era una mujer alta y tiesa, de cejas oscuras, grave y digna, y como ella misma decía, intelectual. Leía mucho, usaba un lenguaje rebuscado, llamaba a su marido no Dmitri, sino Dimitri, y él en secreto la consideraba falta de inteligencia, de ideas limitadas, cursi. Estaba avergonzado de ella y no le gustaba quedarse en su casa. Empezó por serle infiel hacía mucho tiempo —le fue infiel bastante a menudo—, y, probablemente por esta razón, casi siempre hablaba mal de las mujeres; y cuando se tocaba este asunto en su presencia, acostumbraba llamarlas "la raza inferior".

Parecía estar tan escarmentado por la amarga experiencia, que le era lícito llamarlas como quisiera, y, sin embargo, no podía pasarse dos días seguidos sin "la raza inferior". En la sociedad de hombres estaba aburrido y no parecía el mismo; con ellos se mostraba frío y poco comunicativo; pero en compañía de mujeres se sentía libre, sabiendo de qué hablarles y cómo comportarse; se encontraba a sus anchas entre ellas aunque estuviese callado. En su aspecto exterior, su carácter y toda su naturaleza, había algo de atractivo que seducía a las mujeres predisponiéndolas en su favor; él sabía esto, y diríase también que alguna fuerza desconocida lo llevaba hacia ellas.

La experiencia, a menudo repetida, la cruda y amarga experiencia, le había enseñado hacía tiempo que con gente decente, especialmente gente de Moscú —siempre lentos e irresolutos para todo—, la intimidad, que al principio diversifica agradablemente la vida y parece una ligera y encantadora aventura, llega a ser inevitablemente un intrincado problema, y con el tiempo la situación se hace insoportable. Pero a cada nuevo encuentro con una mujer interesante, esta experiencia se le olvidaba, sentía ansias de vivir, y todo lo encontraba sencillo y divertido.

Una noche que estaba comiendo en los jardines, la señora de la boina llegó lentamente y se sentó a la mesa de al lado. La expresión de su rostro, su aire, el vestido y el peinado, le indicaron que era una señora, que estaba casada, que se encontraba en Yalta por primera vez y que estaba triste… Las historias inmorales, que se murmuran en sitios como Yalta, son la mayor parte mentira; Gurov las despreciaba, sabiendo que tales historias eran inventos, en su mayor parte, de personas que hubieran pecado tranquilamente, de haber tenido ocasión; pero cuando la señora del perro se sentó a la mesa de al lado, a tres pasos de él, recordó esas historias de conquistas fáciles, de excursiones a las montañas, y el tentador pensamiento de una dulce y ligera aventura amorosa, una novela con una mujer desconocida, cuyo nombre le fuese desconocido también, se apoderó súbitamente de su ánimo.

Llamó cariñosamente al pomeranio, y cuando el perro se acercó a él lo acarició con la mano. El pomeranio gruñó; Gurov volvió a pasarle la mano.

La señora miró hacia él bajando en seguida los ojos.

—No muerde —dijo, y se sonrojó.

—¿Le puedo dar un hueso? —preguntó Gurov; y como ella asintiera con la cabeza, volvió a decir cortésmente—. ¿Hace mucho tiempo que está usted en Yalta?

—Cinco días.

—Yo llevo ya quince aquí.

Un corto silencio siguió a estas palabras.

—El tiempo pasa de prisa, y sin embargo, ¡es tan triste esto! —dijo ella sin mirarlo.

—Es que se ha puesto de moda decir que esto es triste. Cualquier provinciano viviría en Belyov o en Lhidra sin estar triste, y cuando llega aquí exclama en seguida: "¡Qué tristeza! ¡Qué polvo!" ¡Cualquiera diría que viene de Granada!

Ella se echó a reír. Luego, ambos siguieron comiendo en silencio, como extraños; pero después de comer pasearon juntos y pronto empezó entre ellos la conversación ligera y burlona de dos personas que se sienten libres y satisfechas, a quienes no importa ni lo que van a hablar ni hacia dónde han de dirigirse. Pasearon y hablaron de la luz tan rara que había sobre el mar; el agua era de un suave tono malva oscuro y la luna extendía sobre ella una estela dorada. Hablaron del bochorno que hacía después de un día de calor. Gurov le contó que había venido de Moscú, en donde tomó el grado en Artes, pero que era empleado de un banco; que había estado como cantante en una compañía de ópera, abandonándola luego; que poseía dos casas en Moscú...

De ella supo que había sido educada en San Petersburgo, pero vivía en S. desde su matrimonio, hacía dos años, y que todavía pasaría un mes en Yalta, donde se le reuniría tal vez su marido, que también necesitaba unos días de descanso. No estaba muy segura de si su marido tenía un puesto en el Departamento de la Corona o en el Consejo Provincial, y esta misma ignorancia parecía divertirla.

También supo Gurov que se llamaba Ana Sergeyevna.

Más tarde, una vez en su cuarto, pensó en ella; pensó que volvería a encontrársela al día siguiente; sí, necesariamente se encontrarían. Al acostarse recordó lo que ella le contara de sus sueños de colegio: había estado en él hasta hacía poco, estudiando lecciones como una niña. Y Gurov pensó en su propia hija. Recordaba también su desconfianza, la timidez de su sonrisa y sus modales, su manera de hablar a un extraño. Debía ser ésta la primera vez en su vida que se encontraba sola, examinada con curiosidad e interés; la primera vez también que al dirigirse a ella creyó adivinar en las palabras de los demás secretas intenciones... Recordó su cuello esbelto y delicado, sus encantadores ojos grises.

"Algo hay de triste en esta mujer", pensó, y se quedó dormido.

II

Una semana había pasado desde que hicieron amistad. Era un día de fiesta. Dentro de las casas hacía bochorno, mientras que en la calle el viento formaba remolinos de polvo y tiraba el sombrero a los transeúntes. Era un día de sed, y Gurov entró varias veces en el pabellón y ofreció a Ana Sergeyevna jarabe y agua o un helado. Nadie sabía qué hacer.

Por la tarde, cuando el viento se calmó un poco, salieron a ver venir el vapor. Había muchas personas paseando por el puerto; se habían reunido para recibir a alguien y llevaban ramos de flores. Se notaban allí dos peculiaridades de la gente elegante de Yalta: las señoras mayores iban como muchachas y había muchos generales vestidos de uniforme.

A causa de lo alborotado que estaba el mar, el vapor llegó muy tarde, después de la puesta del sol, y tardó mucho tiempo en atracar al muelle. Ana Sergeyevna miró a través de sus impertinentes al vapor y a los pasajeros como esperando encontrar algún conocido, y al volverse hacia Gurov sus ojos brillaban. Habló mucho y preguntaba cosas desacordes, olvidando al poco rato lo que había preguntado; al hacer un movimiento con la mano dejó caer los impertinentes al suelo.

La gente empezaba a dispersarse; estaba demasiado oscuro para ver las caras de los que pasaban. El viento se había calmado por completo, pero Gurov y Ana Sergeyevna permanecían allí quietos como si esperasen ver salir a alguien más del vapor.

Ella olía en silencio las flores sin mirar a Gurov.

—El tiempo está mejor esta tarde —dijo él—. ¿Dónde vamos ahora?

Ella no contestó.

Entonces Gurov la miró intensamente, rodeó su cuerpo con el brazo y la besó en los labios, mientras respiraba la frescura y fragancia de las flores; luego miró a su alrededor ansiosamente, temiendo que alguien lo hubiese visto.

—Vamos al hotel —dijo él dulcemente. Y ambos caminaron de prisa.

La habitación estaba cerrada y perfumada con la esencia que ella había comprado en el almacén japonés. Gurov miró hacia Ana Sergeyevna y pensó: "¡Cuán distintas personas encuentra uno en este mundo!".

Del pasado, conservaba recuerdos de mujeres ligeras, de buen fondo algunas, que lo amaban alegremente agradeciéndole la felicidad que él podía darles, por muy breve que fuese; de mujeres, como la suya, que amaban con frases superfluas, afectadas, histéricas, con una expresión que hacía sospechar que no era amor ni pasión, sino algo más significativo; y de dos o tres más, hermosas, frías, en cuyos rostros sorprendió más de una vez destellos de rapacidad, el deseo obstinado de sacar de la vida aún más de lo que ésta podía darles. Eran mujeres irreflexivas, dominantes, faltas de inteligencia y de edad ya madura; cuando Gurov empezaba a mostrarse frío con ellas, esta misma hermosura excitaba su odio, figurándosele que los encajes con que adornaban su ropa eran para él escalas.

Pero en el caso actual sólo había la timidez de la juventud inexperta, un sentimiento parecido al miedo; y todo esto daba a la escena un aspecto de consternación, como si alguien hubiera llamado de repente a la puerta. La actitud de Ana Sergeyevna —"la señora del perrito"— en todo lo sucedido tenía algo de peculiar, de muy grave, como si hubiera sido su caída; así parecía, y resultaba extraño, inapropiado. Su rostro languideció, y lentamente se le soltó el pelo; en esta actitud de abatimiento y meditación se asemejaba a un grabado antiguo: La mujer pecadora.

—Hice mal —dijo—. Ahora usted será el primero en despreciarme.

Sobre la mesa había una sandía. Gurov cortó una tajada y empezó a comérsela sin prisa. Durante cerca de media hora ambos guardaron silencio.

Ana Sergeyevna estaba conmovedora; había en ella la pureza de la mujer sencilla y buena que ha visto poco de la vida.

La luz de la bujía iluminando su rostro mostraba, sin embargo, que se sentía desgraciada.

—¿Cómo es posible que yo llegara a despreciarla? —preguntó Gurov —. No sabe usted lo que dice.

—Dios me perdone —le respondió ella; y sus ojos se llenaron de lágrimas—. Es horrible —añadió.

—Parece que necesita usted ser perdonada.

—¿Perdonada? No. Soy una mala mujer; me desprecio a mí misma y no pretendo justificarme. No es a mi marido, es a mí a quien he engañado. Y esto no es de ahora, hace mucho tiempo que me estoy engañando. Mi marido podrá ser bueno y honrado, pero ¡es un lacayo! No sé qué es lo que hace allí ni en lo que trabaja; pero sé que es un lacayo. Yo tenía veinte años cuando me casé con él. He vivido atormentada por un sentimiento de curiosidad; necesitaba algo mejor. Debe de haber otra clase de vida, me decía a mí misma. Sentía ansias de vivir. ¡Vivir! ¡Vivir!… La curiosidad me abrasaba… Usted no me comprende, pero le juro a Dios que llegó un momento en que no pude contenerme; algo fuera de lo corriente debió ocurrirme; le dije a mi marido que estaba mala y me vine aquí… Y aquí he estado vagando de un lado para otro como una loca…, y ahora me veo convertida en una mujer vulgar, despreciable, a quien todos mirarán mal.

Gurov se sintió aburrido casi al escucharla.

Le irritaba el tono ingenuo con que hablaba y aquellos remordimientos tan inoportunos; a no ser por las lágrimas hubiera creído que estaba representando una comedia.

—No la entiendo a usted —dijo dulcemente—. ¿Qué es lo que quiere? Ella ocultó su rostro en el pecho de él estrechándolo tiernamente.

—Créame, créame usted, se lo suplico. Amo la existencia pura y honrada, odio el pecado. Yo no sé lo que estoy haciendo. La gente suele decir: "El demonio me ha tentado". Yo también pudiera decir que el espíritu del mal me ha engañado.

—¡Chis! ¡Chis!… —murmuró Gurov.

Después la miró fijamente, la besó, hablándole con dulzura y cariño, y poco a poco se fue tranquilizando, volviendo a estar alegre, y acabaron por reírse los dos. Cuando salieron afuera no había un alma a orillas del mar. La ciudad, con sus cipreses, tenía un aspecto mortuorio, y las olas se deshacían ruidosamente al llegar a la orilla; cerca de ella se balanceaba una barca, dentro de la que parpadeaba soñolienta una linterna.

Encontraron un coche y lo tomaron; fueron en dirección de Oreanda.

—Al pasar por el vestíbulo he visto su apellido escrito en la lista: Von Diderits —dijo Gurov—. ¿Su marido de usted es alemán?

—No; creo que su abuelo sí lo era, pero él es ruso ortodoxo.

En Oreanda se sentaron silenciosos en un sitio no lejos de la iglesia y mirando hacia el mar. Yalta apenas era visible a través de la bruma matinal; blancas nubes permanecían quietas en lo alto de las montañas. No se movía una hoja; en los árboles cantaban las cigarras, y sólo llegaba a ellos desde abajo el cavernoso y monótono ruido de las olas hablando de paz, de ese sueño eterno que a todos nos espera. Del mismo modo debía oírse cuando ni Yalta ni Oreanda existían; así se oye ahora, y se oirá con la misma monotonía cuando ya no vivamos. Y en esta constancia, en esta completa indiferencia para la vida y la muerte de cada uno de nosotros, ahí se oculta tal vez la garantía de nuestra eterna salvación, del movimiento incesante de la vida sobre el mundo, del progreso hacia la perfección. Sentado al lado de una mujer joven que en la luz del amanecer parecía tan encantadora, acariciada e idealizada por los mágicos alrededores —el mar, las montañas, las nubes, el cielo azul—, Gurov pensó lo hermoso que es todo en el mundo cuando se refleja en nuestro espíritu: todo, menos lo que pensamos o hacemos cuando olvidamos nuestra dignidad y los altos designios de nuestra existencia.

Un hombre pasó cerca de ellos —un guarda, probablemente—, los miró, y siguió adelante.

Y este detalle les parecía misterioso y lleno de encanto también. Luego vieron un vapor que venía de Teodosia, cuyas luces brillaban confundidas con las del amanecer.

—Hay gotas de rocío sobre la hierba —dijo Ana Sergeyevna después de un silencio.

—Sí. Es hora de volver a casa. Y se volvieron a la ciudad.

Desde entonces volvieron a verse todos los días a las doce; comían juntos, se paseaban, contemplaban el mar. Ella se quejaba de dormir mal, sentía palpitaciones en el corazón; le hacía las mismas preguntas, interrumpidas a veces por celos, otras por el miedo de que Gurov no la respetara bastante. Y a menudo, en los jardines, a orillas del agua, cuando se encontraban solos, él la besaba apasionadamente. Aquella vida reposada, aquellos besos en pleno día mientras miraba alrededor por temor de ser visto, el calor, el olor del mar y el continuo ir y venir de gente desocupada, perfumada, bien vestida, hicieron de Gurov otro hombre. Encontraba a Ana Sergeyevna hermosa, fascinadora, y así se lo repetía a ella. Se volvió impaciente y apasionado hasta el punto de no querer separarse de su lado, y ella, mientras tanto, seguía pensativa y continuamente le decía que no la respetaba bastante, que no la amaba lo más mínimo, y que seguramente pensaría de ella como de una mujer cualquiera. Todos los días a la caída de la tarde se iban en coche fuera de Yalta, a Oreanda o a la cascada, y estos paseos eran siempre un triunfo para ellos; la escena les impresionaba invariablemente como algo magnífico y hermosísimo.

Esperaban al marido, que debía venir pronto; pero un día llegó una carta en la que anunciaba que se encontraba mal y suplicaba a su esposa que volviera cuanto antes. Ana Sergeyevna se preparó, pues, a marcharse.

—Es una buena cosa el que yo me vaya —le dijo a Gurov—. "¡Es el dedo del destino!".

El día de la marcha, Gurov la acompañó en el coche. Cuando llegaron al tren y sonó la segunda campanada, Ana Sergeyevna le dijo:

—¡Déjame mirarte una vez más… otra vez! Así, ya está.

No lloraba, pero en su rostro se reflejaba tal tristeza que parecía enferma, los labios le temblaban.

—Me acordaré de ti siempre…, pensaré siempre en ti —dijo—. Que Dios te proteja; sé feliz. No pienses nunca mal de mí. Nos separamos para no volvernos a ver más; así debe ser, porque nunca debimos habernos encontrado. Que Dios sea contigo, adiós.

El tren partió rápido, sus luces desaparecieron pronto de la vista, y un minuto más tarde no se oía ni el ruido, como si todo hubiera conspirado para hacer terminar lo antes posible aquel dulce delirio, aquella locura. Solo, en el andén, mirando hacia donde el tren desapareció, Gurov escuchó el chirrido de las cigarras, el zumbido de los hilos del telégrafo, y le pareció que acababa de despertarse. Y meditó sobre este episodio de su vida que también tocaba a su fin, y del que sólo el recuerdo quedaba… Se sintió conmovido, triste y con remordimientos. Aquella mujer, que nunca más volvería a encontrar, no fue feliz con él, porque aunque la trató con afecto y cariño, hubo siempre en sus maneras, en sus caricias, una ligera sombra de ironía, la grosera condescendencia de un hombre feliz que, además, le doblaba la edad. Ana Sergeyevna lo llamó siempre bueno, distinto de los demás, sublime a veces…;

constantemente se había mostrado a ella como no era en realidad, sin intención la había engañado.

Un vago perfume de otoño se dejaba ya sentir en la atmósfera, hacía una tarde fría y triste.

—Es hora de que me marche al Norte —pensó Gurov al dejar el andén—. ¡Sí, ya es hora!

III

En su casa de Moscú lo encontró todo en plan de invierno; las estufas estaban encendidas, y por las mañanas aún era oscuro cuando sus hijos tomaban el desayuno para irse al colegio, tanto que la niñera tenía que encender la luz un rato. Habían empezado las heladas. Cuando cae la primera nieve y aparecen los primeros trineos es agradable ver la tierra blanca, los blancos tejados, exhalar el tibio aliento, y la estación trae a la memoria los años juveniles. Las viejas limas y abedules, cubiertos de escarcha, tienen una expresión simpática y están más cerca de nuestro corazón que los cipreses y las palmas. Junto a ellos se olvidan el mar y las montañas.

Gurov había nacido en Moscú; llegó a él en un bello día de nieve, y al ponerse su abrigo de pieles y sus guantes, al pasearse por Petrovka, al oír el domingo por la tarde el sonido de las campanas, olvidó el encanto de su reciente aventura y del sitio que dejara. Poco a poco se absorbió en la vida de Moscú; leía con avidez los periódicos ¡y declaraba que los leía sin fundamento! En seguida sintió un deseo irresistible de ir a los restaurantes, a los clubes, a las comidas, aniversarios y fiestas; se sintió orgulloso de hablar y discutir con célebres abogados, con artistas, de jugar a las cartas con algún profesor en el club de doctores. Ya podía hasta comer un plato de pescado salado o una col…

Al cabo de un mes, le pareció que la imagen de Ana Sergeyevna había de cubrirse de una bruma en su memoria y visitarlo en sueños de cuando en cuando, con una sonrisa, como hacían otras. Pero pasó más de un mes, llegó el verdadero invierno, y recordaba todo aquello tan claramente como si se hubiera separado de Ana Sergeyevna el día antes. Estos recuerdos, lejos de morir, se avivaron con el tiempo. En la tranquilidad de la tarde, al oír las palabras de los niños estudiando en alta voz, el sonido del piano en un restaurante, o el ruido de tormenta que llegaba por la chimenea, volvía de repente todo a su memoria: lo ocurrido en el muelle la mañana de niebla junto a las montañas, el vapor que volvía de Teodosia y los besos. Gurov se levantaba entonces y paseaba por su habitación recordando y sonriendo; luego, sus recuerdos se convertían en ilusiones, y en su fantasía el pasado se mezclaba con el porvenir. Ana Sergeyevna no lo visitaba ya en sueños, lo seguía por todas partes como una sombra, como un fantasma. Al cerrar los ojos la veía como si estuviese viva delante de él, y Gurov la encontraba más encantadora, más joven, más tierna de lo que en realidad era, imaginándosela aún más hermosa de lo que estaba en Yalta. Por la tarde, Ana Sergeyevna lo miraba desde el estante de los libros, desde el hogar de la chimenea; desde cualquier rincón oía su respiración y el roce acariciador de sus faldas. En la calle miraba a todas las mujeres buscando alguna que se pareciese a ella.

Un deseo intenso de comunicar a alguien sus ideas lo atormentaba. Pero en su casa era imposible hablar de su amor, y fuera de ella tampoco tenía a nadie; ni a sus compañeros de oficina ni a ninguno en el banco podía contárselo. ¿De qué iba a hablar entonces? Pero ¿es que había estado enamorado? ¿Hubo algo de poético, de edificante, simplemente de interés en sus relaciones con Ana Sergeyevna? Y todo se le volvía hablar vagamente de amor, de mujer, y nadie sospechaba nada; sólo su esposa fruncía el entrecejo y decía:

—No te va el papel de conquistador, Dimitri.

Una tarde, al volver del club de doctores con un oficial, con el que había estado jugando a las cartas, no se pudo contener y le dijo:

—¡Si supieras la mujer tan fascinadora que conocí en Yalta!

El oficial entró en su trineo, y se iba ya, pero se volvió de pronto exclamando:

—¡Dmitri Dmitrich!

—¿Qué?

—¡Tenías razón esta tarde: el esturión era demasiado fuerte!

Aquellas palabras tan corrientes llenaron a Gurov de indignación, encontrándolas degradantes y groseras. ¡Qué modo tan salvaje de hablar!

¡Qué noches más estúpidas, qué días más faltos de interés! El afán de las cartas, la glotonería, la bebida, el continuo charlar siempre sobre lo mismo. Todas estas cosas absorben la mayor parte del tiempo de muchas personas, la mejor parte de sus fuerzas, y al final de todo eso, ¿qué queda?: una vida servil, acortada, trivial e indigna, de la que no hay medio de salir, como si se estuviera encerrado en un manicomio o una prisión.

Gurov no durmió en toda la noche, tan lleno de indignación estaba. Al día siguiente se levantó con dolor de cabeza. Y a la otra noche volvió a dormir mal; se sentó en la cama, pensando; luego se levantó y empezó a pasearse por la habitación. Estaba harto de sus hijos, del banco, y sin ganas de ir a ningún sitio ni de ver a nadie.

En las vacaciones de diciembre se preparó para un viaje; le dijo a su mujer que iba a San Petersburgo a un asunto de un amigo y se marchó a S.

¿Para qué? Ni él mismo lo sabía. Sentía necesidad de ver a Ana Sergeyevna y de hablarle; a ser posible, arreglar una entrevista con ella.

Llegó a S. por la mañana y tomó el mejor cuarto del hotel; un cuarto con una alfombra gris en el suelo, y un tintero gris de polvo sobre la mesa, adornado con una figura a caballo que tenía el sombrero en la mano. El portero del hotel le informó necesariamente: Von Diderits vivía en una casa de su propiedad en la calle antigua de Gontcharny; no estaba lejos del hotel. Era rico y vivía a lo grande, tenía caballos propios; todo el mundo lo conocía en la ciudad. El portero pronunciaba "Dridirits".

Gurov se encaminó sin prisa a la calle de Gontcharny y encontró la casa. Enfrente de ella se extendía una larga valla gris adornada con clavos.

—Dan ganas de echar a correr al ver este demonio de valla —pensó Gurov, mirando desde allí a las ventanas de la casa y viceversa.

Luego recapacitó: era día de fiesta y probablemente el marido estaría en casa. De todos modos era una falta de tacto entrar en la casa y sorprenderla.

Si le mandaba una carta, podía caer en manos del esposo y todo se echaría a perder. Lo mejor de todo era esperar una ocasión, y empezó a pasearse arriba y abajo por la calle esperando esa ocasión. Vio a un mendigo que se acercaba a la verja y a unos perros que salieron a ladrarle; una hora más tarde oyó débil e indistinto el sonido de un piano. Ana Sergeyevna debía tocar probablemente. De repente, se abrió la puerta, y una mujer vieja, acompañada del blanco y familiar pomeranio, salió de la casa. Gurov estuvo a punto de llamar al perro, pero empezó a latirle violentamente el corazón, y en su excitación no pudo recordar el nombre.

Siguió paseándose y midiendo la empalizada gris una y otra vez, y entonces le dio por pensar que Ana Sergeyevna lo había olvidado y se estaba a aquellas horas divirtiendo con otro, lo cual, al fin y al cabo, era natural en una mujer joven, que no tenía otra cosa que mirar desde por la mañana hasta la noche más que aquella condenada valla. Se volvió a su cuarto del hotel y estuvo largo rato sentado en el sofá sin saber qué hacer; luego comió y durmió bastante tiempo.

—¡Qué estúpido! —exclamó al despertarse y al mirarse por la ventana—. Sin venir a qué, me he quedado dormido y ahora ya es de noche; ¿qué hago?

Se sentó en la cama, que estaba cubierta por una colcha gris como las de los hospitales, y empezó a burlarse de sí mismo; sentía un fastidio terrible.

—¡Al diablo la señora del perro y la dichosa aventura! En buen lío te has metido, Gurov…

Aquella mañana le había llamado la atención un cartel con letras muy grandes. La Geisha iba a ser representada por primera vez. Al recordar esto, se vistió y se marchó al teatro.

—Es posible que ella vaya a la primera representación —pensó.

El teatro estaba lleno. Como en todos los de provincia, había una atmósfera muy pesada, una especie de niebla que flotaba sobre las luces; por las galerías se oía el rumor de la gente; en la primera fila, los pollos elegantes de la localidad estaban de pie mirando a la gente, antes de levantarse el telón. En el palco del gobernador, su hija, adornada con una boa, ocupaba el primer sitio, mientras que él, oculto modestamente detrás de la cortina, sólo dejaba visible las manos. La orquesta empezó a afinar los instrumentos; el telón se levantó.

Seguía entrando gente que iba a ocupar sus sitios, y Gurov los miraba uno a uno con ansia.

Ana Sergeyevna llegó también. Se sentó en la tercera fila y Gurov sintió que su corazón se contraía al mirarla; comprendió entonces claramente que para él no había en todo el mundo ninguna criatura tan querida como aquélla; aquella mujercita sin atractivos de ninguna clase, perdida en la sociedad de provincia, con sus vulgares impertinentes, llenaba toda su vida; era su pena y su alegría, la única felicidad que ambicionaba, y al oír la música de la orquesta y el sonido de los pobres violines provincianos, pensó cuán encantadora era. Pensó, y soñó…

Un hombre joven, con patillas, alto y encorvado, llegó con Ana Sergeyevna y se sentó a su lado; inclinaba la cabeza a cada paso y parecía estar continuamente haciendo reverencias. Debía ser sin duda el esposo, que una vez en Yalta, en una exclamación de amargura llamó ella lacayo; sonreía almibaradamente y en el ojal de la chaqueta llevaba una insignia o distinción que recordaba el número de un criado.

En el primer descanso el marido se salió fuera a fumar y Ana Sergeyevna se quedó sola en su butaca. Gurov se acercó a ella y con voz temblorosa y una sonrisa forzada le dijo:

—Buenas noches.

Al volver la cabeza y encontrarse con él, Ana Sergeyevna se puso intensamente pálida, lo miró otra vez, horrorizada casi, y estrujó el abanico y los impertinentes entre las manos como luchando para no desmayarse. Los dos guardaban silencio. Ella seguía sentada, él de pie, asustado por la confusión que su presencia le produjo, y no atreviéndose a sentarse a su lado.

Los violines y la flauta empezaron a sonar, y de repente Gurov sintió como si de todos los palcos los estuvieran mirando. Ana Sergeyevna se levantó, marchando rápida hacia la puerta; siguió él, y ambos empezaron a andar sin saber adónde iban, a través de pasillos, bajando y subiendo escaleras, viendo desfilar ante sus ojos uniformes escolares, civiles, militares, todos con insignias. Al pasar, veían señoras, abrigos de piel colgados en las perchas, y el aire les traía olor a tabaco viejo. Y Gurov, cuyo corazón latía con violencia, pensó:

"¡Cielos! ¿Para qué habrá aquí esta gente y esa orquesta?".

Y recordó en aquel instante cuando, después de marcharse Ana Sergeyevna de Yalta, creyó él que todo había terminado y que no volverían a encontrarse más. Pero ¡cuán lejos estaban del final!

Al pie de una escalera estrecha y sombría, sobre la que se leía: "Paso al anfiteatro", se pararon.

—¡Cómo me has asustado! —exclamó ella sin respiración casi, todavía pálida y como agobiada—. ¡Oh, cómo me has asustado! Estoy medio muerta. ¿Por qué has venido? ¿Por qué?…

—Pero escúchame, Ana, escúchame… —repetía Gurov rápidamente y en voz baja—. Te suplico que me escuches…

Ella lo miraba con temor mezclado de amor y de súplica; lo miraba intensamente como si quisiera grabar sus facciones más profundamente en su memoria.

—¡Soy tan desgraciada! —siguió diciendo sin escucharle—. No he hecho más que pensar en ti todo el tiempo; no vivo más que para eso. Y, sin embargo, necesitaba olvidar, olvidar; pero ¿por qué?, ¡ah!, ¿por qué has venido?…

En el piso de arriba dos colegiales fumaban mirando hacia abajo, pero a Gurov no le importaba nada; atrayendo hacia sí a Ana Sergeyevna empezó a besarle la cara, las mejillas y las manos.

—¡Qué estás haciendo, qué estás haciendo! —gritaba ella con horror apartándolo de sí—. Estamos locos. Vete; vete ahora mismo… Te lo pido por lo que más quieras… Te lo suplico… ¡Que viene gente!

Alguien subía por las escaleras.

—Es preciso que te vayas —siguió diciendo Ana Sergeyevna, y su voz parecía un susurro—. ¿Oyes, Dmitri Dmitrich? Iré a verte a Moscú. Nunca he sido feliz; ahora lo soy menos todavía, ¡y nunca, nunca seré dichosa!… No me hagas sufrir más. Te juro que iré a Moscú. Pero ahora separémonos, mi amado Gurov, no hay más remedio.

Estrechó su mano y empezó a bajar las escaleras muy de prisa volviendo atrás la cabeza; y en sus ojos pudo ver él que realmente era desgraciada. Gurov esperó un poco más, escuchó hasta que dejó de oírse el rumor de sus pasos, y entonces fue a buscar su abrigo y se marchó del teatro.

IV

Y Ana Sergeyevna empezó a ir a verlo a Moscú. Cada dos o tres meses abandonaba S. diciendo a su esposo que iba a consultar a un doctor acerca de un mal interno que sentía. Y el marido le creía y no le creía. En Moscú paraba en el hotel del Bazar Eslavo, y desde allí enviaba a Gurov un mensajero con una gorra encarnada. Gurov la visitaba y nadie en Moscú lo sabía.

Una mañana de invierno se dirigía hacia el hotel a verla (el mensajero llegó la noche anterior). Iba con él su hija, a quien acompañaba al colegio. La nieve caía en grandes copos blancos.

—Hay tres grados sobre cero y, sin embargo, nieva —dijo Gurov a su hija—. Sólo hay deshielo en la superficie de la tierra; a mucha más altura de la atmósfera la temperatura es distinta completamente.

—¿Y por qué no hay tormentas en invierno, papá?

Y le explicó esto también.

Hablaba pensando que iba a verla a "ella", que nadie lo sabía y probablemente no se enterarían nunca. Tenía dos vidas: una franca, abierta, vista y conocida de todo el que quisiera, llena de franqueza relativa y relativa falsedad, una vida igual a la que llevaban sus amigos y conocidos; y otra que se deslizaba en secreto. Y a través de circunstancias extrañas, quizá accidentales, resultaba que cuanto había en él de verdadero valor, de sinceridad, todo lo que formaba el fondo de su corazón estaba oculto a los ojos de los demás; en cambio, cuanto había en él de falso, el estuche en que solía esconderse para ocultar la verdad —como, por ejemplo, su trabajo en el banco, sus discusiones en el club, aquello de la "raza inferior", su asistencia acompañado de su mujer a aniversarios y fiestas—, todo eso lo hacía delante de todo el mundo. Desde entonces juzgó a los otros por sí mismo, no creyendo en lo que veía y pensando siempre que cada hombre vive su verdadera vida en secreto, bajo el manto de la noche. La personalidad queda siempre ignorada, oculta, y tal vez por esta razón el hombre civilizado tiene siempre interés en que sea respetada.

Después de dejar a su hija en el colegio, Gurov se dirigió al Bazar Eslavo. Se quitó abajo el abrigo de pieles, subió las escaleras y llamó a la puerta. Ana Sergeyevna, vestida con su traje gris favorito, exhausta por el viaje y la espera, lo aguardaba desde la noche anterior. Estaba pálida; lo miró sin sonreír, y apenas había entrado se arrojó en sus brazos. Fue su beso lento, prolongado, como si hiciera años que no se veían.

—Y bien, ¿qué tal lo vas pasando allí? —preguntó Gurov—. ¿Qué noticias traes?

—Espera; ahora te contaré…, no puedo hablar.

Y no podía; estaba llorando. Se volvió de espaldas a él llevándose el pañuelo a los ojos.

"La dejaremos llorar. Me sentaré y esperaré", pensó Dmitri; y se sentó en una butaca.

Mientras tanto, llamó al timbre y pidió que le trajeran té. Ana Sergeyevna seguía de espaldas a él mirando por la ventana. Lloraba de emoción, al darse cuenta de lo triste y dura que era la vida para ambos; sólo podían verse en secreto, ocultándose de todo el mundo, como ladrones. Sus vidas estaban destrozadas.

—¡Ven, cállate! —dijo Gurov.

Para él era evidente que aquel amor tardaría mucho en acabarse; que no podía encontrarle fin. Ana Sergeyevna cada vez lo quería más. Lo adoraba y no había que pensar en decirle que aquello se acabaría alguna vez; por otra parte, no lo hubiera creído.

Se levantó a consolarla con alguna palabra de cariño, apoyó las manos en sus hombros y en aquel momento se vio en el espejo. Empezaba a blanquearle la cabeza. Y le pareció raro haber envejecido tan rápida y tontamente durante los últimos años. Aquellos hombros sobre los que reposaban sus manos eran jóvenes, llenos de vida y calor, temblaban.

Sintió compasión por aquella vida todavía tan joven, tan encantadora, pero probablemente no lejos de marchitarse como la suya. ¿Por qué lo amaba ella tanto? Siempre había parecido a las mujeres distinto de como era en realidad; amaban, no a él mismo, sino al hombre que se habían forjado en su imaginación, a aquel a quien con ansia buscaran toda la vida; y después, al notar su engaño, lo seguían amando lo mismo. Sin embargo, ninguna fue feliz con él. El tiempo pasó, hizo amistad con ellas, vivió con algunas, se separó luego, pero nunca había amado; sería lo que quisiera, pero no era amor.

Y he aquí que ahora, cuando su cabeza empezaba a blanquear, se había realmente enamorado por primera vez en su vida.

Ana Sergeyevna y él se amaban como algo muy próximo y querido, como marido y mujer, como tiernos amigos; habían nacido el uno para el otro y no comprendían por qué ella tenía un esposo y él una esposa.

Eran como dos aves de paso obligadas a vivir en jaulas diferentes. Olvidaron el uno y el otro cuanto tenían por qué avergonzarse en el pasado, olvidaron el presente, y sintieron que aquel amor los había cambiado.

Otras veces, en momentos de depresión moral, Gurov se había reconfortado a sí mismo con razonamientos de alguna clase; pero ahora no le preocupaban estas cosas; sentía profunda compasión, necesidad de ser sincero y tierno...

—No llores, querida —le dijo—. Ya has llorado bastante, vamos... Ven y hablaremos un poco, arreglaremos algún plan.

Entonces discutieron sobre la necesidad de evitar tanto secreto, el tener que vivir en ciudades diferentes y verse tan de tarde en tarde. ¿Cómo librarse de aquel intolerable cautiverio?...

—¿Cómo? ¿Cómo? —se preguntaba Gurov con la cabeza entre las manos—. ¿Cómo?...

Y parecía como si dentro de pocos momentos todo fuera a solucionarse y una nueva y espléndida vida empezara para ellos; y ambos veían claramente que aún les quedaba un camino largo, largo que recorrer, y que la parte más complicada y difícil no había hecho más que empezar.

LOS SIMULADORES

Marfa Petrovna, la viuda del general Pechonkin, ejerce, unos diez años ha, la medicina homeopática y recibe los martes por la mañana a los aldeanos enfermos que acuden a consultarla.

Es una hermosa mañana del mes de mayo. Delante de ella, sobre la mesa, vese un estuche con medicamentos homeopáticos, los libros de medicina y las cuentas de la farmacia donde se surte la generala.

En la pared, con marcos dorados, figuran cartas de un homeópata de Petersburgo, que Marfa Petrovna considera como una celebridad, así como el retrato del Padre Aristarco, que la libró de los errores de la alopatía y la encaminó hacia la verdad.

En la antesala esperan los pacientes. Casi todos están descalzos, porque la generala ordena que dejen las botas malolientes en el patio. Marfa Petrovna ha recibido diez enfermos; ahora llama al undécimo:

—¡Gavila Gruzd!

La puerta se abre; pero en vez de Gavila Gruzd entra un viejecito menudo y encogido, con ojuelos lacrimosos: es Zamucrichin, propietario, arruinado, de una pequeña finca sita en la vecindad.

Zamucrichin coloca su cayado en el rincón, acércase a la generala y sin proferir una palabra se hinca de rodillas.

—¿Qué hace usted? ¿Qué hace usted, Kuzma Kuzmitch? —exclama la generala ruborizándose—. ¡Por Dios!…

—¡Me quedaré así en tanto que no me muera! —respondió Zamucrichin, llevándose su mano a los labios—. ¡Que todo el mundo me vea a los pies de nuestro ángel de la guarda! ¡Oh, bienhechora de la Humanidad! ¡Que me vean postrado de hinojos ante la que me devolvió la vida, me enseñó la senda de la verdad e iluminó las tinieblas de mi escepticismo, ante la persona por la cual hallaríame dispuesto a dejarme quemar vivo! ¡Curandera milagrosa, madre de los enfermos y desgraciados! ¡Estoy curado! Me resucitasteis como por milagro.

—¡Me… me alegro muchísimo!… —balbucea la generala henchida de satisfacción—. Me causa usted un verdadero placer… ¡Haga el favor de sentarse! El martes pasado, en efecto, se encontraba usted muy mal.

—¡Y cuán mal! Me horrorizo al recordarlo —prosigue Zamucrichin sentándose—; fijábase en todos los miembros y partes el reuma. Ocho años de martirio sin tregua…, sin descansar ni de noche ni de día. ¡Bienhechora mía! He visto médicos y profesores, he ido a Kazan a tomar baños de fango, he probado diferentes aguas, he ensayado todo lo que me decían… ¡He gastado mi fortuna en medicamentos! ¡Madre mía de mi alma! Los médicos no me hicieron sino daño, metieron mi enfermedad para dentro; eso sí, la metieron hacia dentro; mas no acertaron a sacarla fuera; su ciencia no pasó de ahí. ¡Bandidos; no miran más que el dinero! ¡El enfermo les tiene sin cuidado! Recetan alguna droga y os obligan a beberla! ¡Asesinos! Si no fuera por usted, ángel mío, hace tiempo que estaría en el cementerio. Aquel martes, cuando regresé a mi casa después de visitarla, saqué los globulitos que me dio y pensé: "¿Qué provecho me darán? ¿Cómo estos granitos, apenas invisibles, podrán curar mi enorme padecimiento, extinguir mi dolencia inveterada?". Así lo pensé; me sonreí; no obstante, tomé el granito y momentáneamente me sentí como si no hubiera estado jamás enfermo; ¡aquello fue una hechicería! Mi mujer me miró con los ojos muy abiertos y no lo creía. "¿Eres tú, Kolia?", me preguntó. "Soy yo", y nos pusimos los dos de rodillas delante de la Virgen Santa y suplicamos por usted, ángel nuestro: "Dale, Virgen Santa, todo el bien que nosotros deseamos".

Zamucrichin se seca los ojos con su manga, se levanta e intenta arrodillarse de nuevo; pero la generala no lo admite y le hace sentar.

—¡No me dé usted las gracias! ¡A mí, no! —y se fija con admiración en el retrato del Padre Aristarco—. Yo no soy más que un instrumento obediente… Usted tiene razón, ¡es un milagro! ¡Un reuma de ocho años, un reuma inveterado y curado de un solo globulito de escrofuloso!

—Me hizo usted el favor de tres globulitos. Uno lo tomé en la comida y su efecto fue instantáneo, otro por la noche, el tercero al otro día, y desde entonces no siento nada. Estoy sano como un niño recién nacido. ¡Ni una punzada! ¿Y yo que me había preparado a morir y tenía una carta escrita para mi hijo, que reside en Moscú, rogándole que viniera? ¡Es Dios quien la iluminó con esa ciencia! Ahora me parece que estoy en el Paraíso… El martes pasado, cuando vine a verle, cojeaba. Hoy me siento en condiciones de correr como una liebre… Viviré unos cien años. ¡Lástima que seamos tan pobres! Estoy sano; pero de qué me sirve la salud si no tengo de qué vivir. La miseria es peor que la enfermedad. Ahora, por ejemplo, es tiempo de sembrar la avena, ¿y cómo sembrarla si carezco de semillas? Hay que comprar… y no tengo dinero…

—Yo le daré semillas, Kuzma Kuzmitch… ¡No se levante, no se levante! Me ha dado usted una satisfacción tal, una alegría tan grande, que soy yo, no usted, quien ha de dar las gracias.

—¡Santa mía! ¡Qué bondad es ésta! ¡Regocíjese, regocíjese usted, alma pura, contemplando sus obras de caridad! Nosotros sí que no tenemos de qué alegrarnos… Somos gente pequeña…, inútil, acobardada… No somos cultos más que de nombre; en el fondo somos peor que los campesinos… Poseemos una casa de mampostería que es una ilusión, pues el techo está lleno de goteras… Nos falta dinero para comprar tejas…

—Le daré tejas, Kuzma Kuzmitch. Zamucrichin obtiene además una vaca, una carta de recomendación para su hija, que quiere hacer ingresar en una pensión.

Todo enternecido por los obsequios de la generala rompe en llanto y saca de su bolsillo el pañuelo. A la par que extrae el pañuelo deja caer en el suelo un papelito encarnado.

—No lo olvidaré siglos enteros; mis hijos y mis nietos rezarán por usted… De generación a generación pasará… "Ved, hijos, les diré, la que me salvó de la muerte, es la…".

Después de haber despachado a su cliente, la generala contempla algunos momentos, con los ojos llenos de lágrimas, el retrato del Padre Aristarco; luego sus miradas se detienen con cariño en todos los objetos familiares de su gabinete: el botiquín, los libros de medicina, la mesa, los cuentos, la butaca donde estaba sentado hace un momento el hombre salvado de la muerte, y acaba por fijarse en el papelito perdido por el paciente. La generala lo recoge, lo despliega y ve los mismos tres granitos que dio a Zamucrichin el martes pasado.

—Son los mismos… —se dice con perplejidad—, hasta el papel es el mismo. ¡Ni siquiera lo abrió! En tal caso, ¿qué es lo que ha tomado? ¡Es extraordinario! No creo que me engañe…

En el pecho de la generala penetra por primera vez durante sus diez años de práctica la duda…

Hace entrar los otros pacientes, e interrogándoles acerca de sus enfermedades nota lo que antes le pasaba inadvertido. Los enfermos, todos, como si se hubieran puesto de acuerdo, empiezan por halagarla, ensalzando sus curas milagrosas; están encantados de su sabiduría médica; reniegan de los alópatas, y cuando se pone roja de alegría, le explican sus necesidades. Uno pide un terrenito, otro leña, el tercero solicita el permiso de cazar en sus bosques, etc. Levanta sus ojos hacia la faz ancha y bondadosa del Padre Aristarco, que le enseñó los senderos de la verdad, y una nueva verdad entra en su corazón… Una verdad mala y penosa… ¡Qué astuto es el hombre!

SOBRE EL AMOR

En el desayuno del día siguiente sirvieron unas tortitas deliciosas, cangrejos de río y chuletas de carnero, y mientras nos desayunábamos subió Nikanor, el cocinero, a preguntar qué deseaban los visitantes para la comida. Era hombre de mediana estatura, rostro abotagado y ojos pequeños, totalmente rasurado, y parecía que su bigote no había sido afeitado sino arrancado de cuajo.

Aiyohin dijo que la bella Pelageya estaba enamorada de este cocinero. Como era un borrachín y de carácter violento, ella no quería casarse con él, pero estaba dispuesta a vivir con él así. Él, sin embargo, era muy devoto, y sus sentimientos religiosos no le permitían vivir "así"; insistía, pues, en el casamiento y no quería vivir de otro modo; y cuando estaba ebrio la regañaba y hasta le pegaba. Cuando estaba ebrio ella se escondía en el piso de arriba y rompía a llorar; entonces Aiyohin y la servidumbre se quedaban en la casa a fin de defender a la muchacha.

Se empezó a hablar del amor.

—Cómo nace el amor —dijo Aiyohin—, por qué Pelageya no se ha enamorado de alguien más semejante a ella en cualidades internas y externas, y por qué se ha enamorado precisamente de ese Nikanor, de esa jeta —aquí todos le llamamos "el Hocico"—, en qué medida entran en el amor factores importantes de felicidad personal... todo eso es desconocido y sobre ello se puede discutir todo lo que se quiera. Hasta ahora se ha dicho del amor sólo una verdad inconclusa, a saber, que es "el gran misterio"; todo lo demás que se ha dicho y escrito sobre el amor no es una solución sino sólo una formulación de problemas que quedan sin resolver. La explicación que podría aplicarse a un caso no es aplicable a una docena de otros; más valdría, a mi modo de ver, explicar cada caso por separado sin meterse en generalizaciones. Cada caso específico, como dicen los médicos, debe ser individualizado.

—Esa es la pura verdad —asintió Burkin.

—A nosotros, los rusos bien educados, nos atraen estas cuestiones irresolubles. De ordinario, el amor es poetizado, adornado de rosas, de ruiseñores; pero nosotros los rusos engalanamos nuestro amor con esas cuestiones funestas, escogiendo además las menos interesantes. En Moscú, cuando yo era todavía estudiante, estuve viviendo con una chica, muchacha encantadora, quien cada vez que la tomaba en mis brazos pensaba en cuánto le daría mensualmente para gastos de la casa y en cuánto costaría ahora la carne de vaca. Del mismo modo, cuando nosotros estamos enamorados no cesamos de preguntarnos si nuestro amor es honesto o deshonesto, inteligente o estúpido, a dónde nos llevará, etcétera, etcétera. Sí tal cosa es buena o mala no lo sé, pero lo que sí sé es que eso es un obstáculo, un motivo de insatisfacción e irritación.

Por lo que decía daba la impresión de querer contar algo. Las personas que viven solas llevan por lo común en la mente algo de que de buena gana quisieran hablar. En la ciudad los solteros visitan casas de baños y restaurantes sólo para ver si encuentran a alguien con quien pegar la hebra, y a veces relatan historias sumamente interesantes a los empleados de las casas de baños o a los camareros. En el campo, por otra parte, se desahogan con sus visitantes. En ese momento se veía por la ventana un cielo gris y árboles empapados de lluvia; en tiempo así no se podía ir a sitio alguno y no quedaba otro remedio que contar y escuchar historias.

—Vivo en Sofino y soy agricultor desde hace largo tiempo —empezó diciendo Aiyohin—, o sea, desde que terminé mis estudios en la universidad. Por educación y poco apego al trabajo manual, diríase que por inclinación, soy hombre de estudio. Pero cuando vine aquí pesaba sobre la finca una enorme hipoteca, y como mi padre se había endeudado en parte por lo mucho que había gastado en mi educación, decidí no irme de aquí y ponerme a trabajar hasta pagar la deuda. Así lo hice y comencé a trabajar en la finca, confieso que no sin cierta repugnancia. El terreno este no produce mucho y para que su cultivo no resulte en pérdidas es menester utilizar el trabajo de siervos o jornaleros, lo que viene a ser igual, o convertirse uno mismo en campesino juntamente con su familia. No hay término medio. Pero por aquel entonces yo no me metía en tales sutilezas. No dejé intacta una sola pulgada de tierra; reuní a todos los campesinos, hombres y mujeres, de las aldeas circundantes, y el trabajo cundió de lo lindo. Yo mismo araba, sembraba, segaba, trabajo que me resultaba aburrido, me enfurruñaba del asco que sentía, como gato de aldea obligado por el hambre a comer pepinos en la huerta. Me dolía el cuerpo y dormía de pie.

Al principio creí que podría conciliar fácilmente esta vida de trabajo físico con mis aficiones culturales; para ello —me decía— bastaba mantener en la vida un cierto orden externo. Me Ínstale en este piso de arriba, en las mejores habitaciones, dispuse que después del almuerzo y la comida me sirvieran café y licores, y leía en la cama El Heraldo de Europa todas las noches. Pero un día vino a visitarme nuestro sacerdote, el padre Iván, y de una sentada se bebió todos mis licores. El Heraldo de Europa también pasó a manos de las hijas del sacerdote, porque en el verano, sobre todo durante la siega del heno, yo no podía siquiera arrastrarme hasta la cama sino que me quedaba dormido en un trineo que había en el pajar o en cualquier cabaña del bosque. ¿De ese modo cómo iba a pensar en leer? Poco a poco me fui yendo al piso de abajo, empecé a comer en la cocina de la servidumbre, y del lujo anterior sólo quedan los criados que servían a mi padre y a quienes me da pena despedir.

En los primeros años me eligieron aquí juez de paz honorario. De vez en cuando tenía que ir a la ciudad y tomar parte en las sesiones del juzgado de paz y del tribunal del distrito; eso me entretenía. Cuando uno ha estado viviendo dos o tres meses sin salir de aquí, sobre todo en el invierno, acaba por echar de menos la levita negra. Y en el tribunal del distrito había levitas, y uniformes, y fracs que llevaban los juristas, todos ellos hombres cultos con quienes se podía hablar. Después de haber dormido en un trineo y comido en la cocina, el hecho de sentarse en un sillón, con ropa limpia, en zapatos blandos, con la cadena del cargo al pecho… ¡vaya lujo!

En la ciudad me recibían cordialmente e hice amistades con facilidad. Y de todas éstas la más íntima y, a decir verdad, la más agradable para mí fue la que entablé con Luganovich, ayudante del presidente del tribunal del distrito. Ustedes dos lo conocen: persona sumamente encantadora. Esto fue inmediatamente después de aquel caso famoso de incendio premeditado. La investigación preliminar había durado dos días y estábamos agotados. Luganovich me miró y dijo:

—¿Sabe lo que le digo? Que se venga a comer conmigo.

Aquello era inesperado, ya que yo conocía poco a Luganovich; sólo oficialmente. Nunca había estado en su casa. Pasé un momento por la habitación del hotel para mudarme de ropa y fui a la comida. Y allí se me ofreció la ocasión de conocer a Anna Alekseyevna, esposa de Luganovich. Ella era entonces muy joven todavía, tendría no más de veintidós años, y hacía seis meses que había dado a luz a su primer niño.

Esto es ya agua pasada; ahora me costaría trabajo puntualizar qué era exactamente lo que en ella había de extraordinario, lo que tanto me gustó; pero entonces, en la comida, todo ello me resultaba clarísimo: veía a una mujer joven, hermosa, bondadosa, inteligente, fascinante, una mujer como no había visto nunca antes. En ese momento tuve la sensación de que aquél era un ser muy allegado a mí y ya conocido, como si ya antes, largo tiempo atrás, en mi infancia, hubiese visto precisamente ese rostro, esos ojos inteligentes y atractivos en un álbum que tenía mi madre encima de la cómoda. En el asunto del incendio intencionado los procesados eran cuatro judíos acusados de conjura, en mi opinión sin fundamento alguno. Durante la comida estuve muy agitado e incómodo. No recuerdo lo que dije, sólo que Anna Alekseyevna sacudía de continuo la cabeza y decía al marido:

—Dmitri, ¿cómo puede suceder tal cosa?

Luganovich era una de esas personas sencillas y de buena índole que se aterran a la opinión de que cuando un individuo es procesado ello significa que es culpable, y de que sólo cabe expresar dudas sobre la justicia de una sentencia documentalmente y según los preceptos legales, pero no durante una comida y en conversación privada.

—Ni usted ni yo somos culpables de un delito de incendio intencionado —apuntó mansamente—, y ya ve usted que no estamos procesados ni estamos en la cárcel.

Los dos, marido y mujer, trataron de hacerme comer y beber lo más posible. Por algún detalle, por la manera, por ejemplo, en que ambos preparaban juntos el café y el modo en que se entendían con medias palabras, colegí que vivían en paz y buena compañía y se alegraban de tener a un invitado. Después de la comida tocaron el piano a cuatro manos; luego llegó el anochecer y yo me volví al hotel. Esto ocurrió a comienzos de la primavera. Pasé el verano entero en Sofino, sin salir de allí, y ni siquiera tuve tiempo para pensar en la ciudad, pero el recuerdo de aquella mujer rubia y juncal permaneció fijo en mi mente durante todo ese tiempo. No pensaba en ella, pero era como si su leve sombra estuviese alojada en mí alma.

En las postrimerías del otoño se dio en la ciudad una función teatral con fines benéficos. Entré en el palco del gobernador (en el entreacto me habían invitado a hacerlo); allí vi a Anna Alekseyevna sentada junto a la esposa del gobernador; y de nuevo tuve la misma impresión, irresistible y sorprendente, de belleza, de ojos hermosos y acariciantes, y la misma sensación de proximidad. Me senté junto a ella y luego salimos al vestíbulo.

—Ha adelgazado usted —me dijo—. ¿Ha estado enfermo?

—Sí, he tenido reuma en el hombro, y en tiempo lluvioso duermo mal.

—Tiene cara de fatiga. En la primavera, cuando vino a comer con nosotros, parecía usted más joven, más brioso. Estaba entonces animado y hablaba mucho; era usted persona muy interesante, y confieso que me fascinó un poco. Por alguna razón he pensado en usted a menudo durante el verano, y hoy cuando me preparaba a venir al teatro se me ocurrió que quizá lo vería.

Y rompió a reír.

—Pero hoy tiene cara de fatiga —dijo de nuevo—. Eso le hace parecer más viejo.

Al día siguiente almorcé en casa de los Luganovich. Después del almuerzo salieron para su casa de verano a fin de cerrarla para el invierno. Fui con ellos. Con ellos también volví a la ciudad, y a medianoche estuvimos bebiendo té en un ambiente de hogareña tranquilidad, ante el fuego de la chimenea y mientras la joven madre iba con frecuencia a ver si dormía su hija. Después de esto, cada vez que iba a la ciudad nunca dejaba de ir a ver a los Luganovich. Se acostumbraron a mí y yo me acostumbré a ellos. Por lo común iba a verlos sin anunciárselo, como si fuera miembro de la familia.

—¿Quién está ahí? —preguntaba desde una habitación lejana una voz pausada que se me antojaba tan hermosa.

—Es Pavel Konstantinych —respondía la doncella o la niñera.

Anna Alekseyevna salía a verme con cara de alarma y me preguntaba siempre:

—¿Por qué no lo hemos visto en tanto tiempo? ¿Le ha sucedido algo? Su mirada, la mano fina y elegante que me alargaba, su vestido casero, su peinado, su voz, sus pasos, todo producía siempre en mí la misma impresión de algo nuevo y extraordinario, de algo muy significativo en mi vida. Hablábamos largo rato y largo rato callábamos, cada uno pensando sus propios pensamientos; o bien ella se sentaba a tocar el piano para mí. Si no había nadie en casa me quedaba allí esperando, hablando con la niñera, jugando con la niña, o me recostaba en el diván turco del despacho para leer el periódico. Y cuando volvía Anna Alekseyevna, salía al vestíbulo a recibirla, recogía todas las compras que había hecho y por alguna razón cargaba con esas compras con tanto amor, con tanta solemnidad como si fuera un muchacho.

Hay un refrán que dice: "A la vieja todo le era fácil, por lo que se compró un cerdo". A los Luganovich todo les era fácil, por lo que entablaron amistad conmigo. Si pasaba mucho tiempo sin que yo fuera a la ciudad, ello quería decir que estaba enfermo o que me había ocurrido algo, por lo que ambos quedaban sumamente preocupados. Les preocupaba que yo, hombre culto, conocedor de lenguas, en vez de dedicarme a la erudición o la literatura, viviera en el campo, anduviera de la ceca a la meca, trabajara mucho y nunca tuviera un ochavo. Creían que no era feliz, que hablaba, reía y comía sólo para ocultar mis penas; y hasta cuando estaba alegre, cuando me sentía bien, notaba que clavaban en mí miradas inquisitivas. Mostraban especial ternura cuando me hallaban en verdaderas dificultades, cuando me apremiaba algún acreedor o no podía pagar a tiempo una deuda. Ambos, marido y mujer, susurraban algo junto a la ventana, luego se acercaban a mí y me decían con voz grave:

—Si necesita usted dinero en este momento, Pavel Konstantinych, mi mujer y yo le rogamos que no se avergüence de pedírnoslo prestado.

Y se le ponían las orejas coloradas de la agitación que sentía. O bien, después de hablar en voz baja junto a la ventana, se me acercaba con las orejas coloradas y decía:

—Mi mujer y yo le rogamos que acepte este regalo. Y me daban botones de camisa, una pitillera o una lámpara; y yo por mí parte les mandaba de mi finca pollos, mantequilla y flores. A propósito, ambos eran personas adineradas. En los primeros días, y a menudo, pedía dinero prestado donde podía, sin cuidarme mucho de a quién se lo pedía, pero por nada del mundo se lo hubiera pedido a los Luganovich. En fin, ¿para qué hablar de ello?

No me sentía feliz. En casa, en el campo, en el pajar, pensaba en ella, tratando de comprender el misterio de una mujer joven, hermosa e inteligente que se había casado con un hombre tan poco Interesante, casi un viejo (el marido pasaba de los cuarenta), y había tenido hijos de él; trataba de comprender el misterio de ese hombre insulso, bonachón, ingenuo, que juzgaba las cosas con tan fastidioso buen sentido, que en bailes y veladas se apegaba a las gentes de pro, distraído, superfluo, con semblante respetuoso, apático, como si le hubieran traído allí para ponerle en venta, hombre que no obstante se creía con derecho a ser feliz y tener hijos de ella; y yo seguía empeñado en comprender por qué ella había conocido precisamente a él antes que a mí, y por qué había ocurrido en nuestras vidas tan horrible equivocación.

Y cada vez que llegaba a la ciudad veía en los ojos de ella que me había estado esperando; y ella me confesaba que desde esa mañana había tenido un presentimiento raro, había adivinado que yo vendría. Hablábamos largo y tendido, callábamos y no nos confesábamos nuestro amor, sino que lo disimulábamos tímida y celosamente. Temíamos todo cuanto pudiese revelar nuestro secreto aun a nosotros mismos. Yo la amaba tierna y hondamente, pero reflexionaba y me preguntaba a qué podría conducir nuestro amor si no teníamos fuerza bastante para luchar contra él. Me parecía increíble que este amor mío callado y triste pudiera, de pronto y brutalmente, romper el curso feliz de la vida de su marido, de sus hijos, de todo aquel hogar en que tanto me querían y tanto confiaban en mí. ¿Sería ése un proceder honrado? Ella me seguiría, pero ¿a dónde? ¿A dónde podría llevarla? Otra cosa sería si mi vida hubiera sido bella e interesante, si yo, por ejemplo, hubiera estado luchando por la liberación de mi patria, o fuera un erudito famoso, un actor, un artista. Pero tal como estaban las cosas sería trasladarla de una vida monótona a otra tan monótona o más que la otra. ¿Y cuánto tiempo duraría nuestra felicidad? ¿Qué sería de ella si yo cayera enfermo, o muriera, o simplemente si dejáramos de amarnos?

Y ella, por lo visto, reflexionaba de igual modo. Pensaba en el marido, en los hijos, y en su madre, quien quería al yerno como a un hijo. Si se rendía a sus sentimientos tendría que mentir o decir la verdad, y en su situación lo uno y lo otro serían casos igualmente embarazosos y terribles. Le atormentaba la pregunta de si su amor me procuraría la felicidad, de si no me complicaría la vida, ya de suyo bastante dura y llena de toda suerte de apuros. Le parecía que no era bastante joven para mí, lo bastante laboriosa y enérgica para empezar una nueva vida. Y a menudo decía al marido que debería casarme con una muchacha honrada e inteligente que fuera una buena ama de casa y una compañera que me sirviera de ayuda y al momento agregaba que una muchacha así a duras penas podría encontrarse en toda la ciudad.

Mientras tanto iban pasando los años. Anna Alekseyevna tenía ya dos niños. Cuando yo iba a casa de los Luganovich los criados me sonreían cordialmente, los niños gritaban que había llegado el tío Pavel Konstantinych y se me colgaban al cuello. Todo el mundo se alegraba. No comprendían lo que yo llevaba dentro de mí y creían que yo también estaba alegre. Todos veían en mí a un sujeto caballeroso, y todos ellos, personas mayores y niños, tenían la impresión de que el que iba y venía por la habitación era, en efecto, un sujeto caballeroso. Ello daba a sus relaciones conmigo un encanto singular, como si mi presencia en sus vidas fuese también más pura y hermosa. Anna Alekseyevna y yo íbamos juntos al teatro, siempre a pie. Nos sentábamos juntos, nuestros hombros se tocaban. Yo, sin decir nada, tomaba de sus manos los gemelos y en ese momento sentía que ella estaba muy cerca de mí, que era mía, que no podíamos vivir uno sin el otro. Pero no sé por qué incomprensión, cuando salíamos del teatro siempre nos despedíamos y separábamos como si fuéramos extraños. Sabe Dios lo que la gente de la ciudad estaría ya diciendo de nosotros, pero en ello no había ni pizca de verdad.

Últimamente Anna Alekseyevna iba a menudo a estar con su madre o con su hermana. Empezó a mostrarse desalentada, consciente de que su vida era insatisfactoria, de que la había malgastado; y entonces no quería ver ni al marido ni a los hijos. Estaba en tratamiento por trastornos nerviosos.

Seguíamos sin decirnos nada, y en presencia de extraños ella me mostraba una inexplicable irritación. Bastaba que yo dijese cualquier cosa para que ella expresara su desacuerdo, y si yo discutía con alguien ella se ponía de parte de mi rival. SÍ dejaba caer algo, ella comentaba fríamente:

—Enhorabuena.

Si olvidaba los gemelos cuando íbamos al teatro me decía después:

—Ya sabía yo que los olvidaría.

Por fortuna o desdicha no hay nada en nuestra vida que no acabe tarde o temprano. Llego el momento en que hubimos de separarnos, ya que Luganovich recibió un nombramiento en una de nuestras provincias occidentales. Tuvieron que vender los muebles, los caballos, la casa de verano. Cuando fuimos a ésta y luego cuando, al alejarnos de ella, nos volvimos para echar un último vistazo al jardín y al techo verde, la tristeza se apoderó de todos nosotros y yo comprendí que había llegado la hora de despedirse y no sólo de la casa de campo. Quedó acodado que a fines de agosto iría Anna Alekseyevna a Crimea por mandato de los médicos, y que poco después Luganovich y los niños saldrían para la provincia occidental.

Había venido mucha gente a despedir a Anna Alekseyevna. Cuando dijo adiós a su marido y sus hijos y sólo quedaba un instante para el tercer toque de campana, corrí a su compartimiento para poner en la red de equipajes una cesta de la que estaba a punto de olvidarse; y fue necesario despedirme de ella. Cuando allí, en el compartimiento, nuestros ojos se encontraron, nuestra resistencia espiritual se vino abajo. La abracé, ella apretó su cabeza contra mi pecho y rompió a llorar. Besando su rostro, sus hombros, sus manos húmedas de llanto —¡ay, qué desventurados éramos los dos!—, le confesé mí amor, y con ardiente dolor de corazón comprendí cuan inútil, mezquino y engañoso había sido todo lo que había Impedido que nos amásemos. Comprendí que cuando se ama y se reflexiona sobre ese amor se debe comenzar por lo que es más alto, por lo que es más importante que la felicidad o la desdicha, que el pecado o la virtud en su sentido habitual, o bien no reflexionar en absoluto. La abracé por última vez, le apreté la mano y nos separamos para siempre. El tren había arrancado ya. Pasé al compartimiento contiguo —estaba vacío— y me senté en él llorando hasta la estación siguiente. Desde allí volví a pie a Sofino.

Mientras Aiyohin contaba esta historia había cesado de llover y salido el sol. Burkin e Ivan Ivanych salieron al balcón, desde donde se disfrutaba de una hermosa vista del jardín y el río, que ahora, iluminado por el sol, brillaba como un espejo. La estuvieron admirando, a la vez que lamentaban que este hombre de ojos bondadosos e inteligentes, que les había contado su historia con tanta sencillez, tuviera que dar vueltas como una veleta en esta finca enorme, en vez de dedicarse a algún trabajo de erudición u ocuparse en cualquier otra cosa que hubiera hecho su vida más agradable. Y pensaban en el rostro afligido de Anna Alekseyevna cuando él se despedía de ella en el compartimiento y le besaba la cara y los hombros. Los dos habían tropezado con ella en la ciudad, y Burkin la había conocido personalmente y la juzgaba hermosa.

EL TALENTO

El pintor Yegor Savich, que se hospeda en la casa de campo de la viuda de un oficial, está sentado en la cama, sumido en una dulce melancolía matutina.

Es ya otoño. Grandes nubes informes y espesas se deslizan por el firmamento; un viento, frío y recio, inclina los árboles y arranca de sus copas hojas amarillas. ¡Adiós, estío!

Hay en esta tristeza otoñal del paisaje una belleza singular, llena de poesía; pero Yegor Savich, aunque es pintor y debiera apreciarla, casi no para mientes en ella. Se aburre de un modo terrible y sólo lo consuela pensar que al día siguiente no estará ya en la quinta.

La cama, las mesas, las sillas, el suelo, todo está cubierto de cestas, de sábanas plegadas, de todo género de efectos domésticos. Se han quitado ya los visillos de las ventanas. Al día siguiente, ¡por fin!, los habitantes veraniegos de la quinta se trasladarán a la ciudad.

La viuda del oficial no está en casa. Ha salido en busca de carruajes para la mudanza.

Su hija Katia, de veinte años, aprovechando la ausencia materna, ha entrado en el cuarto del joven. Mañana se separan y tiene que decirle un sinfín de cosas. Habla por los codos; pero no encuentra palabras para expresar sus sentimientos, y mira con tristeza, al par que con admiración, la espesa cabellera de su interlocutor. Los apéndices capilares brotan en la persona de Yegor Savich con una extraordinaria prodigalidad; el pintor tiene pelos en el cuello, en las narices, en las orejas, y sus cejas son tan pobladas, que casi le tapan los ojos. Si una mosca osara internarse en la selva virgen capilar, de que intentamos dar idea, se perdería para siempre.

Yegar Savich escucha a Katia, bostezando. Su charla empieza a fatigarle. De pronto la muchacha se echa a llorar. Él la mira con ojos severos al través de sus espesas cejas, y le dice con su voz de bajo:

—No puedo casarme.

—¿Pero por qué? —suspira ella.

—Porque un pintor, un artista que vive de su arte, no debe casarse. Los artistas debemos ser libres.

—¿Y no lo sería usted conmigo?

—No me refiero precisamente a este caso… Hablo en general. Y digo tan sólo que los artistas y los escritores célebres no se casan.

—¡Sí, usted también será célebre, Yegor Savich! Pero yo… ¡Ah, mi situación es terrible!… Cuando mamá se entere de que usted no quiere casarse, me hará la vida imposible. Tiene un genio tan arrebatado… Hace tiempo que me aconseja que no crea en sus promesas de usted. Luego, aún no le ha pagado usted el cuarto… ¡Menudos escándalos me armará!

—¡Que se vaya al diablo su mamá de usted! ¿Piensa que no voy a pagarle?

Yegor Savich se levanta y empieza a pasearse por la habitación.

—¡Yo debía irme al extranjero! —dice.

Le asegura a la muchacha que para él un viaje al extranjero es la cosa más fácil del mundo: con pintar un cuadro y venderlo…

—¡Naturalmente! —contesta Katia—. Es lástima que no haya usted pintado nada este verano.

—¿Acaso es posible trabajar en esta pocilga? —grita, indignado, el pintor—. Además, ¿dónde hubiera encontrado modelos?

En este momento se oye abrir una puerta en el piso bajo. Katia, que esperaba la vuelta de su madre de un momento a otro, echa a correr. El artista se queda solo. Sigue paseándose por la habitación. A cada paso tropieza con los objetos esparcidos por el suelo. Oye al ama de la casa regatear con los mujiks cuyos servicios ha ido a solicitar. Para templar el mal humor que le produce oírla, abre la alacena, donde guarda una botellita de vodka.

—¡Puerca! —le grita a Katia la viuda del oficial—. ¡Estoy harta de ti! ¡Que el diablo te lleve!

El pintor se bebe una copita de vodka, y las nubes que ensombrecían su alma se van disipando. Empieza a soñar, a hacer espléndidos castillos en el aire.

Se imagina ya célebre, conocido en el mundo entero. Se habla de él en la Prensa, sus retratos se venden a millares. Hállase en un rico salón, rodeado de bellas admiradoras… El cuadro es seductor, pero un poco vago, porque Yegor Savich no ha visto ningún rico salón y no conoce otras beldades que Katia y algunas muchachas alegres. Podía conocerlas por la literatura; pero hay que confesar que el pintor no ha leído ninguna obra literaria.

—¡Ese maldito samovar! —vocifera la viuda—. Se ha apagado el fuego. ¡Katia, pon más carbón!

Yegor Savich siente una viva, una imperiosa necesidad de compartir con alguien sus esperanzas y sus sueños. Y baja a la cocina, donde, envueltas en una azulada nube de humo, Katia y su madre preparan el almuerzo.

—Ser artista es una cosa excelente. Yo, por ejemplo, hago lo que me da la gana, no dependo de nadie, nadie manda en mí. ¡Soy libre como un pájaro! Y, no obstante, soy un hombre útil, un hombre que trabaja por el progreso, por el bien de la humanidad.

Después de almorzar, el artista se acuesta para "descansar" un ratito. Generalmente, el ratito se prolonga hasta el oscurecer; pero esta tarde la siesta es más breve. Entre sueños, siente nuestro joven que alguien le tira de una pierna y lo llama, riéndose. Abre los ojos y ve, a los pies del lecho, a su camarada Ukleikin, un paisajista que ha pasado el verano en las cercanías, dedicado a buscar asuntos para sus cuadros.

—¡Tú por aquí! —exclama Yegor Savich con alegría, saltando de la cama—. ¿Cómo te va, muchacho?

Los dos amigos se estrechan efusivamente la mano, se hacen mil preguntas…

—Habrás pintado cuadros muy interesantes —dice Yegor Savich, mientras el otro abre su maleta.

—Sí, he pintado algo… ¿y tú?

Yegor Savich se agacha y saca de debajo de la cama un lienzo, no concluido, aún, cubierto de polvo y telarañas.

—Mira —contesta—. Una muchacha en la ventana, después de abandonarla el novio… Esto lo he hecho en tres sesiones.

En el cuadro aparece Katia, apenas dibujada, sentada junto a una ventana, por la que se ve un jardincillo y un remoto horizonte azul.

Ukleikin hace una ligera mueca: no le gusta el cuadro.

—Sí, hay expresión —dice—. Y hay aire… El horizonte está bien… Pero ese jardín…, ese matorral de la izquierda… son de un colorido un poco agrio.

No tarda en aparecer sobre la mesa la botella de vodka.

Media hora después llega otro compañero: el pintor Kostilev, que se aloja en una casa próxima. Es especialista en asuntos históricos. Aunque tiene treinta y cinco años, es principiante aún. Lleva el pelo largo y una cazadora con cuello a lo Shakespeare. Sus actitudes y sus gestos son de un empaque majestuoso. Ante la copita de vodka que le ofrecen sus camaradas hace algunos dengues; pero al fin se la bebe.

—¡He concebido, amigos míos, un asunto magnífico! —dice—. Quiero pintar a Nerón, a Herodes, a Calígula, a uno de los monstruos de la antigüedad, y oponerle la idea cristiana. ¿Comprenden? A un lado, Roma; al otro, el cristianismo naciente. Lo esencial en el cuadro ha de ser la expresión del espíritu, del nuevo espíritu cristiano.

Los tres compañeros, excitados por sus sueños de gloria, van y vienen por la habitación como lobos enjaulados. Hablan sin descanso, con un fervoroso entusiasmo. Se les creería, oyéndolos, en vísperas de conquistar la fama, la riqueza, el mundo. Ninguno piensa en que ya han perdido los tres sus mejores años, en que la vida sigue su curso y se los deja atrás, en que, en espera de la gloria, viven como parásitos, mano sobre mano. Olvidan que entre los que aspiran al título de genio, los verdaderos talentos son excepciones muy escasas. No tienen en cuenta que a la inmensa mayoría de los artistas los sorprende la muerte "empezando". No quieren acordarse de esa ley implacable suspendida sobre sus cabezas, y están alegres, llenos de esperanzas.

A las dos de la mañana, Kostilev se despide y se va. El paisajista se queda a dormir con el pintor de género.

Antes de acostarse, Yegor Savich coge una vela y baja por agua a la cocina. En el pasillo, sentada en un cajón, con las manos cruzadas sobre las rodillas, con los ojos fijos en el techo, está Katia soñando…

—¿Qué haces ahí? —le pregunta, asombrado, el pintor—. ¿En qué piensas?

—¡Pienso en los días gloriosos de su celebridad de usted! —susurra ella

—. Será usted un gran hombre, no hay duda. He oído su conversación de ustedes y estoy orgullosa.

Llorando y riendo al mismo tiempo, apoya las manos en los hombros de Yegor Savich y mira con honda devoción al pequeño dios que se ha creado.

EL TELÉFONO

"Operadora. ¿Puedo ayudarlo?". Dice una voz de mujer.

"Comuníqueme con el Hotel Slavyansky Bazaar".

"Conectando".

Después de tres minutos escucho un repique… Pego el auricular a mi oreja y oigo un sonido de un carácter todavía indeterminado; como el viento soplando, u hojas secas dispersándose por el piso… Alguien parece estar susurrando.

"¿Tiene habitaciones disponibles?", le pregunto.

"Nadie está en casa", replica vacilante una pequeña voz infantil. "Mami y papi fueron a ver a Serpahima Petrovna y Louisa Frantevna ha contraído gripe".

"¿Y quien eres tú? ¿Eres del Hotel Slavyansky Bazaar?".

"Soy Seryozha. Mi papi es doctor. Ve a las personas por la mañana".

"Ah. Escucha dulzura, No necesito un doctor. Quiero el Slavyansky Bazaar".

"¿Qué Bazaar?". (Risa). "¡Ahora sé quien eres. Eres Pavel Andreich. Nos llegó carta de Katya!". (Risa). "Ella va a casarse con un oficial. ¿Cuándo vas comprarme algunos pantalones?".

Cerré el teléfono y después de diez minutos intenté de nuevo.

"Con el Slavyansky Bazaar".

"¡Al fin!" replica una voz ronca, grave. "¿Está Fuchs contigo?".

"¿Quien en la tierra es Fuchs? Yo quiero el Hotel Slavyansky Bazaar".

"Estás hablando con el Slavyansky Bazaar. ¡Eso es maravilloso! Podemos concluir todos nuestros negocios hoy. Estaré aquí. Hazme un favor y ordéname una porción de esturión condimentado con especias. Todavía no he almorzado".

"Phhh. ¡Sabrá Dios lo que está pasando!" pensé, y una vez más abandoné el teléfono. "Quizás no sepa realmente cómo usar un teléfono, y me esté confundiendo. Espera un minuto. Déjame pensar cuidadosamente la manera de hacerlo. Primero hay que darle la vuelta a esta cosa, luego se descuelga este objeto y se coloca en la oreja… Luego… ¿Qué es lo siguiente? Tienes que colgar esta cosa en este lado y luego debes darle la vuelta al discado tres veces. Me parece que es justo lo que he estado haciendo".

Disco otra vez. No hay repuesta. Marco con una especie de furia, aún arriesgándome a romper el aparato.

"¿Con quien hablo?". Le grito al teléfono. "Hable más fuerte".

"Timothi Vaksin e hijos. Manufacturas de…".

"Gracias, muchas gracias. No necesito ninguno de sus productos".

"¿Es Sitchov? Mitchell ya nos dijo que…".

Cuelgo y una vez más me someto a una revisión cuidadosa. ¿Puedo estar haciendo todo en forma incorrecta? Leo las instrucciones nuevamente, me fumo un cigarrillo y trato luego nuevamente. No hay respuesta.

"Supongo que los teléfonos del Slavyansky Bazaar deben estar fuera de servicio". Pienso dentro de mí. "Trataré en cambio con La Ermita".

Leo cuidadosamente las instrucciones sobre como obtener mejores resultados con la centralita, y luego disco.

"Comuníqueme con La Ermita". Disparo al máximo de mi voz. "LA ER-MI-TA".

Se van cinco minutos. Diez minutos. Mi resistencia está cercana al punto de ruptura, luego súbitamente, ¡Hurra! Escucho que repica.

"¿Quien está ahí?".

"Es la centralita".

"¡Prrrrr! Deme La Ermita. ¡Por el bien de Cristo!".

"¿Fereynah?".

"LA ER - MI - TA".

"Tratando de conectarlo".

Por fin parece que mis sufrimientos está llegando a su final. Estoy a punto de sudar.

Suena la campanilla. Me acerco la bocina y chillando dentro de ella.

"¿Tiene una habitación sencilla?".

"Mami y papi fueron a ver a Serpahima Petrovna y Louisa Frantevna ha contraído gripe". Nadie está en casa.

"¿Eres Seryozha?".

"Soy yo. ¿Quien está ahí?" (Risa). "¿Pavel Andreich? ¿Porqué no viniste ayer en la tarde?". (Risa). "Papi nos dio un farol chino. Lo puso en el sombrero de Mami y pretendió ser Avdotya Nikolaevna…".

Repentinamente, la voz de Seryozha desaparece y desciende el silencio. Me quito el auricular y disco durante tres minutos sin parar, hasta que mis dedos me empiezan a doler. Disparo dentro de la máquina: "¡Con La Ermita!" "El restaurante de la plaza Trubniy. ¿Puede oírme o no?".

"Ciertamente. Puedo escucharlo señor. Pero esta no es La Ermita. Este es el Slavyansky Bazaar".

"¿Es realmente el Slavyansky Bazaar?".

"En efecto, señor, El Slavyansky Bazaar a su servicio".

"Vaya. No puedo entenderlo. ¿Tiene habitaciones disponibles?".

"Chequearé para usted en un momento, señor".

Pasa un minuto. Pasan varios minutos. A través del auricular pasa un ligero sonido lluvioso.

"Dígame. ¿Tiene habitaciones libres o no?".

"¿Qué es lo que desea exactamente?". Me pregunta una voz de mujer.

"¿Es el Slavyansky Bazaar?".

"Esta es la centralita. ¿Como puedo ayudarlo?".

(Continuación ad infinitum).

LO TIMÓ

En tiempos de antaño, en Inglaterra, los delincuentes condenados a la pena de muerte gozaban del derecho a vender en vida sus cadáveres a los anatomistas y los fisiólogos. El dinero obtenido de esta forma, aquéllos se lo daban a sus familias o se lo bebían. Uno de ellos, pescado en un crimen horrible, llamó a su lugar a un científico médico y, tras negociar con él hasta el hartazgo, le vendió su propia persona por dos guineas. Pero al recibir el dinero él, de pronto, se empezó a carcajear…

—¿De qué se ríe? —se asombró el médico.

—¡Usted me compró a mí, como un hombre que debe ser colgado —dijo el delincuente carcajeándose—, pero yo lo timé a usted! ¡Yo voy a ser quemado! ¡Ja-já!

EL TRÁGICO

Se celebraba el beneficio del trágico Fenoguenov.

La función era un éxito. El trágico hacía milagros: gritaba, aullaba como una fiera, daba patadas en el suelo, se golpeaba el pecho con los puños de un modo terrible, se rasgaba las vestiduras, temblaba en los momentos patéticos de pies a cabeza, como nunca se tiembla en la vida real, jadeaba como una locomotora.

Ruidosas salvas de aplausos estremecían el teatro. Los admiradores del actor le regalaron una pitillera de plata y un ramo de flores con largas cintas. Las señoras lo saludaban agitando el pañuelo, y no pocas lloraban.

Pero la más entusiasmada de todas por el espectáculo era la hija del jefe de la policía local, Macha. Sentada junto a su padre, en primera fila, a dos pasos de las candilejas, no quitaba ojo del escenario y estaba conmovidísima. Sus finos brazos y sus piernas temblaban, sus ojos se arrasaban en lágrimas, sus mejillas perdían el color por momentos. ¡Era la primera vez en su vida que asistía a una función de teatro!

—¡Dios mío, qué bien trabajan! ¡Es admirable! —le decía a su padre cada vez que bajaba el telón—. Sobre todo, Fenoguenov ¡es tremendo!

Su entusiasmo era tan grande, que la hacía sufrir. Todo le parecía encantador, delicioso: la obra, los artistas, las decoraciones, la música.

—¡Papá! —dijo en el último entreacto—. Sube al escenario e invítalos a todos a comer en casa mañana.

Su padre subió al escenario, estuvo amabilísimo con todos los artistas, sobre todo con las mujeres, e invitó a los actores a comer.

—Vengan todos, excepto las mujeres —le dijo por lo bajo a Fenoguenov—. Mi hija es aún demasiado joven…

Al día siguiente se sentaron a la mesa del jefe de policía el empresario Limonadov, el actor cómico Vodolasov y el trágico Fenoguenov. Los demás, excusándose cada uno como Dios les dio a entender, no acudieron.

La comida fue aburridísima. Limonadov, desde el primer plato hasta los postres, estuvo hablando de su estimación al jefe de policía y a todas las autoridades. De sobremesa, Vodolasov lució sus facultades cómicas imitando a los comerciantes borrachos y a los armenios, y Fenoguenov, un ucranio de elevada estatura, ojos negros y frente severa, recitó el monólogo de Hamlet. Luego, el empresario contó, con lágrimas en los ojos, su entrevista con el anciano gobernador de la provincia, el general Kaniuchin.

El jefe de policía escuchaba, se aburría y se sonreía bonachonamente. Estaba contento, a pesar de que Limonadov olía mal y Fenoguenov llevaba un frac prestado, que le venía ancho, y unas botas muy viejas. Placíanle a su hija, la divertían, y él no necesitaba más. Macha, por su parte, miraba a los artistas llena de admiración, sin quitarles ojo. ¡En su vida había visto hombres de tanto talento, tan extraordinarios! Por la noche fue de nuevo al teatro con su padre.

Una semana después, los artistas volvieron a comer en casa del funcionario policíaco. Y las invitaciones, ora a comer, ora a cenar, fueron menudeando, hasta llegar a ser casi diarias. La afición de Macha al arte teatral subió de punto, y no había función a la que no asistiese la joven.

La pobre muchacha acabó por enamorarse de Fenoguenov.

Una mañana, aprovechando la ausencia de su padre, que había ido a la estación a recibir al arzobispo, Macha se escapó con la compañía, y en el camino se casó con su ídolo Fenoguenov. Celebrada la boda, los artistas le dirigieron una larga carta sentimental al jefe de policía. Todos tomaron parte en la composición de la epístola.

—¡Ante todo, exponle los motivos! —le decía Limonadov a Vodolasov, que redactaba el documento—. Y hazle presente nuestra estimación: ¡los burócratas se pagan mucho de estas cosas!... Añade algunas frases conmovedoras, que lo hagan llorar...

La respuesta del funcionario sorprendió dolorosamente a los artistas: el padre de Macha decía que renegaba de su hija, que no le perdonaría nunca el "haberse casado con un zascandil idiota, con un ser inútil y ocioso".

Al día siguiente, la joven le escribía a su padre:

"¡Papá, me pega! ¡Perdónanos!".

Sí, Fenoguenov le pegaba, en el escenario, delante de Limonadov, de la doncella y de los lampistas. No le podía perdonar el chasco que se había llevado. Se había casado con ella, persuadido por los consejos de Limonadov.

—¡Sería tonto —le decía el empresario— dejar escapar una ocasión como ésta! Por ese dinero sería yo capaz, no ya de casarme, de dejar que me deportasen a la Siberia. En cuanto te cases construyes un teatro, y hete convertido en empresario de la noche a la mañana.

Y todos aquellos sueños habíanse trocado en humo: ¡el maldito padre renegaba de su hija y no le daba un cuarto!

Fenoguenov apretaba los puños y rugía:

—¡Si no me manda dinero le voy a pegar más palizas a la niña!...

La compañía intentó trasladarse a otra ciudad a hurto de Macha y zafarse así de ella. Los artistas estaban ya en el tren, que se disponía a partir, cuando llegó la pobre, jadeante, a la estación.

—He sido ofendido por su padre —le declara Fenoguenov—, y todo ha concluido entre nosotros.

Pero, ella, sin preocuparse de la curiosidad que la escena había despertado entre los viajeros, se postró ante él y le tendió los brazos, gritándole:

—¡Lo amo a usted! ¡No me abandone! ¡No puedo vivir sin usted!

Los artistas, tras una corta deliberación, consintieron en llevarla con ellos en calidad de partiquina.

Empezó por representar papeles de criada y de paje; pero cuando la señora Beobajtova, orgullo de la compañía, se escapó, la reemplazó ella en el puesto de primera ingenua. Aunque ceceaba y era tímida, no tardó, habituada a la escena, en atraerse las simpatías del público. Fenoguenov, con todo, seguía considerándola una carga.

—¡Vaya una actriz! —decía—. No tiene figura ni maneras, y además es muy bestia.

Una noche la compañía representaba Los bandidos, de Schiller. Fenoguenov hacía de Franz y Macha de Amalia. Él gritaba, aullaba, temblaba de pies a cabeza; Macha recitaba su papel como un escolar su lección.

En la escena en que Franz le declara su pasión a Amalia, ella debía echar mano a la espada, rechazar a Franz y gritarle: "¡Vete!". En vez de eso, cuando Fenoguenov la estrechó entre sus brazos de hierro, se estremeció como un pajarito y no se movió.

—¡Tenga usted piedad de mí! —le susurró al oído—. ¡Soy tan desgraciada!

—¡No te sabes el papel! —le silbó colérico Fenoguenov—. ¡Escucha al apuntador!

Terminada la función, el empresario y Fenoguenov sentáronse en la caja y se pusieron a charlar.

—¡Tu mujer no se sabe los papeles! —se lamentó Limonadov. Fenoguenov suspiró y su mal humor subió de punto.

Al día siguiente, Macha, en una tiendecita de junto al teatro, le escribía a su padre:

"¡Papá, me pega! ¡Perdónanos! Mándanos dinero".

LA TRISTEZA

La capital está envuelta en las penumbras vespertinas. La nieve cae lentamente en gruesos copos, gira alrededor de los faroles encendidos, se extiende, en fina, blanda capa, sobre los tejados, sobre los lomos de los caballos, sobre los hombros humanos, sobre los sombreros.

El cochero Yona está todo blanco, como un aparecido. Sentado en el pescante de su trineo, encorvado el cuerpo cuanto puede estarlo un cuerpo humano, permanece inmóvil. Diríase que ni un alud de nieve que le cayese encima lo sacaría de su quietud.

Su caballo está también blanco e inmóvil. Por su inmovilidad, por las líneas rígidas de su cuerpo, por la tiesura de palos de sus patas, parece, aun mirado de cerca, un caballo de dulce de los que se les compran a los chiquillos por un kopec. Hállase sumido en sus reflexiones: un hombre o un caballo, arrancados del trabajo campestre y lanzados al infierno de una gran ciudad, como Yona y su caballo, están siempre entregados a tristes pensamientos. Es demasiado grande la diferencia entre la apacible vida rústica y la vida agitada, toda ruido y angustia, de las ciudades relumbrantes de luces.

Hace mucho tiempo que Yona y su caballo permanecen inmóviles. Han salido a la calle antes de almorzar; pero Yona no ha ganado nada.

Las sombras se van adensando. La luz de los faroles se va haciendo más intensa, más brillante. El ruido aumenta.

—¡Cochero! —oye de pronto Yona—. ¡Llévame a Viborgskaya!

Yona se estremece. A través de las pestañas cubiertas de nieve ve a un militar con impermeable.

—¿Oyes? ¡A Viborgskaya! ¿Estás dormido?

Yona le da un latigazo al caballo, que se sacude la nieve del lomo. El militar toma asiento en el trineo. El cochero arrea al caballo, estira el cuello como un cisne y agita el látigo. El caballo también estira el cuello, levanta las patas, y, sin apresurarse, se pone en marcha.

—¡Ten cuidado! —grita otro cochero invisible, con cólera—. ¡Nos vas a atropellar, imbécil! ¡A la derecha!

—¡Vaya un cochero! —dice el militar—. ¡A la derecha!

Siguen oyéndose los juramentos del cochero invisible. Un transeúnte que tropieza con el caballo de Yona gruñe amenazador. Yona, confuso, avergonzado, descarga algunos latigazos sobre el lomo del caballo. Parece aturdido, atontado, y mira alrededor como si acabara de despertar de un sueño profundo.

—¡Se diría que todo el mundo ha organizado una conspiración contra ti! —dice con tono irónico el militar—. Todos procuran fastidiarte, meterse entre las patas de tu caballo. ¡Una verdadera conspiración!

Yona vuelve la cabeza y abre la boca. Se ve que quiere decir algo; pero sus labios están como paralizados, y no puede pronunciar una palabra.

El cliente advierte sus esfuerzos y pregunta:

—¿Qué hay?

Yona hace un nuevo esfuerzo y contesta con voz ahogada:

—Ya ve usted, señor... He perdido a mi hijo... Murió la semana pasada...

—¿De veras?... ¿Y de qué murió?

Yona, alentado por esta pregunta, se vuelve aún más hacia el cliente y dice:

—No lo sé... De una de tantas enfermedades... Ha estado tres meses en el hospital y a la postre... Dios que lo ha querido.

—¡A la derecha! —óyese de nuevo gritar furiosamente—. ¡Parece que estás ciego, imbécil!

—¡A ver! —dice el militar—. Ve un poco más aprisa. A este paso no llegaremos nunca. ¡Dale algún latigazo al caballo!

Yona estira de nuevo el cuello como un cisne, se levanta un poco, y de un modo torpe, pesado, agita el látigo.

Se vuelve repetidas veces hacia su cliente, deseoso de seguir la conversación; pero el otro ha cerrado los ojos y no parece dispuesto a escucharle.

Por fin, llegan a Viborgskaya. El cochero se detiene ante la casa indicada; el cliente se apea. Yona vuelve a quedarse solo con su caballo. Se estaciona ante una taberna y espera, sentado en el pescante, encorvado, inmóvil. De nuevo la nieve cubre su cuerpo y envuelve en un blanco cendal caballo y trineo.

Una hora, dos... ¡Nadie! ¡Ni un cliente!

Mas he aquí que Yona torna a estremecerse: ve detenerse ante él a tres jóvenes. Dos son altos, delgados; el tercero, bajo y chepudo.

—¡Cochero, llévanos al puesto de policía! ¡Veinte kopecs por los tres! Yona coge las riendas, se endereza. Veinte kopecs es demasiado poco; pero, no obstante, acepta; lo que a él le importa es tener clientes.

Los tres jóvenes, tropezando y jurando, se acercan al trineo. Como sólo hay dos asientos, discuten largamente cuál de los tres ha de ir de pie. Por fin se decide que vaya de pie el jorobado.

—¡Bueno; en marcha! —le grita el jorobado a Yona, colocándose a su espalda—. ¡Qué gorro llevas, muchacho! Me apuesto cualquier cosa a que en toda la capital no se puede encontrar un gorro más feo...

—¡El señor está de buen humor! —interviene Yona con risa

forzada—. Mi gorro…

—¡Bueno, bueno! Arrea un poco a tu caballo. A este paso no llegaremos nunca. Si no andas más aprisa te administraré unos cuantos sopapos.

—Me duele la cabeza —dice uno de los jóvenes—. Ayer, yo y Vaska nos bebimos en casa de Dukmasov cuatro botellas de caña.

—¡Eso no es verdad! —responde el otro—. Eres un embustero, amigo, y sabes que nadie te cree.

—¡Palabra de honor!

—¡Oh, tu honor! No daría yo por él ni un céntimo.

Yona, deseoso de entablar conversación, vuelve la cabeza, y, enseñando los dientes, ríe atipladamente.

—¡Ji, ji, ji!… ¡Qué buen humor!

—¡Vamos, vejestorio! —grita enojado el chepudo—. ¿Quieres ir más aprisa o no? Dale de firme al gandul de tu caballo. ¡Qué diablo!

Yona agita su látigo, agita las manos, agita todo el cuerpo. A pesar de todo, está contento; no está solo. Le riñen, lo insultan; pero, al menos, oye voces humanas. Los jóvenes gritan, juran, hablan de mujeres. En un momento que se le antoja oportuno, Yona se vuelve de nuevo hacia los clientes y dice:

—Y yo, señores, acabo de perder a mi hijo. Murió la semana pasada…

—¡Todos nos hemos de morir! —contesta el chepudo—. ¿Pero quieres ir más aprisa? ¡Esto es insoportable! Prefiero ir a pie.

—Si quieres que vaya más aprisa dale un sopapo —le aconseja uno de sus camaradas.

—¿Oye, viejo, estás enfermo? —grita el chepudo—. Te la vas a ganar si esto continúa.

Y, hablando así, le da un puñetazo en la espalda.

—¡Ji, ji, ji! —ríe, sin ganas, Yona—. ¡Dios les conserve el buen humor, señores!

—Cochero, ¿eres casado? —pregunta uno de los clientes.

—¿Yo? !Ji, ji, ji! ¡Qué señores más alegres! No, no tengo a nadie… Sólo me espera la sepultura… Mi hijo ha muerto; pero a mí la muerte no me quiere. Se ha equivocado, y en lugar de cargar conmigo ha cargado con mi hijo.

Y vuelve de nuevo la cabeza para contar cómo ha muerto su hijo; pero en este momento el chepudo, lanzando un suspiro de satisfacción, exclama:

—¡Por fin, hemos llegado!

Yona recibe los veinte kopecs convenidos y los clientes se apean.

Les sigue con los ojos hasta que desaparecen en un portal. Torna a quedarse solo con su caballo. La tristeza invade de nuevo, más dura, más cruel, su fatigado corazón. Observa a la multitud que pasa por la calle, como buscando entre los miles de transeúntes alguien que quiera escucharle. Pero la gente parece tener prisa y pasa sin fijarse en él.

Su tristeza a cada momento es más intensa. Enorme, infinita, si pudiera salir de su pecho inundaría al mundo entero.

Yona ve a un portero que se asoma a la puerta con un paquete y trata de entablar con él conversación.

—¿Qué hora es? —le pregunta, melifluo.

—Van a dar las diez —contesta el otro—. Aléjese un poco: no debe usted permanecer delante de la puerta.

Yona avanza un poco, se encorva de nuevo y se sume en sus tristes pensamientos. Se ha convencido de que es inútil dirigirse a la gente.

Pasa otra hora. Se siente muy mal y decide retirarse. Se yergue, agita el látigo.

—No puedo más —murmura—. Hay que irse a acostar.

El caballo, como si hubiera entendido las palabras de su viejo amo, emprende un presuroso trote.

Una hora después Yona está en su casa, es decir, en una vasta y sucia habitación, donde, acostados en el suelo o en bancos, duermen docenas de cocheros. La atmósfera es pesada, irrespirable. Suenan ronquidos.

Yona se arrepiente de haber vuelto tan pronto. Además, no ha ganado casi nada. Quizá por eso —piensa— se siente tan desgraciado.

En un rincón, un joven cochero se incorpora. Se rasca el seno y la cabeza y busca algo con la mirada.

—¿Quieres beber? —le pregunta Yona.

—Sí.

—Aquí tienes agua… He perdido a mi hijo… ¿Lo sabías?… La semana pasada, en el hospital… ¡Qué desgracia!

Pero sus palabras no han producido efecto alguno. El cochero no le ha hecho caso, se ha vuelto a acostar, se ha tapado la cabeza con la colcha y momentos después se le oye roncar.

Yona exhala un suspiro. Experimenta una necesidad imperiosa, irresistible, de hablar de su desgracia. Casi ha transcurrido una semana desde la muerte de su hijo; pero no ha tenido aún ocasión de hablar de ella con una persona de corazón. Quisiera hablar de ella largamente, contarla con todos sus detalles. Necesita referir cómo enfermó su hijo, lo que ha sufrido, las palabras que ha pronunciado al morir. Quisiera también referir cómo ha sido el entierro… Su difunto hijo ha dejado en la aldea una niña de la que también quisiera hablar. ¡Tiene tantas cosas que contar! ¡Qué no daría él por encontrar alguien que se prestase a escucharlo, sacudiendo compasivamente la cabeza, suspirando, compadeciéndolo! Lo mejor sería contárselo todo a cualquier mujer de su aldea; a las mujeres, aunque sean tontas, les gusta eso, y basta decirles dos palabras para que viertan torrentes de lágrimas.

Yona decide ir a ver a su caballo. Se viste y sale a la cuadra.

El caballo, inmóvil, come heno.

—¿Comes? —le dice Yona, dándole palmaditas en el lomo—. ¿Qué se le va a hacer, muchacho? Como no hemos ganado para comprar avena hay que contentarse con heno… Soy ya demasiado viejo para ganar mucho… A decir verdad, yo no debía ya trabajar; mi hijo me hubiera reemplazado. Era un verdadero, un soberbio cochero; conocía su oficio como pocos. Desgraciadamente, ha muerto…

Tras una corta pausa, Yona continúa:

—Sí, amigo…, ha muerto… ¿Comprendes? Es como si tú tuvieras un hijo y se muriera… Naturalmente, sufrirías, ¿verdad?…

El caballo sigue comiendo heno, escucha a su viejo amo y exhala un aliento húmedo y cálido.

Yona, escuchado al cabo por un ser viviente, desahoga su corazón contándoselo todo.

VANKA

Vanka Chukov, un muchacho de nueve años, a quien habían colocado hacía tres meses en casa del zapatero Alojin para que aprendiese el oficio, no se acostó la noche de Navidad.

Cuando los amos y los oficiales se fueron, cerca de las doce, a la iglesia para asistir a la misa del Gallo, cogió del armario un frasco de tinta y un portaplumas con una pluma enrobinada, y, colocando ante él una hoja muy arrugada de papel, se dispuso a escribir.

Antes de empezar dirigió a la puerta una mirada en la que se pintaba el temor de ser sorprendido, miró al icono obscuro del rincón y exhaló un largo suspiro.

El papel se hallaba sobre un banco, ante el cual estaba él de rodillas.

"Querido abuelo Constantino Makarich —escribió—: Soy yo quien te escribe. Te felicito con motivo de las Navidades y le pido a Dios que te colme de venturas. No tengo papá ni mamá; sólo te tengo a ti... ".

Vanka miró a la oscura ventana, en cuyos cristales se reflejaba la bujía, y se imaginó a su abuelo Constantino Makarich, empleado a la sazón como guardia nocturno en casa de los señores Chivarev. Era un viejecillo enjuto y vivo, siempre risueño y con ojos de bebedor. Tenía sesenta y cinco años. Durante el día dormía en la cocina o bromeaba con los cocineros, y por la noche se paseaba, envuelto en una amplia pelliza, en torno de la finca, y golpeaba de vez en cuando con un bastoncillo una pequeña plancha cuadrada, para dar fe de que no dormía y atemorizar a los ladrones. Acompañábanlo dos perros: Canelo y Serpiente. Este último se merecía su nombre: era largo de cuerpo y muy astuto, y siempre parecía ocultar malas intenciones; aunque miraba a todo el mundo con ojos acariciadores, no le inspiraba a nadie confianza. Se adivinaba, bajo aquella máscara de cariño, una perfidia jesuítica.

Le gustaba acercarse a la gente con suavidad, sin ser notado, y morderla en las pantorrillas. Con frecuencia robaba pollos de casa de los campesinos. Le pegaban grandes palizas; dos veces había estado a punto de morir ahorcado; pero siempre salía con vida de los más apurados trances y resucitaba cuando lo tenían ya por muerto.

En aquel momento, el abuelo de Vanka estaría, de fijo, a la puerta, y mirando las ventanas iluminadas de la iglesia, embromaría a los cocineros y a las criadas, frotándose las manos para calentarse. Riendo con risita senil les daría vaya a las mujeres.

—¿Quiere usted un polvito? —les preguntaría, acercándoles la tabaquera a la nariz.

Las mujeres estornudarían. El viejo, regocijadísimo, prorrumpiría en carcajadas y se apretaría con ambas manos los ijares.

Luego les ofrecería un polvito a los perros. El Canelo estornudaría, sacudiría la cabeza, y, con el gesto huraño de un señor ofendido en su dignidad, se marcharía. El Serpiente, hipócrita, ocultando siempre sus verdaderos sentimientos, no estornudaría y menearía el rabo.

El tiempo sería soberbio. Habría una gran calma en la atmósfera, límpida y fresca. A pesar de la oscuridad de la noche, se vería toda la aldea con sus tejados blancos, el humo de las chimeneas, los árboles plateados por la escarcha, los montones de nieve. En el cielo, miles de estrellas parecerían hacerle alegres guiños a la Tierra. La Vía Láctea se distinguiría muy bien, como si, con motivo de la fiesta, la hubieran lavado y frotado con nieve...

Vanka, imaginándose todo esto, suspiraba.

Tomó de nuevo la pluma y continuó escribiendo:

"Ayer me pegaron. El maestro me cogió por los pelos y me dio unos cuantos correazos por haberme dormido arrullando a su nene. El otro día la maestra me mandó destripar una sardina, y yo, en vez de empezar por la cabeza, empecé por la cola; entonces la maestra cogió la sardina y me dio en la cara con ella. Los otros aprendices, como son mayores que yo, me mortifican, me mandan por vodka a la taberna y me hacen robarle pepinos a la maestra, que, cuando se entera, me sacude el polvo. Casi siempre tengo hambre. Por la mañana me dan un mendrugo de pan; para comer, unas gachas de alforfón; para cenar, otro mendrugo de pan. Nunca me dan otra cosa, ni siquiera una taza de té. Duermo en el portal y paso mucho frío; además, tengo que arrullar al nene, que no me deja dormir con sus gritos... Abuelito: sé bueno, sácame de aquí, que no puedo soportar esta vida. Te saludo con mucho respeto y te prometo pedirle siempre a Dios por ti. Si no me sacas de aquí me moriré".

Vanka hizo un puchero, se frotó los ojos con el puño y no pudo reprimir un sollozo.

"Te seré todo lo útil que pueda —continuó momentos después—. Rogaré por ti, y si no estás contento conmigo puedes pegarme todo lo que quieras. Buscaré trabajo, guardaré el rebaño. Abuelito: te ruego que me saques de aquí si no quieres que me muera. Yo escaparía y me iría a la aldea contigo; pero no tengo botas, y hace demasiado frío para ir descalzo. Cuando sea mayor te mantendré con mi trabajo y no

permitiré que nadie te ofenda. Y cuando te mueras, le rogaré a Dios por el descanso de tu alma, como le ruego ahora por el alma de mi madre".

"Moscú es una ciudad muy grande. Hay muchos palacios, muchos caballos, pero ni una oveja. También hay perros, pero no son como los de la aldea: no muerden y casi no ladran. He visto en una tienda una caña de pescar con un anzuelo tan hermoso, que se podrían pescar con ella los peces más grandes. Se venden también en las tiendas escopetas de primer orden, como la de tu señor. Deben costar muy caras, lo menos cien rublos cada una. En las carnicerías venden perdices, liebres, conejos, y no se sabe dónde los cazan".

"Abuelito: cuando enciendan en casa de los señores el árbol de Navidad, coge para mí una nuez dorada y escóndela bien. Luego, cuando yo vaya, me la darás. Pídesela a la señorita Olga Ignatievna; dile que es para Vanka. Verás cómo te la da".

Vanka suspira otra vez y se queda mirando a la ventana. Recuerda que todos los años, en vísperas de la fiesta, cuando había que buscar un árbol de Navidad para los señores, iba él al bosque con su abuelo. ¡Dios mío, qué encanto! El frío le ponía rojas las mejillas; pero a él no le importaba. El abuelo, antes de derribar el árbol escogido, encendía la pipa y decía algunas chirigotas acerca de la nariz helada de Vanka. Jóvenes abetos, cubiertos de escarcha, parecían, en su inmovilidad, esperar el hachazo que sobre uno de ellos debía descargar la mano del abuelo. De pronto, saltando por encima de los montones de nieve, aparecía una liebre en precipitada carrera. El abuelo, al verla, daba muestras de gran agitación y, agachándose, gritaba:

—¡Cógela, cógela! ¡Ah, diablo!

Luego el abuelo derribaba un abeto, y entre los dos lo trasladaban a la casa señorial. Allí, el árbol era preparado para la fiesta. La señorita Olga Ignatievna ponía mayor entusiasmo que nadie en este trabajo. Vanka la quería mucho. Cuando aún vivía su madre y servía en casa de los señores, Olga Ignatievna le daba bombones y le enseñaba a leer, a escribir, a contar de uno a ciento y hasta a bailar. Pero, muerta su madre, el huérfano Vanka pasó a formar parte de la servidumbre culinaria, con su abuelo, y luego fue enviado a Moscú, a casa del zapatero Alajin, para que aprendiese el oficio...

"¡Ven, abuelito, ven! —continuó escribiendo, tras una corta reflexión, el muchacho—. En nombre de Nuestro Señor te suplico que me saques de aquí. Ten piedad del pobrecito huérfano. Todo el mundo me pega, se burla de mí, me insulta. Y, además, siempre tengo hambre.

Y, además, me aburro atrozmente y no hago más que llorar. Anteayer, el ama me dio un pescozón tan fuerte, que me caí y estuve un rato sin poder levantarme. Esto no es vivir; los perros viven mejor que yo... Recuerdos a la cocinera Alena, al cochero Egorka y a todos nuestros amigos de la aldea. Mi acordeón guárdalo bien y no se lo dejes a nadie. Sin más, sabes que te quiere tu nieto".
VANKA CHUKOV.
"Ven en seguida, abuelito".

Vanka plegó en cuatro dobleces la hoja de papel y la metió en un sobre que había comprado el día anterior. Luego, meditó un poco y escribió en el sobre la siguiente dirección:

"En la aldea, a mi abuelo".

Tras una nueva meditación, añadió:

"Constantino Makarich".

Congratulándose de haber escrito la carta sin que nadie lo estorbase, se puso la gorra, y, sin otro abrigo, corrió a la calle.

El dependiente de la carnicería, a quien aquella tarde le había preguntado, le había dicho que las cartas debían echarse a los buzones, de donde las recogían para llevarlas en troika a través del mundo entero.

Vanka echó su preciosa epístola en el buzón más próximo… Una hora después dormía, mecido por dulces esperanzas.

Vio en sueños la cálida estufa aldeana. Sentado en ella, su abuelo les leía a las cocineras la carta de Vanka. El perro Serpiente paseábase en torno de la estufa y meneaba el rabo…

VECINOS

Piotr Mijáilich Ivashin estaba de muy mal humor: su hermana, una muchacha soltera, se había fugado con Vlásich, que era un hombre casado. Tratando de ahuyentar la profunda depresión que se había apoderado de él y que no lo dejaba ni en casa ni en el campo, llamó en su ayuda al sentimiento de justicia, sus honoradas convicciones (¡porque siempre había sido partidario de la libertad en el campo!), pero esto no le sirvió de nada, y cada vez, contra su voluntad, llegaba a la misma conclusión: que la estúpida niñera, es decir, que su hermana había obrado mal y que Vlásich la había raptado. Y esto era horroroso.

La madre no salía de su habitación, la niñera hablaba a media voz y no cesaba de suspirar, la tía manifestaba constantes deseos de irse, y sus maletas ya las sacaban a la antesala, ya las retiraban de nuevo a su cuarto. Dentro de la casa, en el patio y en el jardín reinaba un silencio tal, que parecía que hubiese un difunto. La tía, la servidumbre y hasta los mujiks, según parecía a Piotr Mijáilich, lo miraban con expresión enigmática y perpleja, como si quisiesen decir: "Han seducido a tu hermana, ¿por qué te quedas con los brazos cruzados?". También él se reprochaba su inactividad, aunque no sabía qué era, en realidad, lo que debía hacer.

Así pasaron seis días. El séptimo —un domingo, después de la comida— un hombre a caballo trajo una carta. La dirección — "A su Excel. Anna Nikoláievna Iváshina"— estaba escrita con unos familiares caracteres femeninos. Piotr Mijáilich creyó ver en el sobre, en los caracteres y en la palabra escrita a medias, "Excel.", algo provocativo, liberal. Y el liberalismo de la mujer es terco, implacable, cruel…

"Preferirá la muerte antes de hacer una concesión a su desgraciada madre, antes de pedirle perdón", pensó Piotr Mijáilich cuando iba en busca de su madre con la carta en la mano.

Aquélla estaba en la cama, pero vestida. Al ver al hijo, se incorporó impulsivamente y, arreglándose los cabellos grises que se le habían salido de la cofia, preguntó con frase rápida:

—¿Qué hay? ¿Qué hay?

—Ha mandado… —dijo el hijo, entregándole la carta.

El nombre de Zina y hasta el pronombre "ella" no se pronunciaban en la casa. De Zina se hablaba de manera impersonal: "ha mandado", "se ha ido"… La madre reconoció la escritura de la hija, y su cara, desencajada, se hizo desagradable. Los cabellos grises se escaparon de nuevo de la cofia.

—¡No! —dijo, apartando las manos como si la carta le hubiese quemado los dedos—. ¡No, no, jamás! ¡Por nada del mundo!

La madre rompió en sollozos histéricos producidos por el dolor y el bochorno; parecía sentir deseos de leer la carta, pero el orgullo se lo impedía. Piotr Mijáilich se daba cuenta de que debía él mismo abrirla y leerla en voz alta, pero de pronto se sintió dominado por una cólera como nunca había conocido. Corrió al patio y gritó al hombre que había traído la misiva:

—¡Di que no habrá contestación! ¡No habrá contestación! ¡Dilo así, animal!

Y a renglón seguido hizo pedazos la carta. Luego las lágrimas afluyeron a sus ojos y, sintiéndose cruel, culpable y desdichado, se fue al campo.

Sólo tenía veintisiete años, pero ya estaba gordo, vestía como los viejos, con trajes muy holgados, y padecía disnea. Poseía ya todas las inclinaciones del terrateniente solterón. No se enamoraba, no pensaba en casarse y únicamente quería a su madre, a su hermana, a la niñera y al jardinero Vasílich. Le gustaba comer bien, dormir la siesta y hablar de política y de materias elevadas... Había terminado en tiempos los estudios en la Universidad, pero ahora miraba esto como si hubiese sido una carga inevitable para los jóvenes de los dieciocho a los veinticinco años. Al menos, las ideas que ahora rondaban cada día por su cabeza no tenían nada de común con la Universidad ni con lo que en ésta había estudiado.

En el campo hacía calor y todo estaba en calma, como anunciando lluvia. El bosque exhalaba un ligero vapor y un olor penetrante a pino y a hojas descompuestas. Piotr Mijáilich se detenía a menudo para limpiarse el sudor de la frente. Revisó sus trigales de otoño y primavera, recorrió el campo de alfalfa y un par de veces, en un claro del bosque, espantó a una perdiz con sus perdigones. Y a todo esto no cesaba de pensar que tan insoportable situación no podía prolongarse eternamente y que deberían ponerle fin de un modo u otro. Como fuera, de un modo estúpido, absurdo, pero había que ponerle fin.

"¿Pero cómo? ¿Qué hacer?", se preguntaba, mirando al cielo y a los árboles como si implorase su ayuda.

Mas el cielo y los árboles guardaban silencio. Las convicciones honestas no le servían para nada y el sentido común le decía que el lacerante problema sólo podía tener una solución estúpida y que la escena con el hombre que había traído la carta no sería la última de este género. Le daba miedo pensar lo que aún podía ocurrir.

Dio la vuelta hacia casa cuando ya se ponía el sol. Ahora le parecía que el problema no podía tener solución alguna. Era imposible aceptar el hecho consumado, pero tampoco se podía no aceptarlo, y no existía una solución media. Cuando, con el sombrero en la mano y haciéndose aire con el pañuelo, marchaba por el camino y hasta casa le quedaban un par de verstas, a sus espaldas oyó un campanilleo. Se trataba de un conjunto muy agradable de campanillas y cascabeles que producían un tintineo como de cristales. Sólo podía ser Medovski, el jefe de la policía del distrito, antiguo oficial de húsares que había derrochado sus bienes y su salud, un hombre enfermizo, pariente lejano de Piotr Mijáilich. Tenía gran confianza con los Ivashin y sentía por Zina gran admiración y cariño paternal.

—Voy a su casa —dijo al llegar a la altura de Piotr Mijáilich—. Suba, lo llevaré.

Sonreía jovialmente; estaba claro que no sabía lo de Zina. Acaso se lo hubiesen dicho y él no lo había creído. Piotr Mijáilich se sintió en una situación violenta.

—Lo celebro —balbuceó, enrojeciendo, hasta el punto que se le saltaron las lágrimas, y no sabiendo qué mentira decir—. Me alegro mucho —prosiguió, tratando de sonreír—, pero… Zina se ha ido y mamá está enferma.

—¡Qué lástima! —dijo el jefe de policía, mirando pensativamente a Piotr Mijáilich—. Y yo que pensaba pasar con ustedes la velada… ¿Adónde ha ido Zinaída Mijáilovna?

—A casa de los Sinitski; de allí parece que quería ir al monasterio. No lo sé a ciencia cierta.

El jefe de policía dijo algo más y dio la vuelta. Piotr Mijáilich siguió hacia su casa pensando horrorizado en lo que el jefe de policía sentiría cuando supiese la verdad. Se lo imaginaba, y bajo esta impresión entró en la casa.

"Ayúdame, Señor, ayúdame…", pensaba.

En el comedor, tomando el té, estaba sólo la tía. Como de ordinario, su cara tenía la expresión de quien, aunque débil e indefensa, no permite que nadie la ofenda. Piotr Mijáilich se sentó al otro lado de la mesa (no sentía gran afecto por la tía) y, en silencio, se puso a tomar el té.

—Tu madre tampoco ha comido hoy —dijo la tía—. Tú, Petrusha, deberías prestar atención. Dejarse morir de hambre no aliviará nuestra desgracia.

A Piotr Mijáilich le pareció absurdo que la tía se mezclase en asuntos que no eran de su incumbencia e hiciese depender su marcha del hecho de que Zina se había ido. Sintió deseos de decirle una insolencia, pero se contuvo. Y al contenerse advirtió que había llegado el momento oportuno para obrar, que era incapaz de sufrir por más tiempo. O hacer algo ahora mismo, o caer al suelo gritando y dándose de cabezadas. Se imaginó que Vlásich y Zina, ambos liberales y satisfechos de sí mismos, se besaban bajo un arce, y todo el peso y el rencor que durante los siete días se habían acumulado en él se volcaron sobre Vlásich.

"Uno ha seducido y raptado a mi hermana —pensó—, otro vendrá y degollará a mi madre, un tercero nos robará o incendiará la casa… Y todo esto bajo la máscara de la amistad, de las ideas elevadas y los sufrimientos".

—¡No, no será así! —gritó de pronto, y descargó un puñetazo sobre la mesa.

Se puso en pie de un salto y salió con paso rápido del comedor. En la cuadra estaba ensillado el caballo del administrador. Montó en él y salió al galope en busca de Vlásich.

En su alma se había desencadenado una verdadera tormenta. Sentía la necesidad de hacer algo que se saliese de lo común, tremendo, aunque luego tuviera que arrepentirse durante la vida entera. ¿Llamar a Vlásich miserable, darle un bofetón y luego desafiarlo? Pero Vlásich no era de los que se baten en duelo; y, al sentirse tachado de miserable y recibir el bofetón, lo único que haría sería sentirse más desgraciado y recluirse más en sí mismo. Estas personas desgraciadas y sumisas son los seres más insoportables, los más difíciles de tratar. Todo en ellos queda impune. Cuando el hombre desgraciado, en respuesta a un merecido reproche, mira con ojos en que se refleja la conciencia de su culpa, sonríe dolorosamente y acerca dócilmente la cabeza, parece que la justicia misma es incapaz de levantar la mano contra él.

"Es lo mismo. Le sacudiré un fustazo ante ella y le diré unas cuantas groserías", decidió Piotr Mijáilich.

Cabalgaba por su bosque y sus tierras baldías y se imaginaba el modo como Zina, justificando su acción, hablaría de los derechos de la mujer, de la libertad personal y de que era absolutamente igual casarse por la Iglesia o por lo civil. Discutiría, como mujer que era, de cosas que no comprendía. Y probablemente acabaría por preguntarle: "¿Qué tienes tú que ver en todo esto? ¿Qué derecho tienes a inmiscuirte?".

—Sí, no tengo ningún derecho —gruñía Piotr Mijáilich—. Pero tanto mejor… Cuanto más grosero resulte, cuanto menos derecho tenga, tanto mejor.

Hacía un calor sofocante. Nubes de mosquitos volaban muy bajo, a ras del suelo, y en los baldíos lloraban lastimeramente las averías. Piotr Mijáilich cruzó sus lindes y siguió al galope por un campo completamente liso. Había recorrido muchas veces este camino y conocía cada matorral, hasta la última zanja. Aquello que a lo lejos, entre dos luces, parecía una roca oscura, era una iglesia roja; se la podía imaginar hasta el último detalle, incluso el enlucido del portal y los terneros que siempre pacían en su recinto. A la derecha, a una versta de la iglesia, negreaba la arboleda del conde Koltóvich. Y tras la arboleda empezaban las tierras de Vlásich.

Por detrás de la iglesia y de la arboleda del conde avanzaba un enorme nubarrón, que de vez en cuando quedaba iluminado por unos pálidos relámpagos.

"¡Ahí está! —pensó Piotr Mijáilich—. ¡Ayúdame, Señor!".

El caballo no tardó en dar muestras de cansancio, y el propio Piotr Mijáilich se sentía fatigado. El nubarrón lo miraba con enfado, como aconsejándole que volviese a casa. Sintió cierto miedo.

"¡Les demostraré que no tienen razón! —trató de infundirse ánimos—. Dirán que eso es el amor libre, la libertad personal; pero la libertad está en la abstención, y no en la subordinación a las pasiones. ¡Lo suyo es depravación, y no libertad!".

Llegó al gran estanque del conde. El reflejo de la nube daba a aquél un aspecto plomizo y sombrío, y de él salía una intensa humedad. Junto al dique, dos sauces, uno viejo y otro joven, se inclinaban para buscarse cariñosamente. Por este mismo lugar, dos semanas antes, Piotr Mijáilich y Vlásich habían pasado a pie, cantando a media voz una canción estudiantil:

"No amar es destruir la vida joven…".

¡Miserable canción!

Cuando Piotr Mijáilich cruzó la arboleda, retumbó el trueno y los árboles zumbaron, inclinándose por la fuerza del viento. Debía darse prisa. Desde la arboleda hasta la hacienda de Vlásich tenía que cruzar aún la pradera, algo así como una versta. A ambos lados del camino se alineaban los vicios abedules, de aspecto tan triste y desgraciado como Vlásich, su dueño; lo mismo que él, eran delgados y habían crecido desmesuradamente. En las hojas de los abedules y en la hierba repiquetearon grandes gotas; el viento se calmó al instante y se extendió un olor a tierra mojada y a álamo. Apareció la cerca de Vlásich, con su acacia amarilla, que también era delgada y había crecido más de la cuenta. En un lugar donde la cerca se había venido abajo, se veía un abandonado huerto de árboles frutales.

Piotr Mijáilich no pensaba ya ni en el bofetón ni en el fustazo. No sabía lo que haría en casa de Vlásich. Se acobardó. Le daba miedo pensar en su hermana y en él mismo, se horrorizaba ante la perspectiva de que ahora iba a verla. ¿Cómo se comportaría ella con el hermano? ¿De qué hablarían?

¿No era preferible dar la vuelta antes de que fuese tarde? Pensando así, galopó hacia la casa por la avenida de tilos, dejó atrás los grandes macizos de lilas y, de pronto, vio a Vlásich.

Este, descubierto, con una camisa de percal y botas altas, inclinado bajo la lluvia, iba de la esquina de la casa al portal. Le seguía un obrero con un martillo y cajón de clavos. Seguramente había reparado las maderas de las ventanas, batidas por el viento. Al ver a Piotr Mijáilich, Vlásich se detuvo.

—¿Eres tú? —preguntó sonriendo—. Excelente.

—Sí; como ves, he venido... —dijo Piotr Mijáilich con voz suave, sacudiéndose la lluvia con ambas manos.

—Perfectamente, me alegro mucho —añadió Vlásich, pero sin darle la mano; evidentemente, no se decidía a hacerlo y esperaba que se la tendieran—. ¡Esta lluvia vendrá muy bien para la avena! —añadió, mirando al cielo.

—Sí.

Entraron en la casa en silencio. A la derecha del recibidor había una puerta que conducía a la antesala y luego a la sala; a la izquierda había una pequeña pieza que en invierno ocupaba el administrador. Piotr Mijáilich y Vlásich entraron en esta última.

—¿Dónde te ha sorprendido la lluvia? —preguntó Vlásich.

—Cerca. Cuando llegaba a la casa.

Piotr Mijáilich se sentó en la cama. Le agradaba que la lluvia hiciese ruido y que la habitación estuviese oscura. Era preferible: así sentía menos miedo y no hacía falta mirar a su interlocutor a la cara. Su cólera había desaparecido; lo que ahora sentía era miedo e irritación consigo mismo. Se daba cuenta de que había empezado mal y de que de esta iniciativa suya no resultaría nada práctico.

Durante cierto tiempo ambos permanecieron silenciosos, haciendo ver que prestaban atención a la lluvia.

—Gracias, Petrusha —empezó Vlásich, carraspeando—. Te agradezco mucho que hayas venido. Es una acción generosa y noble. La comprendo y, créeme, la estimo mucho. Puedes creerme.

Miró a la ventana y prosiguió, de pie en el centro de la habitación:

—Todo esto se ha producido en secreto, como si nos ocultásemos de ti. La conciencia de que tú podías sentirte ofendido y estuvieses enfadado con nosotros ha sido durante estos días una mancha en nuestra felicidad. Pero permítenos que nos justifiquemos. Si guardamos el secreto, no fue porque no tuviéramos confianza en ti. En primer lugar, todo se produjo inesperadamente, como por una inspiración, y no había tiempo para entrar en razonamientos. En segundo, se trataba de un asunto íntimo, delicado... Resultaba violento hacer intervenir a una tercera persona, aunque fuese tan allegada como tú. Lo principal de todo es que confiábamos mucho en tu generosidad. Eres un hombre muy generoso y noble. Te estoy infinitamente agradecido. Si en alguna ocasión necesitas mi vida, ven y tómala.

Vlásich hablaba con voz suave y sorda, monótona, como un zumbido; estaba visiblemente agitado. Piotr Mijáilich sintió que le había llegado la vez de hablar y que escuchar y callar habría significado, en efecto, hacerse pasar por un tipo generoso y noble en su inocencia. Y no había acudido con estas intenciones. Se puso rápidamente en pie y dijo a media voz, jadeante:

—Escucha, Grigori: sabes que te quería y que no hubiese podido desear mejor marido para mi hermana. Pero lo que ha ocurrido es horroroso. ¡Da miedo pensarlo!

—¿Por qué? —preguntó Vlásich, con voz temblorosa—. Daría miedo si nosotros hubiésemos procedido mal, pero no es así.

—Escucha, Grigori: sabes que yo no tengo prejuicios. Pero, perdóname la franqueza, a mi modo de ver los dos han procedido con egoísmo. Claro que no se lo diré a Zina, esto la afligiría, pero tú debes saberlo; nuestra madre sufre hasta tal punto que es difícil explicarlo.

—Sí, eso es muy lamentable —suspiró Vlásich—. Nosotros lo habíamos previsto, Petrusha, pero ¿qué podíamos hacer? Si lo que uno hace desagrada a otro, eso no significa que la acción sea mala. Así son las cosas. Cualquier paso serio de uno debe desagradar forzosamente a algún otro. Si tú fueses a combatir por la libertad, esto también haría sufrir a tu madre.

¡Qué le vamos a hacer! Quien coloca por encima de todo la tranquilidad de sus allegados debe renunciar por completo a una vida guiada por las ideas.

Un relámpago resplandeció vivamente y su brillo pareció cambiar el curso de los pensamientos de Vlásich. Se sentó junto a Piotr Mijáilich y empezó a decir cosas que no venían para nada a cuento.

—Yo, Petrusha, adoro a tu hermana —dijo—. Siempre que iba a tu casa me parecía ir en peregrinación, a elevar mis oraciones a Dios, cuando lo cierto es que mis oraciones se dirigían a Zina. Ahora mi adoración crece por días. ¡Para mí está más alta que si fuese mi esposa! ¡Mucho más! —Vlásich agitó ambos brazos—. Es mi santuario. Desde que vive aquí, entro en mi casa como si fuera un templo. ¡Es una mujer excepcional, extraordinaria, nobilísima!

"¡Vaya, ya ha empezado su canción!", pensó Piotr Mijáilich. Pero la palabra "mujer" no le había agradado.

—¿Por qué no se casan como es debido? —preguntó—. ¿Cuánto pide tu mujer por concederte el divorcio?

—Setenta y cinco mil.

—Parece mucho. ¿Y si tratas de sacarlo por algo menos?

—No rebajará ni un kopec. ¡Es una mujer terrible, hermano! —dijo Vlásich, con un suspiro—. Antes no te había hablado nunca de ella, pues me desagradaba recordarlo, pero las cosas se han desarrollado así, y te hablaré ahora. Me casé movido por un noble sentimiento pasajero, honradamente. En nuestro regimiento, si quieres saber los detalles, había un jefe de batallón que se enredó con una señorita de dieciocho años; es decir, hablando simplemente, la sedujo, vivió con ella dos meses y la abandonó. Ella quedó en la situación más espantosa. Le daba vergüenza volver a casa de los padres, además de que no la aceptarían, y el amante la había dejado: como para ir a los cuarteles y venderse. Los oficiales estaban indignados.

Tampoco ellos eran unos santos pero la infamia era demasiado evidente. Para colmo, en el regimiento nadie podía aguantar a aquel jefe de batallón. Para hacerle ver que era un cerdo, ¿comprendes?, los tenientes y capitanes empezaron a reunir dinero para la desgraciada muchacha. Y entonces, cuando los oficiales de graduación inferior nos habíamos juntado y uno daba cinco rublos y otro diez, a mí se me subió la sangre a la cabeza. La situación me pareció muy apropiada para realizar una auténtica proeza. Acudí a ella y le manifesté con fogosas expresiones mi simpatía. Y cuando iba a verla y, luego, cuando le hablaba, la amaba calurosamente, viendo en ella a una mujer humillada y ofendida. Sí... resultó que al cabo de una semana pedía su mano. Los jefes y compañeros encontraron que este matrimonio era incompatible con la dignidad de un oficial. Esto fue como si echaran aceite al fuego. Yo, ¿comprendes?, escribí una larga carta en la que afirmaba que mi acción debía ser escrita en la historia del regimiento con letras de oro, etc. La mandé al jefe y envié copias de ella a los compañeros. Estaba exaltado, se entiende, y hubo palabras fuertes. Me pidieron que dejara el regimiento. Por ahí tengo guardado el borrador (te lo daré para que lo leas). La carta estaba escrita con mucha emoción. Podrás ver los honestos y sinceros sentimientos que entonces me movían. Solicité la baja y vine aquí con mi mujer. Mi padre había dejado algunas deudas, y carecía de dinero, y ella, desde el primer día, hizo muchas amistades, empezó a presumir y a jugar a las cartas, y tuve que hipotecar la hacienda. Se conducía muy mal, y eres tú, entre todos mis vecinos, el único que no ha sido su amante. Al cabo de dos años, para que me dejase, le di todo cuanto entonces tenía, y se fue a la ciudad. Sí... Y ahora le paso dos mil rublos al año. ¡Es una mujer horrible! Es una mosca que pone su larva en la espalda de la araña de tal modo, que ésta no se la puede sacudir; la larva se agarra a la araña y le chupa la sangre del corazón. Lo mismo hace esta mujer: se ha agarrado a mí y me chupa la sangre. Me odia y me desprecia porque cometí la estupidez de casarme con ella. Mi generosidad le parece algo miserable.

"Un hombre inteligente", dice, "me abandonó, y me recogió un estúpido". Piensa que sólo un desgraciado idiota pudo proceder como yo. Y a mí, hermano, esto me produce una amargura intolerable. Entre paréntesis, te diré que el destino me oprime. Me oprime ferozmente.

Piotr Mijáilich escuchaba a Vlásich y se preguntaba, perplejo: "¿Cómo ha podido agradar tanto a Zina? No es joven, tiene ya cuarenta y un años, es flaco, estrecho de pecho, de nariz larga y con alguna cana en la barba. Cuando habla, parece que zumba; su sonrisa es enfermiza y mueve las manos de una manera desagradable. No puede presumir de salud ni de hermosas maneras varoniles, carece de espíritu mundano y alegría, y así, a juzgar por las apariencias, es algo turbio e indefinido. Se viste sin gusto, su casa es triste y no admite la poesía ni la pintura", porque "no responden a las demandas del día"; es decir, porque no las comprende; y no le conmueve la música. Es mal administrador. Su hacienda está en el abandono más completo y la tiene hipotecada; por la segunda hipoteca paga el doce por ciento y, además, ha firmado pagarés por valor de diez mil rublos. Cuando llega el momento de entregar los intereses o de mandar dinero a su mujer, pide a todos prestado con una expresión que parece que se le estuviera quemando la casa, y al mismo tiempo, sin pararse a pensarlo, vende todas sus reservas de leña para el invierno por cinco rublos, y la paja por tres, y luego hace que para encender sus estufas utilicen la cerca del huerto o los viejos marcos del invernadero. Los cerdos estropean su pradera y el ganado de los mujiks se come en el bosque los árboles jóvenes, mientras que los vicios van desapareciendo cada invierno. En el huerto y el jardín están tiradas las colmenas, y allí abandonan los cubos viejos. Carece de facultades para nada, y ni siquiera posee la virtud común y corriente de vivir como la gente vive. En los asuntos prácticos, es ingenuo y débil, se le puede engañar sin dificultad alguna, y por algo los mujiks lo tachan de "simple".

"Es liberal y en el distrito lo tienen por rojo, pero esto resulta en él algo aburrido. En su libre pensamiento no hay originalidad y énfasis; se indigna, se irrita y se alegra siempre en el mismo tono, como con desgana, sin producir efecto. Ni siquiera en los momentos de gran exaltación levanta la cabeza, y siempre permanece encorvado. Pero lo más aburrido de todo es que hasta sus ideas buenas y honestas se las ingenia para expresarlas de tal modo, que parecen triviales y atrasadas. Uno piensa que está tratando de algo viejo, que leyó hace mucho, cuando, con palabra lenta, como si dijera algo muy profundo, empieza a hablar de sus minutos lúcidos y honestos, de años mejores, o cuando se entusiasma con la juventud que siempre marchó a la cabeza de la sociedad, o cuando censura a los rusos porque durante treinta años se ponen una misma bata y olvidan adquirir su *alma mater*. Cuando me quedo a dormir en su casa, pone en la mesilla de noche a Písarev o a Darwin. Y, si le digo que ya los he leído, sale y trae a Dobroliúbov".

En el distrito calificaban esto de librepensamiento, que muchos miraban como una extravagancia ingenua e inocente; sin embargo, a él le hacía profundamente desgraciado. Era para él la larva de que antes hablaba: se le había agarrado con toda fuerza y le chupaba la sangre del corazón. En el pasado, el extraño matrimonio al gusto de Dostoievski, las largas cartas y las copias escritas con una letra ilegible, pero con un profundo sentimiento; los eternos equívocos, explicaciones y desilusiones; y luego las deudas, la segunda hipoteca, el dinero que pasaba a su mujer, las nuevas deudas que contraía todos los meses... y todo esto sin provecho para nadie, ni para él ni para los demás. Y ahora, lo mismo que antes, no cesa de sentir prisas, quiere realizar una proeza y se mete en asuntos que no le incumben; lo mismo que antes, en cuanto se presenta la ocasión, escribe largas cartas con sus copias, mantiene fatigosas y triviales conversaciones sobre la comunidad campesina o la necesidad de poner en pie las industrias artesanas, o sobre la construcción de una fábrica de quesos: conversaciones muy semejantes unas a otras, hasta el punto que parecen salir no de un cerebro vivo, sino de una máquina. Y, por fin, este escándalo de Zina, que no se sabe cómo terminará.

Y entre tanto Zina es joven —sólo tiene veintidós años.—, es bonita, elegante y jovial; le gusta reír y charlar, es muy aficionada a las discusiones y siente pasión por la música; muestra buen gusto en la elección de vestidos, libros y muebles, y en su casa no habría sufrido una habitación como ésta, en la que se huele a botas y a vodka barato. Es también liberal, pero en su librepensamiento se dejan sentir una superabundancia de energías, la vanidad de una muchacha joven, fuerte y atrevida, la apasionada sed de ser mejor y más original que el resto... ¿Cómo pudo enamorarse de Vlásich?

"El es un *Quijote*, un fanático terco, un maníaco —pensaba Piotr Mijáilich—; y ella es tan blanda, tan débil de carácter y acomodaticia, como yo... Los dos nos rendimos pronto y sin resistencia. Se enamoró de él; aunque yo mismo le profeso cariño, a pesar de todo…".

Piotr Mijáilich tenía a Vlásich por un hombre bueno y honesto, aunque de miras estrechas. En sus emociones y sufrimientos, y en toda su vida, no veía altos fines, próximos o remotos; veía únicamente el tedio y la incapacidad de vivir. Su sacrificio y todo lo que Vlásich denominaba proeza o impulso honrado, le parecía un derroche inútil de energía, innecesarios disparos sin bala en los que se quemaba mucha pólvora. La circunstancia de que Vlásich estuviera fanáticamente seguro de la extraordinaria honradez e infalibilidad de su manera de pensar, le parecía ingenua y hasta morbosa. En cuanto al hecho de que se las hubiera ingeniado toda su vida para confundir lo mezquino con lo sublime, que se hubiera casado estúpidamente y lo considerase una proeza, y que luego hubiera buscado a otras mujeres, viendo en ello el triunfo de una idea, todo esto resultaba sencillamente incomprensible.

A pesar de todo, Piotr Mijáilich sentía afecto por Vlásich, advertía en él la presencia de cierta fuerza, y por eso nunca era capaz de llevarle la contraria.

Vlásich se había sentado junto a él para charlar bajo el rumor de la lluvia, en la oscuridad, y ya carraspeaba dispuesto a contar algo largo, por el estilo de la historia de su boda. Pero Piotr Mijáilich no hubiera podido escucharlo. Lo abrumaba la idea de que dentro de unos minutos iba a ver a su hermana.

—Sí, no has tenido suerte en la vida —dijo suavemente—. Pero, perdóname, nos hemos apartado de lo principal. No era de eso de lo que teníamos que hablar.

—Sí, sí, tienes razón. Volvamos a lo principal —asintió Vlásich, y se puso en pie—. Escucha lo que te digo, Petrusha: nuestra conciencia está limpia. No nos ha casado un sacerdote, pero nuestro matrimonio es perfectamente legítimo. No voy a demostrarlo ni tú tienes por qué oírlo. Tu pensamiento es tan libre como el mío y, a Dios gracias, entre nosotros no puede haber discrepancia en este punto. En cuanto a nuestro futuro, no te debe asustar. Trabajaré hasta sudar sangre, sin dormir por las noches; en una palabra, haré cuanto pueda para que Zina sea feliz. Su vida será hermosa.

¿Que si seré capaz de hacerlo? ¡Sí lo seré, hermano! Cuando uno piensa sin cesar en una misma cosa, no le es difícil conseguir lo que quiere. Pero vayamos a ver a Zina. Hay que darle esta alegría.

A Piotr Mijáilich le dio un vuelco el corazón. Se levantó y siguió a Vlásich a la antesala y de allí a la sala. En esta pieza, enorme y sombría, no había más que un piano y una larga fila de viejas sillas, con incrustaciones de bronce, en las que nadie se sentaba nunca. Sobre el piano ardía una vela. De la sala pasaron en silencio al comedor, otra habitación amplia y poco confortable en el centro de la cual había una mesa redonda plegable, de seis gruesas patas, sobre la cual lucía también una única vela. El reloj, de caja roja parecida a la urna de un icono, marcaba las dos y media.

Vlásich abrió la puerta del cuarto vecino y dijo:

—¡Zínochka, ha venido Petrusha!

Se oyeron pasos precipitados y en el comedor entró Zina, alta, un tanto gruesa y muy pálida, tal como Piotr Mijáilich la había visto la última vez en casa: vestida con falda negra, blusa roja y un cinturón de gran hebilla. Atrajo hacia sí a su hermano con un abrazo y le dio un beso en la sien.

—¡Qué tormenta! —dijo—. Grigori había salido y me he quedado sola en toda la casa.

No daba muestras de turbación y miraba a su hermano con ojos sinceros y diáfanos, como en casa. Al verla, Piotr Mijáilich dejó de sentirse turbado.

—Pero tú no tienes miedo a las tormentas —dijo, sentándose junto a la mesa.

—Sí, pero aquí las habitaciones son enormes, el edificio es viejo y, en cuanto suena un trueno, todo él se estremece como un armario con vajilla. Por lo demás, es muy agradable —siguió, sentándose frente a su hermano—. Aquí todas las habitaciones guardan un recuerdo agradable. En la mía, lo que son las cosas, se pegó un tiro el abuelo de Grigori.

—En agosto tendré dinero y arreglaré el pabellón del jardín —dijo Vlásich.

—No sé por qué, cuando hay tormenta siempre recuerdo al abuelo —prosiguió Zina—. Y en este comedor mataron a un hombre.

—Es cierto —confirmó Vlásich, y miró con los ojos muy abiertos a Piotr Mijáilich—. En los años cuarenta tenía arrendada esta hacienda un francés llamado Olivier. El retrato de su hija está aún en la buhardilla. Este Olivier, según contaba mi padre, despreciaba a los rusos por su ignorancia y se burlaba de ellos terriblemente. Así, exigía que el sacerdote, al pasar junto a la finca, se descubriera media versta antes de la casa, y cuando cruzaba con su familia por la aldea quería que hiciesen repicar las campanas. Con los siervos y la gente menuda, se entiende, gastaba aún menos ceremonias. En cierta ocasión pasó por aquí uno de los hijos más nobles de la Rusia vagabunda, algo parecido al estudiante Jorná Brut de Gógol. Pidió que le dejasen pasar la noche, agradó a los empleados y le permitieron quedarse en la oficina. Existen varias versiones. Unos dicen que el estudiante sublevó a los campesinos; otros, que la hija de Olivier se enamoró de él. No lo sé a ciencia cierta, pero lo que es seguro es que un buen día Olivier le hizo comparecer aquí, lo sometió a interrogatorio y luego ordenó que le diesen una paliza. ¿Te das cuenta? Mientras él permanecía sentado tras esta mesa, bebiendo como si tal cosa, los criados pegaban al estudiante. Hay que suponer que lo martirizaron. A la mañana siguiente el estudiante murió e hicieron desaparecer el cadáver. Se dice que lo tiraron al estanque de Koltóvich. Empezaron las investigaciones, pero el francés pagó varios miles de rublos a quien correspondía y se fue a Alsacia. Como a propósito, el plazo del arriendo se extinguía, y ahí terminó todo.

—¡Qué canallas! —exclamó Zina, estremeciéndose.

—Mi padre recordaba muy bien a Olivier y a su hija. Decía que era muy hermosa y excéntrica. Yo creo que el estudiante hizo lo uno y lo otro: sublevó a los campesinos y sedujo a la hija. Puede que ni siquiera se tratase de un estudiante, sino de una persona que se había presentado de incógnito.

Zínochka quedó pensativa: la historia del estudiante y la bella francesa parecía haber transportado su imaginación muy lejos. Piotr Mijáilich concluyó que, exteriormente, no había cambiado en absoluto en la última semana; la notaba, eso sí, un poco más pálida. Su mirada era tranquila, como si hubiese acudido con el hermano a visitar a Vlásich. Pero Piotr Mijáilich advertía cierto cambio en él mismo. En efecto, antes, cuando Zina vivía en casa, podía hablar con ella de todo, mientras que ahora era incapaz de preguntarle siquiera: "¿Cómo vives aquí?". Le parecía una pregunta torpe e innecesaria. En ella debía de haberse producido el mismo cambio. No mostraba prisa en hablar de la madre, de su casa, de su historia amorosa con Vlásich; no se justificaba, no decía que el matrimonio civil era mejor que el eclesiástico, no mostraba inquietud y se había quedado tranquilamente meditando en el caso de Olivier… ¿Y por qué habían sacado de pronto la conversación del francés?

—Los dos tienen la espalda mojada por la lluvia —dijo Zina, sonriendo alegremente, afectada por esta pequeña semejanza entre su hermano y Vlásich.

Y Piotr Mijáilich sintió toda la amargura y todo el horror de su situación. Recordó su casa vacía, el piano cerrado y la clara habitación de Zina, en la que nadie entraba ahora. Recordó que en las avenidas del jardín no había ya huellas de sus pies pequeños y que poco antes del té de la tarde ya no iba nadie a bañarse entre grandes risas. Aquello que más le atraía desde su más tierna infancia, en lo que le agradaba pensar sentado entre el pesado aire del aula —claridad, pureza, alegría—, todo cuanto llenaba la casa de vida y luz, se había ido para no volver, había desaparecido y se mezclaba con la grosera y torpe historia de un jefe de batallón, de un generoso teniente, de una mujer corrompida, del abuelo que se había pegado un tiro… Y empezar la conversación de la madre o imaginar que el pasado podía volver, significaría no comprender lo que estaba tan dado.

Los ojos de Piotr Mijáilich se llenaron de lágrimas y su mano, puesta sobre la mesa, tembló. Zina adivinó lo que él pensaba y sus ojos resplandecieron también con el brillo de las lágrimas.

—Ven aquí, Grigori —dijo a Vlásich.

Se retiraron a la ventana y empezaron a hablar en voz baja. Por la manera como Vlásich se inclinaba hacia ella y cómo ella miraba a Vlásich, Piotr Mijáilich comprendió una vez más que todo había acabado para siempre y no hacía falta hablar de nada. Zina se retiró.

—Verás, hermano —empezó Vlásich después de un breve silencio, frotándose las manos y sonriendo—: antes te decía que nuestra vida era feliz, pero lo hacía para someterme, por así decirlo, a las exigencias literarias. En realidad, todavía no hemos experimentado la sensación de la felicidad. Zina no cesaba de pensar en ti y en su madre, y se atormentaba; eso significaba un tormento para mí. Es un espíritu libre, decidido, pero con la falta de costumbre se le hace pesado, además de que es joven. Los criados la llaman señorita. Parece que es algo sin importancia, pero esto la preocupa. Así es, hermano.

Zina trajo un plato de fresas. Tras ella entró una pequeña doncella de aspecto sumiso. Puso en la mesa un jarro de leche y, antes de retirarse, hizo una inclinación muy profunda… Tenía algo de común con los viejos muebles, daba la sensación de algo estupefacto y aburrido.

La lluvia había cesado. Piotr Mijáilich comía fresas y Vlásich y Zina lo miraban en silencio. Se acercaba el momento de la conversación innecesaria pero inevitable, y los tres sentían ya su peso. Los ojos de Piotr Mijáilich se llenaron de nuevo de lágrimas; apartó el plato y dijo que ya era hora de volver, pues se le iba a hacer tarde y acaso empezase de nuevo la lluvia. Llegó el momento en que Zina, por razones de decoro, debía sacar la conversación sobre los suyos y su nueva vida.

—¿Qué hay en casa? —preguntó con frase rápida, y su pálido rostro tembló ligeramente—. ¿Y mamá?

—Ya la conoces… —contestó Piotr Mijáilich, apartando la vista.

—Petrusha, tú has pensado mucho en lo sucedido —siguió ella, agarrando a su hermano de la manga, y él comprendió lo difícil que le era hablar—. Has pensado mucho. Dime: ¿podemos esperar que mamá se reconcilie alguna vez con Grigori… y acepte toda esta situación?

Estaba junto a él, mirándolo a la cara, y él se asombró al verla tan hermosa y al pensar que nunca lo había advertido. Y el hecho de que su hermana, tan parecida físicamente a la madre, delicada y elegante, viviera en casa de Vlásich y con Vlásich, junto a aquella doncella, junto a la mesa de seis patas, en una casa donde habían matado a palos a un hombre, el hecho de que ahora no volviese con él a casa, sino que se quedase allí a dormir, le pareció un absurdo increíble.

—Ya conoces a mamá… —dijo, sin contestar a la pregunta—. A mi modo de ver, convendría observar… hacer algo, pedirle perdón…

—Pero pedir perdón significa admitir que hemos procedido mal. Para la tranquilidad de mamá, estoy dispuesta a mentir, pero esto no conducirá a nada. La conozco. En fin, ¡sea lo que sea! —añadió Zina, contenta de que lo más desagradable hubiese quedado dicho—. Esperaremos cinco años, diez, aguantaremos, y sea lo que Dios quiera.

Tomó a su hermano del brazo y, al pasar por la oscura antesala, se apretó a su hombro.

Salieron al portal. Piotr Mijáilich se despidió, montó a caballo y emprendió la marcha al paso. Zina y Vlásich siguieron con él para acompañarle un rato. Era una tarde apacible y tibia, y en el aire había un maravilloso olor a heno; en el cielo, entre las nubes, brillaban las estrellas. El viejo jardín de Vlásich, testigo de tantas historias penosas, dormía envuelto en la oscuridad, y al pasar por él se despertaba en el alma un sentimiento de melancolía.

—Zina y yo hemos pasado hoy, después de la comida, un rato verdaderamente magnífico —dijo Vlásich—. La he leído un excelente artículo sobre los emigrados. ¡Debes leerlo, hermano! ¡Te gustará! Es un artículo notable por su honradez. No he podido resistirlo y he escrito a la redacción una carta para que se la entreguen al autor. Una sola línea: "¡Le doy las gracias y estrecho su honrada mano!".

Piotr Mijáilich estuvo tentado de decir: "No te metas en lo que no te importa", pero guardó silencio.

Vlásich caminaba junto al estribo derecho y Zina junto al izquierdo. Los dos parecían haber olvidado que tenían que volver a casa, aunque había mucha humedad y quedaba ya poco hasta la arboleda de Koltóvich. Piotr Mijáilich se dio cuenta de que esperaban algo de él, aunque ellos mismos no sabían qué, y sintió por los dos una profunda piedad. Ahora, cuando marchaban junto al caballo pensativos y sumisos, tuvo la profunda convicción de que eran desgraciados y de que no podían ser felices, y su amor le pareció un error triste e irreparable. La piedad y la conciencia de que no podía hacer nada en su favor le produjo esa enervación en que, para evitar el fatigoso sentimiento de la compasión, uno está dispuesto a cualquier sacrificio.

—Vendré alguna vez a pasar la noche con ustedes.

Pero esto parecía como si hubiese hecho una concesión y no lo satisfizo. Al detenerse junto a la arboleda de Koitóvich para despedirse definitivamente, se inclinó hacia su hermana, puso la mano en su hombro y dijo:

—Tienes razón, Zina: ¡has hecho bien! Y, para no añadir nada más y no romper a llorar, dio un fustazo al caballo y se perdió al galope entre los árboles. Al entrar en la oscuridad, volvió la cabeza y vio que Vlásich y Zina regresaban a casa por el camino —él a grandes zancadas y ella como a saltitos— y conversaban animadamente.

"Soy una vieja —pensó Piotr Mijáilich—. Venía para resolver la cuestión y aún la he enredado más. Bueno, ¡que se queden con Dios!".

Se notaba apesadumbrado. Cuando terminó la arboleda puso el caballo al paso y luego, junto al estanque, lo detuvo. Sentía deseos de permanecer inmóvil y pensar. La luna había salido y se reflejaba como una columna rojiza al otro lado del estanque. A lo lejos retumbó el sordo estruendo del trueno. Piotr Mijáilich miraba sin pestañear el agua y se imaginaba la desesperación de su hermana, su dolorosa palidez y los secos ojos con que trataría de ocultar a la gente su humillación. Imaginó su embarazo, la muerte y el entierro de la madre, el horror de Zina… Porque la supersticiosa y orgullosa vieja no podía por menos de morirse. Los horribles cuadros del futuro se dibujaron ante él en la oscura superficie del agua, y entre las pálidas figuras de mujer se vio él mismo, pusilánime, débil, con la cara de quien se siente culpable…

A cien pasos de él, en la orilla derecha del estanque, había algo inmóvil y oscuro: ¿era una persona o un tronco de árbol? Piotr Mijáilich recordó lo del estudiante a quien habían arrojado a este estanque después de matarlo.

"Olivier fue inhumano, pero, después de todo, resolvió el problema, mientras que yo no he resuelto nada, no he hecho más que enredarlo", pensó, mirando la oscura silueta, que semejaba un aparecido. "Él decía y hacía lo que pensaba, y yo no digo ni hago lo que pienso. Ni siquiera sé de seguro lo que en realidad pienso…".

Se acercó a la negra silueta: era un viejo tronco podrido, lo único que quedaba de una antigua construcción.

De la arboleda y la hacienda de Koltóvich venía hasta él un fuerte perfume de muguete y de aromáticas hierbas. Piotr Mijáilich siguió a lo largo de la orilla del estanque, contemplando tristemente el agua, y al rememorar su vida se convenció de que hasta entonces no había dicho y hecho lo que pensaba, y que los demás le habían pagado con la misma moneda. Esto le hizo ver su vida entera tan sombría como aquella agua en que se reflejaba el cielo de la noche y se confundían las algas. Y le pareció que aquello no tenía remedio.

EL VENGADOR

Inmediatamente después de haber sorprendido a su mujer en el lugar de su delito, Fedor Fedorovich Sigaev se encontraba en el almacén de armas de Schmuks y C.ª eligiendo el revólver que mejor pudiera servirle. Su rostro expresaba ira, dolor y una decisión irrevocable.

"Sé lo que tengo que hacer —pensaba—. Cuando son profanados los fundamentos de la familia y el honor es pisoteado en el barro y triunfa el vicio…, yo, como ciudadano y como hombre honrado, debo ser el vengador. La mataré primero a ella, luego a su amante y después me mataré yo".

No había escogido todavía el revólver ni matado a nadie, cuando ya empezaba su imaginación a dibujarle tres cadáveres ensangrentados con los cráneos triturados y los sesos fluyendo… Barullo, tropeles de curiosos y autopsias.

Con la insana alegría del hombre ofendido, imaginaba el horror de los parientes y del público, la agonía de la traidora, y hasta le parecía leer ya con el pensamiento los artículos de primera plana comentando la descomposición de los fundamentos de la familia.

El dependiente del almacén, un tipo inquieto, afrancesado, de pequeño vientre y chaleco blanco, presentaba ante él los revólveres, y haciendo chocar los talones, decía sonriendo respetuosamente:

—Yo aconsejaría a *monsieur* que llevara este magnífico modelo del sistema Smith y Wesson. Es la última palabra en la ciencia de las armas.

Tiene tres propulsiones y extractor y puede disparársele desde seiscientos pasos. Llamo también la atención de *monsieur* sobre la limpieza de su acabado. Su sistema es el que está más de moda. Vendemos diariamente decenas de ellos, que se utilizan contra los bandidos, los lobos y los amantes. Su tiro es preciso y fuerte; alcanza grandes distancias y mata, atravesándolos, a la mujer y al amante. En cuanto a los suicidas, *monsieur*, no conozco para ellos mejor sistema.

Y el dependiente, apretando y soltando el gatillo, echándole el aliento al cañón y apuntando, parecía próximo a ahogarse de puro entusiasmo. A juzgar por la expresión admirada de su rostro, se sentiría uno dispuesto a pensar que él mismo, de buen grado, se hubiera pegado un tiro en la frente si hubiera poseído un revólver de tan maravilloso sistema como el Smith y Wesson.

—¿Y qué precio tiene? —preguntó Sigaev.

—Cuarenta y cinco rublos, *monsieur*.

—¡Hum!… ¡Es demasiado caro para mí!

—En tal caso, *monsieur*, puedo ofrecerle otro sistema más barato. Aquí está. Tenga la bondad de examinarlo. Tenemos un surtido enorme en distintos precios… Este revólver, por ejemplo, del sistema Lefauché que vale solamente dieciocho rublos; pero… —el dependiente hizo una mueca de desprecio— es un sistema, *monsieur*, ¡demasiado anticuado! Sólo lo compran ahora los pobres de espíritu y los psicópatas. Matarse o matar a la mujer con un Lefauché se considera ahora signo de mal tono… El buen tono admite únicamente el Smith y Wesson.

—No tengo necesidad de matarme ni de matar a nadie —mintió con acento sombrío Sigaev—. Lo compro sencillamente para tenerlo en el campo… Para asustar a los ladrones.

—A nosotros no nos interesa para qué lo compra —sonrió el dependiente bajando modestamente los ojos—. Si en cada caso fuéramos a buscar los motivos, tendríamos que haber cerrado la tienda. Para asustar a los cuervos, *monsieur*, el Lefauché no sirve, porque hace un ruido sordo y a la vez fuerte. Yo lo propondría que llevara una pistola Mortimer corriente de las llamadas para duelos.

—¿Y si le provocara en duelo? —pasó por la cabeza de Sigaev—. Pero no… Sería demasiado honor… "A estas bestias hay que matarlas como a perros…".

El dependiente, dando graciosas vueltas y pequeños pasitos y sin dejar de sonreír y de charlar, expuso ante él todo un montón de revólveres. El Smith y Wesson era el de aspecto más codiciable y sólido. Sigaev tomó uno de estos entre sus manos, fijó la mirada en él y se quedó ensimismado. Su imaginación le presentaba a sí mismo destrozando un cráneo, fluyendo sangre cual un río sobre el tapiz y el parqué, y a la traidora, moribunda, agitando un pie convulsivamente… Pero para su alma indignada esto era poco. Los cuadros de sangre, los sollozos, el espanto, no le satisfacían; había que pensar en algo más terrible.

"Esto es lo que haré —pensó—. Le mataré y me mataré; pero a ella…, a ella la dejaré vivir. ¡Que muera de remordimiento y con el desprecio de cuantos la rodean! Esto, para una naturaleza nerviosa como la suya, será un martirio mayor aún que la muerte".

Y comenzó a imaginar su propio entierro. El ofendido tendido en el ataúd, con una sonrisa bondadosa en los labios… Ella, pálida, torturada por el remordimiento, caminando tras el féretro, como una Níobe y no sabiendo cómo ocultarse a las miradas despreciativas y aniquiladoras que sobre ella arroja una muchedumbre indignada…

—Veo, *monsieur*, que le gusta el Smith y Wesson —dijo el dependiente, interrumpiéndole en su ensueño—. Si lo encuentra caro, le rebajaría cinco rublos, aunque tenemos otros sistemas más baratos.

La figurilla afrancesada giró graciosamente y cogió de la estantería una nueva decena de estuches con revólveres.

—He aquí otro, *monsieur*. Su precio es de treinta rublos. No es caro si se tiene en cuenta que el cambio ha bajado terriblemente y que los derechos de aduanas suben cada día más… Le juro, *monsieur*, que soy conservador; sin embargo, ya empiezo a protestar. ¡Calcule que el cambio y la tarifa de aduanas son la causa de que ahora sólo los ricos puedan adquirir armas!

Para los pobres no quedan más que las armas de Tula y los fósforos. ¡Y la armas de Tula son una desdicha! Pretende uno disparar un arma de Tula sobre su mujer y sólo consigue hacer blanco en la propia paletilla…

Sigaev experimentó de pronto un sentimiento ofensivo y triste ante la idea de morir él y no ver los sufrimientos de la traidora. Sólo es dulce la venganza cuando existe la posibilidad de ver y tocar sus frutos. Pues ¿y qué sentido tendría el que él estuviese tendido en el ataúd sin darse cuenta de nada?

"¿Y si hiciera esto?… Matarle a él, ir a su entierro, verlo todo y matarme yo después… Sí; pero… antes del entierro me meterían preso y me quitarían el arma… Bien… Lo que haré será matarle y dejar que ella siga viviendo. Y…, hasta que pase cierto tiempo, no me mataré; iré a la cárcel. Para matarme siempre estoy a tiempo. El estar arrestado es todavía mejor, porque así, al prestar declaración, tendré la posibilidad de demostrar ante el poder y ante la sociedad toda la bajeza de su comportamiento. Si me matara, ella, con su carácter embustero, engañoso y desvergonzado, me echaría la culpa de todo, y la sociedad la absolvería de su hecho…; pero, por otra parte, quizá se ría de mí si sigo con vida… Entonces…".

Un minuto después pensaba:

"Sí… Tal vez me acusen de mezquindad de sentimientos si me mato… Y, además…, ¿para qué matarme? Esto, en primer lugar. En segundo…, matarme significa cobardía. Luego, entonces, lo que haré será matarle a él, dejarla vivir a ella e ir yo a la cárcel. Me juzgarán y ella figurará como testigo… ¡Habrá que ver su azoramiento, su vergüenza cuando tenga que prestar declaración ante mi abogado! ¡Por supuesto, las simpatías del tribunal, del público y de la Prensa estarán de mi lado…!".

Mientras así cavilaba, el dependiente continuaba exponiendo su mercancía y consideraba deber suyo entretener al comprador.

Vea aquí otros, ingleses de nuevo sistema, que hemos recibido hace poco. Pero le prevengo, *monsieur*, que todos los sistemas palidecen ante el Smith y Wesson. Seguramente habrá usted leído uno de estos días que un militar que había comprado en nuestra casa un revólver del sistema Smith y Wesson, disparó sobre el amante… ¿Y qué se figura usted que pasó?… La bala atravesó primero el amante, alcanzó después la lámpara de bronce, luego el piano de cola y desde el piano de cola, de una carambola, mató a un pequinés y rozó a la mujer… El efecto fue brillante y hacía honor a nuestra firma. El militar está ahora arrestado… ¡Seguramente le condenarán a trabajos forzados!… En primer lugar, porque tenemos leyes muy anticuadas, y, en segundo, porque ya se sabe que el tribunal toma siempre partido por el amante. ¿Por qué?… Muy sencillo, *monsieur*: porque también el jurado, los jueces, el procurador y el defensor se entienden con esposas ajenas, y es más tranquilo para ellos que en Rusia haya un marido menos. A la sociedad le encantaría que el Gobierno desterrara a todos los maridos a la isla Sajalín. ¡Ay, *monsieur*! ¡No puede imaginarse usted la indignación que despierta en mí este derrumbamiento de las costumbres morales contemporáneas!… ¡En estos tiempos, amar a las esposas ajenas agrada tanto como fumar cigarrillos ajenos y leer libros ajenos! Año por año nuestro comercio decae, pero ello no significa que haya menos amantes…, significa que los maridos llegan a reconciliarse con su situación y tienen miedo a los trabajos forzados —y el dependiente, mirando a su alrededor, murmuró—: ¿Y quien es el responsable, *monsieur*?… ¡El Gobierno!

"¡Por culpa de un cerdo ir a parar a Sajalín… no, tampoco es sensato! —reflexionó Sigaev—. Si me mandan a trabajos forzados, sólo conseguiré dar a mi mujer la posibilidad de casarse otra vez y de engañar a su segundo marido. ¡La que entonces saldrá triunfante será ella!… No. Lo que haré entonces es esto: dejarla vivir, no matarme ni matarle a él. Hay que idear algo más cuerdo y sentimental. Los castigaré con mi desprecio, y entablaré un escandaloso proceso de divorcio…".

—Aquí tiene, *monsieur*, un nuevo sistema —dijo el dependiente cogiendo de la estantería una docena más de revólveres—. Llamo su atención sobre el original mecanismo del cierre…

Pero una vez tomada aquella decisión, Sigaev ya no necesitaba revólver; en cambio, el dependiente, cada vez más inspirado, no cesaba de exponer ante él sus artículos de venta. El agraviado marido comenzó a avergonzarse de que por su culpa el dependiente estuviera trabajando en vano, entusiasmándose y perdiendo el tiempo.

—Bien… —masculló—. Lo mejor será que vuelva más tarde o que envíe a alguien…

Aunque no veía la expresión del rostro del dependiente, comprendió, sin embargo, que para suavizar un poco la violencia de la situación no había más remedio que comprar algo. Pero ¿qué?… Sus ojos recorrieron las paredes de la tienda en busca de alguna cosa más barata, y se detuvieron en una red de color verde colgada junto a la puerta.

—¿Y eso?... ¿Qué es eso? —preguntó.

—Es una red para cazar codornices.

—¿Y qué precio tiene?

—Ocho rublos, *monsieur*.

—Pues envuélvamela.

El marido ofendido pagó los ocho rublos, cogió la red, y cada vez más ofendido, salió de la tienda.

LOS VERANEANTES

Por el andén de cierto punto de veraneo, hacia arriba y hacia abajo, paseaba una parejita de recién casados. Él la sostenía por el talle; ella se ceñía contra él y ambos se sentían felices. La luna, por entre los jirones de nubes, les miraba frunciendo el entrecejo. Con seguridad sentía envidia y enojo por su aburrida y forzosa virginidad. El aire inmóvil estaba impregnado de olor a lilas y acacias. Al otro lado de la vía, lanzaba un pájaro agudos sonidos.

—¡Qué bien se está aquí, Sascha! —decía la recién casada—. ¡Decididamente, podía pensarse que estábamos soñando! ¡Fíjate en el modo acogedor y cariñoso con que nos contempla ese pequeño bosque! ¡Mira qué simpáticos son estos sólidos y callados postes telegráficos!… Con su presencia, Sascha, dan vida al paisaje y nos hablan de que allá…, en alguna parte…, existen otras gentes…, hay una civilización… ¿Acaso no te gusta sentir cómo llega débilmente a tu oído el ruido de un tren que pasa?

—Sí; pero…; ¡qué manos tan calientes tienes! Eso es que te agitas, Varia… ¿Qué tenemos hoy de cena?

—Tenemos okroschka y pollo. Es suficiente un pollo para los dos; y para ti he traído de la ciudad sardinas y pescado ahumado.

La luna, escondiéndose detrás de una nube, hizo un guiño, como si hubiera tomado rapé. Sin duda, el espectáculo de la humana felicidad le recordaba su propia soledad…, su lecho solitario tras los montes y los valles…

—¡Viene un tren! —dijo Varia—. ¡Qué gusto!

En la lejanía surgieron tres ojos de fuego, y el jefe del apeadero salió al andén. Sobre los rieles, de aquí para allá, corrieron las luces de los guardavías.

—Despediremos al tren y nos iremos a casa —dijo Sascha bostezando—. ¡Qué bien vivimos juntos, Varia; tan bien que uno mismo no se lo puede creer!

El oscuro mosntruo se arrastró sin ruido hasta el andén y se detuvo. Por las ventanillas de los vagones, medio iluminados, se vieron desfilar rostros soñolientos, sombreros, hombros…

—¡Mira! —se oyó exclamar desde uno de los vagones—. ¡Es! ¡Varia! ¡Y su marido! ¡Salieron a esperarnos! ¡Aquí están! ¡Vareñka!… ¡Vareñka!… ¡Eh!

Dos niñas saltaron del vagón y se colgaron del cuello de Varia. Tras ellas descendieron una señora gorda, de edad avanzada, y un caballero, alto y delgado, de patillas canosas. Después, dos colegiales cargados de equipaje; detrás, la institutriz, y, por último, la abuela.

—¡Aquí nos tienes! ¡Aquí nos tienes, amiguito! —empezó a decir el señor de las patillas, estrechando la mano de Sascha—. Con seguridad lleváis mucho tiempo esperándonos. ¡Como si lo viera, estabas ya reprochando a tu tío el que no llegara! ¡Kolia!... ¡Kostia!... ¡Niña!... ¡Fifa!... ¡Hijos!... ¡Abrazad a vuestro primo Sascha!... Hemos venido toda la familia a veros y a pasar tres o cuatro días con vosotros. Espero que no os molestaremos... ¡Tú, haz el favor de no gastarnos ceremonias!

Ante la llegada del tío y de toda su familia, el matrimonio quedó aterrado. Mientras el primero hablaba y repartía besos, pasó raudo el siguiente cuadro por la imaginación de Sascha: Veíase a sí mismo y a su mujer ofreciendo a los invitados sus tres habitaciones, sus cojines, y sus mantas. Veía el pescado ahumado, las sardinas y el okroschka devorados en un segundo... A los primos, cotando las flores, vertiendo la tinta... A la tía, hablando solamente, el día entero, de sus enfermedades (su solitaria y su dolor de estómago) y de que por su nacimiento era baronesa Fintij... Sascha empezó a mirar con odio a su joven esposa y le murmuró al oído:

—¡Han venido a verte a ti! ¡Que se vayan al diablo!

—¡No!..., ¡a ti! —contestaba ella, mirándole a su vez con aborrecimiento y maligna expresión.

—¡No son mis parientes, sino los tuyos!... —y volviéndose hacia los huéspedes los invitó con la más amable de las sonrisas—. ¡Vengan, por favor!...

Por detrás de una nube asomó lentamente la luna. Parecía sonreír... Parecía agradarle no tener parientes...

Sascha volvía la cabeza para ocultar a los invitados sus desesperados e irritado semblante; pero repetía, haciendo esfuerzos para dar a su voz acentos de alegría y benignidad:

—¡Vengan, por favor!... ¡Vengan, por favor..., queridos huéspedes!

VEROCHKA

Iván Alekséich Ognev recuerda cómo en aquella noche de agosto abrió, haciéndola sonar, la puerta de vidrio y salió a la terraza. Llevaba puestos entonces una liviana capa con esclavina y un sombrero de paja de anchas alas, el mismo que está tirado ahora en el polvo, bajo la cama, junto con las botas de montar. En una mano tenía un gran atado de libros y cuadernos, en la otra, un grueso y nudoso bastón. En la habitación, cerca de la puerta, iluminándole el camino con la lámpara, quedaba de pie el dueño de La casa, Kuznetsov, un viejo calvo de larga barba canosa y vestido con una chaqueta de piqué blanca como la nieve. El viejo sonreía afablemente e inclinaba la cabeza.

—¡Adiós, viejecito! —le gritó Ognev.

Kuznetsov dejó la lámpara sobre la mesa y salió a la terraza. Dos sombras, largas y estrechas avanzaron por los escalones hacia los canteros, tambalearon y apoyaron las cabezas en los troncos de los tilos.

—¡Adiós, amigo, y gracias una vez más! —dijo Iván Alekséich—. Gracias por su bondad, por sus atenciones, por su cariño… Nunca en mi vida olvidaré vuestra hospitalidad. Tanto usted como su hija son buenas personas y toda la gente es aquí bondadosa, alegre y atenta… Una gente tan magnífica que ni siquiera puedo expresarlo en debida forma.

Por causa de la emoción y bajo la influencia del licor casero que acababa de beber, Ognev hablaba con cantarina voz de seminarista y estaba tan conmovido que expresaba sus sentimientos no tanto con palabras cuanto con pestañeo y movimiento de hombros. Kuznetsov, asimismo algo bebido, y conmovido, abrazó al joven y lo besó.

—Me acostumbré a esta casa como un perro —prosiguió Ognev—. Venía casi todos los días, unas diez veces pasé la noche aquí, y he tomado tanto licor que ahora da miedo recordarlo. Pero lo fundamental por lo que yo agradezco, Gavril Petróvich, es su colaboración y su ayuda. Si no fuera por usted, yo hubiera tenido que trabajar en mis estadísticas por lo menos hasta octubre. Y así lo pondré en el prefacio; considero un deber expresar mi gratitud al presidente de la Dirección Rural del distrito N., señor Kuznetsov, por su gentil colaboración. ¡La estadística tiene un brillante futuro! Trasmítale a Vera Gavrílovna mi profunda reverencia, y en cuanto a los médicos, a los jueces, a los dos jueces de instrucción y a su secretario, dígales que jamás olvidaré la ayuda que me han prestado. ¡Y ahora, amigo mío, venga el último abrazo!

El emocionado Ognev besó una vez más al anciano y comenzó a bajar la escalera. En el último peldaño se volvió y preguntó:

—¿Nos volveremos a ver algún día?

—¡Vaya uno a saberlo! —respondió el viejo—. Probablemente, nunca.

—Es verdad. A usted, ni aun regalándole roscas, se le podrá convencer para que vaya a Petersburgo; y en cuanto a mi, es difícil que yo venga a parar otra vez a este distrito. ¡Bueno, adiós!

—¿Por qué no deja sus libros aquí? —gritó Kusnetsov—. ¡Qué gana tiene de llevar semejante peso! ¡Mañana se los mando con un ordenanza!

Pero Ognev no escuchaba ya y se alejaba rápidamente de la casa. Su corazón, animado por el vino, estaba alegre, cálido y, al mismo tiempo, triste… Caminando, pensaba en lo frecuentes que eran los encuentros con gente buena y que era de lamentar que esos encuentros no dejaran más que unos recuerdos. Ocurre a veces que en el horizonte aparecen las grullas: una débil brisa trae su grito quejumbroso y exaltado, pero al cabo de un minuto, por más que uno escudriñe la lejanía celeste, no verá un punto ni oirá sonido alguno; asimismo las personas, con sus rostros y con sus palabras, pasan fugaces por nuestra vida y se sumergen en el pasado, sin dejar más que unas leves huellas en la memoria. Residiendo en el distrito de N. a partir del comienzo mismo dé la primavera y visitando casi todos los días la hospitalaria casa de los Kuznetsov, Iván Alekséich se habituó al viejo, a su hija y a la servidumbre; llegó a conocer todos los detalles de la finca, la acogedora terraza, las curvas de las alamedas, los contornos de los árboles encima de los baños y de la cocina, pero ahora mismo atravesará la portezuela del jardín y todo ello se convertirá en un recuerdo y perderá para siempre su importancia real; Pasarán uno o dos años y todas estas queridas imágenes se tornarán opacas en la mente y quedarán igualadas con las invenciones y los frutos de la fantasía.

“¡Nada en la vida es más valioso que la gente! —pensaba Ognev, enternecido, caminando por la alameda hacia la salida—. ¡Nada!”.

El jardín estaba quieto y tibio. Olía a reseda, a tabaco y a heliotropo, que florecían ano en los canteros. Los espacios entre los arbustos y entre los troncos de los árboles se hallaban llenos de niebla, transparente y suave, impregnada de luz lunar; y lo que quedó grabado en la memoria de Ognev eran los jirones de niebla que sigilosamente, pero de manera visible, como fantasmas, atravesaban las alamedas, uno tras otro. La luna estaba en lo alto, sobre el jardín, mientras por debajo de ella pasaban flotando hacia el este nebulosas manchas. Al parecer, todo el universo se componía de siluetas negras y errantes sombras blancas; y Ognev, que contemplaba la niebla en una noche de luna de agosto poco menos que por primera vez en su vida, pensaba que en lugar de la naturaleza estaba viendo unos decorados y que torpes pirotécnicos, ocultos tras los arbustos, al intentar la iluminación del jardín con blancas luces de bengala, también humo blanco.

Cuando Ognev se acercaba a la portezuela del jardín, una sombra oscura separóse de la baja empalizada y se dirigió a su encuentro.

—¡Vera Gavrilovna! —se alegro él—. ¿Usted por aquí? Yo la estuve buscando por todas partes; quería despedirme… ¡Adiós, me voy!

—¿Tan temprano? No son más que las once.

—Es hora de que me vaya. Tengo que caminar cinco verstas y luego debo todavía hacer mi equipaje. Además, mañana hay que levantarse temprano…

Ante Ognev estaba la hija de Kuznetsov, Vera, una joven de 21 años, habitualmente triste, vestida con cierta negligencia e interesante. Las jóvenes que sueñan mucho, que pasan días enteros recostadas perezosamente, leyendo todo lo que cae en sus manos, y que se sienten aburridas y tristes, por lo general, suelen vestirse con negligencia. A las que poseen el don natural del gusto y el instinto de la belleza, esa leve negligencia en el vestir les otorga un encanto especial. Por lo menos, Ognev, recordando más tarde a la bonita Vérochka, no se la podio imaginar sin su amplia chaquetilla que formaba profundos pliegues junto al talle y sin embargo no lo rozaba; sin su rizo, escapado del alto peinado y colgado sobre la frente; sin aquel chal rojo con pompones de lana en los bordes, que por las noches pendía tristemente del hombro de Vérochka, cual bandera en un día apacible, mientras que de día estaba tirado en el vestíbulo, junto con los sombreros masculinos, o bien en el comedor sobre un baúl donde dormía, sin ceremonias, la vieja gata. Este chal y los pliegues de la chaquetilla exhalaban un soplo de desperezada libertad, de buena vecindad y de bien. Quizá porque Vera agradase a Ognev, éste, en cada botón y en cada volante sabía leer algo cálido, confortable algo bueno y poético, es decir todo aquello de lo que carecen las mujeres insinceras, frías y desposeídas del sentido de la belleza.

Vérochka era esbelta; tenía un perfil regular y hermoso cabello ondulado. A Ognev, quien no había visto en su vida muchas mujeres le parecía una beldad.

—¡Me voy! —decía, despidiéndose de ella junto a la portezuela—. ¡No me guarde rencor! ¡Gracias por todo!

Con la misma voz cantarina de seminarista con la cual hablaba con el anciano; parpadeando y moviendo los hombros como lo hacía antes se puso a dar las gracias a Vera por la hospitalidad, el cariño y las atenciones recibidas.

—En cada carta escribía a mi madre acerca de usted —le decía—. Si todos fuesen como usted y su papá, la vida sería una fiesta. ¡Toda esta gente es magnífica! Son personas sencillas, cordiales, sinceras.

—¿Para dónde parte usted ahora? —preguntó Vera.

—Ahora iré a ver a mi madre, en Orel; me quedaré allí un par de semanas y luego volveré a mi trabajo, en Petersburgo.

—¿Y luego?

—¿Luego? Trabajaré todo el invierno, y en primavera viajaré de nuevo a alguna provincia para juntar datos. Bueno, le deseo muchas felicidades y que viva cien años… No me guarde rencor. No nos veremos más…

Ognev se inclinó y besó la mano de Vérochka. Luego, embargado por una silenciosa emoción, acomodó su capa, ajustó el atado de libros, calló durante un rato y dijo:

—¡Cuánta niebla!

—¿No olvidó usted nada en nuestra casa?

—¿Qué cosa podría ser? Parece que nada…

Ognev se quedó callado unos segundos más, luego se volvió torpemente hacia la puerta y salió del jardín.

—Espere, lo acompañaré hasta nuestro bosque —dijo Vera, saliendo tras él.

Marcharon por el camino. Los árboles no ocultaban ya el espacio y se podía ver el cielo y la lejanía. Como cubierta por un velo, toda la naturaleza se escondía tras una bruma transparente, a través de la cual asomaba alegremente su belleza; donde la niebla era más espesa y mas blanca, sus jirones se recostaban en capas irregulares entre las gavillas y los arbustos o bien atravesaban el camino, arrastrándose al ras de la tierra, como si trataran de no esconder el espacio. A través de la bruma veíase todo el camino hasta el bosque, con oscuras zanjas a sus costados y con pequeños arbustos que no dejaban a los jirones de niebla vagar libremente por el camino. A media versta de distancia extendíase la oscura franja del bosque que pertenecía a Kuznetsov.

"¿Por qué habrá venido conmigo? ¡Luego tendré que acompañarla de vuelta!" —pensó Ognev, pero, después de mirar el perfil de Vera sonrió, afable, y dijo:

—Con un tiempo tan hermoso uno no tiene ganas de partir. En verdad, la noche es romántica; hay luna, hay silencio y todo lo demás. ¿Sabe, Vera Gavrílovna? Ya van veintinueve años que yo vivo en este mundo, pero no he tenido un romance hasta ahora. En toda mi vida no hubo una sola historia romántica, de modo que las citas, las alamedas de suspiros y de besos son cosas que yo conozco sólo de nombre. ¡Eso es anormal! En la ciudad, cuando uno está encerrado en su cuarto, esta laguna no se nota tanto, pero aquí al aire libre, se hace sentir con fuerza… ¡Hasta causa cierto fastidio!

—¿Y por qué le fue así?

—No lo sé. Probablemente porque nunca he tenido tiempo o, quizá, porque no tuve oportunidad de encontrarme con mujeres que… En general, tengo pocos conocidos y no voy a ninguna parte.

Los jóvenes caminaron en silencio unos trescientos pasos. Ognev miraba de vez en cuando la, cabeza descubierta y el chal de Vérochka, y en su mente renacían, uno tras otro, los días de primavera y de verano; era una época en la que, lejos de su grisáceo cuarto de Petersburgo y gozando con las atenciones de tan buena gente, con la naturaleza y con el trabajo predilecto, no se daba cuenta cómo los crepúsculos de la noche reemplazaban las albas matutinas y cómo uno tras otro, cesaban de cantar, profetizando el fin del verano, primero el ruiseñor, luego la codorniz y algo más tarde el rascón… El tiempo pasaba sin que él lo hubiera notado y ello significaba una vida buena y fácil… Se puso a recordar en voz alta la poca gana que tenía él —hombre de escasos recursos y poco dado a hacer viajes y tratar a la gente— de partir a fines de abril al distrito N., donde esperaba encontrar aburrimiento, soledad e indiferencia hacia la estadística, la cual, según su opinión, se colocaba en el lugar más destacado entre las ciencias. Al llegar en una mañana de abril a la pequeña ciudad del distrito N., se alojó en el hospedaje del *starover* Riabugin, casa donde por veinte kopecs diarias le dieron una habitación soleada, limpia, con la condición de que fumara afuera. Después de descansar y habiendo averiguado quién era el presidente de la Dirección Rural del distrito, se dirigió sin tardanza a la casa de Gavril Petróvich. Tuvo que caminar cuatro verstas atravesando magníficas prados y jóvenes bosquecillos. Bajo las nubes, inundando el aire de sonidos argentinos, vibraban las alondras, sobre los verdes sembrados, agitando las alas en forma circunspecta y concienzuda, volaban los grajos.

—¡Dios mío! —se sorprendía entonces Ognev—. ¿Será posible que aquí siempre se respire este aire? ¿O, quizás, sólo hoy huele tan bien, en honor de mi llegada?

Esperando un recibimiento seco y oficial, entró a la casa de Kuznetsov con cierta timidez, frunciendo el ceño y sobando su barbita. Al principio el viejo arrugaba la frente sin entender para qué el joven con su estadística, necesitaba de la Dirección Rural, pero cuando Ognev se hubo explayado detalladamente acerca de]os materiales de estadística y de la manera de reunirlos Gavril Petróvich se animó, comenzó a sonreír y con una curiosidad infantil se puso a hojear sus cuadernos… El mismo día, por la noche Iván Alekséich ya estaba cenando en casa de Kuznetsov; sentíase rápidamente embriagado por el fuerte licor casero y contemplando los tranquilos rostros y los pausados ademanes de sus nuevos conocidos, sentía en todo su cuerpo una dulce languidez y ganas de dormir, de desperezarse y de sonreír. Los nuevos conocidos lo miraban, entretanto, con benévola curiosidad y le preguntaban si sus padres vivían, cuánto ganaba por mes, si iba al teatro con frecuencia o no...

Ognev recordó sus viajes por diversos departamentos de la región, los picnics, la pesca, la excursión, en sociedad, al monasterio femenino, donde la madre superiora regaló a cada uno de los visitantes un monedero de abalorios; recordó las interminables y acaloradas discusiones, puramente rusas, en las que los hombres, golpeando la mesa con los puños, no se entienden e interrumpen unos a otros, se contradicen sin darse cuenta en cada frase a cada rato cambian el tema y, después de discutir dos o tres horas se echan a reír:

—¡Al diablo con la discusión! ¡Comenzamos bailando y terminamos llorando!

—¿Recuerda cuando usted, el doctor y yo fuimos a caballo hasta Shestovo? —decía Iván Alekséich a Vera, acercándose junto con ella al bosque—. Encontramos entonces en el camino a un mendigo adivino. Le di una moneda de cinco kopecs y él se santiguó tres veces y arrojó la moneda al centeno. ¡Ah, Señor, me llevo tantas impresiones que si se pudiera juntarlas en una sola masa compacta resultaría un buen lingote de oro! No comprendo, ¿por qué las personas inteligentes y sensibles se apretujan en las capitales y no vienen acá? ¿Acaso en la avenida Nevsky y en las grandes y húmedas casas hay más espacio y más verdad que aquí? Por cierto, nuestros cuartos amueblados, desde arriba hasta abajo llenos con pintores, sabios y periodistas, me parecían siempre un prejuicio.

A veinte pasos del bosque, había en el camino un estrecho puentecillo, con puntales en las esquinas que siempre servía a los Kuznetsov y a sus huéspedes como una pequeña estación durante sus paseos nocturnos. Desde allí, los que deseaban hacerlo podían burlarse del eco del bosque; desde allí se veía también el camino perderse en un oscuro atajo.

—¡Aquí está el puente! —dijo Ognev—. Debe usted volver ahora...

—Sentémonos un poco —respondió ella, sentándose en uno de los puntales—. Antes de la partida, al despedirse, generalmente todo el mundo se sienta.

Se trata de una antigua costumbre rusa.

Ognev se acomodó junto a ella sobre su atado de libros y continuó hablando. Ella jadeaba a causa de la caminata y no miraba a Iván Alekséich sino hacia el otro lado, de modo que él no veía su cara.

—Y, de repente, al cabo de unos diez años nos encontraremos —decía él—. ¿Cómo seremos en aquel entonces? Usted será una estimada madre de familia, y yo, autor de una estimada e inútil compilación de estadísticas voluminosa como cuarenta mil compendios. Nos encontraremos y recordaremos el pasado... Ahora sentimos el presente, que nos impregna y nos emociona, pero entonces, cuando nos encontremos no nos acordaremos más de la fecha, ni del mes ni siquiera del año en que nos vimos por última vez en este puente. Usted, quizás, cambie... Escuche, ¿cambiará usted?

Vera se estremeció y volvió el rostro hacia él.

—¿Cómo? —preguntó.

—Le preguntaba si...

—Perdone, no sé lo que usted me decía.

Sólo en ese momento Ognev observó el cambio ocurrido en Vera.

Estaba pálida, jadeaba, y el temblor de su respiración se comunicaba a sus manos, a sus labios y a su cabeza, y de su peinado escapaba hacia la frente no un mechón, como siempre, sino dos... Por lo visto, evitaba mirar a los ojos y, tratando de ocultar su emoción, ya arreglaba el cuello, como si éste la estuviera incomodando, ya pasaba su chal rojo de un hombro al otro...

—Parece que tiene frío —dijo Ognev—. No le hace muy bien eso de estar sentada en la niebla.

Vera callaba.

—¿Qué tiene? —sonrió Iván Alekséich—. Usted calla y no contesta las preguntas. ¿No se siente bien o está enfadada? ¿Eh?

Vera apretó con fuerza la palma de la mano contra la mejilla vuelta hacia Ognev, pero en seguida la retiró bruscamente.

—Es una situación terrible... —susurró con una expresión de dolor en la cara—. ¡Terrible!

—¿Por qué terrible? —preguntó Ognev, encogiéndose de hombros y sin ocultar SU sorpresa—. ¿De qué se trata?

Con la respiración entrecortada aún y estremeciéndose, Vera le volvió la espalda, miró medio minuto al cielo y dijo:

—Tengo que hablar con usted, Iván Alekséich...

—La escucho.

—A usted le parece extraño... puede ser que se sorprenda, pero me da lo mismo...

Ognev volvió a encogerse de hombros y se dispuso a escuchar.

—Es que... —comenzó diciendo Vérochka, inclinando la cabeza y sobando con los dedos el pompón del chal—. Vea, lo que yo quería decirle... A usted le parecerá extraño y tonto, pero... no puedo más.

Las palabras de Vera se convirtieron en un balbuceo poco claro, que terminó en llanto. La joven se cubrió la cara con el chal, se inclinó más ano y rompió a llorar con amargura. Iván Alekséich tosió, confundido y sorprendido, y, sin saber qué decir ni qué hacer, miró en su derredor con expresión de desesperanza. Como no estaba acostumbrado al llanto y a las lágrimas, él mismo sintió picazón en los ojos.

—Bueno, bueno... —balbuceó, desconcertado—. Vera Gavrílovna, ¿para qué sirve eso, se puede saber? Palomita, ¿está usted... enferma? ¿Alguien la ha ofendido? Dígamelo; puede ser que yo... este... a lo mejor, podré ayudarla...

Cuando, al tratar de consolarla, él se permitió separar cuidadosamente las manos de ella de la cara Vera le sonrió a través de las lágrimas y dijo:

—Yo... ¡Yo lo amo!

Estas palabras, simples y corrientes, fueron dichas en un lenguaje sencillo y humano, pero Ognev, muy confundido, se apartó de Vera, se levantó y, tras la confusión, sintió miedo.

El triste y sentimental estado de ánimo que le habían producido la despedida y el licor, desapareció de golpe, cediendo lagar a una desagradable y aguda sensación de molestia. Como si el alma se hubiera dado vuelta en él, miraba a Vera de reojo, y ella, que después de su declaración amorosa se había despojado de su inabordabilidad que tanto adorna a la mujer, le parecía ahora más baja de estatura, más simple, mas oscura.

"¿Qué es esto? —pensó con terror para sus adentros—. Y yo, pues... ¿la amo o no? ¡Qué problema!".

Vera entretanto después de haber dicho lo principal y lo más difícil respiraba ya libremente, sin ninguna dificultad. Ella se levantó también, mirándolo, se puso a hablar rápidamente, de manera cálida e incontenible.

Así como la persona asustada de golpe no puede más tarde recordar en qué orden sucedieron los sonidos de la catástrofe que lo había aturdido, Ognev no recuerda las palabras y las frases de Vera. Sólo recuerda el contenido de su discurso, a ella misma y la sensación que producían en él sus palabras. Recuerda su voz, como apagada, algo ronca a causa de la emoción y una extraordinaria música y el apasionamiento en las entonaciones. Llorando, riendo, dejando brillar las lágrimas en sus pestañas, le contaba que desde los primeros días él la había impresionado por su originalidad, inteligencia, con sus bondadosos ojos, con sus propósitos e ideales en la vida; que había empezado a amarlo profundamente, con pasión y con locura; que cuando en verano, al pasar a veces del jardín a la casa, notaba en el vestíbulo su capa o, desde lejos, oía su voz, el corazón se le llenaba de un fresco y estremecedor presentimiento de dicha; sus bromas, acaso insignificantes, la hacían reír a carcajadas; en cada cifra de sus cuadernos se le aparecía algo excepcionalmente sagaz y grandioso, su bastón nudoso era para ella más hermoso que los árboles.

El bosque, los jirones de niebla y las negras zanjas a la vera del camino parecían enmudecer escuchándola, pero en el alma de Ognev ocurría algo penoso y extraño... Al declararle su amor, Vera estaba seductoramente bella; también sus palabras fluían bellas y apasionadas, pero él no experimentaba el goce ni la alegría de vivir, como le hubiera gustado sino tan sólo un sentimiento de piedad hacia Vera, el dolor y la compasión por haber hecho sufrir a una buena persona. Dios sabe si era su mente libresca la que había alzado su voz o bien se había hecho sentir su irresistible hábito de objetividad que tan a menudo impide vivir a la gente; lo cierto es que el entusiasmo y el sufrimiento de Vera le parecían exagerados y poco serios, a pesar de que el sentimiento se indignaba en él, susurrándole que todo lo que él estaba viendo y oyendo en aquel momento era, desde el punto de vista de la naturaleza y de la felicidad personal, más serio que las estadísticas, los libros y las verdades... Y, enojado, se culpaba a sí mismo, aunque sin entender en que, precisamente consistía su culpa.

Para colmo de su confusión, decididamente no sabía qué decir, no obstante lo cual era indispensable decir algo. No tenía fuerzas suficientes para decir directamente "no la amo", pero tampoco podio decir "sí", ya que, por más que hurgara, no encontraba en su alma ni siquiera una chispa...

Y mientras él callaba, Vera le aseguraba que no había mayor felicidad para ella que la de verlo, seguirlo a donde él quisiera ir, ser su mujer y ayudante y que se moriría de pena si se marchara sin ella...

—¡No puedo quedarme aquí! —dijo, retorciéndose las manos—. Estoy harta de la casa, del bosque y de este aire. No soporto la continua calma y una vida sin objetivo: no soporto a nuestra gente descolorida y pálida, entre la cual todas se parecen uno al otro como dos gotas de agua. Todos son cordiales y benévolos porque están satisfechos, no sufren, no luchan... Y yo, precisamente quiero vivir en grandes casas húmedas, donde la gente sufre, agobiada por el trabajo y la miseria...

También eso le pareció a Ognev exagerado y falto de seriedad. Cuando Vera hubo terminado de hablar, él no sabía qué decir, pero resultaba imposible seguir callado y balbuceó:

—Le estoy agradecido. Vera Gavrílovna, aunque se que no merezco un… sentimiento de esa índole… de su parte. En segundo lugar, como hombre honesto debo decir que… la felicidad se basa en el equilibrio, es decir, cuando ambas partes… se amen de la misma manera…

En seguida, empero, Ognev se sintió avergonzado de su balbuceo y se quedó callado. Sintió que la expresión de su cara en ese momento era estúpida, culpable y vulgar y al mismo tiempo tensa y forzada…

Vera seguramente supo leer la verdad en su rostro, ya que de repente se puso seria, palideció y bajó la cabeza.

—Perdóneme —murmuró Ognev, no pudiendo soportar el silencio—. La estimo tanto que… ¡me duele! Vera se volvió bruscamente y dirigióse de prisa hacia la finca. Ognev la siguió.

—¡No, no! —dijo Vera, haciendo un ademán—. No me acompañe, iré sola…

—Imposible… Tengo que acompañarla…

Todo lo que decía Ognev, hasta la última palabra, le parecía a él mismo repugnante y anodino. El sentimiento de culpabilidad crecía en él a cada paso. Se enfadaba, apretaba los puños y maldecía su frialdad y su torpeza para conducirse con las mujeres. Tratando de excitarse a si mismo, miraba la bella figura de Vérochka, su trenza, y las huellas que dejaban en el polvoriento camino sus piececitos; recordaba sus palabras y sus lágrimas, pero todo ello no lograba sino enternecerlo, sin excitar su alma.

"¡Ah, al fin y al cabo, uno no puede amar a la fuerza! —trataba de convencerse a sí mismo, pero al mismo tiempo pensaba—: ¿Y cuándo amaré sin que sea a la fuerza? Tengo ya casi treinta años. Nunca he encontrado mujeres que fuesen mejores que Vera ni las voy a encontrar… ¡Oh, maldita vejez! ¡Vejez a los treinta años!".

Vera caminaba delante de él cada vez más de prisa, sin mirar hacia atrás y con la cabeza baja. A Ognev le parecía que ella se habla encogido de pena y que sus hombros se habían vuelto más estrechos…

"¡Me imagino lo que acontece ahora en su alma! —pensaba, mirándole la espalda—. ¡Sentiría una vergüenza y un dolor como para morirse! ¡Dios mío, en todo ello hay tanta vida, tanto sentido, tanta poesía que hasta una piedra se hubiera conmovido, pero yo… yo soy un estúpido, un necio!". Junto a la portezuela del jardín Vera le dirigió una fugaz mirada y encorvándose y cubriéndose con el chal, se fue alejando de prisa por la alameda.

Iván Alekséich quedó solo. Regresando lentamente hacia el bosque se detenía a cada rato y se volvía para mirar la puertecilla del jardín; y toda su figura tenla una expresión de desconcierto, como si él no se creyera a si mismo. Buscaba con los ojos las huellas de los pies de Vérochka en el camino y no podía creer que la joven que tanto le gustara acababa de declararle su amor y que él la "rechazó" con tanta torpeza. Por primera vez en su vida pudo convencerse, por propia experiencia, de cuán poco depende el hombre de su buena voluntad, y experimentar él mismo la situación de un hombre decente y cordial quien sin querer, causa a su prójimo un sufrimiento inmerecido y cruel.

Le torturaba la conciencia y además, al desaparecer Vera en el jardín le pareció haber perdido algo muy caro, intimo, que no volvería a encontrar más. Sintió que junto con Vera se le escurría una parte de su juventud y que los minutos que acababa de vivir de manera tan infructuosa no se repetirían jamás.

Al llegar hasta el puente, se detuvo pensativo. Deseaba encontrar la causa de su extraña frialdad. Le resultaba claro que aquélla no se hallaba fuera sino dentro de él. Con sinceridad se confesó a sí mismo que no era una frialdad mental de la que tan a menudo alardean las personas inteligentes, ni tampoco de frialdad de un tontoególatra, sino simplemente la importancia del alma la incapacidad de percibir con hondura la belleza, la vejez prematura, adquirida mediante la educación, la lucha desordenada por ganarse el pan y la hotelera vida de soltero.

Bajó del puentecillo y, lenta y desganadamente, entró en el bosque. Allí, donde en las negras y espesas tinieblas la luz de la luna formaba nítidas manchas y donde él no percibía nada, excepto sus pensamientos, sintió un apasionado deseo de recobrar lo perdido.

Iván Alekséich recuerda haber desandado el camino. Instigándose con los recuerdos y esforzándose para pintar a Vera en su imaginación, caminó de prisa hacia el jardín. La niebla había desaparecido ya del camino y del jardín, y una luna clara, como lavada, miraba desde el cielo; sólo el levante permanecía sombrío y nebuloso… Ognev recuerda sus pasos cuidadosos, las oscuras ventanas, el espeso aroma de heliotropo y de reseda. El conocido Karo se le acercó meneando amigablemente la cola y olfateó su mano… Era el único ser viviente que lo vio dar dos vueltas alrededor de la casa, detenerse junto a la oscura ventana de Vera y, con un ademán resignado y un hondo suspiro, al salir del jardín.

Una hora después ya estaba en el pueblo y, fatigado, casi desfalleciente, apoyándose con el torso y con la cara ardorosa contra el portón del hospedaje, golpeaba con el aldabón. En alguna parte del pueblo despertóse un perro y se puso a ladrar, y, como en respuesta a sus golpes, el sereno de la iglesia hizo sonar su barra de hierro.

—No hace sino vagar por las noches... —rezongó el dueño del hospedaje que, vestido con un largo camisón de aspecto femenino, le abrió el portón—. En vez de merodear por ahí, mejor te hubieras quedado en casa rezando.

Una vez en su habitación, Ognev se sentó en la cama y se quedó mirando largamente la llamita de la bujía; luego sacudió la cabeza y comenzó a hacer su equipaje.

UN VIAJE DE NOVIOS

Sale el tren de la estación de Balagore, del ferrocarril Nicolás. En un vagón de segunda clase, de los destinados a fumadores, dormitan cinco pasajeros. Habían comido en la fonda de la estación, y ahora, recostados en los cojines de su departamento, procuran conciliar el sueño. La calma es absoluta. Ábrese la portezuela y penetra un individuo de estatura alta, derecho como un palo, con sombrero color marrón y abrigo de última moda. Su aspecto recuerda el de ese corresponsal de periódico que suele figurar en las novelas de Julio Verne o en las operetas. El individuo detiénese en la mitad del coche, respira fuertemente, se fija en los pasajeros y murmura: "No, no es aquí… ¡El demonio que lo entienda! Me parece incomprensible…; no, no es éste el coche".

Uno de los viajeros le observa con atención y exclama alegremente:

—¡Iván Alexievitch! ¿Es usted? ¿Qué milagro le trae por acá?

Iván Alexievitch se estremece, mira con estupor al viajero y alza los brazos al aire.

—¡Petro Petrovitch! ¿Tú por acá? ¡Cuánto tiempo que no nos hemos visto! ¡Cómo iba yo a imaginar que viajaba usted en este mismo tren!

—¿Y cómo va su salud?

—No va mal. Pero he perdido mi coche y no sé dar con él. Soy un idiota. Merezco que me den de palos.

Iván Alexievitch no está muy seguro sobre sus pies, y ríe constantemente. Luego añade:

—La vida es fecunda en sorpresas. Salí al andén con objeto de beber una copita de coñac; la bebí, y me acordé de que la estación siguiente está lejos, por lo cual era oportuno beberme otra copita. Mientras la apuraba sonó el tercer toque. Me puse a correr como un desesperado y salté al primer coche que encontré delante de mí. ¿Verdad que soy imbécil?

—Noto que está usted un poco alegre —dice Petro Petrovitch—. Quédese usted con nosotros; aquí tiene un sitio.

—No, no; voy en busca de mi coche. ¡Adiós!

—No sea usted tonto, no vaya a caerse al pasar de un vagón a otro; siéntese, y al llegar a la estación próxima buscará usted su coche.

Iván Alexievitch permanece indeciso; al fin suspira y toma asiento enfrente de Petro Petrovitch. Hállase agitado y se encuentra como sobre alfileres.

—¿Adónde va usted, Iván Alexievitch?

—Yo, al fin del mundo… Mi cabeza es una olla de grillos. Yo mismo ignoro adónde voy. El Destino me sonríe, y viajo… Querido amigo, ¿ha visto usted jamás algún idiota que sea feliz? Pues aquí, delante de usted, se halla el más feliz de estos mortales. ¿Nota usted algo extraordinario en mi cara?

—Noto solamente que está un poquito…

—Seguramente, la expresión de mi cara no vale nada en este momento. Lástima que no haya por ahí un espejo. Quisiera contemplarme. Palabra de honor, me convierto en un idiota. ¡Ja!, ¡ja!, ¡ja!, ¡ja! Figúrese usted que en este momento hago mi viaje de boda. ¿Qué le parece?

—¿Cómo? ¿Usted se ha casado?

—Hoy mismo he contraído matrimonio. Terminada la ceremonia nupcial, me fui derecho al tren.

Todos los viajeros le felicitan y le dirigen mil preguntas.

—¡Enhorabuena! —añade Petro Petrovitch—. Por eso está usted tan elegante.

—Naturalmente. Para que la ilusión fuese completa, hasta me perfumé. Me he dejado arrastrar. No tengo ideas ni preocupaciones. Sólo me domina un sentimiento de beatitud. Desde que vine al mundo, nunca me sentí feliz.

Iván Alexievitch cierra los ojos y mueve la cabeza. Luego prorrumpe:

—Soy feliz hasta lo absurdo. Ahora mismo entraré en mi coche. En un rincón del mismo está sentado un ser humano que se consagra a mí con toda su alma. ¡Querida mía! ¡Ángel mío! ¡Capullito mío! ¡Filoxera de mi alma! ¡Qué piececitos los suyos! Son tan menudos, tan diminutos, que resultan como alegóricos. Quisiera comérmelos. Usted no comprende estas cosas; usted es un materialista que lo analiza todo; son ustedes unos solterones a secas; al casaros, ya os acordaréis de mí. Entonces os preguntaréis: ¿Dónde está aquel Iván Alexievitch? Dentro de pocos minutos entraré en mi coche. Sé que ella me espera impaciente y que me acogerá con fruición, con una sonrisa encantadora. Me sentaré al lado suyo y le acariciaré el rostro…

Iván Alexievitch menea la cabeza y se ríe a carcajadas.

—Pondré mi frente en su hombro y pasaré mis brazos en torno de su talle. Todo estará tranquilo. Una luz poética nos alumbrará. En momentos semejantes habría que abrazar al universo entero. Petro Petrovitch, permítame que le abrace.

—Como usted guste.

Los dos amigos se abrazan, en medio del regocijo de los presentes. El feliz recién casado prosigue:

—Y para mayor ilusión beberé un par de copitas más. Lo que

ocurrirá entonces en mi cabeza y en mi pecho es imposible de explicar. Yo, que soy una persona débil e insignificante, en ocasiones tales me convierto en un ser sin límites; abarco el universo entero. Los viajeros, al oír la charla del recién casado, cesan de dormitar. Iván Alexievitch vuélvese de un lado para otro, gesticula, ríe a carcajadas, y todos ríen con él. Su alegría es francamente comunicativa.

—Sobre todo, señor, no hay que analizar tanto. ¿Quieres beber? ¡Bebe! Inútil filosofar sobre si esto es sano o malsano. ¡Al diablo con las psicologías!

En esto, el conductor pasa.

—Amigo mío —le dice el recién casado—, cuando atraviese usted por el coche doscientos nueve verá una señora con sombrero gris, sobre el cual campea un pájaro blanco. Dígale que estoy aquí sin novedad.

—Perfectamente —contesta el conductor—. Lo que hay es que en este tren no se encuentra un vagón doscientos nueve, sino uno que lleva el número doscientos diecinueve.

—Lo mismo da que sea el doscientos nueve que el doscientos diecinueve. Anuncie usted a esa dama que su marido está sano y salvo.

Iván Alexievitch se coge la cabeza entre las manos y dice:

—Marido…, señora. ¿Desde cuándo?… Marido, ¡ja!, ¡ja!, ¡ja! Mereces azotes… ¡Qué idiota!… Ella, ayer, todavía era una niña…

—En nuestro tiempo es extraordinario ver a un hombre feliz; más fácil parece ver a un elefante blanco.

—¿Pero quién tiene la culpa de eso? —replica Iván Alexievitch, extendiendo sus largos pies, calzados con botines puntiagudos—. Si alguien no es feliz, suya es la culpa. ¿No lo cree usted? El hombre es el creador de su propia felicidad. De nosotros depende el ser felices; mas no queréis serlo; ello está en vuestras manos, sin embargo, testarudamente huís de vuestra felicidad.

—¿Y de qué manera? —exclaman en coro los demás.

—Muy sencillamente. La Naturaleza ha establecido que el hombre, en cierto período de su vida, ha de amar. Llegado este instante, debe amar con todas sus fuerzas. Pero vosotros no queréis obedecer a la ley de la Naturaleza. Siempre esperáis alguna otra cosa. La ley afirma que todo ser normal ha de casarse. No hay felicidad sin casamiento. Una vez que la oportunidad sobreviene, ¡a casarse! ¿A qué vacilar? Ustedes, empero, no se casan. Siempre andan por caminos extraviados. Diré más todavía: la Sagrada Escritura dice que el vino alegra el corazón humano. ¿Quieres beber más? Con ir al buffet, el problema está resuelto. Y nada de filosofía. La sencillez es una gran virtud.

—Usted asegura que el hombre es el creador de su propia

felicidad. ¿Qué diablos de creador es ése, si basta un dolor de muelas o una suegra mala para que toda su felicidad se precipite en el abismo? Todo es cuestión de azar. Si ahora nos ocurriera una catástrofe, ya hablaría usted de otro modo.

—¡Tonterías! Las catástrofes ocurren una vez al año. Yo no temo al azar. No vale la pena de hablar de ello. Me parece que nos aproximamos a la estación…

—¿Adónde va usted? —interroga Petro Petrovitch—. ¿A Moscú, o más al Sur?

—¿Cómo, yendo hacia el Norte, podré dirigirme a Moscú, o más al Sur?

—El caso es que Moscú no se halla en el Norte.

—Ya lo sé. Pero ahora vamos a Petersburgo —dice Iván Alexievitch.

—No sea usted majadero. Adonde vamos es a Moscú.

—¿Cómo? ¿A Moscú? ¡Es extraordinario!

—¿Para dónde tomó usted el billete?

—Para Petersburgo.

—En tal caso le felicito. Usted se equivocó de tren.

Transcurre medio minuto en silencio. El recién casado se levanta y mira a todos con ojos azorados.

—Sí, sí —explica Petro Petrovitch—. En Balagore usted cambió de tren. Después del coñac, usted cometió la ligereza de subir al tren que cruzaba con el suyo.

Iván Alexievitch se pone lívido y da muestras de gran agitación.

—¡Qué imbécil soy! ¡Qué indigno! ¡Que los demonios me lleven! ¿Qué he de hacer? En aquel tren está mi mujer, sola, mi pobre mujer, que me espera. ¡Qué animal soy!

El recién casado, que se había puesto en pie, desplómase sobre el sofá y revuélvese cual si le hubieran pisado un callo.

—¡Qué desgraciado soy! ¡Qué voy a hacer ahora!…

—Nada —dicen los pasajeros para tranquilizarle—. Procure usted telegrafiar a su mujer en alguna estación, y de este modo la alcanzará usted.

—El tren rápido —dice el recién casado—. ¿Pero dónde tomaré el dinero, toda vez que es mi mujer quien lo lleva consigo?

Los pasajeros, riendo, hacen una colecta, y facilitan al hombre feliz los medios de continuar el viaje.

EL VIOLÍN DE ROTHSCHILD

Era un pueblo diminuto; peor que un pueblo, habitado principalmente por ancianos, quienes tan raramente se morían que era molesto. Se necesitaban muy pocos ataúdes para el hospital y la cárcel; en una palabra, el negocio era una pena. Si Yakov Ivanov hubiese sido fabricante de ataúdes en el pueblo del condado, habría poseído probablemente una casa propia ahora, y se habría llamado Sr. Ivanov, pero aquí en este lugar pequeño él se llamó Yakov simplemente, y por alguna razón su apodo era Bronce. Él vivió tan pobremente como cualquier campesino común, en la choza un poco vieja de un cuarto en que él y Marta, y la estufa, y una cama doble, y los ataúdes, y el banco de su carpintero, y sus necesidades de gobierno de la casa convivían…

Los ataúdes hechos por Yakov eran buenos y fuertes. A los campesinos y mujiks siempre los hizo caber correctamente y nunca salió algo mal, aunque él tenía setenta años, no había ningún hombre, incluso en la prisión, más alto o más robusto que él.

Para el señorío y para las mujeres se las hizo a la medida, usando una vara de medir férrica para el propósito. Él siempre era muy renuente a tomar órdenes para los ataúdes de niños, y los hacía desdeñosamente sin tomar cualquier medida en absoluto, diciendo siempre cuando se le pagaba por ellos:

"El hecho es, que no me gusta ser molestado con naderías".

Junto con lo que recibía por su trabajo como carpintero, agregó un poco a su ingreso tocando el violín. Había una orquesta judía en el pueblo que tocaba para las bodas, llevada por el estañero Moisés Shakess que tomaba más de la mitad de sus ganancias para él. Como Yakov tocaba sumamente bien el violín, especialmente las canciones rusas, Shakess lo invitaba a veces a tocar en su orquesta por la suma de cincuenta kopecs por día, sin incluir los regalos que podría recibir de los invitados. Siempre que Bronce tomaba su asiento en la orquesta, la primera cosa que le sucedía era que su cara se tornaba roja, y la transpiración vertía de él, pues el aire siempre estaba caliente, y humeante de ajo al punto de sofocación. Entonces su violín empezaba a gemir, un bajo doble graznaba roncamente en su oreja derecha, y una flauta lloraba a su izquierda. Esta flauta era tocada por un judío flaco, de barba roja con una red de venas azules y rojas en su cara que llevaba el nombre de un hombre rico famoso, Rothschild. Siempre confundía que el judío tocase tristemente incluso las melodías más alegres. Por ninguna razón obvia Yakov empezó a concebir un sentimiento de odio y desprecio para todos los judíos poco a poco, y sobre todo para Rothschild. Se querelló con él, lo insultó, y una vez incluso intentó pegarle, pero Rothschild tomó la ofensa a esto, y lloró con una mirada fero…

"Si yo no lo hubiese respetado siempre por su música, ya lo debería haber tirado hace tiempo de la ventana!".

Entonces él estalló en las lágrimas. Después de eso, Bronce fue invitado con menos frecuencia por la orquesta, y sólo se le llamó en los casos de extrema necesidad, cuando no aparecía uno de los judíos.

Yakov nunca estaba de buen humor, porque él siempre tenía que soportar las pérdidas más terribles. Por ejemplo, era un pecado trabajar en un domingo o en una fiesta, y el lunes siempre era un día malo, por lo que de esa manera había aproximadamente doscientos días por año en que los era compelido a sentarse con sus manos plegadas en su regazo. Ésa era una gran pérdida para él. Si cualquiera en el pueblo tuviese una boda sin la música, o si Shakess no le pidiera que tocara, habría otra pérdida. El inspector de la policía había estado en cama durante dos años mientras Yakov esperaba con impaciencia que se muriera, y entonces había ido a tomar una cura en la ciudad y se había muerto allí, qué claro había significado otra pérdida de por lo menos diez rublos, porque con seguridad el ataúd habría sido uno caro, adornado con brocados.

El pensamiento de sus pérdidas preocupaba a Yakov por la noche más que en cualquier otro momento, por lo que acostumbraba colocar su violín a su lado en la cama, y cuando esas preocupaciones vinieran a su cerebro él tocaría las cuerdas, el violín repartiría un sonido en la oscuridad, y el corazón de Yakov se sentiría más ligero.

El año pasado, en el sexto día de mayo, Marta cayó enferma de repente. La vieja mujer respiraba con dificultad, se tambaleaba en sus pasos, y se sentía muy sedienta. No obstante, se levantó esa mañana, encendió la estufa, e incluso fue por el agua. Cuando cayó la tarde se acostó. Yakov tocó su violín todo el día. Cuando oscureció, como no tenía nada que hacer, tomó el libro en que guardaba una cuenta de sus pérdidas, y empezó a sumar el total durante el año. El mismo ascendió a más de mil rublos. Se agitó tanto por este descubrimiento que tiró al piso la tabla en que estaba contando y lo pisoteó con el pie. Entonces lo recogió de nuevo y lo sacudió una vez más durante mucho tiempo, mientras se movía con esfuerzo e hizo unos suspiros profundos y prolongados. Su cara se torno purpúrea, y la transpiración goteó de su frente. Estaba pensando que si esos mil rublos que había perdido, hubieran estado entonces en el banco, habría tenido por lo menos cuarenta rublos en intereses para finales del año. ¡Así que esos cuarenta rublos todavía eran otra pérdida! En una palabra, dondequiera que vio encontró las pérdidas y nada más que las pérdidas.

"¡Yakov!" lloró Marta inesperadamente, "¡Me estoy muriendo!".

Miró a su esposa. Su cara era carmesí con la fiebre y parecía inusualmente jubilosa y luminosa. Bronce estaba en problemas, ya que se había acostumbrado a verla pálida, tímida e infeliz. Parecía que estaba realmente muerta, y alegre por haber dejado esta choza, y los ataúdes, y a Yakov, por fin. Ella estaba mirando fijamente el techo, con sus labios colocados como si hubiese visto a su mensajero de la muerte y hubiese susurrado con él.

Cuando miró fijamente a la vieja mujer, de algún modo le pareció a Yakov que nunca había tenido una palabra tierna con ella o le había tenido lástima; que nunca había pensado en comprarle siquiera un pañuelo o traerle algunos dulces de una boda. Al contrario, le había gritado e insultado por sus pérdidas, y había agitado su puño contra ella. Era verdad, él nunca le había pegado, pero la había asustado, y se había paralizado con el miedo cada vez el la había reñido. Sí, y el no le había permitido beber té porque sus pérdidas eran bastante fuertes y ella había tenido que contentarse con el agua caliente. Ahora entendió por qué su cara parecía tan extrañamente feliz, y el horror lo agobió.

Lo más pronto posible pidió prestado un caballo de un vecino y llevó a Marta al hospital. Como no había muchos pacientes no tuvieron que esperar largo rato, sólo tres horas aproximadamente Para su gran satisfacción no era el doctor que estaba recibiendo a los enfermos ese día, sino su ayudante, Maxim Nikolaich, un viejo de quien se decía que aunque reñía y bebía, sabía más que el doctor.

"¡Buenos días, Su Excelencia!", dijo Yakov llevando a su vieja mujer al consultorio. "Excúsenos por estorbarlo con nuestros asuntos fútiles. Como usted verá, esta persona ha caído enferma. La compañera de mi vida, si usted me permite usar la expresión".

Tejiendo sus cejas grises y acariciando sus pelos del bigote, el ayudante del doctor fijó sus ojos en la vieja. Ella estaba sentada en un taburete bajo, y con su cara delgada, su nariz larga y su boca abierta, parecía un pájaro sediento.

"Bien, bien, sí", dijo al doctor despacio, mientras forzaba un suspiro. "Éste es un caso de influenza y posiblemente fiebre; hay tifoidea en el pueblo. ¿Qué haremos? La vieja ha vivido su palmo de años, gracias a Dios. ¿Cuántos años tiene?".

"Le falta un año para los setenta, Su Excelencia".

"Bien, bien, ella ha vivido mucho tiempo. Debe venir un final para todo".

"Usted tiene razón, Su Excelencia", dijo Yakov, mientras sonreía sin cortesía. "¡Y nosotros le agradecemos atentamente su bondad, pero me permito recordarle que incluso un insecto detesta morirse!".

"¡No importa si lo hace!" le contesta el doctor, como si pusieran en sus manos la vida o la muerte de la vieja. "Yo le diré lo que usted debe hacer, mi buen hombre. Ponga una venda fría alrededor de su cabeza, y dele dos de estos polvos al día. ¡Ahora entonces, adiós! *¡Bonjour!*".

Yakov vio por la expresión en la cara del doctor que era demasiado tarde para los polvos. Comprendió claramente que Marta debía morirse muy pronto, si no hoy, entonces mañana. Él tocó el codo del doctor suavemente, pestañeó, y susurró:

"Ella debe ser hospitalizada, doctor".

"Yo no tengo tiempo, yo no tengo tiempo, mi buen hombre. Tome a su vieja mujer y váyase, en el nombre de Dios. Adiós".

"Por favor, por favor, intérnela, doctor!", rogó Yakov". ¡Usted sabe que si ella tuviera un dolor en su estómago, los polvos y gotas le ayudarían, pero tiene un resfrío! La primera cosa para hacer cuando uno coge el resfrío es hacerle una sangría, doctor".

Pero el doctor ya había enviado por el próximo paciente, y una mujer que llevaba a un niño entró en la habitación.

"¡Avance, avance!" increpó a Yakov, mientras fruncía el entrecejo. "¡Está haciendo un alboroto inútil!".

"¡Entonces por lo menos ponga algunas sanguijuelas en ella! ¡Permítame orar a Dios por usted por el resto de mi vida!".

El temple del doctor estalló y le gritó:

"¡No me diga una palabra más, tonto!".

Yakov perdió su temple, también, y resopló calurosamente, pero no dijo nada y, tomando el brazo de Marta silenciosamente, la llevó fuera de la oficina. Sólo cuando ellos se sentaron una vez más en su carro, miró al hospital furiosa y burlonamente y dijo:

"¡Bonita gente hay ahí! Ese doctor hospitalizaría a un hombre rico, pero a un pobre le niega incluso una sanguijuela. ¡El cerdo!".

Cuando regresaron a la choza, Marta estuvo casi diez minutos de pie, apoyada con la estufa. Ella sentía que si se acostaba, Yakov empezaría a hablar con ella sobre sus pérdidas, y la reñiría por acostarse y no querer trabajar. Yakov la contempló tristemente, mientras pensaba que mañana era el día de San Juan Bautista, y pasado mañana era San Nicolás, el maravilloso día de los trabajadores, y que el día siguiente sería domingo, y el día después de eso sería lunes, un día malo para el trabajo. Así que él no podría trabajar durante cuatro días, y como Marta moriría probablemente uno de esos días, tendría que hacer el ataúd en seguida.

Tomó su vara de medir de hierro en la mano, fue donde la vieja mujer, y la midió. Entonces ella se acostó, y él se fue a trabajar en el ataúd. Cuando la tarea se completó Bronce se puso sus lentes y escribió en su libro:

"Para 1 ataúd para Marta Ivanov 2 rublos, 40 kopecs".

Él suspiró. Todo el día la mujer yació silenciosa, con los ojos cerrados, pero hacia la tarde, cuando la luz del día empezó a marchitarse, de repente llamó al viejo a su lado.

"¿Usted recuerda, Yakov?" preguntó ella. "¿Usted recuerda cómo hace cincuenta años Dios nos dio un pequeño bebé con el pelo dorado rizado?". ¿Usted recuerda cómo usted y yo nos sentábamos en el banco del río y cantábamos las canciones bajo el árbol del sauce?".

Entonces con una sonrisa amarga ella agregó: "El bebé se murió".

Yakov estrujó su cerebro, pero por su vida, que no podía evocar al niño o al sauce.

"Usted está soñando", él dijo.

El sacerdote vino y le administró los Sacramento y la Extremaunción. Entonces Marta empezó a murmurar ininteligiblemente, y hacia la mañana murió.

Las vecinas la lavaron y la vistieron, y el la puso en su ataúd. Para evitar pagar al diácono, Yakov leyó el mismo los salmos sobre ella, y su tumba no le costó nada porque el vigilante del cementerio era su primo. Cuatro campesinos llevaron el ataúd a la tumba, no por el dinero sino por amor.

Las viejas, los mendigos, y dos idiotas del pueblo siguieron al cuerpo, y las personas con las que se cruzaron por el camino hicieron la señal de la cruz devotamente. Yakov se alegraba mucho que todo hubiese transcurrido tan bien, tan decente y tan económicamente, y sin ofender a nadie. Cuando dijo adiós a Marta por última vez tocó el ataúd con su mano y pensamiento:

"¡Ese es un trabajo fino!".

Pero caminando hacia su casa desde el cementerio se sintió presa de un gran dolor. Se sentía enfermo, su respiración quemaba, sentía sus piernas débiles, y anheló una bebida. Al mismo tiempo, mil pensamientos se apiñaron en su cabeza. Recordó de nuevo que nunca había tenido lástima de Marta ni le había dicho una palabra tierna. Durante los cincuenta años de su vida juntos, ella siempre estuvo lejana, lejana detrás de él, y de algún modo, durante todo ese tiempo, el nunca pensó en ella o la consideró más que lo que se hace con un perro o una gata. Y reconocía que ella había encendido la estufa todos los días, y había cocinado y había horneado y había sacado el agua y había cortado madera, y cuando el había llegado borracho a la casa de una boda, le había colgado su violín reverentemente con una uña a la vez, y lo había puesto silenciosamente en la cama con una mirada tímida y ansiosa en su cara.

Rothschild se dirigía hacia el, arqueando y sonriendo.

"¡He estado buscándolo, tío!" dijo. "Moisés Shakess le presenta sus condolencias y quiere que vaya a verlo en seguida".

Yakov no se sentía de humor para hacer nada. Quería llorar.

"Déjeme solo!" exclamó, y caminó adelante.

"Oh, ¿Cómo puede usted decir eso?" dijo Rothschild lloriqueando y corriendo a su lado alarmado. "Moisés estará muy enfadado. El quiere que usted venga en seguida".

Yakov estaba disgustado por la palpitación del judío, por sus ojos pestañeantes, y por la cantidad de pecas rojizas en su cara. Miraba con aversión su chaqueta verde larga y al todo de su figura frágil, delicada.

"¿Por qué se empeña en importunarme? ¡Coño!", y le gritó: "¡Váyase!".

El judío se enfadó y gritó retrocediendo:

"No me grite de esa forma o lo haré volar encima de esa cerca".

"Salga de mi vista!", bramó Yakov, agitándole su puño. "No se puede vivir en el mismo pueblo que un perro sarnoso como usted!".

Rothschild estaba petrificado de terror. Se afincó a tierra y ondeó las manos sobre su cabeza como protegiéndose de golpes que caen; entonces saltó y corrió tan rápido y tan lejos como sus piernas se lo permitieron. Mientras corría, brincaba y ondeaba sus brazos, y su larga y flaca figura podía verse temblorosa. Los muchachos pequeños estaban encantados con lo que estaba pasado, y corrían tras el gritando: "¡Judío, Judío!". Los perros también unieron los ladridos a la persecución. Alguien se rió y luego silbó, a lo que los perros respondieron ladrando más ruidosa y vigorosamente.

Entonces uno de ellos debió haber mordido a Rothschild, pues un grito patético, desesperado, surcó el aire.

Yakov caminó por las calles del pueblo sin saber donde iba, y los niños gritaron tras él. "¡Allí va el viejo Bronce! ¡Allí va el viejo Bronce!". Se encontró por el río dónde el aire lanzaba lamentos chillones, y los patos graznaban nadando adelante y atrás. El sol brillaba furiosamente y el agua chispeaba tan brillantemente que era doloroso mirarla. Yakov cruzó en un camino que lo llevó a lo largo de la ribera, vio a una mujer robusta, pelirroja que dejaba un baño-casa. "Ajá, usted la nutria, usted!" pensó. No lejos del baño-casa algunos muchachos pequeños estaban pescando cangrejos con pedazos de carne. Cuando vieron a Yakov gritaron traviesamente:

"¡Viejo Bronce! ¡Viejo Bronce!". Pero ahí ante él resistió a un anciano, mientras extendió el árbol del sauce con un tronco macizo, y el nido de un cuervo entre sus ramas. De repente allí encendido por la memoria de Yakov, con toda la intensidad de vida, estaba un poco el niño con los rizos dorados, y el sauce del que Martha había hablado. Sí, éste era el mismo árbol, tan verde y pacífico y triste. ¡Cuánto había envejecido, pobre cosa!

Se sentó sobre sus pies y pensó en el pasado. En la orilla opuesta al prado en que estaba, habían estado de pie por esos días unos altos árboles madereros de abedul y esa colina desnuda en el horizonte aquel se había cubierto con la flor azul de un antiguo Pino del bosque. Y las barcas de vela habían recorrido el río entonces, pero ahora toda la disposición era lisa, y sólo un pequeño arbolito de abedul sobresalía en la otra orilla, una graciosa y elegante cosa, mientras en el río allí sólo nadaban los patos y los gansos. Era difícil creer que los barcos habían navegado una vez allí. E incluso le parecía que había menos gansos ahora que antes. Yakov cerró sus ojos, y uno por uno los gansos blancos vinieron volando hacia él, en una bandada interminable.

No sabía porque no había estado ni una sola una vez en el río durante los últimos cuarenta o cincuenta años de su vida, o, si había estado allí, porque nunca había prestado alguna atención a él. El arroyo era bueno y grande; podría haber pescado en él y podría haber vendido el pecado a los comerciantes y a los oficiales gubernamentales y al restaurante-guardián en la estación, y sin embargo puso el dinero en el banco. Podría haber remado en un barco, de granja en granja y tocado con su violín. Las personas de cada orilla habrían pagado dinero para oírlo. Podría haber intentado navegar un barco en el río lo que hubiese sido mejor que hacer ataúdes.

Finalmente, podría haber criado los gansos, y los mató, y los envió a Moscú en el invierno. ¡Porque, la bajada exclusivamente le habría traído diez rublos por año! Pero él había perdido todas estas oportunidades y no había hecho nada. ¡Qué pérdidas había aquí! ¡Ah, qué pérdidas terribles! ¡Y, oh, si el hubiera hecho todas estas cosas al mismo tiempo! ¡Si hubiera pescado, y tocado el violín, y navegado un barco, y criado los gansos, qué capital habría tenido ahora! Pero él ni siquiera había soñado con hacer todos esto; su vida había pasado sin ganancia o placer. Había estado perdido para nada. Nada quedaba delante; detrás ponga sólo pérdidas, y tales pérdidas que se estremeció solo de pensar en ellas. ¿Pero por qué los hombres no pueden vivir evitando toda esta pérdida y estas pérdidas? ¿Por qué, oh por qué, aquellos deben talar y han tumbado los bosques de pino? ¿Por qué esos prados deben estar quedando para el abandono? ¿Por qué las personas hacen siempre exactamente lo que no han de hacer? ¿Por qué Yakov había reñido y había gruñido y había fijado sus puños y había herido los sentimientos de su esposa toda su vida? ¿Por qué, oh por qué, él acababa de asustar y de insultar a ese judío? ¿Por qué la gente siempre interfiere una con otra? ¡Qué pérdidas eran el resultado de esto! ¡Qué pérdidas terribles! Si no fuera por la envidia o la cólera las personas pudieran obtener grandes beneficios unas de otras.

Toda esa tarde y esa noche Yakov soñó con el niño, con el árbol de sauce, con los peces y los gansos, con Marta y su perfil como un pájaro sediento, y con el semblante pálido y patético de Rothschild. Las caras raras parecían estar acercándosele de todos los lados, mientras le murmuraban sobre sus pérdidas. El se volteó para uno y otro lado y se levantó cinco veces durante la noche a tocar su violín.

Se levantó con dificultad la siguiente mañana, y caminó al hospital. El ayudante del mismo doctor le ordenó que pusiera vendas frías en su cabeza, y lo dio unos polvos para tomar; pero por su expresión y el tono de su voz Yakov supo que las cosas marchaban mal, y que ningún polvo podría salvarlo ahora. Mientras caminaba hacia su casa, reflexionó que algo bueno resultaría de su muerte; ya no tendría que comer ni beber, ni pagar los impuestos, ni ofendería más a las personas, y, como un hombre queda en su tumba por centenares de miles de años, la suma de sus ganancias sería inmensa. Así que, la vida para un hombre era una pérdida, la muerte, una ganancia. Claro que este razonamiento era correcto, pero estaba penosamente triste. ¿Por qué el mundo es tan extraño, que la vida que sólo se dio una vez al hombre debe pasar sin beneficio?

El no sentía pesar entonces porque iba a morirse, pero cuando llegó a casa, y vio su violín, su corazón le dolió, y lo sintió profundamente. No podría llevarse su violín a la tumba, y ahora dejaría un huérfano, y su destino sería el mismo del bosquecillo de abedul y el pino. Todo en el mundo había estado perdido, y se seguiría perdiendo para siempre. Yakov salió y se sentó en el umbral de su choza, mientras sujetaba el violín a su pecho. Y cuando pensó en su vida tan llena de desperdicio y pérdidas, empezó a tocar sin saber cuan patética y conmovedora era su música, y las lágrimas llegaron bajo sus mejillas. Y mientras más tristemente pensó, más tristemente cantó su violín.

El pestillo hizo clic y Rothschild entró a través de la verja del jardín, y caminó audazmente a medio camino por el jardín. Entonces se detuvo de repente, se agachó, y, probablemente por el miedo, empezó a hacer señales con sus manos como si estuviera intentando mostrar con sus dedos qué hora era.

"¡Venga, no tenga miedo!", dijo Yakov suavemente, alentándolo a avanzar. "¡Venga!".

Con miradas desconfiadas y temerosas Rothschild fue despacio hacia Yakov, y se detuvo a cierta distancia.

"¡Por favor no me pegue!", dijo con una inclinación, agachándose.

"Moisés Shakess me ha enviado de nuevo a usted. "¡No tengas miedo!", me dijo, "¡ve donde Yakov", y dile que posiblemente no podemos tocar sin él! Hay una boda el próximo jueves. Su excelencia, el Sr. Shapovalov está casando a su hija con un hombre muy fino. Será una boda cara, "¡ai, ai!", agregó el judío con un pestañeo.

"Yo no puedo ir" dijo Yakov respirando con dificultad. "Estoy enfermo, hermano".

Y empezó a tocar de nuevo, y las lágrimas que chorrearon de sus ojos, cayeron encima de su violín. Rothschild escuchó atentamente, con la cabeza agachada y los brazos plegados en su pecho. La mirada sobresaltada e irresoluta de su cara dio paso gradualmente a una de sufrimiento y pesar. Entornó sus ojos como en un éxtasis de agonía y murmuró: "¡Oh-oh!". Y las lágrimas empezaron a gotear despacio por sus mejillas, hasta caer encima de su chaqueta verde.

Todo el día Yakov estuvo acostado y sufrió. Cuando el sacerdote entró por la tarde para administrar el Sacramento, le preguntó si podía pensar en algún pecado particular.

Esforzándose con sus recuerdos ya marchitos, Yakov evocó nuevamente la cara triste de Marta, y el lamento desesperado del judío cuando el perro lo había mordido. Y murmuró casi inaudiblemente:

"Dé mi violín a Rothschild".

"Se hará", le contestó al sacerdote.

Así pasó que todos en el pequeño pueblo empezaron a preguntar:

"¿Dónde consiguió Rothschild ese violín tan bueno? ¿Lo compró, o lo robó o lo sacó de una casa de empeños?".

Rothschild hace tiempo que abandonó su flauta, y ahora sólo toca en el violín. Las mismas notas fúnebres fluyen bajo su ejecución que las que venían de su flauta, y cuando intenta repetir lo que Yakov tocó cuando estaba sentado en el umbral de su choza, el resultado es un aire tan lastimero y triste que todos los que lo oímos lloramos, y él levanta sus ojos y murmura "¡Oh-oh!". Y esta nueva canción ha encantado tanto al pueblo, que los comerciantes y oficiales del gobierno rivalizan entre sí para conseguir que Rothschild vaya a sus casas, y en algunas ocasiones se las toque hasta diez veces seguidas.

LA VÍSPERA DE LA CUARESMA

—¡Pawel Vasilevitch! —grita Pelagia Ivanova, despertando a su marido—. Pawel Vasilevitch, ayuda un poco a Stiopa, que está preparando sus lecciones y llora.

Pawel Vasilevitch, bostezando y haciendo la señal de la cruz delante de la boca, contesta bondadosamente:

—Ahora mismo, mi alma.

El gato, que dormía junto a él, levanta a su vez el rabo, arquea la espina dorsal y cierra los ojos. Todo está tranquilo. Óyese cómo detrás del papel que tapiza las paredes los ratones circulan. Pawel Vasilevitch se calza las botas, viste la bata y, medio dormido aún, pasa de la alcoba al comedor. Al verle entrar, otro gato, que andaba husmeando una gelatina de pescado sita al borde de la ventana, da un salto y se oculta detrás del armario.

—¿Quién te manda oler esto? —dice Pawel Vasilevitch al gato, mientras cubre el pescado con un periódico—. Eres un cochino y no un gato.

El comedor comunica directamente con la habitación de los niños. Delante de una mesa manchada de tinta y arañada, se encuentra Stiopa, colegial de la segunda clase. Tiene los ojos llorosos. Está sentado; las rodillas levantadas a la altura de la barbilla, y se agita como un muñeco chino, fijos los ojos en su libro de problemas.

—¿Qué? ¿Estudias? —le pregunta Pawel Vasilevitch, sentándose junto a la mesa y bostezando siempre—. Sí, niño, sí, nos hemos dormido, nos hemos hartado de blinnis y mañana ayunaremos, haremos penitencia y luego a trabajar. Todo lo bueno se acaba. ¿Por qué tienes los ojos llorosos? Se ve que, después de los blinnis, el estudiar te coge cuesta arriba. Eso es…

—¿Qué es eso? ¿Te estás burlando del niño? —pregunta Pelagia Ivanova desde el aposento vecino—. Ayúdale, en vez de mofarte de él. Si no, mañana ganará otro cero.

—¿Qué es lo que no comprendes? —añade Pawel Vasilevitch dirigiéndose a Stiopa.

—La división de los quebrados.

—¡Hum! Es extraño. Esto no tiene nada de particular. Coge la regla y léela atentamente. Ella te enseñará lo que has de hacer.

—La cuestión es saber cómo se debe hacer. Enséñaselo tú mismo.

—¿Que te diga cómo? Muy bien; dame tu lápiz. Imagínate que tenemos que dividir siete octavos por dos quintos… ¡Oye; el té! ¿Está listo? Me parece que ya es tiempo de tomarlo… Sigamos la operación.

Imaginémonos que no son dos quintos, sino tres quintos. ¿Qué obtendremos?

—Siete por dieciséis —contesta Stiopa.

—Es así; perfectamente; pero el caso es que lo hemos hecho al revés. Ahora para corregir... ¡Me has trastornado la cabeza! Cuando yo frecuentaba el colegio, mi maestro, un polaco, me equivocaba cada vez que le daba la lección. Al empezar por explicar un teorema se ponía encarnado, corría por toda la clase como si lo persiguieran, tosía y acababa por llorar. Nosotros, generosos, hacíamos como si no lo comprendiéramos. ¿Qué tiene usted? ¿Le duelen acaso las muelas? —le preguntábamos—. Nuestra clase se componía de muchachos traviesos, sin duda; mas por nada en el mundo hubiéramos pecado de falta de generosidad. Alumnos como tú no los había; todos eran mocetones; por ejemplo, en la tercera clase había uno que se llamaba Mamájin. ¡Qué tronco, Dios mío!; su estatura era de más de dos metros. Sus puñetazos eran temibles. Al caminar hacía temblar el suelo. Pues esto mismo Mamájin...

Detrás de la puerta resuenan los pasos de Pelagia Ivanova. Pawel Vasilevitch guiña el ojo y dice a Stiopa:

—Tu madre viene. Sigamos... De modo que lo has comprendido bien —dice alzando la voz—. Para hacer esta operación se requiere... Pelagia Ivanova exclama:

—El té está listo.

Pawel Vasilevitch arroja el libro y van a tomar el té. En el comedor se hallan ya, en torno de la mesa, Pelagia Ivanova, una tía que jamás despegaba los labios, otra tía que es sordomuda, la abuela y la comadrona. El samovar canta y despide ondas de vapor que suben hasta el techo. De la antesala, las colas al aire, llegan los gatos, soñolientos y melancólicos.

—Bebe más té —dice Pelagia Ivanova a la comadrona—. Endúlzalo más; mañana es vigilia; hártate.

La comadrona toma una cucharadita de dulce, la acerca a sus labios con indecisión, pruébalo y su cara se ilumina.

—Muy bueno es este dulce. ¿Lo habéis hecho en casa?

—¡Naturalmente! Todo lo confecciono yo misma. Stiopa, hijito mío, ¿no es demasiado flojo tu té?...

¿Te lo has bebido ya?... Te voy a pone, otra tacita. Pawel Vasilevitch, dirigiéndose a Stiopa:

—Aquel Mamájin no podía soportar al maestro de francés. "Yo soy de noble estirpe", alegaba Mamájin. "Yo no he de permitir que un francés sea mi superior; nosotros vencimos a los franceses en 1812". A Mamájin se le propinaban palizas; pero, en general, cuando él veía que le iban a castigar, saltaba por la ventana y no se le veía más en cinco o seis días. Su madre acudía al director, suplicando que mandara a alguien en busca de su hijo y que lo reventara a palos. "Por Dios, señora, suplicaba el maestro, si hacen falta cinco auxiliares para sujetarle".

—¡Jesús, qué pillete! —murmura Pelagia Ivanova aterrorizada—. ¡Y qué madre más importuna!

Todos callan. Stiopa bosteza y contempla en la tetera la figura de chino que ya vio mil veces. Las dos tías y la comadrona beben el té que vertieron en los platillos. El calor que dan la estufa y el samovar es sofocante. En la fisonomía de todos se revela la pereza de quien tiene el estómago repleto y que, sin embargo, créese dispuesto a comer todavía. El samovar está vacío; se retiran las tazas; mas la familia continúa en torno de la mesa. Pelagia Ivanova se levanta de cuando en cuando y se encamina a la cocina para entenderse con la cocinera respecto a la cena. Las dos tías permanecen inmóviles y dormitan sin cambiar de postura. La comadrona tiene hipo y a cada momento exclama:

—Diríase que apenas he comido y bebido.

Pawel Vasilevitch y Stiopa, sentados aparte, ojean un periódico ilustrado de 1878.

—"El monumento de Leonardo de Vinci, frente a la galería Víctor Manuel" —lee uno de ellos—. Vaya, parece un arco de triunfo. Un caballero y una señora. En perspectiva, hombrecitos.

—Aquel hombrecito —dice Stiopa— se parece a un colegial.

—Vuelve la hoja. "La trompa de una mosca vista al microscopio". Valiente trompa. Valiente mosca. ¿Qué aspecto será el de una chinche vista al microscopio? ¡Qué feo es eso!

En el reloj suenan las diez. La cocinera entra y se prosterna a los pies de su amo:

—Perdóname, por Dios, Pawel Vasilevitch —dice ella levantándose en seguida.

—Y tú perdóname también —responde Pawel Vasilevitch con indiferencia.

La cocinera pide perdón en la misma forma a todos los presentes, excepto a la comadrona, que ella no considera digna de tal atención. Así transcurre otra media hora en toda calma.

El periódico ilustrado es relegado encima de un sofá, y Pawel Vasilevitch declama unos versos que aprendió en su niñez. Stiopa lo contempla, escucha sus frases incomprensibles, se frota los ojos y dice:

—Tengo sueño, me voy a acostar.

—¿Acostarte? Esto no es posible. Si no has comido nada…

—No tengo hambre.

—No puede ser —insiste la madre asustada—. Mañana es vigilia…
Pawel Vasilevitch interviene.

—Es imposible…; hay que comer. Mañana comienza la
Cuaresma…; es necesario que comas.

—¡Yo tengo mucho sueño!

—En tal caso, a comer en seguida —añade Pawel Vasilevitch
con agitación—. …¡Pronto! ¡A poner la mesa!

Pelagia Ivanova hace un gran gesto y corre hacia la cocina, como si
se hubiese declarado en la misma un incendio.

—¡Pronto! ¡Pronto! Stiopa tiene sueño. ¡Dios mío! Hay que
apresurarse. A los cinco minutos, la mesa está puesta; los gatos
vuelven al comedor con los rabos erguidos, y la familia empieza a
cenar. Nadie tiene hambre.

Los estómagos están repletos. Sin embargo, hay que comer.

LA VÍSPERA DEL JUICIO

—Disgusto tendremos, señorito —me dijo el cochero indicándome con su fusta una liebre que atravesaba la carretera delante de nosotros.

Aun sin liebre, mi situación era desesperada. Yo iba al tribunal del distrito a sentarme en el banquillo de los acusados, con objeto de responder a una acusación por bigamia.

Hacía un tiempo atroz. Al llegar a la estación, me encontraba cubierto de nieve, mojado, maltrecho, como si me hubieran dado de palos; hallábame transido de frío y atontado por el vaivén monótono del trineo.

A la puerta de la estación salió a recibirme el celador. Llevaba calzones a rayas, y era un hombre alto y calvo, con bigotes espesos que parecían salirle de la nariz, tapándole los conductos del olfato.

Lo cual le venía bien, porque le dispensaba de respirar aquella atmósfera de la sala de espera, en la cual me introdujo soplando y rascándose la cabeza.

Era una mezcla de agrio, de olor a lacre y a bichos infectos. Sobre la mesa, un quinqué de hoja de lata, humeante de tufo, lanzaba su débil claridad a las sucias paredes.

—Hombre, qué mal huele aquí —le dije, colocando mi maleta en la mesa.

El celador olfateó el aire, incrédulo, sacudiendo la cabeza.

—Huele… como de costumbre —respondió sin dejar de rascarse—. Es aprensión de usted. Los cocheros duermen en la cuadra, y los señores que duermen aquí no suelen oler mal.

Dicho esto fuese sin añadir una palabra. Al quedarme solo me puse a inspeccionar mi estancia. El sofá, donde tenía que pasar la noche, era ancho como una cama, cubierto de hule y frío como el hielo. Además del canapé, había en la habitación una estufa, la susodicha mesa con el quinqué, unas botas de fieltro, una maletita de mano y un biombo que tapaba uno de los rincones. Detrás del biombo alguien dormía dulcemente.

Arreglé mi lecho y empecé a desnudarme. Quitéme la chaqueta, el pantalón y las botas, y sonreí bajo la sensación agradable del calor; me desperecé estirando los brazos; di brincos para acabar de calentarme; mi nariz se acostumbró al mal olor, los saltos me hicieron entrar completamente en reacción, y no me quedaba sino tenderme en el diván y dormirme, cuando ocurrió un pequeño incidente.

Mi mirada tropezó con el biombo; me fijé en él bien y advertí que detrás de él una cabecita de mujer —los cabellos sueltos, los ojos

relampagueantes, los dientes blancos y dos hoyuelos en las mejillas—
me contemplaba y se reía. Quedéme inmóvil, confuso. La cabecita notó
que la había visto y se escondió. Cabizbajo, me dirigí a mi sofá, me tapé
con mi abrigo y me acosté.

"¡Qué diablos! —pensé—. Habrá sido testigo de mis saltos… ¡Qué
tonto soy!…".

Las facciones de la linda cara entrevista por mí acudieron a mi mente.
Una visión seductora me asaltó, mas de pronto sentí un escozor doloroso
en la mejilla derecha…; apliqué la mano; no cogí nada; pero no me costó
trabajo comprender lo que era gracias al horrible olor.

—¡Abominable! —exclamó al mismo tiempo una vocecita de
mujer—; estos malditos bichos me van a comer viva.

Acordéme de mi buena costumbre de traer siempre conmigo una caja
de polvos insecticidas. Instantáneamente la saqué de mi maleta; no tenía
más que ofrecerla a la cabecita y la amistad quedaba hecha; ¿pero cómo
proceder?

—¡Esto es terrible!

—Señora —le dije, empleando la voz más suave que pude haber—,
si mal no comprendí, esos bichos la están a usted picando; tengo ciertos
polvos infalibles. Si usted desea…

—Hágame el favor.

—En seguida —repliqué con alegría—. Voy a ponerme el abrigo y
se los entregaré.

—No, no; pásemelos por encima del biombo; no venga usted aquí.

—Está bien, por encima del biombo, puesto que usted me lo manda;
pero no tenga miedo de mí; yo no soy un cafre.

—¡Quién sabe! A los transeúntes nadie los conoce…

—Ea… ¿Por qué no me permite usted que se los lleve directamente?
No hay en ello nada de particular, sobre todo para mí, que soy médico
(la engañé, para tranquilizarla). Usted debe saber que los médicos, la
policía y los peluqueros tienen derecho a penetrar en las alcobas.

—¿De veras es usted médico; no lo dice usted de broma?

—¡Palabra de honor! ¿Puedo traer los polvos?

—Bueno, toda vez que es usted médico. Más, ¿para qué va usted a
molestarse? Mandaré a mi marido… ¡Teodorito!… ¡Despierta!

¡Rinoceronte! Levántate y ve a traerme los polvos insecticidas que
el doctor tiene la amabilidad de ofrecerme.

La presencia de Teodorito detrás del biombo me dejó trastornado,
como si me hubiesen asestado un golpe en la cabeza.

Sentíme avergonzado y furioso. Mi rabia era tal y Teodorito me
pareció de tan mala catadura que estuve a punto de pedir socorro.

Era aquel Teodorito un hombre calvo, de unos cincuenta años, alto, sanguíneo, con barbita gris y labios apretados. Estaba en bata y zapatillas.

—Es usted muy amable —me dijo tomando los polvos y volviendo detrás del biombo—. Muchas gracias. ¿El vendaval le cogió a usted también en el camino?

—Sí, señor.

—Lo siento… ¡Zinita, Zinita! Me parece que corre algo por tu nariz… Permíteme que te lo quite.

—Te lo permito —dijo riendo Zinita—. Pero ¿qué has hecho? He aquí un consejero de Estado que todos temen y que no es capaz de coger una chinche.

—¡Zinita! ¡Zinita! Una persona extraña nos oye; no andes con bromas.

—¡Canallas! ¡No me dejan dormir! Pensé, sin saber por qué…

El matrimonio se quedó callado. Yo cerré los ojos y traté de conciliar el sueño. Transcurrió una media hora, luego una hora; el sueño no acudió. En fin, mis vecinos también empezaron a moverse, y les oí murmurar:

—¡Es extraordinario! Estos animales no temen ni a los polvos. ¡Es demasiado! ¡Doctor! Zinita me encarga le pregunte por qué estos enemigos nuestros huelen tan mal.

Entablamos conversación. Hablamos de los enemigos, del mal tiempo, del invierno ruso, de la medicina, de la cual yo no entiendo jota; de Edison…

—Zinita, no te avergüences; este señor es médico. Después de la conversación sobre Edison cuchichearon. Teodorito le dijo:

—No tengas reparo, interrógale. ¿De qué te asustas? Cheroezof no te alivió; acaso éste lo consiga.

—Interrógale tú —murmuró Zinita.

—¡Doctor! —gritó Teodorito dirigiéndose a mí—. Mi mujer tiene a veces la respiración oprimida, tose, siente como un peso en el pecho… ¿De qué proviene esto?

—Difícil es definirlo. La explicación sería larga…

—¿Qué importa que la explicación sea larga? Tiempo nos sobra; de todos modos, no podemos dormir… Examínela, querido señor. He de advertirle que la trata el doctor Cheroezof, persona excelente, pero que me parece no entenderla. Yo no tengo confianza en sus conocimientos; no creo en él. Yo comprendo que usted no se halla dispuesto a una consulta en estas circunstancias; sin embargo, le suplico tenga la amabilidad.

Mientras que usted la examina, yo iré a decir al celador que nos prepare el té.

Teodorito salió arrastrando sus chanclas.

Dirigíme detrás del biombo. Zinita estaba recostada en un amplio sofá, en medio de una montaña de almohadones, y se cubría el escote con un cuello de encaje.

—A ver, muéstreme la lengua —dije sentándome al lado suyo y frunciendo las cejas.

Me enseñó la lengua y echóse a reír. Le lengua era rosada y no tenía nada anormal. Empecé a buscarle el pulso, y no me fue posible hallarlo. En verdad, yo no sabía qué hacer ya. No me acuerdo qué otras preguntas le dirigí mirando su cara risueña; sé solamente que al final de la consulta me había vuelto completamente idiota. Del diagnóstico que formulé no me acuerdo tampoco.

Al cabo de un rato hallábame sentado en compañía de Teodorito y de su señora delante del samovar. Veíame obligado a ordenar algo y, para salir del paso, compuse una receta con sujeción a todas las reglas de la farmacopea:

Rp.
Sic transit. 0,05
Gloria mundi. 1
Aquae destilatae. 0,1
Una cuchara cada dos horas. Para la señora Selova.
DR. ZAIZEF

A la mañana siguiente, cuando con mi maleta en la mano me despedía para siempre de mis nuevos amigos, Teodorito me cogió del botón de mi abrigo y quiso convencerme de que le aceptara un billete de diez rublos.

—Usted no puede rechazarlo; tengo la costumbre de pagar todo trabajo honrado. ¿No estudió usted? Sus conocimientos, ¿no los adquirió usted a costa de fatigas? Esto yo lo sé.

No había modo de negarse. Y embolsé los diez rublos.

De esta suerte pasé la víspera del juicio. No me detendré en describir mis impresiones cuando la puerta del Tribunal se abrió y el alguacil me señaló el banquillo de los acusados. Me limitaré a hacer constar el sentimiento de vergüenza que me asaltó cuando al volver la cabeza vi centenares de ojos que me miraban, y me fijé en los rostros solemnes y serios de los jurados. A primera vista comprendí que estaba perdido. Pero lo que no puedo referir y lo que el lector no puede imaginarse es el espanto y el terror que de mí se apoderaron cuando, al levantar los ojos a la mesa cubierta de paño rojo, descubrí, en el asiento del fiscal, a... Teodorito. Al apercibirlo me acordé de las chinches, de Zinita, de mi diagnóstico, de mi receta, y experimenté algo como si todo el océano Ártico me inundara.

Teodorito alzó los ojos del papel que estaba escribiendo; al principio no me reconoció; pero de ponto sus pupilas se dilataron, su mano se estremeció. Incorporóse lentamente y clavó su mirada plomiza en mi. Me levanté a mi vez sin saber por qué, incapaz de apartar mis ojos de los suyos.

—Acusado, ¿cuál es su nombre, etcétera? —interrogó el presidente.

El fiscal se sentó y absorbió un vaso de agua; el sudor humedecía sus sienes. Me sentí agonizar.

Todos los síntomas revelaban que el fiscal me quería perder. Con muestras visibles de irritación acosaba a preguntas a los testigos...

Es tiempo de acabar. Escribo este relato en la misma Audiencia, durante el intervalo que los jueces aprovechan para comer. Ahora le toca el turno al discurso del fiscal. ¿Qué será?

YEGUER

Era un mediodía caluroso y sofocante. En el cielo no había ni una sola nube… La hierba quemada por el sol miraba lánguida y desesperadamente: aunque lloviera no reverdecería… El bosque se mantenía callado, inmóvil, como si con sus copas estuviera observando o esperando algo.

Por la orilla del descampado, perezosamente, balanceándose, se arrastra un hombre alto, de hombros angostos, vestido de una camisa roja, pantalones señoriales completamente remendados y botas altas. Va arrastrando sus pies por el camino. A la derecha verdea el descampado, a la izquierda, se extiende hasta el horizonte un amarillo mar de centeno llegado a punto. En su bella cabeza castaña lleva gallardo una gorra blanca con una visera de hockey, de seguro un regalo de algún señorito en generoso arranque. Atravesado sobre el pecho lleva un morral, con un gallo silvestre amontonado en su interior. El hombre sostiene en su mano una escopeta de dos cañones con el gatillo hacia arriba y aprieta los ojos para ver a su perro viejo y flaco, que corre adelante y que husmea los matorrales. Todo al derredor está en silencio, ni un solo ruido… Todo lo vivo se ha escondido del calor.

—¡Yeguer Vlasich! El cazador oye de repente una voz suave.

Se estremece, al darse vuelta, frunce las cejas. A su lado, como si hubiera brotado de la tierra, se encuentra una mujer de rostro pálido, de unos treinta años y con la hoz en la mano. Ella se esfuerza por verle la cara y se ríe de vergüenza.

—¡Ah! Eres tú, Pelagueya, —dice el cazador deteniéndose y bajando lentamente la escopeta—. Jum, ¿cómo has venido a parar por aquí?

—Hay aquí mujeres de mi aldea que vienen a trabajar y me he venido con ellas… Como trabajadoras, Yegor Vlasich.

—Ajá… —muge Yegor Vlasich y lentamente sigue su camino. Pelagueya lo sigue. Caminan callados unos veinte pasos.

—Ya hace mucho tiempo que no lo veo, Yegor Vlasich… —le dice Pelagueya, mirando con cariño los hombros y omóplatos en movimiento del cazador—. Desde la Pascua que pasó por la izba a tomar agua, desde entonces que no lo he vuelto a ver… y en qué estado, borracho… Me insultó, me golpeó y se fue… Y yo lo esperaba, lo esperaba… Con los ojos pasaba mirando, aguardándolo… ¡Ay, Yegor Vlasich, Yegor Vlasich! ¡Una vueltita por lo menos, se hubiera dado!

—¿No tengo nada que hacer en tu casa?

—Eso, de seguro, nada tiene que hacer, así nada más… De todos modos son sus bienes… Para ver esto y lo otro. Usted es el dueño…

¡Felicitaciones! ¡Qué gallo ha cazado! Yegor Vlasich, debería sentarse, a descansar…

Diciendo esto Pelagueya se ríe, como una tonta, mirando hacia arriba, a la cara de Yegor… Su cara respira felicidad…

—¿Sentarme? Quizás… —dice Yegor con tono indiferente y se pone a buscar un lugarcito entre dos pinos que han crecido—. ¿Que haces ahí parada? Siéntate también.

Pelagueya se sienta un poco retirada, en pleno sol y, avergonzada de su alegría, se cubre con las manos sus labios sonrientes. Pasan dos minutos en silencio.

—¡Una vueltita por lo menos, se hubiera dado!, dice suavemente Pelagueya.

—¿Para qué? —suspira Yegor quitándose la gorra y limpiándose su frente roja con la manga—. No hay ninguna necesidad. Ir por una hora es un puro fastidio, sólo te revuelves, pero ir a vivir en permanencia en el campo, el alma no lo soportaría… Tú misma lo sabes, soy un hombre consentido… Me basta que haya una cama, un buen té y pláticas delicadas… Tener todos los honores, pero en tu aldea solo pobreza, hollín… Yo ni un día sobrevivo. Si hubiera un decreto que, digamos, se promulgara para que obligatoriamente tuviera que ir a vivir contigo en tu casa, o incendiaba tu izba o levantaba mi mano contra mí mismo. Desde tiernito la mera travesura está dentro de mí, no hay nada que hacer.

—¿Y ahora dónde vive?

—Donde el señor Dimitri Ivanovich, como cazador. Le llevo a su mesa aves salvajes, si no es más… por puro gusto que me mantiene.

—No es muy honorable su negocio, Yegor Vlasich… Para otros es una travesura, pero para usted eso es propiamente como una artesanía… una ocupación de verdad.

—No entiendes, tonta, —dice Yegor mirando al cielo como en sueños—. Desde que naciste no entiendes y un siglo no te bastaría para entender qué clase de hombre soy… Según tú yo soy un loco perdido, pero el que entiende, para ese yo soy una de las mejores flechas del distrito. Los señores lo sienten e incluso han escrito sobre mí en el diario. Nadie puede compararse conmigo en este asunto de la caza. Yo le tengo asco a vuestras ocupaciones del campo, no es ni por travesura, ni por orgullo. Sino que desde la infancia, sabes, no he tenido ninguna otra ocupación, salvo las armas y los perros. Me quitan el arma, pues tomo el anzuelo, me quitan el anzuelo, pues con las manos me las ingenio. Bueno, también he sido marchante de caballos y en las ferias he trajinado, cuando había dinero, pero tú misma sabes que si un hombre se ha inscrito como cazador o como marchante de caballos, entonces le dice adiós al arado. Una vez que al hombre le ha entrado el aire de libertad, pues con nada se lo sacas. Lo mismo que un señor entra de actor o a otra de las artes, él no se puede meter a oficinista, ni a terrateniente. Eres mujer, no entiendes y esto hay que entenderlo.

—Entiendo, Yegor Vlasich.

—Quiere decir que no entiendes, ya que te dispones a llorar…

—Yo… yo no lloro…, —dice Pelagueya dándose vuelta—. ¡Es un pecado, Yegor Vlasich! Aunque fuera un día solito debería vivir conmigo, pobre de mí. Ya hace más de doce años que me casé, y… ¡y entre nosotros ni una sola vez ha habido amor! Y yo… no lloro…

—Amor…, —balbucea Yegor frotándose las manos—. Ningún amor puede existir, ni es posible. Es solamente de nombre que nosotros somos marido y mujer. ¿Acaso no es cierto? Yo para ti soy un hombre salvaje y tú para mí eres una mujer simplona, que no entiende. ¿Acaso somos una pareja? Yo soy libre, consentido, vagabundo y tú eres trabajadora, chancletuda, vives en la mugre y el lomo ni se te dobla. Yo pienso de mí que soy el primero en el asunto de la caza y tú con lástima me miras… ¿Qué pareja hay aquí?

—¡Pero nos casamos, Yegor Vlasich! —se exalta Pelagueya.

—Sin quererlo nos casamos… ¿Acaso se te ha olvidado? Al Conde Serguey Pavlich dale las gracias… y a ti misma. El Conde de pura envidia de que yo tiro mejor que él, todo un mes con vino me estuvo emborrachando, y al borracho no sólo a casarse se le puede obligar, hasta cambiar de fe se le puede hacer. De pura venganza borracho me casó contigo… ¡Yegor a la porqueriza! Bien viste que yo estaba borracho, ¿para qué te casaste? No eres sierva, bien te pudiste oponer. Claro que para una porquera es pura felicidad casarse con un cazador profesional, pero es que hay que tener juicio. Y ahora tienes que sufrir, llorar. Para el Conde la risa y para ti el llanto… rájate la cabeza…

Se presenta un momento de silencio. Sobre el descampado vuelan tres patos salvajes. Yegor se les queda mirando y los acompaña con la mirada hasta que se vuelven tres puntos apenas visibles y descienden a lo lejos hacia el bosque.

—¿De qué vives? —le pregunta, pasando su mirada de los patos hacia Pelagueya.

—Ahora voy al trabajo y en invierno tomo una cría de la casa de pupilos, le doy el biberón. Rublo y medio me pagan por mes.

—Ajá…

Callan de nuevo. De una apretada huerta llega una tierna canción, que se corta apenas comienza. Mucho calor para cantar…

—Cuentan que a la Akulina le puso una nueva izba —le dice

Pelagueya. Yegor calla.

—Significa que ella sí le llega al corazón…

—¡Esa es tu felicidad, tu destino! —le dice el cazador, mientras se estira—. Ten paciencia, huerfanita. Bueno, ahora hay que despedirse, me he puesto a hablar demasiado… Tengo que llegar antes que anochezca a Boltovo…

Yegor se levanta, se estira y se cruza la escopeta en el pecho. Pelagueya se levanta.

—¿Cuándo va venir por la aldea? —le pregunta suavemente.

—¡No hay para qué! Sobrio nunca voy a ir y borracho no tiene ningún interés para ti. Me pongo muy malo cuando estoy borracho… Adiós.

—Adiós, Yegor Vlasich…

Yegor se pone la gorra en la parte trasera de su cabeza y con un chasquido llama al perro y sigue su camino. Pelagueya sigue parada en el mismo lugar y lo sigue con la mirada… Ve sus omóplatos moviéndose, su gallarda cabeza, su lenta y desganada marcha, sus ojos se llenan de tristeza y de tierno cariño. Su mirada se pasea por la enjuta y alta figura de su marido y lo acaricia, lo mima… El, como si sintiera esa mirada, se detiene y se da vuelta para mirar… Calla, pero por su rostro, por sus encogidos hombros, Pelagueya ve claramente que quiere decirle algo… Se le acerca tímidamente y lo mira con sus ojos suplicantes.

—¡Ten! le dice dándose vuelta.

Le entrega un arrugado billete de un rublo y se retira rápidamente.

—¡Adiós, Yegor Vlasich! —le dice ella aceptando maquinalmente el billete.

El se va por un camino largo y recto como un cinturón estirado… Ella, pálida inmóvil como una estatua, está parada y pesca con la mirada cada paso suyo. Pero el color rojo de su camisa se mezcla con el color oscuro de sus pantalones, ya no se ven sus pasos, el perro se confunde con las botas. Se ve únicamente la gorra, pero… de repente Yegor bruscamente toma hacia la derecha, hacia el descampado y la gorra desaparece en lo verde.

—¡Adiós, Yegor Vlasich! —murmura Pelagueya y se empina para ver aunque sea la gorra blanca.

ZÍNOCHKA

El grupo de cazadores pasaba la noche sobre unas brazadas de fresco heno en la isla de un simple mujik. La luna se asomaba por la ventana, en la calle se oían los tristes acordes de un acordeón, el heno despedía un olor empalagoso, un tanto excitante. Los cazadores hablaban de perros, de mujeres, del primer amor, de becadas. Después que hubieron pasado detenida revista a todas las señoras conocidas y que hubieron contado un centenar de anécdotas, el más grueso de ellos, que en la oscuridad parecía un haz de heno y que hablaba con la espesa voz propia de un oficial de Estado Mayor, dejó escapar un sonoro bostezo y dijo:

—Ser amado no tiene gran importancia: para eso han sido creadas las mujeres, para amarnos. Pero díganme: ¿ha sido alguno de ustedes odiado, odiado apasionada, rabiosamente? ¿No han observado alguna vez los entusiasmos del odio?

No hubo respuesta.

—¿Nadie, señores? —siguió la voz de oficial de Estado Mayor—. Pues yo fui odiado por una muchacha muy bonita y pude estudiar en mí mismo los síntomas del primer odio. Del primero, señores, porque aquello era precisamente el polo opuesto del primer amor. Por lo demás, lo que voy a contarles sucedió cuando yo aún no tenía noción alguna ni del amor ni del odio. Entonces tenía ocho años, pero esta circunstancia no hace al caso: lo principal, señores, no fue él, sino ella. Pues bien, presten atención. Una hermosa tarde de verano, poco antes de ponerse el sol, estaba yo con mi institutriz Zínochka, una criatura muy agradable y poética, que acababa de terminar sus estudios, repasando las lecciones. Zínochka miraba distraída a la ventana y decía:

—Bien. Aspiramos oxígeno. Ahora dígame, Petia: ¿qué exhalamos?

—Óxido de carbono —contesté yo, mirando a la misma ventana.

—Bien —asintió Zínochka—. Las plantas hacen lo contrario: absorben óxido de carbono y desprenden oxígeno. El óxido de carbono es lo que hay en agua de Seltz y en el tufo que se desprende del samovar… Es un gas muy venenoso. Cerca de Nápoles se encuentra la Cueva del Perro, en la que se desprende óxido de carbono; cuando un perro entra en ella, no puede respirar y se muere.

Esta desgraciada Cueva del Perro de cerca de Nápoles es el límite de los conocimientos de química que ninguna institutriz se atreve a traspasar. Zínochka defendía siempre con gran calor las ciencias naturales, pero de la química apenas si sabía algo más que lo de esta cueva.

Bueno, me mandó que lo repitiera. Así lo hice. Me preguntó qué es el horizonte. Yo contesté. Y en el patio, mientras nosotros rumiábamos lo del horizonte y la cueva, mi padre se preparaba para ir de caza. Los perros ladraban, los caballos se removían impacientes y coqueteaban con los cocheros, los criados cargaban el cochecillo con toda clase de paquetes. Había también otro coche en el que tomaron asiento mi madre y mis hermanas, que iban a la hacienda de los Ivanitski, donde celebraban un cumpleaños. Sin contarme a mí en casa se quedaban Zínochka y mi hermano mayor, entonces estudiante, a quien le dolían las muelas. ¡Pueden imaginarse mi envidia!

—Así pues, ¿qué aspiramos? —preguntó Zínochka, mirando a la ventana.

—Oxígeno…

—Sí, y se llama horizonte el lugar en que nos parece que la tierra se junta con el cielo…

Pero ambos coches se pusieron en marcha… Vi cómo Zínochka sacaba del bolsillo un papelito, lo arrugaba nerviosamente y se lo apretaba contra la sien. Luego se puso roja y miró el reloj.

—Recuerde, pues —dijo—: cerca de Nápoles está la Cueva del Perro… —miró de nuevo el reloj y prosiguió—, donde nos parece que el cielo se junta con la tierra…

La pobrecilla, muy agitada, dio unos pasos por la habitación y miró de nuevo el reloj. Hasta el fin de la lección quedaba aún más de media hora.

—Ahora pasemos a la aritmética —dijo, respirando fatigosamente y pasando con mano temblorosa las páginas del libro de problemas—. Resuelva el número 325, yo… volveré ahora…

Salió. Oí que bajaba la escalera, y luego vi por la ventana su vestido azul que cruzaba por el patio y desaparecía en el portillo del jardín. La rapidez de sus movimientos, el rubor de sus mejillas y la agitación de que daba muestras, me intrigaron. ¿Adónde había ido? ¿Para qué? Yo era muy precoz y no tardé en comprenderlo todo: ¡había ido al jardín para, valiéndose de la ausencia de mis severos padres, hartarse de frambuesas o cerezas! En tal caso, ¡diablos!, también yo iría a coger cerezas. Dejé el libro de problemas y corrí al jardín. Me acerqué a los cerezos, pero allí no estaba. Dejando atrás los groselleros y la choza del guarda, se dirigía hacia el estanque, pálida y temblando al más pequeño ruido. La seguí, tratando de que no me viera, y me encontré, señores, con lo siguiente. En la orilla del estanque, entre dos robustos y viejos sauces, estaba Sasha, mi hermano mayor; no daba muestras de que le doliesen las muelas. Al mirar a Zínochka que se le acercaba, todo él parecía resplandecer como un sol de felicidad. Y Zínochka, como si la llevasen a la Cueva del Perro y la obligasen a respirar óxido de carbono, iba hacia él moviendo apenas las piernas, respirando fatigosamente y con la cabeza echada hacia atrás... Todo denotaba que era la primera vez en toda su vida que acudía a una cita. Pero acabaron por juntarse... Durante unos instantes se miraron en silencio como sin dar crédito a sus ojos. Luego, cierta fuerza empujó a Zínochka por la espalda, puso las manos en los hombros de Sasha e inclinó la cabeza sobre el chaleco de mi hermano. Sasha se reía, balbuceaba algo inconexo y, con la torpeza del hombre muy enamorado, tomó con ambas manos la cara de Zínochka. El tiempo, señores, era maravilloso... El altozano tras el que se ocultaba el sol, los dos sauces, las verdes orillas, el cielo, todo esto, con Sasha y Zínochka, se reflejaba en el estanque. Pueden imaginarse la quietud que reinaba alrededor. Sobre los dorados carices volaban millones de mariposas de largas antenas, al otro lado del huerto pasaba la dula. En una palabra, como para pintar un cuadro.

De todo aquello lo único que yo comprendí es que Sasha besaba a Zínochka. Esto era una inconveniencia. Si mamá llegara a saberlo los dos se ganarían una buena reprimenda. Con un sentimiento de vergüenza que no sabría explicarme, volví al cuarto de las lecciones, sin esperar al fin de la cita. Con el libro de problemas ante mí, pensé en todo aquello. Por mi cara se deslizaba una triunfal sonrisa. Por una parte, me era agradable ser dueño de un secreto ajeno; por otra, también era muy agradable la conciencia de que unas autoridades como Sasha y Zínochka podían ser en cualquier momento denunciadas por infracción de las conveniencias mundanas. Eso lo podía hacer yo. Ahora estaban en mis manos y su tranquilidad dependía por completo de mi generoso espíritu. ¡Ya verían lo que era bueno!

Cuando me hube acostado, Zínochka, según su costumbre, entró en mi cuarto para comprobar si estaba bien tapado y si había hecho mis oraciones. Miré su rostro bonito y feliz con una sonrisa irónica. El secreto pugnaba por salir al exterior. Era necesario dejar escapar una reticencia y disfrutar con el efecto.

—¡Lo sé! —dije con una risita.

—¿Qué es lo que sabe?

—¡Ji, ji! Vi cuando usted y Sasha se besaban junto a los sauces. La seguí y lo vi todo...

Zínochka se estremeció toda roja y, abrumada por mis palabras, se dejó caer en la silla sobre la que estaban el vaso de agua y la palmatoria.

—Vi cómo... se besaban... —repetí con la risita de antes y disfrutando con su turbación—. ¡Hola! Se lo diré a mamá.

La cobarde Zínochka me miró atentamente y, convencida de que, en efecto, lo sabía todo, se apoderó desesperada de mi mano y balbuceó con un susurro tembloroso:

—Petia, eso es una acción muy baja… Se lo suplico, por Dios… Ha de ser un hombre… no lo diga a nadie… Las personas decentes no se dedican a espiar… Es una vileza… se lo suplico…

La pobre temía más que al fuego a mi madre, una señora virtuosa y severa. Esto, por una parte. Por otra, mi cara sonriente no podía por menos de profanar su primer amor, un amor puro y poético. Pueden, pues, imaginarse el estado de su espíritu. Por culpa mía no durmió en toda la noche y a la mañana siguiente se presentó a la hora del té con ojeras… Después del desayuno, al encontrarme con Sasha, no resistí a la tentación de presumir y reírme de él:

—¡Lo sé! Ayer vi cómo te besabas con mademoiselle Zina.

Sasha me miró y dijo:

—Eres un imbécil.

No era tan pusilánime como Zínochka, y por eso no se produjo el deseado efecto. Eso me aguijoneó todavía más. Si Sasha no se había asustado, era porque no creía que yo lo hubiera visto todo. ¡Pues ya nos veríamos las caras!

Durante las lecciones, hasta la hora de la comida, Zínochka no me miró y no cesaba de tartamudear. En vez de meterme el resuello en el cuerpo, trataba de ganarse mis favores, poniéndome sobresalientes y sin quejarse a mi padre de mis travesuras. Dada mi precocidad, yo exploté el secreto como me venía en ganas: no estudié las lecciones, anduve por la habitación con los pies por alto y le dije cuantas insolencias quise. En una palabra, si hubiera seguido así hasta hoy, me habría convertido en un perfecto chantajista.

En fin, pasó una semana. El secreto ajeno me instigaba y atormentaba como si se me hubiese clavado una espina en el alma. Ardía en deseos de revelarlo y de gozar del efecto. Y en cierta ocasión, durante la comida, cuando teníamos muchos invitados, miré con malicia a Zínochka, dejé escapar una estúpida risita y dije:

—Lo sé… ¡Ji, ji! Lo vi…

—¿Qué es lo que sabes? —preguntó mi madre.

Yo miré con más malicia todavía a Zínochka y Sasha. ¡Había que ver cómo enrojeció la muchacha y cómo brillaron de cólera los ojos de Sasha! Yo me mordí la lengua y no seguí adelante. Zínochka acabó por ponerse pálida, apretó los dientes y ya no probó bocado. Aquel día, durante la clase de la tarde, advertí un profundo cambio en la cara de Zínochka. Me pareció más severo, más frío, como de mármol, y sus ojos me miraban a la cara con una mirada extraña. Palabra de honor, ni siquiera en los perros que dan alcance al lobo vi nunca unos ojos como aquéllos. Comprendí muy bien su expresión cuando en plena clase apretó los dientes y me dijo rabiosa:

—¡Le aborrezco! ¡Es usted asqueroso, repugnante! ¡Si supiera cómo le odio, cómo me desagradan su cabeza pelada al cero y sus orejas de soplillo!

Pero al instante se asustó y dijo:

—No me refiero a usted, estaba ensayando un papel...

Luego, señores, por la noche vi que ella se acercaba a mi cama y durante largo rato estuvo mirándome a la cara. Me odiaba apasionadamente y no podía vivir sin mí. La contemplación de mi odiada cara era para ella una necesidad. Por lo demás, recuerdo que la noche era hermosa... Olía a heno, todo estaba quieto, etc. La luna brillaba. Yo caminaba por la avenida y pensaba en el dulce de cerezas. De pronto, Zínochka, pálida y hermosa, se me acercó, me agarró del brazo y, jadeante, empezó a explicarse:

—¡Cómo te odio! ¡A nadie he deseado tanto mal como a ti! ¡Recuérdalo! ¡Quiero que lo comprendas!

¿Se dan cuenta? La luna, el pálido rostro ardiendo apasionadamente, la quietud... Hasta a mí, un pequeño cerdo, me era agradable. La escuché y la miré a los ojos... En un principio me gustó aquello por la novedad, pero luego, dominado por el miedo, lancé un grito y, corriendo con todas mis fuerzas, escapé hacia la casa.

Decidí que lo mejor era quejarse a mamá. Y me quejé, contándole de paso cómo Sasha y Zínochka se habían besado. Yo era un estúpido y no sabía a qué consecuencias iba esto a llevar; de otro modo, habría guardado el secreto... Mamá, después de oírme, se puso roja de indignación y dijo:

—Eres muy joven para hablar de estas cosas... Aunque, ¡qué ejemplo para los niños!

Mi mamá era no sólo virtuosa, sino también una mujer de mucho tacto. Para no originar un escándalo, no echó a Zínochka al momento, sino poco a poco, de una manera sistemática, como saben hacerlo las personas honestas, pero intolerantes. Cuando Zínochka se marchó de casa, su última mirada fue para la ventana donde yo estaba, y les aseguro que hasta ahora la recuerdo.

Zínochka no tardó en convertirse en la esposa de mi hermano. Es Zinaída Nikoláievna, a quien ustedes conocen. Volví a verla cuando ya estaba en la Academia Militar. A pesar de todos sus esfuerzos, le era imposible identificar al bigotudo cadete con el odioso Petia, pero, aun así, no me trató como a un pariente… Incluso ahora, con mi calva, mi pacífico vientre y mi sumiso aspecto, sigue mirándome de soslayo y no se siente tranquila cuando me acerco a ver a mi hermano. Evidentemente, el odio no se olvida, lo mismo que el amor… ¡Vaya! Oigo cantar al gallo. Buenas noches. ¡Quieto, Milord!

ÍNDICE